清 浊

之间

泰若◎著

新华出版社

图书在版编目（CIP）数据

清浊之间/泰若著
北京：新华出版社，2014.8
ISBN 978—7—5166—1137—1
Ⅰ.①清… Ⅱ.①泰… Ⅲ.①长篇小说—中国—当代 Ⅳ.①I247.5
中国版本图书馆 CIP 数据核字（2014）第 165748 号

清浊之间

作　　者：泰　若	
出 版 人：张百新	责任编辑：贾允河
封面设计：李尘工作室	责任印制：廖成华

出版发行：新华出版社
地　　址：北京石景山区京原路 8 号　邮　　编：100040
网　　址：http://www.xinhuapub.com　http://press.xinhuanet.com
经　　销：新华书店
购书热线：010—63077122　中国新闻书店购书热线：010—63072012
照　　排：新华出版社照排中心
印　　刷：北京文林印务有限公司
成品尺寸：170mm×240mm
印　　张：23.5　　字　　数：360 千字
版　　次：2014 年 9 月第一版　印　　次：2014 年 9 月第一次印刷
书　　号：ISBN 978—7—5166—1137—1
定　　价：39.80 元

图书如有印装问题，请与出版社联系调换：010—63077101

目 录

引子 …………………… 1

1	误入魔掌 ……………	1
2	打工记事 ……………	4
3	迎来送往 ……………	10
4	脱颖而出 ……………	13
5	超越自我 ……………	18
6	虎豹山庄 ……………	25
7	请君入瓮 ……………	29
8	心不设防 ……………	33
9	充满诱惑 ……………	40
10	虎穴遇险 ……………	46
11	官网恢恢 ……………	50
12	处心积虑 ……………	55
13	黑幕重重 ……………	59
14	挺身而出 ……………	64
15	言传身教 ……………	68
16	坐而论道 ……………	71
17	升迁有术 ……………	76
18	工于心计 ……………	81
19	背景深厚 ……………	84
20	穷乡僻壤 ……………	88
21	饕餮盛宴 ……………	91
22	仗义执言 ……………	97

23	大显身手	103
24	学无止境	107
25	言不由衷	110
26	夹缝求生	114
27	偶露峥嵘	119
28	美不胜收	123
29	防不胜防	128
30	因言获罪	132
31	坐收渔利	141
32	平淡如水	144
33	沆瀣一气	147
34	海阔天空	151
35	峰回路转	156
36	反目成仇	160
37	倾心交谈	163
38	自告奋勇	168
39	意外升迁	172
40	好大喜功	178
41	云海奇遇	181
42	言归于好	187
43	温馨邂逅	190
44	抗洪抢险	197
45	婚姻大事	200
46	坚守底线	203
47	花好月圆	206
48	各自为政	210
49	铁血王国	214
50	不速之客	219
51	致命裂痕	223

52	巧取豪夺	227
53	追根求源	229
54	心系民生	232
55	迎战旱魔	235
56	急流勇退	237
57	苍天在上	239
58	身不由己	244
59	话不投机	248
60	随心所欲	253
61	围城内外	256
62	首鼠两端	260
63	牵肠挂肚	263
64	尴尬执法	265
65	情非得已	270
66	人各有志	273
67	身陷囹圄	276
68	天伦之乐	281
69	非常审查	284
70	居心叵测	287
71	知难而进	291
72	不屈不挠	297
73	激烈争夺	301
74	特别叮嘱	304
75	罪孽深重	309
76	明争暗斗	314
77	为民做主	317
78	家族利益	321
79	正面交锋	323
80	偷梁换柱	327

81	新闻热点	329
82	分道扬镳	333
83	上任之初	335
84	真相大白	339
85	地狱之门	341
86	雪中送炭	344
87	权力洗牌	348
88	重拳出击	354
89	任重道远	358
90	梦在远方	364

引　子

那年暑假，柯大卫专程游历了盘龙湖。那时的他血气方刚，对未来充满着美好的憧憬。他在湖中搏击风浪，激情畅游，在湖心岛仰天长啸，流连忘返。

那时，湖水清澈见底，四周林木繁茂，景色宜人。湖边的沙滩辟有几处淡水浴场，每到夏季，这里就成为比基尼、泳装和太阳伞的世界。柯大卫特别喜欢盘龙湖那个时候的气氛、色彩和线条。

在这里，大家可以忽略了身份、地位、贫富，充分地亲近自然，拥抱自然；可以极目远眺，把诗情画意尽收眼底；可以敞开胸怀，尽情迎接阳光的抚摸。脱去的不光是衣服，还有虚伪和隔膜，暴露的不光是肉体，还有灵魂和天性。

微风轻拂，送来湖水的清爽；鸥鸟翔集，点缀着湖天一色。远处，点点白帆正在迎日飘飞，片片渔舟正在来回穿梭；近处，三三两两的弄潮儿正在踏板冲浪。赤身浸泡在凉爽的湖水里，浑身的暑热立刻一扫而空，顿觉飘飘欲仙。浪花不断抛向湖岸，飞溅到游人身上，激起一阵阵欢快的呼叫。

几年以后，柯大卫再次伫立盘龙湖边。由于过度开发、无序建设，污水大量排放，湖水呈现出浓重的铁锈色，有毒矿物质和化合物严重超标。湖区生态系统严重破坏，湖面大幅萎缩，鱼虾和候鸟数量明显减少。沿湖一线建筑混乱，垃圾成堆。盘龙湖风光不再，面目全非。盘龙湖在埋怨，在哭泣，在愤怒！

看着眼前惨败的景象，嗅着从湖面上袭来的阵阵恶臭，柯大卫心情十分沉重。而几年来耳闻目睹的许多往事，又一桩桩，一件件，电影镜头般地浮现在他的脑海。

1　误入魔掌

这天，白母过生日。白裕富家里张灯结彩，宾客盈门，一派喜庆气氛。为营造气氛，彰显富贵和孝心，白裕富专门重金请了一个京戏班子，众多名角轮番上场，连唱三天三夜。

一大早，经济新区接待处主任连才、公安局副局长斐彪、土矿办副主任冯旷等人来为白母拜寿，并各自送上红包。白母穿戴一新，心安理得地端坐正间，接受各路人员的叩拜道贺。

"恭贺伯母七十大寿，祝您福如东海，寿比南山。"一行人来到白母面前，恭敬地道贺，鞠躬。

"多谢各位领导，快快请起。"白裕富赶紧上前搀扶起众人，让到旁边的座位上。

"谢谢，谢谢。"白母大户人家出身，略通文墨，颇知礼仪。眼看众人行此大礼，从太师椅上欠身还礼，连连称谢。

"人逢喜事精神爽，伯母满面红光，气色不错啊。"连才目光温和地看着白母，恭维道。

"是啊，托你们的福，我能吃能喝，身体硬朗着呢。"白母微微颔首，心满意足地说。

"有什么要求尽管跟我说，我一定全力以赴。您是裕富的母亲，同样是我们的母亲啊。"斐彪热情地表示。

"我一个老太婆能有什么要求。你们事情多，不要牵挂我。"白母满面笑容地谦辞道。

"再忙，也得孝敬您老人家。您是我们的福星，您的健康长寿就是我们晚辈最大的心愿啊。"冯旷抓住时机，讨好地说。

"谢谢你们的一片好意。裕富啊，好好招待客人，让大家多喝几杯。"白母感动之余，叮嘱白裕富。

"这些事您就不用操心了，我一定会照顾好各位领导的。"白裕富回应道。

"伯母，您多保重。"众人走到白母面前，热情地握着她的手说。

"好，谢谢。"白母站起身来，以礼相送。

经济新区大大小小的痞霸团伙不少，灰狼算得上一个数得着的头目。他三岁时父母双亡，沦为孤儿。他的童年很不幸，忍饥挨饿，还要承受别人的打骂欺负。稍大一点后，他到处拜师习武，刀枪棍棒，无所不通。加上生性凶狠，打起架来不要命，所以二十出头就很有名气，成为当地一霸。刚开始的几年，还只是向生意人收点保护费，勒索点钱财，后来嫌不过瘾，干脆自己成立了公司，涉足一些暴利行业。从开按摩房、洗浴中心，到开采矿山，腰杆很快粗壮起来。自打出道以来，他从未失过手，在他手下致伤致残的人倒不少。毫不夸张地说，这些年来，他几乎没碰到过对手，也没有人敢跟他叫板，他的威风和天下是自己打出来的。

最近，几个从外地流窜来的小瘪子不知深浅，手头一紧，跑到他的沙石场敲诈勒索。他吩咐手下把那几个人痛打了一顿。以前，这种事司空见惯，公安也是睁一只眼闭一只眼。这次却不同，灰狼和他的几个手下被全部逮进了拘留所。警察还放话说，要老账新账一起算。这种地方，他一天也不想多待，只好遥控指挥外面的弟兄找斐彪求情。费了一番周折，最后终于达成协议：灰狼拿出三百万元人民币，斐彪这边立马放人，既往不咎。

事情的起因是这样的：前些年，因为争夺沙石场，灰狼与白裕富起了矛盾。白裕富表面大度，心里却记了仇，只是当时势力不足，只得暂时忍让。如今他腰杆粗壮，人脉旺盛，看到灰狼经营沙石场挣了不少钱，他既生气，又眼红，一心想让灰狼出点血，以解心头之恨。于是，他找到斐彪，让他抓住灰狼手下打人的小辫子，狠狠敲了一笔。

白裕富家花野花通采，并不缺少女人。但过去交往的女人档次太低，他想换一下口味。最近，他聘用了一个女秘书，名叫袁玫，是一名刚毕业的大学生。家里为供她上学拉了一屁股债。为了早日帮家里还上债务，她应聘了虎豹集团的文秘岗位，因为这个岗位工资待遇高。白裕富利用她的天真纯洁，假意关心，主动接近，终于在一次酒后强行霸占了她。

"我要告你强奸！"她怒不可遏地斥责说。

"你去呀，随便到哪里去告。"白裕富满足地躺在床上，狞笑着说。

"你这个人面兽心的东西！"她狠狠地骂道。

"我本来就是一只野兽。其实，人都是野兽，只不过有些人善于伪装罢了。"白裕富厚着脸皮，恬不知耻地放言。

"你早晚会遭报应！"她用力诅咒道。

"舒服一时是一时，我不管以后会怎样。"白裕富满不在乎地说。

"你这个恶魔……"她气极无力，愤怒而无奈地指着白裕富。

"来吧，我就再当一回恶魔。"白裕富说着，冷笑一声，又把她推倒在床上。

事后，袁玫本想告发白裕富，但转念一想，自己单枪匹马，不仅斗不过他，还会惹祸上身，连累家人。想到这里，她改变了主意，决定留下来，虚与委蛇，寻机报复。

白裕富一辈子都不想结婚，因为他不相信人间还有真爱。十八岁那年，他看好了邻居的一个女孩，二人情投意合，经常一块玩。有一年夏天，两人偷吃了禁果。稍大一些的他本想迎娶那女孩，但女孩的父母嫌他家穷，把她嫁给了一个又老又丑，却很有钱的男人。这件事让他很受伤。从那以后，他开始漠视一切，游戏人生，同时决心做个有钱人。

2　打工记事

大学毕业后，工作一时没有着落，柯大卫只好临时来到一家名叫"夜来香"的酒店当服务生。

这里是滨江市著名的酒店一条街，分布着众多的宾馆、酒店和娱乐场所。每到夜晚，彩灯高悬，五光十色，人头攒动，生意火爆。

这天晚上，酒店一楼夜总会的舞厅里光影模糊，气氛暧昧，众多男女亲密相拥，伴着舒缓的音乐翩翩起舞。这天晚上，舞会正在进行，突然，闯进来十几个年轻人，清一色的"小平头"。他们个个酒气熏天，袒胸露背，身上刻满了鹰式文身，东倒西歪地坐在舞池边上。现场气氛暧昧，令人躁动，他们终于按捺不住，晃进舞池。一位长得又矮又丑的"小平头"借着酒劲，伸手邀请一位打扮时髦、高挑靓丽的小姐跳舞。小姐见他酒气熏天，粗俗不堪，于是转过身，表示不愿意与他跳舞。"小平头"却不依不饶，伸出一双毛茸茸的黑手把对方强行拽入舞池。

看见这一情况，旁边一位身着黑色T恤、臂上文着虎豹的"光头"走了过来，勒令他放手，说小姐是自己的舞伴。"小平头"不肯放手，双方于是发生了激烈争执。"光头"一个电话，叫来十几个同伙。这伙人个个剃着光头，腰里别着一把砍刀。"小平头"的同伙见来者不善，纷纷操起随身携带的钢棍。光头们不甘示弱，一齐拔出了腰间的砍刀。双方开始打斗起来。

发现舞厅内施展不开，"小平头"们有意往舞厅外撤退，而"光头"们紧追不舍。有一位"小平头"体格瘦小，跑得慢了一些，被尾追而来的两名"光头"砍倒，血流不止。"小平头"们见状，忽然像一群疯狗，挥舞钢棍，反扑回来。双方在酒店门前展开了激烈的厮杀。砍刀来回飞舞，钢棍虎虎生风，不断有人被击中。轻者带伤继续战斗，重者倒在地上喋血不止。钢棍逐渐发挥出了独特的优势，"小平头"们占据了上风。"光头"们渐渐支持不住，往后退缩。一名面目清瘦的"光头"忽然双腿一软，跪地求饶。然而，他并没有得到宽恕，雨点般的棍棒瞬间把他打倒在地。

情急之中，一名高个子"光头"回身拽开车门，拖出一把双管猎枪，然后瞪着血红的眼睛，气势汹汹地向"小平头"们冲杀过来。一阵枪响，"小平头"们被撂倒了一片。

双方越战越勇，凶器的撞击声，喊杀声，惨叫声，怒骂声，响成一片。流淌的血水，丢弃的衣服，失落的凶器，奄奄一息的伤者……现场混乱而恐怖，空气中弥漫着飞扬的尘土和浓郁的血腥气。这时，从远处传来刺耳的警笛声。凶徒们急忙抬上受伤的同伙，逃得无影无踪。

参与斗殴的那伙"光头"是虎豹集团董事长白裕富的手下，"小平头"们则是灰狼的手下。殴斗的结果，不分胜负，双方受伤人数几乎相当。不过，几次较量下来，灰狼看到了白裕富的厉害。这家伙已经不是当年那个穷小子了，势力已经壮大到可以与他抗衡了。而他经历了这么多年的风雨沧桑，已经有些老气横秋、力不从心了。从那以后，灰狼收敛了好多，有意躲避着白裕富，再没有与他发生正面冲突。

事情发生时，白裕富正在跟一帮人搓麻。听到汇报后，立即让一名副总出面处理。副总根据白裕富的指示，安排受伤的手下住院治疗，给了伤者家属一笔数目可观的钱，把他们安抚下来。与此同时，白裕富给区公安局副局长斐彪打了个电话，轻而易举地摆平了这场流血事件。

那天，柯大卫正好当班，眼前发生的一切让他目瞪口呆，胆战心惊。"太恐怖了，此地不可久留。"他正想着心事，一位打扮时髦的年轻女士步履轻盈地走到他的面前。

"小兄弟，怎么啦，脸色不太好啊。"年轻女士注视着独自发怔的柯大卫，搭讪道。

"啊，太吓人了。"柯大卫木然地站在那里，仿佛自言自语。

"少见多怪，刚出来混吧？"年轻女士掩口而笑，随后平静地问道。

"是，大学毕业后参加了两年支教，来这里没多长时间。"柯大卫机械地回答。

"哪个大学毕业？"年轻女士接着问。

"滨江大学。"柯大卫接着回答。

"哦，大学生，为什么要在这里混？"年轻女士不解地问。

"谁愿意干，没办法。"柯大卫不耐烦地回答。

"什么专业？"年轻女士追着问。

"数学。"柯大卫回答。

"干秘书行不？"年轻女士紧追不放。

"给谁干？"柯大卫毫无思想准备，傻傻地笑了笑。

"给我干。"年轻女士肯定地回答。

"请问你是……"柯大卫警惕地瞄了这位年轻女士一眼。

"我的公司以房地产开发为主，兼营其他。你如果感兴趣，可以来帮帮我，我们共同发展。"年轻女士热情地邀请。

"请问老板尊姓大名。"柯大卫满怀疑惑，进一步打探。

"我姓伏。"年轻女士一边自报家门，一边从坤包里随手拿出一张名片，递给柯大卫。柯大卫双手接过来，只见上面赫然印有海天房地产开发有限公司董事长伏美姣的字样。原来这位女士是一位大老板，柯大卫仔细打量起眼前这个陌生的女人。只见她鸭蛋脸，丹凤眼，身材标准，五官匀称，肌肤细嫩，真可谓清水出芙蓉，天然去雕饰。一袭桔红色的套裙十分得体，一头齐肩短发拢在耳后，秋波流转，摄人魂魄，整个人看上去十分高雅，清爽，热情，干练。

"踏破铁鞋无觅处，得来全不费工夫。眼下没有好的去处，不妨先到这位年轻漂亮的女老板手下磨炼一下，起码比在这种地方好得多。"柯大卫心下思量着该怎样答复对方的邀请。

"多谢伏老板，我愿效犬马之劳，只是没有经验，担心做不好。"柯大卫终于下了决心。

"没有什么大不了的，边干边学，慢慢摸索。"伏美姣注视着柯大卫鼓励说。

"恭敬不如从命，那我就不客气了。"柯大卫从伏美姣的目光里看到了一种令人渴望而又让人畏惧的东西。一时间，他犹豫起来。

"那好吧，给你一天时间准备，后天正式上班。"伏美姣郑重其事地盼咐道。

"好，后天见。"机会难得，柯大卫终于下定决心，放手一搏。

"一言为定，后天见。"伏美姣一只手挎着坤包，伸出纤纤玉手向柯大卫挥动了几下，然后猫腰钻进轿车。车子随后缓缓启动，驶向繁华的街道。

晚上，躺在床上，柯大卫情不自禁地回想起白天发生的血案。朦胧之中，他仿佛被一伙歹徒追打，穿街过巷，跋山涉水，四处逃跑。跑着跑着，一条又宽又深的山涧横在眼前。歹徒们见状，得意地冷笑着逼了上来。这时，山涧对面走来一男一女，搭起一座桥，带他逃离困境。他们一路前行，经过一个鲜花盛开的地方，走着，走着，他就赶不上趟了。他只好央求他们慢一点。那男人却置之不理，继续匆忙赶路。他大声疾呼，表示抗议。那男人大为恼火，拉起女人就走，把他抛在了身后。那女人无法改变男人的决定，只能频频回头，用目光给他一些鼓励和安慰。前路漫漫，荆棘丛丛，他没有就此停顿，而是振作精神，继续向前走去，一直走去……

新的工作让柯大卫感到新奇而惬意。然而，随着时间的推移，他终于发现自己不过是一条供养在温室、供人观赏的鱼儿，一件呼之即来、挥之即去的工具。而伏美姣那高深莫测、充满期待的眼神让他无法面对，倍感尴尬。

这天，眼看快到下班时间了，柯大卫慢慢收拾着桌上的东西。突然电话响了起来。他不耐烦地摁下接听键，里面传来伏美姣温柔甜蜜的声音："小柯，你在忙什么？"

柯大卫不知伏美姣的意思，于是顺口答道："正要下班呢，老板。"

伏美姣轻笑了一声，温情脉脉地说："下班后一起吃饭吧。"

听了伏美姣的邀请，柯大卫心里一怔。自从来到这里，他还从来没有单独跟她一起吃过饭。

"不会是鸿门宴吧？"柯大卫心下胡思乱想着。

"怎么，你有别的安排？"对方不见回音，于是追问道。

"我只是不想麻烦老板。"柯大卫如梦方醒，赶紧回答。

伏美姣听后哈哈大笑，说道："这有什么麻烦的，一顿饭而已。"

话已至此，柯大卫已无法拒绝，于是只好答应："那好吧，遵命。"

伏美姣见柯大卫答应下来，随口叮嘱一声："下班见。"

下班时间很快到了，柯大卫锁好房门，来到地下车库门口。一会儿，一辆崭新的红色宝马缓缓驶来，停在他的身边。驾驶室的窗玻璃缓缓下滑，露出一张娇媚的笑脸，里面传出半是邀请、半是命令的声音："上车吧。"

柯大卫应了一声，伸手拉开后车门，钻了进去。车门关闭的一刹那，车子已经如离弦之箭，驶上马路，汇入滚滚的车流。

"想吃啥？"伏美姣一边开车，一边问道。

"随便，啥都行。"柯大卫信口回答。

"啥叫啥都行，表达太模糊，不像个大男人。说，西餐还是中餐，料理还是火锅？"伏美姣把柯大卫挖苦了一通，随口问道。

"吃茶点，听音乐吧，既简单实惠，又优雅舒适。"柯大卫被逼无奈，只好投己所好。

"英雄所见略同，我们就去'难忘今宵'音乐茶馆吧。"伏美姣善解人意地答应道。

车子转过几个路口，拐到江边一栋三层红色小楼。楼前的停车场上已经停有几辆车，伏美姣把车子开到一个相对宽敞的地方，然后与柯大卫下了车，走进茶馆。

二人找了一个优雅安静的小间，点了几样菜肴、点心，一壶红茶，外加一瓶法国拉菲红酒。随后，在曼妙动听的音乐中慢慢享用，随意闲聊。

"老板，为什么突然想起请我吃饭？"柯大卫喝了一口茶，满脸疑惑地问。

"你来我这里工作，我不应该有所表示吗？"伏美姣理由充足地反问。

"我工作平平，并没为公司做出什么特殊贡献，老板这样高抬，我真有些受宠若惊了。"柯大卫谦虚地表示。

"做好分内的工作就是对我最大的帮助，就是对公司最大的贡献，你当然应该受到优待。"伏美姣认真地纠正说。

"多谢老板关照。"柯大卫感动地回应道。

"大卫，今天是什么日子？"伏美姣看着柯大卫，挑战似地问道。

"什么日子？"柯大卫不解地问。

"你真的忘了？猜猜看。"伏美姣微笑着，一副神秘兮兮的样子。

"应该是……"柯大卫漫无边际地冥思苦想了一气。

"真是的,连自己的生日都忘了。"伏美姣见柯大卫沉吟多时,仍回答不出,只好开口道破。

"是啊,我倒忘了!你是怎么知道的?"柯大卫又惊又喜,反问道。

"傻小子,我手里有你的档案啊。"伏美姣得意地回答。

"哦,谢谢老板,还是你心细。这些年一直在外漂泊,时常忘记过生日。"柯大卫不好意思地解释道。

"我不但知道你的生日,还给你准备了礼物。"伏美姣说着,从LV包里拿出一个红包,递给柯大卫。柯大卫打开一看,里面是一只漂亮的瑞士金表,还有一张信用卡。

"俗话说,无功不受禄。老板,我可消受不起这么贵重的礼物。"柯大卫把红包送回伏美姣面前。

"谁说你无功,我说你有功你就有功。"伏美姣语气肯定地回应道。

"老板,这可不行,别的事我可以听你的,这件事不行。"柯大卫继续推辞说。

"别一口一个老板,听起来怪生疏的,以后叫我伏姐好了。让你拿你就拿着,否则就是瞧不起我了。"伏美姣和蔼可亲却又不容置疑地把红包送回到柯大卫面前,顺势握住他的手。

"老板,别这样,让人看见不好。"柯大卫又羞又急,忙把手抽回来。

"小样,还害臊哩。有女朋友了没有?看上了哪个,姐给你做主。"伏美姣吃吃地笑了一阵,然后借梯下楼地说。

"没有……谢谢老板关心。"柯大卫语无伦次地回答。

"闲话少说,既然庆贺生日,就应该喝个尽兴。今天,姐高兴,咱们两个谁都不准辞杯。"伏美姣说着,倒了两大杯红酒,顺手递给柯大卫一杯。接着,一饮而尽。柯大卫虽然不胜酒力,但经不住对方盛情,只好一杯接一杯地奉陪。

伏美姣一边频频劝酒,一边讲起自己充满辛酸的创业之路。说到动情处,禁不住热泪长流,失声啜泣。看着眼前这个貌似刚强其实内心柔弱的女子,柯大卫一时不知如何是好,只是象征性地安慰、劝解了几句。过了一段时间,伏美姣终于收起眼泪,觉察到自己有些失态,不好意思地笑了笑。

"对不起,我喝多了。"伏美姣说完,起身结了账,然后与柯大卫一起走出茶馆。

"老板,你能行吗?要不打电话把司机叫来。"柯大卫不放心地问。

"没事,轻车熟路,一会儿就到了。我不送你了,你自己打车走吧。"伏美姣星眼迷蒙,樱口微开,笑眯眯地说。然后,打开车门,坐进驾驶室,启动了轿车。柯大卫站在那里,一直看着伏美姣的轿车驶上街道,消失在朦胧的夜色之中,然后才转身打了一辆的士,回到公司。

3 迎来送往

岁末年初,金秉荃格外忙,不仅要应付各项工作,还要迎来送往,对付那些苍蝇似的送礼大军。为了减少麻烦,他特意叮嘱秘书佟镜想法抵挡。但那些人锲而不舍,紧追不放,几乎把电话打爆,有的干脆直接"闯宫",弄得佟镜左右为难,焦头烂额。

这天,白裕富不打招呼,直接闯进金秉荃办公室。金秉荃见来人是他,只好热情让座。

"裕富,你跟着凑什么热闹?"金秉荃问。

白裕富厚起脸皮,嘻嘻一笑,回答:"金大书记,您为全区人民不辞辛苦,日夜奔忙,大家心里过意不去。过节了,一点小礼物,略表寸心,不成敬意。"说话之间,他把带来的红包顺手放到桌上。

"白老板,你这样不是让我犯错误吗?"金秉荃顺手抓起红包,硬塞回白裕富手里。几番推辞,他仍然坚辞不受。白裕富见状,只好起身离去。其实,他之所以拒收礼品、礼金,是因为节日期间是特殊时期,各方面高度关注,过于敏感,容易引起纪检部门和群众关注。尤其像白裕富这样有影响力的私企老板,更需提防。

金秉荃的中学同学钱密来了。此人是省城一家名叫天利房地置业有限公司的董事长。表面上是来看望一下老同学,实际是来寻找商机,捞上一把。

"新区真是个好地方,我今天转了一天。"在宾馆的贵宾室,钱密对金秉荃恭维道。

"承蒙你夸奖,不胜荣幸。"金秉荃微微一笑,回应道。

"当一方诸侯爽啊,有权有势,胜似神仙。金兄,你好福气呵。"钱密用羡慕的眼光看着金秉荃。

"还是你们这些大老板好啊,腰缠万贯,一掷千金,天马行空,无拘无束。我们从早忙到晚,压力大,不自由,又挣不了几个钱。"金秉荃回敬道。

"嗳,这只能怪你思想不够解放,不与时俱进。人家是穷庙里养着富方丈,你却身居富庙,当着穷方丈。"钱密擎着脖子,瞪着眼,一脸不屑地数落道。

"我能怎样?总不能置党纪国法于不顾,要钱不要命吧?"金秉荃反问道。

"没有你说的那么悬乎。全国那么多官员,出问题的只是极少数,概率很低的。只要方法得当,操作周密,出不了问题的。"钱密回答。

"我问你,为什么还有那么些人出问题?"金秉荃又问。

"哎,那是他们不会玩。不打贪的,馋的,懒的,专打不长眼的。在当下的中国,只要政治上别站错队,就不会出问题。还有一条,不要把钱都装进自个的腰包,要适当拿出一部分,建立起自己的关系网。这样一来,即使出了岔子,也会有人出面保护,大事化小,小事化了。现在不是有种现象叫边查边腐,边查边升吗?这都是关系网在暗中起的作用。"钱密再答。

"你小子懂得还真不少呢。有些内幕连我都不知道,你却通得很。"金秉荃不仅对这位老同学刮目相看。

"这算什么,别看我不在官场混,见到的,听到的,亲身经历的,未必比你少。"钱密好不谦虚地说。

"奸商,典型的奸商。"金秉荃忍不住骂道。

"人不为己,天诛地灭。你也不用装清高,比你大的官我见多了,人家都在变着法子捞钱。只有你这样的傻帽还举着贞节牌,自以为是呢。"钱密好不客气地反驳道。

"你这是教唆,蛊惑。我可不听你这一套,到时候你们一推二百五,吃亏还是我自己。"金秉荃脸上一阵痉挛,用力咽下一口气。

"你这样胆小怕事,怎么能干大事,又怎么能当大官?我以前还真是高看你了。"钱密失望地摇了摇头。

"我知道你是有备而来。凭你怎么说,我有自己的主见,不会上你的当。"金秉荃坚持道

"无事不登三宝殿,我是真心想来投资,有钱大家挣,同时帮你创造一点政绩。"钱密坦诚地表示。

"投资我欢迎,但一切按规矩办,别想让我为你额外开口子,搞优惠。"金秉荃板着脸,答复道。

"不着急,咱们慢慢来。你就是只死猫,我也能赶着你上树。你就是块钢铁,我也能把你烧化。"钱密嬉笑一声,不慌不忙地说。

"笑话,你太小瞧我了。"金秉荃颇为自信地应对。

"不信,走着瞧。"钱密很不服气地扬言。

送走钱密,金秉荃陷入了沉思。钱密的造访如一枚石块在他的内心激起层层涟漪。他不仅自问:世人皆醉,我有必要保持清醒吗?世人皆浊,我有必要坚守清廉吗?让一部分人先富起来,是让哪部分人先富起来?是否应该包括领导干部及其家庭?如果领导干部连自己都不能致富,又怎么能够带领群众致富?没有足够的钱,又怎么能疏通关系?不疏通关系又怎么能不断得到升迁?看来,自己以前确实有些不够开化,跟不上时代发展步伐,应该有所调整,有所改变了。至于出问题的担心也是没有必要的。俗话说,法不责众,大家都那样了,办谁去?谁去办?别人都没有出事,轮到自己就会出事?天塌下来有高个子顶着,完全用不着杞人忧天。

这天,处理完手头的文件后,金秉荃把佟镜叫到身边,进行了一番交谈。

"这段时间事情很多,辛苦了。"金秉荃温和地说。

"您日理万机,要说辛苦,您比我辛苦。"佟镜故作谦虚地表示

"噢?很谦虚嘛。好,谦虚使人进步。"金秉荃赞许道。

"不算什么谦虚,事实就是这样。"佟镜强调说。

"小佟,我考你一个问题。"金秉荃伸手点上一支烟,不慌不忙地说。

"什么问题?"佟镜瞪大眼睛,好奇地问。

"有人说,给领导当秘书,要既会做《隆中对》,又能打洗脚水,你怎么看?"金秉荃高深莫测地问。

"这话似乎有些道理,意思是说既要当好参谋,又要当好服务员。"佟镜略加思索,回答道。

"其实这话只说对了一半。"金秉荃把手里的香烟靠近烟灰缸，轻轻弹了弹，然后猛吸一口，评论道。

"那么另一半是什么？"佟镜迫不及待地问。

"你说呢？"金秉荃并不急于回答，而是把"球"踢了回去。

"当好调查员。"佟镜低头想了想，回答说。

"有那么点意思，准确地讲叫信息员。记住，秘书要眼观六路，耳听八方，帮助领导搜集各方面的信息。比如各级领导每天都忙些什么？谁跟谁经常在一起？既要当好书记员、服务员，更重要的是要当好信息员、情报员。一个秘书如果做不到这一点，那他就不能算是一个称职的秘书。"金秉荃说到这里，略作停顿，猛吸了几口香烟，思绪随着腾起的烟雾飞扬起来。

"其实，从本质上讲，官场、战场是一致的。《孙子兵法》、《三十六计》不仅至今适用于战场，同时被广泛运用于官场和商场。'兵者，诡道也'；'知彼知己，百战不殆'；'善守者藏于九地之下，善攻者动于九天之上'；'善战者立于不败之地，而不失敌之败'；'凡战者，以正合，以奇胜'……《孙子兵法》中许多观点，以及《三十六计》中的'瞒天过海'、'借刀杀人'、'趁火打劫'、'无中生有'、'笑里藏刀'、'欲擒故纵'、'远交近攻'、'假痴不癫'、'釜底抽薪'、'美人计'、'反间计''连环计'等计策，至今仍有很强的生命力。我建议你好好研读一下，最好能做到活学活用。我们已经捆绑在一条船上了，一荣俱荣，一损俱损。就像打仗，打胜了，大家都好；打不胜，大家都倒霉，甚至死无葬身之地。"说到这里，金秉荃的脸色变得十分凝重，甚至有些阴沉可怕。

"哦，原来如此。今后，我一定尽心尽力，做一个出色的秘书。"听了金秉荃的一席话，佟镜如醍醐灌顶，兴奋地叫了起来。

4　脱颖而出

在大学里，柯大卫虽然学的是数学专业，但对文学却情有独钟。功课之余，他经常跑到中文系旁听。

中文系的老师大多个性突出，讲起课来神采飞扬，形象生动。N教授个头瘦小，长着一个圆圆的脑袋，乍一看，形神兼备，活灵活现，仿佛阿Q再世。他在讲台上讲课，台下则报以会心的微笑与喝彩，课堂气氛于是活跃起来。主讲古代文学的N女士是一位在读博士，讲起课来旁征博引，滔滔不绝。看到台下谦谦学子们座无虚席，洗耳恭听，一时受到感动和鼓励，课讲得越加绘声绘色，声情并茂。讲到动情处，每每唏嘘感叹，泪水涟涟。主讲现代文学的H老师有些神经质，有挑灯夜吟的习惯，时常把大作拿到课堂上向学生们炫耀一番，以此证明自己不但会讲，而且能写。

听讲的同时，柯大卫开始尝试涂鸦。虽然写得粗糙和稚嫩，虽然耳畔时常传来讥笑声，但却乐此不疲，近乎疯狂。他崇尚古人"春蚕到死丝方尽，蜡炬成灰泪始干"、"语不惊人死不休"的坚韧，相信"只要工夫深，铁杵磨成针"。搜肠刮肚，绞尽脑汁，仿佛贾岛再世。种瓜得瓜，种豆得豆。他的习作终于有一篇被校刊采用，从此一发而不可收拾，接连有几篇稿子见诸报刊。

于是，他成为校园里小有名气的文学青年。有一次，学校举行朗诵比赛，他自己创作并朗诵了长篇抒情散文《大地之子》，并荣获一等奖。

业余爱好冲击了专业课的学习，大一下学期，他有两门功课不及格。好事不出门，坏事传千里。任课老师押送罪犯似地把他和几个同伙带到办公室补考，一路上众人纷纷投来异样的嘲讽的目光。那一刻，柯大卫羞愧难当，恨不得能找个地缝钻进去。

在文学社团里，柯大卫认识了中文系的才女叶青。叶青是典型的来自江南水乡的美女，身材瘦弱，面容清丽，资质聪慧，乍一看，颇有几分林黛玉的气质。共同的爱好，使他们很快成为好朋友。学习之余，他们经常一起徒步到江边的码头看风景。繁忙的塔吊，穿梭的船只，平静的江水，时常让他们流连忘返。

有时还一起探讨交流，赋诗作文。随意出一题目，你一言，我一语，凑成全诗，或者联对子，你说上一句，我对下一句。还有时比赛背诵名家名作，你一首，我一首，看谁背的多。谁输了，谁就认罚。叶青喜欢李商隐，柯大卫则酷爱李贺。叶青天生多情善感，背到动情处，往往泪水涟涟，语声幽咽。

"问世间情为何物，直叫人泪流涟涟，伤心断肠。"柯大卫见状，装出一副怜香惜玉的神情，摇头晃脑地说。

看到柯大卫一副穷酸模样，叶青忍不住破涕为笑。日久生情，叶青对柯大卫产生了朦胧的好感。柯大卫心里明白，却故作懵懂，不予回应。因为在他心目中，她是神，是仙，只可以视为知己，而不敢有非分之想。

滨江市经济新区工委招考一批科员。柯大卫感到机会难得，于是报名参加考试。凭借两年的支教经历和丰富的知识储备，他在激烈的竞争中脱颖而出，鲤鱼跳龙门，有幸成为政策研究室的一名科员。接到录取通知，他兴高采烈，那劲头不亚于当年考上大学。

"小柯，祝贺你高升。"伏美姣第一时间送上祝贺。

"这算什么高升，换个地方上班罢了。"柯大卫轻描淡写地说。

"怎么不算高升？从打工仔到公务员，这个跨度是蛮大的嘛。"伏美姣强调说。

"不管在哪里干，干什么工作，我都不过是普通一兵。"柯大卫谦虚地表示。

"将军都是从士兵中产生的，不做普通一兵，怎么能当上将军？我相信你的能力，只是想提醒你，以后高升了，别忘了起步的地方，别忘了培养、关照你的人。"伏美姣莞尔一笑，打趣道。

"多谢老板高看，乌鸦、羊羔尚且懂得反哺跪乳，小柯不是那种忘恩负义的人，一定知恩必报。"柯大卫信誓旦旦地回答。

"好，我会一直关注着你的成长。有什么困难，尽管回来找我，只要伏姐能帮上忙的，一定全力相助。现在不是时兴人才投资吗？权当我在你身上先期投资了。"伏美姣用热辣辣的目光看着柯大卫，口气温和地表示。

"多谢老板厚爱，我一定努力奋斗，不辜负老板的期望。"柯大卫深受感动，连连表态。

"大卫，恭喜你。"叶青听说柯大卫考取公务员，特地赶来祝贺。

"谢谢。"柯大卫带着难以掩饰的兴奋，随声回应。

"你是不鸣则已，一鸣惊人；不飞则已，一飞冲天啊。"叶青看着柯大卫，钦佩地赞扬道。

"祸福未知，姑且一试吧。"柯大卫故作谦虚地回应。

"将来发达了，可不要忘了老朋友啊。"叶青努力地笑笑，面露几分醋意。

"你看我是那样的人吗？"柯大卫以问作答。

"谁知道呢，人是会变的。"叶青回复道。

"我理解。"柯大卫微笑着说。

"其实你并不懂我的心。"叶青语气幽怨地说。

"我懂，但我不能。"柯大卫分辩道。

"为什么？"叶青反问。

"许多事情不需要理由，也找不到答案。"柯大卫避开叶青火辣辣的眼睛，胡乱搪塞道。

"难道你从来没对我动心吗？"叶青见对方故意躲闪，于是直截了当地追问。

"说实话，我喜欢你，但这是有别于爱情的另一种感情，是一种超凡脱俗的感情。"柯大卫努力解释道。

"你……"叶青失落地垂下了头。

"叶青，今生今世，就让我们互相做个知心朋友吧。"柯大卫满怀歉意地提议。

"既然如此，那只好这样了。"叶青无奈地答应，脸上努力地挤出几丝笑容。

"你现在工作称心不？"柯大卫见叶青表情尴尬，忙转移话题。

"马马虎虎。"叶青淡然作答。

"水往低处流，人往高处走。有机会还是另辟蹊径，找一个更适合你的职位。"柯大卫鼓励道。

"走一步看一步，顺其自然吧。"叶青感激地看了柯大卫一眼，回答道。

那天，他们聊了很多。叶青工作的单位是一家外企，距离较远。柯大卫主动提出送叶青回单位。已是午夜，公交车停开了，出租车又不见踪影，他们只好步行。那天晚上没有月亮，路灯也没有亮，四周漆黑一片。他们只好借着微弱的星光和远处依稀可见的灯火，深一脚，浅一脚地摸索前行。路过一处公园时，一群不知名的大鸟突然惊叫着从两边高大茂密的树林中蹿起。叶青吓得浑身哆嗦，脚步一歪，扑到柯大卫身上。四周一片寂静，柯大卫明显地感受到叶青剧烈的心跳，一股暖流迅速传遍他的全身。过了一会儿，叶青站直了身子，难为情地理了理头发。他们互相鼓励，继续前行，终于来到叶青单位的大门前。叶青向柯大卫道了谢，向宿舍楼走去。走了一段，又冷不丁折转身，向他招了招手，然后迅速消失在楼道里。

经济新区机关原来的办公区建于六十年代初，是一片青砖灰瓦的平房。房间狭窄，设施简陋，光线欠佳，与周边的环境相比，有些不太协调。虽然不断有人提议实施搬迁，改善办公条件，但历届领导班子勤俭持家，把资金用于发展经济，改善民生，一直没有同意。

金秉荃主政以后，觉得老办公区已经不适应改革开放的需要，于是决定建设新的办公楼。为此，他围着城区转了一圈，考察了好多地方，终于选中了一片开阔的稻田。这片稻田位于盘龙湖北岸，背靠卧牛山，冬暖夏凉，视野开阔，风景优美。他断定这是一片难得的风水宝地。为了印证自己的判断，他特意花重金聘请了一位风水大师。大师应邀而来，经过实地勘察、论证，得出了相同的结论。于是，金秉荃信心倍增，立即组织实施，仅用了半年时间，一处高大新潮的现代化办公新区矗立在世人面前。

新办公区拥有五座楼，两座高层办公楼并排立于中间偏后，分别属于区工委和管委会。东、西和后边建有一圈附属楼房，簇拥着两座主楼，给人以众星捧月之感。工委研究室位于工委办公大楼的第二层。

上班第一天，伏美姣让司机开着自己的车把柯大卫送到工委办公大楼。在当地人眼里，这里是一个威严和神秘的地方。因为不到上班时间，所以整个楼层静悄悄的，只有几个清洁工不急不慢地打扫着卫生。站在长长的走廊上，他突然感到空前的陌生、空阔和孤独。于是，又走下楼，在大院里来回踱步，一边细细端详周边的环境。直到接近上班时间，他才重新来到研究室。

研究室内部分工很细，有六个业务室，有管宏观政策的，管经济的，管工交的，管文教卫生体育的，管政法的，管农业、农村的。柯大卫被安排到调研一室，也就是宏观政策调研室。面对一个完全陌生的新环境，他四顾茫然，手足无措，就像刘姥姥进了大观园。

"别着急，慢慢来。"室主任梁志的一句话给了他一些安慰和温暖。

开始一段时间，柯大卫天天守着一堆报纸和材料，反复揣摩研读。后来，又跟在梁志身后抄写报告。

抄写需要一手好字，而柯大卫此前一直疏于此道，字写得天马行空，横不平，竖不直，更谈不上秀气美观了。无奈之下，他只好买了一大堆字帖，利用空闲时间拼命练习。功夫不负有心人，经过一段时间的努力，他的字终于有了明显进步。

柯大卫自从来到这里上班，几乎没有休过一个完整的星期天、节假日。加班成为家常便饭，遇有紧急任务，还要加班到深夜，甚至通宵。长时间伏案书写，累得他腰酸背痛，精神疲劳，拇指指甲里也充了血，钻心地疼。为了应付紧张繁重的工作，他查阅有关资料，自创了一套室内保健操：梳发，摇头，叩齿，揉眼，按耳，拍手，跷腿，提臀，扭腰，搓腹，背部撞墙。他试着坚持了一段时间，身体状况渐渐有了好转。

过了一段时间，梁志安排他搞一次专题调研。这是他进入研究室以来第一次独立工作，他从心里感谢领导的信任，决心把这项任务完成好。然而，由于事前准备不足，问题设计不科学，所以调研过程中，他虽然专心致志，却不得要领。没办法，他只好要了一大堆材料，打道回府。虽然经过反复研究，但待要动手写时，又感到无从下手。硬着头皮写了几行字，感到不如意，扯起来揉成纸团，扔进纸篓。如此写了扯，扯了写，反复了好多遍。以前写诗作文，天马行空，挥洒自如，如今守着一堆稿纸却眼高手低，一筹莫展。

"以前的灵感、才气哪去了？"柯大卫不断追问自己，责备自己，逼迫自己。费了九牛二虎之力，勉强把报告写了出来。没想到，梁志翻了几下，就扔在一边。他拿起来，回到自己办公桌前，反反复复进行修改，仍然没能过关。没有办法，梁志只好把任务转交给同事计荫。计荫比柯大卫早来两年，业务比较熟练，比较受梁志的器重。他自己也常常以骨干和栋梁自居，表露出一副舍我其谁的神气。

几天后，梁志再次给柯大卫安排了任务。他搜肠刮肚，好不容易把报告写出来，没想到梁志看后，皱着眉头，叹了口气。时间紧迫，梁志只好亲自捉刀，作了较大幅度的修改。连续几次的失败，柯大卫的自信被打得粉碎，他甚至变得自轻自贱起来。

5　超越自我

经济新区机关报《新区快讯》招考一批记者，柯大卫听到消息，第一时间告知叶青。叶青依靠扎实的功底，过五关，斩六将，如愿以偿，成为一名报社记者。

"终于梦想成真，祝贺你。"叶青应试成功，柯大卫由衷的高兴，并陪同她到报社报了到。

"谢谢你，没有你及时通知，我也许还没想到要报考呢。"叶青粲然一笑，感激地说。

"成功要靠自身努力。你努力了，而且具备了这个实力。"柯大卫赞许道。

"记者对我来说是一个完全陌生的职业，现在我只是拿到了入场券，基本还是个门外汉，不知道从何做起。"叶青谦虚地回答。

"多看，多学，多做，少说，在实践中慢慢摸索。"柯大卫提示道。

"以后要请你多多指点了。"叶青诚恳地请求。

"任何人的成长都需要一个艰难的过程，许多东西我也不懂。让我们在不同的岗位互相勉励，互相学习，共同努力吧。"柯大卫感慨万千地说。

"你遇到什么困难了？"看着柯大卫紧缩双眉，唏嘘感叹，叶青不禁关切地询问。

"唉，别提了，我现在是诸事不顺，处境困难。"柯大卫重重地叹了一口气，把自己眼下的困境向叶青述说了一番。

"世上没有过不去的关卡，越是遇到困难时候，越要相信自己。"叶青反过来开导柯大卫。

"现实如一团乱麻。我身陷其中，举步维艰，无能为力。"柯大卫一脸的无奈。

"人容易犯两种错误，一种是把复杂的问题简单化，一种是把简单的问题复杂化。我认为你属于后者。"叶青直言不讳地说。

"我现在自信全无，甚至怀疑自己的智商。"柯大卫懊恼地摇了摇头。

"一个内心强大的人，是任何困难压不垮，任何力量打不倒的。"叶青进一步鼓励道。

"人是不一样的。"柯大卫分辩道。

"你哪里差？上大学的时候，你是优秀的，我相信你现在仍然是优秀的。"叶青语气肯定地说。

"谢谢你的高抬。"柯大卫感激地表示。

"任何人都不可能随随便便成功，一帆风顺只是美好的愿望。也许我们前进的旅途沼泽密布，荆棘丛生，也许我们追求的目标山重水复，不见柳暗花明。但是，只要不停下追求的脚步，我们就一定能到达成功的彼岸！"叶青继续给柯大卫打气。

"好吧，借你吉言，我再试一次。"柯大卫抬起头，看着叶青，精神一振，脸上露出笑意。

叶青的鼓励，仿佛给柯大卫打了一支强心剂。他逐步从消沉中走了出来，从零开始，虚心学习，勇于实践。一段时间之后，认识问题和分析问题的水平有了显著提高。

大包干的政策效应释放殆尽，"三农"面临许多新的问题，一室受命搞一次专题调研。梁志亲自出马，并点名让柯大卫陪同。柯大卫表面不露声色，心里却十分高兴。

车子沿乡间公路一路疾驰，映入眼帘的是绿油油的稻田，新建的楼房。看着辛勤耕耘的水牛和汗流浃背的种田人，柯大卫心中不禁感慨道："锄禾日当午，汗滴禾下土。谁知盘中餐，粒粒皆辛苦。"

连续几天，他们深入湖西镇农村，与干部群众认真座谈。在此基础上，形成了一篇调查报告。完成任务的那天，镇里为他们举行了欢送宴会，书记、镇长亲自作陪。

柯大卫本来不会喝酒，但抵不住主人猛劝，终于在梁志默许之下端起了酒杯。宴会觥筹交错，气氛热烈，涉世未深的他不胜酒力，几个回合下来已经神志恍惚，坐立不稳，顺势滑到了桌子下面。被架回房间后，又翻江倒海，好一个呕吐。他不记得自己当时是怎样一副狼狈相，事后，虽然梁志没有说什么，但柯大卫心里却十分不安。有一天晚上，柯大卫梦见梁志正襟危坐，用手指着他的鼻子，大发雷霆："年纪轻轻，如此不注意影响。不会喝酒，为什么非要端杯?!"他真想挨一顿臭骂，这样心里反而会好受一些。

"最近，区里准备正式启动盘龙湖周边地区综合开发项目。这是个新问题，工委、管委领导很重视。你拿出一段时间，专门搞一下这方面的研究，形成一份调研报告。"好像有意考验，梁志把柯大卫单独叫到办公室，再次给他安排了任务。

"主任，这样一个大题目，我能行吗?"经历了几次失败，柯大卫心有余悸，于是惴惴不安地问。

"只要下定决心,树立信心,千方百计,尽心尽力,就没有攻不下的堡垒。"梁志勉励说。

"我担心搞不好,误了事。"柯大卫补充说。

"不要有什么思想包袱,我相信你能写出一篇有分量的报告。"梁志再次鼓励道。

"那好,我努力争取吧。"话已至此,柯大卫只好硬着头皮答应下来。

接下来的一段日子,柯大卫骑着单车,游走于湖区和有关部门,虚心向渔民和专家请教,多方征求意见,收集素材,了解情况。

在区渔业水产局,他与水产专家和渔政官员们进行了座谈。

"柯同志,既然你是代表领导下来调研,那我就直言不讳,实话实说了。盘龙湖周边五公里红线是上几届工委、管委定下的,一直延续至今,一定不能改变啊。一旦突破,盘龙湖将万劫不复,永无宁日,损失的不光是渔业和生态,而且还会危及人民群众的饮水安全。"柯大卫说明来意,一位须发花白的老专家言之凿凿地提出自己的意见。

"出这种馊主意的人肯定居心不良,为了个人发财,什么事情都干得出。"听说有人向工委建议开发盘龙湖周边地区,一位年轻的渔政官员一针见血地指出。

"这是明摆着的,如果从群众利益和长远发展出发,肯定不会动这样的歪脑筋。"一位中年专家接着说。

"他们把河流和地下水污染了,现在又打起了盘龙湖的主意,真是造孽啊。"老专家浑身颤抖,声音沙哑地骂道。

"始作俑者,其无后乎?!"年轻官员同样气愤地诅咒说。

"简直是利令智昏,丧心病狂。他们这么做,天理难容。"中年专家随后斥责道。

"大家放心,我一定把你们的意见写到报告里去,给领导提个醒,决不能让那些人的阴谋得逞。"见大家群情激奋,怒不可遏,柯大卫赶紧表态,予以安慰,座谈会才得以继续进行。

结束了渔业水产局的座谈,柯大卫又来到区环保局,征求局长曲卫清等人的意见。

"这些年来,开发盘龙湖的声音一直不绝于耳,但真要付诸行动,无异于自找麻烦,自取其咎。"听了柯大卫的自我介绍,曲卫清笑了笑,不慌不忙地说，仿佛所有情况都在其掌握之中。

"有这么严重吗？"柯大卫明知故问道。

"这件事区领导有没有成熟的意见？"曲卫清没有回答柯大卫的问题，转而问道。

"没有，如果那样就不用调研了。目前只是有人提出建议，区领导一时拿不定主意，让研究室摸一下情况，然后再下定论。"柯大卫如实回答。

"既然这样，我谈一下我的意见。从我们环保部门的角度来看，五公里的红线坚决不能突破，一旦开了口子，将会导致一场生态灾难，后果不堪设想。"曲卫清态度明确地表示。

"有人提出先污染，后治理，说什么环境污染是工业化、城市化不可避免的副产品，是不可逾越的发展阶段。你认为这种说法对否？"柯大卫请教说。

"这是一种自欺欺人的谬论。我们搞现代化，为什么非要重复西方国家的老路？先污染，后治理，说起来容易，做起来就难了。一旦造成了污染，花费数倍甚至几十倍的精力、财力未必能把生态系统恢复到原状。无论从生态方面，还是从经济方面看，都得不偿失，后患无穷。"曲卫清旗帜鲜明地驳斥道。

"我赞成您的看法。不过，这可是当下时髦的理论。"柯大卫听后深受启发，随之支持说。

"时髦的不一定是正确的，问题是大家往往明知不对，却还要随波逐流，盲目跟从。"曲卫清态度坚决地评论说。

"我一定把您的意见带回去，只是不知道我们的意见能不能起到应有的作用啊。"柯大卫感慨道。

"我们只能在自己的职权范围内尽力而为，至于大局不是我们能够左右的。环保部门虽然是职能部门，但也要听命于地方党政。比如说，盘龙湖开发，如果工委、管委定了，我们环保局也只好网开一面，变通执行了。所以说，在现有条件下，要做到严格公正执法是十分困难的。"曲卫清深有感触地说。

"法治文化缺失，情大于法，权大于法，这恐怕也算是'中国特色'之一了。"柯大卫附和道。

这天，柯大卫来到盘龙湖边考察。他一边沿着湖岸行走，一边欣赏着风景。一眼望去，人工养殖使用的网箱依此排列，密密麻麻，把水面分割成零零碎碎的狭小区间。网箱之间，渔民们来回穿梭，正在忙着往网箱里添加食料。他正愁找不到人问话，忽见一艘出湖打鱼的机帆船疾驰而来。不一会儿，船靠了岸。

"老乡们好啊。"见几个渔民从船上跳下，柯大卫主动走上前招呼道。

"好，好什么，凑合着过呗。"一位满脸风霜的老渔民低着头，用一双粗糙的大手从拖网中捡拾着为数不多的鱼虾。

"情绪不高啊，今天收获不够理想？"柯大卫登上渔船，弯腰往船舱里瞅了几眼，不经意地问了一句。

"到哪里找理想？过去几乎弹不虚发，网网爆满。现在鱼虾越来越少，在湖上转一天也打不了多少鱼了。"一位中年渔民看了柯大卫一眼，接过了话茬。

"我记得以前的盘龙湖鱼肥水美，是个聚宝盆啊。"柯大卫疑惑地问。

"这位兄弟，一看就知道不是吃渔家饭的。贵姓，从哪里来？"中年渔民一边收拾着工具，一边不冷不热地问。

"我姓柯，是区工委研究室的干事。请问大哥贵姓？"柯大卫微笑着回答。

"我姓魏，叫魏正毅，那位老人是我本家的二叔，我们都是湖西村的渔民。"中年渔民回答。

"研究室是干什么的，都研究啥？干事是个啥官？"旁边一位中年妇女好奇地问。

"少见多怪，我告诉你吧。研究室是专门研究人的，至于干事嘛，就跟部队里的参谋差不多。"一位年轻渔民嬉皮笑脸地回答。

"哦，我明白了，参谋不带长，放屁也不响，这干事嘛，看样子跟参谋差不多。"中年妇女恍然大悟地说。

"你就损吧，嘴上一点不积德。"年轻渔民翻了几下眼皮，批评说。

"这有什么，实话实说嘛。"中年妇女振振有词地反驳道。

"这几位是谁啊？"柯大卫并不在意，只是好奇地问。

"别理他们，女的是我老婆，年轻人是我们村里有名的调皮鬼。"叫魏正毅的中年渔民回答。

"魏大哥，现在湖里的鱼为何这么少呢？"柯大卫接着问。

"几千条船昼夜不停地穿梭拉网,有多少鱼抓不净?杀鸡取卵,掠夺式捕捞,用不了多长时间,连这些鱼尾虾米也捞不着了。"魏正毅气愤地回答。

"湖里没有了鱼虾,你们怎么办?"柯大卫关切地询问。

"没有办法,许多渔民只好承包水面,搞起了网箱养殖。这样一来,收入解决了,污染却越来越严重,湖水已经富营养化了。"魏正毅摇着头,满脸愁云地回答。

"看来,人工养殖也不是长久之计。"柯大卫插话说。

"是啊,只有实行人工放养和休渔制度,才能有效保护水质和渔业资源,维护生态平衡。"魏正毅补充说。

"目前看,形势不容乐观啊。"面对现实,柯大卫不禁感慨道。

"听说,有些人又在打盘龙湖的主意。真是利欲熏心,利令智昏,好好的一个湖迟早会毁在这些人手里。"魏正毅忧心忡忡地说。

"他们真要这样干,你们怎么办?"柯大卫问。

"怎么办?只有起来反抗,制止他们。我们世代靠打鱼为生,从小生长在湖区,决不允许他们把好好的家园给毁了!"魏正毅斩钉截铁地表示。

"你以为凭你个人的努力能行吗?"柯大卫又问。

"只要坚持不懈,努力去做,总会见到效果的。"魏正毅充满信心地回答。

经过一番认真详细的调研,柯大卫掌握了大量第一手材料,很快撰写出了调研报告。在报告中,柯大卫从各个方面进行了充分的分析论证,力主对盘龙湖实施战略性保护,坚决守住五公里红线。

柯大卫把调研报告交给梁志。梁志看完后,只作了个别修改,就打发送交研究室领导审阅。报告经研究室领导签字同意,打印后分送给工委和管委领导参阅。

"阿弥陀佛,谢天谢地",柯大卫胸中一颗悬着的心终于放了下来。这次调研的成功,标志着他的写作水平有了质的飞跃。为此,他有些沾沾自喜起来。直到这时他才明白,调研不仅需要一定的文字功底,而且需要过硬的政策理论水平和对实际情况的把握。而此前的他,各方面条件都不具备,又怎么能写出有分量的调研报告呢?

在工作中,柯大卫逐步了解到,原来研究室内部人人都有一段不平凡的历史。他的顶头上司梁志生在农村,从小家境贫寒,在建筑工地和车间当过工人。后来自学成才,进入机关,并逐步成长为业务骨干。

梁志经验丰富,作风严谨,不苟言笑,尤其对年轻人严厉有加。从一开始,柯大卫对他就心存敬畏。

有一段时间,柯大卫忙于工作,头发有些长了。梁志盯了他好几天,终于忍不住把他叫到办公室。

"大卫啊,作为一名机关干部,要时时处处注意仪表和形象,不能过于随便。"梁志的几句话说得柯大卫如坠烟雾,不知所措。

"工作忙,也不至于连理发的时间都没有吧?"见柯大卫一头雾水,梁主任只好挑明道。

"哦,谢谢领导提醒,我今天就去理。"柯大卫恍然大悟。原来梁志一脸严肃,竟是因为这样一件不起眼的小事。"君命"难违。他赶紧放下手头的工作,到街上理了头发。

6　虎豹山庄

盘龙河发源于盘龙山,蜿蜒曲折,穿山越岭,注入一片低洼地带,形成辽阔的盘龙湖。盘龙山孕育了盘龙河,盘龙河造就了盘龙湖,盘龙湖又浸润了周边肥沃的土地。

多少年来,盘龙湖水质清澈,生态良好,里面生活着上百种鱼虾和几十种候鸟。每到秋季,成千上万的大雁、仙鹤、天鹅从遥远的北方长途跋涉,来这里栖息过冬,场面甚是壮观。当地人把这盘龙湖看做是上天恩赐的圣水、血脉相通的母亲湖。多年来,湖区的百姓靠她哺育,与她和谐相处。

盘龙湖生态良好,却十分脆弱,一旦破坏,将很难恢复。正因如此,历任领导班子无一例外地采取了谨慎态度,规定并坚守着一条红线:严禁在盘龙湖周边五公里以内的地区实施任何商业开发。

然而,随着时间的推移,盘龙湖周边地区的商业价值越来越大,诱惑力越来越强。开发商们瞪着血红的眼睛,一直贪婪地盯着这块肥肉。他们使出各种手腕,企图说服决策者们,突破保护红线。这个时候,他们需要一位有胆量、又有势力的人物打头阵。经过一番物色,他们把目光集中在了虎豹集团董事长白裕富身上。

他们的眼光没有错。白裕富的确是一位超重量级的人物,不仅在经济新区首屈一指,就是在整个滨江市也是龙头老大,不仅在白道上呼风唤雨,就是黑道上同样畅通无阻。看到同伙们轮番登门拜访,这样瞧得起自己,白裕富很是自豪,终于答应亲自出马,摆平这件事。那一刻,他觉得自己就是重新降世的救世主、凯旋归来的大英雄。

"各位老兄放心,这事就包在老弟身上了,你们等着听好消息吧。"白裕富胸有成竹地对同伙们说。

他之所以答应得这样痛快,其实并非为了他人,而是出于一己之私。盘龙湖周边商机无限,他早就垂涎三尺,急不可耐,打算在那里建几个工厂,开发几处房地产。

"多谢白老板,事情办成了,你就是大伙的再生父母,救命恩人啊。祝你马到成功,旗开得胜。"开发商们争先恐后地表示。在他们心目中,白裕富就是带给他们滚滚财运的福星,救苦救难的观世音菩萨。

白裕富的祖辈曾经是滨江一带有名的豪绅兼富商。白裕富八岁时,他爹因病去世,之后与母亲相依为命。为了生活,初中没念完,他就跟着别人在街上摆起了小摊,后来又倒卖衣服,再后来跟别人合伙走私汽车、烟酒,从而掘得第一桶金。前几年,适逢国营企业改制,头脑活络、善于钻营的白裕富觉得机会难得,下本钱买通了有关部门的头头,低价收购了几家国营大厂,搞起了对外加工贸易。短短几年,他麾下的虎豹集团资产已经有十几个亿,经营范围囊括了外贸出口、房地产开发、矿山开采、宾馆、夜总会、洗浴中心、典当行、拍卖行、地下钱庄等所有的暴利行业,员工达数万人,保安加保镖就有数百人。

虎豹集团总部设在虎豹山庄,位于经济新区的黄金地段,一色的欧式别墅,依山傍水,环境清幽,高墙深院,戒备森严。为经营庞大的财富王国,白裕富建立了一支等级森严、组织严密的管理团队,从社会上雇佣了一帮打手。除了外出,他大部分时间都坐镇虎豹山庄,遥控指挥着各路人马。坐骑是一辆加长的劳斯莱斯,车内舒适宽敞,既可休息,又可办公。他的车队经常横冲直撞,招摇过市,路人纷纷避让,唯恐躲之不及。

白裕富坚信天下没有不吃腥的猫,人性中都有黑暗和脆弱的一面,只要投其所好,对症下药,就没有攻不下的堡垒。多年来,他的这套办法屡试不爽，许多官员成为他的俘虏，乖乖地听他调遣。为了打开盘龙湖周边开发的大门，必须征服经济新区的当权者。主意打定，他亲自出马，到盘龙湖湖心岛打了几只白天鹅，邀请工委书记金秉荃来虎豹山庄做客。

接到白裕富的邀请，金秉荃犹豫了半天。这位经济新区乃至整个滨江市数一数二的民企老板财大气粗，背景神秘。对于这样一位人物，过于亲近不好，过于疏远也不行，所以一直不冷不热，保持着适当的距离。

此前，白裕富曾多次邀请他去虎豹山庄做客，多次上门送来礼品和礼金，都被他以种种借口予以回绝。这一次，他同样可以编出许多理由予以婉拒。然而他又清楚，为以前的事，白裕富已经生了气，私下里说："老金这个人架子太大，不好交往。"甚至放话说："我的忍耐是有限的，再这样下去，我就让他从经济新区滚出去。"

关系已经闹到了这个地步，金秉荃不得不认真考虑了。他知道这位财神爷神通广大，手眼通天。真的弄别扭了，他到上面一鼓捣，自己的位子就悬了。为了这事丢官走人，岂不冤枉？识时务者为俊杰。这种人虽然有缺点，但一般都重情义，交往好了，可以为我所用，何乐而不为？

经过深入思考，金秉荃决定应约而往，见机行事。从工委办公大楼出发，半个小时，他的专车已经来到虎豹集团门前。

大门为穹隆式，给人的第一印象是高大，宽敞，气派，用时下的话说就是高端，大气，上档次。外侧雄踞着一对巨型青铜猛虎，内侧俯卧着一双玉雕猎豹，张牙舞爪，眼露凶光，面含杀气。来访者身临其境，不禁头皮酸麻，心生寒意。

白裕富带领一班手下从办公楼里面走了出来，在楼前列队迎候。金秉荃的车子刚停下，白裕富立即走上前来，双手遮挡在车门上方，嘴里连声叫道："金书记大驾光临，热烈欢迎。"一班手下跟着齐声高喊："欢迎，欢迎，热烈欢迎！"

金秉荃见现场气氛热烈，于是满意地点了点头，微微含笑，走下座驾，与白裕富等人一一握手。寒暄过后，宾主一行参观了山庄的各处景点。

他们首先来到山前公园。虎豹山前，大门内侧，是一湾人工开挖的湖面，形状宛如一对金元宝。公园依湖而建，大小景点星罗棋布，小巧玲珑，浑然一体，别具特色。沿着蜿蜒曲折的木栈桥，他们依此游览了湖心岛，石假山，荷花池，渔港，竹林。然后踏上石板路，攀到半山腰，观赏了正阳亭，虎豹园，孔雀台，观音庙，卧佛像。最后，来到白楼用餐。

　　白楼位于山庄右侧，是一座欧式别墅，共三层。外观看并不特别显眼，里面却装修豪华，标准不亚于五星级宾馆。餐厅、客房、洗澡间、娱乐室、健身房一应俱全，吃喝玩乐一条龙服务。专门从外地高薪雇佣的女服务员身材高挑，相貌出众，装扮入时，姿态妖冶，成为白楼最亮丽的风景。

　　"金大书记，盘龙湖周边开发势在必行，不能再等了。"几杯酒下肚，见金秉荃面色红润，微含醉意，白裕富于是切入主题。

　　"湖区开发是一个两难选择，历届领导班子都不敢下这个决心，因为大家都不想留下破坏生态环境的千古骂名啊。"金秉荃不急不慢地回答。

　　"什么骂名不骂名，老兄言重了。你们官场上的人应该考虑什么？考虑进退去留。你们的价值是用官位衡量的，有了官位就有了一切。成大器者不拘小节，为了升迁，其他任何事情都可以忽略不计。"白裕富开导说。

　　"你的话倒是很实在。"金秉荃笑了笑，评论说。

　　"你不用在我面前装清高，官职再大也是人。人不为己，天诛地灭，是人就有私心。一心为公的人压根就不存在，是你们捏造出来糊弄老百姓的。"白裕富毫无顾忌地回敬说。

　　"看不出，你老弟还挺有想法的。"白裕富的话让金秉荃无法反驳，只好胡乱应付道。

　　"为官之道贵在与人为善。水能载舟，也能覆舟，屎壳郎多了垫翻车。大人物不能得罪，小人物也不能得罪，因为他们手里握有选票，得罪了他们就等于自毁前程。"白裕富见金秉荃态度暧昧，于是进一步威胁说。

　　"老弟的心思我明白，我会认真考虑的。"金秉荃终于心有所动，于是端起酒杯，先喝为敬。

　　"忠言逆耳，兄弟没有别的意思，只是希望金兄步步高升。俗话说，众怒难犯，把大家惹恼了，你脸上也不好看，是吧？"白裕富软硬兼施地回敬了一杯。

　　"实施全面开发，难免会造成湖水和湖区周围环境的污染啊。"金秉荃担心地说。

　　"你的目标是尽快创造政绩，实现升迁，管他污染不污染干啥？"白裕富不以为然地反驳道。

"五公里红线是前几届领导班子一直坚守不变的,不能在我手里破了规矩吧?"金秉荃看了白裕富一眼,仍然坚持己见。

"政策是死的,人是活的,不合时宜的政策就应该突破,否则怎么开创新局面?"白裕富跃跃欲试地说。

"你们这些商人啊,眼里只剩下钱了。"看着白裕富一副急不可耐的神态,金秉荃忍不住笑着说。

"赚钱是商人的本分。不赚钱,让我们干啥去?再说了,我们也是为发展经济作贡献嘛。"白裕富强词夺理地反驳说。

"裕富,你这么关心湖区开发,不是有什么私心吧?"听够了白裕富的闲扯,金秉荃忍不住问道。

"不瞒你说,大家心里着急,委托我出面通融一下。另外,我自己也想在那里投点资。"白裕富毫不隐瞒地回答。

"搞什么项目?"金秉荃问。

"还没定,等考察一下再说吧。我先跟你打个招呼,到时候你可得网开一面,多多支持啊。"白裕富回答。

"行,你白老板想干的事我敢不支持?我可不想卷铺盖走人啊。"金秉荃笑呵呵地抢白道。

"咳,我可没这么说,你别听外面胡说八道。他们这是有意造谣,离间咱们兄弟的关系。"白裕富听出金秉荃的意思,于是赶紧拾起酒杯,连敬数杯。

7　请君入瓮

白裕富的一番话在金秉荃心里萦绕了好几天。正像前段时间老同学钱密所说的那些话,虽然难听,但仔细琢磨却颇有道理。不想当将军的士兵不是好士兵。身在官场,谁不想升迁得快一点,官当的大一点?而要想尽快升迁,就必须尽快做出显著的政绩。要想尽快地出政绩,就必须解放思想,打破常规,追求卓越,想别人所不敢想,做别人所不能做。上面不是说嘛,发展是硬道理,是压倒一切的政治任务。先发展起来再说。至于污染,以后有条件了再治理。社会主义初级阶段嘛,哪能什么事情都做得完美无缺，四平八稳？这样一想，他的心里感到亮堂了许多，也平静了许多。

几天后，金秉荃主持召开常委会，专门研究湖区开发议题。保护还是开发，这个敏感而重大的课题摆在了决策者们面前。

"盘龙湖一带地理位置优越，交通发达，商机无限。长期闲置，无疑是一种极大的浪费。发展是硬道理，是党执政兴国的第一要务，是压倒一切的政治任务。目前，各地都在加快发展，形势催人，形势不等人，所以对湖区实施全面开发已经势在必行，刻不容缓。否则就会丧失机遇，贻误发展，犯历史性的错误。在现有条件下，实现超常规发展，难免会造成一些污染。这并不可怕，以后有条件了，再慢慢治理。为了加快发展，暂时牺牲一点环境值得。先污染，后治理，是工业化国家共同走过的道路，是不可逾越的历史阶段。为了繁荣一方经济，造福一方百姓，我们就是要痛下决心，敢于打破常规，敢于做前人没有做过的事，实现经济率先腾飞。"常委会议上，金秉荃开门见山，抛出了自己的观点。

"发展经济固然重要，但我们不能执其一端，不顾其余，忽视环境保护，靠牺牲生态环境换取一时的经济发展。我们做任何决策都要全面权衡，慎重考虑，不可急于求成，草率从事。否则，会犯历史性的错误，甚至成为千古罪人。盘龙湖一带是我区的水源地和心肺系统，具有不可替代的生态功能。实施大面积开发，允许在盘龙湖周边建别墅、酒店、工厂，大家可以设想一下，将会带来什么样的结果？同志们，我们还是发点善心，为子孙后代留下这一片青山绿水吧。"工委副书记兼纪委书记方明随后提出了不同的看法。

"我同意方副书记的看法。盘龙湖周边地区开发关系重大，影响深远，不能等闲视之，轻率决定。否则，我们将成为千古罪人，既对不起全区人民，又对不起子孙后代。"管委会主任翁卓随后发言，明确支持方明的观点。他之所以这样做，不是因为他多么重视盘龙湖的生态保护，而是因为金秉荃事前没跟他通气，他心里感到不平。主要领导的观点存在分歧，与会人员不便表态，会议没能形成决议。

"金书记，你在湖区开发问题上的态度转变得好快啊。"会后，方明来到金秉荃的办公室，很不理解地说。

"这有什么奇怪的？从实际出发，及时修正错误是我们共产党人的优良传统嘛。以前之所以不同意湖区开发，是因为思想不够解放。现在看，为了加快发展，其他方面作出一定牺牲，付出一些代价也是值得的，必要的。"因为方明在会上公开唱反调，金秉荃憋了一肚子气，正想找方明兴师问罪。见方明自己送上门来了，于是板着脸，回答说。

"强词夺理，无耻的狡辩，两面派，变色龙！"听了他的一席诡辩，方明心里忍不住这样想。

"方副书记，你年富力强，前途无量，要注意讲党性，顾大局，与工委保持一致啊。"金秉荃点上一支烟，悠闲地抽着，不阴不阳地说。

"谢金书记吉言，前途不前途我并不看重，只是不知道什么地方不讲党性和大局，不与工委保持一致了。"方明知道金秉荃话中有话，却故作糊涂地回答。

"湖区开发是大势所趋，人心所向。你不仅不积极支持，还在会上公开唱反调。请问，你说你有没有党性？眼里有没有我这个班长？"金秉荃两眼定定地看着方明，继续质问道。

"我不是一概反对开发，而是反对这种一哄而起、急功近利的开发。这种开发势必会造成生态环境的大破坏、大灾难，所以我无法昧着良心表态同意。我认为，湖区开发的时机还不成熟，不能盲目实施。"方明理直气壮地回答。

"条件需要创造，机会需要抢抓，坐等条件成熟，白白错过时机，是要贻误发展的。"金秉荃针锋相对地反驳道。

"你的观点我无法苟同。"方明坚持己见，毫不退让。

"也许你是对的，让历史去检验吧。"金秉荃烦躁地挥了挥手，结束了谈话。

"是非曲直，历史自然会作出公正的评价。即使你的提议获得通过，我也要保留个人意见。"方明说完，大步走出金秉荃的办公室。

得知常委会的结果，白裕富气得咬牙切齿。骂翁卓、方明沽名钓誉，冒充大尾巴狼。骂金秉荃无能，不能当机立断，力挽狂澜。冷静下来之后，他又不得不考虑解决的办法。金秉荃已经投降了，只要再把翁卓拿下，两个一把手统一口径，其他人自然蟹子过河随大流，即使个别人反对，也无碍大局了。

第二天，他把翁卓请到白楼。席间，白裕富拿出几瓶珍藏多年的极品茅台,吩咐几名副总轮番上阵,变着花样劝酒。翁卓被喝得醉眼蒙眬,坐立不稳。酒足饭饱之后,白裕富亲自出马,把翁卓护送回家。翁夫人金玉热情迎接,亲自给白裕富沏茶倒水。白裕富端起水杯,与翁卓夫妇随意聊了几句,然后匆匆离去。临走,留下一个牛皮纸袋子。

金玉打开一看,里面塞满了百元大钞。她怔了一下,抬头看了翁卓一眼。翁卓鼻孔里吭了一声,随口说道:"这个白裕富,又搞什么名堂。"

金玉问:"肯定有求于你呗。"

翁卓接着骂道:"他能有什么正事,整天变着法子捞钱罢了。"

金玉接着说:"你管那么多干啥?商人不捞钱还叫商人?有机会谁不捞?就怕像咱一样,没有机会。"

翁卓瞪了夫人一眼,说:"知足吧!没有我给你撑着,你能有今天?"

金玉显然不愿听这样的话,把嘴一撇,问道:"哼,这钱怎么处理?"

翁卓想了想,边往卧室走,边有气无力地回答:"先放起来,以后再说吧。我累了,需要休息,别打扰我。"

虎豹山庄之行让翁卓心里的天平随之倾斜,在盘龙湖区开发问题上与金秉荃很快达成了妥协。

"同志们,前一段时间我们讨论过盘龙湖的开发问题。形势不断发展变化,现在看,我们过去的看法过于片面了。实践证明,只有不断解放思想,更新观念,才能跟上时代的步伐。所以,关于盘龙湖的开发问题,我们有必要重新审视和决策。"在随后召开的常委会上,翁卓态度大变。

"开发盘龙湖周边地区,不仅能够扩大就业,而且可以迅速增加经济总量和财政收入,进而有力带动全区经济腾飞。同志们,我最关心的是财政收入。现在自上而下实行的是分灶吃饭的财政体制,上面不会管我们,只有靠我们自己加快发展,增加财政收入。有人反对土地财政,反对经营城市,其实这是现有财政体制下没有办法的事。财权与事权应该是统一的,然而目前的情况是中央把财税的大头收去了,却把大量需要花钱的社会事业下放到地方。地方如果不想办法增加财政收入,拿什么保证政府正常运转,拿什么搞基础设施建设,拿什么办社会事业?因此,只要有利于增加财政收入,我们就要开绿灯,敞开发展,而不要作茧自缚,贻误发展。"翁卓环顾了一下会场,进一步强调说。

翁卓的突然转变令与会者再次感到惊诧。只有金秉荃洞悉内情,暗自得意。为避免方明再次提出反对，金秉荃特意把常委会选在方明外出开会期间召开。其他与会者见两个一把手意见一致，纷纷表示同意，于是形成了决议。

金秉荃对这一举措的利弊得失心知肚明。为了加快经济发展，尽快取得显著的政绩，进行开发是必要和必需的，污染又是必然的，难以避免的。而造成污染的责任不是个人所能承担的。所以，必需得到上级领导的批准和支持，给自己留下退路。

拿定主意，金秉荃随后来到市委，向市委书记薪跃进当面作了汇报。薪跃进刚从省城空降滨江，同样急于干出政绩，于是对盘龙湖开发当即表示同意。

"实现经济社会超常规、飞越式发展，就是要解放思想，清除旧有观念的束缚，打破一切条条框框的限制，变不可能为可能。只要最大限度地发挥主观能动性，什么历史记录都可以刷新，什么神话和人间奇迹都能创造。不要有任何担心和顾虑，发展是硬道理，只要有利于发展，就应该大胆地干，大胆地闯。"薪跃进给金秉荃打气说。

"感谢薪书记对我们的理解、支持和鼓励，我们一定以只争朝夕的精神抓好开发，为全市加快发展作出应有的贡献。"金秉荃听了薪跃进的话，心里一颗石头落了地，连忙信誓旦旦地表示。

"不过，我要叮嘱你一句话：开发可以，但一定要严格把关，注重生态保护。如果因为开发造成了湖区环境严重污染，那就得不偿失了。"略作停顿，薪跃进话锋一转，叮嘱道。

"请薪书记放心，虽然开发与保护难以两全其美，但我们一定尽量兼顾，以最少的代价换取最大的发展。"金秉荃进一步表态说。

"好，我等着你们的好消息。"薪跃进满意地点了点头，目光中充满赞许和期待。

8　心不设防

柯大卫做梦也没想到，平时一脸严肃的梁志会主动给自己介绍女朋友。他心里虽然不情愿，却不便直接拒绝，只好跟随梁志来到街心公园。

天气已经开始热起来，公园里到处都是前来休闲纳凉的人们。公园一角的树荫下有一段木质排椅，他和梁志刚刚坐定，就看见梁夫人领着一位姑娘步履轻盈地走了过来。他赶紧起身站立，梁夫人给他们作了介绍。他和姑娘相视一笑，互相礼貌地打了个招呼。

女孩叫尹雅萍，是市歌舞团的小提琴手。梁志见红线已经牵上，就笑眯眯地说："我们还有点事，你们俩慢慢聊。"说完，拉上夫人抽身走了。

尹雅萍长得很好看，瓜子脸，樱桃小嘴，皮肤白皙，体态匀称，个头适中，眼睛大而有神，属于那种让人看一眼就忘不掉的靓女。她下身穿一件淡黄色长裙，上身是一件白色衬衫，脚蹬一双银灰色高跟鞋，浑身充满高雅的艺术气质。

他真的找不出人家什么缺点。他和尹雅萍拉拉杂杂地谈了一个上午。中午，他请尹雅萍吃了一顿西餐。后来他们又相约见了几次面。一个星期天，尹雅萍把柯大卫领到家，与父母见了面。一家人对他很热情，他表现也算得体。

饭后，尹雅萍主动邀请他参观她的卧室。两人并肩而坐，一起欣赏了《高山流水》等几首古琴名曲，接着听了几首中国民乐合奏，最后又听了莫扎特、施特劳斯、肖邦、柴可夫斯基等西方古典大师的代表作品。一边听，尹雅萍一边给他解说。他第一次受邀到一个女孩子的闺房做客，心里有些别扭和胆怯。但尹雅萍的落落大方又增添了他的勇气。

接下来，尹雅萍玉手弄巧，用小提琴深情款款地演奏了一曲《梁祝》，又用钢琴弹奏了贝多芬的《致爱丽丝》、《月光奏鸣曲》。最后，操起琵琶，弹奏自己谱的曲子，并谦虚地征求他的意见。原来尹雅萍从小热爱音乐，一直坚持拜师学艺，已经学会了好几种乐器。柯大卫那时对音乐一窍不通，无法深入交流，更提不出有价值的意见。

为了保证他有足够的时间谈对象，梁志时常特别照顾，有意安排他休班。随着交往的加深，他对尹雅萍还真的有点动心。但偶尔的一次交谈让他心生芥蒂，也葬送了这段宝贵的感情。

一天晚上，他主动约尹雅萍看电影。散场后，他送她回家。她一路不说话，好像有什么心事。他关心地问她是否身体不舒服，她摇了摇头。最后，在柯大卫的再三追问下，她终于向他吐露了埋藏心底多年的一件往事。

中学时的一个假期，她参加了一个音乐辅导班。辅导老师是个中年男人，对她特别热情，经常单独给她讲解有关问题。有一天上完课，他把她叫到宿舍，又进行了一番指点。上完课，正当她要告辞回家时，没想到那人突然对她动起了手脚。她费了好大的劲，才挣脱出来，跑回了家。虽然事情过去多年，她内心受到的伤害却久久无法愈合。她太年轻，太好面子，怕影响自己的名声，所以一直把这件事压在心底，连父母也不曾告诉。她之所以把这件事开诚布公地告诉柯大卫，是不想隐瞒和欺骗他。

可以想象柯大卫听了这个故事后的感受。他骨子里是个传统守旧的人，虽然尹雅萍的主动坦白是高尚的，值得信任和钦佩的，但在感情上他仍然难以接受。他宁愿她虚伪的隐瞒和欺骗，也不愿面对这样一个坦诚的表白，他无法再像以前那样平静地面对她。

那天晚上以后，他没有再联系尹雅萍。倒是梁志挺当回事的，时常追问事情进展的情况。

不能再这样久拖不决了，必须把事情说清楚。他于是约尹雅萍见面，地点还是在他们第一次见面的街心公园。经过一段时间的考虑，对方都有了思想准备，表现得十分冷静。他开门见山地请她原谅，并感谢她们一家对他的热情招待，感谢她陪他度过这一段愉快的时光。他说完这些话后，担心她会无法接受，伤心动容。没想到她一脸的坦然和镇定，这倒让他有些意外和惊讶。

"谢谢你能主动提出分手，其实那故事是我编的，是想考验一下你对我是否真心。如果真爱一个人，就要爱她（他）的一切，包括她（他）的过去。其实，我爸妈本来就不同意，说找一个农村娃，家庭负担重，双方家长交流也不方便。他们之所以答应我与你谈谈看，是觉得你人还诚实，梁主任又说了你许多好话。顺便告诉你，过几天我就要出国进修了。祝你早日找到自己意中的一半。再见！"尹雅萍一口气把该说的话说完，然后毅然转身，根本不给他一点反悔和申辩的机会。

梁志终于知道了事情的结局，深表惋惜和不满，好像所有的错误都是柯大卫的。随后，再有领导给介绍女朋友，柯大卫只好以工作忙为由，予以推辞。时间长了，大家都把他当成了一个冷血的怪物。

"唉，什么时候才能摆脱这些烦心事？"他故意不去想它，把全部精力投入到工作之中。经过一番刻苦的努力，柯大卫终于适应了工作。

"大卫，最近怎么样？"周末的晚上，叶青请柯大卫吃饭，一见面，就关切地询问。

"托你的福，总算走出了沼泽地。"柯大卫轻松地笑了笑，回答道。

"我就说嘛，你是最优秀的。"叶青得意地说。

"平心而论，你比我更胜一筹。"柯大卫谦虚地表示。

"闯过这一关，有什么感想？"叶青追问道。

"感慨颇多，其中之一就是人可以不断战胜自我，走向新的高度。"柯大卫故作高深地回答。

"好，很有哲理嘛。"叶青赞扬道。

"如果没有你的鼓励，我还真撑不过来。来，我敬你一杯，以示感谢。"柯大卫说着，斟满两杯啤酒，与叶青碰杯后一饮而尽。

"谢啥？应该的，谁让咱们是同学加朋友呢。"叶青干了杯中酒。随后，两人你来我往，又连干了几杯。

"老同学，有什么独家新闻给透露一下。"拼了几杯酒之后，叶青扯开了话题。

"你别说，还真有一点。"柯大卫点上一支烟，慢条斯理地说。

"哪方面的？是否能值得上头条？"叶青焦急地询问。

"最近几天，区直机关及事业单位领导班子将有新的变动。"柯大卫压低声音爆料说。

"是吗？怪不得我们报社的章副社长跑得那么起劲，原来如此。"叶青会意地点了点头。

"噢，现任社长有什么动向？"

"年龄到了，退居二线。"

"章副社长人怎么样？"

"怎么样？一个庸俗的官油子。"

"这是一个思想空前解放的时代，不足为奇。"柯大卫深吸了一口烟，一副见多不怪的口气。

"跑官之风愈演愈烈，参与者全无顾忌，大显身手，也算当今官场一大奇观了。"叶青直言。

"这样庸俗、混乱下去，怎么得了啊。"柯大卫深有同感。

"有的地方热衷于溜须拍马，不学无术的庸才不断得到升迁，官场几乎成为关系网的代名词。"叶青言辞犀利地指出。

"中国自古以来就不乏阿谀逢迎，溜须拍马之徒。春秋时期，一位诸侯国的宫廷厨师与国君随意闲聊，国君感慨：'寡人虽遍食佳肴，却不知人肉的滋味。'厨师听后，默默地回到家里，把自己年幼的儿子放进蒸笼。蒸熟后用托盘盛了，献给国君品尝。国君感其忠心，很快提拔他当了身边的重臣。"柯大卫联想起几千年前发生在某诸侯国王宫里的一件奇闻怪事，于是追根溯源地说。

"无独有偶，某国国君病了，一位大臣自告奋勇品尝国君的粪便，帮助御医诊断病情。"叶青接着补充说。

"为了往上爬而不择手段，孔子这样形容这种人：'其未得之也，患得之；既得之，患失之；苟患失之，无所不至矣。'"柯大卫旁征博引地说。

"大千世界，无奇不有，只有想不到的，没有做不到的。"叶青感慨地说。

"是啊，不管你愿意不愿意，事实就是这样。"柯大卫赞同说。

"党风问题事关执政党的生死存亡，这话绝不是危言耸听。"叶青不无忧虑地说。

"为一己之私而丧失天下，为子孙后代所痛骂和耻笑，这样的例子历史上可是不少啊。"柯大卫附和道。

时间不长，研究室内部人际关系的复杂已经露出水面。梁志和调研二室主任，与商有道在工作中互相较劲，无形中产生了一些隔阂。

调研二室接受了一项调研任务，时间紧，任务重，二室人手不足，难以按时完成。商有道找到文主任，点名要柯大卫到二室帮忙。文主任一口答应，通知梁志安排。梁志虽然心里不乐，也只好照办。他把柯大卫叫到办公室，传达了研究室的决定，临末嘱咐说："帮忙归帮忙，可别种了别人的田，荒了自己的地。"言下之意，出去帮忙可以，分内的工作不能耽误。柯大卫只好来回跑动，两头兼顾，尽量让各方都满意。然而，事与愿违，结果是两头都没讨着好。

柯大卫坦率耿直，心不设防，这种性格很容易授人以柄，遭人暗算。同事计荫一向对他冷眼相对，而这段时间突然对他热情起来。他心存疑虑，所以不自觉地警惕起来。过了一段时间，见没发生什么事情，于是放下心来。

下午下班后，计荫约请他吃饭。他开始没答应，但经不住计荫软磨硬泡,于是就跟着去了附近一家餐馆。

"哥俩好。大卫,我敬你一杯,先干为敬!"席间,计荫称兄道弟,频频敬酒,百般殷勤。

"多谢计兄盛情款待!"柯大卫为其所感,端起酒杯,一饮而尽。

"老弟,不是我计某人多嘴,有些事我就是看不惯。就说前段时间吧,把你一个人往两下扯,让你听谁的?领导之间有矛盾,不能拿咱们当兵的撒气嘛。"酒过半酣,计荫开始东拉西扯,极力为他打抱不平。

"不怪领导,只能怪我自己不会处理,没有兼顾好。"他不知深浅,不敢造次,只好随声附和了几句不关痛痒的话。

"人善被人欺,马善被人骑。要是换了我,非找他们理论清楚不可,凭什么动不动拿大鼻子坑人?"计荫佯装气愤地说。

"领导没错,是我工作没做好。"他强调说。

"你总是太谦虚,这样容易吃亏。"计荫继续假惺惺地替他打抱不平。

这次酒桌上的闲聊,他并没放在心上。没想到过了几天,梁志单独把他叫到办公室,满脸严肃地谈了一次话。

"怎么,听说你对领导有意见?有意见可以当面提嘛,不要在背后乱发议论,这样影响不好。"梁志铁青着脸,一本正经,单刀直入。

"梁主任,不是你说的那么回事,我没……"他感到十分冤枉,脑袋嗡的一声,涨得老大,想辩解又不知从何说起。

"你没说,那是谁说的?行了,你也不用解释了,以后好自为之吧。"梁志不等他说完,就生硬地打断了他的话。

他一时语塞,脸憋得通红,连连叫苦,后悔不已。虽然小心谨慎,还是中了计荫的圈套。事已至此,他即使满身是嘴,也说不清楚了。

计荫因告密有功,当上了调研一室的主任助理。看着计荫趾高气扬、不可一世的样子,柯大卫内心鄙视,却又无可奈何。

"咳,真倒霉!卖友求荣,踏着别人的肩膀往上爬,这种人连臭虫不如。"他恨恨地骂道。他想辞职,离开这个是非之地。但转念一想,不能这样背一辈子黑锅,要用行动证明自己的清白和无辜。

这件不愉快的事情随着时间的推移逐渐淡化。柯大卫发现,梁志虽然外表冷涩,但还不是那种小肚鸡肠、睚眦必报的人。

"梁主任,那天的事……"有几次,他想抓住机会解释一下。梁志却连连摆手，予以制止。

"大卫啊，你还年轻，过去的事就让它过去吧。再说了，也不是什么大不了的事。"梁志的语气前所未有地轻松温和，好像那件事压根儿就没有发生过。

"主任，我认为您应该清楚事情的真相……"他不想就此罢休，于是进一步请求道。

"不要把这些陈芝麻、烂谷子的事放在心上，要多考虑工作。"梁志再次打断了他。

话已至此，他不便再说什么，否则有心胸狭隘之嫌。看来，这黑锅要背一辈子了。他因此得出一个沉痛的教训：要时时处处提防搬弄是非的小人。

"来日方长，只要干好工作，总会赢得领导和同事的肯定。"这样一想，他心里平静了许多。

星期天，他美美地睡了个懒觉。日上三竿的时候，他起了床，洗漱完毕，胡乱吃了几块点心，穿上运动装，蹬上自行车，沿着公路，精神抖擞地向郊区进发了。

正是百花争艳的季节，夜间降了一场小雨。一切那么清新怡人，碧绿的秧苗，盛开的桃花，起伏的山峦，蜿蜒的小路，潺潺的流水……他像一位饿汉，贪婪地吮吸着郊外清爽醉人的空气，尽情享受着大自然的恩赐。

当地老百姓把桃花盛开的季节叫作"桃花春"，把这时节下的雨叫作"桃花雨"，把雨后润涨的河水叫作"桃花汛"，把两岸花枝招展、撒满花瓣的溪流叫作"桃花溪"……反正几乎所有美好的词汇都要跟桃花挂上钩，足见对桃花的钟爱。

他顺着溪流逶迤前行，仿佛游走在一道花的长廊，到处生机盎然。置身其中，人显得格外精神。远远望去，两面的山坡同样笼罩着一团团从天而降的粉红色云雾。

触景生情，他不禁联想起卞之琳的诗句："你在桥上看风景，看风景的人在楼上看你；明月装饰了你的窗子，你装饰了别人的梦。"回想一段时间以来，那些沸沸扬扬的人和事，他不禁心生感叹：红尘滚滚，想做到独善其身，其实很难。

一条大河挡住了去路。不知大河始于何时，流向何地，唯见悠悠苍天，滚滚长流。"逝者如斯夫，不舍昼夜。"斗转星移，时空流转，这声音依然那样清晰而浑厚，穿越古今，在耳边回响。

地球，不过是茫茫宇宙中的一粒微尘；芸芸众生，不过是世间匆匆的过客。人生一世，草木一秋，还有什么放不下、过不去的呢？

9 充满诱惑

金秉荃曾经立志做一个清官。然而，他发现自己与周围的关系变得庸俗不堪，甚至有被孤立和边缘化的危险。这样坚持了一阵子，他终于决定放弃原来的坚守。此后，他变了，变得庸俗不堪，同流合污了。

他开始收藏名牌服饰，动辄几千元、上万元一件的服装、腰带、手表、皮鞋、皮包，他家里挂满了一个房间。给他送礼的人越来越多，礼品种类繁多，各种工艺品、古玩字画、金银首饰、有价证券、各种纸币，花样翻新，应有尽有。但他一般不会轻易收礼。为了掩人耳目，他平时仍然穿着朴素，不事张扬，尽量在世人面前树立廉洁奉公、艰苦奋斗的公仆形象。

他原来住的房子是一座三开间的二层别墅，因嫌市中心闹，面积又小了些，就在外边盖了一套新的别墅。新居依山傍水，环境幽美，更重要的是环境僻静，便于保密。

在用车方面他坚持内外有别。下乡用日本丰田吉普，马力大，起速快，越野性强；上班和公开活动用那辆按规定配备的大红旗，可以树立随众、爱国的形象；个人外出办事、考察，则换上加长林肯，高档，时髦，气派。

以前，为了休息，经常听听音乐，看看电视，翻翻书报，偶尔也唱唱歌，跳跳舞。后来，社交圈越来越大，活动越来越频繁，业余时间比较少，这些基本的爱好也被挤占了。

伏美姣来自沿海地区，思想解放，雄心勃勃。一番考察之后，她独具慧眼地看中了经济新区这片黄金热土，决定在这里大干一场。熟谙经商之道的她自然明白，要想成功赚钱，必须结交手握大权的各级官员。

在一次酒会上，她与金秉荃"不期而遇"。从此，千方百计创造机会增加了解。一开始，金秉荃对她并没在意，然而，随着接触次数增多，对她的好感逐步增加。

有一天,伏美姣主动给金秉荃打电话,约他见面。金秉荃推说公务繁忙,予以婉拒。第二次联系,金秉荃犹豫再三,仍然没有答应。伏美姣并没有心烦和气恼,而是耐心地等待。周末,她第三次拨通了金秉荃的电话。这次,金秉荃稍有迟疑,但终于答应了她的请求。

金秉荃之所以终于决定接受伏美姣的邀请,一方面是有感于她的热情与执著,另一方面是出于英雄爱美人的天性,更重要的一方面是打听到她在上层具有很好的人脉资源,结交这样一位女强人对自己的发展大有益处。

伏美姣提前来到一家星级宾馆,预定了房间,并把自己刻意打扮了一番。一件蕾丝薄纱连衣裙恰到好处地裹住苗条匀称的躯体,两双莲藕似娇嫩的臂膊和修长白皙的腿部巧妙地裸露在外,浑身散发着淡淡的清香和夺人的光彩。

伏美姣正在房间对镜自赏,忽然传来几下敲门声。她赶紧起身,轻轻打开房门,热情地把金秉荃迎进房间。伏美姣一脸灿烂,性感妩媚,端过一杯刚刚冲泡的茶水。金秉荃礼貌地接过茶杯,道了声谢,然后一边喝茶,一边不由自主地看着伏美姣。只看了一会儿,就禁不住浑身热血喷涌。他努力镇定了一下情绪,故作姿态地问:"伏老板,找我有什么事?"

伏美姣莞尔一笑,美目含情地说:"什么老板呀,听起来多生分,以后就叫我小伏吧。我也不叫你金书记了,就叫你金哥。"

听了这一番话,金秉荃心里一片柔软,连声说:"好,好,只要你高兴,以后我们就以兄妹相称。"

伏美姣听后,吃了蜜似地高兴,赶紧表示:"好,一言为定,哥。"

金秉荃一边答应,一边追问道:"你还没回答我的问题呢。"

伏美姣一边给金秉荃沏茶,一边落落大方地说:"见外了不是?难道没事就不能请你坐一坐?别忘了,我可是你们经济新区的大客户,你应该主动约我,反而要我约你。"

被伏美姣抢白了几句,金秉荃觉得不好意思起来,连连道歉:"对不起,你批评得是。以后,我们要经常叙一叙。"

伏美姣听后,一本正经地回应道:"这就对了。你们成天讲要亲商、暖商、安商,我理应首当其冲,得到更多的阳光雨露。"

金秉荃看着伏美姣乖巧调皮的样子，不禁喷口而笑："小丫头片子，竟敢班门弄斧，跟我讲大道理。那我就不客气了，今天好好暖一暖你这个大客商。"

几番挑逗，金秉荃已经有些心猿意马，把持不住。伏美姣乘胜追击，主动把身子靠过去，把浓烈的气息传送入金秉荃的鼻翼。见时机成熟，她伸出纤细娇嫩的手指轻轻褪下衣裙，柔情似水、一丝不挂地站在金秉荃面前。金秉荃浑身酥麻，盯着她，仔细地观赏、品味，好像面对一件美妙无比的艺术品。最后，终于欲火难耐，突然饿虎一般扑了上去。那一刻，他浑身充满了征服一切的激情、豪迈和力量。

一阵急风暴雨之后，金秉荃感到既舒畅，又疲倦。他压根想不到，伏美姣在茶水里加入了催情药，并用针孔摄像头把他的一番表演作了全程记录。

几天后，伏美姣主动约金秉荃到她的单身别墅共进晚餐。这座别墅离盘龙湖不远，依山面水，环境清幽，内部宽敞明亮，设施一流。为了表示对金秉荃的重视和情谊，伏美姣亲自下厨，做了一桌菜肴。短暂的忙碌之后，二人在餐桌前对面而坐，轻松愉快地边吃边聊。

"金哥，与你相识，是我前世修来的福分。我敬您一杯。"伏美姣端起酒杯，满面春色地说。

"认识你，我同样很高兴，干。"金秉荃举杯在手，与伏美姣轻轻一碰，随后干杯见底。

"我再敬一杯，祝你官运亨通，步步高升。"伏美姣接着又敬了一杯。

"好，借你吉言，我一定加倍努力。"金秉荃表态说。

"我来滨江时间不长，各方面情况不熟，以后还有赖金哥多多提携，鼎力扶持啊。"伏美姣撒娇地央求。

"别的地方我不敢说，在经济新区哥没有帮不上的忙，你放心好了。"金秉荃大包大揽地答应说。

"多谢金哥，小妹这边有礼了。"得到金秉荃的承诺，伏美姣站起身，躬着腰，伸出两只手掌，往下压了压，表示感谢。接着，又敬了一杯酒。

"又见外了不是？要谢，也应该是我谢你们这些客商，因为你们是来投资兴业，帮助我们发展经济的，可以说是我们的财神。"金秉荃哈哈一笑，客气地说。

"金哥大人大量，抬举我们这帮商人了。"伏美姣谦虚地表示。

"不要小看了商人，商人对于经济发展的贡献太大了，无商不活，无工不富。你知道中国几千年来为什么一直贫穷落后吗？"金秉荃强调了一通商人的重要性，转而问道。

"原因肯定很多，一两句话恐怕说不明白。"伏美姣回答。

"我告诉你吧，关键是因为过分强调农业，而不重视工商业。"金秉荃故作神秘地爆料，仿佛发现了新大陆似地。

"千真万确！金哥高瞻远瞩，见解深刻，小妹自愧不如，甘拜下风。"伏美姣钦佩地夸口说。

"不过，有一点我要强调一下，我们之间交往可以，办事也可以，但对外一定要注意保密，我不想因为生活小事闹得满城风雨，声名狼藉，更不想为此自毁前程。我建议你同样不要招摇，做事低调一点。公司可以挂靠到专业经理人名下，让他们在前台出头露面，你在幕后指点、操控一下就够了。"金秉荃想了想，一脸认真地叮嘱道。

"我明白，一定照办。"伏美姣善解人意地答应说。

那天晚上，两人记不清喝了多少杯酒。借着酒意，伏美姣情意绵绵，极力撩拨。金秉荃陶醉在温柔乡里，尽情享受，欲罢不能。

此后，两人的关系不断升温。金秉荃欣赏伏美姣的漂亮和能干，伏美姣则看到了金秉荃身上蕴藏的无限商机。

盘龙湖周边地区开发迅速展开，各路开发商蜂拥而来。谁能捷足先登，在这一带搞到一块开发用地，是一件值得庆贺和炫耀的事情。伏美姣不仅可以搞到大片土地，而且价格最低，位置最佳，利润空间最大。

鹤鸣岛是伸向盘龙湖深水区的一个半岛，岛中间从南到北是一条低矮的山梁，东西两边是平展的滩涂。位置优越独特，气候冬暖夏凉，景色美丽如画，是观光旅游和居住休闲的理想天地。如果在这里开发别墅区，肯定大有市场。商人们纷纷把贪婪的目光移向这里，多方运作，一心想揽到自己名下，却都未能如愿。

看到时机已到，伏美姣一个电话把金秉荃约上鹤鸣岛。站在岛上最高处，俯瞰整个岛屿，伏美姣踌躇满志，跃跃欲试。她决定大干一场，向新的财富目标发起冲刺。她的最高理想是成为中国最富有的女人，影响当代，名垂后世。

金秉荃看到她野心勃勃的样子，忍不住顺水推舟："美姣，我从心里佩服你这种积极向上、勇于拼搏的精神。"

伏美姣听到夸奖，脸上飞起一朵红云："承蒙夸奖，那我今后更应该加把劲了。"

金秉荃话锋一转，关切怜惜之情溢于言表："不过，我要提醒你，要实现你说的目标可不是一件容易的事，你要做好充分的心理准备。"

伏美姣微微一笑："人生难得一回搏，只有金钱和财富能够最直接充分地证明一个人的价值。"

金秉荃用赞许的目光看着伏美姣："好，敢想敢干，不愧巾帼英雄，我全力支持你。"

伏美姣见金秉荃已经上钩，于是转入正题："你们有句官话怎么说来着？好像是'别光说在嘴上，关键要落实到行动上'。你先支持我把鹤鸣岛拿到手，我才信你。"

金秉荃被伏美姣用话一激，马上不假思索地承诺："你的事就是我的事，再难办的事，我也要努力办好。明天，我跟冯旷、连才打个招呼，具体的事你找他们，保证一路绿灯。"

伏美姣将信将疑："一言为定？"

金秉荃慨然作答："一言为定。"

伏美姣微微颔首："好。"

金秉荃听后，哈哈一笑："怎样谢我？"

伏美姣情意绵绵地挽起金秉荃的胳膊："今天我请客，保你满意。"

马不停蹄地开了几个楼盘后，白裕富突发奇想，打算建一座大型电镀厂。他经过考察得知，电镀产业发展方兴未艾，利润丰厚。他想抓住这一商机，大赚一笔。而电镀企业属于高污染行业，难免产生大量废水，废水里面的重金属和酸性化学物属剧毒致癌物质，对人体和生物危害极大。按要求应配套安装环保设备，进行污水处理，可成本过高，得不偿失。他想剑走偏锋，让翁卓、金秉荃两个主官特别关照，硬性通过环保部门的审批。为此，他专程登门向金秉荃求助。

"白老板，房地产开发进展如何？"金秉荃把白裕富让到沙发上，关心地问

"借你的光，进展顺利。"白裕富得意地回答。

"还有什么需要我帮忙的?"金秉荃又问。

"我想在湖区建一处电镀厂。你知道,现在电镀行业利润正在上涨,最高可以达到百分之五十,机会难得。"白裕富开诚布公地说。

"电镀是高污染行业,在湖区搞不合适。"金秉荃直截了当地予以回绝。

"污染是有一些,但可以治理的。你放心,我不会让你难堪的。"白裕富煞有介事地承诺。

"鬼灵乖巧,能言善辩,我看你也算是个人才。"金秉荃注视着白裕富,半是表扬,半是嘲笑地说。

"我不但是个人才,而且是个难得的人才,就看您爱不爱才了。"白裕富腆起脸皮,嬉笑道。

"在整个滨江市,没有不知道我金某人爱才惜才,求贤若渴的。"金秉荃哈哈一笑,自夸道。

"为了我这个人才,你就高抬贵手,放我一马吧。"白裕富不失时机地要求道。

"你这是给我出难题呀。"金秉荃叹了一口气,故作为难地说。

"不难还用找你呀。"白裕富随口说道。

听说金秉荃喜欢收集古董,白裕富差人到文物黑市高价购得一件清乾隆年间的青花瓷瓶。见金秉荃一直不松口,白裕富于是从包里拿出瓷瓶,摆到金秉荃面前。

"哦……你从哪里弄来的?"金秉荃心里一喜,凭直觉他看出这是一件宝物,但仍然不露神色,随意地问了一句。

"这是我家的祖传宝物,金兄如果喜欢,拿去就是了。"白裕富慷慨地回答。

"君子不夺人所爱,既然是你祖上的家传,我哪能随便拿走。"金秉荃故作姿态地推辞道。

"这玩意儿我不好研究,又值不了几个钱。金兄别客气,尽管拿去好了。"白裕富义气冲天地说。

"别开玩笑了,不管这东西值不值钱,我都不能要,坚决不能要。"金秉荃摆着手,欲擒故纵地回绝。

"我什么时候跟你开过玩笑,你只管拿去得了。"白裕富加强语气回答说。

"哈哈，我即使心里想，却不敢啊。"金秉荃继续推辞道。

"为啥?"白裕富不解地问。

"我怕前脚拿走了，后脚马上有人告我个受贿啊。"金秉荃不无夸张地试探道。

"你老兄把我看成什么人了。我要是那样，天打五雷轰，头顶生疮，不得好死。"白裕富佯装气恼，连发毒誓。

"谢谢了，既然白兄如此盛情，那我就暂且替你保管几天。"听了白裕富的一番誓言，金秉荃打消了顾虑，借坡下驴，答应收下。

"电镀厂的事，你看……"白裕富问。

"翁卓那边什么态度?"金秉荃小声问。

"放心，我已经找过他，他已经答应了。"白裕富回答。

"那好吧，我跟环保局打个招呼。计划、土地、规划、建设等部门你自己跑去吧。不过，我有言在先，污染要想法解决好，不要给我找麻烦。"金秉荃答复道。

10　虎穴遇险

为了掌握第一手资料，柯大卫突发奇想，只身深入基层进行暗访。国营缫丝厂是经济新区一家大型国营企业，产品一度成为国际市场的抢手货。后来，经营管理出了漏洞，经济效益出现滑坡。令人特别气愤的是，有的管理人员与供货商互相勾结，购进原料时以次充好，甚至把掺了沙子的原茧卖给企业。一位中年师傅忧心忡忡地说："这样下去，企业只有死路一条，最后倒霉的还是我们工人。"

红星电机厂是经济新区一家街道集体企业，产品曾一度供不应求。后来，厂里实行了厂长承包制，厂长个人说了算，私自拍板，把倒下来的老设备低价卖给他兄弟，合伙建了一家私营电机厂。再后来，街道电机厂的技术骨干和客户被不断挖走，经营每况愈下。而厂长的私营电机厂却越来越红火，规模不断扩大。

眼看着曾经蒸蒸日上的企业一片衰败，工人们痛心不已。他们说："用不了几年，厂子就会倒闭。到那时，有人就会捡破烂似的捡了去。监守自盗，巧取豪夺，伤天害理啊。"

柯大卫了解到，那些黑工厂光天化日之下挑战法律，用最野蛮、最落后、最血腥的生产方式大发横财，让他感到十分意外和吃惊。

一天，他无意中走到一片不起眼的厂房跟前。这些厂房鸟笼似的，面积狭小，低矮阴暗，里面挤满了女工和缝纫机。女工大多十五六岁，一个个低头弯腰，手脚不停地忙着干活。正值盛夏，天气闷热，房间里又没有降温设施，女工们汗流浃背，面额潮红，稍有松懈，虎背熊腰的监工就蹿过来，怒目圆睁，一顿斥责。

中午开饭，女工们端着碗筷，排队领饭。每人一小碗糙米，一勺清水煮青菜，上面飘着几点油星。女工们吃的是猪狗食，干的是奴隶活。为了防止她们中有人私携布料，每天下班她们都要遭到强制搜身。有的监工胡摸乱捏，趁机在女工身上揩油。听说，不久前有一个长相漂亮的女工，不堪忍受监工三番五次的污辱调戏，选择了投河自杀，年仅十八岁。

这些小工厂、小作坊，由于安全措施不到位，经常发生事故。有一家小服装厂乱搭乱建，私拉硬扯，导致电线起火，一下烧死了十几名工人。

在一片厂房里，正在加紧进行假烟生产。柯大卫了解到这一情况，于是装成买烟的商贩混进工厂。厂方见他边看边问，却不买烟，于是对他起了疑心。一番盘问后，把他关进了黑屋子。那些人对他拳打脚踢，折腾了半天，却问不出结果，最后只好把他放了。走出烟厂大门，他立即报了警。

梁志得知事情经过，把柯大卫叫到办公室。

"身体有没有受伤？"梁志关切地询问。

"没事，谢谢主任关心。"柯大卫回答。

"休息几天吧，不要着急工作。"梁志劝道。

"不用了，皮肉之苦，忍得住。"柯大卫表示。

"深入基层，掌握第一手资料，精神的确可嘉。"梁志说到这里，略作停顿，喝了一口茶。

"不过，我还是要批评你。虽然出发点是好的，但方法、路子不对头。我们不是小报记者，不是侦探和其他执法人员，不能干这种太冒风险的事情。你想，假如大家都像你这样，领导要操多少心？所以，你要深刻反思，吸取教训，避免类似事情的发生。"梁志板起面孔，语气严厉地说。

话已至此，柯大卫只好承认错误，虚心接受批评，保证下不为例。事后，他得知那家假烟厂幕后老板是白裕富，所以他的举报并没有引起有关部门的重视。假烟厂换了个地方，照样生产。

星期天，柯大卫带上钓具，一早来到盘龙湖边，枯坐良久，却不见鱼儿上钩。正在焦躁，见一位老者款款而来。老者在不远处停下，放下竹凳，打开随身携带的帆布包，取出钓竿，按上饵料，然后甩竿抛钩，一连串动作娴熟老练。不一会儿，一条半斤重的鲫鱼就上了钩。

"您好，请问老伯贵姓?"柯大卫看得心里发痒，忍不住上前搭讪。

"免贵姓马。"老者淡然一笑，从容作答。

"哦，应该叫您马老。"柯大卫恭敬地称呼道。

"乡野之人，不必客气。"老者谦虚地回应道。

"您老技艺超群，令晚生大长见识哪。"柯大卫赞许道。

"过奖了。"马老温和地笑了笑。

"您老可否赐教一二?"柯大卫试探道。

"年轻人，怎么称呼，在哪里高就?"马老看了柯大卫一眼，随口问道。

"晚辈姓柯，名大卫，在工委研究室上班。"柯大卫如实作答。

"哦，秀才，官员。"马老点了点头说。

"哪里，哪里，兵卒一个，无职无权，混口饭吃而已。"柯大卫连连摆手，纠正道。

"其实，钓鱼和做其他事情一样，知彼知己，有的放矢而已。"又一条鱼儿露出水面。马老一边说话，一边轻轻提竿，不慌不忙地收入鱼篓。

"此话怎讲?"柯大卫追问道。

"不同品种的鱼生活的水域不同。黑鱼、鲶鱼、鲫鱼、鲤鱼一般生活在下层，鳜鱼等生活在中层，鲢鱼生活在浅层。不同的鱼喜欢的食物也各不相同，要根据鱼的品种，选择不同的钓竿、钓钩和鱼饵，选择适宜的下钩深度。另外，水质、天气、风向等自然因素也很重要，因为水的含氧量决定鱼的活跃程度。当然，这些只是大概的要领，很多技巧需要在实践中不断摸索。技巧技巧，熟能生巧。"马老一边甩出鱼竿，一边简要地回答。

"据说，印度人在浅海竖立木橛，用直钩钓鱼，还不用饵料。"柯大卫忽然想起一则报道，心存狐疑地问道。

"你说的是'海钓',这种钓法与当地特殊的风向、海潮、鱼种和钓技关系密切。"马老心领神会地点了点头,语气平和地解释道。

"真是大千世界,无奇不有啊。"柯大卫似信非信,感慨系之。

"人生在世,应该只管耕耘,不问收获,超然物外。姜太公钓鱼,钓的是一种姿态,一种风格,一种心情,一种境界。如今,好多人心浮气躁,急功近利,已经迷失了做人的本真。"马老注视着水面,若有所思地说。

"马老,有一个问题我思考了好长时间,却弄不明白。想请教一下,不知可否。"柯大卫由眼前的湖水想到了一个严肃的问题,于是诚恳地试探道。

"不必客气,但讲无妨。"马老正襟危坐,手擎钓竿,温和地说。

"在您眼里,何为清,何为浊?"柯大卫谦虚地问。

"清就是纯净透明,没有杂质,就是明白,不混乱。与此相反,浊就是不清,不净,混乱。"马老注视着平静的水面,款款作答。

"清者自清,浊者自浊,怎样?"柯大卫追问道。

"任何事物都不是孤立不变的。清中有浊,浊中有清,清浊相互依存,又不断向着对立面转化。清珠投浊水,浊水不得不清;浊珠投清水,清水不得不浊。"马老整理了一下鱼饵,然后甩钩入水,继续阐述自己的观点。

"无论自然还是人生,清总比浊好。"柯大卫点了点头,似有所悟地说。

"'人之初,性本善,性相近,习相远。'人不是生来就充满罪恶的,后天的教育、引导和周围环境的影响很重要。不良的环境、外界的诱惑一旦与人性中不健康的因子结合,就会把一个人引入歧途。由清到浊易,由浊到清难。所以,要谦虚谨慎,洁身自好,防微杜渐,守住底线。只有走好每一步,才能走好一生,在人生的路途上留下踏实而闪光的足迹。"马老语重心长地告诫道。

"我明白了,人不是天生的清,或者天生的浊,关键在于后天的努力。那么,怎样才能守清远浊呢?"柯大卫问。

"佛教认为四大皆空,把希望寄托于西方极乐世界。道家主张顺应天道,师法自然,淡泊名利,守清无为。儒家主张远离污浊,坚守节操,达则兼治天下,穷则独善其身。中国的本土鬼神学说讲四世轮回,因果报应,惩恶扬善,激浊扬清。"马老历数了历史上不同宗教和学派对于清、浊的态度。

"渔夫劝说屈原,举世皆醉则啜其糟,举世皆浊则扬其波,可行不?"柯大卫寻根究底地问。

"投机取巧,随波逐流,没有原则、立场,这是一种典型的实用主义观点。如果一个国家和民族的人都持这种观点,那么这个国家就危险了。"马老一脸忧戚地回答。

"沧浪之水清则濯其缨,沧浪之水浊则濯其足,怎样?"柯大卫接着问。

"这句话与后来的'达则兼治天下,穷则独善其身'异曲同工,寓意接近。作为一条安身立命的原则,几千年来,一直为儒家所推崇,为士大夫所坚守。虽然不够积极,也只能如此了。"

"哦,我明白了,多谢您老指点。"柯大卫恍然大悟,诚恳地道谢。

11　官网恢恢

金秉荃和翁卓除了性格气质不同外,在工作思路上同样存在明显分歧。金秉荃主张开发兴市,热衷于抓城市化、矿山开发。翁卓主张工业立市,侧重于招商引资、国企改革。于是,大部分时间,两人各吹各的号,各唱各的调。作为工委书记的金秉荃不满足主抓党口的工作,时常直接干预指挥行政工作。对他这种做法,翁卓当然无法接受。然而,无法从气势和力量上限制、压倒对方。

身为官场老手的金秉荃明白一个道理:要保持自己在权力天平中的优势地位,必须恩威并用,培养一批进可攻、退能守的铁杆部下。基于这一考虑,一年前,他从管委会主任升任工委书记后,打算对全区各级领导班子进行一次全面调整。然而,管委会主任翁卓对他的这一想法表示了反对。翁卓自然有他的道理,因为他刚从市政府副秘书长调任经济新区管委会主任,情况不熟,如果立即对干部队伍进行大规模调整,他的发言权和回旋余地就会变得很小,只能听任金秉荃随意安派,一支独大。这样一来,他势必会陷入孤立和被动,今后开展工作难度就大了。

如今,一年过去了,金秉荃再次提出这一问题,他没有理由继续反对了。他唯一可以做的是，提出自己的调整方案，在政府系列尽量安插上自己的人，与金秉荃形成势力上的平衡，哪怕只是微弱的平衡。

在干部评价使用上，他们各自拥有自己的标准。翁卓比较注重实绩和能力，金秉荃则主要看忠诚度。而他考验忠诚度的标准是礼品的轻重。在他看来，礼品代表了忠诚度，不给他送礼就是没有忠诚度，甚至是不懂规矩，没有德行。谁不给他送礼，就等于不给他面子。谁送什么，送了多少，他记不清；但谁没送，他记得很清。有事相求自然要送，即使无事相求，也必须送。否则，不仅不能提拔重用，就连原来的地位也难保。

区规划委副主任高青研究生毕业，业务过硬，工作成绩突出。他自恃才高，看不惯官场的恶劣风气，更不想趟金秉荃这湾浑水。金秉荃一直怀恨在心，决心找机会教训一下这个不知天高地厚的愣头青。于是，派人秘密调查。查来查去，却找不出高青大的毛病。于是，又授意规划委主任关尊铭想办法排挤高青。关尊铭言听计从，在工作中故意刁难、架空高青。还拉帮结派，暗中操纵民主评议，鼓动机关干部投高青的反对票。这样一来，高青处境变得十分艰难，工作无法正常开展，只好主动辞职，下海经商。

从那以后，官员们危机感大增，争相给金秉荃送礼，极尽巴结之能事。于是乎，送礼成为经济新区官场的通行证、敲门砖、保险栓。为了得到提拔，更为了保住乌纱帽，他们只好坚持不懈地送礼，不遗余力地送礼，昧着良心送礼。

与各自的工作思路和权力布局相对应，两人对各部门人事安排的重视程度同样不同。金秉荃除了把党口的人事安排抓在手上，在城市规划、土地矿产、公检法等关键部门的干部人选上同样毫不让步。翁卓在关注政府系列部门人事安排的同时，对招商局、国企办、经贸委等部门的干部人选极力坚持。

这次干部调整之前，他们各自提出了拟任人员名单，经过反复争论、沟通和讨价还价，终于达成了妥协。随后，金秉荃把组织部长魏安培叫到办公室，对调整工作进行了安排。

"坐吧，老魏。"见魏安培推门进来，金秉荃放下手中饱蘸墨汁的毛笔，自我欣赏地瞅了瞅刚才临摹的一副名帖，随意招呼道。

"金书记，我看，您的字可以进荣宝斋了。"魏安培走过来，认真地看着金秉荃的作品，适时恭维道。

"哪里，哪里！跟大家相比还有一定距离，我只是随便一练，借机休息一下大脑。"金秉荃故作谦虚地笑言。

"不是我有意吹捧，以您的毅力和天资，假以时日，必成大家。"魏安培一本正经地说。

"咱们不谈这个了，言归正传吧。今天让你来，是想谈一下干部选拔任用工作。"金秉荃点上一支熊猫牌香烟，招呼魏安培在沙发上对面而坐。

"好，我正想听一下您的指示。"魏安培随声附和道。

"我想，各方面都在改革，干部选拔任用同样需要解放思想，大胆改革。要敢于突破那些已经过时的老办法、老套子，敢于创新、出新。怎样看待德才兼备？我看在我们经济新区，对领导忠诚，与工委保持一致就是最大的德。能够为加快发展献计出力，建功立业就是最大的才。你说，是不是这么个道理？"金秉荃深吸了一口香烟，目光幽深地看着魏安培。

"我们一定按照您的指示，努力开创干部工作新局面。"魏安培点头如捣蒜，连连表示。

"干部需要经常调整，只有这样，他们身上才会有压力，有压力才会有动力，有活力。你说对不对？"金秉荃阐发完自己的一套理论，然后语气柔和地征求起魏安培的意见。

"哦，我明白。"魏安培应付道。

"我考虑了一份名单，你们研究一下。如果没有什么不当，先行考察一下。虽然党管干部的原则不能丢，但该履行的程序要履行，该走的过程要走。这样做，对各方面好交代一些，避免有人说闲话。"金秉荃一边做着指示，一边把几张写满人名的公用笺推到魏安培面前。

"我马上安排。"魏安培拿着名单，随意翻看了一下。

"要抓紧时间考察，然后交常委会通过一下。"金秉荃把半截烟摁灭在烟灰缸里，像是下了很大的决心。

"是，我明白。"魏安培见金秉荃再无指示，于是把名单装进公文包，打了声招呼，转身走了出去。

按照既定方案，经济新区对各部门和单位干部进行了一次大换血，大到各部门的一把手，小到关键岗位的办事员，全部换成了金秉荃信得过的人。对原来的干部，资历浅的，直接调整；资历深的，明升暗降；有过错的,抓住把柄,夺其实权;没有过错的,则罗织罪名,逼其交权。

连才原来是区政府接待处副主任,虽然文化程度不高,但头脑灵活,善于揣摩领导心理。金秉荃到任后,连才整天鞍前马后地围着转,比伺候他亲爹还细心周到。金秉荃喜欢杀几盘棋,他就按时陪他杀几盘;喜欢搓麻将,他就经常陪他搓上几把。每次他都输多赢少,拿捏得滴水不漏,恰到好处。有时还陪金秉荃找个僻静悠闲的地方,喝点小酒,唱唱歌,跳跳舞,泡泡澡,做做按摩。再后来,趁金秉荃乔迁新居之机,送上一套价值数十万元的正宗大红酸枝家具。由于表现积极,很快被任命为接待处主任。这次调整干部,金秉荃先把关尊铭提拔为管委会副主任,然后力排众议,让连才接任了规划委主任。

其实,连才并不是规划委主任的合适人选,因为他压根儿就不懂业务。但在金秉荃看来,懂不懂业务无所谓,只要忠心、听话就行了;业务外行不是缺点,因为这样才不会自作主张,才会事事请示汇报。不仅不懂业务,连才还是个有争议的人物,不断有人写信举报他,反映的问题各种各样。但金秉荃对此视而不见,充耳不闻,极力袒护。他认为,人无完人,有缺点和问题不要紧,只要忠心就行。而且,这样的干部更听话,更容易控制,使用起来更得心应手。

斐彪从基层民警一步步干到区公安局副局长,不仅熟悉业务,更重要的是与金秉荃气味相投,关系亲密。金秉荃知人善任,把老局长调到区政协任副主席,让斐彪接任了公安局长。

另外,现任土矿局长李坤对金秉荃言听计从,俯首帖耳,眼看就到内退年龄了。金秉荃想让他干完最后一段时间,然后再物色一位新人接替他。

为了推进盘龙湖周边地区开发,金秉荃决定成立一个专门委员会。他亲自担任委员会的主任,并提议连才、斐彪两位虎将担任副主任,连才兼任办公室主任。

晚上,连才、斐彪请金秉荃到江天大酒店吃宫廷御宴,答谢主子的知遇之恩。酒过三巡,菜过五味,几个人打开了话匣子。

"老板,今晚的菜肴做得怎样?"连才讨好地问金秉荃。

"要的,要的,满不错的,不愧是宫廷御宴。"金秉荃很享受这种众星捧月的感觉。听了连才的问话,他点了两下头,顺水推舟地回应说。

"嗨，今晚咱们也算做了一回皇上。"斐彪大大咧咧，心满意足地扬言。

"御宴是吃上了，只可惜没有宫女嫔妃作陪啊。"李坤听后，不以为然地感慨道。

"别急，今晚我可以满足你的一切要求，只怕你老兄的身体吃不消啊。"连才吃吃一笑，讥讽道。

"还是做皇帝好啊，三千佳丽。随便玩，喜欢谁就是谁。"斐彪瞪着眼，眨巴了几下，用羡慕的口吻说。

"斐彪啊，你是只知其一，不知其二，只看到做皇上的好处，没看到做皇上的难处，所以才羡慕做皇上。"听了斐彪的话，金秉荃忍不住纠正道。

"佳丽三千，也未必真是好事，弄不好会肾虚伤身。历史上有多少短命皇上，年纪轻轻就驾崩西去。"金秉荃的秘书佟镜顺口附和说。

"那是各人造化。康熙生了那么多子女，龙体却保持康健。还有那个纪晓岚，妻妾成群，夜御数女，照样长寿延年。"斐彪坚持己见，举例证明。

"古人说的采阴补阳，不知是否符合科学。"李坤从心里支持斐彪的观点，于是插话说。

"好了，别胡扯了，谈点正事吧。"金秉荃对这些乌七八糟的议论不感兴趣，他最关心的是巩固他的权力和地位。

"听说方明对盘龙湖周边开发意见很大。"连才伸着脖子，转移了话题。

"我看这小子不是个省油的灯，得防着他。"斐彪目光阴森地说。

"纪委能监督同级党委？天大的笑话。孙猴子跳不出如来佛的掌心，况且他还不是孙猴子。"听到这里，金秉荃干笑了两声，不屑一顾地说。

"老板站得高，看得远，兄弟甘拜下风。"听了金秉荃的一番话，连才点头如捣蒜，佩服得五体投地。

"方明不可怕，关键是那个二号人物。这小子有野心，想与我平起平坐，分庭抗礼。你们几个要给我盯紧了，只要抓住把柄，看我怎么治他。"金秉荃阴着脸，一本正经地吩咐道。

"老板放心，我们一定照办。"几个人争先恐后地表态。

"这次清理住房,你们有没有问题?"金秉荃用双眼的余光扫视了在场的几位部下,认真地问。

"如今谁没有几套住房?我看方明他们是小题大做,借机整人。"连才满不在乎地回答。

"的确如此,好像只有他方明廉政,别人都是贪官。"佟镜不服气地唱和道。

"不管你们的房子有多少套,也不管你们从什么渠道得到的,赶紧给我处理好了,别在阴沟里翻了船。"金秉荃见两人狡辩,于是吩咐道。

"老板,请问怎么处理"斐彪不解地问。

"你猪脑子啊,这还用我说?"金秉荃生气地看了斐彪一眼,训斥道。

"老弟,活人还能让尿憋死?大不了出售变现,或者把户头换成亲戚朋友,问题不就解决了嘛。"连才开导说。

"现在就卖?妈的,我还等着涨价,再狠赚他一笔哩。"斐彪不甘心地嘟囔道。

"户头换成别人,如果将来对方不认账,只怕打官司都找不到人作证。"李坤担心地提醒。

"打官司?那不露馅了吗?"连才补充道。

"那怎么办?"佟镜撇着嘴说。

"听天由命呗。"斐彪回答。

"妈的,那可惨了。"连才抱怨道。

"行了,办法自己研究,总之,不能出任何纰漏。否则,别怪我不客气。"金秉荃严肃地敲打说。

"是,老板。"几个人看了看金秉荃的脸色,一齐答应道。

12　处心积虑

一室副主任马明毕业于一所名牌大学哲学系,能力出众,为人磊落。计荫把他看成了升迁路上的障碍,必欲除之而后快。计荫知道,凭真才实学正面交锋,自己肯定不是马明的对手,于是摇动三寸不烂之舌,导演了一出"鹬蚌相争,坐收渔利"的好戏。

他抓住马明性格直爽、胸无城府的弱点,隔三差五请他到酒店喝上几杯，借机套取酒后真言。

有一次，他趁马明喝得高兴，主动谈起对梁志的印象，列举了一大堆缺点，说梁志能力一般，文凭不高，对部下严厉有余，关心不足。马明听后，顺口附和说："是啊，梁主任要是文凭高一点，会更有发展前途。"事后，计荫把这句话添油加醋地汇报给梁志，意思变成了马明炫耀自己是名牌大学毕业，说梁志文凭低，水平更低。

梁志平时既欣赏马明的能力，又暗中有所提防。经计荫三番五次地挑拨离间，终于对马明有了成见。一来二去，矛盾越积越深，最后只好分道扬镳。梁志资格老，根基深，自然继续留任。马明却只好乖乖走人。直到最后，马明都被蒙在鼓里，不明白吃了谁的亏。

马明走了，副主任的位子空出来了。计荫清楚，许多人都在瞅着这个位子，稍有闪失，别人就会乘虚而入。他表面装得若无其事，内心却十分焦躁不安。

毫无疑问，在这场竞争中，梁志的意见起着基础性的作用。计荫明白，要取得成功，必须争取梁志的鼎力支持。怎样争取呢？想来想去，还是觉得最快捷的办法是送上一件礼品。送什么礼品呢？礼品太重，怕对方拒收；礼品太轻，又过于轻薄。他想起梁志有收集邮票的爱好，他决定把自己积攒多年的一本集邮册拱手相送。这样既可赢得梁志的好感，又可以减少行贿巴结之嫌。礼品选定了，怎样送又是一个需要慎重考虑的问题。方式方法不当，即使设想再好，也很难取得成功。经过考虑，计荫最后决定单独请梁志吃顿饭，同时送上礼品。一切准备就绪后，他约梁志到一家星级酒店共进晚餐。盛情难却，梁志如约而至。酒酣耳热之时，计荫拿出了那本集邮册。

"梁主任，承蒙您关照和教诲，小计无以报答，这本集邮册略表寸心，还请笑纳。"计荫一边甜言蜜语，一边把集邮册双手递到梁志面前。

"古语说，君子不夺人所爱，你这不是陷我于不义吗？"梁志接过来，翻了几下，又递了回去。

"放在我这里也是浪费，您是行家，这本邮册到了您手下等于暗珠明投了。"计荫搜索着所有能让梁志接受的理由，然后把集邮册重新递到梁志手中。

"那好，先放在我这里，鉴赏完以后再还你。"梁志明白，如果坚持拒收,会让计荫认为他不想帮忙,甚至对他产生敌意,所以只好暂时收下,以后再想办法奉还。

计荫知道文主任是决定他能否升迁的关键人物。文主任嗜画如命,不但经常奋笔泼墨,而且喜欢收藏名家墨宝。他决定投其所好,选送给他一幅国画。

为防止上当受骗,他找了一位内行的老先生帮忙,跑遍了附近城市有点名气的字画店,反复挑选,终于相中了一幅当代名家的花鸟画。这位画家的作品虽然眼下价格不是最高的,但据内行人士说,升值空间很大。

一天晚上,他怀揣着那副名画,来到文主任家,文主任笑容可掬地接待了他。坐在客厅的沙发上,计荫下意识地环顾了一下客厅的摆设,忍不住赞叹说:"文主任不愧是文化大家,一进宝斋顿感墨香袭人,如沐三春啊。"

文主任把一杯茶水放在他面前,摆了摆手说:"哪里,哪里,业余爱好,附庸风雅而已。"

计荫接着客气地说:"不好意思,晚上来访,打搅您休息了。"

文主任随口说道:"不必客气,我没有早睡的习惯。"

计荫见文主任这样说,连声说:"谢谢主任宽厚大量。"

文主任接着问道:"小计,有事尽管说。"

计荫言不由衷地回答:"没有什么事,就是来看看您。"

文主任关切地询问:"哦,多谢,多谢。最近工作怎么样?"

计荫伸了伸脖子,讨好地回答:"有您的英明领导,还能错得了?"

文主任微微一笑,鼓励说:"年轻人嘛,就应该积极上进,有所作为。"

计荫听后,深受感动,从沙发上站起来,躬着腰,毕恭毕敬地表态:"谢谢主任关心,我一定加倍努力,不辜负您的厚望。"

文主任和蔼地点了点头,接着问:"对我本人有没有什么意见、建议?"

计荫连忙回答:"岂敢,岂敢。"

见火候已到,计荫从包里拿出那幅画,铺展在茶几上。文主任心领神会,细细端详,爱不释手,几经推辞,终于勉强收下。

拜完顶头上司,计荫心里还是不踏实。竞争激烈,必须做到铁板钉钉，万无一失。仔细考虑后，他决定再找一个有分量的人物挺一下。

找谁呢？数来数去，亲戚朋友够级别的只有表姐夫了。表姐夫名叫冯旷，时任经济新区土矿局副局长。为了实现升官迷梦，计荫专程登门求援。却没想到冯旷态度含糊，拒不表态。计荫心中气愤，表面却不好发作，于是怏怏而退。他压根就不信这位表姐夫有多么正派，别看他一天到晚装得人模狗样，背地里不知干了多少见不得人的勾当。经过一番探察，他终于获悉了一个惊天的秘密。他暗自得意，依计而行，雇佣一位私人侦探，昼夜监视冯旷的出入行踪。不出所料，没用多长时间，他就掌握了表姐夫金屋藏娇的重要线索。一不做，二不休，他瞅准时机，及时出手，把二人堵在了床上，并及时拍下了照片。证据确凿，无法抵赖，表姐夫只好乖乖认输，答应他的要求。他则发誓为表姐夫保守秘密，维护其在家庭和社会上的形象。

计荫明白，大树要靠，小草也不能忽视。菩萨要拜，小人物也不能冷落。小人物手里握有选票，他们不推荐你，或者异口同声说你的坏话，你即使本事再大也没有用。这样一想，他又分期分批把朝夕相处的同事宴请了一遍，并给每人送了一份礼物。

凭借细致扎实的基础工作，计荫击败所有对手，水到渠成，当上了调研一室的副主任。

"老弟，感觉还好吧？"上任第一天，冯旷就给他打来了电话。

"好，好，谢谢姐夫，改天我请客。"计荫佯装感动地说。

"客气什么，咱俩谁跟谁呀，你的事就是我的事。"冯旷讨好地表示。

"是啊，你我肝胆相照，不分彼此。"计荫嬉笑着附和道。

"老弟，为了你的事，我动用了所有的老关系，比办自己的事都上心啊。"冯旷不失时机地表功。

"多谢姐夫。"计荫假装感动地说。

"好好干，你还年轻，前程远大。"冯旷趁机鼓励道。

"谢谢，谢谢。"计荫连声道谢。

此后不久的一次聚会，计荫几杯酒下肚，借着酒劲发起飙来："不是吹，咱天生就是当官的料，运气来了，挡都挡不住。"

众人听了他不可一世的狂言，心中嗤之以鼻，但碍于情面，一笑而过。只有柯大卫忍不住直言相讥："有什么值得炫耀的？你是怎样上去的，大家不清楚吗？别说了，不说还好点，再说就露馅了。"

计荫听了这一番刺耳的话，刚才不可一世的劲头马上不见了。随后，离开酒桌，悻悻而去。临走，盯着柯大卫，扔下一句话："算你狠，走着瞧！"从此，计荫对柯大卫更加仇恨。

计荫好运不断，不仅升了职，还交上了女朋友。对方名叫斐小橘，是斐彪的千金，区人事局调配科科长。两人很投缘，认识时间不长就如胶似漆，开始了同居。计荫和柯大卫的宿舍左右相临，隔音效果较差。两个家伙却毫无顾忌，整夜折腾，弄得床板吱吱作响，四周不得安宁。有一天，柯大卫实在忍无可忍，撂起拳头，咚咚一阵猛敲。对方却毫不理会，依然故我，好像故意示威似的。柯大卫无计可施，只好连呼倒霉。

经过一番如火如荼的折腾，计荫和斐小橘终于谈婚论嫁了。婚礼搞得轰轰烈烈，极度铺张奢侈，整个研究室的人几乎都受到了邀请。

"人生在世，有些事情明明不愿做，却偏偏不得不做。"柯大卫虽与计荫一向不合，但还是应邀参加了。新婚之后，计荫利用岳父大人的权力发了几笔财。尝到甜头后，干脆注册了一家贸易公司，让斐小橘辞职经商。

13　黑幕重重

湖西村有一片面积近五百亩的耕地，濒临盘龙湖，地势高爽，用水和排污方便，是建厂的理想场地。经过一番考察，白裕富决定把豪润电镀厂建在这里。

有金秉荃、翁卓的招呼，项目审批和环评顺利过关，其他方面有连才、冯旷等人帮忙，更不在话下。难的是征地这一关。湖西村耕地本来就少得可怜，村民世代靠打鱼为生。一下子征用五百亩，村民将会失去最后的一点口粮地，抵触情绪肯定很大。

这一天，魏正毅打鱼回来，看见有几个人正在湖边的坡上来回走动，用手比比划划，指指点点。出于好奇，他走上前来，听着他们的谈话。

"好地方，上天恩赐的一块宝地！"那位老板模样的人双手抱胸，目视前方，连连点头。

"老板好眼力，独具慧眼。"一位属下在一旁恭维说。

"是啊，洞察秋毫，高屋建瓴。"另一位属下附和道。

"你们两个除了拍马屁，还会干点什么。"老板模样的人对他们的恭维显然并不高兴。

"我们这是实事求是，哪能叫拍马屁呀。"

"没说的，老板就是比我们高明。"两个属下争先恐后地表示。

"好了，别浪费口舌了。你们给我说说，把厂子安在这里，有什么好处？"老板模样的人瞥了两人一眼，用嘲讽的口吻质问道。

"这里背山面水，地势开阔，发展空间大。"

"电镀需要大量用水，靠近盘龙湖，用水和排污都方便。"两个属下相继回答。

"有些话可以想，也可以说，有些话却只可意会，不可言传。"老板模样的人听后，不置可否地教导说。

"是，老板。"两个属下点头哈腰地表示。

"我之所以看好这里，是因为这里风水好，能给我和公司带来好运。"老板模样的人指点说。

"不错，这的确是一块风水宝地。"两个下属鹦鹉学舌般说。

"不行，你们不能在这里建工厂！"魏正毅终于听不下去了，正视着主仆三人，义正词严地制止道。

"你是谁？"老板模样的人不屑一顾地问。

"我是这个村的渔民，我叫魏正毅。"魏正毅不卑不亢地回答。

"为什么不能在这里建厂？我倒想听听你的道理。如果你能说服我，我就答应你。"老板模样的人皮笑肉不笑地说。

"道理很简单，在这里建厂会污染湖水。"魏正毅回答。

"湖是你家的？"老板模样的人问。

"当然不是。"魏正毅回答。

"那你操什么闲心？"老板模样的人阴着脸问。

"天下兴亡，匹夫有责。每一个靠湖吃饭的人都有权力和义务保护她。"魏正毅理直气壮地回答。

"我们建厂是为了发展地方经济，是有上级支持的。"老板模样的人分辩说。

"不管有多少理由，对湖水造成污染的事都不能办。"魏正毅坚持己见，强调说。

"就凭你，想阻止我办厂？你算老几，有多大本事？"老板模样的人显然有些不耐烦。

"我个人不算啥，没有多少本事。但我身后有广大的渔民兄弟，我们可以集体发声，向上级反映。"魏正毅凛然难犯地指出。

"你们的话顶个屁，上面听你们的?!"老板模样的人讥笑道。

"上级不会支持你们破坏生态环境的。"魏正毅语气肯定地回答。

"我倒要试试看，到底是你的胳膊粗还是我的大腿粗。"老板模样的人气哼哼地挥了挥手，走向旁边的轿车。

"好，咱们走着瞧。"魏正毅看着他的背影，毫不示弱地表示。

那位老板模样的人正是虎豹集团董事长白裕富。从那天起，魏正毅决心豁出一切，保护盘龙湖免遭蹂躏。他和渔民王山、丁时、樊康联名向经济新区工委、管委领导写信，反对虎豹集团在湖西村建电镀厂。然而，他们的意见并没有引起足够的重视。相反，虎豹集团的人频繁出入湖西村，马不停蹄地筹备建厂。

魏正毅等人的反对没有动摇白裕富的决心，在他眼里没有办不成的事。他深谙打蛇先打头的道理，只要先把村干部拿下，村民就好办了。而村干部当中，最关键的是村支书兼村主任卞麦良。只要把他拿下了，其他村干部自然不在话下。按照这一思路，他决定采取措施，将湖西村干部一网打尽。

"老卞，征地的事考虑得怎么样了？"这天晚上，白裕富把卞麦良请到虎豹山庄，一番觥筹交错之后，直截了当地问。

"白老板，不是我不想卖，这事不是我一个人能决定的。"卞麦良苦着脸回答。

"谁让你一个人决定了？我问的是你个人的态度。"白裕富把脸一沉，回击道。

"我个人没有问题，只是这片地是耕地，尤其是村民的口粮地，我担心上面不会批，村民这边也不会同意。"卞麦良摆出各种理由，千方百计予以搪塞。

"上面批不批不用你操心，你只给我把村民的工作做好了，不能有人上访。"白裕富明确要求说。

"白老板，你也知道，如今的老百姓不比从前了，刁钻难缠得很，稍不如意，就上访告状，只怕我的话他们不听啊。"卞麦良面露难色，唉声叹气地说。

"不听你的话听谁的？还反了他们不成，大不了上点硬措施。"白裕富瞥了对方一眼，反驳道。

"不敢动粗啊！一旦得罪了，换届选举的时候，他们联合起来投反对票，弄不好会被选下台的。"卞麦良压低声音，小心谨慎地回答。

"照你这么说，这事一点办法没有了？"白裕富不满意地质问道。

"实在不好办，不行你们另选地方吧。"卞麦良回答。

"我看，你老兄是有意跟我耍滑头啊。"白裕富嗔怪道。

"哪里，我说的都是实情。"卞麦良故作诚恳地强调说。

"说吧，什么条件？"白裕富板起脸，两眼直盯着卞麦良，不耐烦地问。

"你看你说的，白老板，我哪里敢提什么条件，能为你效劳是我的福分。"卞麦良笑了笑。

"跟我玩虚的？"白裕富干笑了两声，猛吸了一口烟，阴阴地问。

"不敢，不敢。"卞麦良不紧不慢，低头哈腰地说。

"你不说，我说。先给你这个数，怎么样？"白裕富举起右手，伸开五个指头，晃了晃，问道。

"五万？"卞麦良猜道。

"不，五十万。"白裕富肯定地回答。

"不妥，哪里能让你白老板破费。"卞麦良假意推辞说。

"别跟我客气，这笔钱是你的，我再给你三十万，你负责把其他村干部摆平。你看，这样行不行？"白裕富慷慨地答复说。

"既然白老板盛情，兄弟就不客气了。"卞麦良见对方开价优惠，于是便露出庐山真面目。

"把事情办得漂亮一点，我给你们在厂里入上干股，以后赚了钱，你们还可以跟着分红。放心，我白某不会亏待朋友的。"白裕富进一步承诺说。

"好，白老板放心，这事包在我身上。你尽管到上面办理土地手续，我这边负责做村干部和村民的工作，保证不耽误按时开工。"卞麦良满口答应道。

"好，我敬卞兄一杯，预祝我们合作愉快，旗开得胜。"白裕富见目的达到，高兴地端起酒杯。

"好，一言为定。"卞麦良恭敬地与白裕富碰杯，然后一饮而尽。

"吃完饭，给卞兄安排一下，来个一条龙服务，让他好好放松放松。"白裕富打着哈哈，吩咐手下说。

"多谢白老板盛情款待。"卞麦良充满期待地道谢。

卞麦良回村后，与村干部逐个进行了一番密谈。然后，让村干部分头做村民的思想工作。大部分村民不知内情，稀里糊涂地同意了他们的要求。

早晨，叶青一上班，就被新闻部主任叫到办公室。主任告诉她，盘龙湖畔惊现一具女尸，区公安局的刑警已赶赴现场，让她去了解一下情况。

女尸被发现时，漂在湖面上，被水泡得有些肿胀，面部遭到破坏，已经分辨不出模样。身上明显有被捆绑过的痕迹，还沾有湖底的淤泥，说明是从湖底浮上来的。打捞上来后，警察用白布遮盖起来，周围拉上了警戒线。一名法医抓紧进行鉴定，几名刑警正在仔细地勘查现场。

按照记者的职业要求，叶青认真观察着眼前的情景，并找机会与区公安局刑警大队长铁瑛询问相关情况。

铁瑛毕业于公安大学刑侦专业，是名闻全市的破案高手，打击犯罪既狠又准，人称"铁腕神探"。然而，这起凶杀案案情复杂，他和同事们感到身上的压力很大。

叶青正与铁瑛交谈，区电视台、广播电台等新闻单位的记者相继围上来，争相拍照、采访。铁瑛有些烦躁，干脆把记者们甩在一边，埋头于自己的工作。现场取证结束，从殡仪馆开来一辆运尸车，几个工人把女尸抬上了车。直到这时，铁瑛才稍稍松了一口气。

叶青见机会难得，再次凑上去，问："铁大队长，尸体要火化吗？"

铁瑛看了她一眼，回答说："不，先冰冻起来，案件没侦破之前是不会火化的。"

叶青问："有线索吗？"

铁瑛苦笑了一下，说："凶手太狡猾了，有意毁了死者的面容，衣服和随身物品全部带走了，一点线索都没留下。"

叶青听后，随口骂了一句："这些坏蛋，既嚣张，又狡猾。"

铁瑛轻叹一声："现在，犯罪分子的作案手段越来越刁钻古怪，反侦察能力特强。"

叶青理解他的苦衷，附和道："是啊，你们肩上的担子越来越重。"

铁瑛轻轻喘了一口粗气："案件错综复杂，牵扯面广，侦破难度不断加大。一是调查取证难，二是抓捕归案难，三是深挖打击难。"

叶青安慰说："不管怎样，老百姓始终是理解和支持你们的。"

铁瑛点了点头，深有同感地说："正因为如此，我们越发感到责任重大。只有干好本职工作，确保一方平安，才能不辜负老百姓的厚望。"

叶青充满信心地鼓励道："邪不压正，犯罪分子的猖獗是暂时的，他们终归要受到法律的严惩。"

铁瑛听后，充满信心地说："你说得对。魔高一尺，道高一丈。只要警民联手，邪恶势力终归难逃法网。"

14 挺身而出

准备工作按计划进展顺利，豪润电镀厂奠基仪式如期举行。现场彩旗飘扬，气球高悬，人头攒动，一派喜庆气氛。金秉荃、翁卓应邀出席，在主席台上就座。参加仪式的还有有关部门的官员、镇村干部、建筑工人。

仪式进行第一项，金秉荃、翁卓、白裕富等人走到披红挂彩的基石旁边，挥锹铲土，为基建工程奠了基。

这时，围观的人群出现一阵骚动。湖西村渔民魏正毅带头喊起了口号："反对非法占用耕地！反对污染企业落户湖西！"维持秩序的警察和保安很快靠上去，把魏正毅等人擒了出去。魏正毅见劝说不成，只好在电镀厂奠基那天，带头高呼口号，公开提出反对，以便引起各级领导重视。没想到，他和同伴们的行动刚刚开始，就被强行带离现场。

现场重新安静下来。看到有人闹事，白裕富心里很恼火，埋怨下麦良没有做好管控工作，众目睽睽之下他又不便发火。他用力压了压胸中的怒气，干咳了两声，走到话筒前，开始致欢迎词：

"各位领导，同志们，朋友们：今天晴空万里，艳阳高照，由我公司投资兴建的豪润电镀厂奠基开工了！我谨代表公司万名员工向百忙之中莅临现场的各位领导、各位朋友表示热烈的欢迎和衷心的感谢！豪润电镀厂是在深入调查、科学论证基础上，经过区工委、管委和各有关部门层层审查批准后而决策上马的。这一重大项目的完成投产，必将进一步壮大我区的经济实力，增强我区的综合竞争能力，为推动全市经济快速发展作出更大贡献。我们一定坚持高标准，严要求，发奋努力，抓紧施工，尽快建成投产，不辜负各位领导和社会各界的关心支持。最后，祝各位领导、朋友们身体健康，万事如意，天天发财！"

白裕富的讲话刚结束，天空突然阴云密布，暗淡无光。接下来是金秉荃致贺词。只见他抬头看了看灰蒙蒙的天空，故作镇定地走到话筒前。

"同志们，豪润电镀厂正式奠基了，这是我区实施盘龙湖周边地区开发，加快经济发展的最新成果。"刚开讲，一阵狂风平地而起。四周的彩旗和立式话筒吹倒在地，巨型气球不见了踪影，金秉荃手中的讲话稿也被吹出老远。秘书佟镜见状，赶紧把讲话稿捡了回来，把话筒扶了起来。这一变故突然而至，出人意料。金秉荃心中感到一丝不祥，却只是尴尬地笑了笑，继续抑扬顿挫地讲起来。

"对盘龙湖周边地区实施全面开发，是区工委、管委的重大决策，是实现我区经济腾飞的重要举措，是深化改革、扩大开放的迫切需要。全区上下要统一认识，步调一致，人人关心大开发，人人支持大开发，人人参与大开发。发展如逆水行舟，不进则退，发展慢了就等于落后。形势催人，形势逼人，形势不等人。只有加快发展，才能跟上时代前进的步伐……"

金秉荃正讲得起劲，天空雷声大作，豆大的雨点夹杂着冰雹纷纷落下，地面上溅起阵阵泥土。原来站着听讲的人们见事情不妙，纷纷四散躲避。金秉荃见场面混乱不堪，匆忙结束了讲话。主持会议的翁卓本来想借机秀一下口才，见天气突变，只好宣布散会。金秉荃被雨淋得狼狈不堪，赶紧钻进轿车往回赶，嘴里连呼晦气。翁卓随后跟进，离开会场。

白裕富坐在轿车里，看着车窗外疯狂的雨势，胸中蹿起一股无名之火，脱口骂道："妈的，什么鬼天气，好好的仪式给搅了。"

叶青受报社指派，到现场采访，同样被浇了个落汤鸡。回到宿舍，她冲了个澡，换上一身干净衣服，然后坐下来赶写稿件。搜肠刮肚，憋了好长时间，却无从下笔，一个字都没有写出来。没办法，她只好拨通电话，向柯大卫求救。

"大卫，忙不忙？"叶青问。

"跟你一样，正在犯愁呢。"柯大卫回答。

"你怎么知道我正在犯愁？"叶青接着问。

"上班时间打电话给我，我猜想你肯定是遇到问题了。"柯大卫笑呵呵地回答。

"今天，豪润电镀厂举行开工奠基仪式，中途被大雨冲散了。我犯愁的是，这篇稿子没法下笔啊。"叶青简明扼要地把奠基仪式的过程和自己的难处向柯大卫作了通报。

"哦，这件事我听说了。逆天而动，必遭天谴，天公发怒了。"柯大卫评论道。

"你是说这个仪式不应该搞？"叶青追问。

"不只是仪式的问题，这个项目就不应该上。盘龙湖是新区的母亲湖，在她的身边建设这样的污染企业，天怒人怨，迟早是要遭惩罚的。"柯大卫回答。

"你说的很对，但我现在关心的是怎么样写出稿子，完成任务。"叶青回应说。

"如实报道就是了，不要有什么顾虑。"柯大卫支招说。

"你帮我起个题目吧。"叶青提出。

"好办，就叫"豪润电镀厂隆重奠基，天公不作美中途散场"，你看怎样？"柯大卫随口拟出了标题。

"哦，我心中有底了，谢谢。"叶青听后，恍然大悟地说。

"祝你马到成功。"柯大卫如释重负，挂了电话。

白裕富手下的保安把魏正毅他们带到村后的一片树林，先是给了一顿拳脚，随后让他们靠树站立。直到奠基仪式结束以后，那位叫尚天的保安才打电话请示白裕富。

"老板，这几个捣乱分子怎么处理？"

"算了，毕竟是初犯，教训一下，保证今后不再捣乱就行了。"

"就这么放了，太便宜了他们。"

"见好就收，别把事情闹大了。"

"明白，老板。"

打完电话，尚天朝几位手下使了个眼色。几个家伙得到暗示，心领神会地走到魏正毅他们跟前，二话不说，左右开弓，扇起了嘴巴。一边打，一边问："以后还敢多管闲事不？说，以后还敢捣乱不？！"

魏正毅和他的同伴忍着疼痛和屈辱，没有一个人求饶。魏正毅的嘴巴被打破了，一股鲜血顺着他的嘴角流了下来，流进他的嘴里。他顺口吐了一口唾沫，正好吐在一个家伙的脸上。那家伙火冒三丈，正想对他施以更严厉的报复，却被尚天制止了。尚天想起了白裕富的叮嘱，担心事情闹大不好收拾，于是威胁了一番，然后撤退了。

魏正毅他们拖着疲惫的身体走出树林，回到家里。想起白天的遭遇，魏正毅感到气愤难耐，彻夜难眠。个人受点委屈不算什么，他只是不明白他们为何如此气焰嚣张。谁都知道造纸属重污染行业，却仍然明目张胆、肆无忌惮地在湖边建厂。正常的规则被破坏了，法律被公然挑战，正义被严重践踏。

他的老父亲是一个解放前入党的老党员，曾参加过解放滨江和剿匪的战斗，身上多处负伤，几年前因病去世了。魏正毅从小受到的是革命传统教育。在他心目中，社会主义中国的天是明朗的天，共产党和人民政府是正义和真理的化身，党和政府的干部是人民的公仆。独断专行，在湖边建厂搞污染，这样违背群众意志、有悖天理的事情他无论如何无法接受。

"大家看咱们怎么办。我想了一晚上，觉得不能就此罢手。"第二天，魏正毅找到三个伙伴一起研究对策。

"对，这口气咱们要出。"樊康第一个发言。

"他们太猖狂了，简直是一群土匪！"王山补充说。

"咱们挨顿打倒是小事，我担心的是一旦电镀厂落了户，其他厂家会纷纷效仿。由于过度捕捞，湖里的鱼虾已经越来越少，围网养鱼又造成了湖水污染。如果湖的四周再建满工厂，将会引发一场生态灾难，到时候咱们恐怕连生计都难以维持，只好四处讨饭了。"听了三人的话，魏正毅开诚布公地谈了自己的看法。

"是啊，不能让他们断了咱们的生计。"丁时附和说。

"对，咱们到区里上访，告他们。"樊康提议说。

"上次写信没起作用，上访能有用？"王山担心地问。

"到区里不行就到市里，市里不行，就到省里，我就不信，天下没有主持公道的地方。"樊康回答。

"经费从哪里来?"丁时问。

"咱们几个先自筹一下,为了渔民们的切身利益,不用说花几个钱,就是搭上命都值。"魏正毅回答。

"行,就这么办。"王山赞同说。

"好,我赞成。"魏正毅表态说。

15　言传身教

周末的晚上,计荫陪斐小橘回到娘家。斐彪听说闺女、女婿回来了,赶紧放下手中的应酬,赶回来团圆。饭后,又与二人聊了一会儿天。

"如今是千帆竞发,百舸争流,全民经商的时代。所以,经商办公司,别人可以搞,我们也可以搞。"斐彪腆着发胖的肚子,半躺在真皮沙发里,轻啜香茗,慢条斯理地教导着闺女、女婿。

"但我要提醒你们:要学会打擦边球。沿海地区有句话,叫遇到红灯绕道走,遇到绿灯赶快走。这话很有道理。另外,不要过于招摇,要低调。现在社会上流行红眼病,有些人看到别人挣了钱心里就不爽。"斐彪点上一支熊猫牌香烟,神情悠闲地说。

"谢谢爸爸的关心,我们一定遵照您老的指示,决不给您添乱。"计荫摇唇鼓舌,装出一副乖巧听话的样子。

"年轻人就应该有想法,有胆量,有作为。所以,要大胆干,大胆闯,敢于走前人没有走过的路。共产党不缺经邦治国的政治人才,就缺少驰骋商海的经营管理人才。"斐彪欠了一下身,语气温和地给女儿、女婿加油打气。

"我们一定加倍努力,不辜负您老的殷切期望。"计荫见岳父大人如此关心,深受感动。

"有什么需要我帮忙的事尽管说,我愿意做你们的后台老板,提供全方位服务。只要我能办到的,我会尽力帮忙。"斐彪大包大揽地承诺道。

"现在,湖区开发热火朝天,我们也想弄块地皮,开发成楼盘,赚他一笔。"计荫不失时机地请求说。

"你们有资质吗?"斐彪怀疑地问。

"我们没有,但可以挂靠别的公司,跟他们合伙,利润分成,如今不少人都这样干。"斐小橘抢先回答。

"行，明天我跟连才打个招呼，你们后天就去找他，保证一路畅通无阻。"斐彪爽快地答应。

"多谢爸爸支持，让老爸费心了。"计荫感激涕零，连忙道谢。

"谢什么？一家人嘛，只要你们过得好，我操点心没什么。盘龙山锰矿不久会列入开发，到时候，我给你们争取一块。"斐彪故作姿态地表示。

"太好了，您不愧是我们的老爸，亲爸。"听到这里，小两口欢呼雀跃，异口同声地喊道。

"生意上的事，小计不要抛头露面，以免因小失大，耽误了前程。小橘既然辞了职，就专心研究经商。一个从政，一个经商，一唱一和，共同发展，很好嘛。公司可以打别人旗号，你们在幕后操纵，当当顾问。这样既不耽误挣钱，又能堵住别人的嘴。"斐彪说完，示意二人自便，然后打开电视，神情专注地看起了新闻。

"爸爸再见。"斐小橘和计荫起身告辞，满心欢喜地回到自己的香巢。

几乎同一时间，方明在自己家里与小舅子展开了一场对话。小舅子名叫苗松，三十几岁，在一家外企打工。外企各方面条件还算不错，工资待遇比一般国企和民企优厚，但他感到工作压力太大，想在机关事业单位谋一个职位。为了这个目标，他几次三番向姐夫求助，却始终不见回音。这天晚上，他又一次来到姐姐、姐夫家里。

"苗松啊，不是姐夫不帮你，现在要进入机关事业单位必须要通过考试。你可以去报名参加，考上了最好，考不上也不后悔。"方明实话实说地回答苗松。

"我的功课原来学得就不怎么样，如今扔下好几年了，你想我能拾得起来吗？能考得过人家刚毕业的学生吗？据我了解，也有不用考试，由领导批条子直接进入的。否则，机关事业单位为什么严重超编，人满为患呢？"苗松不服气地说。

"我不否认你说的这种情况存在。但人跟人不一样，他们能那样干，咱不能干。"方明回答。

"为什么不能？我看关键问题是你不想帮这个忙，压根不当自己的事情办。"苗松不满地说。

"我想帮你，希望你有一份好工作，一个好的前途。但让我违背原则和政策，以权谋私，我办不到。"方明回答。

"好像满中国就你一个人廉政，又有什么用？你能改变现实吗？"苗松不客气地讥讽道。

"廉政的不只我一个，这样的人有好多。这样做不能说明我们有多么了不起，恰恰是我们对自己最起码的要求，是应该恪守的本分。"方明回答。

"苗松，你姐夫有他的难处，你就不要逼他了。你现在的工作不是挺好吗？不管干什么，只要认真去干，都能干好，都能有所成就。"姐姐苗红见二人说不到一块，于是插话说。

"不管是谁，不要把希望建立在别人的帮助上，关键还是要靠自己的努力。如果靠别人的力量，即使上到一定的岗位，也未必能够干好。历史上这样的例子多了去了，大到一代皇帝，如秦二世、刘阿斗、徽钦二帝，小到发生在我们身边的许多人和事。"方明继续做着说服教育工作。

"是啊，我们的儿子、你外甥方彤大学毕业后自己到外省打拼，我们根本没有管他。"苗红补充说。

"如今的大学生追求自立、自强，父母要管，他们都不要管。"方明接着说。

"算我自己没出息，功课不好，没有考上大学。"苗红叹了一口气，悲观地自责道。

"你如果实在不愿意在现在的单位上班，可以另选择一家，也可以自己创业。"见苗松难受的样子，方明缓和了一下语气，建议说。

"创业？自己当老板？这倒是个好主意，就是不知搞什么能行。"苗松感兴趣地表示。

"如今农产品流通渠道不畅，出现卖粮难，卖菜难，卖果难，卖油难。成立一家农副产品供销公司，肯定能大有作为。既可以帮助农民解决困难，又能实现可观的赢利，实现公司的良性发展。"方明开导说。

"这一行目前有干的吗？"苗松急切地问。

"我们这一带还不多，可以说刚刚兴起。"方明回答。

"头水有鱼，先下手为强，我干了，明天就去申请注册。"苗松下定决心，大干一场。

"我相信你有这个能力，能够干出一番自己的事业。有什么困难跟你姐说，我们尽量给你提供支持。"方明热情鼓励道。

"谢谢姐夫、姐姐。"苗松感激地说。

16　坐而论道

柯大卫耗费多日，精心完成的调研报告并没有引起金秉荃等人的重视，盘龙湖开发全面启动，势头迅猛。为此，他心里感到十分难过，只好用工作来填补心中的失落，驱散心头的乌云。此后一段时间，他灵感频发，连续发表了几篇大作。

他过人的才气，率直的性格，无意中触动了别人的奶酪。于是，明枪暗箭一齐袭来。有人说他好出风头，野心勃勃；有人说他恃才傲物，目中无人。更有甚者，把他发表的文章用墨迹涂得一塌糊涂，偷偷扔进纸篓。一时间，他陷入人际关系的泥潭，越是拼命工作，就越不被人理解。在评选先进、推荐干部时，有人趁机煽风点火，请客送礼，拉帮结派，故意挤对他。

不平之余，他开始认真地反思。他发现自己一段时间以来锋芒毕露，忽视了人际关系。他一度认为只要干好工作，自然会得到大家认可。这时才发现这种想法太过天真和理想化了。

大学生小岳来到调研一室干科员。这位年轻人自恃自己是文科高才生，屁股还没坐热，就乌里哇啦地发议论，对一室的工作提了一大堆意见。虽然他用心良苦，不乏真知灼见，但梁志和同事觉得他狂妄自大，爱出风头。结果可想而知。不到半年，四面楚歌，只好卷铺盖走人。

小岳的事对柯大卫触动很大，他由此认识到官场的水很深，有时甚至有些浑浊。没有人可以随随便便成功，而经验教训只能靠自己去领悟和总结。苦闷之余，他想起了那位河边垂钓的马老。

马老是上世纪六十年代的大学生，毕业后来到滨江大学任教。一个偶然的机会，他被推荐当了一名党政干部。身份的变化，没有改变他身上深入骨髓的知识分子本色。置身于错综复杂的官场，他感到特别纠结和痛苦。后来，他终于下定决心，辞去官职，回学校重执教鞭。多年来，他甘于寂寞，淡泊名利，游走于教坛书斋。闲暇时，赋诗作文，垂钓对弈，潇洒自在，其乐融融。

怀着忐忑的心情，柯大卫敲开了马老的家门。马老住在滨江大学生活区的一栋公寓楼的底楼，开南门，楼前是一个大约二三十平米的前院。进门是客厅，面积不大，东墙挂着一幅名家的墨宝，上书一段禅语：

不争，元气不伤；不畏，慧灼闪光；不怒，百神和畅；不怨，心地清凉；不求，胸怀坦荡；不执，可圆可方；不忧，快乐健康。

靠北墙摆着一张圆形的红松原木茶几，几只藤椅，南边靠墙是一组浅色矮柜，上面放着一个长方形的水族箱。水族箱底部缀有假山、沙石、水草，以及充氧设备和灯光。水族箱里养着几种观赏鱼，有澳洲彩虹鱼、接吻鱼、红苹果美人鱼、金菠萝鱼。水族箱的背面贴着一幅山水画，与水族箱里游动的鱼相映成趣，煞是好看。西边靠墙是一排博古架，上面摆着一些石雕、根雕、陶瓷、青铜艺术品，还有几只大大的海贝壳等。一方用寿山冻石雕造，题名"琼瑶余韵"的盆景，线条流畅，造型饱满，意境高雅，特别招惹眼球。

四季轮回，外面已是寒气袭人，客厅内却温暖如春。二人在藤椅上相对而坐，茶几上摆着一套功夫茶具。马老习惯性地开罐、取茶、温具、烧水、冲泡、奉茶，动作规范，手法娴熟，一招一式，颇含神韵。

"马老的茶功夫可谓炉火纯青啊。"柯大卫双手捧杯，一边细细品味，一边由衷地赞叹。

"过奖了，中国的茶文化丰富多彩，我只是通其大略而已。"马老谦逊地一笑，顺口说道。

"晚辈是否可以请教一二？"柯大卫饶有兴致地问道。

"茶，发乎神农，闻乎鲁周公，兴于唐而盛于宋，已有五千年的历史了。按照加工方式，可以分为绿茶、青茶（乌龙茶）、白茶、红茶、黑茶。按采摘加工的季节不同，可分为春茶、夏茶、秋茶和冬茶；按对鲜茶叶中水分处理方式的不同，可分为萎凋茶和不萎凋茶；按生长环境不同，可分为平地茶、高山茶和有机茶；按茶的品质、口味不同，又可分为绿、红、青、黄、白、黑、花等不同种类。茶的烹制工序很复杂，龙井茶十二道，祁门功夫红茶也是十二道，普洱茶是十三道，武夷山功夫茶十八道。"马老一边续茶，一边细细道来。

"茶对茶具和水有些什么讲究？"柯大卫追问道。

"宜兴的紫砂茶具具有良好的透气性和吐纳功能，对冷热的适应性强，所以堪称为最理想的茶具。另外,各种瓷茶具质地温润细腻,气质淡泊清雅,也深受茶人喜爱。茶对水的要求也很讲究。古人喜欢用雨雪露水,现在大气和地表水污染严重,所以最好选择山泉水。"马老经验老道地介绍说。

"马老,茶艺与茶道有什么不同?"柯大卫端起茶杯,细品一口,进一步问道。

"茶的使用有四种境界:喝、品、艺、道。茶艺是泡茶技艺和品茶艺术的结合。茶道是用茶与做人的最高境界,精神内涵是和、静、敬、怡、真。茶道对于治疗现代人焦虑、浮躁、冲动、急功近利,无疑是一副良药。"马老神清气定,从容作答,话语间充满哲理和智慧。

"中华文化博大精深,一片小小的茶叶就有这么多学问。"柯大卫不禁感慨道。

"细讲起来,茶的学问三天三夜也讲不完。小柯啊,咱们还是言归正传吧。怎么样,工作顺不顺心?"马老话锋一转,关切地询问道。

"马老,谢谢您的关心,晚辈让您失望了。"柯大卫有些难为情地回答。

"听你这口气,是不是遇到什么问题了?"马老追问道。

"不瞒您说,我还真遇到了一些难题。"柯大卫如实回答。

"这不奇怪,一帆风顺只是美好的愿望和梦想,万物无不遵循弱肉强食、优胜劣汰的丛林法则。"马老理解地点了点头。

"我遵命围绕湖区开发搞调研,跑了好多地方,费了九牛二虎之力,才完成了任务。可是报告交上去,却泥牛入海无消息。目前条件下,这种开发必然造成湖水严重污染和湖区生态环境的毁灭性破坏。但他们还是我行我素,强行展开全面开发。"柯大卫气愤地诉说道。

"目前的情况下,你已经做了应该做的,尽到自己的责任了。至于他们看不看你的报告,听不听你的建议,那就是他们的事了。你大可不必为此心生烦恼。"马老安慰道。

"位卑未敢忘忧国。个人劳动成果得不到尊重无所谓,我只是担心湖区百姓今后的生计和盘龙湖的命运。"柯大卫解释说。

"一种风潮突然来临,非个人力量所能阻挡。"马老像一位阅尽风霜的历史老人,用一双穿透时空、睿智宽厚的眼睛注视着柯大卫。

"这是一股破坏力极大的狂风，是一股逆历史潮流而动的浊流。"柯大卫理解地表示。

"面对这股狂风浊流，有责任心的人们不应袖手旁观，逆来顺受，而应该团结起来，积极斗争，有所作为。"马老轻啜香茗，从容陈词。

"我赞同，不能随波逐流，碌碌无为。那样，只会愧对百姓，愧对时代，愧对子孙，被历史的沉沙所湮没。"柯大卫慷慨激昂地陈述。

"希望还是有的，年轻人理应大有作为，成就一番事业。"马老微微颔首，赞许地说。

"马老，还有一个问题一直困扰在我的心头。"柯大卫略作停顿，抿了一口茶。

"但说无妨。"马老热情地鼓励。

"我越是努力工作，越是不被理解，这是为啥？问题出在什么地方？"柯大卫坦诚相见。

"人生在世，无非是两件事，一个是做事，一个是做人。做事不易，做人更难。"马老听后，略作沉思，然后善解人意地回应道。

"俗话说，狗有狗道，猫有猫道，世间万物都有自己的道儿。马老，您摸爬滚打了大半辈子，您认为应该怎样把握做人之道？"柯大卫谦虚而恭敬地询问。

"我是个不问世事的'槛外'之人，不过，你既然诚心相问，我不妨絮叨一二，供你参考。从理论上讲，茶道就是为人之道，为人之道就是茶道。无论为官、治学、从文、经商，都应首先立足于做人，做一个真实坦诚的人，一个有德行、有品位的人。"马老一边端杯品茶，一边悠然作答。

"一个成功者最应把握的原则是什么？"柯大卫深入探究，直奔问题的关键。

"中国自古以来就是一个人情社会。人们对一个人的评价，不光看他的能力、特长，更重要的是看他与周围人的关系。工作大家都在做，即使你有天大的本事，有特别突出的成绩，如果不慎陷入人际关系的泥潭，也很难得到成功。"马老直奔主题，入情入理。

"您认为应该怎样处理日趋复杂的人际关系？"柯大卫接着问道。

"要有容人之量，一首民谣唱道：'忍耐好，忍耐好，忍耐二字无价宝。一朝之仇不能忍，斗胆争强祸不少。身家由此破，性命终难保。逞财势,结怨仇,到了后来不得了。让人一步又何妨,量大胸宽无烦恼.'置身名利场,难免吃亏受气,不可能事事如意。逞一时之勇,争强好胜,结果只能是鱼死网破,两败俱伤。所以,要学会宽容,你只有宽容别人,别人才能宽容你。"马老语重心长地叮嘱说。

"谢谢您老指点。"听了马老的一番话,柯大卫若有所悟地点了点头。

"万物都有自己生存的土壤和条件,一个人要有所成就,同样要适应环境。"马老言犹未尽地补充了一句。

"怎么讲?"柯大卫继续追问道。

"只有学会适应环境,才能改变环境。君子必藏器于身,待时而动,敏于行而讷于言,内精明而外浑厚。要提高情商,讲究说话做事的艺术和技巧,大处着眼,从长计议,学会沟通,善于合作。只有这样,才能在激烈的竞争中立于不败之地。木秀于林,风必摧之,所以不要过于强势,善于示弱于人,做事要留有余地。人生在世,潮起潮落,鼎盛时不要得意忘形,低谷时不要消沉自卑,应该保持虚怀达观、进退自如的良好状态。"马老语重心长地说。

"马老,什么叫聪明?"柯大卫有感而发,接着问道。

"聪明者最愚蠢,愚蠢者最聪明。聪明有真假之分。有些人自以为聪明,视别人为傻子,其实那不是真聪明。聪明有大小之别。小聪明损人不利己,大智大勇方能安身立命,成就大事。只可惜现如今具有大智慧的人太少,自以为聪明和玩小聪明的人倒是随处可见。"马老轻啜香茗,娓娓道来。

"大智若愚是否可行?"柯大卫接着问道。

"世间千人千面,各有各的活法,大智若愚不失为一种值得推崇的处世之道。"马老语气肯定地回答。

"虽然值得推崇,却容易遭人嗤笑。"柯大卫略作停顿,随之提出自己的疑虑。

"'斥鷃每闻欺大鸟,昆鸡常笑老鹰非。'笑什么?他们笑他们自己。"马老听后,立即正色评说道。

"您的指点拨云见日,令晚生心胸豁然开朗,真可谓'听君一席话,胜读十年书'啊!"柯大卫由衷地致谢。

"一家之言,仅供参考。其实,人生犹如一本复杂的天书,真正能够读懂的没有多少人。有些人穷其一生，未必能明白其中的真义。"马老感慨地说。

"多谢您了，马老。"柯大卫一边再次致谢，一边起身与马老辞别。

"不必客气，有时间常来。"马老微笑着回应，一直把柯大卫送到门外，然后挥手致意。

17 升迁有术

冯旷是经济新区土矿办副主任，大学毕业，身上笼罩着"调干生"、"十佳"青年、后备干部等一系列耀眼的光环。虽然工作十分努力，却一直得不到升迁。不过，土矿办主任林坤因年龄原因很快要退居二线，冯旷觉得机会难得。但他跟金秉荃不熟，担心直接上门要官吃闭门羹，于是想让连才牵线搭桥，帮忙运作。

"连主任，老主任要退下来了，我想接任，您能否帮忙运作一下？"冯旷鼓起勇气，试探性地问。

"小冯，这种事很难办哪，如今想进步的人太多了。"连才面带难色，回答说。

"我兢兢业业干了这些年，身上的光环一大串，为什么不能提拔重用？"听了连才的话，冯旷心里凉了半截，于是不满地质问道。

"你是真不懂，还是假不懂？工作干得好是应该的，要想进步，还得靠这个。你没听说，过去是任人唯亲、任人唯上、任人唯拍，现在已经变成任人唯钱了。"连才把右手举在空中，几个指头凑在一起捻了捻，毫不顾忌地说。

"我明白，需要多少？"冯旷往前凑了凑，追问。

"先别说这个，还不知人家愿不愿意要呢。"连才打了个哈欠，懒洋洋地回答。

"凭您和上面的交情肯定没有问题，就看您是不是当事办啦。"冯旷担心连才不肯出面，于是恭维道。

"不能那么说，面子和交情值多少钱？"连才意味深长地问道。

"您放心，小弟不会让您白跑的。"冯旷听出他的言外之意，于是赶紧承诺说。

"凭咱俩的交情，什么钱不钱的。不过……我有一个要求，不知老弟肯不肯答应。"连才欲言又止。

"只要您老兄帮我升了官，什么要求我都可以答应，即使上天入地，也在所不辞。"冯旷夸口道。

"先说好，不管答不答应，不许恼。"连才欲言又止，不放心地叮嘱说。

"您放心，只要能让我升迁，我什么要求都能答应。"冯旷满口答应。

"那我就不客气了。小冯啊，你那位小蜜长得真漂亮，简直就是天女下凡啊。"连才砸吧着嘴，不怀好意地说。

"您……什么意思？"冯旷疑惑地问。

"咱们都是男人，你应该明白。"连才见冯旷装聋作哑，于是厚颜无耻地强调说。

"这……"冯旷脸上的肌肉剧烈地痉挛，心里如翻江倒海，一时不知说什么好。

"不要为难，我绝对不会强求。"连才看到冯旷为难的样子，以退为进，故意提醒道。

"这算什么事……"冯旷心神不定地低着头，从牙缝里挤出几句模棱两可的话。

"不同意就算了，权当我没说。"连才摆了摆手，生气地打断冯旷的话。

"哎，您没理解我的意思。"冯旷见连才急了，赶忙解释道。

"你……"连才瞪着被酒精刺激得有些潮红的眼睛直盯着冯旷，脸上充满疑惑。

"我的就是你的，你的就是我的，不用说一觉，就是……"冯旷仰起头，一脸的慷慨激昂。他想：世上没有免费的午餐，天上不会掉下馅饼，舍不得孩子套不住狼。

"这就对了，从此以后，你就是我兄弟了，你的事就是我的事。"连才听后，喜不自禁，干笑了几声。

"谢谢连哥。"冯旷感动地致谢。

"不过，丑话说在前面，这种事可是需要花钱的。"连才把脑袋往前凑了凑，板起面孔说。

"钱没问题，就是砸锅卖铁，我也要争这口气。大哥，您不知道，在人家屁股底下干活，那滋味不好受啊。"冯旷肯定地回答。

"这可是你自己的决定，可别后悔。"连才提醒道。

"不会的，看您说的。"冯旷蛮有把握地说。

"好，算你识时务，你的事我接了。"连才答应道。

"给个痛快的，多少钱？"冯旷迫不及待地问。

"你也是官场中人，应该了解行市。"连才直盯着冯旷，不急不慢地回答。

"十万？"冯旷小声问道。

"不……"连才仰起头，两眼瞅着天花板，不屑一顾地从鼻孔中挤出一个字。

"二十万？"冯旷再次问。

"不行。"连才瞥了冯旷一眼，头摇得像货郎鼓。

"三十万？"冯旷小心翼翼地问。

"不够。"连才回过头，语气变得柔和了一些。

"那是……"冯旷猜不出，只好转而问连才。

"四十万，至少这个数。这里面有好多环节，缺了哪一环都不成。"连才语气肯定地说。

"这么多？"冯旷简直不敢相信自己的耳朵，情不自禁地问。

"你是个聪明人，羊毛出在羊身上，先投入后收获，市场经济嘛。"连才点着头，鼓励说。

"好吧，我答应。不过这不是个小数目，我得想法凑一凑。"冯旷终于咬着牙，下了决心。

"抓紧时间，僧多粥少，夜长梦多，我听说有不少人惦记着那个位置呢。"连才漫不经心地叮嘱道。

"小弟明白。"冯旷保证道。

随后几天，冯旷把自己对连才的承诺一一兑了现，然后迫不及待地等候消息。大约过了个把月，连才打来电话。冯旷以为事情有了眉目，高兴异常地来到他的办公室。

"连哥好。"一眼瞥见连才满脸乌云，冯旷心里忍不住咯噔一下，小心翼翼地问候道。

"来了，坐吧。"连才抬起眼皮，望了一眼旁边的沙发，有气无力地嘟囔道。

"有事吗？"冯旷接着问道。

"看你这话问的，没事找你干什么？"连才冷冷地回答。

"哦，是那事？"冯旷惴惴不安地追问。

"事情办得不顺，本来礼我替你送上了，老大也答应了，可半路又杀出个程咬金，市里有亲戚，官大一级压死人啊。"听到这里，冯旷顿时从头凉到脚。

"连哥，怎么办？"过了好一会，冯旷心情沉重地问。

"怎么办？现在唯一的办法是找一个更大的关系，把对方压下去。"连才叹了口气，回答说。

"我表哥在省城做官，不过，多年没走动了。"冯旷无可奈何地透露道。

"好，赶紧去找他，把关系恢复起来。"连才一听，马上来了精神。

"又要花上一笔，这是雪上加霜啊。"冯旷情绪低落地说。

"事到如今，只好豁出去了，不能半途而废啊。"连才鼓动说。

"看来只好这样了。"冯旷破釜沉舟地答应说。

第二天，冯旷急不可待地赶到省城，登门拜访表哥。表哥热情接待了他，所求之事，表哥满口答应。临别，冯旷把准备的红包塞给表哥。表哥坚决不要，几经推辞，才终于收下。随后。给金秉荃打了个电话。

接到冯旷表哥的电话，金秉荃下了决心，起用冯旷。冯旷的情况他已经做过全面了解，既然此人上面有背景，用了他不仅增加了一个忠实可靠的亲信，而且可以结交一批人，对自己将来的升迁也极有好处，何乐而不为呢？另外，这人恭敬有加，没有一点傲气，是一匹既容易驾驭，又骏朗体面的良马。重用了他，可以给自己的队伍增加一员大将。

"小冯啊，这次让你接任土矿办主任可不容易，我力排众议，得罪了不少人呢。"金秉荃挺身坐在宽大的意大利进口沙发里，看着曲背弯腰站在面前的冯旷，极力表功说。

"金书记，您的大恩大德冯某终生难忘。今后俺就是您的人了，您指向哪里，俺坚决冲向哪里，您让俺打狗，俺绝不打鸡。"冯旷态度诚恳地表着决心。

"大胆干，有什么问题及时汇报，我会全力支持你的。"金秉荃点着头，满意地说。提拔了冯旷，等于加深了与他表哥的感情。这样想着，金秉荃目光变得格外柔和而亲切。

"您就是俺的再生父母，救命恩人，千言万语表达不出俺对您的感激之情。"冯旷说着，突然双腿着地，跪到金秉荃面前，眼泪像断了线的珍珠，不知不觉流了出来。

"小冯，这样就不好了，快起来。"金秉荃不习惯这一手，于是赶紧把冯旷扶起来，顺便鼓励了几句。冯旷见目的已经达到，于是告辞而归。

坐上第一把交椅后，冯旷从内到外都发生了巨大变化，与以前相比，简直判若两人。穿着打扮，抽烟喝酒，屁股下的坐骑，都上了一个档次。昂首挺胸，器宇轩昂，连说话的语气、走路的姿势都大不一样，举手投足之间流露着十足的官气，一颦一笑表现出充分的优越。见了比他官职小的人，他眼睛向上，视而不见；然而，见了官比他大的人，态度马上转变，热情无比，极力讨好。

有一天，冯旷像往常一样走马观花、蜻蜓点水地下基层。由于司机开车过快，不小心闯入路边的稻田，压坏了一大片秧苗。一位头发花白的老汉正在田里除草，见状走上前来，与他们理论。冯旷让老汉帮忙把车从稻田里推出来，然后趾高气扬地上了车。老汉赶紧索赔。冯旷紧皱眉头，冲着老汉厉声呵斥："赔什么赔，几棵秧苗值几个钱！"说完，命令司机开着车一溜烟跑了。

对以前慢待过他的人，冯旷铭记在心，千方百计实施报复。在这个过程中，他感受到了权力的魅力，因而倍感得意和痛快。

副主任游谷奇无论资历、能力，还是威信，都胜过冯旷，只因为不屑于迎合官场的坏风气，所以多年得不到提拔。对冯旷的提拔，他从心里不服。冯旷看他也很不顺眼。有一次办公会上，冯旷故意找茬。他终于忍无可忍，拍案而起。冯旷见他当众顶撞自己，大为恼火，立即向金秉荃告状，罗列了他一大堆罪状。金秉荃偏袒冯旷，很快下令把他调走。

各方面关系理顺之后，冯旷开始挖空心思敛财。他的人生哲学就是花钱买官，用权捞钱，然后当更大的官。"不捞钱拿什么往上送？不往上送靠什么升官？不升官怎么能捞更多的钱？再说了，大家都这样，我不这样行吗？"他时常这样理直气壮地安慰和鼓励自己。

中层干部张积极一心要求进步，向冯旷提出了自己的想法。冯旷拍着他的肩膀鼓励说："好好干，有的是机会。"此后，张积极工作更加努力，工作成绩斐然。然而，过了一年，仍不见动静。他再次找到冯旷，冯旷仍然热情鼓励："继续努力，总会有机会的。"有位挚友了解情况后，对他说："哼，都什么年月了，不花钱，想办事，哪有这么便宜的好事！"张积极恍然大悟，赶紧给冯旷送了一笔数目可观的礼金。结果立竿见影，很快如愿以偿。

18　工于心计

周一早晨一上班，梁志通知柯大卫到李副主任办公室去一趟。李副主任是研究室常务副主任，而且分管一室和二室。

"他突然找我，会有什么事？"柯大卫心里十五个吊桶打水，七上八下，硬着头皮走到李副主任办公室门口，礼貌地敲了两下门。里面传出一句"请进"。房门是虚掩的，他推门而入。

"哦，大卫来了，坐吧。"李副主任正坐在办公桌前看文件，见他进来，忙打了声招呼。

"谢谢主任。"柯大卫应声而坐，静待吩咐。

"工作适应不适应？"李副主任程式化地问道。

"还行。"柯大卫简单地回答。

"有什么要求没有？"李副主任接着问。

"没有。主任找我有什么指示？"柯大卫主动问道。

"哦，指示谈不上，事情嘛，倒是有一件。"李副主任于是言归正传，向柯大卫传达了研究室的意见，要他跟二室的小丁对调。传达完之后，嘱咐他要正确对待，服从安排，争取新的成绩。

对调的原因李副主任没说，其他领导也没透露。本来是一件平常的事，柯大卫却心里阴霾了好几天。不过，商有道热情迎接，又让他心里温暖和亮堂了许多。

几天后，柯大卫终于弄清事情的起因。小丁素与副主任焦帆交好，而与主任商有道存在隔阂。前段时间二室内部开会，小丁家里临时有事，没有参加。商有道为此批评小丁目无领导，纪律涣散。小丁则强调情况特殊，拒不认错，当众与商有道吵了起来。

"丁干事，为什么没参加会议？"商有道问。

"家里有事。"小丁回答。

"为什么不请假？"商有道又问。

"没来得及。"小丁再答。

"来不及？打电话说一下总可以吧？"商有道不满地说。

"不愿意打。"小丁冷淡地回答。

"目无组织纪律，无故不参加会议是不行的。"商有道见对方态度生硬，于是批评说。

"情况特殊，心情不好。"小丁解释说。

"这不是理由，情况再特殊，心情再不好，也要顾全大局，遵守纪律。"商有道反驳道。

"小题大做，无事生非，不就是一次小会嘛，不参加又怎样？"小丁不服气地回击说。

"你这是什么态度？如果都像你一样，我这个主任还怎么干？"商有道厉声质问说。

"你怎么干与我有什么关系，你愿干不干。"小丁不甘示弱地说。

"你要深刻检讨自己的错误，写出书面检查。"商有道不依不饶地命令道。

"怎么处理随你便，反正检查我不会写。"小丁毫不客气地回敬说。

"你……简直太不像话了。"商有道两眼瞪着小丁，气急败坏地呵斥道。

小丁见商有道火了，不再理论，转身来到文主任办公室，请求调出二室。文主任考虑到小丁的情况，征求了其他领导的意见，决定让他和柯大卫对调。

商有道又张罗着介绍女朋友，柯大卫心里反感，但又不好公开拒绝。会面安排在商有道家。柯大卫来到时，女孩已提前到达。商有道给两人作了介绍。女孩名叫颜亚男，中等个子，长得白白胖胖，腰身有些臃肿，看上去与她的年龄不太相称。一双杏仁眼火辣辣地放电，看得柯大卫心里发紧。为消除沉默和尴尬，二人只好没话找话，你一言我一语，东拉西扯地闲聊了一会儿。

如果说对尹雅萍还有一些感觉，柯大卫对颜亚男却一点感觉没有。于是，时间不长，他就随意编了个理由，逃之夭夭。没想到，颜亚男一眼看上了他，见他一去不复返，几次三番找到商有道。柯大卫哭笑不得，只好以工作忙为由予以婉拒。虽然商有道并没有表现出任何责怪的意思，柯大卫仍然有些难为情。

二室的人际关系同样十分复杂，商有道不光跟小丁有矛盾，跟焦帆也貌合神离。二室俨然分成了两个界线分明的阵营，各吹各的号，各拉各的套，外表风平浪静，实际却暗潮涌动。面对这一现状，柯大卫只好告诫自己谨慎小心。

焦帆领袖欲极强，对商有道一直心存不服，意欲取而代之。一个偶然的事情让双方的矛盾进一步激化。

工委书记金秉荃指示研究室围绕盘龙湖周边开发搞一次跟踪调研。研究室把任务派给二室。白天不够用，只好晚上加班。这天晚上，焦帆安排了一些夜宵，并拿出自己保存多年的两瓶泸州老窖犒劳大家。商有道家中有客，又不放心工作进展情况，于是中途过来查看一下情况。

"吆嗬，好热闹嘛。"商有道走进会议室，一阵酒香扑鼻而来。只见大家围在焦帆身边，如众星捧月，一边说笑，一边吃喝，好不热闹。商有道见状，认为焦帆趁他不在收买人心，挖他的墙角，于是大为不悦。

"兄弟们这几天很辛苦，中间休息，喝杯酒解解乏。"焦帆看到商有道走进来，感到一丝意外和尴尬，但很快调整好情绪，故作轻松地回应道。

"时间紧，任务重，现在可不是放松的时候。"商有道板着面孔，不以为然地说。

"人不是机器，时间再紧，任务再重，也需要休息。"焦帆笑了笑，分辩道。

"名义上加班工作，实际上喝酒聊天，你们考虑过影响没有？"商有道指责道。

"有什么大不了的，不就是休息一下嘛，总比当甩手掌柜好吧？"焦帆回答。

"我们每一个工作人员都要时时处处严格要求自己，注意形象和影响，不能自由散漫，随心所欲。"商有道见焦帆话中有话，于是进一步教训说。

"你这是吹毛求疵，故意找茬。"焦帆反击说。

"不要不服，耽误了工作谁负责？"商有道威胁说。

"谁爱负责，谁负责。"焦帆毫不客气地回答，然后带着两位亲信一走了之，来了个公开罢工。

没办法，商有道只好亲自上阵，带领剩下的人马继续加班，昼夜兼程，总算完成了任务。事后，商有道把焦帆告到文主任那里。文主任与焦帆私交不错，所以有意袒护。商有道认识到自己的处境，一气之下写报告申请了调离。

原来，焦帆与商有道的矛盾与计荫有关。他得知焦帆对商有道不服，于是暗中添油打气，挑唆焦帆与商有道公开叫板。

"商有道对你怎么样？"有一天，计荫特意请焦帆喝酒，并主动谈起商有道。

"别提了，压得我喘不过气。"焦帆回答。

"他算老几，凭什么对你指手画脚？"计荫趁机挑拨道。

"官大一级压死人，人家是主任嘛。"焦帆满腹冤屈地说。

"你与文主任关系怎么样？"计荫问。

"还可以。"焦帆回答。

"我给你支个招，你发动二室工作人员把姓商的赶走，到时候我出面帮你活动一下，二室的主任非你莫属。"计荫故作神秘地蛊惑道。

"当真？"焦帆喜出望外地问道。

"当真，你放心，这事包在我身上。"计荫肯定地回答。

"恐怕没那么容易。"焦帆将信将疑地说。

"老兄，要自信，事在人为嘛。"计荫鼓励说。

螳螂捕蝉，黄雀在后。当焦帆与商有道闹得不可开交时，计荫乘虚而入，通过岳父斐彪和表姐夫冯旷集体发力，从一室副主任升任二室主任。焦帆如梦方醒，暗地里大骂计荫不是东西。面对这一结果，柯大卫感到意外的同时，心中连呼倒霉。

19 背景深厚

金秉荃与斐彪、连才、冯旷等人结成了利益共同体。台面上，他们是森严壁垒的上下级，私下里，则成为了无所避讳的铁哥们，经常暗地里开小会，喝小酒，谈天说地。

金秉荃深知光有一帮亲信还不够，还要编织一张强有力的保护网。背靠大树好乘凉，身在官场，必须结交一批大人物，培养丰厚的人脉资源。于是，他决定趁到省城开会的机会再次拜访老首长。

老首长姓蔡，年轻时曾在滨江工作，对这一方水土感情很深。如今，已经退居二线，住在一方颇有来头的旧宅里。据说，前清一位王爷为躲避宫廷斗争，辞官归隐，远离闹市，建造了这处住宅。清朝覆灭后，被当地军阀占据，后又转到一名国民党官僚手中。老首长离休后，搬到了这里休养。

与一般四合院不同的是，这里还有一座面积不大的后花园。中间是一弯半月形的水池，里面漂着一些浮萍、水莲，四周散落着几处用太湖石堆砌而成的假山，种植着几丛修竹，还有一些银杏、水杉、侧柏之类的树木。院落虽然不大，却疏阔相宜，错落有致，清爽幽静，景色宜人。

这是一处颐养天年的好地方。但老首长已经习惯忙碌，退下来之后，他更加关心时事，经常到各地转一转，做做指示，颇有些老骥伏枥、志在千里的味道。所以，这个小院一年到头住不了多少天。

金秉荃按时来到。门卫检查了证件之后，摁了几下门铃。随后，一个保姆模样的年轻姑娘从里面走出来，带他进到内院。老首长已经站在客厅门口迎接。简单寒暄后，二人携手走进客厅。客厅虽然宽敞，陈设却比较简单，一圈草绿色的沙发，中间是一张平面根雕红木茶几，给人的感觉既朴素大方，又高雅脱俗，不失主人身份。

"老首长身体可好啊？"金秉荃毕恭毕敬地问候道。

"好，谢谢。"老首长满脸堆笑地回答。

"这段时间忙得不可开交，没有过来看您，还望您老恕罪啊。"金秉荃客气地表示歉意。

"不必客气。"

"多谢您老海涵。"

"有事情忙好啊，人一闲下来，就要出毛病了。"老首长一边招呼用茶，一边笑着说。他虽已年逾七旬，却仍然精神矍铄，身体硬朗。

"干任何事情，关键在人，人是第一位的因素。人心出了问题，再好的设想、方案、计划都只能是一纸空文。"老首长呷了一口乌龙茶，接着点拨道。

"冰冻三尺,非一日之寒。许多问题解决起来不是那么容易啊。"金秉荃感慨道。

"俗话说,'上梁不正下梁歪,中梁不正倒下来',干部作风直接影响和决定社会风气。"老首长正襟危坐,一脸严肃。

"您老的话高屋建瓴,一针见血,发人深省啊。"金秉荃适时恭维道。

"小金,你们那里形势怎么样啊?"老首长话锋一转,询问道。

"虽然困难重重,但在您老的关怀指导下,经济发展突飞猛进,可以说一年一个台阶。"金秉荃不失时机地自吹自擂道。

"好啊,机不可失,时不再来,要只争朝夕,抢抓机遇,胆子再大一点,步子再快一点,我对你一直是寄予厚望的。"老首长听后,高兴得满脸放光。

"我们一定遵照您的指示,大胆地闯,大胆地干,绝不辜负您老的殷切期望。"金秉荃受宠若惊地表态。

"我们这一代人虽然经历了无数艰难险阻,但总的看是不断从胜利走向胜利。现在,就看你们的了,希望寄托在你们身上。"老首长目光灼灼地看着金秉荃,话语中充满了期望和鼓励。

"我们一定向您老学习,发奋努力,不辱使命。"金秉荃再次诚恳地表态。

"领导干部要有忧患意识、责任意识。现在有些干部简直到了无法无天的地步,这样下去,迟早是要丧失民心的。打江山难,坐江山更难,搞不好,几千万烈士的鲜血就会白流,几十年革命和建设的成果就会毁于一旦。"老首长情绪激动地批评道,脸上写满了忧思。

"您老不要过于忧虑,以免气极伤身啊。"金秉荃讨好地说。

"是啊,我们这些人已经无能为力了。"老首长喟叹一声,接着摇了摇头。

"天塌下来,有高个子顶着嘛。"金秉荃宽慰道。

"小金啊,有没有什么事情需要我帮忙?"老首长调整一下情绪,换了一副口气。

"没有什么事,主要是来看看您老,晚辈心里一直挂念着您哩。"金秉荃坦诚地表白。

"谢谢了，难得你有这份孝心。"老首长有些感动地说。

"这是晚辈应该做的。"

"你那位搭档怎么样啊？"老首长忽然想起翁卓，随便问道。

"唉，别提了。"

"怎么回事？"老首长看着金秉荃，问。

"不请示，不汇报，目中无人，像个党内个体户。"金秉荃状告说。

"不懂规矩，这样的人难当大任啊。"老首长听后，评论说。

"唉，不提他了。老首长，晚辈偶尔淘到一方古砚，眼钝心拙，不知优劣，还请您老帮助鉴定一下。"金秉荃随身从公文包里取出一个红色楠木匣子，轻轻打开，一方精致漂亮的黑色古砚呈现在老首长面前。老首长小心翼翼地将古砚拿在手上，细细查看，又摸了一阵，接着用手指弹了弹，脸上露出喜悦之色。老首长毕生爱好收藏古董，天南海北，时有收获。

"砚台是中国文房四宝之一，因产地、材质、造型不同而分为好多种类。广东肇庆的端砚，安徽歙县的歙砚，甘肃洮州的洮河砚，山西绛县的澄泥砚，号称四大名砚。这一方是歙砚，看样子年代比较久远。唐朝晚期奚超父子在继承前人基础上造出了易水砚。后来，奚超的儿子奚庭圭因躲避战乱，移居安徽歙州，创制了徽墨和歙砚。"老首长一边爱不释手地把玩着那方古砚，一边如数家珍。

"您老对中国传统文化很有研究，也算与这方古砚有缘分。小小物件，不成敬意，还请您笑纳。"金秉荃见老首长喜欢，于是殷勤地进献。

"无功不受禄，你还是带回去吧。"老首长正色回绝道。

"您老见外了不是？不就是一方砚台嘛，说不定是赝品呢。"金秉荃见老首长推辞，于是开玩笑说。

"上次，有一个人拿来一个金佛，我当场拒收，他骗我说是镀金的。后来这人被抓了，办案人员找到我家里，说是真金的。我一听很生气，让他们赶紧拿走，真是晦气。"老首长想起一件往事，于是愤愤不平地说。

"您老放心，我绝对不是那样的人。"金秉荃见老首长这样说，赶紧表示。

"那好吧，权且寄放在我这里。"老首长顺水推舟，把古砚收回木匣。

"有时间还请您回滨江视察，我们都很想念您啊。"金秉荃诚恳地邀请道。

"谢谢，滨江是我的第二故乡，我很想多回去看看，只是怕给你们添麻烦啊。"老首长客气地回应道。

20　穷乡僻壤

鸭梨乡是经济新区最偏远、最贫穷的一个乡，因出产甜美可口的鸭梨，所以得了这个好听的名字。工委要求研究室围绕扶贫攻坚搞一次调研，柯大卫自告奋勇，成为几个参与者之一。经过一番斟酌，他把调研地点选在了鸭梨乡。

乘着一辆破旧的客车，一路颠簸，他终于来到乡驻地。在一片榕树包围下，分布着几排破旧的平房，这就是鸭梨乡政府。乍一看，不像一级政府的办公场所，倒像是公社时期农村生产大队的大院。为了搞好调查，柯大卫要在这里住上一段时间。

第一排房屋中间挂着乡政府办公室的木牌。门敞开着，柯大卫走了进去。靠窗的一张办公桌后坐着一位年轻干部，正在低头整理文件。见有人进来，习惯性地抬起头来，问道："你找谁？"

"我是区工委研究室的柯大卫，来你们这里搞调研，这是我的介绍信。"柯大卫一边回答，一边从包里掏出一个公用信封，交给对方。

"噢，柯干部，欢迎，欢迎。我姓原，原方，是乡政府的文书。"年轻干部看了介绍信，热情地说。

"书记、乡长在家吗？我想见见他们。"柯大卫问。

"书记到区里开会去了，乡长下村还没回来，我先安排你住下，等他们回来，我再带你见他们。"原方回答。

"那好吧，听从原文书安排。"柯大卫答应道。

接下来，原文书打开抽屉，拿出一串钥匙，带着柯大卫来到后院。在最后一排房屋靠西边的一个房间门前停下，找出钥匙，打开房门，帮柯大卫把行李提了进去。柯大卫明白，这就是自己这段时间的住处了。他四下看了一下，房间虽然简朴、窄小，但还算干净，比当年支教学校的住宿条件要好一些。

"柯干部家是城里的吧？"原文书一边帮柯大卫摆放生活用具，一边不经意地问。

"不是，我家也在农村。"柯大卫回答。

"那你是怎么到了城里，而且在区机关上班?"原文书接着问。

"我是大学毕业后经过考试被录用到区机关的。"柯大卫回答。

"噢，我明白了，你是大学生。大学生好啊，天之骄子嘛。"原文书羡慕地说。

"怎么，你没参加高考?"柯大卫问。

"参加过，但落榜了。没办法，只好托关系找了这样一份工作。"原文书回答。

"行啊，行行出状元，不论干什么，只要干好了，都一样。"柯大卫安慰道。

"话是这样说，毕竟不是一个档次。你们起点高，前途无量，我们这样的只能干一时，看一时，混口饭吃罢了。"原文书有些自卑地说。

"据我了解，有不少领导干部都是从最基层干起来的，你不要灰心，说不定将来能飞黄腾达呢。"柯大卫鼓励说。

"咳，谢谢柯干部鼓励，看样子我今后得努力了。"原文书高兴地表示。

第二天，书记、乡长回到乡政府。柯大卫在原文书带领下与他们见了面，向他们说明了来意，请求他们多多支持。

晚上，乡里为他接风。乡党委书记老钱一边频频向他敬酒，一边表示歉意："我们这里条件差，请多多包涵。"

柯大卫说："不碍事，我从小在农村长大，不怕吃苦。"

接下来，乡长老石和其他领导成员轮流敬酒。柯大卫不胜酒力，但又不便拒绝，只好放开一搏。

第二天，乡长老石向柯大卫介绍了乡里的情况。鸭梨乡资源丰富，但因为种种因素制约，却成了全区最贫穷的一个乡。虽然做了充分的思想准备，但听了这一番叙述，柯大卫还是感到震惊。

自然条件差。山多地少水缺，连绵的群山如一道道屏障，阻碍着山里人与外界的联系，年纪大一点的好多一辈子都没走出过大山。

劳动力缺乏。由于致富无门，年轻一点的村民普遍外出打工，剩下老人、妇女种着零零散散的一点水、旱田，农闲时上山捡点山货、药材补贴家用。许多孩子十几岁就不上学了,帮助大人下田干活。当地干部戏称在家务农的是"三八六０部队",外加一个"儿童团"。

基础设施落后。乡驻地没有一条硬化的街道,唯一通往县城的沙土路崎岖不平,路面窄得容不下两辆对行的车,晴天一身土,碰上雨天,自行车要扛着走,汽车一不小心就会陷进沟里。由于交通不便,资源无法开发,鸭梨外销受阻,只好烂在树上。外面的人才、物资、信息、资金进不来,里面的产品出不去,形成了"栓堵"。另外,通讯发展滞后,电力供应不足。这一切,成为制约当地经济发展的巨大瓶颈。

大山,养育了这一方人民,也成为压在他们心头的沉重负担。多年来,这里几乎成了被遗忘的角落。上面领导很少来这里视察,就连乡里的领导也走马灯似地换,最近三年,已经换了四任书记、乡长。新任书记老钱和乡长老石都是就地提拔的山里人,因为外面的人不愿意来,来了也住不下,所以组织部门灵机一动,改外派为就地提拔。被提拔的人工作积极性高,又熟悉山里的情况。但随之而来的是另一个问题,这些土生土长的干部知识结构、思想观念往往比较陈旧。

老钱和老石属于形象、性格完全不同的人。老钱个头矮小,形象猥琐,作风霸道,根本不懂什么领导艺术。平时话语不多,表情冷漠,让人永远猜测不透他心里在想什么。与他打交道,让人感觉很累,很不舒服。相反,老石身材高挑,爽快实在,作风民主,像个男子汉的样子。

老钱以老大自居,独断专行。老石虽有不满,但从大局着想,只好尽量压抑着自己。有一次,老钱竟蹬鼻子上脸,当着众人对老石大发雷霆,横加指责。老石终于忍无可忍,横戈反击。老钱一看这阵势,反而软了下来。

晚上没事的时候,老石经常约柯大卫一起散步。有一天,他们不知不觉走到野外。那天没有月亮,四周一片漆黑。他们只顾聊天,路过一座小桥时一脚踏空,滚到了桥下。二人互相搀扶,吃力地爬上岸,回到乡驻地。浑身沾满了泥水,衣服也磕破了几个洞,十分狼狈。灯光下,二人忍不住相视大笑。

为了让柯大卫尽快熟悉情况,老石下乡时经常特意带着他。正值夏收季节,县里布置限期抢收抢种。那年雨水充足,所以稻谷长势旺盛,成熟期延长。离收获期还有一段时间,但为了迎接上级检查,乡村干部不得不逼着村民抓紧收割。村民舍不得，村里就派干部强行收割。割下来的稻谷泛着青，用手一掐，米粒还软着。

柯大卫不解地问老石："明明会造成减产，为什么还要这么干？"

老石长叹一声，回答说："上级这样布置，下面不得不执行。"

柯大卫听后，不禁慨叹一声："唉，大家天天喊实事求是，但又有多少人真正做到了实事求是？"

除了催收催种，收粮收款，乡村干部的主要工作就是结扎流产。计划生育是基本国策，出了问题，轻则通报批评，重则一票否决，降级免职，所以谁都不敢马虎。在"宁肯家破，不能国亡"的口号下，上房揭瓦，牵牛挖粮，强制流产，一些无法无天的极端行为随之产生。

一天深夜，老石让柯大卫跟他去抓超生对象。乡政府的院子里已经集合了十几个计划生育突击队员，分管计生工作的蒋副乡长正在作具体部署，老石简要地补充了几句。他的话音刚落，蒋副乡长就带领队员挤进停在门口的一辆大头车，向茫茫夜色中驶去。老石和柯大卫坐上吉普车，跟随其后。

大头车沿着崎岖不平的山路拐进了一个村子，来到一个胡同口停下来。蒋副乡长和队员们从车上跳下来，悄悄摸到一个独门院落，迅速形成包围。一个队员训练有素地翻墙跳进院子，从里面打开了院门，几名身强力壮的队员一拥而入，接着是一阵急促的敲门声和吆喝声。屋里出现一点动静，一会儿又静默下来。队员们继续喊话、敲门，屋里的女人终于拖着臃肿的身子，极不情愿地开了门，她的男人耷拉着脑袋惊魂未定地站在后面。队员们押着他们上了大头车，向乡卫生院驶去。当晚，那个孕妇就被强行做了引流。因为是大月份流产，医生费了好大劲，孕妇疼得鬼哭狼嚎。据说，那孩子流下来时竟还活着，但不久就死去了。

21　饕餮盛宴

盘龙山位于经济新区东部山区，园内群峰竞秀，古木参天，瀑飞泉流，花香鸟语，是难得的天然"氧吧"和避暑胜地。不久前，一帮探矿队来到这里，经过一番钻探勘测，得出一个惊人的结论：盘龙山地下埋藏着数量巨大、品位较高的锰矿。

盘龙山锰矿的发现对于金秉荃来说，不亚于哥伦布发现了新大陆。眼下，他正需要的是政绩，只有尽可能多地创造政绩，才能尽快实现新的升迁。为了这一目标，他力主在盘龙湖周边地区实施全面开发。目前，这一开发正如火如荼地进行。但他仍不满足，梦想着得到更大的蛋糕。正在想着蛋糕，蛋糕送上门来了，他怎能不欣喜若狂。

"鱼与熊掌不可兼得。"如同盘龙湖周边开发一样，开发盘龙山锰矿同样是一个两难的选择。虽然能够迅速壮大经济总量，大幅度增加财政收入，但对生态系统来说无疑是一场空前的灾难。所以，这一设想受到来自班子内外的公开反对。面对反对派的意见，他不会知难而退，改变初衷，但又不得不高度重视，认真对待。

经过一番深入思考，他决定多管齐下，软硬兼施，分化瓦解反对派。想当官的，许以提拔重用，想得到实惠的，给予一定的实惠，家里有困难的，及时帮助解决，汤水不进的，则予以威逼打压。几招下来，原先持反对意见的人纷纷"缴械投降"，反对的声音减弱了许多。

为了进一步扫清障碍，他又邀请市委书记薪跃进前来撑腰打气。薪跃进听取汇报、实地考察后，对开发盘龙山的设想和规划大加赞赏，完全支持。

"太好了，我完全赞同你们的设想和规划。你想，这是多大的一笔财富，我们没有理由让它们躺在地下睡大觉嘛。"站在盘龙山峰顶，放眼远望，薪跃进兴奋异常地表示。

"这件事搞起来，我们经济新区的经济总量和财政收入将有一个大幅度的增长，同时将对滨江市的经济腾飞作出很大的贡献。"金秉荃充满自豪地说。

"抓紧运作，尽快见效，到时候我给你们记功。"薪跃进热情洋溢地催促道。

"唉，现在干事真是不容易，每做一件事，都会遇到重重阻力。"金秉荃感慨地说。

"是啊，要干事总会有阻力，不干事就什么阻力不会有。"薪跃进赞同地说。

"问题是真想干事的人不多。不干事，专门瞅脚跟，捣蛋添乱的人却不少。"金秉荃满腹牢骚地说。

"听你的口气,是不是盘龙山开发有人反对?"薪跃进问。

"什么事情也瞒不过薪书记的眼睛。"金秉荃回答。

"我告诉你,秉荃,任何一件事都不会得到百分之百的赞同。只要做得正,行得直,就尽管大胆地干,不要心存顾虑。"薪跃进给金秉荃打气说。

"谢谢薪书记鼓励。"金秉荃感激地说。

"至于对那些不干事,专挑刺的人,一个办法,就是不予理睬。等你把事情干起来了,反对的声音自然而然就消失了。小平同志不是说了嘛,不要争论,争来争去,把时间都浪费了,得不偿失,毫无意义。"薪跃进继续鼓励说。

"薪书记,您说得太对了,对我的帮助和教育太大了。我一定遵照您的指示,抓好盘龙山开发和经济新区的加快发展,以优异成绩报答您的知遇之恩和大力支持。"听了薪跃进的一番话,金秉荃受宠若惊,感动得几乎落下泪来。

"机不可失,失不再来,一万年太久,只争朝夕。我们过去耽误的时间太多了,现在正是急起直追,突飞猛进,迎头赶上世界发达国家的时候了。人的一生太短暂了,此时不搏,更待何时!"薪跃进昂首向天,突然诗兴大发,心中充满无限感慨。

"再不发展,就要严重落伍,被开除球籍了!"金秉荃受到感染,大声疾呼道。

"英雄所见略同啊。"薪跃进看了看金秉荃,赞许地说。

"能够遇到薪书记这样登高望远,胸襟宽广,气魄宏大,对下属如此关照体贴的领导,是金某今生的大幸啊。"金秉荃恭维说。

"没有你说的那么严重,切磋、共勉罢了。"薪跃进摆了摆手,谦虚地说。

"刚才说了,我同意你们对盘龙山锰矿实施开发。但有一点我要强调一下:你们一定要搞好规划、审批和管理,要坚持公开、公正,按相关制度办事,同时要注意保护环境,保护耕地,避免造成生态恶化和资源严重浪费。"薪跃进最后强调指出。

"是,我们一定坚决贯彻您的指示。"金秉荃保证道。

从盘龙山下来,薪跃进来到经济新区工委会议室,亲自主持召开了常委扩大会议，为金秉荃撑腰打气，统一新区两委班子成员开发盘龙山锰矿的思想认识，并强行作出了决定。

会后，金秉荃调兵遣将，精心组织，强力落实开发规划。为了便于幕后操控，他提议让冯旷兼任盘龙山开发办公室主任。

白裕富第一时间得到消息，通过金秉荃捷足先登，拿到了盘龙山部分锰矿的开发权，随后注册成立了锰矿开发有限公司。

"裕富啊，盘龙山锰矿开发是块大肥肉，想参与分割的人都快挤破门坎了。我之所以把上好的矿区批给你开采，可是看在咱们交情不薄的份上。"金秉荃一边低头写着批条，一边叮嘱白裕富。

"金兄的美意兄弟心里明白。放心，咱们一个锅里吃肉，只要有我的，就有你的。"白裕富爽快地回答。

"我不是那个意思，我是担心你不用心开采，糟蹋了这一片天然好矿。"金秉荃欲擒故纵地表示。

"得了吧，你我之间还客气啥？你什么都不用担心，就坐等分成好了。"白裕富见金秉荃不放心，于是赶紧给他吃上一颗定心丸。

"一切按规矩来，把该办的手续办齐了，该交的费用交齐了，以免别人说三道四，影响不好。"金秉荃要求说。

"没问题，这些都好办，你放心好了。"白裕富答应道。

"另外，一定要搞好安全生产，不能出问题。一旦发生矿难，麻烦就大了。"金秉荃严肃地强调说。

"金兄过虑了，不会出大问题的，小问题出一点也属正常，我会摆平的。"白裕富不耐烦地打着保票。

"但愿如此。你知道，裕富，这可是人命关天的事，弄不好要坐牢杀头的。"金秉荃仍然不无担心地嘱咐说。

"哈哈，金兄，你今天怎么婆婆妈妈起来了。我看，你是担心丢了你的乌纱帽吧？不怕，即使丢了，我也能给你买回来。"白裕富嬉皮笑脸地说。

"你这个家伙，真拿你没办法。"金秉荃不情愿地把批条递给白裕富，然后无可奈何地说。白裕富一把抓起批条，急转身，三步两步走出金秉荃的办公室。

几天后，金秉荃又通过冯旷，私自把一片质量上乘的矿区批给伏美姣开采。伏美姣喜出望外，对金秉荃更加依赖。为了对外保密，金秉荃要求她不要公开从事矿山开发。为此，她找了外地一家矿业公司合作，由这家公司的专业经理人负责日常管理，她则躲在幕后遥控指挥。

翁卓在这件事上没有表示明显的反对。因为薪跃进已经拍了板，他再反对，就等于自讨没趣。再说了，他心里打着自己的小九九。他想让金秉荃先下手，他随后跟进，见机行事。即使将来有什么问题，主要责任是金秉荃的，他顶多是个连带责任。这样一来，两个人在盘龙山开发的问题上利益均沾，达成了默契。

翁卓找到冯旷，直截了当地提出了要求。冯旷虽然有心巴结翁卓，但考虑到金秉荃、翁卓二人的关系，所以不敢自作主张。

"翁主任，即使您不找我，我也应该主动为您考虑这件事。不管缺谁的，不能缺您的。"冯旷满脸堆笑地表示。

"不是我想干，也不是你嫂子想干，是外地一个朋友找到我。人家大老远来了，咱们总不能一点表示没有吧？"翁卓对冯旷解释说。

"凭咱们之间的交情，不管谁干，只要您张口了，一切好办。不过，您也要体谅我的难处，虽然我这里没有问题，但所有的矿山开发，都需要大老板签字批准。您知道，他是开发委员会主任，我只是开发委员会的办公室主任，他这一关是绕不过去的。"冯旷如实向翁卓说明。

"你转告他，就说我给外商要一块矿。"翁卓吩咐说，他不想为这种事直接找金秉荃。

"我试试看吧。"冯旷虽然心里不太情愿，但还是答应下来。

"如果连这点面子都不给，可别怪我不客气。"翁卓威胁地说。他想让冯旷捎话给金秉荃，逼他答应自己的要求。

冯旷随后把翁卓的要求向金秉荃作了汇报。金秉荃对翁卓的意图心知肚明，打着外商的旗号，无非是想给老婆金玉求得一块肉。不管给谁，既然他张了口，就不能不答应他，为这种事撕破脸皮，闹得不可开交就难看了。毕竟同朝为官，一个锅里摸勺子，两虎相斗，必有一伤，很有可能两败俱伤。从内心讲，他不想与翁卓针尖对麦芒。但翁卓屡次挑战他的权威，形势所逼，骑虎难下，他不得不做出反击。虽然关系已经到了紧张的程度，但得饶人处且饶人，放他一马又何妨。另外，让他参与进来，大家人人有份，结成利益共同体，可以防止发生不该发生的问题。这样一想，金秉荃当即同意给翁卓老婆一片矿区。

老首长的儿子蔡老板来到经济新区，考察投资项目。金秉荃专门在富豪大酒店设宴欢迎，连才、冯旷、斐彪一同作陪。

"民以食为天，中华饮食文化可谓历史悠久，源远流长啊。"蔡老板夹了一块麻婆豆腐，边细细品味，边有板有眼地评论道。

"清初有鲁、苏、粤、川'四大菜系'，后来又出现浙、闽、湘、徽等地方菜系，统称为'八大菜系'。"金秉荃品尝着宫保鸡丁，如数家珍地侃道。

"中国的节日饮食由来已久，很有特色。春节吃年糕，清明节吃冷食，端午节吃粽子，春节吃饺子，元宵节吃汤圆，中秋节吃月饼，腊八节喝腊八粥。"连才一边插话，一边敬酒。

"在《金瓶梅》、《红楼梦》等许多文学作品中都有关于饮食文化的大量描写。"冯旷接着敬酒，不失时机地露了一手。

"中国饮食文化真是博大精深，令人叹为观止。"听了众人的发言，斐彪忍不住感叹了一番，随后端起酒杯，敬了一杯。

"饮食文化是一种国粹，的确应该继承传播，发扬光大。"蔡老板见解独到地强调说。

"言归正传，我这次来经济新区是想考察一下，投点资。还请各位多多关照啊。"蔡老板端起酒杯，面带笑容，与众人一一碰杯，然后一干而尽。

"蔡老板尽可放心，我们一定全力配合，全程服务。"金秉荃带头表态，其他几人紧接着附和。

第二天，金秉荃陪同蔡老板实地考察了经济新区的投资环境。蔡老板当即拍板投资两个项目：一个是在盘龙湖南岸建一处高尔夫球场，一个是在盘龙山开采锰矿。由于有金秉荃的直接关照，两个项目很快进入实际操作。

"秉荃啊，这一段时间辛苦你了。"高兴之下，蔡老板特意登门答谢。

"哪里，哪里，我只是做了一点应该做的事，主要还是靠您自己的努力，项目才会进展得如此顺利。要说辛苦，还是您辛苦哇。"金秉荃听了蔡老板的话，一边受宠若惊，忙谦虚地表示。

"看来，老爷子没看错人，老弟的确年轻有为，人才难得，前途无量啊。"蔡老板接着夸赞道。

"承蒙夸奖，小弟不胜惶恐，今后有赖蔡兄多多关照，大力提携啊。"金秉荃不失时机地提出请求。

"尽管大胆干，把发展速度和经济总量尽快搞上去，争取有一个大的提升和跃位，关键时候我再让老爷子出面打打招呼，升迁是水到渠成的事。"蔡老板慷慨地承诺。

"那我得提前谢谢蔡兄了。"金秉荃谢道。

"没有问题，关键要敢想敢干，政绩突出。"蔡老板强调说。

"好，我听蔡兄的。"金秉荃感激地注视着蔡老板，胸有成竹地说。

22 仗义执言

白裕富不顾周围群众反对，命令手下加紧电镀厂施工建设。魏正毅和伙伴王山、丁时、樊康看不下去了，到村委会找卞麦良理论。卞麦良正坐在老板椅上看报喝茶，听见脚步声，抬头斜了他们一眼，继续低头看报。

"老卞，他们在湖边建厂，污染环境，你不能不管啊。"魏正毅在旁边的沙发上坐下，开门见山地对卞麦良说。

"这不是胡闹嘛！把湖水污染了，咱们今后到哪里打鱼，怎么吃饭啊。"见卞麦良无动于衷，王山接着说。

"卞书记，你别装聋作哑啊。"樊康插话说。

"老卞，你倒是表个态呀。"丁时催促道。

"你们想让我表啥态？"卞麦良见面前的几个人你一言，我一语，情绪急躁，觉得再沉默不语无法交代，于是懒洋洋地问了一句。

"他们在湖边建厂，你是赞成，还是反对？"魏正毅问。

"这件事是镇里和区里直接决定批准的，你说，我反对有用吗？"卞麦良回答道。

"镇里、区里不征求村里意见就敢擅自批准建厂？他们也太不尊重民意了吧？"丁时用怀疑的口吻质问道。

"信不信由你，反正这事与我无关。"卞麦良推脱说。

"你是一村之长，不能说与你无关。如果他们擅自决定建厂，你有责任带领全体村民起来反对和制止啊。"王山反驳说。

"我敢吗？我是政府任命的，与政府作对能行吗？"卞麦良辩解道。

"你不仅是政府任命的，也是村民选举的，村民有权选举你干村主任，也有权罢免你。关键看你能不能代表村民，为村民说话办事。"樊康提醒说。

"我说你们几个不是吃饱了撑的嘛，建不建厂关你们屁事？你们管得太宽了吧？"卞麦良不耐烦地质问道。

"老卞，你这种态度就更不对了，怎么能说不关我们的事呢？只要我们还是这个村的村民，只要是有关村民切身利益的事，我们都可以管。这是我们的权力，谁也不能剥夺。"魏正毅义正词严地回答。

"行了，这些大道理我比你们懂，别在我面前班门弄斧。我这里还有好多事等着处理，没工夫跟你们闲扯，你们走吧。"卞麦良把报纸往桌上一拍，冷着脸，下了逐客令。

"我们来找你反映意见，是对你的尊重。如果你不管，我们只好到上面讨个说法。你可别怪我们不打招呼。"魏正毅见卞麦良态度如此，于是警告说。

"随你们的便，到哪里我也不怕，有本事你们尽管使。"卞麦良若无其事地回答。

"走，别在这里浪费时间了。"丁时生气地提议道。

"好，咱们走。"几个伙伴异口同声地说，然后离开了村委会。

卞麦良的不负责任和蛮不讲理等于火上浇油，魏正毅他们一气之下来到区信访局上访。区信访局门前人满为患，他们排了半天的队，好不容易受到接见。

"你们几位有什么事？"接待他们的副局长黑着脸，嗡声嗡气地问了一句。显然，连续接待了多批上访者，他已经筋疲力尽，心烦得很。

"我们是湖西村的村民，专门来状告虎豹集团与村干部互相勾结，在湖边建设电镀厂。"魏正毅直奔主题。

"这事与你们有什么关系？你们这不是没事找事？"副局长白了他们一眼，不以为然地反问道。

"我们村大部分村民世代靠打鱼为生，这几年湖水质量越来越差，湖里的鱼越来越少，如果再在湖边建厂，湖水势必受到更严重的污染。面对这种情况，我们能坐视不管吗？"魏正毅理直气壮地回答。

"你们可以直接找虎豹集团协商解决嘛,何必兴师动众来这里上访。"副局长搪塞道。

"我们曾经建议他们远离湖区选址建厂,可他们说离得远了,用水不方便,所以拒绝采纳我们的意见,照常在湖边施工建厂。"魏正毅尽量控制自己的情绪,耐心地向副局长解释。

"凡事不要得理不让人,要学会换位思考,有大局观念,企业有企业的难处,他们也是为发展经济做贡献嘛。"副局长训诫道。

"他们为了自己发财,竟然不顾我们渔民死活,他们有大局观念吗?他们为我们考虑过吗?"王山愤愤不平地诘问道。

"为了全区经济长远发展,暂时牺牲一些个人利益、局部利益,也是应该的嘛。"副局长强词夺理地回答。

"闲话少扯,我只问一句,这件事你能不能帮我们解决?"丁时忍耐不住,质问道。

"是啊,别跟他磨嘴皮子了,他们不解决,咱们就到上面反映。"樊康赞同地补充说。

"他们官官相护,只怕到了上面,道理也说不清。"王山插话说。

"我就不信讨不着个说法,总有主持公道的地方。"魏正毅听了同伴们的议论,纠正说。

"我还是建议你们回去与村里和虎豹集团协商一下,找出解决问题的办法。"副局长见他们七嘴八舌地发了一通议论,更加不耐烦,于是应付说。

"如果他们肯与我们协商,我们就不到这里求助了。"丁时直视着副局长,不满地说。

"看样子,咱们只好往上走了。"樊康提议说。

"不管你们走到哪一级,问题还得到下面解决,上面的人只会批转一下,不会直接办理的。"副局长不慌不忙地说。

"那就走着瞧吧。"魏正毅迈开脚步,同伴们紧跟其后,走出接访室。

第二天,魏正毅他们接着来到滨江市信访局,一位姓范的处长接见了他们。与区信访局那位副局长不同,范处长热情地给他们倒水让座,态度和蔼,笑容可掬。

"你们反映的这个问题我会立即向领导汇报,督促有关部门抓紧解决。"范处长听了魏正毅的反映，又看了一遍他们带来的举报信，然后满口答应说。

"不好意思，范处长，给您添麻烦了。"魏正毅客气道。

"不麻烦，这是我们应该做的，我们的职责就是下情上达，为群众排忧解难。"范处长谦逊地回答。

"谢谢您了，您可是一位难找的好官。"王山、丁时、樊康几个人听了范处长的一番话，深受感动，于是相继道谢。

"谢啥，为人民服务嘛，你们回去等消息好了。"范处长大包大揽地承诺说。

满心欢喜地告别范处长，魏正毅他们回到村里，各自忙着自己手里的活计。一晃半个多月过去了，却不见有人过问他们反映的事，电镀厂建设工地上照样热火朝天，没有受到一点影响。他们心里不免犯起了嘀咕，难道那位范处长是有意糊弄他们，根本没把他们反映的问题当作一回事？还是他向领导反映了，并且努力解决却遇到了他力所不及的阻力？他们再次凑到一起，重新进行了研究，决定一不做，二不休。既然市里没有及时解决，那就再到省里反映，如果省里还不解决，就进京到中办、国办信访局反映。计划完毕，他们踏上了去往省城的客车。

随着魏正毅他们不断上访，白裕富受到的压力越来越大。工委书记金秉荃亲自打电话找他，让他主动协助镇村两级做好上访人员的工作，尽快让他们息诉罢访。开弓没有回头箭，工程施工已经过了大半，他不能半途而废，他只好硬着头皮顶着。他不想承担因停工下马而带来的巨大损失，也不想在这场较量中认输，因为那不是他的性格。不过，他又明白如果听任魏正毅他们继续闹腾下去，惊动了上层，一个命令下来逼他下马，那就麻烦了。他决定撇开镇村，单独行动，因为这件事毕竟因他而起。眼下，釜底抽薪的办法就是想办法让魏正毅他们中止上访，不再捣乱。而要达到这一目的，办法无非两种：一是花钱收买，让他们自动放弃上访；二是强行打压，形成威慑，让他们不敢再上访。

他首先安排手下与魏正毅谈判，让他出个价钱。不想，魏正毅根本不吃这一套，坚决不肯拿原则做交易。这样一来，只好采取第二种办法。他把手下两员干将尚天、海利叫到办公室，当面作了交代。出于争夺利益的需要，白裕富豢养了一批打手。这些人都是一些亡命之徒，不仅训练有素，武艺高强，而且残忍狠毒，铁血无情。尚天、海利就是这帮人中的干将。

"魏正毅那帮家伙到处上访，想坏我的好事，你们出面教训教训他们，让他们懂点规矩，老实做人。"白裕富阴沉着脸，吩咐道。

"老板放心，我们一定让他们规规矩矩，服服帖帖。"尚天、海利表态说。

"打蛇先打头，先从魏正毅下手，只要把他征服了，其他人自然会乖乖投降。"

"是，老板。"尚天、海利答应道。

"要掌握分寸，教训一下，达到目的就行了，千万不能弄出人命。"白裕富叮嘱道。

"没问题，我们心里有数。"尚天、海利再次答应说。

当天晚上，尚天、海利带领几个手下谎称协商解决问题的办法，把魏正毅诱骗到虎豹集团下属的一家酒店。魏正毅不知是计，如约前来。他们把他引到一间地下室，随后把门关好，露出了真面目，勒令魏正毅承诺今后不再上访。魏正毅知道上当受骗，凶多吉少，于是一边严词拒绝，一边往门边走，企图逃离险地。然而，为时已晚。他们把他擒起来，反剪着他的胳膊，把他绑在了墙角一根木柱上。

"说吧，只要你答应今后老老实实，不再到处乱跑，制造麻烦，就放了你。否则，有你苦头吃。"尚天恶狠狠地威胁说。

"你们私自把我扣在这里，知道这是犯法不!?"魏正毅昂着头，告诫他们。

"对，我们今天就违法了，你能怎么样？"海利冷笑了一声，振振有词地回答。

"说，还是不说？"尚天瞪着一双贼眼，挥起坚硬大拳头，照魏正毅的心窝打了两下，然后逼问道。电镀厂奠基那天，魏正毅已经领教过这帮家伙的巴掌。他意识到他如果不答应他们，他们肯定要对自己下狠手。但他又不能放弃原则，答应他们。为了维护正义，他宁肯忍受皮肉之苦。

"说不说？!"见魏正毅拒不回答，尚天指使手下两个彪形大汉用藤条抽打他的脊背，打一下，问一句。藤条打断了，魏正毅却始终不吭声。

"好，看你的骨头硬，还是我们的刀子硬！"魏正毅的倔犟激怒了一旁观看的海利，他突然蹿到他的面前，掏出剔头用的刀片，威胁道。

"说不说?!"见魏正毅仍然不为所动，这个恶魔恼怒地咆哮了一声，竟丧心病狂地用刀片扎着魏正毅的皮肉，每扎一刀，逼问一句，刀刀见血。

"畜生，你们伤天害理，无法无天，难道不怕老天惩罚你们?!"魏正毅咬紧牙关，忍着痛，怒声质问。

"先结果了你，我们死也死在你后边。"海利狞笑着回答。

尚天冷眼观察了一阵，突然想起了白裕富的叮嘱，转身走了出去。回来后，把海利拉到一边，低声说："算了，今天先到这里吧，老板有言在先，搞过了头，我们回去没法交代。"

海利愣了一下，不甘心地说："就这样放了，太便宜他了。"

尚天想了想，说；"没办法，怪咱们运气不好，碰上这么个硬头货。刚才我请示老板了，他让咱们把人放了，同时派人监视，别让他们跑到上面。"

海利听说是白裕富的指示，想了一会儿，问："如果他们再往上跑，怎么办?"

尚天语气肯定地回答："抓回来就是了，再说，镇里、区里也不会让他们乱跑的。"

听到这里，海利终于松口说："好吧，按老板的指示办。"

接完电话，尚天、海利再次恐吓和警告一番，随后把魏正毅放了。魏正毅离开酒店，先到附近的派出所报了案。派出所的民警详细询问了情况，并作了记录，承诺说将按相关程序进行立案调查。

走出派出所，他就近找到一家医院。值班医生给他作了常规检查，好在内脏并无损伤，只是一些皮肉伤。医生对他身上的伤口进行了处理，随后开了一些消炎去痛一类的药片，让他回去后坚持服用。

魏正毅根本不知道，白裕富已经给区公安局局长斐彪打了招呼。斐彪接到案情报告，暗中压了下来。过了一段时间，魏正毅再次来到那家派出所询问案件办理情况。派出所回答含糊，言语不详，只是推说案情已报到上面。没有办法，魏正毅只好直接找到区公安局刑警大队长铁瑛。铁瑛听了他的讲述，撇开派出所，暗中派人展开调查。

23　大显身手

经过一段时间的调查了解，柯大卫摸透了鸭梨乡各方面的情况，与乡村干部进行了反复座谈，总结出了贫困乡脱贫致富的一套办法。在此基础上，完成了调研报告。离开鸭梨乡的头一天晚上，老钱、老石再次设宴为他送行。几杯酒下肚之后，话题自然而然又扯到了脱贫致富上面。

"俗话说，要想富，先修路。制约鸭梨乡发展的原因固然很多，我认为当务之急是先把道路打通。否则，外面的资金、信息、人才、技术就流不进来，丰富的资源就活不起来。"柯大卫若有所思地说。

"理是这么个理，然而，鸭梨乡是个贫困乡，财政收入有限，哪来的钱修路？"老钱听后，不以为然地摇了摇头。

"可以申请立项，争取上级给予扶持呀。"柯大卫回答。

"柯干事，你说的这个办法我们不是没想，也不是没上去找，但在现有财政体制下，区里、市里资金普遍紧张，根本拿不出太多的钱搞扶贫开发。再说了，扶贫开发出力多，见效很慢，现在的领导几年一换，都想在任期内尽快干出政绩，实现升迁，谁愿意把钱投向这方面？"老钱深有体会地说。

"钱书记，你说的这种情况也是客观存在。不过，我认为事在人为，虽然存在很大困难，但只要努力争取，未必没有收获。俗话说得好，精诚所至，金石为开。"柯大卫回答。

"真是初生牛犊不怕虎，我倒要领教一下了。只要你能帮我们引进资金，解决修路问题，我钱某人亲自为你请功。"老钱见柯大卫夸下海口，于是乘机将了一军。

"此话当真？"柯大卫问。

"军中无戏言，在座的各位都可以见证。"老钱回答。

"好，那我就姑且一试。办成了，别太高兴，办不成，也别恼。"柯大卫答应道。

"不管事情能不能办成，就凭柯干事这份热情和精神，就令人感动。来，我敬你一个，柯干事。"老石一直听着柯大卫和老钱的对话。这时站起身来，一边说，一边与柯大卫碰了一杯。

"谢谢石乡长。"柯大卫一边干杯,一边道谢。

"应该是我谢你才对。"老石憨厚地笑着,纠正说。

"一家人,客气啥,今晚大家放开点,把柯干事陪好。"老钱进一步鼓动说。

接下来,大家你一杯,我一杯,轮番向柯大卫轮番轰炸。柯大卫只好硬着头皮,迎接挑战。酒宴结束时,他只觉得头重脚轻,好不容易回到房间。第二天打道回府的时候,仍然头痛欲裂。

他知道,解决修路资金问题,光靠自己的能量是不够的。于是,回到研究室后,他向计荫作了汇报。

"柯干事,咱们的任务是搞好调研为领导决策提供参考。不是咱们分内的事就不要多管。这些事情干好了有出风头之嫌,干不好,还会招人闲话。"听了柯大卫的汇报,计荫立即否决道。

"计主任,你说的这些我倒是没有多想,我只是觉得鸭梨乡太穷了,实在可怜,想尽可能地提供一些帮助。"柯大卫解释说。

"扶贫开发自有人管,你就不必狗咬耗子多管闲事了,能把本职工作干好就不错了。"计荫不耐烦地说。

"放心,我不会耽误本职工作的。"柯大卫回应道。

"随便你,今后这种事不用向我汇报。"计荫打断柯大卫的话,厌烦地挥了挥手。

柯大卫本来就没指望计荫会支持和帮助他,他之所以向计荫打个招呼,是出于礼貌和尊重,同时担心如果瞒着计荫,计荫骂他目中无人,从而嫉恨和打击他。出于同样的考虑,他敲开了研究室文主任办公室的门。

"大卫啊,主动为贫困地区排忧解难,帮助他们脱贫致富,是件好事,精神也值得赞扬。但这件事不属于我们的职责范围,咱们有没有必要去管。还有一点,咱们有没有这个能力,能不能管好?如果管不好,倒不如不管。你知道,修路需要大量资金,咱们研究室可是清水衙门,既无权,又没钱哪。"文主任听了柯大卫的汇报,然后慢条斯理地说。

"主任说的我明白,也很理解。但这次调研对我触动太大了,我觉得有责任想尽千方百计帮助他们,而且我已经许下了诺言。"柯大卫坚持说。

"既然你决心已定,那我只好支持你。但只能是口头上的支持,精神和道义上的支持。我既拿不出时间和精力,也拿不出钱。"文主任缓和了一下语气,对柯大卫说。

"这就足够了,谢谢主任。"柯大卫客气地告辞。

找谁帮忙,谁又肯帮忙呢?这个人最好是个一言九鼎的重量级人物,而且必须心甘情愿地出手相助。他漫无边际、搜肠刮肚地想着,一时想不出结果。正在百思不得其解的时候,突然灵光一闪,一个身影出现在脑海:金秉荃。但转念一想,又觉得不大可能。因为金秉荃公务繁忙,以前又没有直接交往,不容易接近。想让他出面帮忙,必须先找一个能够接近他的人做通他的工作。找谁合适呢?柯大卫开动起脑筋,一个又一个面孔从他脑海闪过,最后他把注意力集中到一个熟悉而又亲切的女人身上:伏美姣。她曾经许诺有困难可以随时找她,只要她肯出面,这件事办起来就容易了。想到这里,柯大卫兴奋地站起来,立即约伏美姣见面。接到柯大卫的电话,伏美姣颇感意外。她放下手头的工作,赶到约会地点。

在一家茶馆的内间,柯大卫和伏美姣一边喝茶,一边聊天。柯大卫见时机合适,于是把自己的设想和要求向伏美姣和盘托出。伏美姣听后,先是一愣,随后善解人意地笑着说:"大卫啊,你的想法很对,应该帮助贫困地区尽快脱贫致富,这是一件功德无量的大好事。我佩服你这种想大事、干大事的气度和风范,伏姐支持你。"

听了伏美姣的话,柯大卫喜出望外,立即感激地说:"我这里,先替鸭梨乡的老百姓谢谢您了。"

伏美姣笑吟吟地说:"不用谢,能为贫困地区脱贫尽一份力,我也感到欣慰,算是给自己积一点阴德吧,将来也不至于被罚下地狱嘛。"

柯大卫见伏美姣答应得如此痛快,高兴之余,又有些担心,于是叮嘱道:"这件事情非同小可,需要一大笔资金,最好是能争取上级给予立项。"

伏美姣爽朗一笑,回应说:"别看姐不在政界混,有些事还懂得。放心,我会运作好的,你等我的消息好了。"

话说到这份上,柯大卫只好佩服地说:"伏姐英明,小弟不胜感谢。"

果然,见面后的第二天,伏美姣就找到金秉荃,把事情向他作了说明,请求他出面帮忙。金秉荃心里怪她多管闲事,却没有理由拒绝,况且这件事对他来说是举手之劳。于是,当着伏美姣的面,他给区路桥局长张开友打了个电话。

张开友接到金秉荃的指令，自然不敢怠慢，主动与柯大卫取得联系。随后，带领主管业务的副局长连宽和有关专家到鸭梨乡实地考察，并很快做出了规划。接着，马不停蹄，亲自带队到省交通厅申请立项。

那些手中握有权力的人总想把权力运用得充分一些，仿佛不如此不能证明自身的能量和存在的价值。不过，张开友久居官场，熟悉规则，办起事来轻车熟路。他亲自出面宴请了交通厅相关领导和专家，并分别赠送了礼品和购物卡，所以事情办得相对顺利，也让柯大卫增长了不少见识。

"真没想到，要做这么复杂的工作，这么不容易。"返程的路上，柯大卫坐在轿车内，忍不住感慨道。

"天下没有免费的午餐，办成一件事不是那么容易的。现在就这风气，那么多需要的，人家为什么要给你办？人嘛，都是讲感情的。年轻人，慢慢学吧。"张开友听出柯大卫的言外之意，叹了一口气，经验老道地说。

"这次要不是您亲自出马，事情肯定不会办得这么顺利。"老钱趁机拍马屁说。

"要不是金老板亲自安排，我们才难得费心哩。全区那么多乡村土路，修哪条不是修？"连宽接着表功说。

"咱们应该好好感谢一下张局长、连副局长他们。没有他们鼎力相助，特别关照，要想改善鸭梨乡的交通条件是不可能的。"柯大卫发自内心地说。

"是的，一定，一定。"老钱言不由衷地表态说。

"谢啥呀，咱们都是为党和人民工作嘛，不求有功，但求无过。"张开友哈哈一笑，回应道。

"局长大人境界就是不同一般，可谓高风亮节啊。"连宽接着奉承道。

"哪里，我哪里有你说的那么高大，凡夫俗子而已。"张开友摆了摆手，谦虚地表示。

申请报告很快批下来了，老钱、老石亲自出马，设宴答谢区路桥局领导。席间，觥筹交错，气氛热烈。

酒过半酣，张开友对柯大卫说："柯干事，鸭梨乡修路的事因你而起，修好路是我们大家的心愿，更是你的心愿。从现在开始，你每喝一杯白酒，我给鸭梨乡增加两万块钱拨款。"

柯大卫从对方眼睛里看出了挑衅和嘲弄。他心想，为了修路大业，拼一下也值。于是端起酒杯，一饮而尽。接着是第二杯，第三杯，第四杯……整整喝了十杯。随后，他被送到医院，睡了一天一宿。石乡长一直守着他，见他醒来，放心地松了一口气。仿佛睡了一个世纪，醒来后，他觉得浑身难受，拼酒的事却一点记不起来了。听了石乡长他们的讲述，他突然感到有些后怕。

修路工程如期开工。为了尽量节省开支，缩短工期，乡政府发动群众义务出工，赶筑路基。男女老少齐上阵，十几华里的筑路工地上，红旗招展，人头攒动。捡石头，运沙土，肩挑人扛，车拉牛载，大家干得热火朝天，汗流浃背。夫妻搭档，兄妹联手，老爷爷、老奶奶领着孙子孙女……其情其景，就像当年老区人民踊跃支前。

一位须发雪白、面如古铜的老者，不顾家人劝说，加入到筑路大军中。只见他拄着拐棍，提着一个篮子，颤颤悠悠、步履艰难地往路基上运石子。一边干，一边自言自语地说："我虽然年纪大了，也得为修路尽一片心，出一把力。"

一个十五六岁的小姑娘，生着一双乌黑发亮的大眼睛，梳着长长的发辫，脸蛋红得像两个熟透的苹果，忙起来像一只飞来飞去的蝴蝶。别人让她休息一下，她总是笑嘻嘻地说："不累。"

24　学无止境

为进一步解放思想，加快发展，经济新区组织领导干部到东南沿海参观考察。柯大卫遵命随行服务，回来后，参与编写了《加快发展经验汇编》，下发全区上下学习借鉴。叶青作为记者全程采访，在市区两级报刊上连续发表纪实报道，引起了空前的轰动效应。

此后，为适应对外开放需要，一个规模空前的学习热潮迅速掀起。柯大卫和同事们一样，除了应付正常工作，业余时间还忙着参加各类培训班。各种新知识轮番轰炸，争相抢占大脑制高点，弄得他晕头转向。英语还好说，因为在学校学过，驾驶和电脑以前没接触，虽然有难度，但也不算什么。他最打憷的是学跳交谊舞。

研究室专门聘请专业舞蹈老师授课，并请歌舞团的女演员作陪练。女演员个个身段高挑，模样俊俏，舞技超群。

柯大卫属于那种手脚不灵、协调性较差的人，所以跳起舞来脚底像灌了铅，动作缓慢而不连贯，而且经常踩到舞伴的脚。一连几天，不见长进，折腾得脸红脖子粗，他几乎没有学下去的信心了。

经过冷静地琢磨，他终于明白，问题的症结是他过于紧张，放不开手脚。说穿了，就是存在心理障碍。也难怪，这样近距离地搂抱着如花似玉、楚楚动人的美女转来转去，四目相对，气息相闻，如何潇洒得起来？

他的舞伴名叫湛芳，二十出头，出落得亭亭玉立，美艳动人。舞场上的她腰肢柔曼，脚步轻盈，总是主动带着他，不厌其烦地帮他纠正动作。

"一定要学会，'两万五千里长征'都过来了，还差这一步？不能让人小瞧自己。"柯大卫不断给自己打气壮胆，心情渐渐放松下来，步伐随之也灵活了许多。

与柯大卫的尴尬相反，计荫却如鱼得水。计荫以前受过这方面的训练，所以学起来轻车熟路，毫不费力。他来参加培训班，无非是借机炫耀一下自己的舞技，博得几声喝彩。柯大卫甚至怀疑，他是特意为了沾人家陪舞女孩的便宜。

柯大卫的怀疑不久得到了证实。有一天晚上，舞蹈老师临时有事，大家自由练习。他发现，计荫抱着一位女演员黏黏糊糊，跳了一曲又一曲。

第二天，柯大卫在办公室整理着一份没来得及完成的稿子。他偶尔拾起电话，听到计荫正在对外通话，好奇心驱使他不由自主地听下去，原来计荫正与那个陪舞女孩哼哼叽叽说着悄悄话呢。

陪舞女孩娇滴滴地说："计哥，忙啥呢？"

计荫腆着脸皮回应说："想你呀。"

女孩用怀疑的口气问："真的，假的？"

计荫不容置疑地回答："当然是真的，我们见个面吧。"

女孩迟疑了一下，问："好吧，去那里？"

计荫回答："街心公园，不见不散。"

不一会儿，见他从房间里走出来，脚步轻轻地下了楼，向街心公园走去。柯大卫吃了一惊：原来二人已经擦出火花，正在约会呢。速度好快啊，比八路军攻碉堡都快。柯大卫佩服得目瞪口呆，心里不禁骂道：这家伙结婚才几天呀，就开始在外面拈花惹草。真是知人知面不知心，看他平时人模狗样，谁会想到他竟会做出这样的事。

经过一段时间的努力，柯大卫终于连克难关，不仅学会了交谊舞、汽车驾驶、电脑操作，英语对话水平也提了一级。舞蹈培训班结束以后，他又跟谌芳接触了几次，但终究没有什么进展。因为他觉得谌芳虽然长得漂亮，但文化层次偏低，难免有花瓶、衣架之嫌，不合适作终身伴侣。

"唉，以后再说吧，天涯何处无谌芳啊。"柯大卫虽然有些落寞和失意，但还是尽量安慰着自己。

微机员向凌霄虽然相貌平平，但生性要强，心气很高，自恃学历高，工作单位好，不把一般人看在眼里，所以婚姻大事一再错过。年龄渐大的她突然产生了危机感，开始发疯似的相对象。阅人无数之后，终于相中了一位各方面条件都算不错的男士。事情已经渐入佳境，却偏遇好事者背后鼓捣，说男方配不上她，凭她的条件完全可以找一个更优秀的。本来就缺乏自知之明的她一念之下跟男方拜拜了。接下来，在别人的唆使下，她又继续一个接一个地相对象。折腾来折腾去，也没找到一个合适的，而原先的那位男士已经另有所属，成家立业。向凌霄后悔莫及，但为时已晚。高不成，低不就，恋爱一再受挫，她因此变得心灰意冷，神经兮兮。

由于工作关系，柯大卫经常出入微机室。于是有谣言说他讨好向凌霄，是第三者插足。

"这都哪跟哪呀。"他忍不住骂道。

平心而论，他压根儿就没瞧上向凌霄，去微机室纯粹是为了工作，怎么能把他和她硬扯到一起呢？真是岂有此理。

俗话说，无风不起浪。细想之下，他终于明白，这一段时间他连续完成了几篇有分量的调研文章，有人心生妒忌，借题发挥。苦闷之余，他约了几个好友喝了半夜酒，回到宿舍倒头猛睡。

第二天一大早，王木生从家乡打来电话，告诉他木器厂已经开工，让他有时间回去看一下。他高兴地答应，并说了一通鼓励的话。王木生的成功让他心里由衷的高兴，精神为之一振。

王木生是他小时候的玩伴，出生时间不长就患上了小儿麻痹症。他爸妈抱着他四处求医，最终也没有治好。上天给他一双残腿的同时，也给了他一副健全的大脑。他勤奋好学，成绩一直名列前茅，高考成绩优异。他满怀信心等候通知，直到别的同学都如愿上了大学，他却依然杳无音信。后来才得知，因为他腿有残疾，大学拒绝录取他。极度失望之余，他割断动脉，寻求一死，幸亏家人发现，及时抢救，才捡回一条人命。那时，他一连多日不吃不喝，沉默不语，父母家人只好轮番看护他。经过一番激烈的内心挣扎，他终于从消沉中走出来。他不想守着一亩三分田过一辈子，于是拜师学起了木工手艺。虽然走路需要借助双拐，但他天资聪颖，臂力过人，木工活做得又快又好，成了远近闻名、出类拔萃的优秀木工。

柯大卫上次回家乡，看了他的木器作品，觉得他很有发展潜力，于是建议他成立一家属于自己的木器厂。没想到王木生这么快就付诸实施，建厂开业了。他仿佛看到王木生面带笑容，一瘸一拐地忙里忙外。他真诚地祝愿王木生一帆风顺，心想事成。

蔡老板的高尔夫球场在建设过程中遇到了麻烦。由于补偿标准过低，补偿费又迟迟没有发放到位，村民集体上访。但协议已经生效，如果毁约，肯定会得罪蔡老板。金秉荃把这一烫手山芋推给了方明。方明左右为难，一时拿不出解决办法。金秉荃责怪方明工作不力，干脆亲自上阵，收买打压，多管齐下，把上访平息了下去。

25　言不由衷

尽管各级信访部门先后批示经济新区抓紧解决，但电镀厂仍然紧锣密鼓地施工建设。建成投产那天，白裕富邀请了众多官员、客商，举行了隆重的庆祝仪式。

与奠基仪式迥然不同的是，那天晴空万里，风和日丽，天气出奇的好。吸取上次的教训，白裕富让手下作了周密的部署，划定了警戒线，提前清场。现场人员除了应邀出席的官员和客商，其他都是电镀厂的工人和改穿便衣的保安，闲杂人员和周围村庄的群众一概不得进入会场。所以，现场的秩序好得令人心里发虚。魏正毅等人心有不甘，原本想有所行动，但看到仪式现场壁垒森然，防范严密，只好作罢。

翁卓因为接待外商，没有参加仪式。金秉荃出席并发表了热情洋溢的讲话。他说：

"同志们，由虎豹集团投资兴建的大型企业豪润电镀厂正式建成投产了。这是我区改革开放和现代化建设的又一重大成果，是一件造福当代、惠及子孙的大好事。我代表区工委、管委对豪润电镀厂的建成投产表示热烈的祝贺！向支持和参与企业建设的各个部门、各界人士、工作人员和建筑工人表示衷心的感谢！虎豹集团作为我区民营企业的龙头老大，抢抓机遇，激流勇进，企业规模不断扩大，为我市的经济发展作出了突出的贡献。当前，全区上下正在步调一致，加快发展，形势一片大好。大家要学习虎豹集团的先进经验，以他们为榜样，奋力开拓，敢为人先，为全区经济飞跃式发展作出新的更大贡献。"

其实，从骨子里讲，金秉荃更喜欢低调一些，稳重一些。具体到发展理念和战略上，他更倾向于稳扎稳打，步步为营，然而这一偏好与上级的要求发生了矛盾。上级要求解放思想，开动脑筋，加快发展，他不能不贯彻执行。他的人生哲学是当大官，干大事，现世留声，后世留名。不与上级保持一致，不创造足够的政绩，不仅无法获得进一步的升迁，实现他人生的愿望和理想，甚至连现有的地位也保不住。

人在江湖，身不由己。大的环境、气候和形势已定，个人力量很难改变。于是，作讲话，做决策，他往往言不由衷，有违本意。有些事情是一时糊涂，取舍失当。有些事情是明知不对，但为形势所逼，不得不为。许多时候，他不得不把自己真实的一面隐藏起来，在别人看来，他善于伪装，表里不一，是个双面人。其实，这样做的时候，他内心同样承受着无可名状、不为人知的苦涩和无奈。

新年伊始，经济新区召开廉政工作会议。会场庄严肃穆，座无虚席。周边高悬着几条巨幅标语，主席台两边斜插着十几面鲜艳的红旗，台前摆满了各色鲜花盆景。管委领导班子成员个个西装革履，表情凝重，在主席台上正襟危坐。工委副书记兼纪委书记方明主持会议，并作了工作报告。随后，工委书记金秉荃、管委会主任翁卓分别作了讲话。

"同志们，我们要认真贯彻落实中央及各级党委的战略部署，一如既往地抓好党风廉政建设和反腐败工作。各级领导干部要廉洁自律，率先垂范，模范执行党纪国法。要层层落实党风廉政建设责任制，坚持一岗双责，一级抓一级，一级带一级，确保自己管辖的范围内不出问题。要严格要求身边工作人员和子女亲属，坚决防止他们打着领导的旗号以权谋私，招摇撞骗。总之，每一名领导干部都要不断加强世界观、人生观的改造，加强党性修养和锻炼，始终坚持坦诚做人，清白做官，干净做事，经得起历史和人民的考验。"金秉荃着重强调说。他城府幽深，讲起话来慢条斯理，柔中带刚。其实，他的这番讲话言不由衷，只是例行公事而已。他内心的真实想法是主张水至清则无鱼，一定程度的腐败有利于经济发展，正如飞转的车轮需要润滑剂一样。另外，只有允许下属腐败，才能有把柄可抓，才能更好地控制和驾驭他们，才能巩固自己的领导地位。

"同志们，发展是压倒一切的政治任务，一切工作都要围绕加快发展布篇谋局，党风廉政建设同样要服从、服务于这个大局，自觉为发展松绑让路。纪检监察部门要自觉解放思想，转变观念，抛弃一些不符合形势发展要求的旧条条、老框框。要特别注意保护改革者，保护发展经济贡献突出的有功之臣。人无完人，金无足赤，不要动不动抓辫子，打棍子，扣帽子，吹毛求疵，小题大做，不要动不动就实行双规。谁干扰经济发展，我们就要砸谁的饭碗，谁影响我们一阵子，我们就要影响他一辈子！"翁卓强调说。他思想解放，不守常规，讲起话来信口开河，直接露骨，时有惊人之语。与金秉荃的善于伪装、表里不一不同，他更善于直抒胸臆，无所保留。正如一湾清水，让人一览无余，洞察秋毫。他说的每一句话几乎都是发自内心的，代表了他的真实想法。这种性格和处事态度是他的过人之处，同样是他的致命弱点。他的讲话虽然是真实的，甚至可以说出发点是好的，却显得过于新潮、另类和偏激，必将给反腐倡廉建设和干部队伍建设产生难以估量的负面作用。这一点，是显而易见、毋庸置疑的。

"同志们，反腐倡廉事关党和国家的生死存亡。反腐败与经济发展是辩证统一的，不能把二者对立起来。反腐倡廉搞好了，就能够为经济发展提供良好的社会环境，反之，经济发展就会受到影响和干扰。要落实责任，健全制度，真抓实干，务求实效。不能把反腐败停留在口号和文件上，玩花架子，搞假把式，表里不一，说一套，做一套。不能上有政策，下有对策，搞双重标准，搞选择性反腐、变通性反腐、保护性反腐。不能丧失原则，一团和气，当老好人。不能怕字当头，担心打击报复。"金秉荃和翁卓讲完以后，方明有针对性地作了总结。两位主官各吹各的号，各唱各的调。与会者听后如坠云雾，不知所以。金秉荃讲的虽然貌似正统，但真诚度令人怀疑。翁卓借口发展经济，则有袒护腐败之嫌。会议效果可想而知，方明感到十分忧虑和不安。

"翁主任，你今天讲话中的有些观点有失偏颇，我难以苟同。"会议结束之后，方明主动来到翁卓的办公室，开门见山地提出自己的看法。

"噢,你有看法?"翁卓没想到方明为这事亲自来办公室找他,愣了一下,问道。

"发展经济与反腐倡廉的关系是辩证统一、相辅相成的,不是根本对立、互相冲突的。你却把二者完全对立起来了,好像抓反腐倡廉会影响和阻碍经济发展,要发展经济,就必须放松反腐倡廉。"方明进一步说明。

"我只是担心反腐倡廉这根弦绷得太紧了,会造成一些紧张气氛,不利于创造良好的投资环境。同时,会束缚干部的手脚,不利于解放思想,加快发展。"翁卓解释说。

"你的担心是多余的,原因还是把两者的关系理解偏了。事实是,加强反腐倡廉建设不仅不会破坏投资环境,反而会优化投资环境;不仅不会束缚干部的手脚,反而会让他们放开手脚,减少负担,身心轻松地投入工作,做好工作。"方明反驳道。

"我是做实际工作的。你说的这些从理论上是成立的,但在实际工作中是否能经得起检验,是否卓有成效呢?我不敢保证,所以我的担心是有道理的。"翁卓争辩说。

"科学的理论都是来源于实践的,你这位政府要员,口口声声说自己是做实际工作的,不会连唯物辩证法都忘记了吧?"方明提醒说。

"辩证法我懂,理论来源于实践,但要接受实践的检验,在没有经过检验之前,不能盲目推行。"翁卓理直气壮地回答。

"恰恰相反,这些理论都是经过实践反复检验证明是正确的,虽然随着形势发展,有待进一步发展和完善,但基本精神是一以贯之的。"方明强调说。

"这样说,我的讲话真有些不妥当的地方?"翁卓不甘认输地反问道。

"不仅不妥,而且是有害的。说得严重些,你这是为腐败分子撑腰壮胆,鼓劲打气,会助长腐败的。"方明毫不客气地指出。

"嗯?有这么严重,我还真没想这么多。不过,老方,这可不是我一个人的观点,眼下这种观点可是很时髦的,绝不是我翁某人个人的发明创造。"翁卓略显尴尬地解释说。

"时髦的都是好的和对的吗?对待纷繁复杂的社会事物和五花八门的社会思潮,我们领导干部要认真思考和鉴别,时刻保持清醒头脑。不能人云亦云,随波逐流,是非不分。"方明穷追猛打,不给翁卓喘息的机会。

"你说的对,我举手投降。"翁卓被驳得理屈词穷,不得不心悦诚服地服软。

"这场争论不是你我之间的个人恩怨,而是事关大局的原则问题。我希望你在适当场合、适当时候能够收回成命,消除不良影响。"方明不依不饶地要求说。

"行,我答应。"翁卓见方明说得在理,只好乖乖地答应。

26　夹缝求生

冯升与柯大卫处在同一个起跑线上。看到柯大卫表现出色,他担心抢了自己的风头,于是心生怨恨。有一次,他酒后找茬,对柯大卫出言不逊,进而展开肢体攻击。柯大卫气愤至极,本想好好教训他一顿,但看到他醉眼蒙眬,站立不稳的样子,所以没有对他下手。事后,柯大卫在日记中写道:

"心"字上面一把"刀",忍者无敌。不仅要容忍别人的缺点和批评,而且要容忍别人的攻击、谩骂和欺骗。遇到问题的时候,一定要冷静克制,切忌以毒攻毒,以牙还牙,逞一时之快,酿成追悔莫及的祸患。

计荫上任后,专横跋扈,仿佛皇帝再世。焦帆对计荫心存不满,二室再次分化为两个营垒,一场新的博弈在双方之间展开。

柯大卫吸取以前的教训,在这种形势不明的争斗中,尽量保持中立。然而,他天生属于那种富有正义感而又同情弱者的人,随着形势的发展,心里的天平不知不觉倾斜到焦帆一边。计荫本来对柯大卫心怀敌意,发现他接近焦帆后更是生气。一天,他把柯大卫叫到办公室,批评他不主动请示汇报工作。

"最近工作干得怎么样?"计荫昂首挺胸,斜着眼,不阴不阳地问。

"一般般。"柯大卫听了计荫的问话,感到莫名其妙,于是轻描淡写地回答。

"柯干事,你还年轻,要积极要求进步,不能稀里糊涂混日子啊。"计荫见柯大卫不买账,心里感到不快,于是教训说。

"你的话我不大明白,我什么时候混日子了?"柯大卫听后同样不快,接着反问道。

"我问你，用不用跟我汇报工作？你又什么时候跟我汇报过工作？"计荫连续追问，一副咄咄逼人的口气。

"按照游戏规则，恐怕还轮不到我向你汇报工作吧？"柯大卫感到诧异。因为按照分工，他归焦帆分管，直接向计荫汇报工作是越级行为。

"你不要拿规矩说话。规则是死的，人是活的，汇报不汇报工作是态度问题。"计荫辩解说。

"我不太明白你的意思。"柯大卫佯装糊涂地回敬道。

此后，柯大卫仍然我行我素，计荫对他的不满与日俱增。有一次开会，计荫竟当众对他大发雷霆，横加指责。

"莫非权力真能让人失去理智，变得疯狂？"柯大卫真想拍案而起，据理力争。但考虑再三，还是保持了沉默。

计荫凭借他的地位和关系，逐渐占据上风。原来站在焦帆一边的人，大多转到了计荫一边，只有柯大卫不改初衷，仍然不计后果地和焦帆站在一起。焦帆逐渐感到力不从心，主动请求和解。计荫却不依不饶，冷眼相对，毫无怜悯之心，大有穷追猛打、斩草除根的劲头。

有一天，焦帆心情郁闷，来到柯大卫面前，诉说不平。在焦帆诉苦过程中，柯大卫保持沉默，偶尔插上一两句模棱两可的话。没想到，恰好被冯升听了个清清楚楚。机会难得，立功心切的冯升毫不犹豫地向计荫打了小报告。

又一天，计荫授意冯升等人在一次内部会议上无事生非，围攻焦帆。焦帆在他们的集群式攻击下，很快败下阵来。柯大卫实在看不下去，说了几句公道话，试图替焦帆解围。

下班时，柯大卫又无意中听到冯升等人的议论。冯升说："得想个办法把焦帆挤走，他一走，倒出位子，大家都能往上挪一挪。"

另一个附和说："对，设个套，到时不怕他不乖乖走人。他走了，你来干副主任。"

第三个问："用不用跟计主任通一下气？"

冯升回答："不用，计主任早想赶他走了。"

一连几天，柯大卫都为焦帆捏着一把汗。人家正在磨刀霍霍，而焦帆本人还蒙在鼓里。他不知如何处理这件事，把消息透露给焦帆，有偷听和告密的嫌疑；沉默不语，又有悖良知。经过反复考虑，他还是决定置个人荣辱于不顾，暗示他要有所防备，避免吃亏。

没想到，焦帆得知那伙人的阴谋后很生气，要求文主任给他作主。文主任质问计荫，计荫却矢口否认，反诬焦帆捕风捉影，无事生非。文主任虽然不想把事情查个水落石出，但要求计荫带头搞好团结，停止内耗。计荫得知是柯大卫泄露了他们的秘密，对他更加怀恨在心。

工作之余，柯大卫时常回想起上中学时的那位老校工。老校工是学校附近村子里的村民，高个子，左腿残废，走路要靠拐杖帮助。黑瘦的方盘脸上布满了皱纹和胡楂，一双大手结着厚厚的老茧，一看就知道是个饱经沧桑、地地道道的山里人。看似普通，却有着很不平凡的经历。他三岁丧母，七岁丧父，靠乡亲们接济，吃百家饭长大。这一带山区是老区，老校工十几岁就参了军，跟随部队参加了许多战斗，后来又首批入朝参战。由于对战场情况不熟，缺乏异国作战经验，部队损失严重。老校工和他的战友们在冰天雪地里隐蔽待命三天三夜，等接到进攻命令时，他的两腿已失去知觉，无法走动。他随后被抬到战地医院，医生要锯掉他的双腿，他死活不肯，最后只好对他实行保守治疗。他主动配合，坚持康复训练。大约过了半年时间，他的右腿终于能够站起来，但左腿已经无法恢复正常功能。出院后，他自愿要求，回到家乡务农。随着年龄增长，上山下地，体力慢慢有些不支。他无儿无女，相依为命的老伴又于两年前因病去世。恰逢原来的校工因病辞职了，于是他就受聘当了校工。

学校位置偏僻，条件艰苦。那时还没有通电，每到夜晚，整个校园死一般寂静而黑暗，只有鸱枭的鸣啼、山风的吼叫和无名的暗光闪闪烁烁。夏天，蚊虫轮番轰炸，疼痒难忍；冬天，寒风刺骨，凉气袭人。唯一让柯大卫感到温暖的是跑到老校工的房间，与他在煤油灯下拉呱聊天，听他讲那些老掉牙的故事。从老校工那里，柯大卫增长了许多朴素的人生知识。尤其令他惊奇的是，虽然历经坎坷，备受磨难，老校工却依然那样乐观豁达，热情豪爽，没有半点消沉、油滑和玩世不恭。

学校后边是操场，操场后是一个小山包。上面的树当年大炼钢铁时伐光了，只剩下光秃秃的岩层和少量的沙土。一有空闲，老校工就扛起镐头，到山包上挖坑植树。柯大卫见他干得十分吃力，空闲时跑去帮他一把。一老一少，边劳动，边拉呱，时常忘记了劳累和辛苦。

伙房每天只做中午一顿饭，一早一晚只好自己想办法。中午那顿饭也是徒有虚名，主菜名义上是猪肉炖青菜，却大多时候只见青菜，不见猪肉。主食永远是糙米，又干又散，吃到嘴里味同嚼蜡，难以下咽。老校工偶尔从集市上买回一两只野兔、山鸡，收拾干净，用锅炖了。只有这时，柯大卫才能过年似地打打牙祭。

山区经济落后，不少学生家庭困难，有的甚至交不起学费。老校工听说后，总是慷慨解囊，倾力相助。学生上学途中，有一段山路沟深路险，崎岖难行，他每天自觉要接送他们。寒来暑往，柯大卫和学生们与老校工结下了不解之缘。

老校工打电话说要来城里看病，让柯大卫帮忙联系医院和专家。柯大卫做好了准备，提前来到车站等候。老校工的身影出现在客车门口，柯大卫赶紧跑过去，搀扶着他。老校工瘦了许多，脸上的皱纹更加明显，须发变得苍白。柯大卫带他来到医院，请专家给他看了病。中午，二人来到医院旁边的一家饭馆，点了几个特色菜肴，边吃边谈。

"老叔，你不用担心。"柯大卫一边给老校工倒酒，一边安慰他。

"生死由命，我什么也不怕。"老校工故作轻松地说。

"这几年过得怎么样？"柯大卫问。

"岁月不饶人，一年不如一年了。"老校工回答。

"大家都好吗？"柯大卫问。

"好，都记挂着你呢。"老校工回答。

"学校有什么变化吗？"柯大卫问。

"老校长前年退休了，新调来一个校长和两个师范生。"老校工回答。

"校办工厂怎么样？"柯大卫问。

"倒闭了。"老校工回答。

"为什么？"柯大卫问。

"从里面挖空了。"老校工回答。

"怎么回事？"柯大卫不解地问。

"新校长的一个亲戚承包了厂子，带着钱跑了，留下一屁股债务。"老校工无奈地摇了摇头。

"没有人管吗？"柯大卫追问。

"得了好处，还怎么管？！"老校工愤愤不平地回答。

两人陷入了沉默。饭后，柯大卫到旁边的商店给老校工买了件衣服，又买了几包点心。老校工起初说什么也不要，在柯大卫的一再坚持下，勉强地收下了。回到医院，医生指着化验单说，老校工的肝上长了一个肿块，应尽快手术。得知病情，老校工表现得很镇定。柯大卫劝他把手术做了，他坚决不同意。医生只好开了好多药，让他带回去，并嘱咐他过一段时间再回来检查一次。

柯大卫问老校工为什么拒绝手术，老校工回答："挨了他们的刀，死得更快，如今的医院动不动就让病人做手术。有一家私营医院，接生孩子一律实行剖腹产。这天，值班医生一时疏忽，有个孕妇顺产了。第二天，院长竟要他在全院大会上作检查，并扣发奖金。你说，这还叫医院吗？简直就是屠宰场！"

柯大卫解释说："医疗行业的问题原因复杂，少数医护人员素质偏低、自身要求不严是一方面，但更重要的是医疗体制和考核机制存在严重弊端。所以说，医院和医护人员有责任，政府应该承担更大的主要的责任。"

老校工接着控诉说："党风、政风、行风、社风是密切相关的，党风、政风的滑坡，不能不影响到行业风气。如今有些干部满身官气，官不大，谱摆得很大，甚至以权谋私，与民争利，这样的作风能不影响到社会风气和行业风气？是谁给他们的权力？谁让他们这样胡作非为？我们这些从枪林弹雨中滚爬过来的人越来越无法理解和接受了。人啊，无论什么时候都不能忘乎所以，否则，迟早会栽大跟头的。"

见老校工越说越激动，柯大卫忙劝说道："我坚信，这种局面不会永远继续下去的。"

老校工点了点头，附和道："真能改变，我们这些人就可以安心去见马克思了。"

送走老校工，柯大卫踏上公交车，准备回去。突然一群人披麻戴孝，抬着一具尸体，从医院里面走出来，一边抢天呼地，号啕大哭，一边焚烧纸钱，祭奠亡灵。很快，引来了众多的人围观。柯大卫正想下车过问一下，公交车已经向前驶去。望着车窗外狭窄的天空，他心里如同坠上了铅块，沉重得透不过气来。

27　偶露峥嵘

收敛了一段时间，计荫故态复萌，对焦帆和柯大卫实施了新一轮打压。冯升一心想取代焦帆，所以充当了急先锋。计荫对他的表现十分赞赏，于是力荐他当了二室的副主任，排名在焦帆之前。这样一来，二室有了两名副主任。

焦帆的地位岌岌可危，柯大卫处境更是可想而知，几乎到了动辄得咎的地步。虽然他尽量小心，倒霉的事还是接踵而来。

年轻貌美的女子章艳霞临街开了一家花店。计荫爱好养花，经常到她的花店买花，一来二去，二人走到了一起。为了方便接触，计荫干脆在城区买了一套房子，过起了家外有家的浪漫生活。有这样一位美女常伴左右，计荫的生活增加了不少情趣和色彩。章艳霞则利用计荫的权力和关系，把生意做得红红火火。

冬去春回，终于熬到一个不用加班的星期天，柯大卫约叶青等几个同学一起聚会。在一幢新建的楼房下，迎面碰上计荫，只见他旁若无人地搂着一名陌生女子从楼洞里走出。这名女子正是章艳霞。偶一抬头，计荫一眼看到柯大卫坐在旁边一辆轿车的副驾驶位上，目光闪烁了几下，马上加快脚步，匆忙走过，弄得章艳霞莫名其妙。四目对接的一瞬间，柯大卫曾想下车与计荫打个招呼，但很快又否定了，因为他明白，在这种情况下保持沉默是最好的选择。

这件事过了几天，计荫并没有什么异常的表现。一天下午，柯大卫来到计荫办公室请示工作。敲了半天门，却不见动静，正要离开，门开了，一位年轻的女同事两颊绯红，头发凌乱，低着头跑出来。计荫站在门内，朝他瞪了一眼，冷冷地问："什么事？"他三言两语请示完工作，然后匆匆离去。事后，虽然他守口如瓶，但计荫的眼神里还是充满了敌意和担心。计荫的爹死了，柯大卫主动帮忙料理后事，干得得心应手，井井有条。然而，热脸蛋贴上了冷屁股，他的努力并没有改变计荫对他的看法。

一天晚上，计荫与几个老板到夜总会消遣。意满兴尽之后，他强打精神，驱车回家。走着走着，感到膀胱肿胀，于是停下车，走进路边的花坛，旁若无人地撒起了尿。完事后，他正想上车，突然几个城管闯过来，要对他罚款。计荫不服，借着酒劲，与城管争执起来。

"我是新区工委政策研究室调研二室主任，姓计名荫，跟你们局长是老相识。"实在没办法，计荫只好亮明自己的身份。

"王子犯法与庶民同罪，当了个小官就觉得了不起，你这种人我见得多了。"高个子城管大声嚷道。

"你们不要太狂，把我惹急了，让你们吃不了兜着走。"计荫见求情没用，于是挺直腰杆，威胁道。

"今天哥几个就狂给你看了，宁肯脱了这身皮，也要灭一灭你的威风。"高个子城管见状，一时火起，与计荫较上了劲。

见对方强硬起来，计荫霎时泄了气，头低得像熟透了的谷穗，不再言语。这时候，柯大卫外出回来路过这里，刚好看到了眼前的一幕。他本想一走了之，但考虑再三，还是走了过去，把那位领头的高个子城管拉到一边。高个子城管与他以前打过交道，听了他的一席话，气消了一半。随后，看在柯大卫的面子，卖个人情，带着人走了。

柯大卫上前与计荫打了个招呼，然后把他护送回家。事后，计荫不仅不领情，反而更加猜忌和防备柯大卫。因为他宁愿被罚款，也不愿让部下看到他当众出丑的狼狈相。

柯大卫终于明白了，为什么现实中有那么多人热衷于"厚黑学"，原来真诚、善良竟如此不堪一击。万般无奈，柯大卫又想起了马老，于是再次登门拜访。马老正在阳台上侍弄花草，听见敲门声，立即放下手中的工具。打开房门，见是柯大卫，忙热情地招呼入座，然后净了手，烧水泡茶。

"小柯啊，这段时间怎么样，是不是又遇上了不顺心的事了？"马老看着柯大卫，关切地询问。

"马老，不瞒您说，我越来越不会干了。"柯大卫声音沙哑，面露惭愧。

"怎么回事？"马老关切地说。

"为什么我越想诚恳待人，却越得不到别人的理解？越低调谦卑，却越容易遭受别人的打压？"柯大卫满腹委屈地向马老诉说心中的困惑。

"哦，我明白了。小柯啊，任何事情都不能执其一端，不顾其余。做人应该忍让，但要有底线。人不可有傲气，但不可无傲骨。马善被人骑，柿子软了遭人捏。有人敢于横行霸道，是因为软弱可欺的人太多。一味地忍让，只会纵容豪强，招致不必要的麻烦。孔子说：'乡愿，德之贼也。'乡愿，就是老好人，好好先生。他主张以直报怨，因为以德报怨只会纵容小人、恶人。"马老端起茶杯，轻轻抿了一口，然后一板一眼地说。

"您这样一说，我就不明白了，难道好人和弱者应该受到谴责吗？"柯大卫不解地问。

"是的，老好人于人于己，有百害无一利。人固然不应锋芒毕露，但也不能一点棱角没有，尤其不要老做吃亏受气的弱者。"马老讲到这里，观察着柯大卫的反应。他担心这个涉世未深的年轻人未必能够接受和消化自己的观点。

"那么，怎样才能不受欺负呢？"柯大卫思考了一会儿，接着问。

"其实，人生在世，最大的敌人是自己的懦弱，有时不妨适度地展示一下优势和强悍的一面，让人不敢轻视。"说到这里，马老收住话头，提议柯大卫参观一下他的庭院。柯大卫欣然同意，跟随马老来到阳台。

阳台上笼养的鸟雀探头探脑，争相鸣叫。院子里除了几畦青菜，摆满了花卉盆景，有一品红、三色堇、石竹、凤仙花、万寿菊、倒挂金钟、天竺葵、紫薇、夹竹桃、山茶、桂花、扶桑、文竹、君子兰、金橘、巴西木、绿萝、绿巨人等。小小院落鸟语花香，生机盎然，独具特色，令人耳目一新，倍感清爽。

"俗话说明枪易躲，暗箭难防，应该怎样才不会为其所伤呢？"柯大卫接着心有所感地追问。

"人性有善的一面，也有恶的一面。现实中，有人为了升迁，不惜贬损、诋毁别人；有人为了一己之私，不惜卖友求荣，甚至泯灭人性，图财害命。'害人之心不可有，防人之心不可无。'名利场上的利益争夺变幻莫测，充满欺诈和诡计。要时刻保持警惕，防止有人从背后下手。"马老言辞剀切地论述了一通。然后，顺手拿起一个贡橘，剥了皮，递给柯大卫。柯大卫道谢后接过橘子，摘瓣入口。马老又拿起一个，剥了皮，津津有味地吃起来。吃完橘子，马老又续了茶。

"怎样才能避免办公室陷阱？"柯大卫呷了一口茶，继续请教道。

"言多必失，祸从口出。在你的周围，既有光明正大的君子，也有奸佞阴险的小人。如果不注意说话的对象、内容和分寸，就很容易招惹是非，授人以柄。不要轻易流露自己的欲望和意图，展示自己的个性。否则，只会自寻烦恼，自蹈死地。"马老言简意赅地回答道。

"应该怎样评价小人与君子？"柯大卫接着问。

"英雄耽于美色，君子毁于小人。君子与小人永远是一对矛盾。君子温文尔雅，心地善良，往往吃亏倒霉；小人阴险狡猾，善于弄虚作假、搬弄是非，所以容易占便宜。小人误事，小人误人，小人很坏，又让人无奈。"马老回答。

"那么，应该怎样对付小人呢？"柯大卫再问。

"《孙子兵法》说：'不战而屈人之兵，善之善者也。'不要轻易得罪小人，能用和平方式解决问题，就不要撕破脸皮，否则他会心生忌恨，寻机报复。必须出手的时候，也要充分准备，一招制胜。力量不足时，不妨'借刀杀人'，或者避而远之。"马老敞开心扉，打破禁忌，把饱含半生血泪的经验之谈毫不吝啬地贡献出来。

"多谢马老，再次聆听教诲，获益匪浅。"马老的一席话让柯大卫豁然开朗，信心倍增。

同事老K当兵出身，资历深厚，为人正直。对计荫不倚不靠，始终保持着距离。计荫看他不顺眼，有时故意找他的茬。有一次，为一点小事，他当着大伙的面训斥老K。老K终于忍无可忍，拍案而起，捉着他的衣领，厉声怒斥："你个欺软怕硬的东西，再敢骂一句，我今天废了你！"

计荫见老K如此这般，立即软了下来，求饶道："老K，你别这样，有话好好说。"

众人上前劝说，老K终于放下拳头，放了计荫。计荫感到很丢面子，但仍故作镇定，伸了伸腰板，迈着四方步踱回自己的办公室。

这件事让柯大卫开了眼界，给了他新的启发。原来这类飞扬跋扈、不可一世的人物也有虚弱胆怯的一面。

有一次，冯升故意找茬，没事找事地安排柯大卫加班。柯大卫找了一个理由，理直气壮地顶了回去。

又一次，计荫吹毛求疵，无事生非，柯大卫针锋相对，迎头回击。计荫无言以对，气得直翻白眼，却毫无办法。

"老虎不发威，还以为是病猫。"柯大卫洋洋得意地自语着。

叶青已经成长为大胆泼辣，能够独当一面的成熟记者。她德艺双馨，不仅业务熟练，而且胆识过人，具有强烈的责任心和正义感。

正值暑假，郊区农村五名留守儿童由于无人监管，私自外出洗澡，溺水身亡。她受命赶去采访，看着眼前的情景，她难过地流下了眼泪。事后，一连几天情绪低落。

一个农民工在一家私企打工十年，患上了硅肺病，可黑心老板一脚把他踢开，不仅不管他的医药费，还欠发他一年的工资。听说叶青热心助人，于是向她求救。叶青听了他的遭遇，二话没说，找到黑心老板，据理力争，为那位农民工讨公道。黑心老板不听劝告，一意孤行。叶青只好写了一篇报道，把这件事公布于众。在强大的舆论压力和有关部门干预下，问题终于得到解决。

有一段时间，叶青打入一家假药厂做卧底，揭露了药品生产经营的层层黑幕。药厂老板气急败坏，纠集了一帮混混闹事，扬言要砸烂报社。叶青闻讯，挡在报社门口，义正词严地痛斥他们的违法行径。那伙人被她的气势镇住了，愣是没敢踏进大门一步。

一位同事因爆料一家私企的黑幕，被老板打伤，叶青感同身受，为同事奔走呼吁，伸张正义。肇事老板终于受到应有的惩罚，赔偿了受害者的医药费、误工补偿费，并登门、登报公开道歉。同事们没有料到，叶青瘦弱的身躯中竟蕴藏着那么大的胆识和力量。

28　美不胜收

忙碌了一周，金秉荃感到疲劳不堪。坐在高背靠椅里，一边喝着进口名牌咖啡，抽着高级熊猫牌香烟，一边回忆与伏美姣交往的过程。此时，他心无旁骛，满脑子都是伏美姣的身影，她那诱人的脸蛋，动人的眼神，白嫩的肌肤，曼妙的腰身，每个细微的地方都让他爱不释手，百看不厌；一举手，一投足，一颦一笑，每个细小的动作都让他神思恍惚，如醉如痴。

这样想着，金秉荃已经浑身热血沸腾，忍不住想给伏美姣打个电话，约她共进晚餐。没想到，桌上的话机突然清脆地响了起来。

"喂，金哥，你在忙啥？"他顺手拿起话筒，里面传来伏美姣莺歌般的声音。

"不忙，正想着你呢。"金秉荃精神一振，回答说。

"真的吗？骗我吧?"伏美姣故作惊讶地反问道。

"苍天作证，此心可鉴，骗你是狗熊，头顶生疮，脚底流脓，天打五雷轰，不得好死。"金秉荃赌咒说。

"人家不过随便问问，你何必认真呢。"伏美姣嗔怪地说。

"哄你高兴罢了。说吧，想我没有?"金秉荃嬉笑道。

"明知故问。"伏美姣撒娇道。

"真的假的?"金秉荃用怀疑的口吻问。

"真的。"伏美姣认真地回答。

"哪里想?"金秉荃不怀好意地追问道。

"你好坏……嘿嘿，哪里都想。"伏美姣情意绵绵地笑着回答。

"别光顾开玩笑，今天可是周末啊。"过了一会儿，伏美姣提醒说。

"我知道，你有什么打算?"金秉荃认真地问。

"我想给你个惊喜，带你去一个新鲜刺激的好地方。"伏美姣神秘兮兮地卖着关子。

"那好啊，今晚就交给你了。"金秉荃爽快地答应道。

"一言为定，我去接你。"伏美姣温言叮嘱。

"好，不见不散。"金秉荃低声答应。

已过下班时间，办公大楼里人去楼空，寂静无声，只有秘书柯大卫还在等候吩咐。金秉荃打发秘书回家休息，然后乘电梯下到一楼，静等伏美姣到来。

一会儿，一辆红色宝马驶进管委会大院，停在了楼后。金秉荃从楼洞里走出来，迅速打开车门，钻进后座。轿车随后静悄悄地溜出大院，拐上街道，向盘龙山方向疾驰而去。伏美姣稳稳地驾驶着轿车，随手打开了音响。两人听着音乐，各自想着心事。

轿车沿着狭窄陡峭的盘山公路，迂回曲折，几经周转之后，又驶上一段新修的沙土路，一座山峰进入视野，一股清新湿润之气扑面而来。此峰叫仙女峰，离盘龙山主峰较远，人迹罕至，环境清幽僻静。虽不算高，却林木葱茏，瀑飞溪流，体态婀娜，神态飘逸，颇像一位美女舒展腰身，披发沐浴。山脚下有一片平整的空地，北边坐北朝南，建有一排白色平房，虽不算高大宽敞，看上去却也清爽周正。房前的院子里种植着各种花卉苗木，生机盎然，与修理整齐的菜园小畦错落分布，相得益彰，交相辉映，妙趣横生。

伏美姣把车子停在房前，打开车门，伸腿下车，伸出纤纤玉手打开后车门，彬彬有礼，轻启樱口："先生，请下车，小女子这厢有礼了。"

金秉荃疑惑地看了她一眼，钻出轿车，挺直身板，贪婪地深吸一口空气，忍不住慨叹："这是一个神仙居住的地方。"

伏美姣甩手关上车门："今晚咱们就当一回神仙，好好地享受一下。"

金秉荃扬起头，看着身边的山峰，随口问道："这座山峰叫什么名字？"

伏美姣回答："这座山峰叫神女峰，怎么样，美吧？"

金秉荃回过头来，看着伏美姣，回应道："美，的确很美。有什么典故吗？"

伏美姣理了一下齐肩秀发，回答说："算你聪明，这里还真有一段美丽的传说。"

金秉荃饶有兴趣地说："说说看。"

伏美姣答应一声，然后娓娓道来："很久很久以前，有位仙女耐不住天宫的寂寞，偷偷跑出天宫。她飘过九重天，来到地球上空。老远看见这一带山清水秀，植被茂密，惊喜交加，于是降身以临。她在山间徜徉，观赏，迎面走来一位身背柴火的后生。她忘记了所有的清规戒律，主动走上去与后生搭讪。一番交谈之后，两人相见恨晚，双双回到这位后生的家，当晚拜堂成亲。消息传到天宫，天帝恼羞成怒，大发雷霆，于是发下一条咒语。从此，这位离经叛道、私自下凡的仙女变身成为一座山峰，永远回不到天宫，也无法与丈夫相守相伴。"

金秉荃随口追问："我的乖乖，老实交代，你是如何发现这个新大陆的？"

伏美姣洋洋得意："有一天，我憋闷得慌，于是一个人开车闯入这片山林，一下子就被它迷住了。于是，就花钱买下了，派人进行了修整。这里隐秘清静，现在可以作为我们休息的好地方，将来等我们老了，可以来这里安度晚年。"

金秉荃听后，伸出大拇指："亏你想得出，我算服了。"

伏美姣不以为然："这点小事算什么，等我们挣够了钱，我们甚至可以出国定居，到世界上最美的地方去住。人就怕没有钱，有了钱，就有了一切，就可以过想要的生活。"

金秉荃深有同感："是啊，有钱能使鬼推磨，钱的确是个好东西。"

伏美姣立即纠正："不对，你那是老黄历了，是有钱能使磨推鬼。"

金秉荃哈哈一笑："好，你对，有钱能使磨推鬼。"

伏美姣开心地肯定："唉，这就对了，所以我们还得继续赚钱啊。"

金秉荃上前挽住伏美姣的胳膊："有我在，你还怕没有钱挣吗？"

伏美姣把头靠在金秉荃肩上，一副娇滴滴的样子："不怕，你是我命中注定的财神爷，守护神。"

金秉荃趁势在她粉嫩的脸蛋上亲了一口，心中充满豪情："你尽管放心大胆地干，有我撑着，什么事情都好办。对了，鹤鸣岛别墅区进展怎么样？"

伏美姣一脸兴奋："快完工了。"

金秉荃笑了笑："不愁卖吧？"

伏美姣从容作答："楼花已经卖完了。我测算了一下，稳赚一个亿。"

金秉荃听后，满意地点了点头，同时提醒："别忘了给我们自己留一套，有兴趣时去消遣消遣。"

伏美姣莞尔一笑："忘不了，我已经留了一套位置最佳、面积最大的，后边让人装修一下，作为我们的另一处香巢。"

金秉荃连声说好："这里平时有人看管吗？"

伏美姣神态自若地伸了一下腰板："当然有了，平时需要有人打扫卫生，种植花卉，管理菜园，看护山林。不过，我今天已经放他们假了。我们可以放心尽情地玩，不会有人打扰。"

金秉荃听后，满意地点了点头，顺手把伏美姣抱进怀里："今晚拿什么招待我？"

伏美姣悠然作答："别着急，性急吃不了热豆腐。一会儿我去做菜，我做的菜清爽可口，风味独特，肯定让你大开胃口。"

金秉荃不依不饶："我等不及了，只想吃你的豆腐。"

伏美姣耐心安慰："别这样，晚上让你吃个够。"

伏美姣说完，努力挣脱金秉荃的拥抱，跑到车后，打开后备箱，从里面拿出两个大大的方便袋，里面分别盛着几样鲜肉、熟食和几瓶高级葡萄酒。然后，招呼金秉荃走进中间的房门。里面是一个三套间，西边是厨房，中间是餐厅，东首是卧室。伏美姣把东西放到厨房，然后领金秉荃穿过餐厅，来到卧室，让他先休息一下。说完，回到厨房忙着准备饭菜。

卧室是按照星级宾馆的标准设计和安排的，各种用品一应俱全，整齐洁净。金秉荃顺势躺到宽大的席梦思床上，眼睛瞅着天花板，美美地想着心事，嘴角忍不住绽开了笑容。这时，伏美姣已经操办出一桌佳肴，正招呼金秉荃到餐厅用餐。金秉荃一个鲤鱼打挺，从床上滚起来，跨到餐厅，与伏美姣相对而坐，拾筷端杯，细品慢用起来。

洗漱完毕，金秉荃抱起伏美姣就往卧室走。伏美姣努力挣脱下来，说："别着急，我带你去个好地方。"

金秉荃好奇地问："什么好地方？"

伏美姣拉起金秉荃的手，边走边说："走吧，一会儿你就知道了。"

金秉荃只好跟着她，穿过小院，借着皎洁的月光，攀上一段石板路，转眼来到山腰。一片开阔的不毛之地呈现在眼前，中间一个天然石槽，大约有二十多平方米，月光下水雾缭绕，朦胧可人。石槽四周树木茂密，环境清幽，自然生成了一圈浓密的绿色屏障。

金秉荃被眼前的景象迷住了，愣愣地怔在那里，一时不知如何是好。伏美姣看着他的样子，忍不住扑哧笑出声来："怎么样，不骗你吧？"

"太美了，简直不可思议。"金秉荃由衷地感叹。

"石槽下面有一眼温泉，不断向外输送着泉水。泉水汇聚成池，常年保持恒温，不凉不热，不深不浅。我给她起了名字，叫仙女泪。你想，仙女思念天上的姐妹和人间的丈夫，伤心委屈，天天以泪洗面。天长日久，眼泪就汇聚成这一池清水。"伏美姣专注地看着一池碧水，目光温润而深情，声音甜美而凄婉。

"这个名字似乎太悲观了一些，不如叫仙女魂，你看她的确像仙女一样清纯美丽，夺人魂魄。"金秉荃煞有介事地评论道。

"自古红颜多薄命，叫仙女泪有啥不可？比你那个魂呀魄怪吓人的好。"伏美姣调整了一下情绪，随后纠正说。

"那就叫她美人潭，或者美人梦吧。清泉，娇月，水美，月美，人美，如梦似幻，神话世界。"金秉荃一边附庸风雅地赞美，一边欣赏着伏美姣俊俏的脸蛋。

"又动歪脑筋了吧?"伏美姣瞥了金秉荃一眼,走到石槽边,坐在沿上,伸手试了试水温。

"来吧,美人,我等不及了。"金秉荃尾随而来,拉起伏美姣跳入温暖如春的水池。

"金哥,你告诉我实话,你真的爱我吗?"伏美姣从金秉荃的怀抱中努力挣脱出来,盯着他的双眼,认真地问道。

"爱,爱死了!"金秉荃迎着伏美姣灼热的眼光,再次把伏美姣搂进怀抱。

29　防不胜防

面对计荫的突然变化,柯大卫一头雾水,不知所措。表扬,评先,一连串的好事让他应接不暇,与此同时,身上的担子不断加重。人的精力是有限的,上班时间不够用,只好加班加点地干。忙乱之中难免出错,于是难免受到领导批评。看到自己的妙计已经生效,计荫心中暗喜,表面却若无其事。

"大卫啊,不要紧,好好干。领导批评是正常的,不批评不进步嘛。"计荫假惺惺地安慰说。

柯大卫终于醒悟过来,温水煮青蛙,软刀子杀人,计荫的手段既高明,又阴毒。他联想到一种甲壳虫,名叫蜣螂。这种小虫善于负重,往往一边行走,一边往自己身上加东西,直到压得几乎无法动弹为止。他觉得自己就像一只这样的小甲壳虫,所不同的,它们是天性如此,而他却是为人所害,处境更加可怜可叹。

他因此陷入生存危机,住进了医院。躺在医院的病床上,一边配合治疗,一边漫无边际地想着心事。

"留得青山在,不怕没柴烧。"叶青来到床前,送来清凉的慰藉。柯大卫心里的乌云一下子消散了许多,病也好了一半。

梁志听说柯大卫病了,买了几包水果和营养品,专程到医院看望,勉励他好好休养。随后,几个同事也来看望。柯大卫感到特别温暖,心里不禁感叹:"世上还是好人多啊。"

离开医院，他坚持吃药休息，隔三岔五地去医院检查一下。那段时间，他又像蜜蜂采集花粉一样醉心于阅读书籍的快乐之中。

他读书的方法多种多样，有时一目十行，有时仔细推敲；有时一遍为止，有时连读多遍；有时通读全篇，有时摘取精要；有时光读不记，有时边读边记。书的来源也不一样，有从前辈那里继承下来的，有自己节衣缩食花钱买的，也有临时租借的。读书已经融入他的生活，幻化为他生命的一部分，用书虫、书迷、书痴来形容他，一点也不过分。在得到安慰、愉悦和充实的同时，有时也会遇到意想不到的麻烦和不快。

有一次，他刚从书店买回来一本新书，上班时间看上了瘾，结果耽误了正事。还有一次，他捧着书边看边走，一不小心被石头绊倒了，磕得鼻青眼肿，一身泥土。有一天，他随手把一本《情爱论》放在办公桌上，有人瞥见，说他上班时间不务正业，专门研究情爱，弄得他哭笑不得。

计荫对柯大卫的病情心存怀疑，于是派冯升登门造访，探查虚实。柯大卫猜到了他们的用意，机智地蒙混过关。计荫听了冯升的汇报，打消了对他的怀疑。

计荫等人突然失去了对手，感到空前地寂寞和空虚，就像一群好斗的公鸡突然闲了下来，一时不知如何是好。他们是天生的虐待狂，习惯于无休止的算计和争斗，在排挤、捉弄、摧残对手的过程中感受到生存的价值，在别人挣扎痛苦中得到快感和满足。他们渴望不断的进攻和战斗，哪怕最后鱼死网破，同归于尽。不久，他们惊奇地发现：原来对手和敌人就在自己营垒内部，过去一直当成同志和战友的人，其实就是自己最危险的敌人。

冯升以前把计荫当做靠山和盟友，如今却发现，计荫成了他继续升迁的障碍。秃头上的虱子明摆着，他要想升任室主任，只有两条路可以走：一条是把计荫挤走，取而代之；另一条就是等待别的室倒出位子，再去争取。两相比较，显然第二条更费时间，因为谁也说不清什么时间才能空出位子，即使有了位子，竞争也会十分激烈。显然，只有第一条路是捷径。前有车，后有辙，经过一番密谋，冯升开始了自己的夺位计划。

表面上，他对计荫唯命是从，恭维吹捧，暗地里却收买人心，想架空计荫。久而久之，大家对他产生了依赖和信任，与计荫的距离越来越远。为了共同对付计荫，他还有意拉拢焦帆，三天两头请焦帆吃饭喝酒，进夜总会、KTV。焦帆对他的用意心领神会，因而乐享其成。

计萌终于觉察到了冯升的险恶用心，于是暗中布阵，奋起反击。交战双方使出了看家本领，按照自己的战略战术步步为营，攻守自如。抓住对方弱点，比如个人生活问题、经济问题，给予致命一击，或设下圈套，请君入瓮。那段时间，他们仿佛一群疯狗饿狼，调动所有的器官，跟踪，暗查，抹黑，无所不用其极。小道消息、花边新闻满天飞，检举信、上访信也堆满了各级领导的办公桌。一时间，闹得人心浮动，乌烟瘴气。

冯升与计萌等人撕破脸皮，大搞窝里斗，终于惊动了研究室领导。计萌树大根深，岿然不动。冯升被调离研究室。焦帆受到口头警告，继续留任副主任。

斐彪生了一对闺女，大女儿斐小橘嫁给了计萌，二女儿斐小妮自恃条件优越，过于挑剔，一直没有找到对象。一个偶然的机会，斐彪接触到柯大卫，见他一表人才，于是托文主任牵线介绍给斐小妮。经过一段时间的休养，柯大卫重新回到了工作岗位。在文主任的安排下，柯大卫与斐小妮见了面。双方互有好感，但柯大卫觉得两人的家庭条件相差太大，将来两家人不好相处。文主任把柯大卫叫到办公室，直言相告：答应这门亲事，前途无量；拒绝这门亲事，后果不言自明。能当上高官的乘龙快婿，对许多人来说是一件求之不得的事。但柯大卫生性倔强，不想攀龙附凤，最终还是拒绝了斐小妮。斐彪听说后，大骂他不知好歹，不识抬举。

憋着一肚子气，斐彪逼着斐小妮不断相亲，却都没有成功。有一次，斐小妮参加朋友聚会，在酒桌上偶然遇到未婚男青年巫耐。巫耐出身农村，没有大学文凭和固定工作，却英俊潇洒，气质高雅。也许缘分已到，斐小妮对他印象不错。经过几番交谈，逐渐喜欢上了，于是向父母作了汇报。

斐彪听后，对巫耐的情况不满意，又不放心，于是派人去他家里调查。结果令他大失所望。巫耐的父亲经常酗酒，母亲身体残疾，家里穷得可怜。斐彪不由分说，一口否决了这门亲事。斐小妮对父亲的武断很气愤，发誓今生非巫耐不嫁。此后的一段时间，继续顶着巨大压力，与巫耐偷期私会，频繁接触，街道、公园、电影院、歌舞厅，到处都有他们情意缱绻、相依相偎的身影。

世上没有不透风的墙。斐彪得知这一情况，大发雷霆，严禁斐小妮继续与巫耐来往。一个周日的上午，斐小妮趁斐彪外出开会，与巫耐相约来到盘龙湖边一个僻静的角落。这里人迹罕至，绿树掩映，花枝招展，芳香醉人。他们在树荫下的草地上席地而坐，紧紧依偎在一起。

看着斐小妮眉心紧锁，一副忧心忡忡的样子，巫耐忍不住问道："你爸最近怎样？"

斐小妮皱了皱眉头，轻轻叹了一口气，声音涩涩地说："能怎样？还是那样。"

巫耐看到斐小妮难过的样子，心里顿生怜惜之情，顺口说道："你爸不同意，即使结婚成家，咱们也不会幸福快乐的。我不想你这样受苦，我们干脆算了吧。"

斐小妮瞪了巫耐一眼，不满地说："这种话亏你说得出，这是我们俩人的事，别人管不着！"

巫耐紧接着反驳道："可他毕竟是你爸，我们回避不了的。"

斐小妮毅然决然地说："大不了与他一刀两断，脱离父女关系。"

巫耐规劝道："他也是为你好，我确实配不上你，你应该找一个门当户对的。"

斐小妮回应道："都什么年代了，还搞家长制。我非要自己做主，不能把到手的幸福白白丢掉。"

巫耐正色道："这样硬干，会付出代价的，我不想让你受到伤害。"

斐小妮听后，反问道："你认为分手就不会伤害我吗？恰恰相反，那是最大的伤害，会把我推向绝境。"

巫耐叹了一口气，对斐小妮说："想不到你的性格这样倔强，你会后悔的。"

斐小妮坚定地说："不会的，既然选择了，我就无怨无悔。"

巫耐提醒说："你要想好，我现在可是一无所有。"

斐小妮强调说："我要的是这个人，而不是你的身份地位，更不是金钱财富。如果你怀疑我的真诚，我现在就可以把自己全部交给你。"

巫耐回绝说："不行，这样太草率了。"

斐小妮回答："我愿意。"

巫耐苦笑着问："斐小妮，我们是不是有点像梁山伯与祝英台？"

斐小妮用手捂住巫耐的嘴，纠正道："不，时代不同了。"

巫耐点了点头，说："但愿如此。"

斐小妮睁着漂亮的大眼睛，一声不响地望着天空。天上艳阳高照，万里无云，和煦的阳光轻抚着大地，温暖的春风阵阵吹来，撩得人心旌荡漾，周身酥痒。一个花瓣随风飘落，正好落在斐小妮的嘴边，巫耐见状，伸手去摘，斐小妮伸手制止。巫耐疑惑地看着她，斐小妮却微翘嘴唇，以目示意。巫耐迟疑了一下，终于抵不住斐小妮火辣辣的眼神，低下头来，为斐小妮吻去嘴边的花瓣。肌肤相亲的一瞬，斐小妮周身一阵痉挛，仿佛有一股电流迅速流过，情不自禁地投入巫耐的怀抱。四周一片静谧，两个人在柔软的草地上热泪频弹，缠绵悱恻，直到夕阳落山，暮云四合。

此后，虽然斐小妮一再苦苦哀求，斐彪却棒打鸳鸯，坚决不同意这门婚事，并派人监督斐小妮的行踪，对她严加看管。巫耐见未来的岳父如此冷酷绝情，于是把心一横，离开了斐小妮。一对有情人就这样被生生拆散，劳燕分飞。

此时的斐小妮已经坠入情网无法自拔。眼看心爱的男友无可奈何，离她而去，她欲哭无泪，万念俱灰。

她来到与巫耐约会的地方，想跳湖自尽，告别人世。她在那里徘徊了很久，最后被跟踪她的人找到，硬拉回了家。

斐小妮对尘世已心生厌倦。经过一番思量，她终于打定了主意。有一天，她瞅准时机，悄悄出走，辗转来到一处寺院。从此，剃度出家，遁入空门。

30　因言获罪

鸭梨乡筑路工程由于全民动手，多方参与，既节省了资金，降低了工程造价，又大大加快了工程进度。

区路桥局局长张开友、副局长连宽和工委研究室文主任参加了通车仪式。沿路的老百姓兴高采烈，把这条路叫作"民心路"。

柯大卫与乡领导合计，用修路工程节省下的资金，再修几座拦水坝，改善全乡的水利条件；与电力、通讯部门协调，对全乡的电力、通讯设施进行全面的更新改造。计划刚开始实施，乡党委书记老钱就调离鸭梨乡，进城当局长了。老石留任，继续艰苦奋斗。原来，老钱早有打算，提前打点各方，疏通了关系。

湖区开发如火如荼地进行，各类工厂如雨后春笋，各式楼房鳞次栉比，巍然矗立。与此同时，大量的工业污水、生活污水和建筑垃圾造成的污染问题越来越突出。看到这种状况，柯大卫感到心急如焚，于是进行了一番考察，写出一篇调研报告，发表在滨江市政务通讯上。这篇报告内容详尽，论证充分，列举了湖区开发过程中存在的突出问题，分析了问题形成的原因，并提出了切实可行的解决方案。

"老文，你真行啊，这样的稿子怎么能往上捅，这不是给经济新区摸黑吗？"金秉荃把文主任叫到办公室，劈头盖脸一顿训斥。

"对不起，都怪我把关不严，请金书记息怒。"文主任一脸窘色，低头哈腰地道歉。

"全区上下是一盘棋，不论哪个部门都要有大局观念。堂堂的研究室，工委的智囊部门怎么能做出如此不讲政治、目无组织纪律的事情呢？"金秉荃余怒未消，继续批评道。

"我们一时疏忽大意，给经济新区抹了黑，我们将作深刻检查。"文主任继续低声下气地谢罪。

"湖区开发是一项前无古人的事业，是推动全区经济腾飞的重大举措，你们怎么能不负责任地吹毛求疵，乱发议论呢？"金秉荃进一步质问道。

"工委决策英明，举措得当，没有什么问题。"文主任适时地恭维道。

"这件事情已经造成了很不好的影响，我准备亲自出面向市领导说明情况，尽量消除负面影响。你们一定要认真吸取教训，严肃处理相关责任人。"金秉荃态度明确地要求说。

"是，我们一定贯彻好您的指示，严肃整顿内部纪律。"文主任诚恳地表示。

"文章我看了，写得倒有些水平。但我们用人首先要看政治上可靠不可靠，不能与党组织保持一致的人坚决不能用，已经在岗的也要拿下来。"金秉荃右手用力一挥，强调说。

"你们准备如何处理？"金秉荃稍作停顿，用近乎胁迫的语气追问。

"我们打算给文章的作者行政记过，您看行不？"文主任试探性地请示。

"行，给他个改过机会吧，年轻人嘛，重在教育，但愿他能吸取教训，今后好自为之。"金秉荃缓和了一下语气，故作大度地表示。

"是，我们一定照办。"文主任听后，赶忙答应。

"以此为戒，下不为例，再发生这样的问题，你的乌纱帽就不用戴了。"金秉荃一脸严肃地告诫道。

"是，是，下不为例。"文主任唯唯诺诺地表态。

在金秉荃的直接干预下，研究室给了柯大卫一个行政记过处分，随后把他打发到收发室干杂务。与此同时，他的入党申请也被搁置起来。他感觉自己宛如一只身系勾栏任人宰割的羔羊，一只搁浅岸边的鱼仔。

收发室的工作杂乱无章，枯燥乏味，柯大卫不胜其烦，却不得不为。"天将降大任于斯人也，必先苦其心志，劳其筋骨，饿其体肤，空乏其身，行拂乱其所为……"为了排解苦闷，他只好用先贤的教导安慰和鼓励自己。

现实如此冷酷，让人欲哭无泪。有一天，下班后，柯大卫只身来到一家酒吧，把自己灌醉，然后挤进舞动的人群，伴着震耳欲聋的音乐疯狂地摇晃着身体。直到浑身燥热难耐，他才走出酒吧。街上灯火闪烁，车流滚滚，他一脚深，一脚浅，毫无目的地向前走去。

走着，走着，前面出现一条狭窄的街道。临街的一家门店灯光幽暗，两边站立着三三两两涂脂抹粉、花枝招展的年轻女子。其中一个正拦着一个中年男人，一边打情骂俏，一边向里面走去。门口的音响正播着邓丽君的歌曲。歌声缠绵低回，深情缱绻。

春花秋月何时了，
往事知多少。
小楼昨夜又东风。
故国不堪回首月明中。
雕阑玉砌应有在。
只是朱颜改。
问君能有几多愁，
恰似一江春水向东流。

柯大卫边走边听，突然从一家旅馆门口跑过来一位打扮得花枝招展的年轻女子，把他拽到一个房间。他环视房间，发现里面摆设十分简单，除了一张床，一个小柜，几乎什么都没有。女子身上散发出刺鼻的香水味，用灼热的目光挑逗地盯着他。过了一会儿，她不声不响地走上前，动手脱他的外套。这一刻，他仿佛意识到什么，酒醒了一半，急忙站起来，说："对不起，我不是你要找的人！"然后夺门而出。

回到宿舍，他倒头便睡。第二天醒来，他感到浑身无力，精神恍惚。检查结果表明，由于劳累过度，压力过大，他的身体处于严重的亚健康状态，患有比较严重的神经衰弱、高血脂、高血压、高血糖。医生告诫说：如果不悬崖勒马，治疗调节，身体就会出大问题。

从医院回来以后，柯大卫开始反思自己的生活方式。长时间情绪不稳，精神紧张，睡眠不足，缺乏运动……这种状况下，没出大问题已算是万幸了。为此，他决定请假休养一段时间。

他的家乡在盘龙河畔，一个普通的小山村。那里是他相亲相依的精神家园，圣洁温馨的心灵港湾，他从心底热爱那片令人魂牵梦绕的高天厚土、难以忘怀的青山秀水。在家乡，他的身心得到空前的超脱和放松，家乡的山水成为他医治心灵创伤的良药。

木器厂已经步入正轨，高兴之余，王木生请柯大卫喝酒。席间，即兴演唱了郑智化的《水手》和《星星点灯》。柯大卫为王木生的成功而高兴，同时为他身残志坚，艰苦创业，不屈不挠的精神所感动。

河两岸的山区曾是闻名一时的抗日根据地，至今还保留着当年新四军修筑的战壕，还有一座抗日英雄纪念碑和抗日事迹展览馆。小时候，他们经常在这里玩战斗游戏，分成两帮，趴在战壕里用土块对打，直到一方告饶为止。

他们沿着河边漫步，王木生走得慢，不知不觉落在后面。柯大卫停下脚步，等他赶上来，并表示歉意。王木生大度地笑了笑。往前走了一气，感到累了，他们只好坐下来歇脚。

眼前是一片平展的沙滩，一条河流蜿蜒穿行，如一条白色的飘带。河两岸显得十分空旷辽远，茂密的芦苇已经收割完毕，只留下密扎扎白花花的苇茬子。他们尽情享受着眼前的宁静，展开遐想的翅膀，穿越时空，物我两忘，自由自在，与周围的一切融为一体。一会儿变成一株迎风招展的水草，一枚缀满水珠的绿叶，一会儿变成一只辛苦奔忙的蚂蚁，一条悠闲自得的鱼儿，一片随风飘落的羽毛。这样漫无边际地想着，孩提时代的情景仿佛又浮现在眼前。

春天是一年中最美好的季节，万物复苏，生机盎然。各种树花缀满枝头，馨香扑鼻，草花则如繁星一般，在草丛中闪烁。风柔柔的，甜甜的，暖暖的，吹到脸上，如少女的轻吻。植物的花絮漫天飞舞，似雾似雪，如梦如幻。花丛间，辛勤的蜜蜂成群结队，忙碌不停，发出纺车般嗡嗡的鸣叫，与鸟雀的啁啾彼此呼应，演奏出动听悦耳的和音。五彩斑斓的蝴蝶翩跹起舞，忽闪着半是透明的双翼，一会儿停在花蕊上，一会儿闪入花丛，令人心驰神往。

这时候，大人派给孩子们的工作是挖野菜。提一个条编的篮子，三五成群就上了山。野菜随处可见，种类繁多，形态各异。刺蓟顶端开着像野菊花一样好看的小红花，叶片边缘有细密的锯齿一样的针刺。石竹开着五颜六色的单瓣小花，竹节菜花深蓝色，呈蝴蝶状。凤仙花翘然如凤，状如桃花，俗名小桃红、染指甲。金银花呈喇叭状，随树攀援，花香四溢。野生姜又叫北刘寄奴，顶着唇形的黄色花冠。蒲公英开着黄色扁平小花，成熟时生成众多白色绒球，风一吹，白色绒球变成一个个小降落伞，随风飘游，诗意盎然。

野果、野菜大多味美可口。桑葚香甜，但吃得多了，嘴唇像喝了鸡血，又不容易擦洗。榆钱也是好东西，吃起来，软软的，滑滑的，口感好极了。它们采天地之灵气，吸日月之精华，自然生长，纯洁无瑕，是大自然的馈赠佳品。平常年月，它们是餐桌上的奇珍美味，灾荒年月，它们曾是百姓的救命宝贝，而且具有药用价值和保健功能。

夏天是一个热闹的季节。河里的鱼五花八门，种类繁多，如大小银鱼、各类鲤鱼、鲶鱼、鳜鱼、鲈鱼，还有花泥鳅、白鳝、鳗鱼。摸鱼是个技术活儿，要宁神静气，仔细观察，准确判断，快速动作，否则只能竹篮打水一场空。孩子们最拿手的还是钻进淤泥里捉泥鳅，有时一天能捉一脸盆。白鳝长相十分难看，拿到手里滑腻阴凉，瘆得慌，胆子小的捉不了。鳗鱼像蛇一样在水中漂游，很不容易得手。有时没有收获，就顺手捧几只小蝌蚪回家观赏。不过需上心看护，一不小心，瞬间就变成了鸡鸭嘴下的美食。

有一天，柯大卫在小水湾里发现一条红鲤鱼。红鲤鱼浑身闪闪发亮，煞是好看。他观赏了一会儿，把它放归到河里。红鲤鱼用尾巴拍打着水花，像是告别，又像是道谢，然后向深水里游去。每到上游的水坝放水，就会有大大小小的鱼儿顺流而下。这时大人孩子都忙起来，孩子们没有网具，一般抓不到大的。偶尔遇上，则需要呼朋唤友，几个伙伴一齐动手。

打水仗是另一种常玩的游戏。在激情四射的追逐打闹中，难免会频频呛水。有时比赛扎猛子，看谁扎得速度快，距离远，憋气时间长，或者看谁从河底捞上的石块多。折腾够了，就爬上岸，用水把沙滩浇湿，然后赤裸裸地躺着晒太阳。然而，用不了多大时辰，浑身就晒得流油，只好重新钻进水里，享受宜人的清凉。

兴致高的时候，大家就用半干的淤泥做墙壁，树枝当房梁和檩条，芦苇、荷叶、蒲草苫顶，造出一片村落。然后在四周挖上沟渠，引来河水，做成护村河。欣赏着自己亲手完成的作品，甭提有多得意了。如果不交运，突然来了一场大雨，作品瞬间化为一堆草泥。这时，大家只能无奈地摇头叹息。

宽阔的河汊里长满了荷花。荷叶一方方铺展开来，高低起伏；鲜艳的荷箭支支挺立，中间夹杂着一盏盏翠绿的莲蓬。白嫩的菱角、荇菜、浮萍与荷花相伴而生，相映成趣，构成了一幅清新优美的图画。

正午的天空湛蓝无云，艳阳高照，酷热难耐，平展如镜的河面上笼罩着一层薄薄的水雾。四周一片安静，偶尔传来几声水鸟的鸣叫。微风吹来，鼻翼间充满了水生植物湿漉漉、甜丝丝的气味。孩子们不舍得回家，又耐不住寂寞，于是扯开嗓子，对着河面"啊啊"地喊上一阵。然后掐一片荷叶盖在头上，抵挡正午的阳光；饿了，就剥莲蓬，掏菱角，挖芦笋，采菖蒲，胡乱填充一下咕噜咕噜乱叫的胃肠。

午后，河里重新热闹起来。女人们端着脸盆，嬉笑着到河边洗衣服，顺便也洗一洗燥热难耐的身子。坏小子们搞恶作剧，时常从水下悄悄游到她们身边，突然钻出水面，露出光溜溜的身子，吓得她们纷纷躲避和笑骂。

河两岸的芦苇荡是鸟雀的天堂，稍大一些的孩子们喜欢掏鸟窝。掏到没出窝的小鸟，带回家养起来。但小鸟一旦离开鸟爸爸、鸟妈妈，浑身不自在，加上孩子们不懂得用心饲养，所以大多中途夭折。碰到性子暴的，一开始就闹绝食，你也一点办法没有。这时，最好的办法是乖乖地把小鸟送回去。

一场大雨过后，山坡上，树林里，木耳、松菇等各种菌类繁星似地生长出来了，松树的针叶上缀满了蚕蛹。大人孩子穿上长袖衣服，脚蹬水鞋或胶鞋，戴上手套，挎上篮子，拿上剪刀、铲子等必要的工具，穿行在山坡树林间，用不了多长时间就能有丰厚的收获。沾沾自喜，满载而归，经过一番清洗加工，一样样美味佳肴就摆上了餐桌。木耳、松菇也可以不急于下锅，晾晒风干后，或炖或炸，慢慢享用。剥蚕蛹是一件费时费力的事，蚕蛹外面包着一层很结实的皮，上面长满细毛，需戴上胶皮手套，用剪刀慢慢剪开，把里面的蛹慢慢挤出来。操作稍有不当，它的细毛就会扎进人的毛孔，又痒又疼。

第二天早晨，田埂、路边到处是蠕动的水牤牛。捡回家让大人用锅一炒，再加点盐，特解馋。蝗虫也很可口，吃的时候，需把它的内脏掐去。知了可以用白面制成面筋，缠在长杆上粘取。最好是晚上，在树下生上一堆火，然后用力晃动树干。知了趋光，纷纷扑向火堆。蝉的幼虫很可口，晚上举着手电筒，或者一大早从树干上捡拾。

这季节好玩的东西最多。捉来萤火虫，把它们放在玻璃瓶里，围在一起欣赏它们发出的蓝莹莹的光。有时捉一两只蝈蝈，回家放到自编的笼子里，静静地听它悦耳动听的鸣叫。如果再捉来一群促织，放到一起，看它们互相争斗，那就更有趣了。蝈蝈个头大，当然占有优势，但也不能小瞧了促织。正因为它们个子小，才更加轻巧灵活，几个促织对付一只蝈蝈，在数量上又占了优势。促织们颇懂得战略战术，前后夹击，左右开弓，轮番进攻，弄得蝈蝈穷于应付，疲劳不堪。有时干脆骑到蝈蝈的背上，蝈蝈气得直甩头，却奈何不得。所以二者相斗，时常胜负难分。螳螂强劲有力的前爪和剪刀一样的牙齿攻击性很强，与蝗虫相搏，一般能够获胜。

有时光顾贪玩，忘了打猪草，只好用几根树棍把篮子下部撑起来，上面填上一些猪草，回家敷衍了事。

秋天意味着成熟和收获，田野里到处都是丰收的果实。这时孩子们的任务主要是捡柴火。柴火拾起来很容易，难的是往家背运。满满一大篮子，路上常常要歇息好几次，到家时已累得气喘吁吁，大汗淋漓。

秋天是个忙碌的季节，也是田鼠猖獗的季节。人和田鼠日夜奔忙，争夺粮草，田野里到处都是它们的洞穴。仔细查看，找到痕迹，顺路挖下去，肯定会大有收获。鼠洞入口很小，不易被人发现，越往下挖，里面越宽敞，终端是一个大大的仓库。挖鼠洞时，经常碰到从洞里仓皇出逃的田鼠。一阵忙乱，打死后把皮一扒，点起篝火，用不了多长时间，已是肉香扑鼻。享受完这难得的美味，再接着挖洞，会格外有力气。

冬天到了，万物萧瑟。一些树木只剩下光秃秃、黑黢黢的枝干，也有不少树种仍然苍翠不改，生机盎然。橡子树擎着高大的树冠上金黄的叶片闪着亮光，在风中哗哗作响，树底下散落着好多圆球状的橡果。高大的皂荚树上缀满了棕黑色的荚果，风一刮，哗啦哗啦响个不停。

天鹅、大雁、红嘴鸥、白鹤、野鸭、苍鹭等众多的鸟雀从遥远的北方飞到这里越冬，还有的只在这里歇脚，继续往南飞，到更远的地方栖息。

江南的冬天下雪机会少。偶尔遇上，孩子们便避开大人，从家里跑到村边的空场地上堆雪球，打雪仗。虽然手冻得像红萝卜一样，大家却乐此不疲。

更难得的是河湾里结冰。这时候，孩子们兴奋异常，穿上自制的溜冰鞋，带上自制的滑板，成群结队地跑到河里滑冰。随着一阵阵欢笑，冰面上蹿起道道冰花，弥漫起层层烟雾。小一点的孩子不善于滑冰，只好玩陀螺。找一小节圆木，上端削平，下端刻成圆锥体，尖端装上一粒小小的钢珠，一个自制的陀螺就呈现在眼前，再用旧衣服的布条做成鞭子，玩的时候先把鞭子缠到陀螺上，然后竖放到冰面上，一手轻扶陀螺，一手用力拉鞭子，陀螺就在惯性作用下，快速转动起来。要使它保持转速，就要侧身低头，不断地抽打陀螺，直到玩累为止。

一只苍鹭拍打着翅膀，从不远处的树丛中惊慌地蹿向半空，用陌生而疑惑的眼神打量着两位不速之客。柯大卫和王木生受到打搅，从童年的回忆中醒过神来。

河的上游建了好多工厂，污水日夜不停地排放，河水变得浑浊不堪。鱼虾大量减少，许多珍稀品种濒临灭绝。鸟雀也失去了立足之地，不再来这里筑巢觅食。

"还记得当年玩疯了，连鼻涕都顾不得擦的狼狈相吗？"王木生打破沉默，笑着问。

"怎么不记得，一辈子都记得。人不能忘记儿时的鼻涕，儿时的鼻涕也是纯真的啊。"回首往事，柯大卫感慨万千。

"现在的孩子，物质生活比我们那时好了，却享受不到我们那时的童趣了。"王木生不经意地自言自语。

"是啊。"柯大卫随声附和道。

"那时,物质生活贫乏,内心却很充实。如今经济发展了,精神却空虚了,物质生活提高了,做人的品位却下降了……"王木生感慨道。

"是啊,人们曾经梦寐以求实现工业化,却没想到要付出如此大的代价,比如环境污染,生态破坏,资源浪费,农化残留,假冒伪劣……"柯大卫语气沉重地说。

"为什么呢?"王木生追问道。

"这也许就是悖论吧。"柯大卫若有所思地回答。

"也许是吧。"王木生似懂非懂地点了点头。

第二天,柯大卫偶然遇到了杏子。杏子是他小时候的玩伴,小他五岁。小时候,她总是扎着两个羊角辫,跟在大孩子们后面,屁颠屁颠地跑,一脸的灿烂,一路银铃般的笑声。有一次,大家玩累了,想去干点偷瓜摸枣的事儿,怕她无意中泄密,就赶她回家。她偏偏不听,一直跟着跑,甩也甩不掉。她哥哥觉得很没面子,于是生气地走过去,一把把她推倒在地,接着一顿拳打脚踢。她趴在地上,伤心无助地哭起来。柯大卫实在看不下去,就上前把她哥拉开,并告诫他:不应打妹妹,大人知道了会不肯的。

杏子哥哥近于疯狂的粗暴,对杏子幼小心灵的伤害可想而知。玩耍是一个小孩子并不过分的要求和应该得到的平等,柯大卫不明白杏子哥哥为什么会过早地继承了可恶的家长制作风。

从那以后,杏子对柯大卫产生了好感。后来,随着年龄的增长,这种情愫越来越浓,几乎变成了一种依恋。再后来,柯大卫考上了大学,离开了家乡,但她那份纯真依然不变。她愿意听他讲故事,愿意看他的照片,愿意打听他的近况,她关心着一切与他有关的人和事。

他明白她对自己的心思,明白为什么同龄的女孩都已结婚生子,而她还独身一人。他也承认自己喜欢她,喜欢她天真活泼的性格,喜欢她洁白无瑕的心地,喜欢她小巧俊俏的模样。

两人沿着河边散步,经过一片茂密的杏林,杏子提议休息一下。四周一片寂静,微风吹动树叶,发出哗啦哗啦的响声,远处偶尔传来几声啁啾的鸟鸣。头顶上的红果散发着青涩的味道。柯大卫不经意间摘下一枚,轻尝一口,顺手丢掉。他们并肩而坐,沉默无语。杏子忽然抬起头,在他唇边迅速吻了一下，一种少女特有的奶香味道随之传入他的鼻孔。他吃了一惊，不禁脸红心跳。杏子却落落大方，得胜似地笑了笑，沉浸在无限的幸福之中。

过了一会儿，她情意绵绵地说："大卫哥，明天到俺家玩吧，我妈一定会给你做好吃的。"

"不麻烦了，以后再说吧。"柯大卫听后，怔了一下，搪塞道。

"为什么？"杏子抬起头，不解地问。

"不为什么，班上有事，我明天要回去了。"柯大卫慌乱地回答，随后起身离开。杏子跟在他的身后，一脸的困惑和怨哀。

柯大卫无法继续待在家乡，于是告别亲友，逃也似的走了。

31　坐收渔利

在整体开发鹤鸣岛的同时，伏美姣相继得到大量开发用地和工程项目。自己忙不过来，她就把其中一部分转包，从中分成，摇身一变，成了各路开发商争相结交的女财神。

黎义忠是一位来自海南的年轻老板。虽然从事房地产开发多年了，但初次来到经济新区，人生地不熟，只好主动结识伏美姣。在伏美姣帮助下，他一连拿下几个地块，顺利完成了几个住宅小区的开发和销售，斩获颇丰。与此同时，他的胃口变得越来越大。最近，他又把目光盯上了盘龙湖西侧那块公益用地。这片地面积可观，规划用途是建设群众文化广场，由于位置优越，商业开发价值很高，所以成为开发商们争相觊觎的肥肉。

为了实现自己的设想，黎义忠决定还是求助于伏美姣。其实，他跟规划委主任连才的关系同样非同一般，但考虑再三，他还是觉得让伏美姣出面把握更大一些。这天晚上，黎义忠提前来到红玫瑰咖啡厅，定下房间，然后坐等伏美姣。过了一会儿，伏美姣翩然而至。他赶紧站起身，礼貌地迎接，问好。黎义忠朝气蓬勃，潇洒帅气，每次单独相处，伏美姣都禁不住心旌荡漾，想入非非。

咖啡店内灯光柔和，乐声悠扬，情调浪漫。一对对年轻恋人相对而饮，倾心交谈。黎义忠和伏美姣点了几样西式菜点，两杯咖啡，两瓶红酒。两人细品慢酌，倾心交谈，俨然一对热恋中的情侣。

见时机已到，黎义忠切入正题："美姣，我觉得不过瘾，想换一种干法。"

伏美姣看着黎义忠，疑惑地问："什么意思？"

黎义忠迎着她的目光，回答道："我是说，想干一件大事。"

伏美姣一边搅动着杯子里的咖啡，一边款款作答："可以啊，只要你有能力做。"

黎义忠把手一拍，夸口说："我的公司资质和能力没的说，多大的项目都能干。"

伏美姣直视着黎义忠，问道："说吧，看好哪块地了？"

黎义忠并不直接回答，而是采用激将法，故意说："地块是好地块，只怕你拿不到手。"

伏美姣果然不服气地说："到目前为止，还没有我拿不到的地块，办不成的事。"

黎义忠见对方的情绪激动起来，于是把自己的想法和盘托出："我想用盘龙湖西侧那片预留地开发商品房。"

伏美姣一听，笑了笑，调侃道："亏你想得出，谁不知那是块肥肉。"

黎义忠不服气地说："精诚所至，金石为开。别人办不到的事，我们未必办不到。"

伏美姣晃了晃头说："你知道那片地是干什么用的吗？"

黎义忠回答："当然知道，那样的黄金地块，建广场纯属浪费。不知道那些做规划的人是咋想的，简直是老土，严重缺乏经济头脑。"

伏美姣见黎义忠发了急，赶忙安慰道："规划是上任班子做的，现任班子不便更改，却又迟迟没有付诸实施。"

听了这番话，黎义忠兴致大增，殷勤地端起酒杯，热情洋溢地说："我看，还是有回旋余地的。相信你是最有办法，最有魄力的。来，我敬你一个。"

伏美姣抿了一口红酒，谦虚地说："你先别高兴，成不成难说。"

黎义忠哈哈一笑，鼓励道："没问题，我知道，只要妹子答应的事，没有办不成的。"

伏美姣一本正经地说："这次不比从前，让他们把规划改了，难度可想而知。"

黎义忠不置可否地说："我相信，为了大哥，再大的困难你也能想法克服。"

伏美姣摆了摆手，强调说："交情归交情，利益归利益，我可不能白尽义务啊。"

黎义忠听后，拍着胸脯说："你放心，大哥不会亏待你的。"

伏美姣进一步强调说："俗话说，先小人后君子。我可不想以后闹纠纷，现在就要把分成比例定下来，并且先预交一部分。"

黎义忠想了一下，试探地问："三成，行吧？"

伏美姣摇了摇头，直言不讳地回答："不，四六分成，我四你六，你先预交中介费三百万。要知道，空手是套不住白狼的。"

黎义忠迟疑了一下，然后狠了狠心说："成交，中介费明天打到你的账户。"

伏美姣满意地说："好，你放心，我会当成自己的事情抓紧办的。"

黎义忠兴奋地说："行，我等着听你的好消息。"

第二天，黎义忠往伏美姣的账户里打入了三百万元。按照达成的协议，伏美姣立即投入运作，向金秉荃吹起了枕头风。听了伏美姣的请求，金秉荃没有马上表态，因为这件事事关规划变更，需要常委会研究，万一翁卓等人反对，事情会很麻烦。

见金秉荃顾虑重重，伏美姣采用激将法："前怕狼，后怕虎，亏你还是新区一把手呢。"

金秉荃遭了一顿抢白，并不生气："事情牵扯到规划变更，而且牵扯到市民的利益，弄不好会出大事的。"

伏美姣撇了撇嘴，不以为然地数落道："你就是个胆小鬼，大权在你手里握着，他们能怎样，又敢怎样？"

金秉荃耐心地解释道："你有所不知，变更用地规划不是那么容易的，我担心有人反对。"

伏美姣不服气地反问道："不就是翁卓吗？我亲自出马，摆平他。"

金秉荃听后一愣，暗想：翁卓未必是个坐怀不乱的正人君子，让心爱的女人去找他求情，无异于自投罗网。于是瞪了伏美姣一眼，说："算了吧，有的是渠道挣钱，何必去捅这个马蜂窝？"

伏美姣不能同意金秉荃的意见，因为这样一来，黎义忠给的中介费就得退回去，等于把吃到嘴里的肥肉再吐出来。两人谈不到一块，随后不欢而散。

32　平淡如水

那段时间，柯大卫看了不少电视节目。野蛮开发造成了严重的资源浪费，全国百分之八十的河流、百分之五十的地下水严重污染。人类的肆虐和杀戮已造成四百七十多种动物灭绝，而且这种趋势还在持续加剧。看到这一幕，他内心愕然，受到了极大的震动。

走在大街上，柯大卫时常看见一些不想看到的事。某些爱看热闹、好偷窥探听别人隐私、热衷于传播小道消息的毛病在一些人身上表现得淋漓尽致。

有一次，一伙人围成一圈，七嘴八舌，连说带笑，议论着旁边一个穿着入时的小伙子。小伙子显然受到侮辱，走到那伙人身边，对着其中一个喊道："操你妈，你知道得太少了，我跟你妈还有一腿，你知道不？你爹不流氓，能生出你这样的杂种？"那伙人吃惊地看着他，无言以对，迟疑片刻，轰然作鸟兽散。柯大卫鄙视这些人的阴暗、庸俗、无聊，他们什么时候才能变得高雅、大度、阳光一点呢？贼喊捉贼，背后对别人说三道四的人，其实自己未必好到哪里去，光鲜体面的外表下往往掩盖着一些见不得人的东西。

公路两边饭店林立，门口站满了涂脂抹粉，穿着暴露、搔首弄姿的三陪女。一个赤身露臂、满身刺青、剃着光头的小青年脚踏摩托，载着一个打扮时髦的女孩横冲直撞，飞驰而过，如入无人之境。女孩紧搂其腰，满脸兴奋，洒下一路笑声。

城里的空气太污浊，他不得不到远方寻找净土。九寨沟，一个原始古朴、自然纯净的人间仙境，一个五彩斑斓、摇曳多姿的瑶池玉盆，一个令人神往、充满梦幻色彩的童话世界。原始的生态环境，一尘不染的清新空气，洁白的雪山，茂密的森林，清澈见底的湖泊……九寨沟的美是自然的美，不加雕饰的美，纯洁无瑕的美，幽静奇妙的美。大小不一、星罗棋布的海子，与周围的山峰、树林、瀑布相映成趣，相得益彰，动静相宜，浑然一体，令人迷恋陶醉，流连忘返。如果运气好，你还会看到在林间跳跃的金丝猴、小熊猫等珍贵动物。九寨沟的四季界限分明，景色各异，异彩纷呈。春天万物复苏，草木吐绿，一派生机盎然，瀑布也流得特别细长飘逸；夏季，满眼苍翠，到处郁郁葱葱，瀑飞流激，莺歌燕舞，清爽宜人，是理想的避暑胜地；秋天则是天高水长，满山红叶，果香扑鼻，到处充溢着一种成熟的美；到了冬天，雪峰如龙，冰瀑如玉，沉静恬淡，返璞归真，别有一番超凡脱俗的韵味。

时值盛夏，置身于这片至纯至美的山水，柯大卫感到从未有过的清爽、惬意，一切的酷热、烦躁和不快都烟消云散，荡然无存。人仿佛变得干净了许多，从头到脚，从里到外，都像清洗过一样。他不知不觉变得谨慎小心起来，担心从外面带来的尘垢玷污了这里的一切。

他到宝镜岩下辨识神秘的藏文符咒，在宽阔俊美的诺日朗瀑布下感受银河飞泻、声震山谷的雄奇壮美，在盆景滩戏水观景。那片绵延起伏、茂密苍翠的苇海恰似家乡的芦苇荡，苇海中间那条飘逸的水带，恰似家乡的那条蜿蜒不息的河流。

壮哉，九寨沟！美哉，九寨沟！柯大卫流连其中，久久不忍离去。

告别九寨沟，他来到迪庆。这里有巍峨高耸、终年积雪的梅里雪山，有幽深的香格里拉峡谷，有与外界隔绝、神秘狭小的雨崩村，有散落在雪山之间，大小不均、水草丰美、牛羊成群的草甸，有星罗棋布、神圣静谧的天然湖泊。这里就是英国作家詹姆斯·希尔顿在小说《失去的地平线》中所描绘的世外桃源，梦幻般的"香格里拉"。

大巴车经过漫长的天路，把柯大卫和游客们送到日光城拉萨。徜徉街头，遥望深蓝色的天空和远处绵延高耸的雪山，沐浴着充足的阳光，柯大卫感到自己仿佛走进了圣洁的天堂。步入金碧辉煌、雄伟壮丽的布达拉宫，漫步在八廓街，看着到处飘扬的经幡，藏民手中转动的经筒和身上挂着的念珠，柯大卫禁不住为藏民族悠久而独特的历史文化而感慨。信徒们不惧路途遥远，虔诚地匍匐长跪，来到大昭寺，参拜心中的神圣佛地。近距离感受此情此景，柯大卫内心受到一种从未有过的震撼。

命运如一个善于恶作剧的顽童，用虚幻的谎言骗你东跑西颠，当你筋疲力尽，气喘吁吁的时候，他却躲在树丛中坏坏地偷笑。

造物主慈爱大度，而又冷酷无情；创造一切，又毁灭一切；施舍恩惠，又制造罪孽；柔顺谦卑，又狂傲不羁……在它面前，如此渺小，如此脆弱。生命不过是一个短暂的过程，一次小小的偶然，从降临尘世的那一刻已经开始走向死亡。人生好比是一个圆圈，无论你走多远，都要回到那个原点，不得不面对生命尽头的那一抔黄土。

人生如酒，时间越长，越能体会出他的味道。人生如戏，有新鲜、惊喜、辉煌，也必然有失落和痛苦。从本质上讲，人生是一场悲剧，只不过人们时常用喜剧的心态对待它。人生又如一趟旅行，注定要经过不同的驿站。顺境时，应该顺势而为，逆境时，应该逆势而上。

塞翁失马，焉知非福。王子在日光浴，乞丐也在晒太阳，柯大卫这样安慰自己。人生在世，有些东西你根本无法拒绝，正如无法拒绝灰尘和病菌。俯仰天地，胸怀坦荡，问心无愧，足矣。经历是一笔宝贵的财富，因为哭过，笑才能更加灿烂；因为奋斗过，生命才更有意义和价值。柯大卫从内心感谢命运让他有幸认识了那么多形形色色的人，经历了那么多稀奇古怪的事。他决定忘掉曾经的不快和不公，因为只有这样，才能放下包袱，轻装前进。

晚上，柯大卫朦朦胧胧做了一个梦：在一次外出的路上，他遇见一个与他长相酷似、年岁相仿的人。此人穿着朴素，气质优雅，看上去像一位来自偏僻乡村的教书先生。两人素昧平生，却又似曾相识。

那人对柯大卫作了一个揖，说："柯先生，不要埋怨和自责，你已经够顺了。像我这样的人，阴差阳错，吃亏上当，坎坷潦倒，又能怨谁呢？宽恕和满足吧。宽恕别人，才能解放自己；知足常乐，才能长命百岁。"

柯大卫对他说："起点不同，志向不同，你我岂可相提并论？"

那人听后，立即反驳说："真是人一阔脸就变，先前我们可是同一类的人，现在竟瞧不起兄弟了。"

柯大卫连忙解释："你理解错了，我不是那个意思。"

那人又问："那你是啥意思？"

柯大卫回答："我的意思是……"

不等柯大卫说完，那人腆着脸抢先发言："告诉你吧，俺祖上也曾经阔过，只是后来……唉……"

柯大卫想跟他作一个深入交流，那人却红光一闪，不见了踪影。

柯大卫想起一位演说家的话：要做自己的主人，不要做命运的奴隶；要靠自己的力量成就事业，而不要让命运的阴影阻碍前进的脚步。

天高任鸟飞，海阔凭鱼跃。那段时间，他把自己研究中国传统文化的心得加以整理，托朋友送到了出版社。时间不长，一本散发着油墨芬芳的新书诞生了，书名为《中国传统文化漫步》。柯大卫欣喜异常，就像面对着一个刚出生的婴儿，眼前充满光明。

岁月将湮灭一切，只有精神可以永恒。人难免遭遇打压和暗算，每一步成功都是对敌人最好的回击，给亲友最好的礼物。

这天，柯大卫接到一个陌生电话。电话里的人自称是某某丛书编委会的编委，说他们采用了他几篇论文。柯大卫随口问道："你们是否付稿费？"

对方一听，改口说："如果你要稿费，我们可以不用。"

柯大卫回复说："那好，请你们把我的论文拿下来，否则我将诉你们侵权。"

对方满不在乎地说："我们即使用了你的论文，也不会让你看出一点破绽。"

柯大卫听完，气愤地扣下电话。这些败类，侵权、造假竟到了蛮不讲理的地步，使用别人的劳动成果牟取利益，竟然可以大言不惭地拒绝付出应付的报酬。

33 沆瀣一气

自从上次与伏美姣不欢而散，金秉荃心里一直空落落的，仿佛丢了魂。他终于忍耐不住，主动来到伏美姣住处，温言相劝，极力讨好。伏美姣冷眼以对，并不领情。没办法，金秉荃只好答应把更改用地规划的事提到常委会研究。

在常委会上，金秉荃摆出种种理由，力主把盘龙湖西侧公益用地用作商业开发。对这一提议，方明首先表示质疑，翁卓更是公开提出反对。他说："城市规划事关一个地方经济社会发展大局，必须严肃对待，不能等同儿戏，随意变更。这个规划经过了专家论证，主管部门审核，人代会批准，应该不折不扣地贯彻执行。商业开发固然能够增加财政收入，但建设文化广场，更符合群众愿望，更有价值，更有利于城区的长远发展。"

金秉荃见翁卓故意跟他叫板，于是强压怒火，回击道："俗话说，不当家，不知柴米贵，可你老翁是当家人，难道不知道柴米贵？我不说，你也知道，财政那么多供养人员需要发工资，社会事业需要花钱，办实事需要花钱。我们现在的财政却是捉襟见肘，入不敷出。巧妇难为无米之炊啊，同志们，只有最大限度地开辟新的财源，才能满足经济社会发展的需要。盘龙湖西侧公益用地改为商业开发用地，不仅可以增加城区住房供给，而且可以增加一笔数目可观的财政收入。大家说说看，这事划算不划算，应该不应该？！"

翁卓听了金秉荃的一番狡辩，并不心动，而是继续反击："咱们的财政状况是不好，但不一定非要打这个主意，可以另想办法嘛。再说了，不是所有的事情都可以用金钱衡量的。"

与会人员见两位主官意见相左，不便表态，金秉荃的提议因此没有通过。

伏美姣得知这个结果十分恼火，但恼火没有用，冷静下来后，她再次动起了脑筋。她想，方明是个书呆子，刀枪不入，没必要在他身上下工夫。只要把翁卓搞定，与金秉荃统一起口径，多数人自然随风倒，即使方明等少数人反对也无碍大局。

"看来只有老娘亲自出马了，大不了把自己送上。"伏美姣下定了决心。她是那种不达目的誓不罢休的人。

"算了，还是让白裕富出马吧。跟翁卓打交道，他在行，知道那家伙好哪一口。"伏美姣把自己的计划汇报给金秉荃，没想被他驳了回来。

"白裕富？他肯出面？"伏美姣怀疑地问。

"自家兄弟，帮忙而已，他不会揩你油的。"金秉荃笑着说。

"那好，抓紧时间，越快越好。"伏美姣催促说。

"今晚让他到你那里共进晚餐，边喝边谈。"金秉荃说着，打了一个电话给白裕富。

专等白裕富上门。

"裕富来了，请坐。"看到白裕富走了进来，金秉荃赶紧起身相迎。

"金兄，什么事非得在家里谈，到酒店不是更省心吗？"白裕富一边在金秉荃对面落座，一边随便问道。

"在家里不是显得亲热嘛。再说了，咱们之间谈点私事，为什么要让外人知道？"金秉荃慢条斯理地回答。

"金兄说的在理。"白裕富回应道。

"白老弟来了,我光顾忙着做菜,没听见你的动静。"这时,伏美姣从厨房里出来,热情洋溢地向白裕富打着招呼。

"是啊,这桌菜是你嫂子亲自下厨为你做的。"金秉荃赔笑说。

"多谢嫂夫人,大美人经手的饭菜肯定味道鲜美了。"白裕富两眼盯着伏美姣,油嘴滑舌地奉承道。

"承蒙夸奖,嫂子表示感谢。"伏美姣见白裕富话中有话,于是主动出击,敬了白裕富一杯。

"金兄知道,我是最爱吃豆腐的。有豆腐没有?"白裕富涎着口水,色迷迷地盯着伏美姣问。

"有,嫂子这就去做,今天管你个够。"听了白裕富带有挑衅性的话,伏美姣并不气恼,而是顺水推舟,起身回到厨房。

"别没大没小,她可是你嫂子。"金秉荃有些难为情,于是半开玩笑地告诫白裕富。

"她这个嫂子是从你身上论的。论年龄,她可是比我小好几岁哩。"白裕富不以为然地反驳说。

"再小你也得叫嫂子,对不?"金秉荃不依不饶地质问道。

"对,我叫还不行嘛。"白裕富说着,自罚了一杯。金秉荃见状,陪了一杯。

"金兄,今天请我来,不会光为了喝酒吧?"几杯酒下肚,白裕富忍不住问道。

"不瞒你说,今天还真有件事需要你出面协调一下。"金秉荃顺口回答。

"什么事?在滨江没有咱摆不平的。"白裕富一拍胸脯,打包票说。

"你嫂子想把盘龙湖西侧那片公益用地开发成楼盘,需要变更规划,可翁卓在会上公开反对。"金秉荃把事情经过一五一十地向白裕富作了说明。

"哦,这事好办,包在小弟身上了。"白裕富听后,痛快地答应道。

"抓紧时间操作,费用你先垫上,我后面想办法补偿你。"金秉荃交代说。"你我之间不用讲什么价钱,等着听消息得了。"白裕富义气冲天地表示。

"有句话小弟不知当说不当说。你跟翁卓既然弄不到一块,干脆让他滚蛋,这样耗着也不是个事啊。"白裕富接着建议道。

"这事不能急,不过,我与他早晚要见个分晓。"金秉荃回答说。

"豆腐来了。"伏美姣在厨房一边做着红烧豆腐,一边听着二人的谈话。见白裕富一口答应,心里十分高兴,于是把一盘刚出锅的豆腐端上餐桌。

"好吃,好吃,味道美极了。"白裕富吃了一口豆腐,不无夸张地赞美说。

"好,多谢老弟夸奖了,嫂子再敬你一杯。"见白裕富如此给面子,伏美姣不胜感激,于是又敬了一杯。

"哪里,哪里,我应该谢嫂子才是。"白裕富一边一仰脖子把杯中的酒干了,一边嬉皮笑脸地回应说。

第二天,白裕富遵命而行,亲自登门劝说翁卓。一番开诚布公的交谈之后,白裕富从包里掏出一张银行卡,塞到翁卓手中。

"翁大主任,一点小意思,不成敬意。"

"你我之间还用这样俗套吗?有什么事情尽管说就是了,只要本人职权范围内的一定尽力帮忙。"

"跟办事无关,这是小弟孝敬翁兄的。"

"可别这样,你上次送我回家落下的那个袋子,我一直没机会奉还呢。"

"还什么还,那是我孝敬嫂夫人的,与你无关。"

"这样不好,你这是教我犯错误啊,万一被人知道,我的前程就玩完了。"

"你放心,我送你收,不会有别人知道。再说了,这是我自己的钱,又不是公款,我愿意送给谁就送给谁。"

"老弟这样盛情,却之不恭,我只有遵命了。老弟,你真的没有事需要我帮忙?"

"翁兄不提醒,我差点忘了,还真有一件事需要你关照一下。"

"什么事?"

"湖西那片公益用地,伏美姣看好了,想通融一下,改作商业开发,你就顺水推舟,成人之美吧,何必惹得别人不舒服?"

"噢,是这事,我考虑一下吧。"

"我也是受人之托,你不答应,我无法向朋友交差。"

"放心,别人的面子不给,你的面子还是要给的,你的事就是我的事。"

"多谢翁兄,有什么需要小弟帮忙的,尽管吩咐,小弟一定赴汤蹈火,在所不辞。"

"谢老弟。"

几天以后,金秉荃再次把湖西公益用地规划调整问题提交常委会,翁卓的态度来了个一百八十度大转弯。一些善于察言观色、见风使舵的人随后跟进,方明等人的声音被淹没了。

招标那天,在伏美姣授意下,黎义忠高价出标,致使其他竞标者望而生畏,纷纷停拍。事后,金秉荃指示有关部门偷偷将高出协商价格的竞拍资金予以退还。黎义忠兴奋异常,抓紧跑办相关手续,一心大干一场。

34 海阔天空

读书之余,柯大卫结识了几位研究学问的朋友。朋友相邀,品茶聊天,不仅可以得到心灵上的愉悦,而且能够得到一些思想上的启迪。这天,大家聚集在街心公园的一角,海阔天空地侃起了大山。

"中国文学史上出现过几次高潮,涌现出一批里程碑式的文学作品。《诗经》、《离骚》堪称千古绝唱,而《红楼梦》则把中国文学推向了顶峰。毛泽东把《红楼梦》与火药、指南针并称为中国对世界的三大贡献,可见其地位之高。"文学教授袁绅就开门见山地说。

"鲁迅也给予了《红楼梦》充分的肯定和高度的评价。他说:'《红楼梦》一出现,过去传统的小说写法完全打破了'。"民间文学研究专家苏文接着说。

"一部小说,催生了'红学'这门新的学问。到目前为止,世界上恐怕还没有一部文学作品像《红楼梦》的影响这样深远而广泛。"外籍翻译家欧米以钦佩的口吻评论道。

"《红楼梦》结构复杂,内容丰富,人物众多,它的伟大之处不仅在于高超的艺术性,更在于他深刻的思想性。"柯大卫听了前面几位的评论,有感而发地说。

"'贾不假,白玉为堂金作马。阿房宫,三百里,住不下金陵一个史。东海缺少白玉床,龙王来请金陵王。丰年好大雪,珍珠如土金如铁。'几句民谚就把当时四大家族权倾朝野、富甲一方的社会现实表现得淋漓尽致,入木三分。"袁绅由衷地赞叹道。

"曹雪芹不愧古今大家,独具慧根,把世态人情全参透。那首《好了歌》和甄士隐的一番解注,包含着古今相通的人生哲理。"苏文说完,忍不住声情并茂地背诵了一遍。

"作者借柳湘莲的口说封建大家庭'只有门口的石狮子是干净的',入木三分。"欧米随声附和道。

"小说是一个民族的秘史。《红楼梦》把世俗人生描写得惟妙惟肖,把儿女情长演绎得荡气回肠,而且隐晦曲折地反映了当时黑暗残酷的社会现实。从这个意义上讲,它不仅仅是一部世俗小说、言情小说,而且是一部伦理小说、政治小说。"袁绅阐述道。

"因其如此,它才遭到统治者的诋毁、篡改,出现了众多版本。经权威考证,曹雪芹完成了《红楼梦》一百零八回,现只存世前八十回,后二十八回人物命运过于悲惨,引起统治者的恐慌和猜忌,被借故毁掉了。高鹗续写的后四十回,偏离曹公的本意,思想性、批判性大大降低了。"苏文接着分析道。

"'孔子作《春秋》,乱臣贼子惧'。好的文学作品一般都拒绝虚假,无情地把人的灵魂放在太阳底下暴晒。因其具有丰富的思想性和强烈的批判精神,所以难免遭受统治者及其御用文人的攻击与诋毁。"袁绅进一步阐述道。

"一部《红楼梦》就是一部封建大家族的兴亡史。有锦衣鼎食、门庭若市的辉煌与荣耀,有外表风光、内里却已经腐朽的危机与衰落,有'忽啦啦大厦将倾'的痛苦与无奈,更有'白茫茫大地真干净'的悲愤与凄凉。"柯大卫随后说。

"历史的教训不应忘却。一个家族也好,一个政权也好,都摆脱不了'成由节俭败由奢'的历史规律。这就是毛泽东严肃地强调坚决不做李自成的缘故。"苏文接着说。

"文以载道,从这一点看,文学作品天生具有劝善弃恶、扶正祛邪的教化、讽戒和导向功能。"袁绅补充说。

"就涉猎之广，内涵之深，知识之丰来说，《红楼梦》不愧是一部百科全书，是世界文学的瑰宝。"柯大卫感慨道。

"《红楼梦》的另一大贡献是为世界文学人物长廊增添了一批性格鲜活的人物形象。比如：心比天高，命比纸薄的林黛玉；知书达理，循规蹈矩的薛宝钗；机关算尽太聪明，反误了卿卿性命的王熙凤等。"欧米补充说。

"生活是文学的母亲，如果没有深厚的生活基础和丰富的生命体验，是不可能写出如此博大精深的文学作品的。"苏文插话说。

"文学虽然来自于生活，却离不开作者的提炼加工、虚构想象。如果简单地把《红楼梦》看成曹雪芹的自传，逐一对证人物原型，恐怕是一件出力不讨好的事情。'假作真时真亦假，无为有处还无'，书中的虚虚实实恐怕只有曹公本人能够说得清。"柯大卫接下来说道。

"曹雪芹在贫病交加的状态下，耗时十年，增删五次，才完成了这部鸿篇巨制。'满纸荒唐言，一把辛酸泪。都云作者痴，谁解其中味。'这首诗道出了他写作《红楼梦》所经历的苦难与艰辛。"袁绅语调沉重地说。

众人谈兴正浓，突然传来几声吆喝声："卖书了，有买书的没有？"接着，一个年轻的书贩蹬着三轮车靠近眼前，车上满载着一些崭新的书籍。大家围拢上去，一边翻看着书籍，各人挑出几本。经过一番讨价还价，书贩终于答应给予七折优惠。众人付了钱，书贩道了声谢，然后心满意足地走了。大家重新坐下来，继续着刚才的谈话。

"通向文学王国的道路充满曲折、坎坷。当年，鲁迅同样是在黑暗之中挣扎和战斗，假如没有蔡元培、许寿裳等人的资助，没有同盟者的鼓励，他的文学事业是很难进行下去的。"柯大卫说。

"那个时候，中国的文人为什么那样命苦？"欧米不解地问道。

"因为封建专制太长久，社会太黑暗。"苏文叹息道。

"《红楼梦》等优秀作品的成功说明，文学作品只有假以时日，精心雕琢，才能经得起历史的考验。那些急功近利、快餐式的东西，只能昙花一现。"苏文接着说。

"为什么至今没有一部小说超过《红楼梦》？"欧米似有所思地问。

"这里既有时代的问题，也有人的问题，既有客观原因，又有主观因素，不可一言以蔽之。"苏文简要回答。

"主要是没有曹公那样的大家再世。"袁绅一语破的，直奔主题。

"是啊，大作品需要大手笔，需要大视野、大胸怀、大境界、大学问。文学艺术是一项高尚而美好的事业，很难想象一个视野狭窄、格调低下、知识贫乏的人会创作出经世不衰的伟大作品。"柯大卫紧接着阐发道。

"作家应该是社会的良知，关注社会最底层群体的命运。作家应该是社会的良医，善于发现问题，敢于针砭时弊。作家还应该做人民的代言人、历史的见证者。"袁绅接着说。

"作家首先应该是思想家，善于逆向思维、立体思维、发散性思维，勇于分析思考，敢于怀疑批判。很难想象，一个盲目顺从、溜须拍马的人会成为文学大家。"苏文见解独到地提出。

"真实是文学的生命，伟大的作品无不闪耀着真理的光芒。当然了，这里说的是艺术真实，而不是照搬生活。换句话说，文学既要高于生活，又不能曲解、粉饰生活。只有拒绝虚假、浮躁，才能赢得读者。哗众取宠，急功近利，结局只能是昙花一现。"袁绅进一步指出。

"一个高明的作者应该讲究构思和技巧，给读者留有加工、想象、再创作的充分空间。"柯大卫补充道。

"文学创作最忌平庸、重复，最忌类同化、脸谱化、概念化、简单化。要反对文化专制主义，营造宽松民主的创作氛围，鼓励创新，让各种风格和流派充分发展，竞相表现，真正做到百花齐放，百家争鸣。同时，要反对精神污染，警惕封建主义、资本主义腐朽文化死灰复燃，借尸还魂。"柯大卫喝了一口茶，接着作了一番说明。

"我从心里崇拜鲁迅的韧性与深刻，嬉笑怒骂皆成文章。"柯大卫接着说。

"有些人从骨子里惧怕和仇视鲁迅，以种种借口把他的著作从教科书中删除了，只留下那些温良恭俭让的花样文章。"苏文惋惜而气愤地斥责道。

"请问，文学的最高境界是什么？"苏文突然有意考问似地提出一个看似简单实则深奥的问题。

"大家想知道鲁迅是怎么说的吗？"柯大卫微笑着问道。

"他认为，文学的最高境界是天马行空。"见大家沉默不语，柯大卫慢条斯理地回答。

"真的吗？他的风格却是严谨细致，一丝不苟。"袁绅反驳道。

"请允许我冒昧地问一句：鲁迅堪称大家，但为什么没有写出长篇？"欧米看着大家，脸上充满疑惑。

"不愿，或者无暇。"柯大卫略作沉思，然后回答道。

"难道就没有一种可能，那就是他压根儿就不善于或不擅长写长篇？"欧米不满意柯大卫的回答，紧接着反问道。

"人有所长，也有所短，但我相信鲁迅肯定具备创作长篇作品的能力。大概是受到环境、心情等因素的影响才没有写吧。"柯大卫顺口答道。

"除了《红楼梦》，四大名著成就最高的就数《水浒传》了。"袁绅联想到另一部文学名著，于是转移话题说。

"毛泽东说，《水浒》好就好在'投降'二字。的确，它详细描写了梁山起义军从起事到高潮，最后走向毁灭的过程。"苏文评论道。

"在那样的历史条件下，宋江等人不接受招安，难道还有别的出路吗？无非是继续占山为王，称霸一方；或者到东京夺了姓赵的老儿的鸟位，坐上龙庭，改朝换代，就像后来的朱元璋。问题是，在那个历史时代，不管谁当权，中国社会的封建性质是无法改变的。从总体来看，朱明王朝比赵宋王朝也好不了多少。"柯大卫一针见血地分析道。

"环境条件决定人物的进退取舍，但宋江身上的确缺乏朱元璋、李自成那种不屈不挠、战斗到底的血性，倒是多了一些愚性和奴性。把整个梁山事业一步步引向毁灭，既是他个人的悲剧，也是那个时代的悲剧。"欧米熟悉中国历史，评价事件，褒贬人物，往往不乏真知灼见和惊人之语。

一位爱好收藏的朋友拉着柯大卫到当地的古玩市场转了一趟。柯大卫见到一件明代宣德年间的冲天耳三足炉，心中喜爱，却无力购买。买了几件稍微便宜的东西，却把握不准真假。此后几天，他心里老是疙疙瘩瘩。朋友主动提出去北京找专家鉴定一下，他欣然答应。

走进戒备森严的故宫博物院东大门，七拐八拐，拐进一个小四合院。走到东厢，用手轻敲了几下门，里面传出一位女士的声音："请进。"朋友推门而入，与女主人寒暄了几句，说明来意，并把柯大卫介绍给她。

房间很小，一张古旧的大方桌几乎占去了一半空间。女主人坐在一张锈漆斑驳的太师椅上，四十岁左右，中等身材，白净瘦弱，穿着素雅，秀气的鼻子上架着一副金丝眼镜，一看便知是个文化人。

女主人是北京大学文物鉴赏科班出身，已有二十多年的实践经验，是故宫博物院有名的文物鉴赏专家。在女专家彬彬有礼的招呼下，他们在靠东墙的一张长条木椅上就座。柯大卫先客套了一番，然后把自己的宝物小心地放到桌上。东西共有三件：一只小小的玉佩，一只青花瓷瓶和一张字幅。

"玉有君子之德，历史悠久，使用普遍。柯先生的这个小件是清末的。清代玉器前期发展滞后，到了中期才兴盛起来，晚期又衰落下去。晚清作品加工粗糙，纹饰庸俗，而且多仿古玉器，所以，艺术价值和收藏价值不高。"女专家拿起玉件，切入正题。

"青花瓷诞生于唐代，成熟于元代，明清达到鼎盛，不同时代各具特色。鉴别古瓷要突出四看：一看胎釉，二看造型，三看文饰，四看款识。现在市场上的假冒仿造品太多了，真品已是凤毛麟角。比如，柯先生的这件青花瓷瓶就是前清的仿制品，制作水平之差比晚清有过之而无不及。"女专家拿过瓷瓶，稍加查看，结论道。

"这幅字虽然熏成黑黄，但仍掩盖不了粗制滥造的本质。字虽然写得有些功夫，但绝非出自董其昌之手，因为他的字不会写得这样工整拘谨，落款和印章也不附和他的习惯。"女专家指着那幅字直言不讳地说。

听了女专家的一席话，柯大卫仿佛被兜头浇了一盆冷水。人心为铜臭所污染，满大街充斥着假冒伪劣，什么都可能是假的，连人都可能是假的。看来，淘宝不是那么好玩的，应该谨慎才是。

几个人谢了女专家，垂头丧气地出了故宫，接着到荣宝斋、琉璃厂、潘家园转了一圈。虽没有实际收获，却长了不少见识。

35　峰回路转

过了一段时间，柯大卫重新回到收发室。他一边做好工作，一边利用业余时间读书写作，连续在报刊上发表了几篇文章。

这天早晨，他按时来到收发室，发现区机关大院的气氛跟往常不太一样，街上还加了许多岗哨。一问，才知道滨江市市长高枫要来经济新区视察。管他谁来视察，反正与自己没有关系。他一边打扫着卫生，一边心不在焉地想。突然，几辆轿车鱼贯而入，停在工委办公大楼门前。金秉荃、翁卓上前迎接，然后陪同高枫走进办公大楼。

在接待室，市长高枫听取了经济新区的工作汇报，然后提出到各部门走一走。金秉荃、翁卓不敢怠慢，只好照办。一行人走出接待室，边走边看。视察队伍最后来到研究室，工作人员忙停下手中的工作，列队鼓掌欢迎。高枫面带微笑，用洪亮的声音向大家问好，并伸出红润的大手，与大家一一握手。

"小伙子，你叫什么名字？"走到柯大卫跟前时，高枫突然停下脚步，上下打量了一番，然后和蔼可亲地问。

"他叫柯大卫。"还没等柯大卫反应过来，文主任抢先回答。

"名字好熟。"高枫一边努力搜寻着记忆，一边自言自语。

"他经常在报上发表文章。"李副主任赶紧汇报说。

"哦，想起来了，是个人才嘛。"高枫拍了拍柯大卫的肩膀，夸奖说。

"是……"文主任嗫嚅道。

"做什么工作？什么职务？"高枫接着问。

"收发室……科员，股级。"文主任吞吞吐吐地回答。

"收发室？怎么回事？"高枫转过身，不解地看着身后的金秉荃。

"这件事我不太清楚，老文，你们……"金秉荃没有忘记，正是他的直接干预，柯大卫才落到如此境地，一时不知如何回答是好，于是把球踢给了文主任。

"他原来在调研二室，前段时间有些误会，我们正打算让他回原岗位。"文主任赶紧出面救驾，赔着笑，打了个圆场。

"好钢要用在刀刃上，人才可贵，不能白白浪费啊。"高枫严肃地说，随后又叮嘱柯大卫："好好干，年轻人。"

高枫走后的第二天，柯大卫重新回到调研二室。过了一段时间，他被提升为副主任科员，组织问题随之得到解决。

压抑已久的心情需要放松。周末的晚上，几个好友到江边一家饭馆聚会，庆贺柯大卫获得"新生"。

人员到齐，大家七嘴八舌，集思广益，点了烤牛排、烤鸡翅、炸鸡柳等几样西菜和芙蓉鲫鱼、黄州东坡肉、麻仁香酥鸭等地方名菜，要了两瓶滨江大麯，还有大杯的德国黑啤，来了个中西合璧，土洋结合。边吃边喝，交叉进行，不觉已经醉意朦胧。这时候，突然有人提议，"走，K歌去！"于是大家一齐响应，来到附近一家歌厅。

柯大卫记不清那天晚上唱了些什么，只记得一个劲地喊，心中所有的郁结随之释放一空。原来和女孩跳舞脸红心跳的他，那天却显得游刃有余，华尔兹、探戈、恰恰、慢三、快四，曲子跳了一支又一支。

回到宿舍已是半夜，柯大卫连衣服也没脱，一直睡到天亮。这天是星期天，他想去超市转一圈。洗刷完毕，吃了几块点心，正要开门出去，听见一阵敲门声。开门一看，吃了一惊，门口站立的竟是杏子。他足足呆立了两分钟，才把她让进房间，草草收拾了一下胡乱堆放的衣服，又给她倒了一杯茶。

"你怎么找到这里来了？"他忍不住问。

"俺就是想来看看你。大卫哥，自从你走后，俺就没睡过一个囫囵觉，天天晚上梦见你。"杏子毫不掩饰地说。

杏子的回答让他既感动，又为难。感动的是这位发小一片痴情，为难的是他无法面对和接受。必须当机立断，这样拖下去，只会给她带来更大的伤害，甚至会影响和耽误她的一生。

"妹子，路上安全吗？提前也不来个信，我好到车站接你。"他关切地询问，口气略带责备。

"俺又不是小孩子，一路看着风景就来了。"杏子落落大方，满不在乎。

"你这么远来看我，我从内心里很感动，也很高兴。既然来了，哥就带你好好玩几天。"他虽然心里发虚，但还是硬着头皮说。

"哥，俺这次来可不是来玩的。这些日子给俺提亲的人都快踏破门坎了，俺爹妈老是逼着俺定亲。"杏子瞪着两只水汪汪的大眼睛，一脸坦诚地说。

"都怪哥不好，哥早就该跟你说个明白。"他有些愧疚地说。

"哥，你倒给俺个痛快话。"杏子步步紧逼地追问道。

"杏子，哥打心眼里喜欢你，从小把你当成自己的亲妹子，但哥对你的感情是纯洁无瑕的，是亲情，不是爱情。"他终于鼓起勇气，把那层窗户纸点破了。

"俺知道，俺是农村人，没文化。"杏子快人快语，直言不讳地埋怨道。

"不是，我不是那样的人，关键是我们不合适。我们那些伙伴比你小的都结婚生子了，你还是尽快找个合适的结婚成家吧。"他诚恳地解释和规劝道。

"对，俺是老百姓，俺配不上你。"杏子说完就往外走，眼泪像断了线的珍珠，不停地向外流。

"妹子，哥对不起你，你别生气，这两天哥陪你转一转，也算你没白来一趟。"他赶紧好言相慰，好歹把杏子留住了。

接下来，两人看景点，逛商场，品尝特色小吃。但不管他怎样殷勤、热情，杏子总是闷闷不乐，打不起精神。这样勉强地乱逛了一天，第二天她就坐火车回家了。他知道，这位美丽而又善良的姑娘肯定伤透了心，从此以后，曾经的他在她心中死去了。

过了不久，杏子寄来一封信。信中说：

"大卫哥，报告你一个好消息，我已经结婚了。既然爱非所愿，那么嫁给谁就无所谓了。祝福我吧，我一点都不怨你，相反，永远为你祈福。祝你早日找到自己的另一半。杏子。"

"她这样急急地把自己嫁出去，明明是故意作践自己。人与人之间为什么要有那么多的功利、偏见和鸿沟？"读着来信，柯大卫的心一下子抽紧了，正是他的自私粉碎了一个少女的纯真，甚至从此改变她对人生的看法。他知道，那个活泼可爱的杏子从此不存在了。那段时间，他时常看到杏子那双清澈明亮的大眼睛，有时在幻觉中，有时在睡梦里。

大学里，一位教授摒弃偏见，不顾家人的反对，力排众议，与青梅竹马的发小结成百年之好。虽然两人文化差别很大，但多年来耳鬓厮磨，相敬如宾，过得倒也有滋有味。

"老教授能接受这样的婚姻，我为什么不能？"柯大卫终于承认自己是一个俗人，并因此鄙视自己的自私和怯懦。

柯大卫挂念老校工的病情，于是抽空回到山村中学。不出所料，从医院回来后，老校工的身体每况愈下。柯大卫不容分说，把他接到医院，施行了手术。在医院住了没几天，老校工坚决要求出院，柯大卫只好打车把他送回山村中学。

回到学校后，他一边吃药治疗，一边坚守岗位。别人都劝他回家静养，他执意不肯。他知道自己将不久于人世，想把这最后一段时间全部留给学校。他开始与死神赛跑，发疯似的为老师和学生提供力所能及的服务。他毫无目的地在校园里漫步，仔细地走过每一个角落，仿佛要把眼前的一切全部刻进自己的脑海，装进自己的心底。看着每一位老师和学生，他都感到格外亲切，热情地打着招呼。他有时怔怔地一言不发，目光中充满了生的留恋和死的悲怆。

36 反目成仇

盘龙湖西侧公益用地开发开局受阻，一帮老干部和市民集体上访，反对改变原定规划方案。

事情惊动了市长高枫。他在了解了情况以后，一个电话把翁卓招到办公室。他单刀直入地问："翁主任，这件事你们怎么研究的？"

翁卓一看势头不好，赶紧推卸说："高市长，这事老金他固执己见，一意孤行，我也没办法呀。"

高枫听后，看了翁卓一眼，措辞严厉地说："我们做任何决策都要注意倾听不同意见，特别是专家和群众的意见。多数人反对，有损公众利益的事坚决不能干。"

翁卓见推脱无用，于是改口说："当然了，这事不能光怪老金，我也有责任，没有坚决制止。"

高枫严肃指出："不论谁的责任，当务之急是紧急刹车，停止施工，保持原规划不变。"

翁卓听后，赶紧表态："您放心，我们马上纠正，以后不再发生类似的事情。"

回到经济新区，翁卓向金秉荃传达了高枫的指示，金秉荃随后向伏美姣作了传达。伏美姣得知高枫亲自出面干预，心中虽然不快，却毫无办法，只好按照金秉荃的要求，紧急约见黎义忠，通知他终止协议，停止施工，拆除工棚和基础工程。黎义忠听了伏美姣的话，如雷轰顶，颓丧而不满地质问说："伏老板，现在停工，这不是把我往火坑里推吗？！"

伏美姣耷拉着脑袋，有气无力地说："谁想到会出这种情况，真是应了那句古话，智者千虑，必有一失啊。要不是那帮吃饱了没事找事的老家伙，不至于惊动了高市长，事情也不至于闹到这个地步。现在，一点回旋余地也没有，只好自认倒霉了。"

黎义忠板起脸，情绪激动地反驳道："自认倒霉？你说得轻巧，你一分钱没花，我却投进了三百万元。"

伏美姣不耐烦地说："事已至此，连金秉荃、翁卓都无力解决，你说不停工怎么办？"

黎义忠撕破脸皮，冷冷地说："我不管那么多，协议是我们两个签订的，你要对我负责。"

黎义忠言下之意就是让伏美姣退还中介费，适当分担因工程停工造成的损失。伏美姣却并不认可。她认为中介费是她应得的辛苦费，至于因停工、拆毁造成的损失，她更不想管。心里打定了主意，她明知故问道："你认为我应该负什么责？"

黎义忠见话已至此，明确地提出要求："既然事情已经如此，中介费就应该退还我。另外，应该赔偿我一部分损失。"

伏美姣定定地看着黎义忠，这个曾经对自己百般殷勤、千般示好的男人，此刻仿佛天外来客似地陌生。她越想越生气，冷冷地回答："岂有此理，不可能。"

黎义忠见她一点情面不讲，更加气愤难耐，咬着牙回敬："那就走着瞧。"然后，站起身，甩门而去。

伏美姣望着他的背影，一阵暗笑，心里骂道："走着瞧就走着瞧，怕你不成，不管白道、黑道，老娘奉陪到底。"

冷静下来之后，伏美姣再次找到金秉荃，央求他想办法补救。金秉荃一口回绝，还骂她财迷心窍。伏美姣感到莫大的委屈和不平，不禁泪眼婆娑，嘤嘤啜泣。金秉荃平生最怕女人流泪，尤其是自己心爱的女人。于是，赶紧好言相慰，承诺以后想办法补偿她的损失。

伏美姣听后破涕为笑，对金秉荃说："你以为我是心痛那几个钱吗？我是担心你的权威受到挑战和蔑视。"

伏美姣的一席话让金秉荃心头掠过一丝感动，忙从纸盒里抽出一张纸巾，轻轻地为她擦去腮边的眼泪，温柔地说："谢谢你的一片忠心，他们跟我玩，是螳臂挡车，自不量力。"

伏美姣乘势倒在金秉荃的怀里，施放出万般温柔，千般风情，撒娇道："金哥，今生今世，你是我的唯一。"

金秉荃的感动达到了高潮,情不自禁地把头移向伏美姣的香腮,进而吻住了她粉嘟嘟、湿漉漉的双唇。

一番缠绵之后,伏美姣满怀希望和憧憬地提议:"金哥,咱们交往的时间不短了吧?"

金秉荃不知她话中有话,于是若无其事地回应:"是啊,怎么了?"

伏美姣趁机提议:"咱们结婚吧。既然你爱我,我爱你,为什么不能名正言顺地结婚呢?"

金秉荃被她的话惊了一下,继而笑着说:"开什么国际玩笑,我们现在这样不是很好吗?"

伏美姣挣脱怀抱,大声强调:"不是开玩笑,我是认真的。"

金秉荃见她动了真,赶紧直言相劝:"我们不可能结婚,我不能抛弃秋菊。我们从小一起长大,这么多年风风雨雨,她从来没有二心和怨言。我已经对不起她了,不能再伤害她。另外,我受不了社会舆论的压力。你想,我堂堂一个工委书记,跟结发妻子离了婚,反过来娶了你,人们会怎样骂我?所以,你趁早打消这个念头,别白日做梦了。"

伏美姣感到十分失望,但还是于心不甘,于是继续进攻:"我不想再这样偷偷摸摸,我要做你的妻子,一生一世服侍你,与你白头偕老,生死相依。"

金秉荃心里五味杂陈,还是耐心劝慰着她:"做人应该知足,别得寸进尺,自寻烦恼。"

伏美姣见说服不了金秉荃,于是拿出了最后的杀手锏,指着自己的腹部爆料说:"反正我已经怀上了你的孩子,生米做成了熟饭,你看着办吧。"

听到伏美姣的爆料,金秉荃愣了半天。他相信她不是撒谎,他必须冷静地面对。无论如何不能让她把孩子生下来,否则,只会授人以柄,任人摆布,一点退路都没有了。主意打定,他斩钉截铁地说:"打掉,必须打掉,如果你还为我的前途着想,为我们的感情着想,就赶快把孩子打掉!"

伏美姣没想到金秉荃会这样冷酷绝情,生气地嚷道:"不可能,我不同意!"

金秉荃站起身,威胁道:"你不听话,我们就断绝一切关系,今后出现任何问题我概不负责。"

伏美姣伤心至极，转而哀求道："我求你了，留下孩子吧，这可是我们的亲骨肉啊。"

金秉荃轻蔑地一笑，冷冷地说："我们的孩子？还不一定是谁的呢。"

伏美姣终于明白了，原来他在乎的并不是她，而是自己的官位和前途。她恼羞成怒，夺门而去。然而，胳膊拧不过大腿，金秉荃还是派了几个心腹，把伏美姣强行带到外地作了人流。

37　倾心交谈

商有道离开政策研究室以后，被安排到一个无关紧要的部门任闲职。天天无所事事，一杯茶水一包烟，一张报纸看半天。看到许多人下海经商发了财，他眼热心痒。

"与其这样混日子，不如赤臂一搏，干出一番轰轰烈烈的事业，起码心里痛快和充实。"

说干就干，他毅然辞去公职，注册了一家贸易公司，搞起对外加工贸易，捞取了第一桶金。接着，又加入了房地产行业。那时正是中国城市化加速推进的黄金时期，处处都是商机，房价打着滚往上翻，房地产开发利润空间巨大。看着大笔大笔的票子奔涌而来，他惊喜万分："妈的，这钱来得真是太容易了！"想想过去，看看现在，他不禁为自己的决定拍案叫好。

商有道忙于挣钱，好长时间音信全无，大家几乎把他忘了。这天，柯大卫正在整理一份稿件，桌上的电话响起铃声。他放下笔，拿起听筒。

"你好，哪位？"柯大卫礼貌地问道。

"大卫啊，官当大了，连我的声音都听不出来了？"商有道干咳了一声，拖着长腔说。

"对不起，我还真听不出您是谁。"柯大卫难为情地回答。

"臭小子，我是商有道，听出来了吧？"商有道边骂边自报家门。

"啊，商主任，您这几年跑哪去了？"柯大卫惊喜地问。

"我在楼下，见面再说。"商有道不容分说地命令道。

"好，我这就下去。"柯大卫放下电话，匆忙乘电梯下楼。

来到楼下，柯大卫一眼瞥见一辆崭新的凯迪拉克轿车，商有道坐在驾驶位上，正伸手向他打着招呼。他上了车，与商有道热情地握手寒暄。

眼前的商有道已经不是那个败走麦城的商有道了。只见他身穿一套藏青色伊夫圣洛朗高级西装，白色雅戈尔高级纯毛衬衣，系红色真丝劲霸领带，手带一只百达翡丽瑞士原装机芯金质情侣表，腰系鳄鱼真皮金扣腰带，脚蹬一双范思哲棕色皮鞋，器宇轩昂，仪表堂堂。

车子驶出城区，沿着公路一路疾驰，来到腾鲛河边，拐上一座小岛。一家酒店坐落在小岛的阳坡，四周绿树参天，翠竹环绕，环境清幽，诗意盎然，是一个休憩会友、喝酒聊天的绝佳去处。

柯大卫跟随商老板爬过一段赭红色的大理石台阶，走进酒店。从外观看，酒店并不太起眼，但内部装修、设施却很豪华。上到三楼，拐了几个弯，来到东南角一个宽敞明亮、装修考究的包间。酒店名叫情人坊，来这里消费的果然大多是一对对的情侣。

"商老板雅兴不减啊。"柯大卫由衷地赞叹道。

"什么商老板，别见外，以后叫我商哥就行了。"商有道纠正道。

"好，商哥，那我就不客气了。"柯大卫答应道。

"怎么样，这地方怎么样？"商有道微笑着问。

"看上去不错，很有情调。"柯大卫钦佩地说。

"以后，大哥经常带你来玩。"商有道微微一笑，爽快地承诺道。

"商哥，我们两个用得着这么大的房间吗？再说也文不对题呀，人家这是情人约会的地方。"柯大卫一边在商有道对面坐下，一边开玩笑说。

"兄弟情分比什么都重要。好久没见了，大哥也让你见识一下什么叫档次和品位。来，老规矩！"商有道冲柯大卫炫耀道，然后吩咐服务员上菜。

菜上齐了，清蒸武昌鱼，精煮龙虾，烧烤鹿鞭，还有许多稀奇古怪的山珍野味，柯大卫从未见识过。商有道又点名要了两瓶人头马，服务员小心地把酒打开，斟满。

"我们是不是太奢侈了？"柯大卫看着面前的美酒佳肴，小心地问道。

"既来之，则安之。来，商哥先敬你一杯。"商有道端起酒杯，与柯大卫轻轻一碰，一饮而尽。

"商哥，谈谈你的创业经历，让小弟开开眼吧。"柯大卫喝下第一杯酒，不失时机地请求道。

"说来话长，等以后有时间，大哥给你细细道来，先说说你吧。"商有道点上一支软包中华，猛吸了一口，吐出一口烟雾，神情专注地看着柯大卫。

"嗨，别提了。不幸落在计萌手下，横竖不讨好，吃尽了苦头。"柯大卫见问，忍不住发了一通牢骚。

"大卫啊，不是大哥说你，都什么年代了，还只顾低头拉车，不抬头看路。"商有道说着端起酒杯，一仰脖，喝了下去。

"他们用，我就干，不用，我就专心致志搞业务。"柯大卫虽然嘴上这样说，但想到别人屡屡升迁，又不免心绪难平，有些失落。

"老弟，别清高了，人家都这样，你不这样，就会吃亏，明规则要遵守，潜规则同样要遵守。"商有道把剩下的半截烟摁灭在烟灰缸里，真心实意地劝说道。

"当今社会，利益至上，同事之间互相竞争，在所难免。谁会希望别人高过自己？谁会将手中的利益拱手相让？"商有道重新点上一支烟，一边侃侃而谈，一边神情悠闲地吸着，淡蓝色的烟雾随着他嘴角的张合一圈接一圈地喷出，然后上升，飘散，逐渐弥漫成一片灰白。

"钩心斗角，尔虞我诈，损身折寿。"柯大卫深有感触地说。

"'汝果欲学诗，功夫在诗外'。苦干、傻干是不行的，要多动脑筋，会干、会说、会装、会拍、会玩、会跑、会送、会争。"商有道说完，与柯大卫碰了一杯，然后干杯见底。

"商哥，我已经厌烦了，还是让我跟你干吧。"柯大卫认真地说。

"我当初下海经商，是不得已而为之。你不一样，趁年轻，应该再拼一把，果真有一天没法混了再说。"商有道负责任地答复说。

"那该怎么办？"柯大卫回敬了一杯，请教道。

"好，连喝三杯，商哥就告诉你。"商有道神情爽朗地要求。

"商哥，你这不是趁火打劫嘛。"柯大卫埋怨了一句，但还是一鼓劲连干了三杯。

"好，像个男子汉。"商有道赞许道。

"一个篱笆三个桩，一个好汉三个帮，拽着自己的头发是飞不起来的，要巧借外力。同样道理，一个人要想发展得快，就必须有贵人相助。关键是要跟对领导。有幸跟上一位强势的领导，进步就快。不幸跟了一位弱势的领导，前途就可能被耽搁。如果遇上揽功诿过、自私自利的上司，那就只能自认倒霉了。

"前几天，我看到一本书，其中有一段话是这样说的：'芸芸众生，能够登上权力巅峰的毕竟是少数，更多的人不得不在别人的光环中生存和发展。对大多数人而言，选择一个什么样的上司十分重要。好风凭借力，送我上青云；良禽择木而栖，良臣择主而事。要快速进步，有所作为，就必须有一个强势的顶头上司。'我觉得很有道理。"商有道开诚布公地点拨道。

"许多事情靠得是机缘巧合，个人是无法选择的。"柯大卫回应道。

"事在人为嘛。我当年辞职下海也是一时气急，现在回想起来倍感后悔和悲凉。"商有道鼓励说。

"你现在不是已经很成功了吗？虽然没有机会升官，但能够发财同样很好啊。"商有道的话让柯大卫疑惑不解，于是不以为然地说。

"当官与经商是完全不同的两种境界。你知道为什么自古以来中国的知识分子要拼命跻身仕途吗？你知道一代富商吕不韦为什么不惜花尽万贯家财而登上秦国相国的高位吗？位置不同，境界和感受就完全不同。"商有道解释说。

"也不全像你说的，比如陶渊明、李白、竹林七贤，还有好多名士，都鄙视做官，隐逸江湖山林。"柯大卫举例反驳说。

"这些人只占少数，况且是因为当时政治黑暗，无法为官，或者是因为受到挫折，悲观消极，不屑为官。但骨子里他们还是希望能够受到重用，出仕为官的。"商有道深有感触地说。

"哦，原来如此。"柯大卫恍然大悟，仿佛有一束亮光照到心窗，顿觉敞亮。

"商哥今生与仕途无缘了，希望寄托在你身上了，你可要努力啊。"商有道认真地说，语气中充满伤感，又饱含期待。

"商哥，咱不说这些了，继续喝酒。"柯大卫举起酒杯，提议说。

两人于是继续喝酒，喝到尽兴处，商有道一个电话叫来两位女服务生。女服务生落落大方地入座，一个紧挨商有道，一个紧挨柯大卫，热情殷勤地倒酒，敬酒。

"你看，这就是差距。今天没有外人，可以放松一些。要学会享受生活，要不，岂不枉活一生？"看着柯大卫拘谨尴尬的样子，商有道忍不住哈哈大笑。

酒足饭饱，二人走出房间。一个花枝招展的女孩挽着一位大腹便便的中年男人，从对面款款走来。柯大卫不禁一愣，原来女孩不是别人，正是谌芳。与此同时，谌芳也认出了他，不好意思地挣脱了中年男人，向他走来。他迎上前，与谌芳握手寒暄。商有道见状，独自走进电梯，钻进轿车等着。

"大卫哥，你怎么会在这里？"谌芳兴奋地问道。

"怎么，我就不能来放松放松了？"柯大卫醉意朦胧地反问一句。那一刻，他几乎被谌芳身上浓郁的香水味击倒。

"谁说不能了。"谌芳笑了笑。

"你现在怎么样，还在歌舞团？"柯大卫随意问道。

"除了唱歌跳舞，还能干啥？"谌芳一脸无奈地回答。

"总不能干一辈子吧，以后怎么办？"柯大卫接着问道。

"今朝有酒今朝醉，到时候再说吧，大不了找个人，一嫁了之。"谌芳满不在乎，一副玩世不恭的样子。

"那位男士是谁？"柯大卫小声问道。那位大腹便便的男人站在一边，旁若无人地抽着烟。

"朋友呗。"谌芳有些难为情地回答。

"干啥的？"柯大卫穷追不舍。

"开发商，大老板。"谌芳故作镇定地说。

"不是一般朋友吧？"柯大卫诡谲地一笑，追问道。

"再问我就恼了。"谌芳显然不想让别人打探她的隐私，把嘴一噘，威胁道。

"谌芳，听哥一句话，别折腾了，抓紧找个人把自己嫁了吧。"柯大卫诚恳地规劝道。

"真是皇上不急，太监急。大卫哥，你怎么样？"

"马马虎虎，得过且过。"

"嫂夫人姓啥名谁？"谌芳问。

"跟你一样，还在影里照着呢。"柯大卫自嘲地回答。

"你也老大不小了，要抓紧呀。"谌芳做了一个鬼脸，劝道。

"好，我们比个高低，看谁先完成任务。"柯大卫挑战似地说。

"好，一言为定，有时间到歌舞团玩。"谌芳满口答应，然后挥了挥手，向楼下跑去。中年男人瞪了柯大卫一眼，挺着肚子跨进电梯。

柯大卫随后下楼，上了车。商有道一边开车，一边好奇地问："女朋友？"

柯大卫回答："歌舞团的女演员，过去的舞伴。"

商有道关心地提醒道："个人问题应该抓紧了。"

柯大卫摆了摆手，说："听天由命吧。"

38　自告奋勇

"媒体改革势在必行，只有增加自主性、灵活性，才能办出特色，具备优势，真正发挥舆论监督作用。"工作之余，叶青与范副社长围绕办报方针问题面对面展开了一场讨论。

"报纸要坚持正面宣传，反面报道要慎重。"范副社长强调说。

"如今盛行地方保护主义，报社也得顾及地方政府的想法啊。"范副社长喝了一口茶，进一步解释说。

"这里有一个舆论导向问题，反面的东西多了，会影响社会稳定的。"范副社长争辩道。

"现实生活中存在的问题显而易见，众人皆知，是掩盖不住的。把问题摆出来，引起各方重视，进而促进解决，不仅不会影响社会稳定，恰恰有利于社会稳定。讳医忌病，自欺欺人，一味地歌功颂德，粉饰太平，反而不利于党和人民的事业。"叶青反唇相讥，据理力争。

"你说的不无道理，看来这里存在一个认识上的误区。"范副主任略作沉思，语气缓和地说。

"畅通言论，让人说话，天塌不下来，恰恰是有自信和力量的表现。相反，钳制言论，杜塞视听，不但于事无补，而且是虚弱和无能的表现。清王朝的文字狱可谓残酷了，蒋氏集团的书报检查制度可谓严厉了，但都没有挽救他们走向失败和覆灭的命运。"叶青进一步阐述道。

"这是个大问题，不是你我能够决定和解决的。干好自己的工作才是我们的本分。"范副社长摇了摇头，实事求是地说。

"看来，要做一个合格的报人，办出一张优秀的报纸，真是不容易的。"叶青不由地感慨道。

"在现有的空间内量力而行，尽力而为吧。"范副社长挺了挺腰，舒了一口气，不急不慢地回应道。

"这叫带着镣铐跳舞，难为咱们了。"叶青叹息道。

"西方自由世界不是照样问题成堆吗？世界上存在绝对的自由吗？"范副社长反问道。

"他们是过度市场化，一切以赢利为目的，个人主义、自由主义泛滥，是另一个方向的异化和扭曲。而我们与他们不同，缺少的正是自由、民主和监督。"叶青见解独到地指出。

说归说，做归做，报社计划宣传一批道德模范，叶青自告奋勇，勇挑重担，立即投入采访。

一对中年夫妻，甘于寂寞清贫，无怨无悔，扎根偏远山区三十年，把青春年华全部献给了山区教育，用热情和智慧点燃贫困孩子们的希望。

一位农村老党员，义务管护公路几十年，用自己的辛勤汗水造福乡里，直到生命最后一息，在人们心中树立起一座永不倾倒的丰碑。

一位十几岁的女孩，面对命运的打击，不气馁，不放弃，用稚弱的身躯撑起家庭的重担。一边上学，一边独自照顾瘫痪的继母，用实际行动诠释着人伦大爱。

一位乡村医生，几十年如一日，身患癌症，仍然坚持行医不辍，把痛苦和死亡留给自己，把温暖和希望送给患者，直到生命最后一息。

一位打假英雄，不畏艰险，仗义执言，使一个个造假黑幕、腐败工程暴露于光天化日之下。

一位基层法律工作者，多年来坚持义务为农民工、残疾人等弱势群体代理诉讼，排忧解难，以实际行动维护法律尊严和公平正义。

叶青深受感动，认为这些人才是社会的精英和脊梁，自己有义务把他们的事迹宣传出去，感召更多的人为社会的美好和进步而努力。

然而，社会是复杂的，在随后的采访过程中叶青遇到了一些让人闹心和忧虑的事情。盘龙湖周边地区的商业开发正如火如荼地进行，工地上脚手架林立，机器轰鸣，施工人员来回穿梭。各种建筑和生活垃圾直接倒入湖水中，造成了湖水的污染。

有一天，她来到下岗工人集中居住的一片筒子楼，眼前的景象让她吃惊。楼房低矮破旧，墙皮已经脱落，斑驳陆离，伤痕累累。沿着堆满杂物的狭窄的楼道，她艰难地爬到顶楼，敲门进入一户人家。户主是位退休老工人，患严重的职业病，丧失了劳动能力，而又无钱医治。房间拥挤不堪，半空打着吊铺，几乎没有下脚的地方。老工人有两个儿子，都已经结婚生子，儿子媳妇双双下岗。祖孙三代就拥挤在这不足三十平米的地方，艰难度日。他老伴也常年患病，一家人靠老工人有限的退休金和儿子儿媳打零工、摆地摊的一点收入艰难度日。据说，这类情况比比皆是，比他家差的还有很多。

离开退休职工家，她又走访了郊区农村的贫困群体。有一个贫困户，几间危旧平房里，男主人两年前得了脑血栓，行走不便，女主人患有精神分裂症，经常发作。因医疗费太高，只好放弃治疗。他们有两个女儿，大女儿考上大学，但交不起学费，只好放弃上学，外出打工。小女儿初中没念完，也辍学回家，照顾父母。看着眼前的景象，她的心情十分沉重，只好央求陪同的村干部想法照顾一下。村干部说，村里也穷得叮当响，不仅没有钱，而且一身债务，没有能力照顾贫困户，况且这样的情况远不止他们一家，哪能照顾得过来？叶青听后，无言以对，临走从兜里掏出二百元钱，递到小女孩手中。

一群肾病患者因为没有钱住院治疗和实施手术，只好寄居在城中村的一片破乱不堪、价格低廉的土屋里，每个月到医院做几次透析。有些人花光了积蓄，无法再做透析，只好起身回家，苦苦等死。有一个十几岁的小女孩，已经转成了尿毒症，必须实施换肾手术，否则肾功能很快就会衰竭。得知叶青是记者，绝望之中，她仿佛见到了一根救命稻草，瞪着一双美丽而病态的大眼睛，定定地看着叶青，眼神充满了求生的渴望和对死亡的恐惧。叶青鼓励她坚强起来，勇敢与病魔作斗争，并承诺自己会尽力想办法帮助她。

回到报社，叶青心情久久难以平静，采访过程中的所见所闻萦绕脑海，挥之不去。而他又能做什么，做多少呢？唯一能做的是利用记者的身份进行呼吁，引起政府和社会各界的重视。她的努力没有白费，小女孩的手术费用终于筹齐，并成功实施了换肾手术。

这段时间，报社接连发生了几件事。有一个记者，到一个乡政府采访，以舆论监督为由，索要宣传费五万元，广告费八万元，查实后被判了刑。有一个记者以曝光相威胁，勒索个体私营矿窑钱财，被依法处理。还有一个记者打着为村民撑腰，曝光社会阴暗面的旗号，骗取曝光费两万元，被报社开除。

听到这些消息，叶青百感交集。市场大潮汹涌澎湃，报社同样不甘寂寞，层层下达创收指标，管理又跟不上。谁之错？不完善的体制机制，贪得无厌的私欲。

报社一位社委服药自杀。这条爆炸性的事件引发了种种猜测，同时给平淡无奇的生活带来一些涟漪。

报社成立了由范副社长挂帅的善后工作班子，叶青是其中的一员，不得不从事一件她最不愿意从事的工作。正值盛夏，死者尸体容易腐烂，必须抓紧善后。但家属非要个说法，上面只好批准按因公殉职处理，家属这才满意。接着火化，开追悼会，送殡，直忙到死者入土为安。

几天下来，叶青浑身像散了架，回到宿舍，一顿猛睡。醒来后对镜一看，人瘦了一圈，脸也黑了许多。

为迎接国庆，展示改革开放成果，报社决定搞一次集中宣传。叶青带着采访任务，再次来到经济新区。区里有关部门高规格接待了她。金秉荃十分重视，亲自划定采访重点，挑选典型。

采访活动进行得十分顺利，一篇有内容、有特色、有分量的长篇报道随之形成。采访结束，区里举行了隆重的答谢欢送晚宴。酒桌上，有关部门的几位领导轮番敬酒，叶青声称不善饮酒，极力推辞，但经不住对方人多热情，只好象征性地表示了几杯。

宴席结束后，新闻办主任亲自把她送到房间，叮嘱她好好休息，并偷偷塞给她一个鼓鼓囊囊的信封，笑着说："叶记者，你这几天辛苦了，这是我们领导的一点心意，请您笑纳。"

叶青明白，这是所谓的润笔费。社里有规定，她不能收，于是婉拒说："请您代我谢谢领导，这钱我不能要，我们内部有规定。"

可对方不由分说，把信封硬塞进她的衣兜，抬脚就跑，一会儿不见了踪影。回到报社，叶青心里一直不踏实，那笔数目不小的润笔费像一颗定时炸弹，让她时时提心吊胆，吃不好，睡不香。经过反复考虑，她终于下定决心，把那笔润笔费交到了财务部门。

叶青采写的稿件如期登载，反响良好。与此同时，她拒收润笔费的事迹也在报社传开了。有人保持沉默，有人大加赞赏，有人说他故意作秀，有人嗤笑她是傻帽。对众人的态度，叶青一笑置之，并不在乎。

39　意外升迁

金秉荃有个习惯，闲暇时喜欢到街面上逛游，一来了解一下社情民意，二来放松一下身心。这天，他和秘书佟镜漫步到一条店铺林立的商业街。这时，一群下岗职工拦住了他们的去路。原来，他们因工龄补偿费和养老保险问题到区信访局上访，刚好路过这里。因为金秉荃经常在电视上露面，所以他们一眼就认出来了。众人像逮着了一条大鱼，轰地一下围了过来，情绪激动地反映问题，并要求当场答复。金秉荃听完他们的反映，承诺一定抓紧解决。但上访职工不信，双方僵持不下，气氛变得越来越紧张。情急之下，佟镜掏出手机呼叫警察。金秉荃不想把事情闹大，连忙摆手制止了他。

柯大卫恰好路过，看到这种情形，赶紧上前解围。上访人员见他态度和蔼，言语在理，于是网开一面，放走了金秉荃和佟镜。第二天，柯大卫打着金秉荃的旗号，与有关部门协商解决了上访职工反映的问题。

千里马常有，而伯乐不常有。金秉荃对柯大卫临危不惧、有勇有谋的表现由衷赞赏，刮目相看，对他的不良印象荡然无存。

几天后，伏美姣在一家茶馆约见了柯大卫。刚一落座，便关切地问："你前一段时间遇到了一些麻烦，是吗？"

柯大卫笑了笑，口气轻松地回答："没有什么，已经过去了。"

伏美姣把脸一沉，追问道："小柯啊，这就是你的不对了，有困难为什么不找姐？"

柯大卫连忙解释说："你事情那么多，我怎么好意思打扰呢？"

伏美姣不以为然地回答："这就是你不对了，你我是什么关系？是姐弟，朋友，就应该互相关照。"

伏美姣的这番话让柯大卫不好意思起来，好像真的做错了什么事。迟疑了一下，只好自我批评说："是我不对。"

伏美姣见柯大卫窘迫的样子，笑道："说吧，目前有什么要求？"

柯大卫鼓足勇气，回答："要求？我现在当然是要求进步了，不想当将军的士兵不是好士兵嘛。"

伏美姣听后，干脆利落地答复："好办，你等消息好了。"

柯大卫感激地说："多谢伏姐，你也不要太当回事，我自己的事关键还要靠自己的努力。"

伏美姣接着说："不用客气，一个篱笆三个桩，一个好汉三个帮嘛。"

听了伏美姣自告奋勇的表态，柯大卫深受感动，他感到自己真的遇到贵人了。人的一生，尤其是年轻时候是需要贵人相助的，而贵人是可遇不可求的。他暗自庆幸自己有机会结识了伏美姣，这位女老板可能就是自己命运中的贵人。他清楚伏美姣与金秉荃的关系，她之所以承诺为自己的进步帮忙很可能是倚仗金秉荃这棵大树。想到这一层，他又不能不有些担忧。宦海沉浮，世事无常，金秉荃这棵大树会永远屹立不倒吗？万一出现什么闪失，树倒猢狲散，自己的前途又寄托在哪里呢？

"伏姐，有句话不知该问不该问。"柯大卫迟疑地说。

"什么问题吞吞吐吐的，直接问就是了。"伏美姣回应。

"你与金秉荃之间关系好像很密切，对吧？"柯大卫小心翼翼地问。

"朋友之交嘛，你知道？"伏美姣反问道。

"知道，圈里不少人知道。"柯大卫回答。

"你对他有真感情吗？"柯大卫接着问。

"什么感情不感情，感情值多少钱？如今男女之间有几个有真感情？还不是逢场作戏，闹着玩罢了。"听说不少人知道自己与金秉荃的关系，伏美姣并不吃惊和难堪，而是毫不迟疑地回答道。

"钱有那么重要吗？"柯大卫接着问。

"当然重要了。对于我来说，钱就是生命，就是一切。有了钱，有了财富，就有了身份、地位、爱情、荣誉、尊严和权力。没有钱，就一无是处，没有立足之地。"伏美姣不容置疑地回答。

"那你想成为一个什么样的人？"柯大卫言犹未尽地追问道。

"想成为一个家财万贯、富可敌国的人，一个高居社会顶层的财富精英。自古以来，人类社会都是富人居于统治地位，穷人只能处于从属地位，受人奴役、剥削。"伏美姣激情满怀，直抒胸臆。

"哦，真是巾帼不让须眉，你的豪情壮志令人肃然起敬。"伏美姣关于金钱和人生的观点过于大胆而露骨,从内心讲,柯大卫难以苟同,但还是礼节性地恭维了几句。

"不过,伏姐,你一定要注意照顾自己,不要搞得太累。挣钱固然重要,但如果失去了健康,就什么都没有了。"停顿了一会儿,他又善意地提醒说。

"怎么,你怕我倒下?放心吧,姐的命硬着哩。"伏美姣哈哈一笑,与柯大卫握手告别,起身离去。柯大卫紧随其后,离开了那家茶馆。

秘书佟镜想到基层锻炼一下,金秉荃不想耽误他的前程,于是安排他到盘龙镇当了书记。有了街头救驾的经历,加上伏美姣的推荐,柯大卫理所当然地成为新任秘书的首选对象。虽然斐彪、计荫等人说了柯大卫一大堆坏话,金秉荃还是坚持了自己的决定。柯大卫不知这一结果是福是祸,并不感到特别意外和高兴。

上班第一天,金秉荃专门抽出时间与他进行了一番亲切的交谈。

"好啊,今后咱们就一个锅里摸勺子了。"金秉荃看着柯大卫,意味深长地说。

"感谢金书记抬举,秘书工作需要多方面的能力和素质,而我只习惯于调研。"柯大卫实话实说。

"搞好调研,为领导决策提供参考,也是秘书工作的一个重要方面。"金秉荃解释说。

"我将尽力而为,但恐怕难以胜任。"柯大卫真诚地说,似乎对自己的新工作缺乏信心。

"干干看吧,不行再回政策研究室。以你的条件,应该没有什么问题,关键是要轻装上阵,不要有什么负担。"金秉荃鼓励说。

为了塑造良好的外部形象,适应新的工作,柯大卫把自己好好收拾了一番。藏青色的西装,雪白的衬衣,鲜艳的领带,黑亮的皮鞋,全身上下焕然一新,既温文尔雅,风度翩翩,又干净利落,朴实大方。

他的办公室紧挨着书记办公室,也可以说就是书记办公室的外间。两个房间之间开着一扇便门,办公桌上安有内线电话,还有一个电铃,随时听候召唤。

原来,秘书就是领导的大管家,一天到晚,事无巨细,几乎无所不管。从很大程度上讲,比领导的家属管得还要宽、细、多。随着接触的临近和增多,他对金秉荃的了解越来越多。

除了应付事务性的工作,柯大卫还要帮金秉荃做一些文字方面的工作。刚开始,他精益求精,力求完美,却并没有得到肯定与赞美。有一次,由于时间紧迫,来不及推敲,草草交了稿子。金秉荃提了几条意见。他遵命作了修改,金秉荃看后十分满意。柯大卫似有所悟,以后起草文稿时故意留有余地,以便得到金秉荃的指点。

金秉荃出生于郊区农村,与一般农村孩子一样度过了清贫而快乐的童年。中学毕业后,回乡当了农民。由于有些文化,所以被选为村办小学老师,后又当了大队会计。他不孚众望,每项工作都干得头头是道。除了干好本职工作,他还积极主动地帮村里出谋划策。村支书求贤若渴,爱才识才,有意培养他当自己的接班人,于是介绍他入了党。这期间,部队带兵的看好了他,乡里领导则想让他去干交通员,但都被村支书挡了过去。又过了几年,目不识丁、年龄已大的村支书急流勇退,主动让贤,把村支书的担子交给了他。那一年,他只有二十几岁。

金秉荃凭着饱满的工作热情和超众的领导天赋,一次又一次地赢得了众人的认可和好评,从村支书破格提拔为乡党委书记。后来,又受组织委派,进党校进修,混了个大学文凭。职务一路升迁,顺风顺水,被称为官场上的常胜将军。

周末,柯大卫请佟镜吃饭,想借机套取一些当秘书的经验。到了约定时间,佟镜没到,柯大卫只好在酒店大厅来回踱步,耐心等待。他看到大厅内外各挂着一副对联,分别是:

为名忙,为利忙,忙里偷闲,且饮两杯茶去;

劳心苦,劳力苦,苦中作乐,再拿一壶酒来。

壶小乾坤大,酒香顾客多;

人走茶不凉,客来酒尤香。

柯大卫正在饶有情趣地细细品味,佟镜面带微笑,气宇轩昂地走过来。柯大卫赶紧迎上前,与他握手寒暄。

酒店客流如云,生意红火。大厅里的电子显示屏正在播放着热闹的歌舞节目,房间里也弥漫着曼妙抒情的轻音乐。

"佟书记,多谢您赏光,老弟深受感动。"柯大卫随口客气道。那天,佟镜从上到下都是名牌,配上红润的脸庞,油黑的分头,显得格外神气。

"大卫啊，你小子别一口一个书记，听着别扭。"佟镜故作谦虚地纠正道。

"好，恭敬不如从命，那以后就叫你佟哥。"柯大卫改口道。

"老弟，闲话少说，为什么请我吃饭?"佟镜话锋一转，问道。

"没别的意思，一是多日不见，想与师兄叙叙旧；二是略备小酒，给你解解乏；三是想从你那里讨点当大秘的经验。"柯大卫如实道来，随后招呼服务生上菜。

"好家伙，名堂还不少哩。好吧，既来之，则安之，今晚大哥就奉陪到底了。"佟镜干笑了两声，随口应承道。

"佟哥，想喝点什么，今晚我们都放开，来他个一醉方休。"柯大卫见佟镜这样爽快，心里特别高兴。

"还是节俭点，喝国酒五粮液吧，五谷杂粮酿的，不伤人。"佟镜爽快地回答。柯大卫遵命而行，斟上五粮液。秘书坚持喝茶水，柯大卫不再强求。

"趁热吃一点。"柯大卫给佟镜挑了几样海鲜，热情地招呼道。佟镜说声谢谢，挑起一块酱香鹿肉，送进嘴里，慢慢咀嚼。

"第一杯，首先祝贺佟哥荣升!"一阵细嚼慢咽之后，柯大卫端起酒杯，与佟镜碰了一杯。秘书和司机坐在一边，只顾低头吃菜。

"第二杯，祝愿佟哥在新的岗位旗开得胜，马到成功!"柯大卫斟满酒，又敬了一杯。

"第三杯，祝愿佟哥运势如虹，前途无量!"第三杯下去之后，柯大卫脸上泛起了一圈红晕。佟镜也浑身发热，额头上渗出了细密的汗珠。

"大卫，咱们是同门兄弟，今后要互相帮助，互相提携啊。来，话在酒中，干了!"佟镜接着回敬了一杯。

"佟哥，给领导干秘书，我是大姑娘上轿头一遭，经验不足，还请多多赐教啊。"柯大卫见时机已到，切入正题。

"给领导干秘书，可不是一件好干的差事。"佟镜慢条斯理，故意卖起了关子。

"那应该怎样干?"柯大卫认真追问。

"总的要求，既要周到严谨，又要善于随机应变。"佟镜慢条斯理，惜字如金地透露道。

"具体应该注意哪些方面呢?"柯大卫紧追不舍,一副打破砂锅问到底的劲头。

"俗话说,天机不可泄露。不过,既然老弟这么迫切,不仿妄言几句,仅供参考。我认为,首先应该了解领导的底细,善于揣摩领导意图,包括背后的潜台词,做到心中有数,有的放矢。二是要多方掌握信息,当好领导的参谋和助手。三是要时时处处以领导为中心,甘当幕后英雄。四是要谨言慎行,保守秘密。五是张弛有度,恰当地安排好领导的业余活动。能做到这些,基本就可以算是一个称职的秘书了。"柯大卫的谦虚让佟镜感到十分受用和得意,于是居高临下地卖弄了一番。在他眼里,这位师弟就是一个啥也不懂的傻小子。

"要建立广泛的信息渠道,多看,多听。不知你听说过没有,有的人为了达到目的,连微型窃听器、针孔摄像头等现代侦查设备都用上了。总之,一个合格的秘书,必须做到眼观六路,耳听八方。"佟镜继续卖弄道。柯大卫觉得他说得有些故弄玄虚,危言耸听。在他看来,佟镜是一个有能力和手段的人,只是过于实际和庸俗,让人心理上容易产生一种难以言说的隔阂和排斥。有鉴于此,柯大卫与他交往过程中始终保持着距离。

"真是不读哪家书,不识哪家字。原来秘书工作有这么多道道。"柯大卫惊讶地说,心中感到阴云密布,凉意阵阵。

"不谈这些了,来,大哥再敬你一杯,祝你在新的岗位工作顺利。"佟镜见刚才自己的一席话对柯大卫心理上产生了一些负面作用,于是提议说。

"多谢佟哥。"柯大卫应声端起酒杯。

"大卫啊,你小子也老大不小了,别光想着工作。这第三杯酒,大哥祝你心想事成,早日喜结良缘。"佟镜说完,嘿嘿一笑,与柯大卫碰了杯。

"谢谢佟哥关心。"柯大卫举起酒杯,脖子一扬,灌了下去。

一连几天,柯大卫的心情无法平静。佟镜抛去伪装,开诚布公地与他交流着实不易,他却难于接受他的那些观点。他终于明白,秘书的角色如此诡异,与领导的关系如此特殊,不光要做好日常工作,还要充当间谍。

40　好大喜功

金秉荃认为，一个不会举债的干部，不是一个称职的干部。美国是世界上最大的债务国，也是最发达、最富有的国家。所以，应该抛弃保守落后的消费观念，解放思想，大胆投资，超前消费。

他决定在盘龙湖北岸设立一处工业园，集中建设大型炼钢厂、大型化工厂、大型染织厂、大型农药厂等"四大"项目，投资额超过百亿，由政府直接融资。

"'四大'项目投资巨大，财政能拿出的钱毕竟有限，大部分要靠银行贷款和发行政府债券。万一经营不善，势必会引发地区性金融危机，严重影响政府信誉和社会稳定。所以，对此，我表示置疑。"常委会上，翁卓不无担心地指出。

"除了翁主任刚才所说，还有一点必须引起我们注意。这些项目都属重工业，而且选址靠近盘龙湖，肯定对湖水和大气造成比较严重的污染。所以，在这个问题上，我持反对态度。"方明接着发言，支持翁卓的意见。

"同志们，这几个项目来之不易，是我特地到省市有关部门争取的。这些项目投资大，见效快，对于尽快壮大我区的工业总量，增加地方收入，促进就业，都具有重大而深远的意义。现在，其他地区都在觊觎着这几个项目，如果我们放弃，人家很快就会抢了过去。机不可失，时不再来，发展如逆水行舟，不进则退。我们不能让已经到手的鸭子白白飞走，而是要抓住不放，让它们落地生根，开花结果。

"资金问题没有别的办法，只能两条腿走路，财政投一点，然后大部分通过银行拆借和发行政府债券，面向社会集资，这是各地通行的做法，没有什么好担心的。银行的目的是为了赢利，他们不仅有投资大项目的热情，而且肯定要提前进行风险评估，面向社会发行债券，有政府担保，同样没有问题。

"选址盘龙湖北岸，主要考虑地形开阔，水源容易解决。至于某种程度上可能造成的污染的确应该引起注意，但也不必过于计较。发展总会付出代价的，世界各国都是如此，先发展，后治理，发展是硬道理，先发展起来再说，不发展什么都谈不上。世界上没有百分之百正确和完美的事情，我们总不能等所有的条件都具备了再谈发展吧，那样肯定会贻误发展。"针对翁卓和方明提出的异议，金秉荃不慌不忙、有板有眼地进行了反驳和解释，听上去似乎不无道理。

虽然在市区两级领导班子中存在不同意见，但金秉荃的决定还是很快付诸实施，因为他的这一决定再次得到市委书记薪跃进的支持。

"秉荃啊，不管东南西北风，咬住发展不放松，不要顾及别人说什么，先发展起来再说。'四大'项目上去了，你们经济新区的工业总量和经济结构就完全改变了，这是一件具有重大而深远意义的事。要大胆上，尽快上，不要瞻前顾后，畏首畏尾，谨小慎微。世界上不存在百分之百有把握的事，要取得成功，必须敢冒风险。不过，我还是要提醒你，不要忘了环保，该上设备要上设备。"

薪跃进的话给金秉荃注入了一支强心剂，让他备受鼓舞和感动。他信心倍增，干劲冲天，指挥一班人马昼夜奋战，很快完成了项目审批和资金筹集。金秉荃决定把基建工程交给白裕富的虎豹集团来做，同时，计划把辅助工程交给伏美姣的公司承包，借以修复他们之间的关系。翁卓明白已经无法阻止金秉荃的计划，只好转而支持。眼看金秉荃想一手包办所有工程项目，他于心不甘，于是来到金秉荃办公室，据理力争，提出要求。

"老金，四大项目工程浩大，关于承建方的选择需要讨论一下吧？"翁卓直言不讳地提出。

"怎么，你现在想吃饭了，你不是极力反对我做这锅饭吗？"金秉荃瞟了翁卓一眼，讥笑道。

"我开始是有些担心，后来不是同意了嘛。你吃肉，我喝汤总可以吧？"翁卓厚着脸皮回应道。

"话说透了，什么事情都好办，这锅饭又不是我一个人的，有饭大家吃嘛。"金秉荃顺水推舟，卖了个人情。

"具体谁负责安排？"翁卓紧接着问。

"连才，一会儿我给他打个招呼。"金秉荃落落大方地回答。

"谢了，老金。"翁卓见目的达到，马上起身告辞。

"不必。"金秉荃微微含笑，目送翁卓走向门口。

就这样，翁卓为老婆金玉的公司争取到了一部分工程的承建权。翁卓觉得心安理得，金玉却心细如发。晚上，躺在床上翻来覆去睡不踏实，于是对翁卓说:"咱们这样做,会不会出什么事?我看,树大招风,还是小心一点为好。"

"你说什么?"翁卓不解地问。

"我是说这批工程应该挂靠一家公司,让他们在前面做,我在后面指挥,这样比较稳妥一些。"金玉解释道。

"肥水不流外人田,我好不容易得到这么几个项目,难道还要分成给别人?"翁卓不解地问。

"做人不能太贪,分给他们一点利润怕什么?咱还是占大头嘛。再说了,只要你在位子上,以后工程有的是。"金玉开导说。

"胆小如鼠,杞人忧天。别人都这样干,你怕什么?即使将来出问题,也有高个子顶着。"翁卓不以为然地反驳道。

"哦,那就算了,也许我太多虑了。"听了丈夫的一番话,金玉只好作罢。

四大项目相继投入建设,但由于补偿标准过低,社会保障不到位,基层干部工作方法简单,群众存在逆反心理,所以清障速度较慢,影响了工程进度。

养兵千日,用兵一时。为了加快施工步伐,金秉荃亲自坐镇指挥,周密部署,限期攻克难关。一场规模宏大的突击行动如洪水猛兽,全面展开。几天之后,清障拆迁工作全线告捷。

为了褒奖有功之臣,金秉荃在富豪大酒店摆下了庆功宴,连才、冯旷、斐彪、白裕富应邀参加。一开场,金秉荃首先连敬了三杯茅台,并高兴地为每个人挑菜。白裕富在这次行动中表现尤为突出,他手下那帮打手发挥了关键性作用。金秉荃单独敬了他几杯。白裕富受宠若惊,连连道谢。

"金书记,你放心,不是我白某人吹牛皮,没有咱摆不平的事儿。只要您下命令,就是天上的月亮咱也能给你摘下来玩玩。"白裕富喝得晕头转向,舌头发直,结结巴巴地胡吹了一通。

"裕富,干得不错。好好干,下步给你争取个省人大代表当当。"听了金秉荃的表扬,白裕富异常激动。

"只要老板需要,白某肝脑涂地、赴汤蹈火在所不辞!"白裕富说着,身子一弯,单膝跪地,满脸虔诚,信誓旦旦。

在金秉荃的直接导演和推动下，经济新区创造了惊人的发展速度。平均每三天引进一个项目，每四天有一个项目开工，每一个月开发一平方公里，一年的建设总量比前十年的总和还多。

在高歌猛进的过程中，意想不到的事情接连发生。在大化工项目施工现场，一位老太太不同意低价强征自己的口粮地，躺在挖掘机面前试图阻止施工。挖掘机司机只顾大干快上，结果把老太太埋进了土坑。当周围的人发现并把她救出来时，她已经奄奄一息。送到医院，经抢救无效死亡。她的家人盛怒之下把尸体抬到了管委会大门口，大批群众驻足围观，造成了交通堵塞。

按照金秉荃的指示，肇事司机当了替罪羊，事态终于得到平息，一些负有领导责任的人却逍遥法外。

经济新区有一条清末民初的古街，两边的建筑古香古色，既有当时的豪绅商贾建造的深宅大院和会馆庙宇，又有寻常百姓的普通民居，虽历经一百多年风雨，依然保存完好，具有很高的文物价值。

闲暇无事的时候，金秉荃常来古街转悠。他想，如果开发成楼盘，可以增加一大笔财政收入。至于古街的文物价值，在他眼里已经变得无关紧要了。一些老干部、建筑专家、民俗专家上书建言，呼吁保护古街，有的甚至直接"闯宫"进谏，言之凿凿，态度诚恳。但他仍然固执己见，批评他们多管闲事。

此后不久，一场规模空前的施工开始了。一座座古建筑被炸毁、拆除、推平，古街在哭泣，在呻吟，在怒吼，古街遭受到灭顶之灾。一位民俗专家站在被夷为平地的工地上仰天长叹，捶胸顿足，痛哭流涕。一座座写字楼、公寓楼和豪华别墅楼拔地而起。古街消失得无影无踪，仅仅残存于人们的记忆中。

耳闻目睹了这么多事件，柯大卫突然想起罗曼·罗兰夫人的一句名言："自由啊，多少罪恶假汝以行！"他由此感叹道："改革啊，有多少丑行和悲剧打着你的旗号畅行无阻，一再上演！"

41　云海奇遇

商有道在盘龙湖边购得一块地皮，开发住宅小区。经过一番紧张的运作，工程进入正常运转。恰逢"国庆"节来临，商有道邀请柯大卫一起去黄山放松一下，柯大卫欣然同意。

这天一早，商有道亲自驾车，带上女秘书尚雅婷和柯大卫上了路。车子像一匹脱缰的野马，一路向前。野外景色宜人，空气清新，令人心旷神怡。碧绿的稻田和金黄的油菜花交替出现，相映成趣，一眼望去，仿佛一块黄绿相间、硕大无比的织锦。一处处村落进入视线，很快又被抛到身后。

"商哥，有一个问题我一直弄不明白，你是搞房地产的，能不能帮我解释一下？"过了一段时间，还是柯大卫忍不住打破了沉默。

"什么问题，说来听听。"商有道颇感兴趣地问。

"这几年，各地都把房地产作为新的经济增长点，开发了不少的商品房，可是为什么房价一直居高不下呢？"柯大卫虚心请教说。

"咳，这事你问我还真问对了，我是局中人，看得比一般人更清楚一些。"商有道颇为自负地卖起了关子。

"愿闻其详。"柯大卫催促说。

"房价之所以居高不下，主要有两个推手：一个是需求过大。中国正处于城市化阶段，大量的农村人口急速向城市转移，住房需求自然不会短时间内减少。需求过大，自然会推高房价。二是实行分灶吃饭的财税体制以后，地方政府过分依赖土地财政，土地资源被推向市场，地价一路飙升，房价随之猛涨。"商有道见解独到地分析说。

"有道理。用地、规划、建筑过程中的潜规则、暗箱操作、权力寻租增加了住房的交易成本，抬高了房价。"柯大卫补充说。

"是啊，上面管事的婆婆太多，审批事项、环节太多，不仅浪费时间精力，还要花钱打点关系。我这次用了半年时间，几乎跑断了腿，磨破了嘴，各种费用花了几百万，才把各种手续办齐。无论手续费用，还是公关费用，都要摊到楼房成本中，由购房者最后买单。"商有道联系个人实际，解释说。

"怎样做才能把房价降下来呢？"柯大卫饶有兴致地追问道。

"要尽量增加土地和住房供给，同时转移需求，减轻大中城市的住房压力，就地转移农业劳动力，实现城镇化。政府要转变发展理念，建立放水养鱼的财税体制，加快产业结构调整，改变地方政府过度依赖土地财政的现状。"商有道对症下药地指出。

"另外，要建立科学合理的干部考核制度，纠正片面强调经济总量和发展速度的用人导向。要实行阳光政务，从根本上遏制权力寻租行为。"柯大卫附和说。

"道理如此，但要实行起来就难了。"商有道感慨道。

"是啊，牵一发而动全身。"柯大卫附和说。

"你可以利用工作之便，向区里的头头们建言献策啊。"商有道半开玩笑地说。

"如今经济新区大开发的风头正盛，势不可挡，个人的意见不会起什么作用。"柯大卫无奈地表示。

"那就算了，别自讨没趣。"商有道理解地点了点头，然后集中精力，驾驶着轿车继续前行。

经过长途跋涉，傍晚时分，他们终于到达天都峰下，下榻在一家叫"黄山人家"的酒店。

稍事休息，三人开始用餐。商老板点了一些当地的特色菜，红烧头尾、清炖马蹄鳖、黄山炖鸽、腌鲜鳜鱼、云雾肉，又从车上拿出几瓶人头马干邑白兰地和法国波尔多赤霞珠红葡萄酒。商老板和柯大卫喝白兰地，尚雅婷喝干红葡萄酒。

别看尚雅婷是个二十几岁的小姑娘，酒量却大得惊人，柯大卫抵不住她猛烈的进攻，几乎败下阵来。商老板看到他的窘态，忍俊不禁，哈哈大笑。尚雅婷热情大方，笑容可掬，声音甜美，白皙的鸭蛋脸上长着一双会说话的眼睛，让人无法拒绝她的盛情。那天，她一头波浪式披肩卷发，上身穿一件浅色吊带短裙，露出洁白的乳沟、丰润的臂膀和修长的大腿，格外大胆新潮。

第二天早晨，洗刷完毕，吃过早饭，已是骄阳当空。大家都提前做了爬山的准备，换上了轻便衣裤和平底鞋子。尚雅婷上身穿了一件蓝白相间的蝙蝠衫，下身穿了一件粉红色休闲七分裤，脚蹬一双白色耐克牌旅游鞋，显得既素雅大方，又充满活力。

天都峰在黄山诸峰中最为险峻。薄雾缭绕，泉飞瀑流，微风徐徐，三人沿着崎岖陡峭的山路，慢慢攀爬。柯大卫在前面开路，商老板牵着尚雅婷的手，紧随其后。最初的一段路程比较轻松，再往前走，开始有些艰难,爬到半山腰,已经气喘吁吁,大汗淋漓,腿脚发软,体力不支。抬头一望,仍不见峰巅,大家心中不禁连连叫苦。退却意味着前功尽弃,只能稍事休息,积蓄力量,继续攀登。

这时,一拨又一拨的人从他们眼前经过,络绎不绝,交错而行。他们振作精神,继续前行。

好不容易接近峰顶,却被一块巨石挡住了去路。巨石就是著名的"鲤鱼背"。背顶有一段号称"天梯"的狭窄石阶,两侧是万丈深渊,令人望而生畏。脚蹬石阶,手攀缆索,小心翼翼,匍匐前行。煞时,一阵天风猛然吹来,人已吓得魂飞魄散。

过了"鲫鱼背",眼前豁然一亮,原来峰顶十分开阔。这时候,才能真正体会到一览众山小的畅快与豪迈。

峰顶四周的石柱之间,均已铁索相连,上面挂满了大大小小的连心锁。据说,锁上一把连心锁,再系上一根红绸带,就能把恋人的心锁住,保佑爱情之树常青不衰。所以,每天都有不少恋人双双来此,寄托美好的愿望。也有的人情场失意,心结难开,悲观厌世,来到这里跳崖殉情。还有一个可以容纳数十人的石洞,洞外挺立着一块奇石,仿佛一位醉卧的仙人在把守着洞门。

黄山的松树别具特色,独一无二,峰顶依然可以看到它们的风姿。它们生命力特别顽强,适应任何恶劣险峻的环境,山岩上,石缝间,悬崖边,只要有一粒种子,它们就会落地生根,汲取着水分,顽强生长。即使遭遇电闪雷劈,只要还有一丝根茎,它们就不会放弃生命的追求。

天都峰对面是一座状如莲花的山峰,那就是莲花峰。由于人眼的误差,此峰看起来如在天都峰之下,其实海拔比天都峰还高。天都峰以"险"著称,莲花峰以"秀"闻名。

云雾不断酝酿、生成,飘荡在山峰之间,变幻着五颜六色,演绎着千姿百态,像丝绵缠绕、蒸汽升腾,如仙人降临、禽兽飞走,又仿佛冰山游弋、沧海横流。

日薄西山,天地间一片辉煌,山峰间燃起无边的"火焰"。只见它一点一点下沉,终于像完成任务似地遁入地下。天色转暗,天界正在举行一场隆重的葬礼,众仙用血红的晚霞送别夕阳,同时孕育着下一个黎明。

云雾愈发浓重,漫无边际,覆盖了沟涧、山林,一切都被淹没了,吞噬了。周围变成了云雾的世界,游客仿佛漂游的鱼虾,又如仙人临界,陶醉而惊恐。此时,山峰仿佛漂浮的海中的孤岛。游客越来越少,周围一下子变得十分荒凉、寂寥。

柯大卫被眼前壮美瑰奇的景象震撼了,忍不住发出由衷的赞叹:啊,伟大的自然,永恒的宇宙!万物只能匍匐在你的脚下,仰视你的威严,顶礼膜拜,诚惶诚恐,感恩戴德。

他的眼球不经意间被云雾中一个模糊的黑影所吸引。走近一看,见一个年轻女子孑然一身,神情忧郁地呆立在悬崖边。就在她攀过锁链,即将纵身一跳的关键时刻,他扑上前,一把把她拉住,硬拽了回来。等她情绪稍微稳定,他才问明了情况。原来女孩是当地一所大学的大学生,名字叫肖艳,因为失恋,一时想不开,想葬身云海。

"人应该善待生命,包括自己的生命。一个人从出生那天起,已经不完全属于个人,所以没有权力作践和摧残自己。"

"如果没有了爱,活着还有什么意义?"

"人生在世,还有比爱更重要的,比如责任、义务、良知、事业等等。人不应沉湎于小我之爱,还应该肩负人间大爱,天地之爱,宇宙之爱。"

"失去了小我之爱,就失去了生存和奋斗的基石。"

"失去了还可以找回来,即使无法找回,还可以在新的起点上重新开始。人都有犯傻的时候,换个角度看问题,眼前的景象就会大不一样。黄昏更容易使人烦恼,好好睡上一觉,你会发现太阳每天都是新的。"

"大哥,谢谢你的指点。"

"谁都会经历坎坷,关键是要正确对待,做个内心强大的人,战胜自我,笑对人生。不妨试用一下目标转移法、感情寄托法,把注意力转移到工作、学习、旅游、运动、娱乐上面,把感情寄托到亲情、友情上面,这样就会重新充实和快乐起来。"

暮云四合,繁星微闪,天恩浩荡,寒气袭人。柯大卫赶紧领着肖艳下到足有千米之隔的玉屏峰。商老板和尚雅婷已经在那里等候了。

玉屏峰介于天都峰和莲花峰之间,因其峰壁如玉雕屏风而得名。明朝有一高僧曾在峰顶下建了一座文殊院,后人在其旧址上建起了一座宾馆,名叫"玉屏楼",他们只得在这里寄宿。

第二天,吃过早餐,他们顺路下山,去泡温泉。这里的温泉水质柔软光滑，独具特色。一个个浴池随地形露天分布，错落有致，形状各异，大小不一，种类繁多。有白酒浴、红酒浴、牛奶浴、玫瑰浴、绿茶浴以及泡有各类中药的汤池。大家换上泳衣，加入了泡澡的人群。商老板与尚雅婷找到一个僻静的角落，一边说笑，一边独自享受。肖艳兴致盎然，像一条美人鱼，出没于不同的水池。最后，钻进游泳池，尽情畅游。置身于这天然的琼浆玉液之中，柯大卫感到空前放松、潇洒和超脱，仿佛进入一个物我两忘的神奇境界。

"英雄救美，不虚此行啊。"踏上归程，商老板一边开车，一边开起了柯大卫的玩笑。

"商哥，我是来去空空，与你相比，自愧不如啊。"柯大卫笑着回敬道。

"我看那小妮子形象气质都不错。别放手，以后要加强联系。"商老板一脸认真地提醒道。

"商哥，你想哪去了，人家还是在校大学生呢。"柯大卫心不在焉地回答。

"那有啥？你再等她几年就是了。"商老板煞有介事地叮嘱道。

"是啊，缘分难得，可不要坐失良机啊。"尚雅婷不失时机地插上一句。

"乱点鸳鸯谱。"柯大卫瞥了尚雅婷一眼，嗔怪地回敬道。

几天后的一天，柯大卫意外收到了谌芳的结婚请柬。原来，自从上次与柯大卫邂逅，谌芳很快选定了一位男友。此人姓袁名嘉，帮其家父打理一家贸易公司。袁嘉从小喜欢唱歌跳舞，曾是学校的文艺骨干，与谌芳有共同语言。经过一段时间的交往，两人领取了结婚证。

"祝贺你们。"婚礼那天，柯大卫按时参加。

"谢谢，你也要抓紧啊，我们等着喝你的喜酒呢。"人逢喜事精神爽，谌芳打扮得公主似的，一副胜利者的姿态。

"甘拜下风，向你学习。"柯大卫承认自己落了后，决心加紧努力，迎头赶上。

42　言归于好

鹤鸣岛庞大的开发工程终于完工。金秉荃出面协调政府部门和国营企业出资购买，帮助推销这些高档别墅。伏美姣获利丰厚，金秉荃也得到了高额回报。当时，伏美姣同时跟几个高官来往，充当着公共情人的角色。金秉荃虽有耳闻，但却沉迷在财色俱收的喜悦之中，继续与她打得火热。

自从与伏美姣翻脸以后，黎义忠四处状告她以介绍工程之名诈骗钱财。虽然他的状告对她构不成现实威胁，伏美姣还是决定主动伸出橄榄枝，以免阴沟里翻船。

怎样既不丢面子，又能实现和解呢？伏美姣颇费了一番脑筋。她想，因为以前那件事，黎义忠一直怀恨在心，寻机报复，如果自己直接出面，他肯定不会接茬。不如找个中间人先沟通撮合一下，然后再见面，这样顺理成章，不至于尴尬和不快。打定主意后，他给冯旷打了个电话，约他到鹤鸣岛水上皇宫共进晚餐。

这是一家五星级酒店，集餐饮、购物、洗浴、住宿为一身，刚刚投入运营。伏美姣占有百分之八十的股份，并亲自兼任董事长。平时，招待重要客人，她一般选择这里。因为这里既安全，又高档，让人放心、舒心、开心。

"冯主任，你如今官当大了，好多天见不着你。"伏美姣端坐在一间豪华包房的真皮沙发上，一本正经地盯着匆匆进门的冯旷。

"对不起，我这些天的确忙了些，没经常登门拜见董事长，罪过，罪过。"冯旷站在伏美姣面前，低头哈腰地道歉。

"我不过开句玩笑罢了，你何必当真。赶紧坐吧，好像罚你站似的。"伏美姣脸上露出一丝笑容，语气和缓地安慰说。

"谢谢董事长，您找我有什么事？"冯旷在伏美姣对面落座，主动询问道。

"没有事就不能请你吃顿饭了？这话听起来多生分。"伏美姣调侃道。

"您可是金枝玉叶，仙女下凡，菩萨降世，我即使想亲近，也不敢啊。"冯旷讨好地恭维说。

"时间差不多了，咱们边吃边说吧。"伏美姣对冯旷提议说。随后走到餐桌旁坐下，并招呼服务生上菜。

不一会儿，美味佳肴摆了一桌。服务生遵命打开一瓶人头马XO，给伏美姣和冯旷斟上。

"来，冯主任，好多天没坐在一起了，今天小妹敬你一个。"伏美姣说着，与冯旷轻轻碰了一下杯，啜了一口酒。

"多谢董事长，我干了。"冯旷双手端杯，恭敬有礼地表示，随后一饮而尽。

"我敬董事长一个，祝您青春永驻，财源广进，洪福齐天。"重新斟满酒杯，冯旷躬着身，知趣地回敬了一个。

"冯主任啊，打开窗户说亮话，我今天找你来，还真有一事相求。"几杯酒下肚，伏美姣扯入正题。

"有什么事您尽管吩咐，只要我能办到的，马上就办，办不到的，想尽办法也要办成。"冯旷态度诚恳地表示。

"你跟黎义忠关系如何？"伏美姣问。

"还可以，有些交情，他找我办过几次事。"冯矿回答。

"我们以前合作过，但后来弄得不太愉快，你可能听说过吧？"伏美姣看着冯旷，平静地说。

"我知道，不就是为文化广场那块地嘛。那件事不能怪你，是上面命令禁止改作商业开发，你有什么办法？"冯旷回答说。

"这家伙现在四处告状，我担心出事。"伏美姣如实透露说。

"简直是个疯子，不可理喻，吃错药了。"冯旷气愤地骂道。

"你看怎么办？"伏美姣接着问。

"让白裕富的手下教训他一顿，看他还敢不敢告状。"冯旷回答。

"不行，那样会激化矛盾。把他惹急了，咱们就没有退路了。"伏美姣摆了摆手，否决说。

"那怎么办？软的他肯吃？"冯旷眨巴着眼，看着伏美姣问。

"你先出面通融一下，必要的话，我可以见见他，只要把话说开，疙瘩自然就解开了。"伏美姣吩咐说。

"空口说白话恐怕不行，商人都是讲利益的。"冯旷实话实说道。

"那笔中介费我是不想退了，咱们可以在盘龙山划一片矿给他，作为补偿。"伏美姣答复。

"这样比较可行，我试试看吧。"冯旷表示。

"好，我等你的消息。"伏美姣目光幽幽地看着冯旷，充满期待地说。

第二天，冯旷来到黎义忠的办公室，单刀直入地说："我听说你老兄正在告伏美姣的状？"

黎义忠正在琢磨这位执掌经济新区土矿大权的要员的来意，见他一上来就直接问起他和伏美姣的事，于是满腹狐疑地反问道："你听谁说的？"

冯旷回答："听谁说的不重要，重要的是有没有这回事。"

黎义忠满不在乎地问："有又怎样？"

听到这里，冯旷把脸一板，质问道："你知不知道她与金老大的关系？"

黎义忠笑了笑，回答："没听说过。"

冯旷接着质问道："不知者不为怪，现在我告诉你，要是还想在经济新区混，就不要太岁头上动土。"

黎义忠不服气地反问道："他们能一手遮天不成？"

冯旷斩钉截铁地回答："他一句话能砸了你的生意，让你乖乖滚蛋。惹急了，他能捻死你，就像捻死一只苍蝇。"

黎义忠听了这番话，感到有股凉气从心底蹿起，不仅打了个冷战。但还是不甘示弱地说："怎么？冯老弟敢威胁我。"

冯旷一本正经地说："不是威胁，是忠告。信不信、听不听在于你自己。"

话说到这里，黎义忠突然意识到自己此前的做法可能欠妥。金秉荃是不能得罪的，要想不得罪金秉荃就不能把伏美姣得罪得太死。想到这里，他变换了一下语气："看样子，冯老弟是身负使命，有事而来啊。"

冯旷回应说："无事不登三宝店嘛。"

黎义忠赶紧制止道："可别这样说，我这里陋室而已，冯老弟能大驾光临，是黎某的荣幸。"

冯旷摆了摆手："你我是老交情了，客套话不用多说，我今天是来为你们两家劝和的。"

黎义忠想了想，说："想让我轻易放手可不那么容易，她伏美姣黑了我好几百万呢。"

冯旷不慌不忙地说："那事不能怪你们当中任何一家，天灾人祸，不可预见的因素，谁都会碰到，没有一帆风顺的，你是老生意人，应该懂得这个道理。"

黎义忠苦笑了一下，说："就算是天灾人祸，我倒霉。作为合作伙伴，她不能坐视不管，把损失推给我一个人啊。"

冯旷猜想到黎义忠的意思，于是问道："说吧，你有什么要求？"

黎义忠回答："总得补偿我的损失吧。"

冯旷答复说："对方吩咐了，从盘龙山割一片矿给你，算是对你前面损失的补偿，这样行吧？"

黎义忠喜出望外，忙问："此话当真？"

冯旷肯定地回答："军中无戏言。"

黎义忠满脸笑容，大声说："你转告对方，她的承诺兑现后，以前的事一笔勾销，我绝对不会再提，更不会再向上反映。"

冯旷听后，一拍巴掌说："好了，我的任务完成了，告辞。"

几天后，冯旷替伏美姣兑现了承诺，批给黎义忠一片锰矿。黎义忠感激之余，设家宴答谢。

"欢迎伏老板、冯主任，你们二位的光临令寒舍蓬荜生辉啊。"黎义忠与来客热情握手。

"黎老板，还记恨我不？"伏美姣看着黎义忠，笑吟吟地问。

"我感谢还来不及，哪里敢记恨您哪。以前的不愉快过去了，咱们还是朋友。"黎义忠讨好地回答。

"咱俩能够和好，要感谢冯主任啊。"伏美姣把目光转向冯旷，提醒道。

"应该，应该，多谢冯主任从中帮忙。"黎义忠满脸堆笑地说。随后，与伏美姣把酒言欢，消除前嫌，同归于好。

43　温馨邂逅

母校大庆那天，同学们从四面八方赶回学校参加聚会。参加完庆典仪式，柯大卫心有所寄，缓步来到旧校区。这里曾是他的青春摇篮，苦读四载的知识殿堂。时光如过隙之驹，转瞬即逝，而过去的一切恍如昨日，历历在目，令人心生感慨。

离开校区，他来到了湖畔公园。这里曾是他经常光顾的地方，眼前的一切似乎没有变化，枝头的鸟儿欢快地鸣叫，每一株花草，每一棵树木，每一缕阳光，都尽情舒展。偶尔抬头，看见在榕树下一个熟悉的身影正端坐长椅，面对宁静的湖面凝神沉思。仔细一看，原来是白薇。

大二那年，有一天晚上系里放电影。柯大卫因事耽误了时间，等他赶到礼堂，电影已经开演。前面坐满了人，黑压压一片，一个壮汉像一堵高墙立在前面，把他的视线挡了个严严实实。他用手轻轻扒了一下，想弄出一点缝隙，但"高墙"巍然屹立，无法撼动。他瞧了瞧，想换个地方，可两边都挤满了人，想加塞比登天还难。他急得像热锅上的蚂蚁，连呼倒霉。一转眼看到身边一位女生踮着脚尖，鸭子一样吃力地向前伸着脖子。女生直觉有人看她，于是收回目光瞅了他一眼，同病相怜地苦笑了一下。女生的目光给了他灵感，只见他跑回教室，搬来了两只板凳。二人借助板凳，鹤立鸡群，居高临下，轻松愉快地看完了电影。

这位女生就是白薇。她的父亲是市立医院的外科主任，母亲是一位中学教师。

从那以后，柯大卫和白薇时常一起看电影，到图书馆阅读，或到校园一角的湖畔公园散步聊天。白薇面容姣好，身段优美，谈吐文雅，浑身充满魅力。

那时，学校只有一个食堂，学生们买饭要排很长的队。为了赢得先机，最后一节课铃声还没响起，学生们便蜂拥而至。门从里面打开的一瞬，人群轰然而入。柯大卫总是提前抢占有利位置，第一波进入餐厅，把饭菜摆上饭桌。这时候，白薇款款而至，对他嫣然一笑，然后坦然地对面而坐，津津有味地细嚼慢咽。

时间日复一日地过去，虽然交往频繁，但他们之间老是隔着一层薄纸。经过一番思想斗争，柯大卫还是鼓足勇气，决心大胆试探一下。

面对"火力"侦察，白薇佯装懵懂，既不接他的茬，也不给他明确的答复。惆怅在心中疯长，激情如火山喷发，被逼无奈，柯大卫只好偷偷写了一封短信，夹在一本书里送给白薇。此后一连几天，他心里七上八下。白薇却若无其事，只是看他时多了几分羞涩和忸怩。精诚所至，金石为开。他继续写信，反复、恳切地表达自己的心意。白薇却依然缄默，不给他一个明确的答复。

有一天傍晚，二人相约，来到湖畔公园。春光明媚，草长莺飞。一株树冠硕大，绿荫浓郁的榕树，虽历经百年风雨，仍根深叶茂，宛如一把擎天而立的巨伞，挥洒着独具魅力的风光与色彩。苍老粗壮的树干上枝叶茂密，紫藤、蔷薇、金银花攀附而上，阵阵花香，沁人心脾。

"红桥梅市晓山横，白塔樊江春小生。花气袭人知骤暖，鹊声穿树喜新晴。"白薇有感而发，随口吟诵了陆游《村居书喜》中的诗句。

"花传幽馥信时开，叶笼轻烟乘月来。暗捻一枝云鬓压，倚窗含笑待郎猜。"柯大卫听后，沉思片刻，报以古诗《七绝·花香袭人》。然后，伸手去摘身旁一朵带露的白色蔷薇花。

"小心扎了你的手。"白薇微微一笑，规劝道。柯大卫听后迟疑片刻，缩回了手。

晚霞把西天装扮得姹紫嫣红，气象万千，波光粼粼的湖面倒映着蓝天白云，四周一片静谧，仿佛能够听到落花的叹息。两人走向长条木椅，相依而坐，默默地面对这满园春色。

"白薇，我们是否能成为好朋友？"柯大卫终于鼓足勇气，打破了沉默。

"我们现在不就是好朋友吗？"白薇看了他一眼，不解地反问。

"我说的是那种终生厮守、白头偕老的朋友。"他底气不足地表白。

"没想到你竟是个俗人。其实，男女之间除了谈情说爱，还可以有真正的友谊。"白薇慨然回应。

"当然可以，但两者是不一样的。"他继续辩解说。

"我们这样不是很好吗？"白薇道。

"我们的关系应该更进一步。"他继续坚持。

"我们不适合做恋人，你别再费心思了。"白薇忽然沉下了脸。

"为什么？！"遭到如此明确的拒绝，他一时无法接受。

"爱是没有理由的，不爱同样没有理由。"白薇坦然面对，从容作答。

他陷入深深的绝望。情急之下，竟鬼使神差地一把抱紧白薇，在她绯红的面颊上亲吻了一下。

"你怎么这样？！"她一脸愠怒，努力挣脱了他的怀抱，径自向宿舍方向跑去。

他呆若木鸡，大脑一片空白，一时不知如何是好。原来他一直在害着单相思，白薇心里根本就没有他。苦闷之余，他偷偷写了一首诗，题目叫《心恋》。他想把这首诗交给白薇，然而，几天过去了，他依然鼓不起勇气。这时，有消息说白薇与同班一位长相英俊，穿着时髦，出身高贵的公子哥谈起了恋爱。

他知道这一消息后表面不露痕迹，内心却如刀口撒盐。他断定是这个公子哥欺骗了白薇，他怨恨这个夺人所爱的强盗，他怨恨白薇，因为她辜负了他的感情。继而又蔑视她，因为她同样是一个俗人。

白薇的新男友叫连铭，靠着老爸连才的影响，当上了英语系的学生会主席。他的母亲夏樱三天两头坐着豪华气派的进口轿车，带着一大堆好吃的东西来看望宝贝儿子，还经常找学校领导谈话，生怕宝贝儿子在学校受到什么委屈。

有一天晚饭后，柯大卫孑然一身漫步到湖畔公园。他只顾低头想着心事，猛抬头看见近在眼前的一条木椅上，一对男女蛇一样缠绕在一起。仔细一看，女的是白薇，那位男生估计就是连铭。真是冤家路窄，想立即躲避，但四周开阔，根本无处藏身，而且对方已经听见动静，抬头看见了他。

"啊，大卫，这么巧？"白薇两颊泛起两朵红晕，有些慌乱，但很快镇定下来，打着招呼。那天，她身穿一件白底浅蓝碎花连衣裙，脚蹬一双红色软皮鞋，看起来还是那样清秀高雅，雍容文静。

"你好，白薇。"柯大卫内心十分窘迫，但还是礼貌地回应。

"我给你们介绍一下，这位是柯大卫，数学系的才子；这位是连铭，和我一个班。"白薇介绍说。

"你好。"柯大卫礼节性地问候。

"你好。"连铭挑战似地看了他一眼，趾高气扬地还了礼。那天他上身穿一件质地考究的浅绿色丝绸衬衫，下身是一条咖啡色西裤，脚蹬一双黑亮的皮鞋，戴一副金丝眼镜，浑身上下流露出高人一等的优越感。

"我还有事，先走一步了。"柯大卫感到十分难堪，没等听完白薇接下来说的话，抢先一步，从他们身边直穿过去。因为他不想让白薇和那个小子看出他的难堪。

一连多日，柯大卫心情郁闷，百无聊赖。有一天，他偶尔读到歌德的小说《少年维特之烦恼》，主人公维特的遭遇引起了他的共鸣。深夜，他徘徊到湖边。四周一片死寂，空无一人，只有远处的几点灯火闪烁不定。他在木椅上坐下，毫无目的地注视着湖面，恍惚间产生了轻生的念头。

这时，他突然想起培根的一句话："一切真正伟大的人物，没有一个是因为爱情而发狂的人。这说明伟大的精神和伟大的事业可以摒除过度的激情。"先哲的谆谆教诲，让他深受启发和教益，他为自己的褊狭、卑俗和懦弱感到羞愧。

"男子汉大丈夫，何患无妻？"他这样安慰自己，重新变得坚强起来。

学校周围是连绵不断的群山，课余时间，他经常去爬山。欣赏着如画的风景，他会忍不住大声喊上几句；聆听着鸟雀的歌唱，他会禁不住停下脚步，饶有兴致地与鸟儿们对话。经过一段时间的调节，他的心情逐渐好转起来，终于走出了失恋的阴影。

转眼到了毕业时间，柯大卫工作一时没有着落，只好临时找了家酒店打工。叶青取消了回原籍的打算，应聘到滨江市一家外企干文秘。连铭、白薇在连才的关照下，分别以调干生的名义进入经济新区人事局和外事办。

离校那天，柯大卫走上公交车，心情茫然，面无表情，毫无目的地看着窗外。突然，人群中出现了白薇熟悉的身影。他怀疑自己是在做梦，用手揉了揉眼睛，仔细一看，果真是她，在眼前不远处站立着，默默地注视着他。

车子迫不及待地启动了。白薇突然举起右手，手里挥动着一只火焰似的手帕。柯大卫意识到什么，想有所表示，身体却石像似地动弹不得，仿佛被一股神秘力量抓住了。刹那间，车子向前驶去，白薇的身影被迅速抛出视线。柯大卫回过神，突然发现自己已是满眼泪水。

连才和夏樱生了两个儿子。大儿子连宽虽然没考上大学，但在老子的庇荫下，一路春风得意，三十几岁已经当上了经济新区路桥局主管业务的副局长。老二连铭热衷于经商，大学毕业后拥有一份令人羡慕的工作，他还是毅然停薪留职，创办了达三江商贸公司，自任董事长兼总经理。

在他心目中，经商比当官更有挑战性，更潇洒自由。他认为一家人全部跻身官场，只会造成资源浪费，只有把权力与金钱有机结合起来，打造官场、商场两栖家族，才能把家业做大做强。于是，人财两旺、豪气冲天的连铭早想把白薇睡了，没想到遭到了白薇的拒绝。白薇担心这位公子哥轻易得手后违背诺言，不再娶她。猴急之下，连铭只好央求父母抓紧把他和白薇的婚事办了。

柯大卫接到请柬，感到有些为难。但还是慷慨赴筵。婚礼在五星级的湖天大酒店隆重举行。婚礼场面宏大，极其奢华，迎亲车队有上百辆高级进口轿车，围着滨江城整整转了一圈。举行婚宴的酒店人如潮水，宾朋满座。

酒店门前，巨大的红色拱门，上边挂着一条横幅，上书：祝连铭先生、白薇小姐新婚大喜，百年好合！一溜礼炮昂首挺立，地面上已经积了厚厚一层粉红纸屑，天空中漂浮着不少彩色气球，酒店门口，乐队正在演奏《迎宾曲》，整个婚礼现场一派喜庆祥和气氛。

柯大卫来不及细看，登上大理石台阶，走进宽大的旋转玻璃门。只见白薇和连铭正在大厅等候最后一批客人，婚筵马上就要开始了。那天，白薇身穿洁白的婚纱，梳着高高的发髻，胸戴一朵别致的小红花，线条优美，举止优雅，红光满面，光彩照人，本来就是天生丽质，加上专业化妆，精心打扮，简直就是天女下凡。

"啊，大卫，你好，你能来我们太高兴了！"白薇见到柯大卫，抢先一步，与他握手。连铭看到白薇对柯大卫这样热情，眼里迅速射出一束嫉妒而愠怒的目光。白薇似乎有所察觉，赶紧改口补充说："连铭刚才还提起你，他也希望你能来。"

连铭见白薇这样说，只好走上前，努力挤出几丝笑容，故作热情地与柯大卫握手："欢迎光临。"

柯大卫微笑着向二人道贺，顺手递上红包，来到包间。在座的都是连铭和白薇的同班同学。酒宴开始，大家一边互相敬酒，一边交谈，内容大多是毕业后的经历。从象牙塔踏入复杂的社会，一番风雨历练，无论成功，还是失意，大家话语中充满了感慨。酒过半席，白薇和连铭前来敬酒，柯大卫感到一阵头晕目眩，但他努力强迫自己镇静下来，举杯道贺，说了一通恭维祝福的话。

"是你，白薇！?"迟疑了一会儿，柯大卫终于走上前去，主动与白薇打了个招呼。故地重逢，仿佛是无意的巧合，又像是上天的安排。

"大卫？"白薇听见动静，转过头，一眼认出了他。那天，白薇身穿一件白色连衣裙，外罩一件浅灰色马甲，修长的秀腿上包裹着肉色的长筒丝袜，脚蹬一双黑色高跟皮鞋，着意的装扮掩不住岁月的痕迹和内心的忧郁。

"什么时间回去?"白薇问道。

"今天下午。"柯大卫回答。

"日程不是安排了两天吗?"白薇反问道。

"单位有事。你呢?"柯大卫望着幽静的湖面，神思恍惚，心猿意马。

"我也决定今天走。"白薇幽然作答。

"为什么不多玩一天?"柯大卫顺口问道。

"唉，没心情。"白薇轻叹一声，慵懒地回答。

"冒昧地问一句，这几年过得怎么样?"沉默了一段时间，柯大卫问道。

"我现在自杀的心都有了。"白薇的回答把柯大卫吓了一跳。没想到，刚刚几年，原来那个活泼动人、美丽高傲的白薇变得如此消沉。

"人生难免遇到这样那样的坎坷，何必自轻自残。"柯大卫宽言相劝。

"有些坎是不那么容易过的，与其苟且偷生，还不如及早了断，赚个干干净净。"白薇不以为然地说。

"你究竟遇到了什么困难？我是否能帮助你?"柯大卫忍不住关切地询问。

"连铭是个骗子，他欺骗了我的感情！结婚不长时间，他就在外面养起了小蜜……"白薇说着呜咽起来，两根瘦削的肩胛骨一颤一颤地上下耸动。

"男人有钱就变坏，这种事比比皆是，你又何必认真。"柯大卫同情白薇婚姻的不幸，心中涌起一种悲凉。

"可我从小是个眼里揉不进沙子的人，怎么能受得了这种气。"白薇强忍悲泣。

"唉，连铭这小子，怎么会这样！"柯大卫不禁骂道。

"也许我命该如此。"白薇说着，重重地叹了一口气。

"天无绝人之路，千万不能作践自己。"柯大卫生怕她一时想不开，做出傻事。

"不说这些了，没意思。"白薇用手帕擦了一下双眼，努力把自己从低沉中拉出来。

"对，要乐观，坚强。"柯大卫鼓励说。

"你这几年过得怎样？"白薇关切地问。

"马马虎虎。"柯大卫自嘲地笑了笑。

"找到意中人没有？"白薇注视着他，认真地问。

"没有，难哪。"柯大卫苦涩地回答。

"应该抓紧。"白薇提醒道。

"自己还在围城里受苦，却劝别人进去，人真是奇怪。"柯大卫揶揄道。

"唉，我是我，你是你，各有不同。我已经错了，但希望你走好这一步。"白薇一本正经地辩解道。

"许多事情可遇而不可求，顺其自然吧。"柯大卫淡然一笑，一副从容不迫的样子。

微风吹拂，湖面上掀起层层涟漪，几片枯黄的树叶随风飘落。二人聊着，不觉太阳已经偏西，于是起身道别，各自离去。

44　抗洪抢险

仿佛"天河"开了口子，一连多日，暴雨铺天盖地，倾泻而下。江河堤坝水满为患，险情不断，一旦发生决口，后果不堪设想。

市、区两级紧急召开会议，研究部署抗洪抢险，领导分工包干，亲临一线坐镇指挥。金秉荃和区人大副主任万镇泽亲自负责险情严重、任务艰巨的盘龙河，带领有关人员紧急赶往盘龙河堤坝，冒雨查看险情。柯大卫跟随金秉荃来到抗洪现场，叶青和区电视台一名男记者随行报道。

防洪堤坝千疮百孔，破败不堪，随时可能决口、垮塌。金秉荃现场对全体抢险人员即席发表了战前动员：

"同志们，险情就是命令，党和人民考验我们的时候到了。是好汉，是孬种，就看大家的了。从现在起，大家要分工负责，通力协作，迅速抢修危险地段。我们要树立敢打必胜的信念，人在堤在，誓与大堤共存亡！"

随后，分工定责之后，调集人力、物力，指挥现场人员抓紧修复病险地段。暴雨继续下个不停，坝顶湿滑，工程施工困难重重。这时候，突然出现了几处管涌，他们立即组织堵复。然而，还没来得及完全堵复，上游冲下新一波洪峰，管涌进一步扩大，情况危急，命悬一线。要保住大堤，唯一的办法就是组织突击队，在大堤内侧围起几道人墙，阻挡风浪，减轻大堤压力，然后集中人力、物力，迅速封堵管涌。

主意打定，金秉荃、万镇泽亲自指挥突击队员跳进江水，在管涌外围筑成几道人墙。岸上的抗洪军民则争分夺秒，肩挑人扛，抓紧施工。

狂风裹挟着巨浪，一次又一次地向人墙发威施虐，试图把他们淹没。突击队员们手挽手，肩并肩，勇敢地与洪水搏斗。人墙随着江水上下浮动，左右摇摆，但却坚忍顽强，牢不可摧。

时间一秒，两秒，一分，二分，一个小时过去了，两个小时过去了……无论是水里的，还是岸上的，人们的体力都消耗很大，渐感不支，但严峻的形势逼迫着他们咬紧牙关，拼命坚持。

堤坝上的几处管涌终于堵复了，在风浪里连续搏斗了几个小时，大家的体力几乎消耗殆尽。岸上的人扔下手中的工具，瘫倒在地。突击队员们则拼尽全力，爬上了岸。就在这时，一阵狂风劈头盖脸地朝他们扑来。大家努力稳住阵脚。狂风过后，却不见了站在岸边指挥的金秉荃。

柯大卫感觉大事不好，急忙一个猛子扎下去，顺着水流寻找金秉荃。漂了一阵，忽然看见有个黑影在江水中上下浮动，时隐时现。柯大卫借着水流的力量冲了过去，一看，果然是金秉荃。他急忙靠上去，一把抓住金秉荃，好不容易靠近堤岸。万镇泽赶紧指挥岸上的人扔下一根绳索，把他们拉上了岸。

刚刚发生的一幕让柯大卫感到后怕。金秉荃则趴在一边喘着粗气，一副惊魂未定的样子。万镇泽建议他们回区里休息，但他仍然坚守大堤，与大家一起继续坚守阵地，密切注视汛情发展。

当最后一波洪峰安全度过，人们终于回到正常的工作秩序。为庆祝胜利，金秉荃和万镇泽专门设宴款待跟随他们在大堤奋战的工作人员和水利专家。酒宴开始，金秉荃即席发表了简短的讲话，对大家在这次抗洪中的表现给予了充分肯定和由衷的赞扬。然后，与在座的各位逐一碰杯，兴致勃勃地喝了一杯又一杯。

"大卫啊，今晚没事，放开点，一会儿让司机送你回去。我坐万副主任的车走。"金秉荃走到柯大卫面前，亲切地拍着他的肩膀说。

"谢谢金书记厚爱。"柯大卫赶忙道谢。

"哎，应该感谢你啊，要不是你水性好，我已经成为抗洪烈士了。"金秉荃感激地笑道。

"金书记，您可不能当烈士，经济新区没有您可不行。"听了金秉荃一席感激的话，柯大卫不无感动地说。

"是啊，我现在没有资格去见马克思，修炼得还不够啊。"金秉荃认可地点了点头。

方明在腾鲛河指挥抗洪抢险，经过连续几天的奋战，他已经累得筋疲力尽。任务完成后，他回到家倒头便睡。第二天早晨，刚起床，突然桌上的电话响了。他顺手拾起话筒，只听里面传出小舅子苗松的声音。

"姐夫，我是小松，我公司的车在运菜的路上，不小心把别人的车撞了，要赔几千块钱，麻烦你给交警部门打个电话，通融一下。"

方明听完小舅子的话，眉头一皱，答复说："这件事一切由交警处置，我不便插手。"

苗松听了姐夫的话，很不满意："早知这样，我不如不找你。"

方明接着解释："公事公办，不能因为我是姐夫，就搞特殊，要按法律规定办理。"

夫人苗红熟悉丈夫的为人，怕弟弟再纠缠不休，于是接过电话："小松啊，按你姐夫说的办，不要与人家争执，该出多少钱出多少。"

苗松没有办法，只好按要求交了几千块钱的罚款和修车费。几天后，他接到姐夫的电话，让他到家里做客。苗松虽然心里老大不愿意。考虑再三，还是按时来到。姐夫热情地接待了他，亲自给他泡茶，倒茶。姐姐苗红也在一边陪着聊天。

"苗松啊，最近公司经营得怎么样？"

"托你的福，运转还算正常。"

"撞车的事姐夫没帮上忙，对不起了。"

"道歉有啥用，钱已经罚去了。"

"你要理解姐夫，我有我的难处啊。"

"我理解。"

"家里有困难没有？"

"没有。谢谢姐夫关心。"

"你姐姐给你准备了几千块钱，你临走拿着，你公司现在正是用钱的时候，我们替你把罚款交了。"

"谢谢姐夫、姐姐。"

"以后，一定要严格要求员工遵守交通规则，不能违章行车，这不光是对别人负责，也是为了自己的安全。车祸猛于虎，全国每年因车祸死伤四五十万人啊。"

"是，姐夫。"

说着话，时间已到中午。苗红已经下厨做了几个热菜，招呼方明和苗松吃饭。三人一起一边说笑，一边喝酒吃饭，苗松心头的不快烟消云散。

45　婚姻大事

婚姻是人生的一件大事。在众人眼中，你没结婚，就意味着还是个没长大的孩子；在领导眼里，你没结婚，就意味着还不够成熟，难当大任。恋爱结婚这种纯私人的问题也会与工作、事业连在一起，成为你不得不去跨越的一道门槛。柯大卫曾经为此大伤脑筋，心存不满。然而，年龄不饶人，不光家人和朋友焦急，金秉荃也开始过问柯大卫的个人问题了。

"坐吧。"有一天，金秉荃批完文件，温和地对柯大卫说。

"金书记，有事吗？"柯大卫丈二和尚摸不着头脑，疑惑而恭谨地问。

"今年多大了？"金秉荃抽出两支软包中华烟，一支扔给柯大卫，一支夹在自己手上。

"二十八了。"柯大卫赶紧掏出火机，给金秉荃点上，然后自己给自己点上。

"我跟你这么大的时候，孩子七八岁了。工作固然重要，个人问题还是要考虑的。"金秉荃猛吸了一口，吐出一口浓浓的烟雾，慢条斯理地说。

"没有合适的。"柯大卫苦笑了一下，回答。

"不要太理想化了，感情是可以慢慢培养的，自己碰不到合适的，别人介绍也行啊，我跟你嫂子，当初也是人家给牵的线，现在不是过得蛮好嘛。"金秉荃说得入情入理，柯大卫一时无言以对。

"怎么样，让你嫂子给你介绍一个？"金秉荃把烟灰往灰缸里一弹，两眼直视着问。

"不劳您和嫂子费心了，我自己会抓紧的。"柯大卫赶紧婉言相拒，因为他不想让领导参与自己的私事。

"你嫂子说她单位有个姑娘不错,说跟你挺般配。我看这样吧,明天晚上七点,你们到我家见个面,把事情定下来。"金秉荃说完把烟捻灭在烟灰缸里,命令似地吩咐。

"谢谢您和嫂子。"金秉荃这样盛情,已经把约会定下来了,如果直接拒绝,他肯定会觉得自己不识抬举。想到这里,柯大卫只好答应。

晚饭后,柯大卫到超市买了几样水果和点心,按时来到金秉荃家。他的家离办公大楼不远,是一座三开间的二层别墅。柯大卫站在门口,按了一下门铃,保姆出来开了门,领他进了客厅。客厅中间摆着一圈沙发,金秉荃的夫人秋菊正坐在一边,陪一位姑娘聊天。

柯大卫走进来,礼貌地问好。秋菊招呼他在沙发上坐下,给他倒了一杯茶水,然后对里面喊:"老金,柯秘书来了。"秋菊对里面喊。她是本市一所艺术学校的校长。

金秉荃从里面走出来,朝柯大卫点了点头,随口说了一句:"大卫来了,坐吧。"然后坐到旁边的沙发上。柯大卫赶紧起身问好。

"柯秘书,我给你介绍一下,这位是我们学校的美术老师杜鹃。杜老师可是我们学校的金凤凰,有不少崇拜者,你可要抓紧啊。"秋菊热情地介绍那位姑娘。

"你好,我叫柯大卫。"柯大卫躬了一下身,自我介绍道。其实,他的情况秋菊早已介绍给杜鹃姑娘了。

"谢谢,认识你很荣幸,请多关照。"杜鹃站起来,微微一笑,还礼道。

"哎,你们俩别这样客气,坐下来好好聊聊,我看挺般配的嘛。"金秉荃笑呵呵地说。看着眼前两个年轻人,他想起了当年的自己。

"就是么,一会生,二会熟,接触长了就好了,我跟你们大哥当年也是这样。你们俩好好聊,我们还有点事。"秋菊说着,朝金秉荃使了个眼色。金秉荃心领神会,陪着夫人走进内间。

柯大卫和杜鹃礼貌地起身相送,然后坐下来,你一言我一语地谈起各自的情况。直到这时,柯大卫才有机会仔细打量一下杜鹃。

瓜子脸,大眼睛,薄嘴唇,高鼻梁,中等身材,略显清瘦,气质、形象与她从事的工作倒很吻合。柯大卫对她有一种似曾相识的感觉,但一时想不起在哪见过。经过反复思索，他突然发现，原来杜鹃与白薇颇有几分相似。

众里寻他千百度，蓦然回首，那人却在灯火阑珊处。天底下竟有这么巧的事？这些年他心里一直放不下白薇，一直想找一个白薇一样的女孩，没曾想此人就在眼前。

因为怕影响金秉荃一家休息，柯大卫和杜鹃及早告辞，沿大街边走边谈，一直到午夜。从那以后，一有时间，柯大卫就陪杜鹃吃饭、购物、看电影，以便增进了解，加深感情。

下午下班时，柯大卫迎面碰见微机员向凌霄。只见她满面春风，踌躇满志，往日的萎靡不振一扫而空。一打听，原来她时来运转，名花有主了。

一次小聚，一位思想前卫的闺蜜彻底打开了他的心扉。

"找不到自己所爱的，不如找个爱自己的；捕捉不到爱情，不如收获金钱。年龄、相貌都不是问题，让所有的世俗偏见见鬼去吧。"闺蜜情绪激昂地开导她。

"那样是否太庸俗？"向凌霄怀疑地看着闺蜜，询问道。

"庸俗？如今谁不这样？如今就是一个实用主义时代，现实一点好，清高有什么用？"闺蜜一连几个反问回答道。

"我试试看吧。"向凌霄勉强答应道。

"不用有顾忌，大胆往前走！"闺蜜进一步鼓励道。

接受了思想启蒙的向凌霄以常人难以想象的速度嫁给了一个有钱的老头。老头已经七十多岁，年轻时在外贸公司当部门经理，后来自己下海办起了公司。二十几年下来，钱多得堆成了山，几辈子花不完。老头无儿无女，老伴又先他而去，正为偌大一笔家产无人继承而犯愁。日常生活需要有人照顾，苍老孤寂的身心需要有人慰藉。为找到一个称心如意的新伴侣，老头来到婚介所求助。经介绍，与向凌霄结识。两人一拍即合，关系发展很快。

与柯大卫碰面时间不长，向凌霄正式与老富翁登记结婚。婚后，干脆辞去工作，一心一意做起了阔太太。

46　坚守底线

每隔一段时间，秘书们总要忙中偷闲，找个地方放松一下。他们自由结合，三五成群，你来我往，轮流坐庄，喝喝酒，聊聊天，唱唱歌，既可以释放压力，调节身心，又能拉近距离，切磋学问，沟通信息。最关键的是大家都想利用这样一个私下里交流的机会，在觥筹交错、谈笑风生中获取自己想要的内幕消息。

这天，轮到柯大卫坐庄。处理完手头的工作，他订好酒店，然后给各位秘书发了信息，相约晚上六点到"仙客来"酒家聚会。

柯大卫提前到达酒店，点了酒菜。不到六点，工委副书记兼纪委书记方明的秘书小李，管委会关副主任的秘书小陈，闫副主任的秘书小封，丛副主任的秘书小王相继到达。柯大卫热情招呼他们入座。

翁卓的秘书大庄最后一个来到，一边走进房间，一边向大家抱拳致歉。柯大卫起身相迎，把他让到主客位上。

秘书的一言一行都代表着领导的形象，所以秘书的派头也基本与领导职务大小密切相关。庄秘书很懂得这一点，很会把握这方面的分寸，因而特意来得晚一点，借以显示与众不同的地位和身价。

大家按次序坐定。柯大卫一个手势，服务小姐开始上菜、斟酒，酒宴随之开始。

"各位大哥如约光临，小弟倍感荣幸。借此机会，多谢各位一直以来的关心、支持和厚爱。这第一杯酒就叫感谢酒，小弟先干为敬了！"柯大卫从座位上站起来，态度诚恳地敬下了第一杯酒。然后给每位客人挑了一下菜，以示尊重和热情。柯大卫之所以以小弟自称，并不全是谦虚。在这个圈子里，他何尝不想摆一下主任秘书的谱？只是因为自己年纪轻，资历浅，所以不便过于招摇。

"第二杯，祝各位兄长步步高升，前程似锦！"柯大卫接着又敬了一杯。听着他的祝酒词，大家心花怒放，纷纷响应。

"在座的各位不仅是我的兄长，而且在学识、为人各方面都堪称我的老师，今后还请各位不吝赐教，一如既往地关照、提携小弟。这第三杯酒，就叫拜师酒，小弟这边有礼了！"柯大卫说完，与众秘书一一碰杯，率先一饮而尽。

柯大卫深知"良言一句三春暖"的道理，愿听赞美、阿谀之词是人的普遍心理。果然，大家被他的谦虚和真诚感动了，痛痛快快地把酒干了。是啊，堂堂的新区一秘，背靠炙手可热的金大书记，却甘拜下风，心胸如此宽广、态度如此诚恳怎能不令人感动。

现场的气氛经柯大卫一鼓动，马上活跃起来，觥筹交错之间，各人不忘借机把自己的主子也一块吹捧宣扬一通。因为他们都懂得，背后吹捧宣扬自己的上司，往往会收到意想不到的效果，是为人处世一大诀窍。

酒宴在继续进行，气氛越来越热烈。上半场大家还能保持一份清醒和戒心，慢慢地，心防被酒精泡得松垮下来。酒的魅力可谓大矣，只要几杯下肚，绷紧的神经就会松弛，所有的矜持、隔阂就不复存在。只有那些圆滑世故、心机特深的人才可能从容应对，稳如泰山。

这时，许多人就揭去了伪装，露出了本来面目，开始天南海北，东拉西扯，不经意间泄露出一些信息和秘密。有心者趁机撩拨引导，往往颇有收获。

"老兄，最近忙吧？"现场乌烟瘴气，一塌糊涂，柯大卫提议庄秘书到外间透透气。庄秘书欣然同意。

"一般，一般，哪有你忙啊。"庄秘书酸不溜丢地回答道。

"听说金书记百忙之中还能坚持赋诗作画，雅兴不浅啊。单就这份沉着稳健，就让人佩服得五体投地。"庄秘书接着故作崇拜地说。

"有什么好佩服的，我看他都快成寓公了。"柯大卫轻描淡写地说。

"庄兄，你今天戴的这只表可不一般，一看就是名牌。"柯大卫见庄秘书情绪不佳，就话锋一转，故意岔开了话题。

"眼力不错，正宗的劳力士。前几天跟翁主任到北京出差，抽空到王府井买的，花了我好几千呐。"庄秘书洋洋自得地卖弄道。

"原来如此，怪不得看上去这样上档次呢。"柯大卫适时恭维道。

酒宴结束后，柯大卫回到家里，把当天晚上每个人前前后后说的话，像过电影似的从头到尾滤了一遍。庄秘书无意中流露出陪翁卓到北京出差。据他了解，前一段时间翁卓在北京并没有会议和公开的活动安排，那么他的这次进京应该属于个人行为了。那么，他去干什么？目的是什么？柯大卫凭直觉断定，翁卓此举肯定非同一般。

庄秘书的助手顾小文对柯大卫很有好感，觉得他讲义气，心胸宽，不像自己的搭档庄秘书那样小肚鸡肠，官气十足。柯大卫同样愿意接近顾小文，觉得他心地单纯，为人善良。

顾小文的父母原是一家街道集体企业的职工，下岗后，在街上摆起了小摊。后来，他父亲得了重病，住院吃药，拉下了不少债务。虽然顾小文利用课余时间打零工，坚持读完了大学，但仍然没有还清家里的债务。柯大卫知道他的情况后，经常从经济上帮助他。一来二往，两人的感情日渐加深。

晚上下班后，柯大卫请顾小文吃饭。两人来到盘龙湖边一个湘菜馆，点了几个特色菜，边吃边喝。

"干咱们这行不容易，兄弟们要互相鼓励，好自为之啊。"柯大卫酒兴大发，连敬数杯。"大哥将来发达了，别忘了小弟啊。"顾小文看着柯大卫，恭敬地说。

"发达谈不上，人生在世，应该有所作为，否则不是白来一趟？"柯大卫豪情满怀地说。

"我可没有你那么大的抱负，当一天和尚撞一天钟，哪天不用我了，我就走人。"顾小文笑着回答。

"怎么，工作不顺？"柯大卫问。

"我看不惯大庄那副装模作样、自高自大的样子。方便时，帮我另谋个位置，我要离那家伙远点。"顾小文一本正经地要求。

"不是冤家不聚首，要尽量处理好与他的关系。人在屋檐下，不得不低头嘛。"柯大卫态度温和地规劝说。

"本性难移，恐怕很难。"顾小文摇了摇头，回应道。

吃饱喝足，两人互相搀扶，走出酒馆。顾小文喝得有些站立不稳，柯大卫拦了一辆的士，把他送回了宿舍。

人在"江湖"，各为其主。柯大卫从顾小文那里证实了自己的判断。他原本想把掌握的这一信息汇报给金秉荃。但转念一想，这样做，等于真的成为了别人的间谍。他从小就鄙视那些卖友求荣、踏着别人肩膀往上爬的人，认为这种人连娼妓不如，因为娼妓出卖的是肉体，而他们出卖的是人格和灵魂。个人不能改变现实，但起码应该坚守底线，拒绝充当官场争斗的工具和炮灰。思前想后，他终于下定决心，坚决不做任何人的间谍，拒绝出卖灵魂和人格。

47　花好月圆

　　经过一段时间的交往，柯大卫与杜鹃终于结婚登记。随后，开始了新婚旅行。他们首先飞到海南，在万泉河玩竹筏漂流，在五指山看风景，在三亚的海边赏椰林，洗海澡。然后，乘船来到桂林。

　　虽然已是初冬季节，桂林的大街小巷却花满枝头，到处是花的海洋。种系繁多的丹桂、金桂、银桂、四季桂，竞相开放，芳香四溢，令人陶醉。一棵树干粗壮、树冠硕大的千年老桂，仍然迎风站立，成为历史的活标本和人间沧桑巨变的见证。

　　象鼻山位于两江交汇处，形象生动逼真，恰如一头大象正在低头饮水。宋代一位自称蓟北处士的人写了一首诗："水底有明月，水上明月浮；水流月不去，月去水还流。"诗中描写了象鼻山奇特的月夜美景，令人回味无穷。

　　水流、大气对石灰岩亿万年的冲刷、侵蚀，成就了桂林瑰丽奇异的喀斯特地貌和溶洞奇观。登上独秀峰，桂林美景尽收眼底。伏波山述说着一段悠远的历史故事，八角寨的丹霞奇观同样闻名遐迩，令人神往。

　　七星岩，又名栖霞洞，游程八百一十四米，有老人看戏、五谷丰登、古榕迎宾、白兔守门、仙人晒网、巨石镇蛇、九龙戏水、银河鹊桥等三十五处景观，处处瑰丽奇绝，栩栩如生，妙趣横生，堪称神山洞府。芦笛岩，游程五百米，移步成景，步移景新，像一座用宝石、珊瑚、翡翠雕砌而成的艺术迷宫。石笋、石乳、石柱、石幔、石瀑、石琴、石花、石鼓、石钟……各种造型琳琅满目，玲珑剔透。狮岭朝霞、红罗宝帐、盘龙宝塔、原始森林、高峡飞瀑、塔松傲雪……一处处美景鬼斧神工，如临仙境。唐代以来各方游客在洞壁上题写的诗词字画，更给这里增添了几分文化氛围和历史印记。

　　漓江是世界上最大的岩溶山水游览区，发源于华南第一峰猫儿山，全长四百三十七公里。桂林到阳朔这一段最美，像一幅清丽幽深的山水画，被称为百里画廊。江水像一条玉带，蜿蜒舒缓，清澈见底。远处是连绵的山峰，隽秀挺拔，仪态万千，江边不时闪现出几丛凤尾竹，随风摇曳，婀娜多姿。船行江心,山水相映,或朦胧,或清晰,如梦如醒,如诗如画。伫立船头,望夫石、玉女峰、九马画山、鲤鱼挂壁、七仙下凡、罗汉晒肚、童子拜观音……两岸美景层出不穷,美不胜收。

晚上,他们有幸观看了大型室外情景剧《印象刘三姐》。据说,那一带是刘三姐的故乡,随便走到哪里,仿佛都能看到她美丽智慧的身影,听到她清纯亮丽的歌喉。

每到一个景点,柯大卫和杜鹃都不忘留下一张合照,作为新婚的纪念。

旅游归来,举办了简朴的婚宴。金秉荃和夫人秋菊百忙之中亲临祝贺。叶青、白薇等同学、朋友、同事应邀参加了他们的婚宴。谌芳带着袁嘉前来祝贺,柯大卫和杜鹃热情相迎,一见面就互相开起了玩笑。谌芳还把杜鹃拉到一边,说了不少悄悄话。席间,他们向客人一一敬酒,同时接受众人的祝福。那一刻,他们脸上写满笑容,觉得自己是世界上最幸福的人。

婚宴结束后,柯大卫又带着杜鹃回了一趟家乡。一家人像迎接贵宾似地把他们迎回家。柯大卫母亲拉着杜鹃的手,仔细端详,喜得合不拢嘴。按照老家的习俗,家里重新摆了十几桌酒宴。亲戚朋友,街坊邻居应邀而至,又一顿热闹。一家人忙前忙后,不亦乐乎,直到亲友散尽,才带着兴奋和疲惫歇息下来。

第二天,众人忙着收拾碗碟,打扫"战场"。柯大卫和杜鹃则在屋里陪母亲聊天。

柯大卫问起杏子的近况,母亲开始遮遮掩掩,不想说,后来被问急了,才叹了一口气说:

"她男人是邻村一个瓦工,常年在城里打工,开始日子过得还算殷实,可后来在外面学了一身毛病,一年到头不回家,回来又吵又闹。后来,他男人听见了一些风言风语,回来把她打了一顿,她只好领着孩子跑回娘家来。听说,最近正在闹离婚呢。"

"真是各家有各家的难处。"杏子的景况让柯大卫感到震惊和愧疚。土地养活不了一家老小,年轻一点的农民不得不背井离乡,进城打工,由此带来了一系列社会问题。这些问题,怎样才能得到有效解决?

"两个人能走到一块是一种缘分,哪能说离就离。大人还好说一些,孩子怎么办？后爹后妈再好，也不如自己的亲爹亲妈。"老太太撇了撇嘴，不以为然地说。

"道理是这样，但过不上来，硬绑在一起也不是个事。"柯大卫不以为然地说。

"婚姻需要珍惜和经营，既然走到一起，就不应轻言放弃。不过，这位杏子妹妹又当别论，听起来怪可怜的。"杜鹃插话说，一副知书达理的样子。

"不管别人怎样，咱可不能没良心。待媳妇不好，俺可不让。"老太太叮嘱柯大卫，接着又说了许多村里的事。其中说到一位街坊，原来出身不好，找了个又矮又丑的媳妇。后来，当了包工头，整天拈花惹草，后来干脆在城里养起了二奶。为此，女儿与他断绝关系，结婚成亲也不通知他。包工头听说后心情郁闷，加上工程不顺，气火攻心，患上了肝癌。二奶见状，离他而去。

柯大卫记挂着杏子，于是带上杜鹃前去看望。大门半开着，杏子正在院子里洗衣服，她的小女孩正在自个玩积木。杏子抬头看见他们，先是一怔，接着扔下手中的活，走到门口迎接。她的父母下地干活去了。杏子把他们让进堂屋，倒了水。

虽然杏子故作高兴，柯大卫还是看出她的幽怨和憔悴。几年的工夫，她已经变成了典型的家庭妇女，脸颊布满皱纹，黑里透红，两手粗糙，看上去像树皮一样。

小女孩认生，瞪着一双大眼睛，拘谨地看着他们。杜鹃赶紧拿出带来的糖果和点心，杏子开口允许后，她才伸手拿了。

杏子难为情地说："这孩子胆小，你们别笑话。"

小女孩长得酷像杏子小的时候，一副楚楚动人的样子。柯大卫伸手抱起她，在她红扑扑小脸蛋上轻轻亲了一口。也许是他的胡楂扎疼了她，她咧了咧嘴，努力挣脱下来，一阵风似地跑到门外。

"以后有什么打算？"柯大卫问。

"过一天算一天呗。"杏子回答。

"不要硬凑合，实在过不下去……"柯大卫欲言又止。

"我只想照顾好妞妞，让她长大成人。"杏子表情淡漠地回答。

"你还年轻，别太苦了自己。"杜鹃婉言规劝道。

"谢谢你们关心。"杏子苦笑了一下，感激地说。

话已至此，彼此已经无话可说，柯大卫只好拉起杜鹃，起身告辞，心中默默为杏子祈福，愿她尽量过得好一些。

王木生的木器厂因银行收紧银根，资金链出现断裂，陷入了危机。生性好强的他不愿意给别人添麻烦，哪怕是自己的发小。柯大卫听说他的情况，主动帮他争取到了贷款。那段时间，不断有小老板因企业破产自杀，或外逃避债的消息。王木生暗自庆幸他的厂子得以渡过难关，重获新生。他从心里感激柯大卫。

"大卫啊，这一段时间累不累？"会后，金秉荃关切地询问柯大卫。

"不累。"柯大卫回答。

"后不后悔来我这里当秘书？"金秉荃听后笑了笑。

"不后悔。"柯大卫违心地回答。

"人生能有几回搏？人生一世，总得有点追求吧？俗话说，不想当将军的士兵不是好士兵。既然选择了从政，就要有所作为，干出个样子来。"金秉荃谆谆教导说。

"谢谢您的教诲，我一定加倍努力。"柯大卫明白，在一个强势的领导面前，自己必须保持绝对的谦卑。

"不念哪家书，不识哪家字。你还年轻，来日方长，慢慢摸索吧。"金秉荃像一位值得尊敬的师长，语重心长地鼓励柯大卫。

"四大"项目施工快马加鞭，昼夜不停，相继建成投产。大化工项目开工典礼那天，薪跃进亲临现场，为项目投产剪彩，并发表了热情洋溢的贺词。

"同志们，我今天受邀参加大型化工厂竣工投产的剪彩仪式，感到十分荣幸和激动。这一项目以及其他三个大型重工项目的建成投产，是经济新区乃至滨江市改革开放的又一重大成就，是一件具有里程碑意义的大好事。'四大'项目的建成投产，对于大幅度增加经济总量，改变经济结构，加快经济发展，将产生空前巨大的综合效应和拉动作用。为此，我代表市委、市政府对项目的建成投产表示热烈的祝贺，并借此机会，向经济新区广大干部群众致以崇高的敬意和衷心的祝愿。

发展是压倒一切的硬道理。是英雄，是狗熊，发展路上比比看。全市上下都要进一步解放思想，破除迷信，鼓足干劲，力争上游，以加快发展的实际成果为实现我市经济跃进争先、实现腾飞贡献力量。我相信，经济新区的干部群众一定会百尺竿头，更进一步，在加快发展的进程中取得更大更辉煌的成就！"

薪跃进的讲话让主持仪式的金秉荃倍感温暖，深受鼓舞。他掩饰不住内心的喜悦，致辞答谢：

"同志们，今天市委薪书记在百忙之中光临经济新区检查指导工作，并亲自为大化工项目剪彩，充分体现了市委、市政府对经济新区的重视和支持。我代表经济新区全体干部群众对薪书记表示最崇高的敬意和最真诚的感谢！

好风凭借力，送我上青云。当前，我区形势一片大好，发展潜力巨大。我们一定要全面贯彻落实薪书记的指示精神，进一步解放思想，破除迷信，打破常规，勇于超越，以加快发展的新成就回报薪书记的关心、鼓励和厚爱，不辜负薪书记和市委、市政府的殷切期望！"

48　各自为政

柯大卫发现，金秉荃目光敏锐，思路清晰，干起事来，柔中带刚，游刃有余，颇有大家风度。

金秉荃决定拿出几天时间，带上几个随行人员下基层检查工作。下面接到通知，立即投入准备。沿线楼房墙壁全部清理、粉刷一新，突击新栽了好多树木，有的地方还临时竖起了高高的广告牌，以遮挡有碍观瞻的死角。金秉荃对这种兴师动众的迎接方式十分反感，曾经三令五申予以禁止，但效果不大。时间一长，他就慢慢习惯，不再理会这些细节了。

到处是一片大干快上的局面，成片的新楼拔地而起。金秉荃心里高兴，却一脸严肃，有时还故意敲山震虎地批评几句。他知道劲只能鼓不能泄，眼下还不是论功行赏的时候。于是，所到之处，官员们陪着小心，生怕招惹金秉荃不高兴。食宿安排，更是百般细心，热情周到，生怕出现差错和纰漏。

只有到了盘龙镇，金秉荃才一改往日的严肃，边走边看，谈笑风生。检查结束，正是晚饭时间。在青龙宾馆，金秉荃卸去了伪装，与众人推杯换盏，开怀畅饮。

柯大卫恍然大悟，原来领导都有自己的后花园、小圈子。盘龙镇是金秉荃的根据地，如今又成了他的联系点。

"我的秘书就是与众不同，技高一筹。"那天，本来不大轻易表扬下属的金秉荃，几杯酒下肚，对佟镜大加赞赏。

"那还用说，强将手下无弱兵嘛。"众人一齐恭维。

"小佟，干得不错，要继续努力啊。"金秉荃说着，顺手拍了拍佟镜的肩膀。

"多谢金书记高抬，其实我们做得还不够，离您的要求还有不少差距。"佟镜故作谦虚地表示。

"不必谦虚，好就是好，但也不要骄傲自满。"金秉荃满意地点点头。

"我们一定加倍努力，不辜负您的殷切期望。"佟镜信誓旦旦地表态。

晚宴结束，众人散去，佟镜亲自陪着酒足饭饱的金秉荃回到房间。

"有什么娱乐项目没有？"金秉荃一边品着茶，一边问佟镜。

"麻将，扑克都有，还可以K歌。"佟镜垂手而立，恭敬地回答。

"玩几圈麻将吧，多日没玩，手有点痒了。"金秉荃情绪饱满地提议。

"好，玩几把。"佟镜随口答应，掏出手机打了个电话。

一会儿，两名手下屁颠屁颠地搬来一张小巧玲珑的红木麻桌，一副精致圆润的骨质麻牌。四个人围坐在一起，玩起了麻将。柯大卫的麻技上不得场，只好坐在金秉荃身边观战助威。

"我先考考你们，有谁知道麻将是谁发明的？"金秉荃一边摸牌，一边漫不经心地问道。

"据说是韩信。"佟镜回答。

"还有的说是郑和。"柯大卫插话说。

"关于麻将的发明者说法不一，至今没有定论，但麻将是中国人发明的，这一点可以肯定。毛泽东把麻将与中药、《红楼梦》并称为中国对世界的三大贡献，你们说麻将了得不了得？"金秉荃一边说着，猛然打出一枚红中。

"了得，确实了得。"众人赶忙附和。

"世界上一共有两个麻将博物馆，日本一个，成都一个。在成都麻将博物馆里存放着一副人骨麻将牌和六颗人骨骰子。前清时候，一名江洋大盗屡次犯事，惹怒了官府。官府于是派一名捕快前去捉拿。因为他武艺高强，所以费了好大工夫才把他捉拿归案。捕快一气之下，把他杀了，用他的骨头磨制成一副麻将牌。后来，那地方又出了一位老千。此人混迹赌场多年，屡战屡胜，许多人惨败在他的手下。后来有人从外面请来了一位高人，终于破了他的局。被他害过的人们为泄心头之恨，剥了他的皮，抽了他的筋，取他的骨头磨成了六颗骰子。"金秉荃一边出牌，一边娓娓而谈，听得柯大卫毛骨悚然，后背发冷。

"咳，听上去挺稀奇的。"柯大卫忍不住冒出一句。

"少见多怪，这有什么稀奇的，比这更奇的事多着呢。"佟镜看了他一眼，嗤笑道。

"各地风俗习惯、文化底蕴不同，麻将的玩法也不同。北京、上海、四川、东北、台湾等地都有自己的特色，但都以推到和为主，加七对子、清一色、一条龙。麻将玩得最疯要数成都人，正如一句打油诗形容的：'夜来麻将声，输赢知多少'。有个乘客从东北飞成都，中途不耐烦地问空姐什么时间能到，空姐回答：'快了，只要听见麻将声，就说明到了'。在成都，你要找人，他如果不在麻将馆，就是在去麻将馆的路上。连小伙子头一次到岳丈家做客，岳丈也要先跟他搓几圈麻将，借机观察女婿的性情人品，可见麻将在成都的风气之盛。麻将之所以受人喜爱，是因为它有许多好处，既可以休息娱乐，又可以锻炼筋骨，还可以活动大脑，思考问题。毛泽东老人家说麻将里有哲学，有辩证法，有偶然性和必然性，的确很有道理。"金秉荃说到这里，忽然停了牌，把手一挥，兴奋地喊道："和了"。全场一片赞许之声。金秉荃微微一笑，从容不迫地重新洗牌，摸牌。

那天，金秉荃连连得胜，手气出奇的好。散场时，柯大卫奉命打扫"战场"。"战利品"把公文包塞得满满当当。

搓完麻将，佟镜又陪金秉荃K歌，蒸桑拿。那一晚，金秉荃来了个彻底放松，多日积攒的疲劳一扫而空。

第二天早饭后，一行人打道回府。半路遇到一起斗殴事件。两辆私营小公共车为争夺客源，互不相让，手持棍棒、器械，在半路上打起架来。看到这一景象，金秉荃皱了皱眉头，对柯大卫说："给公安打个电话，让他们来管一管。"柯大卫遵命而动，拨通了110，把这里发生的事情向他们作了反映，要求他们立即赶过来处理。

走了一会儿，又碰上了一起交通事故。一位农村妇女躺在路边，大声呻吟，肇事车辆却不知去向。金秉荃命令说："赶紧停车，拨打120。"司机闻命停下了车。金秉荃走下车来，蹲下身，询问情况，安慰伤者。柯大卫立即拨通了120急救中心，请求他们马上前来施救。一会儿，急救车奔驰而来，把伤者抬上车，向医院方向奔去。直到这时，金秉荃才招呼大家上车，继续赶路。

这天早晨，翁桌匆匆批阅完手头的文件，急忙赶到新世纪大酒店看望香港华隆集团董事长黄炎先生。他与黄先生是老朋友，早在他任滨江市政府副秘书长时，二人就在一次经贸洽谈会上认识了。后来，他到香港参观考察，黄先生亲自接待，照顾得十分周到。

回忆着与黄先生的交往过程，不觉已到了新世纪大酒店。宾主见面，热情地握手寒暄。

"欢迎黄先生光临经济新区，让您久等了。我本来要去机场接黄先生的，临时有个会议耽搁了，还请黄先生多多原谅。"翁卓歉意地表示。

"不用客气，咱们是老朋友了。"黄先生微笑着，大度地表示。

"黄先生是第一次光临敝区吧，有什么要求尽管吩咐。我每次去香港，都给您添不少麻烦。"翁卓满嘴感激地说。

"翁主任太客气了。我这次来主要是来看看老朋友。"黄先生真诚地表示。

"多谢黄先生一番美意，欢迎贵公司来新区投资兴业。我区位置优越，交通便利，物华天宝，人气旺盛，是一块投资兴业的黄金宝地，具有得天独厚的投资条件。黄先生有兴趣前来投资，是我们的荣幸，我们必将全力支持，提供最大方便和优惠。相信您肯定能够一展宏图，收获多多。"翁卓热情地表示。

"感谢翁主任的热情坦率。昨天我们考察了贵区的投资环境，所到之处都是一片大干快上、热气腾腾的景象。我们十分钦佩您的气魄和胆识，也看好贵区的人气，因此想为新区的发展尽一点绵薄之力。"黄先生终于说明了此行的真实意图。

"黄先生想投资哪方面？"翁卓忙问。

"我们看中了盘龙湖东岸的一片地，想投资三个亿人民币建一座集购物、餐饮、休闲、娱乐为一体的现代化商贸娱乐城。这个项目绝对是贵市服务行业规模最大、标准最高的，并将成为贵区一个新的景观亮点和现代化、国际化服务名片。"黄先生踌躇满志地说。

"好，我支持你们。服务业特别是商贸业是我区的一条短腿，你们的投资可以把我区这一行业提高到国际化水平，可喜可贺。"翁卓赞赏地答应道。

"贵区在土地出让、工程建设以及税费等方面是否有一些优惠政策？"黄先生试探性地问道。

"这个没问题，我们是老朋友嘛，可以特事特办，提供最大的方便。"翁卓明确地答复。

"谢谢翁主任鼎力相助，我们冒昧地聘请您做该项目的政策顾问和名誉股东，有饭大家吃，有财共同发嘛。"黄先生诚心诚意地说。

"这样恐怕不妥吧？我可是公务人员。"翁卓故作推辞地说。

"没有问题的啦，天知地知你知我知，您尽管放心。"黄先生拖着长腔表态说。

"我干不了什么，许多事情还得靠你们自己。"翁卓答应说。

"这没问题，您只要挂个名就行了，其他的事我们干。"黄先生肯定地表示。

"好吧，我会关照有关部门的。好久没见，今天让我尽一下地主之谊，黄先生可得放开哦。"翁卓哈哈一笑，站起身，拉起黄先生，向豪华包间走去。

49　铁血王国

白裕富像一只毒蜘蛛，为自己编制了一张严密的关系网。依靠这张关系网，他顺利当上了省人大代表，成为一个黑白兼通、官企两栖的特殊人物。凭借这一特殊身份，更加肆无忌惮地打造着黑色利益链条，经营着罪恶血腥的财富王国。

看到沙石、生猪、蔬菜、果品、服装等批发经营有利可图，他唆使手下直接插手，收取保护费。多数经营业户胆小怕事，按时纳贡，但也有少数客户不买他的账。

牛旺财出生在一个小渔村，祖祖辈辈靠打鱼为生，可以说是海边出生，海里成长。由于出身和经历，他知晓各种各样海鱼的模样、习性和品质。他爱大海，又恨大海，不甘心像前辈那样，在风浪中辛苦地漂泊一生。他注册了牛氏贸易公司，干起了倒卖海鲜的生意。那些年，这种生意好做得很，利润特别丰厚。几年下来，他已经成为腰缠万贯的大老板，拥有一百多辆货车，几百号员工，日夜不停地向内地输送着新鲜的海产品。

滨江市地处内陆，居民习惯于吃淡水产品，但随着盘龙湖污染加重，水产品产量急剧下降。牛旺财在考察中发现这一情况，于是决定在这一带开辟海鲜市场。结果正如他所预料，第一批十几吨的海鲜运到后，短时间内被抢购一空。从此，一发不可收拾，生意越做越大。高兴之余，他把公司总部搬到了这里。俗话说，人怕出名猪怕壮。看到牛旺财如此大发其财，挤占了自己的市场，白裕富大为不快，决意教训他一顿。

"姓牛的小子真是不懂规矩，竟敢在我的地盘上大把捞钱，却一个子儿不孝敬。"白裕富向手下的人骂道。

"大哥，谁敢骑在咱们头上撒尿，好办，弟兄们去废了他。"那位叫尚天的气愤地扬言。

"是啊，大哥，不能便宜了这小子，让他占了咱的风头，咱今后在这一带就没有面子了。"另一位叫海利的鼓动说。

"行，这事交给你们两个了。注意，教训一下就行了，别把事情弄大了。"白裕富点头同意了他们的建议。

"哪位是牛旺财，牛老板？"这天，尚天、海利带领几名手下闯进了牛氏贸易公司总部办公室。

"牛老板不在，你们有什么事？"办公室的职员被他们突如其来的阵势弄得一头雾水，一时不知怎样应付。

"没有什么事，想找他谈谈。"尚天阴阳怪气地说。

"请问你们是何方神圣？"一名男职员疑惑地问了一句。

"真是有眼不识泰山，我们是白大老板的手下。"海利高擎着头，宛如一条嘴里吐着信子的毒蛇。

"牛老板回东海了，如果有什么事，我们可以转达。"男职员心里打了一个颤，努力使自己镇定下来。

"你算老几？"海利不屑一顾，瞟了男职员一眼。

"我姓邱，这里归我管。请问找我们牛老板有何贵干？"男职员从容应对，不卑不亢。

"你转告姓牛的,做生意要懂得道上的规矩。这个地盘是我们白哥的,你们趁早乖乖滚蛋,别自己找不痛快。"尚天瞪着两只贼眼,一字一板地威胁道。

"我们牛哥也不是吃素的,你还真甭吓唬我。"男下属不为所动,大着胆子顶撞说。

"好小子,别后悔!"海利恶狠狠地撂下一句,然后扭头就走。几名同伙紧随其后,走出牛氏公司。

男下属见来者不善,不敢怠慢,赶紧打电话向牛旺财作了汇报。牛旺财自恃财大气粗,根本没把白裕富放在眼里,继续在外地开辟新的市场。

然而,事情并没有结束。一天清晨,天刚放亮,十几个"黑衣男"窜到牛氏公司,撬开房门,一阵棍棒,把楼上楼下的门窗玻璃、桌椅板凳、办公用品砸了个稀巴烂,然后扬长而去。牛氏公司的员工听见响声,吓得龟缩在房间里,不敢露头。房间里满目疮痍,一片狼藉。身为负责人的男下属赶紧打电话向牛旺财告急。牛旺财一听事情发展到如此地步,不得不放下手头的事情,火速赶回公司。

看到公司遭遇洗劫后的惨状,牛旺财气得浑身哆嗦。多年来,他在生意场上顺风顺水,从来没有受过如此侮辱。男子汉大丈夫,无故被人骑在头上拉屎撒尿,怎能心甘?几名手下正憋了一肚子气,见老板意欲报复,于是很快达成共识。

考虑到对方人多势众,不好对付,牛旺财想出一个两全之策。他拿出一笔钱,从外地黑道上雇佣了一帮小哥。他之所以这样做,有两个原因:一是手头人手有限,而且战斗力不强;二是从外地雇人,对方不摸底细,能够速战速决,不留后患。

一支临时组建的队伍,分乘几辆卡车,趁着夜色,向虎豹集团总部扑去。以其人之道,还治其人之身,随着牛旺财一声令下,众人挥舞铁棍,冲进虎豹集团,里里外外砸了个稀巴烂。

白裕富的手下大部分在各个酒店喝酒取乐,只有少数几个保安留守总部。见情势不妙,立即打电话作了汇报。白裕富正在洗浴城做按摩,接到电话,不慌不忙,一个电话打给尚天。尚天衔命而动,立即纠集起一批打手,手持砍刀,蜂拥而上。

双方在虎豹集团总部大楼下相遇,二话不说,展开了一场血战。强龙不压地头蛇，白裕富手下人多势众，牛旺财见形势对己不利，担心吃大亏，于是想撤出战斗。怎奈对方咬住不放，无法抽身。牛旺财被尚天手下的人围在中间，一顿乱砍。他的人杀进来搭救的时候，牛旺财已经倒在血泊之中。那些雇佣来的打手一看牛旺财已被砍倒了，心中生怯，四散而逃。牛旺财被手下抬上车，拉到医院，最终抢救无效，一命呜呼。见事情闹到这个地步，白裕富把尚天叫到面前，一顿臭骂。

"我让你们教训一下，你们却把人给弄死了，这不是添乱吗？"

"老板，我们也没想到会这样，弟兄们见对方攻势凶猛，一发狠，就收不住手了。"

"事情已经出了，骂你们也没有用。这样，你们马上到财务支一笔钱给那几个弟兄，让他们到外地隐姓埋名，躲藏起来。没有我的允许，不准回来。其他弟兄你们也给我叮嘱好了，不管谁来调查，一概回答不知情，没参与。"

"我们马上就办，老板，您放心。"

"以后，凡事多动脑子，注意分寸。"

"是，老板。"

根据白裕富的安排，尚天立即打发那几个凶手远走高飞，逃之夭夭。同时，与其他参与斗殴的手下统一口径，建立攻守同盟，以备警方调查。

这天，斐彪前来拜访。白裕富斜倚在高背靠椅里，仰面向天，默不作声。斐彪已经习惯了白裕富的傲慢无礼，心里不满，却没有办法。干坐了半天，见白裕富爱答不理，他只好主动搭讪："白哥，最近市面上事情不少，告诉弟兄们收敛一点。闹过了头，上面怪罪下来，兄弟不好交代。"

白裕富的三角眼往上一抬，右手往前一伸，露出一个硕大的钻石纯金戒指，拿起金质烟嘴，点上烟，猛抽一口，轻轻吐出几个烟圈，然后不急不慢地质问道："哼，哪个上面？你们市局老大？在我眼里，他顶多算条狗，我说让他明天滚蛋，他就得乖乖滚蛋！"

斐彪苦笑了一下，继续规劝道："白哥，我也是为你好，弄出大事，对大家都不好。"

白裕富把脸一沉，晃了晃脖子上的一串翡翠念珠，顺口骂道："他妈的，你怕什么，天塌下来有高个子顶着！"

面对白裕富的粗鲁，斐彪无言以对，只好随手端起茶杯，喝了几口水，压一压心里的不快。过了好大一会儿，白裕富从桌上捡起一包极品熊猫香烟，拽出一支，叼在嘴上，抓起金质打火机点上，猛吸两口，喷出一阵浓浓的烟雾。随后眯着眼，慢条斯理地问："老弟，是不是缺钱了？"

斐彪出生在滨江市区，父母都是普通工人。为供他和弟妹上学，父母花光了所有积蓄，又相继得病。那时，他级别低，工资微薄，根本负担不起昂贵的医疗费。正在他一筹莫展的时候，白裕富向他伸出了援手。实实在在地说，没有白裕富的帮助，他的父母就无法起死回生，安享晚年。也就是从那以后，他们成了铁哥们。白裕富时时接济帮助他，堪称及时雨。斐彪则知恩图报，利用职权为白裕富遮风挡雨，消灾止祸。

听到白裕富的问话，他心中暗喜，却不露声色。看样子，今天这一趟没白来，他要白裕富再出点血。

想到这里，他装作难为情的样子说："白哥，不瞒你说，兄弟最近手头还真有点紧。我老婆那人虚荣心特强，看着人家纷纷住进宽敞明亮的新式别墅，眼馋得要命，缠得我心烦意乱。没想到，她竟看好了一套，背着我交了定金。你说，我从哪弄那么多钱？"

白裕富听后，把手一挥，爽朗地说："别绕弯子了，不就是一套房子么，连装修费，我一起包了。"

"我代表全家感谢白哥了。"斐彪原本只想让白裕富赞助几个钱，没想到他如此慷慨大方。

白裕富哈哈一笑，用手指了一下斐彪，又指着自己说："别客气，谁让我们是兄弟呢？"

斐彪连连点头，口中称谢。过了一会，白裕富从座位上站起来，招呼道："走，到'鹿鸣春'喝几杯，放松放松。"

斐彪随口问道："有新鲜鹿血吗？"

白裕富哈哈一笑，大大咧咧地回答："有，管你个够。"

此后，牛旺财的家人四处上访，哭诉冤情。上级领导批示限期调查破案。迫于压力，斐彪不得不假装重视，亲自点了几名亲信组成专案组，暗中却与白裕富互相勾结，通风报信，有意庇护。因此，案件调查进展缓慢，案犯一直逍遥法外。

铁瑛对牛旺财的遭遇深表同情，对眼前发生的一切，他无法做到视而不见，无动于衷。他觉得他有责任排除干扰，主持正义，对案件进行彻查，把凶手缉拿归案，给死者及其家属一个起码的交代。于是，他安排手下的几位得力助手对案件暗中展开了调查。

50　不速之客

星期天，吃过早饭，柯大卫来到办公室，处理了几份必须处理的文件，然后开车回家。正走着，突然手机响了起来。一看是个陌生号码，顺手把手机扔在副驾驶座上。手机却响个不停，让人心烦。他只好重新拾起来，摁下接听键，问道："谁？"

对方嘻嘻一笑，不慌不忙地说："真是贵人多忘事，你猜。"从声音判断，是个年轻女性。

柯大卫努力搜索着记忆，仍想不起对方是谁，只好回敬道："我正开着车呢，没有时间跟你打哑谜。"

对方听后，仍然不恼不怒，细声软语地说："吆，多日不见，脾气见长了。"

柯大卫还是听不出对方是谁，只好采用激将法："你是谁，快自报家门，否则我就挂机了。"

对方显然意识到耗下去已经没有意义，但她还是不想轻易把自己的名字告诉对方，她想制造一个悬念。于是，狡猾地回应道："一会儿你就知道了，我在红玫瑰宾馆大堂等你。"

柯大卫不再理她，但不甘放弃，心想："小妮子，我非要看看你到底是谁。"于是，对着手机说："你等着，我马上过去。"

对方回答："不见不散。"

走进红玫瑰宾馆，他径直来到大堂。大堂里熙熙攘攘，人来人往。他努力在人群中搜索，但费了很大周折，也没找到那位神秘女郎。偶然转身，瞥见远处的角落里，一个似曾相识的女孩正望着他笑。仔细端详，不禁惊呼："肖艳？你怎么会到这里来，又怎么知道我的电话号码？"带着一脸的疑问，他快步走过去。黄山一别，一晃半年，重逢的感觉让他有些激动。眼前的肖艳似乎添了几分成熟、丰满。

"肖艳，原来是你。"他故作镇静地说。

"是我，一个真真实实的大活人，一个有血有肉的大美女。"肖艳满脸得意地说。

"老实交代，怎么想起找我了？"他问道。

"人家早就想来见你。"肖艳朝柯大卫调皮地一笑，回答道。

"你现在怎么样？"他接着问道。

"我已经毕业了，在我们当地一家公司干销售。"肖艳一脸阳光地回答。

"好，工作好，自食其力。"他赞许道。

"走一步，算一步吧。"肖艳淡淡地说。

"老实交代，你是怎样找到我的地址和电话的？"他好奇地问道。

"这你就不用管了，反正我有办法。"肖艳诡谲地一笑，回答道。

"找我有事吧？只要我能帮上忙，我绝不推辞。"他牛气冲天地夸口说。

"真是没品位，没有事就不能来玩了？"肖艳故作生气地埋怨道。

"你想到哪里玩？"他忙改口问道。

"陪我逛一下你们这里的著名景点，总不算过分吧？"肖艳做了一个鬼脸，落落大方地要求。

他惊奇地发现，面前的肖艳与黄山巅峰的肖艳已经判若两人，过去的忧郁、消沉一扫而光，变得活泼而大方。

"好吧，来一趟不容易，大哥今天陪你转转，只要你高兴。"事到如今，他只好接待这位有些可爱的不速之客。

"你什么时间到的，吃早饭了吗？"他关切地询问道。

"昨天下午，早饭吃过了。"肖艳回答道。

"那好，大哥带你去看一下我们这里最有名的梦幻峡谷吧。"他提议道。

"梦幻峡谷，听上去挺美的。好，就是它了。"肖艳爽朗地答应道。

"用不用回房间了？"他问道。

"不用了，该拿的都在包里了。"肖艳指着身边的挎包回答。

"好，那我们现在就出发。"他说着，领着肖艳走出咖啡厅，开上轿车，直奔梦幻峡谷而去。

盘龙山区有一片山脉，常年云雾缭绕，难见天日，所以名叫云雾山。据考证，数亿年前，由于地壳变动，山脉之间出现一道裂缝，经空气、水流长久冲刷侵蚀，形成了一条独具特色的峡谷，这就是梦幻峡谷。

峡谷呈紫红色，属于典型的丹霞地貌。两边峭壁高耸，植被稀少，大多为裸露在外、层层叠叠的页岩。峡谷内三步一泉，泉水形态各异，清纯甜美。崖壁上挂满了大大小小的瀑布，高低相望，粗细相间，如烟如雾，如丝如缕，如珠如玉，如衣如带，令人神清目爽，顿生无限遐想；偶尔会遇上一处大型瀑布，宛如天河横断，轰然而下，雷霆万钧，令人齿冷胆寒。瀑布下面是众多的水潭。水潭大小不一，或清澈见底，或幽深如黛。山谷里到处是被泉水冲刷得光滑干净的鹅卵石。走着走着，一块块突兀高耸的巨岩，像一个巨大的感叹号竖立在面前，令人不知所往。

沿着峡谷中的木栈桥慢慢往上走，在峡谷的尽头是一湾天然形成的宽阔的湖面。湖面波光粼粼，平静如镜，浓妆淡抹，自然天成。放眼望去，红色的山峦，碧绿的湖水，彩色的游艇，斑斓的水草，与蓝天白云交相辉映，仿佛进入一个梦幻般的神话世界。

那天，山上云雾缭绕，给峡谷增添了几分神秘色彩。太阳失去了它应有的光辉，犹如一枚银盘，悬挂在半边天空。

柯大卫带着肖艳沿着峡谷中潺潺的溪流一路上溯，远远看见一片平展的湖面呈现在峡谷之上。他们向着平湖前进，然后乘上快艇，在湖面上尽情兜风，玩得好不快活。山谷间，湖面上，到处留下了肖艳娇美的身影和银铃般爽朗的笑声。

"感觉怎么样，大美女？"在回返的路上，柯大卫问肖艳。

"太美了，太不可思议了。没想到这里竟有这么一个令人叫绝的去处，真是不虚此行。"肖艳兴高采烈地说。

"长见识了吧？是不是应该感谢我？"柯大卫开玩笑说。

"是啊，应该好好谢谢你。"肖艳动真地说。

"好啊，怎么谢？"柯大卫故作认真地问。

"怎样都行，只要你高兴。"肖艳随口回答。

"不用谢，大哥逗你玩呢。"柯大卫赶紧纠正道。

"好啊，看我怎么收拾你。"肖艳有些气恼地说，然后伸手揪住柯大卫的耳朵。

"别闹，我开着车呢，不要命了。"柯大卫警告说。

"能跟自己喜欢的人一起去死，也是一个很好的归宿。"肖艳大胆地盯着柯大卫，梦呓般地放言。

"怎么又痴说痴道的，再这样，大哥就不理你了。"柯大卫正色道。肖艳见状，把头转回来，望着前方，不再作声。

他们赶回市区，已是晚上八点。柯大卫找了家本地菜馆，请肖艳吃了夜餐。几杯红酒下去，肖艳细白的面颊仿佛两只红透了的苹果，眼睛也变得扑朔迷离。饭后，肖艳要回宾馆，柯大卫担心她路上不安全，于是开车送她。

来到红玫瑰宾馆停车场，两人下了车，对面站着互道晚安。肖艳刚走出一步，又转回身一把抱住柯大卫，喃喃地说："卫哥，今晚别走了，我一个人害怕。"

"不行。"肖艳的举动让柯大卫感到惊讶。他推开肖艳，冷静地说。

"没有你，我早就不在人世了。我一直在找你，就是想当面报答你的救命之恩。"肖艳恳求道。

"看到你从挫折中走出来，大哥从心里高兴。你还年轻，今后的路还很长。这个世界太复杂了，大哥希望你能永远珍爱自己，健康快乐地成长。"柯大卫控制着自己的情绪，他不想伤害这位纯洁无瑕、天真可爱的女孩。

"虚伪。"肖艳情绪激动，热泪盈眶。

"人不应该觊觎不应该得到的东西，总有一天你会理解大哥的。"柯大卫继续开导她说。

"算我什么没说，你走吧。"肖艳叹了一口气，擦了擦眼泪。

"今天我们都累了，好好睡一觉，明天我来送你。"柯大卫见肖艳的情绪稳定下来，赶紧起身告辞。

"再见。"肖艳淡淡地说。

"不要这样嘛，高兴才对。"见肖艳情绪不高，柯大卫鼓励道。

"你放心，我高兴着呢。"肖艳终于破涕为笑。

"好，大哥走了，晚安。"柯大卫说着，跨进轿车。

"晚安。"肖艳挥着手说。

第二天早晨，柯大卫返回红玫瑰宾馆为肖艳送行。在前台一打听，肖艳已经退房走人了。

柯大卫走出红玫瑰宾馆，驱车往回走。正走着，手机里跳出一条短信,一看,是肖艳发来的。上面写着:"卫哥,原谅我的不辞而别。昨晚我想了好多好多,觉得你是对的。感谢你又一次挽救了我,我会更加珍惜自己。祝你好运。永远想念你的肖艳。"

柯大卫看完,舒了一口气,心情立刻变得轻松起来。

51 致命裂痕

刚开始的时候,金秉荃还抱有戒心,怀疑跟伏美姣交往的合理性和安全性。然而,伏美姣身上有一种特殊的魅力,令他欲罢不能,只好一次又一次拜倒在她的石榴裙下,心甘情愿地成为她的俘虏。现在,他已经到了可以为她付出一切的地步,即使赴汤蹈火,也在所不辞。

由于摊子铺得太大,资金链出现困难,伏美姣只好向金秉荃求援。金秉荃随后从银行给她拆借了一个亿。

亚利康服装有限公司是一家大型外资企业,占地三千亩,职工两万多人。资方随意克扣工人工资,拖欠劳保,甚至对工人搜身、体罚,引起了工人极大的反感和不满,反抗情绪就像一座活火山在地下沸腾、喷涌。

这天,一名女工病了,卧床不起,无法上班。外方管理人员竟以她无故旷工为由,派保安强行把她架到厂部,扒光她身上的棉衣,让她在院子里站了两个小时。当时正值隆冬,数九寒天,女工冻病交加,终于支持不住,昏倒在地。工友们把她送到医院。经过一天一夜的紧急抢救,才捡回一条命。

这一事件在工人中间传开后,大家群情激愤,长时间郁积心底的怒火一下子喷涌而出。他们涌向厂部,要求外方老板公开道歉,负担女工医疗费,补齐拖欠工人的工资和劳保费,并保证以后不再出现类似事情。但外方老板对此置之不理,并扬言要惩罚参与闹事的人。

工人们气愤地说:"今天,中国人民已经站起来了,岂能再像以前一样受人欺侮?"工人们罢工了,要向外方老板讨个说法。

工人们冲进外方老板的办公室,想让他赔礼道歉,答应工人的条件。谁知这家伙一看势头不好,已经躲开了。大家一气之下,就把他办公室的玻璃给砸了。

金秉荃听了厂方的一面之词,不但无视工人的呼声,反而怪罪工人聚众闹事，要求追究有关人员责任。在他的指令下，公安火速赶到现场，采取高压政策，围堵、驱赶罢工人群，抓捕带头闹事者。这种行为好比火上浇油，更加激起了工人的强烈不满。愤怒的工人与警察发生了肢体冲突，接着涌向区政府，要求面见金秉荃。

金秉荃从办公楼上看到黑压压的人群，吃了一惊。事态扩大了，怎么办？要平息工人的愤怒，就得承认错误，公开向工人道歉，并向外方加压，逼其答应工人的条件。这样的话，他的面子往哪搁？形象怎么维护？可不这样做，就无法平息事态。想到这里，他灵机一动，三十六计，走为上策。于是，他打算带着柯大卫外出避难。那一刻，他完全不像一个主政一方的大员，倒像一个临阵脱逃的败军之将。

柯大卫不无担心地提醒说："我们这样做是否合适？"

金秉荃说："顾不了那么多了，躲过这一关再说。"

柯大卫坚持说："这种事情躲过初一，躲不过十五，万一出了事，就会授人以柄。"

听了这番话，金秉荃看着柯大卫，突然一拍脑袋，大声说："对呀，我一时焦急，差点坏了大事。咱们不仅不能走，而且要主动把问题处理好。"

柯大卫附合道："对，这才是上策。"

金秉荃在柯大卫等人陪同下，走到办公大楼前接见了工人。他向工人们鞠躬致歉，作出承诺。随后，召开会议，安排工作组到企业现场办公。由于及时采取了补救措施，妥善解决了工人反映的问题，事态终于得到平息，避免了进一步发展和恶化。

然而，经济新区形势依然严峻，各类问题成堆。国企改革举步维艰，进展缓慢。有人借改革之机，浑水摸鱼，官商勾结，大肆侵吞国有资产。有的企业不负责任地把工人推向社会，导致就业压力剧增，社会矛盾激化。

教育受产业化思潮的影响，乱收费问题突出，许多学生因为交不起学费而中途辍学。

医院全面推向市场，医药价格不断上涨，医疗事故、医患纠纷频繁发生，医患关系空前紧张。有的医护人员职业素养下降，以医谋私，医者仁心变成了医者兽心。

在招商引资过程中，各地争相出台优惠政策，实行低门槛、零门槛招商，自相残杀，恶性竞争。在国外被淘汰或难以为继的高污染企业、夕阳产业被当作宝贝高价高配，大量引进。脱离实际，好大喜功，弄虚作假，片面追求发展速度和政绩形象。

在经营城市错误理念的误导下，房价像脱缰的野马，一路狂奔，直线上升。在城市开发，特别是湖区开发工程中，野蛮拆迁，强行征地问题严重，有些使用时间不长的居民楼被强行拆迁，补偿标准又低得可怜。开发商跑马圈地，转手倒卖，大发横财。大片土地只占不用，坐等涨价，长期撂荒，浪费严重。

农资价格不断上涨，种粮收入下降。农民辛苦忙碌一年，刨去生产费用和各种税费，不仅不挣钱，还要赔钱。没办法，他们只好抛家舍业，打工养家。春节刚过，大批青壮劳力身背铺盖，成群结队，潮水一般涌进城市，火车站、汽车站人满为患。

这一年，柑橘出奇地丰收，个大味美，价格却低得可怜。橘农干脆拒绝采摘，任凭大量的柑橘风吹日晒，慢慢变质烂去。因为如果采摘下来，不仅卖不到钱，还要赔上人工费。损失惨重的橘农于是迁怒于当地政府，有的甚至酿成了群体性事件。

这些矛盾和问题把经济新区变成了一个大火药桶，各级干部如履薄冰，如临深渊。作为行政总管的翁卓疲于应付，情绪变得有些失常。有一次他召集开会，姗姗来迟的连才、冯旷两人，趾高气昂、旁若无人地走进会场。

"这两个家伙自恃有金秉荃撑腰，不把我这个管委会主任放在眼里，有意挑战我的权威。"想到这里，翁卓气不打一处来，当众把两人猛批了一通。两人哑巴吃黄连，又气又恼。会后他们来到金秉荃面前诉苦。

"老板，翁卓越来越不像话了，简直不把我们这些人放在眼里！"连才满腹冤屈地哭诉。

"嗯，怎么回事？"金秉荃看着两位亲信，不解地问。

"我们因为有事，开会晚了几分钟，他就趁机小题大做，把我们猛损了一顿！"连才回答。

"今天的事，你们有错在先，换了我，也是要批评的。"金秉荃听完两人的汇报，客观地评论说。

"老板，他表面上是批我们，其实是对您有气，嫌我们跟您走得近了。"冯旷补充道。

"是吗？"金秉荃突然惊觉起来，将信将疑地问。

"是的，听说他私下里口出狂言，对你十分不敬，说了许多出格的话。"连才抓住机会，告状说。

"嗯？都说了些什么？"金秉荃警惕地问了一句。

"说您不讲民主，大权独揽，小权不放，专制得像个皇帝。"连才爆料道。

"他敢这样说我？"金秉荃斜了连才一眼，仿佛怀疑那句话的真实性。

"他还说风水轮流转，总有一天要取代您。"冯旷接着说。

"哦，口气不小。"金秉荃有些心动。

"还有更难听的，他说与您不共戴天，势不两立，总有一天会见个分晓。"连才趁机添油加醋道。

"野心勃勃，狂妄至极！"金秉荃阴沉着脸，突然冷冷地笑了笑，从牙缝里挤出一句话。

"老板，防人之心不可无，我们可不能掉以轻心啊。"连才见金秉荃动了心，赶紧火上浇油。

"听说，他前一阵子偷偷去了一趟北京。"冯旷神秘兮兮地报告。

"还是那句话，有什么风吹草动，立即向我汇报，我自有章程。"金秉荃严肃地向两位部下交代说。

"行，老板，您放心。"连才、冯旷仿佛得到了奖赏，争相表态。

但金秉荃对连才、冯旷的话还是将信将疑。

有人说，在官场混不会刁钻耍滑、见机行事不行，不会敷衍塞责、撒谎吹牛不行。柯大卫与金秉荃思想感情上的距离越来越远，这让他时常感到为难和痛苦。

他联想起封建时代的太监，那些肉体和精神被阉割了的人们，联想起中国古代的士人，那些怀揣治国平天下的梦想，却往往不由自主地拜倒在统治者的脚下，堕落为官蠹禄鬼、奴才走狗的人们，他感叹自己的地位和处境与他们何其相似，对自己的未来感到心灰意冷。也许是发现柯大卫情绪异常，金秉荃再次与他谈话。

"改革开放是一件前无古人的事业，必须摸着石头过河。出现这样那样的问题，付出一定代价是正常的。改革是一场深刻的革命，要彻底打破原来的利益格局，实现社会财富的重新分配。让一部分人先富起来，就是要打破平均主义，按劳分配。按劳分配才会有动力，有活力，有竞争力。要解放思想，敢闯禁区，敢越雷区，敢于变通。遇到红灯绕道走，遇到绿灯赶快走。凡事要注重结果，不要计较过程和手段，只要有利于经济发展，就可以放手大胆地干。为了达到目的，有些时候可以不计手段。"

听了金秉荃的一番宏论，柯大卫仍然无法释怀。身居斗室，心忧天下，夜晚辗转反侧，难以入眠。他只好起身开灯，拿出日记本，把郁积在心中的一连串疑问记录下来。

52　巧取豪夺

盘龙湖畔有一片荒滩，几户村民承包开挖了十几个鱼塘。多年来，他们靠养鱼为生，日子过得还算凑合。没曾想，厄运从天而降。有一天，白裕富见养鱼收入可观，于是动了邪念，想把鱼塘弄到虎豹集团名下。为了逼养鱼户就范，他派手下强行垄断了种苗、饲料供应和成鱼收购市场，高价供苗供料，低价收购成鱼。渔户知道他实力强大，招惹不起，只好忍气吞声，惨淡经营。然而，他们的忍让并没有换来白裕富的恻隐之心。

有一天，突然驶来十几辆黑色轿车，车上下来几十个打手，手持长刀、铁棍，把渔户的生活和养鱼用具全部砸毁，强行霸占了所有的鱼塘。随后，在原承包合同不到期的情况下，白裕富与村委另行签订了一份所谓的承包合同。为了追求更大的利润空间，过了一段时间，他又把鱼塘悉数填平，搞起了房地产开发。失去鱼塘的渔户几次三番上访告状，却无人敢管。

白裕富是经济新区第一个成立钱庄的人。开始一段时间，白氏钱庄还能装模作样地照章守法，正常经营。时间一长，他们不再满足正常经营带来的利润，要追求高于其他行业十倍，甚至几十倍的暴利。

私企老板老J，开着一家五金厂，搞加工出口。因银行信贷紧缩，资金周转出现困难，万不得已向白氏钱庄借了一笔高息贷款，利息是银行的十倍。没想到，出口市场突然出现波动，产品造成积压。借款到期，J老板只好恳求展期。白氏钱庄答应了他的请求，条件是利息再翻一番。J老板迫于形势，只好忍痛答应。后来，货物终于发出去了，但接下来的问题让他更加挠头，收货方资金同样出现困难，货款一时收不回来。转眼之间，借款展期已到，连本带利，利又滚利，计算出来的是一个天文数字。J老板傻了眼。就是让他砸锅卖铁，他也还不上。J老板不忍心经营多年的工厂就这样玩完，于是再次申请展期，却遭到对方的严词拒绝。还不上款，白氏钱庄的人就天天到他办公室和家里骚扰，到处撒尿，乱砸东西，还威胁要给他全家放血，搅得他寝食难安，焦头烂额。没办法，只好用企业和房产抵了债。多年的心血等于白费，汗水等于白流。J老板一气之下，喝农药自杀。虽然经过抢救，捡回了一条人命，但从此留下后遗症，度日如年，生不如死。

个体商贩老V从事柑橘贩运。由于市场的不稳定性，多年来，他精打细算，苦心经营，就像一位饱经沧桑的艄公，玩命于波峰浪谷之间。天有不测风云，人有旦夕祸福。尽管他多方掌握信息，尽量规避风险，但还是失于算计。新近收进的一批货，本来前期调查没有问题，价格稳定，稳赚不赔，没想到一夜之间市场发生波动，价格急剧下跌，干脆到了无人问津的地步。造成这一结果的原因仅是一条随意捏造的手机短信。眼看着大量上等柑橘堆积成山，在货站慢慢烂掉，老V嗓子直冒火，肠子都悔青了。这笔生意亏了一大笔钱，资金链出现断裂。银行贷款无望，他只好忍痛借了白氏钱庄的高利贷。

对于这笔高利贷的使用，老V格外谨慎，好长一段时间没敢出手。最后憋不住，终于选了一个项目，下决心把钱投了出去。人算不如天算，人要遇上鬼，躲都躲不过。老V的投资又一次血本无归。他呼天抢地，求救无门，几次想自杀了之。然而，白氏钱庄的人早已盯上了他，他连自杀的权力也没有了。对方的人把他暴打了一顿，给了三条出路：一是想法筹钱，履行借约；二是卖身投靠，抵顶欠款；三是自断臂膀，欠债勾销。老V考虑再三。第一条已经无法做到，第三条又下不了手。数害相权取其轻，最后还是选择了第二条。从此，他成了白氏钱庄不拿工资的员工，默默无闻地干着最苦最累的活。

国企高管小D年轻有为，前程似锦。妻子漂亮贤惠，工作稳定。女儿乖巧可爱，品学兼优。一次偶然的机会，被赌博团伙拉入白裕富的赌场。家人苦口婆心，开导规劝，妻女痛哭流涕，深情感化。他深感愧悔，不惜自残手指以示决心。然而，事后经不住那些狐朋狗友的纠缠和引诱，心灵防线再次坍塌。从此愈加鬼迷心窍，铁了心一条道走到黑，九头牛拉不回。在充满骗局和陷阱的赌场里，他越陷越深，不能自拔。最后输光了家里的积蓄，又输光了从白氏钱庄借来的高利贷。债台高筑，无力偿还。单位辞退了他。妻子带上女儿，离他而去。欲哭无泪，求告无门，他越想越觉得窝囊，于是四处上访，举报白氏赌场和钱庄的黑幕。

这一下触怒了黑恶利益集团，也给自己招来了麻烦。有一天深夜，几个黑衣大汉把他从栖身的小旅馆掳走，带到江边一个偏僻的角落，把他打了个半死，双腿从此致残。

白氏钱庄血腥敛财，像滚雪球一样恶性膨胀。为了解决资金不足的问题，他们广泛建立社会关系，吸收社会闲散资金，重点瞄上了某些官员的黑色、灰色收入。钱庄以高于银行同期数倍的利息吸收存款，转手借贷出去，赚取更高数额的利润。储户把钱存在这里，一方面可以得到丰厚的收益，另一方面不容易暴露，百般放心。

另外，他们还与国营商业银行中的实权人物互相勾结，从银行低息借贷政策性资金，再高息贷给用户，所得利润双方按比例分成。于是，出现了一个奇怪的现象：银行信贷紧缩，大批业户不得不从白氏钱庄高息借钱；白氏钱庄却从银行源源不断获得大笔资金，用于高息放贷。

这天是周末，连才、斐彪、冯旷、佟镜和几名银行高管拿到分红后，再次来到湖天大酒店，接受了白裕富的高档宴请。酒足饭饱之后，一行数人来到洗浴中心，各自找了一个年轻貌美的小姐洗鸳鸯浴去了。

53　追根求源

农民负担是一条高压线，为什么有那么多人顶风作案，屡禁不止？带着这样一些疑问，柯大卫走访了几个偏远乡镇。

"饱汉子不知饿汉子饥。上面只知道强调减轻农民负担，下面怎么办？我们这地方经济欠发达，是个典型的农业乡。乡政府机关人员严重超编，有限的财政收入光人头费占去了一大半，各类公益事业还要用钱。一年到头，捉襟见肘，举步维艰。实在没办法，只能向农民伸手，甚至举债过日子。即使这样，我们乡干部仍然只能领到一半的工资，勉强能够养家糊口。"乡党委书记一脸的愁绪,边说,边叹气。

"发展经济,增加税收,问题不就迎刃而解了吗?"柯大卫不以为然地说。

"发展经济,谈何容易。巧妇难为无米之炊。基础设施跟不上,经济如何发展?经济不发达,就没有税收;没有税收,就没有资金投入,谈何发展?恶性循环啊。"乡党委书记感叹。

"没有向上级财政申请补助?"柯大卫追问。

"自从财政分灶吃饭以后,国家把税收的大头拿去了,地方财政收入减少。市、区机关同样人满为患,财政自顾不暇,哪有能力考虑我们乡镇一级。"乡党委书记斗胆坦言。

"既然机关机构臃肿,人浮于事,为什么不实行精兵简政?"柯大卫进一步追问道。

"中国是一个人情社会,传统观念根深蒂固,各种关系盘根错节,牵一发而动全身。没等你采取动作,打招呼的电话已经震破耳膜,说情的人已经门庭若市了。你说,我们这些小小的乡官,敢得罪哪方神仙?我们不是没想过,也不是没试过,但很遗憾,阻力太大,只好知难而退。所以,机构改革是一个系统工程,必须从上到下,制定科学的方案和措施,有组织、有领导地全面启动,分步实施,一抓到底。"乡党委书记话语实在,满脸无奈。

"怎么会是这样?"柯大卫听后,半信半疑。

"柯秘书,你要是不信,可以多住些日子,亲自体验一下。"乡党委书记瞪了柯大卫一眼,不客气地说。

"我不是不信,是感到诧异。'三农'问题已经如此严重,而还有人认为形势大好,继续大唱赞歌。"柯大卫自言自语地解释。

"说真话的人越来越少,是因为说真话太难了。下面出于政绩和形象考虑,报喜不报忧。上面的领导下来视察,一路前呼后拥,蜻蜓点水,看到的都是经过精心准备的闪光点,面上的真实情况被层层掩盖。有些人连总理都敢忽悠,还有谁不敢忽悠?"乡党委书记实话实说。

"以前我曾经下乡扶贫,那时候还不是这个样子。"想起当年,柯大卫若有所思。

"此一时,彼一时。改革初期的制度效应已经发挥殆尽,国家把经济重心转移到了城市，工农产品剪刀差拉大，农产品价格徘徊不前。由于地方财力不足，收购配套资金不到位，因而不得不经常向农民打白条。"乡党委书记深有体会地分析。

"收入不够支出，就想办法创收，从农民身上打主意；各种达标升级，利益部门化，进一步加重了农村和农民负担。"柯大卫进一步剖析道。

"这话说到点子上了。可要从根本上解决问题，光靠下面单打独斗是行不通的，必须从上到下，来一次彻底的机构改革，大量裁减冗员。"乡党委书记点了点头，赞同地表示。

"当年，红军到达陕北，非生产人员增加过多。有一次下雨打雷，一棵多年的老树被拦腰截断。有个老汉说：'雷公为什么不劈死毛泽东？'此话传到毛主席耳朵里。毛主席认识到问题的严重性，于是下决心实施精兵简政，开展大生产运动，号召部队自己动手，丰衣足食，从而大大减轻了老百姓负担，密切了党群军民关系，为取得抗战和解放战争胜利奠定了坚实基础。历史经验值得汲取，忘记历史，就意味着背叛啊。"柯大卫感慨万千地说。

"在几千年的封建社会，中国农民一直处于被奴役、被压迫的境地。新中国成立后，又响应号召，勒紧腰带，为国家工业化作贡献。改革之初，政策向农村倾斜，农民确实得到了一些实惠，只可惜好景不长。"乡党委书记直言不讳地指出。

"某些干部以权谋私，贪污腐化，进一步加重了农民负担。强收硬征，对农民大打出手，酿成命案，更是天理难容，罪不容赦。"柯大卫联想到此前接连发生的几起恶性案件，忍不住义愤填膺。

"所以，解决农民负担是一项综合系统工程，必须多管齐下，标本兼治。单是三令五申，处理几个人，是解决不了根本问题的。"乡党委书记见解独到地强调。

"知屋漏者在宇下，知政失者在草野。"乡党委书记一席掏心窝子的话，让柯大卫受益匪浅。回到办公室，他认真撰写了一份调查报告，提出了一些有针对性的建议。但金秉荃忙于城市开发，根本没有心思考虑"三农"问题。倒是方明对这份报告很重视，不仅认真阅读，还与柯大卫进行了面对面的探讨。

随后，柯大卫抽空走访了一部分企业。在众多的国企中，他特别注意到机械修造厂。这是一家大型企业,拥有数千名职工,已先期完成了改制转型。难能可贵的是,面对滚滚而来的改革大潮,企业领导没有私字当头,没有简单化地把职工推向社会,增加社会负担。而是制定了科学合理的改革方案,开展了深入细致的思想工作,不把职工当包袱,而是把职工当财富,积极转型升级,开辟新的就业渠道,实现了企业和职工双赢共进的局面。企业完成改制后,规模进一步扩大,结构更趋合理,效益成倍增长,前景一片看好。

柯大卫撰写了一份调研报告,经工委办公室领导审批后以简报形式下发,对推进全区国企改革发挥了积极的作用。

谌芳生了一个胖小子,柯大卫和杜鹃带了礼品和红包,登门祝贺,为孩子送上衷心的祝福。看着杜鹃隆起的腹部,谌芳开玩笑说:"嫂子怀的最好是个女孩,咱们将来好赶亲家。"

杜鹃听后,笑而不答。柯大卫慷慨地答应:"好啊,就怕你嫌我们闺女长得丑。"

谌芳听后,连忙表示:"不会,不会。凭你们两人一表人才,绝对生不出丑女。"

杜鹃说:"孩子的事,恐怕咱们说了不算。"

谌芳强调说:"先这样定着。"

柯大卫和杜鹃听后,哈哈一笑,算是回答。

几天后,杜鹃进入预产期,住进了医院。分娩那天还算顺利,正如谌芳所期望的那样,生了个女孩。柯大卫给女儿起了个名字叫小梅,希望她像梅花一样的美丽、坚强、高洁。经双方家长协商,轮流伺候杜鹃坐月子。柯大卫忙于工作,很少有时间照看孩子、干家务。为此,他感到十分愧疚。

54 心系民生

房地产市场在畸形中发展,沿湖一线房价居高不下,多数市民无力购买,只能望房兴叹。与此同时,老城区成为被遗忘的角落,到处是破乱不堪的棚户区、筒子楼,里面居住着大量下岗工人、老弱病残、打工族、无业流浪者,与新城区的繁华反差巨大,极不协调。

方明心系民生，专门抽出时间深入贫民区了解实情。他和秘书小李沿着狭窄崎岖的巷道艰难穿行，一路上映入眼帘的景象令人震惊：灰尘满面、低矮破败的楼房，拥挤不堪、杂乱无章的棚户区，随处堆放的垃圾，满街的污水，嗡嗡的苍蝇，刺鼻的臭气。

刚下过一场大雨，道路泥泞不堪。方明小心地迈步，脚下一滑，差点摔倒。看到一家半开着的低矮的院门，他径直走了进去。进了院门，里面是狭小的天井，竹竿和木头搭建的板房因年久失修，打满了补丁。房间里到处是接雨水用的坛坛罐罐，房顶已无法维修，开着大大小小多处"天窗"。正屋摆着破旧的炊具，左右两间挤了几张床，上面还打着吊床。昏暗的光线中，一位满头白发、一脸皱褶的老婆婆坐在角落里，正木然地看着这几位突然造访的不速之客。

"您好啊，老人家。"方明走上前，热情地与老婆婆搭话。

"快要死的人了，好什么好？"老婆婆撇了撇干瘪的嘴唇，用苍老颤抖的声音回答。

"老人家，您有什么心里话跟我说说，好不好？"老婆婆的回答让方明感到愧疚和难过。

"你看看这住的，都几十年了。"老婆婆手中的木棍往地面捅了几下，生气而又无奈地说。

"老人家，一切都会好起来的。"方明靠近老婆婆，极力安慰道。

"等不到那一天了，我快要死了。"老婆婆仍然黑着脸，悲观地摇头。

"老人家，您家里一共几口人？"方明仍然耐心地问。

"几口人？一共十二口，四世同堂。"老婆婆叹了一口气，回答道。

"您儿孙干什么工作？"方明接着问。

"下岗了，白天外出觅食，晚上回来，挤都挤不下。"老婆婆不耐烦地回答。

"有上学的没有？"方明继续问。

"上学有啥用，能识几个字就不错了，帮着大人挣钱。"老婆婆更不耐烦了，从破椅子上站了起来，大有逐客于门外的气势。

"解放这么多年了，改革开放也已经二十几年了，老百姓还住在这样的房子里，怎么会没有怨言？"方明心情沉重地告退，又走向相邻的一户人家。

"方书记，您说的对，这个问题到了非解决不可的时候了。"听了方明的话，街道主任魏敏深有同感。

"这些年，我们一些地方热衷于搞形象工程、政绩工程、标杆工程，却忽视了民生工程；热衷于傍大款，抓亮点，却忽视了贫困弱势群体；热衷于膨胀政府的钱袋子，却忽视了老百姓的实际收入；热衷于让一部分人先富起来，却忽视了共同富裕。"方明一针见血地指出。

"说到底，还是个利益分配问题，是错误的政绩观作怪。"魏敏赞同地说。

"希望你们抓紧研究一下棚户区、筒子楼改造的问题，给全市探索出一条路子。"方明看着魏敏，语重心长地叮嘱道。

"我们一定抓紧落实，争取给群众一个满意的答复。"魏敏表态说。

"好，等你们搞起来了，我再来看。"方明郑重地表示。

按照方明的指示，魏敏带领一班人制定了详细方案，决定分期分批对棚户区、筒子楼实施改造，让居民尽快住上宽敞明亮的新楼房。他们注册成立了一家独立的开发公司，直接面向居民，承接改造工程，从而减少了中间环节，降低了开发成本，保护了原住户的权益，避免了开发商垄断市场、攫取暴利的弊端。

由于方向明确，方案科学，住户对改造工程衷心拥护，积极配合。但仍有个别人以各种理由阻挠拆迁，目的是借机索要高价补偿，大发横财。

有一家兄弟三个都是出了名的地痞，横行霸道，没人敢惹。哥仨不仅自己不配合，还挑唆其他住户，拒绝拆迁。

魏敏亲自登门做工作。但他很快意识到，仅靠思想教育已无济于事，必须采取果断措施，否则将会延误工程进度。在广泛征求意见的基础上，魏敏决定集中力量，依法对他们实施强制措施。

一声令下，法院、城管等相关部门迅速到位，各司其职，现场办公，联合执法。哥仨扬言，谁敢动他们的房子就与谁拼命。随后手举菜刀、斧头，疯狂地冲向执法人员。训练有素、早有防备的执法人员巧妙地躲过他们的进攻，解除了他们的凶器，扭送到司法机关。

现场响起了经久不息的掌声。掌声中饱含着老百姓对邪恶势力的仇恨，对政府依法行政、为民办事的由衷支持。魏敏和他的同事从这掌声中听出了民心，听出了正义和公理的力量。

工程进展顺利，新楼房一批接一批地竣工。居民们纷纷自发燃放鞭炮，以示庆祝。方副书记再次来这里走访。

老婆婆一眼认出了他，拉着他的手，颤颤巍巍地说："这下可好了，政府为老百姓办了件大好事，感谢政府。"说完，脸上仿佛绽开了红润的花朵。

方明牵挂着贫困山区的脱贫致富，经常抽时间帮助贫困山区跑项目，跑资金，跑人才。这天，他来到毛竹乡考察。由于日程安排得太满，结束时天已经抹黑。乡里领导劝他留住一宿，好好休息一下。他执意不肯，和秘书、司机连夜上了路。天黑路险，情况不熟，行驶到一个拐弯处，司机心里一慌，方向打得慢了些，车子冲出路外，双轮悬空，栽了下去。那沟大约有十几米深，沟底是一条溪流，水深两米多。也算老天保佑，汽车冲到半空，恰好被沟坡上几棵大树卡住了。惊魂未定的他们，暗自庆幸，赶紧给县里打电话。

乡党委书记、乡长带着吊车匆匆赶来，把他们连人带车救了上来。好在老天保佑，三个人都只受了些皮肉伤。

55　迎战旱魔

太阳当头悬挂，火辣辣地炙烤着大地，到处是枯死的秧苗，龟裂的稻田。方明放下手头的工作，带着纪委副书记颜继和水利部门的干部专家来到受灾最严重的乡村检查指导。

汽车在田野间穿行，不时会遇到在田间地头焚纸烧香、设坛祈雨的百姓。几位老年妇女守着一堆还未燃尽的纸钱，磕头不止。一位须发苍白的老汉，手擎香烛，面向东方，长跪不起，口中念念有词："龙王啊，您老人家发发慈悲，普降甘霖，救黎民百姓于危难吧。"看到这悲壮的一幕，方明走下车，伸出双手，点上一炷香，恭恭敬敬地插到香炉里。然后，把祈雨的老乡一一扶起。

"乡亲们，党和政府一定会想办法，保证大家的生产生活，请大家放心。在灾害面前，我们要振奋精神，迎难而上，打好抗旱救灾这场硬仗！"方明的一席话仿佛一支强心剂，给了大家信心和力量。

一路走来，他与当地干部共同研究抗旱救灾的具体措施，指示抓紧组织群众挖濠、打井，节约利用现有水源，改种耐旱速效作物，最大限度地减少干旱造成的损失。

"黎民百姓，国之根本；农桑稼穑，百业之基啊。"方明忍不住有感而发。

"农业兴，百业兴。但愿天降甘霖，驱除旱魔。"颜继双手合十，仰望苍天，虔诚地祈求道。

金秉荃带领有关部门负责人和一大帮记者，走马观花地查看了部分村镇。第二天，便和连才一起飞到京城，大宴宾客。饭局安排在希尔登大酒店。

"孟司长，兄弟单独敬您一个。"金秉荃双手捧着一瓶极品茅台，恭恭敬敬给坐在主客位上的一位方面大耳、身材微胖，被称为孟司长的中年男士斟满高脚酒杯。中年男士满面笑容地与金秉荃轻轻碰杯，然后豪爽地一干而尽。金秉荃陪着孟司长喝干酒杯，随后感激地说了声"谢谢"。

"孟司长，在下连才，久闻司长大名，如雷贯耳，今日得以相见，三生有幸。借此机会，在下敬司长一杯，祝您洪福齐天，步步高升！"连才在金秉荃授意下，连敬三杯，极尽殷勤谄媚之能事。

"多谢各位盛情，兄弟回敬一个，来，走着！"孟司长满面红光，兴致倍增，高兴地提议。众人纷纷举杯，一番痛饮。

"孟司长，兄弟那件事还请您百忙之中多多关照。"酒宴过半，气氛达到高潮，金秉荃不失时机地扯入正题。

"金老弟，规矩你是知道的，这事不是我一个人说了算，研究研究再说吧。"孟司长已经醉意朦胧，哈哈笑了两声，故作认真地回应道。

"孟兄，行与不行，还不是您一句话。"金秉荃不依不饶，紧追不放。

"哪里，哪里！金老弟有所不知，如今不比从前，制度更健全，监管更严格了。"孟司长摆着手，继续回绝道。金秉荃见状，只好提议孟司长去洗手间方便一下。在洗手间里，金秉荃将一张银行卡塞给孟司长。孟司长稍微客气了一下，然后心领神会地装进了衣兜。

"老弟啊，请放心，你的事我会尽力的。"孟司长拍着金秉荃的肩膀，满含深意地表示。

"多谢孟兄出手相助，小弟感激不尽，后当重谢。"金秉荃心满意足地道谢。

回到包间，两人推杯换盏，猜拳行酒，又是一番热闹。

散席后，连才到前台结了账。金秉荃忍不住问道："今晚花了多少？"

连才轻松地回答："不多，连酒席带礼品一共十万。"

金秉荃听后，故作惊讶地说："不算少啊。"

连才紧跟一句："十全十美，吉利数。舍不得孩子套不住狼。为了您的宏图大业，花这点钱算什么！"

金秉荃听后，会意地一笑："是啊，只要能办成事，多吐点血也值得。"

56　急流勇退

大庄对顾小文的成见越来越深，三番五次排挤打压。特别是发现他与柯大卫交往频繁以后，更加猜忌和防备。顾小文虽然谨慎小心，却仍然动辄得咎，处境艰难。

"山不转水转，老子不干了。"一念之下，顾小文干脆急流勇退，递交了辞职报告。

手续很快办完。走出管委会办公大楼，顾小文觉得天地突然变得无限广阔。一辆高级轿车早已停在楼下，随后把他接到了表哥的公司。

表哥姓余，经商多年，已是资产过亿的大老板。顾小文大学毕业时，余老板曾有意让他到公司任职。顾小文当时却对从政抱有希望，于是没有答应。

安排停当后，顾小文给柯大卫打了个电话，把事情的原委说了一遍。

柯大卫听后，感到十分意外，劝告顾小文："别太意气用事，先干着，以后再想办法。"

顾小文回答说："手续已经办完了。"

柯大卫听后，知道事情已经无法挽回，多说无益，于是挂断了电话。

晚上，余老板给顾小文接风，顾小文提议叫上柯大卫，余老板欣然同意。为了表示诚意，两人开车来到工委办公大楼。柯大卫放下电话，下楼上车，与余老板握手。顾小文给二人互相作了介绍。

车子沿滨湖大道一路向前，来到一个小岛。小岛有半个平方公里的样子，像一只狭长的"手臂"，伸向清水湖。"手臂"的末梢建有一家格调高雅的酒店，名叫松鹤楼。他们几个人拣了一个靠窗的高档雅间。余老板随意点了几个地方特色菜，随后把菜谱交给柯大卫。盛情难却，柯大卫点了油爆扇贝和红烧肘子。

余老板原来在一家国企干高管，后来下海创业。依靠国家政策扶持，加上自己的努力，企业越做越大。他的形象气质却与一般商人迥然不同，可以说是一个典型的儒商。长条形的身材，一年四季一身中式衣裤，软底布鞋，板寸头，清瘦的面颊上架着一只水晶石变色近视镜。举手投足，狡黠中透着几分古朴；一言一笑，豪爽中露出一些儒雅。乍一看，不像一个腰缠万贯的大老板，倒酷似一位风水先生。业余时间，喜欢读书写字，自学充电，有时还到大学听课进修。

酒菜上齐后，余老板咬文嚼字地讲了一通开场白，然后高擎酒杯，频频敬酒。

"来，柯秘书，大哥先敬你一杯。常听顾小文说起，今天相见，三生有幸。干！"余老板端起酒杯，热情地与柯大卫碰杯，喝了个见面酒。

"能认识余哥，是小弟的福气，还望多多关照。"柯大卫有感于表哥的热情，礼尚往来地回敬了一杯。

"顾小文说你平时对他关怀有加。人生得一知己者足矣。官场上的人能够如此，尤其难能可贵。"余老板说着，又敬了一杯。

"惭愧，惭愧，小弟能力所限，对顾秘书关照不周。"余老板的话让柯大卫感到有些难为情。

"柯秘书年轻有为，前途无量啊。"余老板由衷地赞许道。

"承蒙夸奖，有用得着小弟的地方，尽管吩咐，小弟愿赴汤蹈火，在所不辞。"柯大卫听后一阵感激，于是表态说。

"顾小文，大哥对不起你。"柯大卫带着几分醉意，心怀歉疚地单独敬了顾小文一杯。

"这事与你无关，是我自己的决定。官场的空气太憋闷，我不想再待下去了。"顾小文见柯大卫自责，忙安慰他说。

"这样也好，你先出去探探路，有了眉目，我去帮你。"听了顾小文的话，柯大卫心情轻松了一些，叮嘱道。

星期天，柯大卫请顾小文和几个朋友一起去郊区洗了个温泉浴。那地方有一条山谷，从山坡到山脚，分布着众多大小不一、形态不同的温泉。

温泉形态各异，气象万千，有的徐徐漫溢，有的汩汩轻流，有的翻卷着浪花。因为泉水里面所含的矿物质不一样，所以对人体的治疗保健作用也不一样。有的对胃疗效明显，所以叫胃泉；有的对肾有好处，就叫肾泉；有的对腰腿关节作用大，叫肢泉；还有一种专门泡脚的，因而叫足泉。整条山谷建满了乳白色的浴房、蒸房，内设浴缸、浴盆、泳池。从里到外，整洁时尚，爽心悦目。

随便走进一家，或洗，或冲，或泡，或蒸，看着一圈圈、一片片乳白色的水雾不断地蒸腾而上，享受着这天然的琼浆玉液，令人产生一种腾云驾雾、欲醉似仙的幻觉。

那天，他们洗了个潇洒痛快。吃完午饭，他们又爬到山顶，欣赏了一会儿山里的风景。太阳落山时，他们才恋恋不舍地打道回府。

第二天，顾小文开始在表哥的公司上班。表哥让他负责对外联络和公关，凭借在政府机关积攒的人脉关系，工作干得得心应手，公司上下都很满意。然而，时间不长，他约柯大卫喝茶，告诉他自己想跟表哥借一笔钱，独自到深圳闯荡一下。他说笼中豢养的鸟，虽然舒适，安定，却不会有大出息；他要做一只大鹏，在自己的天空翱翔。对他的决定，柯大卫无言以对，只能祝他好运。

临走的头一天晚上，柯大卫为顾小文送行。两人你来我往，边喝边唱。两人一遍又一遍地重复着那首《送战友》：

送战友，踏征程，默默无语两眼泪，耳边响起驼铃声。战友啊战友，亲爱的弟兄，当心夜半北风寒，一路多保重。

路漫漫，水纵横，顶风冒雨多艰险，洒下一路驼铃声。战友啊战友，亲爱的弟兄，待到春风传捷报，我们再相逢。

唱着唱着，不知不觉间，两人已经哽咽失声，泪流满面。

57　苍天在上

晚上金秉荃有私人活动，柯大卫处理完公务，准备回家。走到一楼大厅，迎面碰到工委副书记方明的秘书小李。

"你好，李秘书，忙什么啊？"柯大卫热情地打招呼。

"你好，柯秘书，我陪方书记下乡刚回来。"李秘书与柯大卫握了握手，随口答道。

"彼此，彼此。我已经几天没回家了，你嫂子都有意见了。"柯大卫无奈地摇摇头。

"别只顾大家，忘了小家，今晚回去好好表现表现。"李秘书诡秘地一笑，话中有话地说。

"你不回家？"柯大卫不经意地问道。

"我今晚回不去了，一会儿要跟方书记研究调研成果，连夜赶写报告，明天向常委会汇报。"李秘书回答。

"哦，辛苦了。再见，改天我请客。"柯大卫听罢，与李秘书挥手告别。

"好啊，恭敬不如从命。"李秘书爽快地答应道。

方明出生于一个知识分子家庭，中学毕业下过几年车间，大学读的是历史专业，毕业后留校任教，一个偶然的机会步入政坛。出身和经历，让他拥有浓厚的平民化色彩和书卷气息，而少了许多官僚习气和铜臭味道。这些特质也许在有些人眼里是为官的大忌，为他们所不齿，却为他赢得了很好的官声。

方明十分重视了解社情民意，对现实中存在的问题洞若观火，并为解决这些问题整日殚精竭虑，不辞辛劳。

违法行政，欺压百姓，侵害群众利益，是来信来访的热点，也是方明关注的重点。他想利用自身掌握的权力，惩治违法，打击邪恶，维护正义。虽然经常需要面对来自各方面的阻力和压力，甚至要面临一些风险和威胁，但他勇往直前，无所畏惧，表现出独特的风范和意志。

有一天，方明跟往常一样，提前半个小时上班。当他的车子行驶到机关办公大楼门口，突然有一个老汉和一位年轻妇女迎面跪倒在车前。这种情况方明经常遇到，有时在上班路上，有时在下乡途中。他猜想，这一老一少肯定有重大冤情，否则不会挡路拦车。他赶紧下车，和李秘书一起把一老一少搀扶起来，请到办公室。方明亲手给他们倒水，耐心地询问了解相关情况，并让李秘书认真作好记录。

原来这又是一起因野蛮拆迁而引发的恶性事件。老汉是湖东村的农民，那位年轻妇女是他的儿媳。前一年，儿子在自己承包的一片荒地里建起了一个养鸡场，承包期为十年。小两口白天晚上，起早贪黑，鸡场经营得还算红火。本打算再扩建几排鸡舍，进一步壮大养殖规模，没想到乡政府为了招商引资，把这片地卖给了虎豹集团，用于开发高档别墅。由于补偿标准过低，老汉的儿子自然不同意。对方以不服从拆迁为由，纠集一帮地痞强行拆迁。老汉的儿子上前阻拦，被打成重伤，随后又被冠以妨碍经济发展的罪名关进了劳教所。

随意改变土地用途，单方违反承包合同已经违法。野蛮拆迁，雇凶打人，致人伤残，更加令人发指。但事情反映到村里、乡里和区里有关部门都没有结果。因为大家都知道白裕富势力很大，上上下下的关节早已打通，所以没人愿意去捅这个马蜂窝。

方明听完翁媳两人一番哭诉，语气沉重却坚定有力地说："光天化日，竟有人如此横行霸道！你们放心，我们一定会把这件事查个水落石出，把相关责任人绳之以法，还你们一个公道！"

老汉听罢，泪流满面地说："人间还是有青天啊，俺全家感谢您了。"

方明深情地握着老汉的手说："我们工作没做好，让你们受苦了，我向你们全家道歉。"

老汉双膝着地，长跪在方明面前，一边磕头，一边说："您是个好官，俺代表全家谢谢您了。"

方明把老汉扶起来，动情地说："老大爷，您别这样，这是我们应该做的。"

第二天，方明带领区纪委副书记颜继一行专程到老汉所在的湖东村，主持召开了由区、乡、村有关人员参加的专题会议。在方明责令和督办下，开发项目被叫停，行凶打人者受到法律严惩，负有领导责任的干部受到责任追究，老汉一家的经济损失得到补偿，老汉的儿子被无罪释放。

方明顶住压力，快刀斩乱麻地解决了这一起影响很坏的恶性案件，赢得了人民群众的赞扬，却因此得罪了白裕富等人。

大旱导致农业严重歉收，农民收入锐减。有的地方不顾这一事实，继续加重农民负担，引发了一批恶性事件，直接损害着党群干群关系，严重影响了党和政府的形象。各级相继召开电视电话会议，三令五申，并通报了一批典型案例。

然而，时间不长，湖西镇湖西村又发生了一起骇人听闻的恶性事件。由于天旱，有限的耕地几乎颗粒无收，与此同时，盘龙湖污染日趋严重，渔业收入也受到严重影响。在这种情况下，当地政府却没有相应减轻农民负担。许多家庭为了完成税费任务，不得不四处举债。一对中年夫妻为供子女上学和给老人治病借遍了亲戚朋友，再也无处借钱。由镇村干部组成的清缴队上门催款，两口子如实反映了情况，并表态有了钱一定补交。但清缴队不同意，要求他们限期交齐。到了期限，清缴队又来索要。女主人情急之下与清缴队员发生了争执和撕扯，被推倒在地，受了伤。清缴队不顾央求，把他们家仅剩的一点稻谷装上车运走了。一气之下，女主人喝下农药，还没送到医院就断了气。

男人气愤难忍，开始到处上访。"维稳办"的人把他抓回来，带到一所空院子里，用棍棒和皮带打他，让他保证以后不再上访。但他咬紧牙关，坚持不松口。那伙人被他的倔强激怒了，疯狂地轮流上阵，从傍晚打到半夜，打得他皮开肉绽，鲜血淋漓。最后实在打累了，就把他扔进了一间黑屋子。当时正值三九严冬，遍体鳞伤，冻饿交加，他终于没有熬过那个冬夜。第二天那伙人开门查看的时候，他已经变成了一具僵尸。

事情发生后，镇村两级严密封锁消息，偷偷摸摸把尸体火化了。死者亲属无法接受病死的说法，觉得死者死得不明不白，不揭开这一天大的黑幕，就无法告慰屈死的亡灵。

看到同村一家人的遭遇，魏正毅十分震惊和气愤。他设法找到柯大卫，讲述了事情的经过。柯大卫听后，同样感到震惊和气愤。随后到报社找到叶青，让她暗中调查。叶青根据调查的情况写成一份报告，交给柯大卫。柯大卫很快转交到工委和管委领导手中。

方明得知这一情况后拍案而起。不彻查此案，就无法向死者亲属和社会作出交代。他立即抽调精兵强将，组成调查组，由区纪委副书记颜继带队，开展明察暗访。

案件牵扯到一部分人的乌纱帽，金秉荃指示调查组不要小题大做，以免影响全区稳定大局和对外形象。有人暗中监视调查人员的行踪，打匿名电话，扔黑石头，千方百计阻挠调查。调查组不为所动，顶住压力，排除干扰，把案件查了个水落石出。

铁证如山，不容抵赖。方明亲自把案件调查结果向工委常委会作了汇报，并监督案件处理。行凶者被法办，镇长和分管农民负担的副镇长受到撤职处分，镇党委书记受到了留党察看处分。

案件得到了有效处理，方明的心情却无法平静。夜里，他辗转反侧，费了好大的劲才朦胧入睡。恍惚之间，他仿佛看到，一场激烈的遭遇战之后，一个年轻的八路军战士腿部负伤，与部队失去了联系。他拖着受伤的腿，艰难地走到附近的一个小山村。由于失血过多，走到村口，他已经奄奄一息。一对老年夫妻发现了他，悄悄把他背回了家。老两口把仅有的一只老母鸡炖了，用鸡汤喂他，并到山上采来药材为他疗伤。有一天，日本鬼子到村里搜索，老两口闻讯后把他藏进牛棚的草堆里。鬼子逼他们说出八路军伤员的藏身之处，但他们闭口不言，被恼羞成怒的鬼子用刺刀残忍地杀害。八路军伤员在乡亲们的照料下，终于养好了伤，重新回到部队。

他仿佛看见，解放战争中，老百姓成群结队地推着小车，赶着牛车，冒着炮火，奋勇直前。几枚炸弹落到支前队伍中，有人负伤倒下，鲜血染红了大地，但车队并没有停顿，继续洪流般滚滚向前。

他仿佛看见，毛泽东他老人家正在一个简陋的会场上打着手势，谆谆告诫大家要始终保持艰苦奋斗、密切联系群众的优良作风，谦虚谨慎，戒骄戒躁，下定决心，排除万难，去争取胜利。

方明浮想联翩，睡意全无，不禁连声感叹：曾几何时，共产党与人民血肉相连，休戚与共。后来，有些人却把党的优良传统和作风丢弃了，身上的共产党员气味越来越少了，有的干脆由人民公仆蜕变为作威作福、欺压百姓的官老爷。历史经验证明，骑在人民头上的人，终将被人民所抛弃，为非作歹者，终将受到历史的惩罚。

为避免此类恶性案件再次发生，方明力主从转变作风入手，重点解决干部队伍中存在群众观念淡薄、工作方法简单粗暴、以权谋私、奢侈享乐，以及片面追求发展速度、弄虚作假、搞政绩形象工程等问题。为此，他主持制定了《关于增强群众观念，改进干部作风的意见》，提交常委会研究通过后以工委文件形式下发执行。同时，在全区开展了一次集中教育活动。在活动中，他亲自为基层干部上党课，联系实际，分析损害群众利益的危害性和危险性，强调增强群众观念，恢复、发扬党的优良传统和作风的极端重要性。集中教育活动取得了预定效果，给基层干部敲响了警钟，让他们进一步擦亮了眼睛，明辨了是非。

58　身不由己

金秉荃好不容易从纷繁的公务中脱身，他决定出国度假，好好休息一下。于是，带上伏美姣直飞伦敦。

他们饱览了泰晤士河两岸迷人的风光，参观了大英博物馆、海德公园、白金汉宫，聆听了大本钟苍老而浑厚的报时声。随后来到世界浪漫之都巴黎，欣赏了繁华的城市夜景，游览了卢浮宫，见证了达·芬奇的真迹画作《蒙娜丽莎》，近距离瞻仰了凯旋门和埃菲尔铁塔。

告别巴黎，他们飞到美国华盛顿，拜谒了国会山总统雕像群。然后，来到纽约，登临曼哈顿摩天大楼，自由女神像，游逛于国际购物超市，到百老汇看演出，住总统套房，吃国宾宴。告别纽约，他们来到世界旅游胜地夏威夷，跳进湛蓝清澈的海水里泡澡，躺在细软平坦的沙滩上晒太阳，晚上与当地土著在篝火旁一起疯狂地跳起野性十足的草裙舞。

随后，他们登上了太平洋岛国塞舌尔。这个国家虽然很小，但却很有名气，因为这里出产一种奇异的水果，名叫爱情果。这种水果不仅形状特殊，味道独特，而且能滋阴壮阳。返回途中，他们顺便来到泰国首都曼谷，欣赏了正宗的人妖表演。

"太美了！这一趟玩得逍遥自在，胜似神仙。"走下飞机舷梯，伏美姣深吸一口气，心满意足地感叹道。

"爽吧？我们此行称得上是天堂之旅。"金秉荃颇为自豪地附和说。

"西方世界就是好，相比之下，我们国内落后不知多少年，不知什么时候能赶得上人家呢。"回忆沿途的见闻、感受，伏美姣钦羡不已。

"他们取得现在的成就，经过了几百年的发展。咱们才发展了几十年的时间。"金秉荃安慰说。

"你的意思是咱们几百年后一定会发展到人家那种程度了？"伏美姣用怀疑的口吻问道。

"没想到，你这个女强人、大老板，竟会这样悲观。我想，用不了几百年，只需要一百年中国就会赶上西方，正如邓公所设想的那样。"金秉荃蛮有把握地预言说。

"你的意思是只有咱们发展，人家不发展了，在原地等着你中国追赶上来?"伏美姣不以为然地反问道。

"当然不是你说的那样。咱们基数小，发展速度比他们快。他们基数大，发展比较慢，所以能后来居上。"金秉荃耐心解释说。

"但愿能够像你说的那样。"伏美姣将信将疑地回应道。

"要有民族自信嘛。"金秉荃鼓励说。

"我只是一个商人，国家的事我管不了，也不想管。我只是担心将来万一政策有变，我该怎么办。"伏美姣不无担心地说。

"手里有钱，心里不慌。咱们这些精英人物好办，万一气候有变，大不了一走了之，到了国外照样过好日子。普通的老百姓一辈子只能待在国内，天下太平还好过一些，一旦出现动荡和战争，他们就遭殃了。古往今来，都是这样。"金秉荃安慰伏美姣说。

"听你这么一说，我倒是杞人忧天了。"伏美姣自嘲地说。

"女人嘛，头发长，见识短，可以理解。"金秉荃笑着说。

"咳，竟敢小瞧我们女人，你这位共产党的大书记脑袋好封建哩。"伏美姣嗔怪道。

"哈哈，开个玩笑而已，你可不要当真。"金秉荃赶紧求饶说。

第二天，金秉荃把一大堆票据塞给柯大卫，让他到行政事务局以招商名义报了销。

除了保持与伏美姣的交往，金秉荃最近结交了一位女演员。北京一个文艺团体前来演出，金秉荃应邀观看。有一位名叫罗兰的女演员，色艺俱佳，宛如天女下凡，把他的魂魄吸引了去。演出结束后，金秉荃别有用心地请罗兰吃饭。罗兰心领神会，欣然前往。两人倾心交谈，大有相见恨晚之意。从此，你来我往，一发而不可收拾。金秉荃不仅从罗兰那里得到了身心的愉悦，而且通过她又结识了一批政界、商界的朋友，丰富了自己的人脉资源。

一天，金秉荃接到罗兰的电话，说她在演出地发现一处温泉，举国无双，让他马上赶来。金秉荃放下手里的工作，以外出招商为名，屁颠屁颠地飞到罗兰身边。两人在温泉度假区最高层的音乐茶座用了午餐，然后徒步游览了整个景区。

这里的温泉的确与众不同，不仅水质绝佳，堪称一流，而且花样繁多，美不胜收。有的默默涌流，静如处子，有的喷薄而出，动如脱兔。有的清澈透明，一览无余，有的色暗似墨，幽深无底。有的硕大蓬松，像盛开的花朵，有的紧凑小巧，像丰收的果实。有的一枝独秀，峭然而立，有的连枚成片，竞相争艳。有的匍匐前行，低沉舒缓，有的漫天飘洒，如天女散花。有的一如既往，生生不息，有的此起彼伏，间歇而作。有的温热适中，轻烟袅袅，有的滚烫如沸，云蒸雾绕……

他们流连忘返，不知不觉来到一处众泉汇聚的湖泊。一弯新月斜挂半空，天地之间一片空蒙，湖面升起缕缕轻烟，给人以无尽的遐想和诱惑。他们来到一个僻静角落。这里四周长满修竹，湖岸铺着干净细软的沙子。金秉荃下水试了一下水温，感觉不错，于是向罗兰招手示意。罗兰轻轻把身上的纱衣解下，走到湖边，舀起几抔水浇到身上，随后纵身一跃，扎入湖水，湖面上传来一阵开心的笑声。

关于金秉荃的私生活，柯大卫一直守口如瓶。然而，随着时间的推移，柯大卫的危机感越来越强烈。为避免城门失火，殃及池鱼，他决定及早脱身。

市委组织部发出通知，公开选拔一批副处级干部。柯大卫觉得机会难得，向金秉荃如实汇报了自己的想法。金秉荃听后，沉默片刻，未置可否。

一路过关斩将，柯大卫顺利参加完笔试、面试。他满心欢喜，只等走马上任，没想到最后却榜上无名。

柯大卫一连几天打不起精神。他猜想可能是金秉荃从中作梗，把这件关系自己前途命运的好事搅黄了。但他又不能流露自己的情绪，只好背负着沉重的假面具，在人格分裂中苦苦支撑。

"大卫啊，是不是不想跟我干了？"

柯大卫一阵惊慌，赶忙掩饰："不是。"

金秉荃爽朗一笑，说："什么大不了的事，不就是想当官嘛。"

柯大卫一听，辩解说："我只是想到一线锻炼一下，当不当官倒不是太重要。"

金秉荃爽朗地说："我明白，水往低处流，人往高处走，不想当将军的士兵不是好士兵。放心，我最终会给你一个交代的。"

柯大卫赶紧道谢："谢谢金书记。"

"再帮我一段时间吧，我现在还离不开你。"金秉荃开诚布公地说。

"好吧，听您安排。"柯大卫顺从地说。

"好，一言为定。"金秉荃哈哈一笑，挥了挥手。

时间不久，金秉荃下令把柯大卫的级别调整为副处级，算是对他的补偿和激励。

铁瑛与斐彪是警校的同学。眼看斐彪与黑恶势力沆瀣一气，在危险和罪恶之中越陷越深，铁瑛忧心如焚。对这位老同学加顶头上司，他认为自己应该伸出援手，尽量挽救，而不应袖手旁观，任其堕落。

星期天的上午，他约斐彪到盘龙湖边见面。坐在大理石堤面上，面对烟波浩渺的湖水，两人各自想着心事，一时默然无语。斐彪不知铁瑛葫芦里卖的什么药，铁瑛则不知道从何说起。

"说吧，铁大队长，找我什么事？"斐彪终于沉不住气，开口问道。

"请你出来看看风景，放松一下。"铁瑛看了斐彪一眼，又把头转向湖面。

"没想到铁大队长还有这样的闲情雅致。"斐彪嘿嘿笑了几声，讽刺道。

"我们平时总是忙个不停，其实应该经常静下心来，亲近一下自然。"铁瑛意味深长地说。

"人生短暂，是应该抓紧时间享受一下。"斐彪附和道。

"不是抓紧时间享受，是抽出时间，清理一下灵魂上的污垢。"铁瑛纠正道。

"什么意思？"斐彪斜了铁瑛一眼，疑惑地问。

"你看，盘龙湖虽然被污染了，湖边的荷花却出污泥而不染，保持了本色。"铁瑛继续望着湖面，感慨道。

"师兄，你好像话中有话啊？"斐彪更加不解地盯着铁瑛。

"也许我们无法改变环境，却至少可以做到洁身自好。也许我们无法逃避黑暗，却可以追求光明，至少不应成为黑暗的帮凶。须知，黑夜尽头是黎明，黑暗终归要被光明所战胜。"铁瑛并不正面回答斐彪的问题，而是继续阐发他的人生哲学。

"师兄，敢情你把我约到这里，是为了给我上政治课？"斐彪不耐烦地嚷起来。

"不是上课，是探讨，忠告，共勉。"铁瑛强调说。

"谢谢你的好意，我斐某人心中有数，自信能够把握自己。"斐彪不服气地反驳道。

"请允许我以兄弟的名义奉劝你一句，离白裕富那伙人远一点，不要走得太近，陷得太深。"铁瑛郑重地提醒说。

"我以人格担保，我与所有朋友的交往都是正常的。"斐彪拍着胸脯表示。

"江湖险恶，一不小心就会翻车，我们应该处处小心，走好每一步。"铁瑛进一步劝说道。

"你看，这么多年来我不是过得很好吗？"斐彪反驳道。

"没出事，不等于没有事啊。"铁瑛继续规劝道。

"我看你是危言耸听，杞人忧天。"斐彪冷笑着回敬说。

"天网恢恢，疏而不漏。一旦东窗事发，人头落地，后悔都来不及了。"铁瑛真诚地告诫说。

"你有什么资格和权力教训我？我没有时间听你唠叨。"斐彪站起身，拍了拍屁股，抬腿要走。

"论职位你比我高，但如果你还认我这个兄弟，就听我一句劝。"铁瑛盯着斐彪，认真地说。

斐彪虽然嘴上强硬，内心何尝不明白铁瑛的良苦用心，又何尝不想浪子回头。然而，他已经上了白裕富的贼船，无法抽身了。想到这里，他感到有些愧悔，但还是打起精神，扬长而去。

59　话不投机

金秉荃有一个独生女儿，名叫金倩倩。为了巩固政治同盟，嫁给了连才的大公子连宽。由于特殊的家庭背景，金倩倩的人生顺风顺水，三十几岁就担任了滨江市烟草公司副总经理兼财务总监。她具有一种与生俱来的优越感，习惯于享受高高在上、一言九鼎的尊宠。除了处理公务，她特别热衷于逛超市，购名牌，吃美食，品名酒，还时常到贵族俱乐部健身、美容、做理疗。唯一不足的是与老公连宽经常几个星期都见不着一次面，感情越来越淡漠。

这天，连才夫人夏樱通知儿子儿媳们回家吃晚饭。连宽、金倩倩，连铭、白薇先后赶到。保姆准备了一桌丰盛的菜肴，连才拿出了珍藏多年的极品茅台和白兰地。一家人围坐一圈，气氛还算热闹。

"连宽啊，最近工作怎么样？"连才拖着长腔问大儿子，那话音里充满了关心与期待。

"还好，多谢老爸关心。"连宽顺口回答道。

"好好干，年底调整干部争取再上个台阶。"连才话中有话地说。

"多谢爸爸栽培，儿子一定不辜负您的厚望。"连宽一阵感动，连忙道谢。

"当官有什么意思，还是经商好。"连铭见老爸表扬连宽，于是不以为然地说。

"不想当官，能在商界干出一番事业也行啊。无论干什么事情，就怕眼高手低，虎头蛇尾。"连才瞥了连铭一眼，说。

"爸，虎父无犬子，二弟这几年干得不错嘛。"金倩倩见连铭脸上不快，赶紧出来打圆场。

"我的儿子是干大事业的料，是不是连铭？"夏樱也给连铭打气说。

"还是老妈好，谢谢老妈。"连铭听了表扬，立即孩子般地在母亲的脸上亲了一口。

"都有媳妇的人了，还这样皮，不怕你媳妇笑话。"夏樱嗔怪着把连铭推开。

"她有什么资格笑我？"连铭说着瞪了一眼坐在一边默默无语的白薇。

"谁稀罕，你爱怎样怎样。"白薇小声回敬了一句。

"你给我滚！"连铭见白薇当众反驳，脸上青筋暴起，恼羞成怒地冲她吼道。

"走就走，谁怕谁。"白薇说完，泪如雨下，站起来往外走。

"连铭，你这混账东西，怎么能这样对媳妇说话！"连才见状，朝连铭骂道。

"好妹子，快回来，还没吃饭呢，别跟他一般见识。"连宽和金倩倩赶紧走上去劝说白薇。白薇无奈，只好抹去眼泪，怏怏不快地回到座位上。

"好了，上饭，吃完后各奔东西吧。"连才吩咐道。刚才的好心情被连铭这一闹，已经烟消云散。

"连铭怎么这个样子，好好的一顿饭，被他给搅了。"回去的路上，金倩倩忍不住对连宽埋怨道。

"唉,他就那样一个人,从小被妈妈惯坏了。"连宽轻叹一声,回答道。

中午,连才一反常态地邀请柯大卫参加他们的聚会。"不去,显得自己小家子气;去,又话不投机。"柯大卫踌躇再三,最后还是决定应邀前往。

原来连才让下边弄了几只野生王八,找了一伙人乐呵乐呵。被邀请的还有冯旷、斐彪、佟镜和白裕富。

酒宴设在桃源酒店,是连才的老情人秋桃开的。高档雅间里早有几位年轻漂亮的女服务员正在忙着上菜。精美豪华的餐桌上,刚炖好的王八热气腾腾,散发着诱人的肉香。几个人一边入座,一边互相插科打诨。

"连兄,我问一个私人问题,你跟嫂夫人多长时间同一次床?"白裕富瞪着血红的小眼睛,厚着脸皮问道。

"咱可一点不含糊,按规矩办事。"连才一边品着法国干红葡萄酒,一边不屑一顾地回答。

"骗谁呀,一天到晚在外边忙,回家还有那劲?"斐彪直竖着耳朵,忍不住扔出一句。

"就是嘛,连兄不诚实。"白裕富趁机数落道。

"来,我敬个酒,祝弟兄们常交桃花运。"连才被问得很不自在,于是赶紧转移话题。

"各位兄长,大家每人讲一个好听的笑话,热闹一下好不好?"白裕富眨巴着一双老鼠眼,提议道。

"好,我同意。"连才获救似地表示赞成,接着讲了一个黄段子。

"好笑,好笑。"白裕富听罢,拍着手笑起来,斐彪、冯旷、佟镜跟着发出一阵狂笑。

"我说一个。"白裕富自告奋勇,接着讲了一段。

"好,好,比刚才那个还精彩。"冯旷连连叫好,笑得眼里含着泪。

"太好笑了。"连才和佟镜笑得前仰后合。

"柯大秘,你怎么不笑?"佟镜止住笑,看着旁边一本正经的柯大卫,不解地问。

"莫名其妙,有什么好笑的。"柯大卫回答。

"吆，人家柯大秘格调高，不像咱们这么粗俗。"因为斐小妮的事，斐彪对柯大卫一直耿耿于怀，恨之入骨。这时见有机可乘，于是拖着长腔，恶意讽刺说。

"我看这叫故作清高，秀才个鸡巴，假斯文。"白裕富口无遮拦，借着斐彪的话茬，把柯大卫损了一顿。

几个人你一言我一语，对柯大卫一顿猛损。秀才遇见兵，有理说不清。柯大卫只好强忍不快，保持沉默。

喝了一气，几个家伙酒壮色胆，竟然逼着一名女服务员脱衣跳舞。柯大卫忍无可忍，愤然离去。

柯大卫走后，白裕富继续与几位官员拼酒，直喝得他们晕头转向，酩酊大醉，直到摇头求饶。看着他们狼狈不堪的样子，他忍不住哈哈大笑，连声呵问："说，服不服？"众人急忙回答："白老弟，哥几个今天真的服了，你饶了我们吧。"白裕富得胜般地说："好，酒先喝到这里，睡一觉再说。"随后，招呼服务员把他们分别扶进总统套间休息。

躺在宽大舒适的软床上，连才很快进入梦乡。恍惚之中，他看到一位国色天香般的仙女从天而降，悄悄推开房门，缓步走了进来。仙女立在床边，看了他几眼，脸上挂着几朵羞涩的桃花，花瓣上还闪烁着几滴露水，看上去楚楚动人，摄人魂魄。疑惑之间，只见仙女弯下腰，褪下自己蝉翼般轻盈透明的衣裙。随后纵身一跳，投入他的怀抱，与他融为一体。

等他从醉梦中醒来，身边已经不见了那位仙女，只有床铺上遗留下的芬芳气息。他穿上衣服，推门走出房间。白裕富不在，只有宾馆经理站在门外等候着他。见他从房间里走出来，宾馆经理立即上前："连主任，天还早哩，再休息一会儿吧。"

连才打了个哈欠，伸了伸腰腿，回答道："不了，还有不少事需要处理。白老板和他们几位呢？"

宾馆经理弯腰屈膝，赔笑道："对不起！白老板临时有个急事，出去一下。他们几位都走了。"

连才听后，心里涌起一丝不悦。一边向山下走，一边对宾馆经理说："转告白老板，谢谢他了。"

宾馆经理追上来，继续献着殷勤："白老板一会儿就回来，临走叮嘱我留您吃晚饭呢。"

连才摆了摆手，回答："不了，下次吧。"

宾馆经理诚恳地说："那好，欢迎您有时间常来玩，我们的服务包您满意。"

连才听后微微一笑，一步跨进轿车。坐在车里，他把刚刚发生的事情回忆了一遍，怀疑白裕富在酒里做了手脚，否则自己不会喝得烂醉，也不会鬼迷心窍、稀里糊涂地进了总统套间。

回到家，连才把房门关紧，来到寝室，打开左边的夹壁墙，只见里面摆满了古董、金银首饰、名贵字画、高档工艺品。他粗略地清点了一下，感觉没有丢失什么物件，于是把门关好。接着又打开右边的夹壁墙，按顺序逐个打开装满百元大钞的保险柜，大略地清点了一下，口中念念有词，两眼闪闪发光，那神态和形象恰似巴尔扎克笔下的老葛朗台。然后，把门关好。那门是经过特殊加工的，与墙壁融为一体，一点破绽和痕迹都看不出来。每过一段时间，他都要打开它们，把夹墙里的金钱宝物从头到尾巡视、玩味一遍。这已成为他的业余爱好、精神支柱和心理需要，就如一个战功赫赫的将军时常巡视拼搏一生的战利品和勋章。

也许是从小穷怕了，连才对金钱有一种特殊的嗜好，看到金钱就像喝了兴奋剂。多年来，他就像一只装钱的袋子，只要有人送，一概来者不拒；又像一只搂钱的笆子，雁过拔毛，骨头榨油。究竟聚敛了多少钱财，他自己也不清楚。总之，这家伙"穷"得只剩下钱了。

反正钱越多越好，他下意识地这样想。的确，钱越多，他越有安全感、成就感和优越感。他就这样一遍遍不厌其烦地数，只有这样，心里才踏实；否则就吃不好，睡不香。这些钱他不存银行，那样容易露富。他也很少花这些钱，因为生活用品都有人送或单位发放，开会、出差、出国也花不着他个人的钱。

突然一阵门铃响，连才慌忙从楼上下来。走近院里的大铁门，趴着门镜一瞧，原来是保姆小凤拎着大大小小的塑料袋，买菜回来了。

"小凤啊，今天怎么客气上了？"连才一边开门，一边笑眯眯地问道。

"对不起，我临走时忘记拿钥匙了。"小凤莞尔一笑，不好意思地跑了进去。

小凤是夏樱的一个远房亲戚，职校毕业后没找到合适工作，就先来这里帮一下忙。横竖就他们夫妻二人，女儿在外地上学，平常他俩也不大在家吃饭，所以小凤的工作主要是收拾卫生，养花看门。

夏樱是连才中学时候的同学。当初，她并没把这个穷同学放在眼里，可经不住他穷追猛缠，最后还是勉强跟他结了婚。没想到，这小子官运亨通，步步高升。随着地位的变化，对她的热情也越来越冷淡。其实，结婚的新鲜感一过，这家伙就开始在外边拈花惹草，有时竟借出差之名好多天不回家。为这些事夫妻俩没少吵架，连才却依然我行我素。

60　随心所欲

这天天气晴朗，阳光明媚。金秉荃带上冯旷、斐彪和柯大卫，一路驱车，来到盘龙山主峰脚下。停下车子，他们顺着石阶慢慢往上攀爬。半山腰分布着一处著名道观，始建于南北朝，兴盛于隋唐，后来经过几次翻修、改建。道观依山而立，南面是古树掩映下的一湾湖泊，中间是一块平展的沙石地，远远望去，整座道观充满神秘色彩。近看，青砖白墙，清风吹拂下又透出几分典雅与庄严。走进正间，迎面是一个巨大的屏风，上面镶着一幅阴阳八卦图，右边靠墙站立着太上老君的塑像，前面摆着几个很大的香炉。善男信女们不断地前来焚香叩拜，屋内烟雾缭绕，气氛肃穆庄重。

金秉荃正在细心观察，一位鹤发童颜、满脸慈祥的老道上前搭讪，带他进了内间。老道让他坐在一张黑色的木桌旁，细端其面，娓娓道来，预测他的前世今生，直说得他如坠云雾，飘飘欲仙。高兴之余，忙让柯大卫从公文包里掏出一沓厚厚的人民币，投进老道身边的功德箱。临走，又虔诚地点上三炷香，双手恭敬地插到香炉中。

盘龙山是一处仙气缭绕的洞天府地。据风水先生讲，谁登上峰顶，谁就会一生运气如虹，富贵发达，所以不少游人前来寻愿。走出天清宫，他们随着游人，继续往上攀爬，终于登上了峰顶。迎面是一块宽几十米、高十多米的天然巨石，上面刻满了从古到今文人雅士们大量的留言题诗。其中不乏名人大家的手迹，但大多不过是附庸风雅、沽名钓誉罢了。金秉荃从来不屑看这类东西，于是转身走到一个僻静的角落，伸展臂膊，做了一会儿扩胸运动，接着又做了几个深呼吸。独自享受着绝美的风景、清新的空气，他顿时感到空前的爽快、惬意和自信。

下山之后，金秉荃忍不住来到锰矿工地，悄悄绕场转了一圈。白裕富正在矿区，听说金秉荃来了，赶紧前来拜见。二人一边亲切交谈，一边来到盘龙镇政府，与佟镜等人共进午餐。

"小佟啊，锰矿开发是区里的一项重大战略决策，是迅速增加我区财政收入、加快我区经济腾飞的关键举措。你们盘龙镇处在开发中心地带，位置重要，责任重大。所以，你们一定要搞好规划、协调和服务，特别要注意与土矿、公安密切配合，有力打击乱挖乱开和毁矿、盗矿、扰矿行为，给开发商创造稳定和谐的投资环境。"几杯酒下肚，金秉荃拍着佟镜的肩膀，语重心长地要求道。

"老板放心，我们一定坚决贯彻您的指示，全力做好管理和服务，把客商的事当成自己的事来办。"佟镜站起身，面对众人，指天发誓。

"我们一定主动配合盘龙镇，共同搞好矿区稳定。"冯旷、斐彪异口同声地表态。

"好，这样我就放心了。"金秉荃满意地点点头，微微含笑，敬了众人一杯酒。

"多谢各位弟兄支持，白某借花献佛，用这杯酒略表心意，祝各位吉星高照，步步高升！"感动之余，白裕富立正站直，恭恭敬敬地敬了一杯。

金秉荃的中学同学钱密经过一番考察，终于决定在经济新区投资。这天，他一早来到金秉荃办公室。

"金兄，你光顾自己忙活，把老同学忘在脑后了，是吧？"钱密边推门而入，边大大咧咧地说。

"你这家伙，我还以为你失踪了呢。这些日子到哪里发财去了？"金秉荃笑问道。

"省城那边有几处房地产开发工程。这不，刚处理完，就向你报到来了。"钱密打着哈哈，回答。

"直说吧，这次来有什么打算？"金秉荃直言相问。

"不瞒你说，我看中了一块地，计划大干一场。"钱密胸有成竹地说。

"哪块？"金秉荃接着问。

"就是第一缫丝厂那片。"钱密回答。

"你真敢想，那可是我区老字号的国营大厂。"金秉荃不以为然。

"我了解了，这个厂子技术老化，产品挤压，濒临倒闭。不如实施破产，我一下买断，开发成楼盘，既为你们解决了一个老大难问题，又为城区增加了新的亮点。"钱密直截了当地说。

"这可是个大事，得研究一下。"金秉荃故作姿态，搪塞道。

"有权不用，过期作废。这一方天地谁说了算？别凭着爆竹让别人放了。我听说，有人正在找翁卓运作哩。"钱密一副不置可否的样子。

"这样吧，我明天跟有关部门打个招呼，具体事情你们谈吧。"金秉荃想了想，答复道。

"你放心，老同学，我亏不了你。"狡猾的钱密生怕金秉荃不当事办，于是强调说。

几天后，金秉荃拍板决定对国营第一缫丝厂实施破产，并由亲信组成专门班子，启动破产程序。工作人员按照金秉荃的授意，暗箱操作，低估企业资产和土地，剥离、搁置大量国有外债，通过了严重违反政策规定的改制方案。为了掩人耳目，以防不测，金秉荃让手下伪造了所谓的会议纪要。

钱密毫无悬念地整体收购，获得了资产处置权和土地开发权，大笔国有资产轻而易举地落入他的腰包。非但如此，在金秉荃的关照下，他还享受到了各项特殊优惠，免交了城市建设配套费。作为回报，钱密给了金秉荃一笔数目可观的中介费，并以金秉荃女儿金倩倩的名义，在他的公司入了干股。

钱密手里的项目虽然源源不断，在开发过程中却时常遇到一些困难。原因是居民嫌拆迁补偿价格低，经常到工地闹，影响施工，钱密派人恐吓、打骂也不管用。没有办法，他只好来找金秉荃帮忙。

"老兄，在你的地面上，这个忙你可得帮到底。"钱密把事情经过跟金秉荃通报了一遍，然后把一个装满了现金的牛皮纸袋往前一推。

"没什么大不了的，你先喝口水，压压惊。"金秉荃迟疑了一下，最后还是把纸袋子收起来，伸手拨通了桌上的电话。

"哦，老连，你在哪里？马上到我办公室来一趟。"金秉荃命令道。

"老板，有什么指示？"连才急匆匆地赶进来，恭恭敬敬地站在金秉荃面前。

"我先给你介绍一下，这位是我的大学同学钱密先生，天利房地置业的董事长。"金秉荃向连才介绍道。

"幸会，幸会。钱总的大名如雷贯耳，我正想登门拜访呢。"连才主动把手伸向钱密。

"彼此，彼此。这一段事情特别多，所以还没来得及拜访连局长，请多多包涵。"钱密从座位上站起来，故作客气地回应道。

"我早应该介绍你们认识，今天就算正式引见了。"金秉荃微笑着招呼二人就座，然后转入正题。

"有人到钱老板的工地上闹事，无非想多勒几个钱。要教育老百姓增强全局观念，提高觉悟和风格，爱护当前加快发展的大好形势。你们马上成立一个拆迁安置办公室，抽调精兵强将抓紧处理。这是一项事关大局的政治任务，务必尽快落实。俗话说打蛇先打头，你联系一下斐彪，对带头闹事的该法办的坚决法办，不能心慈手软。"金秉荃声色俱厉，向连才下达了命令。

"行，我们一定按照您的指示，立即动手，抓好落实，自觉做到亲商，暖商，安商。"连才信誓旦旦地表态。

"好，我听你们的消息。"金秉荃用赞许的目光看着连才。

"我看这样吧，老同学，我和连主任是第一次见面，今天中午我做东，大家一起喝几杯，放松放松。"钱密见他的问题得到了落实，满脸高兴，热情地发出邀请。

"好啊，恭敬不如从命，都是一家人嘛。"金秉荃痛快地答应。

61 围城内外

当初，因为爱慕虚荣，白薇嫁给了连铭。如今，这个花花公子离她的距离越来越远，她感到这个选择是今生最大的错误。她倍加怀念那些快乐无忧的青春岁月，特别是怀念难忘的大学生活，怀念与柯大卫那段纯洁无瑕的交往。忙完工作，她鼓足勇气，拨通了柯大卫的电话。

"柯大秘书，你好。"

"哦，白薇，怎么忽然想起给我打电话了？有事？"

"傻子，没事就不能打电话了？你晚上有应酬吗？"

"没有。"

"不想找个人聊聊？"

"想啊，都这般时候了，找谁去？"

"傻子，找我啊。"

"你不回家？"

"回家干啥？"

"你那位呢？"

"谁知道又到哪里厮混去了。"

"他还那样吗？"

"哎，本性难移。"

"你打算怎么办？"

"电话里不方便，见面谈吧。一会儿白玫瑰咖啡厅见。"

柯大卫迟疑了一下，还是答应了白薇的邀请。二人相继赶到，打个招呼，找了一个幽静的雅间入座。

"老同学，吃啥？今天我做东。"白薇将随身携带的女包挂到墙上，优雅地表示。

"好啊，点西餐吧。"柯大卫一边把硕大的餐巾对折铺在膝盖上，一边不客气地拿起菜谱。

"法式，英式，意式，还是美式，俄式，地中海式？"白薇问。

"我点一个鹅肝排，一个鸡丁沙拉，一个比萨饼。"柯大卫顺口点了三样，然后把菜谱递给白薇。服务生站立桌旁，迅速做着记录。

"我点一个通心粉素菜汤，苹果沙拉，鱼子酱。"白薇接过菜谱，同样点了三样。

"喝点什么？"白薇问。

"随便。"柯大卫回答。

"一瓶玫瑰酒，一瓶高特斯干红葡萄酒。"白薇对服务生吩咐道。

"请二位稍等，马上就来。"服务生应声而去，轻轻将房门掩上。

曼妙的音乐，暗淡的灯光，把房间的气氛熏染得温馨而浪漫。两人陶醉其中，一时默然无语。一会儿服务生将菜肴、酒水送上，分派在两人面前。二人道了谢，然后手握刀叉，边吃边谈。

"你还没回答我的问题呢。"柯大卫将一小片半生的冒着血丝的鹅肝送入嘴里，慢慢地咀嚼着。

"我能有什么打算。"白薇淡漠地回答。

"你就没想过摆脱这种现状，比如……"柯大卫看着白薇，欲言又止。

"我明白你的意思，可女儿怎么办？总不能让她从小没有爸爸吧。再说，他父母也不会同意，那样会影响他们家族的体面和形象。"白薇无奈地说。

"可是，维持着这样一个徒有虚名的婚姻，对你是不公平的。"柯大卫同情地说。

"这个世界本来就是不公平的。"白薇不以为然地答道。

"是啊。"柯大卫叹息道。

"我想通了，为了女儿，什么我都可以忍受。"白薇哽咽着说。

"早知今日，何必当初。"柯大卫埋怨道。

"当初怎么了？"白薇语气平静地反问。

"你选择了连铭，找到了白马王子啊。"柯大卫有些刻薄地讽刺说。

"人家已经够伤心了，你还要伤口上撒盐，太过分了。"白薇嗔怪道，眼窝已经有些潮湿。

"对不起，我并没有伤害你的意思。"柯大卫见白薇认真起来，赶紧道歉说。

"你缺少的正是连铭的那股勇气和魄力，那种不达目的誓不罢休的狠劲、韧劲。"白薇反过来数落道。

"你说的有道理，我当时脸皮太薄，太脆弱，又不懂得手段。"柯大卫回应道。

"我太单纯，爱慕虚荣，以致酿成终身大错。"白薇口气软下来，自责道。

"难得一聚，不说这些了，我们喝酒吧。"柯大卫提议。

"好，第一杯，先喝个忘忧酒。"白薇用力甩了甩满头的披肩长发，然后端起满杯的玫瑰酒，一饮而尽。

"第二杯，喝个友谊酒。Letusdriunk！Cheers。"白薇又端起酒杯，提议道。

"cheers。"柯大卫积极响应，举起酒杯。

"咖啡加点什么？"两杯酒下肚，白薇面颊已经泛红，于是想喝杯咖啡缓一下劲。

"加点牛奶。"柯大卫回答。

"来两杯白咖啡,一杯加奶,一杯加糖。"白薇吩咐,服务生应声而至,把两杯咖啡放到二人面前。

"味道不错。"白薇用小勺搅动了几下,然后一手端杯,一手托住杯底,轻轻啜饮着。

"上等正宗的马来西亚白咖啡,咖啡中的极品。"柯大卫一边品尝,一边解释说。

"白咖啡除了口感好,还具有促进代谢、改善皮肤、护肝解酒的作用。"白薇介绍道。

"的确不错。"柯大卫夸赞道。

"我们改喝葡萄酒吧。"白薇提议说。

"好啊。"柯大卫迎着白薇的目光,一股不服输的劲头。

"加冰块不?"白薇一边将酒倒入酒杯,一边问道。

"加一点。"柯大卫回答。

"晃一下,加速氧化。"白薇在两人的酒杯里各加了一个冰块,并提醒说。

"很在行嘛。"柯大卫揶揄道。

"马马虎虎。"白薇谦虚地说。

"祝你天天有个好心情,cheers。"柯大卫举杯在手,先干为敬。

"心情需要创造,只是有时身不由己。祝你步步高升,大展宏图。cheers。"白薇苦笑了一下,随后干了杯中酒。

"谢谢,你也要努力啊。"柯大卫鼓励道。

"我这个人没有什么雄心大志。"白薇微微一笑,回应道。

"背靠大树好乘凉,你有那样的背景,肯定前途无量。"柯大卫羡慕地说。

"顺其自然,我从来不想当官。"白薇冷淡地说,好像在谈论一个与己无关的话题。

意犹未尽,他们又要了一瓶香槟酒,一直喝到咖啡厅打烊。

走出咖啡厅,迎面吹来一阵凉风,两人都感到有些头晕。柯大卫打车把白薇送回家,把她扶进客厅,给她泡了一杯醒酒茶。白薇斜倚在沙发上,喝了几口茶,感觉好了许多。这时的她,秀发披肩,面若桃花,比平时更增添了几分妩媚。看着她,柯大卫不禁怦然心动,随后胡思乱想起来。这时候,手机突然响了起来。他低头一看,是杜鹃打来的。那一刻,他仿佛看见杜鹃清澈明亮的眼神。曾经沧海难为水,除却巫山不是云。白薇已非当年的白薇,你也不是以前的你了。想到这里,他如梦方醒,起身走到街上,飞身离去。

62　首鼠两端

金秉荃和翁卓明争暗斗,官员们不得不审时度势,谨慎从事,巧作周旋,生怕选错人,站错队。冯旷本来是金秉荃的亲信,暗中又与翁卓交往,同时取得了二人的欣赏和信任。

一天晚上,他来到金秉荃家里。一番东拉西扯之后,提出了自己的想法:"金书记,属下不才,还请您多多赐教。"

金秉荃不假思索地回答:"嗯,干得不错。"

冯旷继续着自己的思路:"谢谢金书记,您看我今后应该怎样做?"

金秉荃满意地点点头,鼓励说:"继续努力,百尺竿头更进一步嘛。"

冯旷紧追不舍地附和:"是,我一定继续努力。"

金秉荃顺水推舟地鼓励说:"年轻就是本钱,我对你们年轻人可是寄予厚望啊。"

冯旷听后,心下一喜,马上请求说:"我很想趁年轻多为新区的发展做点贡献,您看能不能再给我压点担子?"

金秉荃听后,心里一动:"怎么,想换一下单位?"

冯旷赶紧解释:"不是换单位,是否可以在级别上作作文章?"

金秉荃愣了一下,问道:"级别?有什么文章可作?"

冯旷见金秉荃明知故问,忙从皮包里拿出一副价值不菲的玛瑙念珠,拱手送到金秉荃面前,然后低头哈腰地说:"金书记,没有您的提携就没有冯某的今天,往后,还需要您多多栽培啊。"

金秉荃接过念珠,摸了摸,又仔细端详了一会儿,然后故作糊涂地问:"小冯,你又搞什么名堂?"

"这个小件是我从西藏一位得道高僧手里淘来的。"冯旷回答。

"淘?高僧也谈钱?"金秉荃问。

"如今是经济时代,一切向钱看,人人皆知讲实惠,这很正常,高僧也是人嘛。"冯旷回答。

"你小子总是有一番不同凡响的高论。"金秉荃嗔笑道。

"不是什么高论,实话实说罢了,请您不要见笑。"冯旷谦虚地说。

"这物件肯定是稀有珍品,色泽、手感都很难得。"金秉荃边爱不释手地把玩着念珠,边评价说。

"珍品归高人,我看只有您配拥有它。"冯旷媚态十足,讨好说。

"俗话说,君子不夺人之爱,你好不容易得到的东西,我可不能要。"金秉荃推辞道。

"一个小件,不成敬意,还请您笑纳。"冯旷更加殷勤地说。

"小冯,我可要批评你了,你这不是叫我犯错误吗?"金秉荃突然把脸一板,把念珠推给冯旷,佯装生气地说。

"金书记,咱俩谁跟谁呀。您再见外,就等于瞧不起我了。"冯旷一听,把念珠放到茶几上,愈加诚恳地说。

金秉荃一边给冯旷倒茶,一边告诫说:"君子之交淡如水,做人不能太市侩,我最看不惯社会上的那一套。"

冯旷双手捧杯,理直气壮地辩解说:"知恩图报,人之常情嘛。"

金秉荃脸上露出几分笑意,问道:"直说吧,有什么要求和想法?"

冯旷接着先头的话题说:"现在都兴职务后边打括号,我的级别问题能否这样解决一下?"

金秉荃抿了一口极品黄山云雾茶,略作沉思,然后慢条斯理地说:"你小子很会动脑筋啊。"

冯旷嘻嘻一笑,说:"您经常教育我们要积极上进,不想当将军的士兵不是好士兵嘛。"

金秉荃略一思考,回答说:"打什么括号,直接兼管委会副主任不就得了嘛。"

冯旷心中大喜,马上追问道:"啊?那敢情好,有位置吗?"

金秉荃举重若轻地回答:"我说有就有。不过,我担心的是有人会反对。"

冯旷一听,趁热打铁,怂恿说:"金书记,您太谦虚了,您定了的事,谁还敢多嘴?"

金秉荃连连摆手,纠正道:"可别这样说,好像我有多么专制似的。

小冯你有所不知，现在不比从前了，有人野心膨胀，到处伸手，弄得组织人事部门都没法工作了。"

冯旷明白金秉荃说的是谁，所以心领神会地点了点头，继续奉承说："您是一把手，一支笔，其他任何人都没有权力和资格与您抗衡。"

"道理是这么个道理，有的人偏偏权欲熏心，急于抢班夺权。"听了冯旷的话，金秉荃感到很顺耳，很受用。

"我看他是蚍蜉撼树，不自量力。不是我吹，您伸出一根指头，就能把他打翻在地，吹一口气，就能把他送到九霄云外。"冯旷不无夸张地吹捧道。

金秉荃干笑了两声，接着不阴不阳地说："历史经验证明，吃亏在于不老实，玩火者必自焚。"

冯旷赶紧拍马屁说："您说的很对，我看这种人肯定不会有好下场。"

冯旷忠心可鉴，金秉荃深受感动："有人背后搞鬼，故意拆我台。你是我的心腹，以后你多帮我长点眼色，有什么风吹草动立即向我报告。"

冯旷连连说道："您放心，在下对您一定忠心不二，誓死相从。"

金秉荃满意地说："好，你的事我会抓紧办的。"

冯旷感激涕零，叩头如捣蒜："谢谢金书记，您就是冯某的再生父母。"

拜访完金秉荃，第二天冯旷带着一张银行卡，登门拜访了翁卓。为防备翁卓耍赖，他随身携带了录音笔，对谈话作了全过程录音。有以前的交情做基础，加上孔方兄帮忙，翁卓自然答应帮忙。

几天以后，在常委会上，金秉荃提意推荐冯旷兼任管委会副主任，翁卓没有表示反对。不久，滨江市委公布了对冯旷的任命。

狡兔三窟。冯旷不仅与金秉荃、翁卓保持着亲密关系，而且一直想与方明套上近乎。这天，他借汇报工作之名来到方明办公室。

"方书记，快过节了，一点小意思，不成敬意。"一番天南海北的交谈之后，冯旷从包里掏出一张信用卡，满脸堆笑地放到方明面前。

"冯主任，咱们之间不用这样，有什么事情直接谈就行了。"方明看了他一眼，不容分说，拿起信用卡塞回冯旷的包里。

冯旷感到很尴尬，只好没趣地离开。他意识到方明与他终究不是一条路上的人，从此更加疏远和冷淡。

63　牵肠挂肚

金秉荃在权力和欲望的泥潭中越陷越深,不能自拔。夫人秋菊看在眼里,急在心里,却无力制止。越是担心,她越是感到孤单无助。这天是周末,她打电话让女儿金倩倩回来陪陪她。金倩倩接到母亲的电话,到超市买了几样水果、蔬菜,开车赶到母亲那儿。

吃罢晚饭,母女二人来到阳台,躺进舒适柔软的藤椅里,一边欣赏着姣好的月色,一边拉起了家常。

"你爸又半个月没进家门了,也不知他忙些什么。"秋菊一声叹息,鼻子一酸,眼睛已经湿润。

"他能忙什么,还不是工作上的事?您就别多操心了。"金倩倩安慰母亲。

"忙得连回趟家的时间都没有了?你不愧是他的女儿,就能替他辩护。"秋菊嗔怪女儿。

"你们是风雨同舟、相亲相知的结发夫妻,这样没有信任感。"金倩倩反驳道。

"你爸这几年变了,我是替他担心啊。你看,现在电视上,报纸上,动不动就有人翻船落网,当官都成高危职业了。"

"您把我爸看成什么人了,放心吧,我爸不是那种人。"金倩倩不满意母亲的猜疑,于是争辩起来。

"我也不愿把他往坏处想,但心里老是放不下,心里老有一种不祥的预感。有天晚上,梦见他被关进监狱,手把铁窗,双眼含泪,向我诉说着什么。我仔细听,也没听清楚。"秋菊一边解释,一边回忆着梦中的情形,眼里闪烁着梦幻般的色彩。寂静的夜空突然传来一阵瘆人的鸟叫。秋菊惊恐异常,忍不住打了一个冷战,脸色陡然变得异常苍白。

"妈,你怎么了?身体不舒服?"金倩倩看到母亲的变化,奇怪地朝窗外望了一眼,关切地询问。

"没什么,过一会儿就好了。"秋菊努力镇定下来,掩饰着自己的失态。

"您平时太紧张和孤单了,应该去看一下心理医生。要不,明天我陪您去一趟吧。"金倩倩认为母亲之所以胡思乱想，做出那种不吉利的梦，是因为心理负担太重。

"我没有病，只是心里有些纠结，休息一下就好了。"秋菊赶紧推辞。

"您要注意调节自己。"金倩倩提醒了一句。

"怎么个调节法？"秋菊不经意地问。

"比如说多做运动，听听音乐，有时间去蒸蒸桑拿，做做按摩，捏捏脚……"金倩倩回答。

"道理我懂，只是没有那份闲心。"秋菊反驳道。

"您就是压力太大。要做自己的主人，学会放松、解放和战胜自己。而不要作茧自缚，自我压抑，自寻烦恼。"金倩倩开导说。

"我今天碰见你方明叔叔了，还那么平易近人，不失本色，让人看着心里踏实，有安全感。"

"方叔叔前几天到我们公司洽谈合作项目，我听了他的论证发言，觉得很有水平。"

"小倩啊，你也要照顾好自己，应该要个孩子了。我想外孙都想了几年了。"秋菊调整了一下情绪，充满慈爱地对小倩说。女儿的陪伴让她暂时忘记了烦恼，感受到了亲情的温暖。

"急什么，我们还没做好准备呢。"金倩倩笑了笑，回答。

"结婚都这些年了，还有什么好准备的？现在的年轻人真是奇怪，老大不小了不结婚，结婚了又不要孩子，当什么单身贵族、丁克一族。"秋菊数落道。

"这您就老土了，这叫时髦，新潮，思想解放。"金倩倩不以为然地说。

"还思想解放呢，再解放就找不着北了。"

"管他呢，跟着感觉走，只要舒心就成。"

"小妮子，就能气我，我死了，你们就清闲了。"

"净说些丧气话。再这样，我就不理您了。"

"好，不说这些了，说点高兴的。"秋菊见金倩倩拉下了脸，于是赶紧岔开话题。

母女两个闲聊之间，不觉月已偏西。这时金倩倩的手机响了起来，她低头看了一眼，是佟镜的电话。她不禁微微一笑，脸上浮起一圈红晕，温情脉脉地接听了电话。佟镜回城里办事,刚参加完一个宴会,一时酒力攻心,闷骚难耐,于是约金倩倩喝茶。两人的关系由来已久,当年,佟镜略施小计,赢得了金倩倩的好感。然后,通过金倩倩做通金秉荃的工作,当上了新区一秘。这小子心机玲珑,官色双收,堪称当代中国的于连。

"三更半夜的,谁打电话?"秋菊随口问道。

"一个朋友。"金倩倩解释道。

"注意你的身份,别交一些不三不四的狗屁朋友。"秋菊不放心地叮嘱道。

"妈,您想哪去了,人家不过一起喝喝茶,聊聊天而已。"金倩倩搂着秋菊的脖子,嬉笑着撒了一会儿娇。然后穿好衣服,挎上 LV 包,驾驶着一辆红色法拉利跑车,赶往约会地点。

64　尴尬执法

随着盘龙湖上游及周边住宅区和工矿企业不断增多,工业废水、生活污水的肆意排放,湖水受到更加严重的污染,有毒物质已经严重超标,湖里的鱼越来越少。失去收入来源的渔民纷纷上访,要求政府铁腕治污,还给他们一片青山秀水。

方明在接访过程中了解到这一情况,当即指示区环保局开展调查摸排。环保局领命而动,很快摸清了污染源的底子。

"曲局长,难怪群众上访,现在看,问题的确很严重啊。这些情况,你们原来不了解?"听完区环保局局长曲卫清的汇报,方明忍不住感慨地说。

"方书记,其实,这些情况我们平常基本掌握。摸清底子容易,问题解决起来却阻力重重,难上加难啊。"曲卫清如实回答。

"我理解你们的苦衷,也能想象到你们的难处。但环保局是环境保护的直接责任部门和执法部门,对环境污染问题不能熟视无睹,无动于衷,总得想办法解决。法律成为摆设,老百姓叫苦连天,这样下去,对上对下都没法交代啊。"方明语重心长地对曲卫清说。

"方书记批评的对。我们没有尽到责任,首先是我这个环保局局长没尽到责任。"曲卫清惭愧地说。

"你们环保部门有责任，但问题不全出在你们身上。权力大于法律，权力高于法律，权力超越法律。自上而下的行政干预，地方保护主义，加上发展速度至上，普遍的政绩冲动，靠牺牲环境换取经济一时发展的落后理念，不科学、不适当的考核评价体系，这一切都是造成环保困境的罪魁祸首。"方明洞察秋毫，一针见血地指出。

"谢谢方书记能体谅、理解我们环保部门的难处，敢说真话，主持公道。就凭您这番话，我曲卫清决心带领全体环保人员严格执法，开展一次拉网行动，抓紧解决存在的突出问题，坚决查处、关停一批污染大户，争取盘龙湖周边环境短期内有一个较大的转变。"听了方明的一番话，曲卫清深受感动，从沙发上站起来，言辞剀切地表态说。

"怎么，不怕丢乌纱帽？这可是一件戳马蜂窝的事。"方明试探地问。

'不怕，大不了这官我不当了，与其这样憋气，不如不干。"曲卫清干脆利落地回答。

"像个男子汉，人不可有傲气，但不可无傲骨。我欣赏你的骨气，同时全力支持你们的行动。"方明拍着曲卫清的肩膀，赞赏地鼓励说。

"请方书记放心，这一次，我们决心排除一切干扰，不获全胜，决不收兵。"曲卫清信心满怀地表示。

"决心要有，也要讲究策略和方法。有什么问题及时沟通，我等着你们的好消息。"方明关心地叮嘱道。

"好，我马上回去布置。再见，方书记。"曲卫清向方明握手告别，转身向门外走去。

"再见。"方明看着曲卫清的背影，回应道。

曲卫清回到区环保局，马上召开会议，研究部署盘龙湖污染源治理专项行动。随后，召开了全体工作人员参加的动员大会。

"同志们，盘龙湖的污染已经引发众怒，到了非解决不可的时候了。造成今天这样的局面，原因固然很多，很复杂，但我们环保执法部门责无旁贷，应该负直接和主要责任。面对被动局面，面对情绪激动的上访群众，我和大家的心情一样，说不出的难受。但光自责和难受是没有用的，是解决不了问题的。老百姓在看着我们，他们需要的是我们的行动和作为。我们已经失职了，已经对不起这方水土，这方百姓了。我们不能尸位素餐，无所作为，继续失职下去了！"

曲卫清越发慷慨激昂："借今天这个机会，我向大家表个态，坚决打好治理盘龙湖污染这一仗，否则，甘愿辞去环保局局长的职务。同时，我希望，大家都要有鱼死网破的决心，都要立下军令状。正像我在市委向方副书记说的，不获全胜，决不收兵！"

曲卫清一番发自内心的讲话令环保局全体干部深受教育和感动。他们从这番肺腑之言中听出了这位领头人的决心和信心，从而坚定了自己的决心和信心。经过动员，全局上下思想空前统一，步调空前一致，行动空前迅速。然而，一开始就阻力重重，步履维艰。原来，老板们摸透了地方官员的脉搏，当处罚决定下达到企业后，他们纷纷向区工委、管委会投诉，并以撤资相威胁。

白裕富的豪润电镀厂为节省成本，依仗与金秉荃的特殊关系，拒绝安装污水处理设备。执法人员前去检查，厂长根本不予理睬。执法人员一气之下，下达了处罚通知，要求他们限期整改。见执法人员动了真格的，厂长赶紧向白裕富汇报。白裕富闻讯，立即向金秉荃告状。

"金兄，这活没法干了。"一见面，白裕富二话不说，没好气地扔出一句。

"裕富，怎么回事，谁敢惹你生气？"金秉荃一头雾水，急忙询问。

"你们那个环保局，三天两头派人到电镀厂捣乱，昨天竟然要停我的工。"白裕富怒不可遏地说。

"哦，你的厂子排污不达标吧。"金秉荃微微一笑，回应说。

"老兄，这厂子投了那么多钱，治污成本又那么高，现在连本钱都没收回来，你让我怎么办？逼急了，我只有把厂子迁到别的地方去。"白裕富威胁地说。

"你可别吓唬我，你那样的厂子我还真是不稀罕。"金秉荃看了白裕富一眼，回敬道。

"那好，我明天就安排搬迁，我不信离了你这方宝地就没地方去了。"白裕富不甘示弱地说。

"跟你开个玩笑，你却当真了，多大的事，我让环保局给你开绿灯就是了。"金秉荃见白裕富急了，忙安抚说。

"当真？"白裕富逼视着金秉荃，追问道。

"你看你，我什么时候说话不算数过？"金秉荃斩钉截铁地回答。

"那好，我等你的消息。"白裕富说完，站起身，与金秉荃告别。

"好，今天就不留你了，改天我请客。"金秉荃握住白裕富的手，赔着笑说。

"这几天事太多，把我弄得脑袋老大，改天我请你。"白裕富努力缓和了一下情绪，客气道。

白裕富前脚刚走，金秉荃一个电话把曲卫清叫到办公室。白裕富的反映让他对这个环保局局长产生了不好的看法，忍不住要与他当面理论一番。

"老曲，区里引进一个项目不容易，你们却吹毛求疵，查个不停，非要把人家赶跑了你们才愿意？"

"金书记，不是我们区环保局没事找事，关键是市局要求这样做。上次市局来检查，我们暴露了一些问题。"

"我问你，你们是听区工委的，还是听市环保局的？"

"两面都听，业务以市局为主，其他以工委为主。"

"我还要问你，你们是怎么应付检查的？为什么不提前把准备工作做好？"

"准备工作是做了，但有些问题明摆在那里，不好掩盖啊。"

"怎么不好掩盖？把问题都亮出去，丢了经济新区的脸你们就高兴了？我看，这不仅是工作态度问题，而且是政治立场、大局观念问题。"

"您批评的对，我们工作有失误。"

"好了，我不想多说了，你们自己好好总结一下吧。"

"是，金书记。"

曲卫清走后，金秉荃接着把组织部长魏安培叫了过来。鉴于目前的情况，他决定釜底抽薪，把曲卫清调离区环保局，让冯旷接替。

"环保局局长曲卫清工作不力，群众反响强烈。同时，只顾眼前和部门利益，没有大局眼光，不能主动为工委遮风挡雨。"金秉荃点上一只熊猫牌香烟，开门见山地说。

"上次市环保局来检查工作，他弄得漏洞百出，丢尽了经济新区的丑。要不是我随后亲自到市环保局疏通了一下关系，肯定会被全市通报。"金秉荃猛地吸了一口烟，冷冷地说。

"您的意见是……"魏安培试探道。

"从心里讲,我真想将他一撸到底,但这样做,会引起不必要的社会反响。"听了魏安培的话,金秉荃想了想,回答。

"那怎么办?"魏安培问道。

"提拔一下吧。"金秉荃用手拂了一下缭绕的烟雾,目光幽幽地说。

"提拔?"魏安培不解地问。

"明升暗降,虚其位,夺其权。"金秉荃解释道。

"安排什么职位?"魏安培接着问。

"让他到区工商联干主席,享受副区级待遇。这样一来,级别虽然上去了,但实权没有了,让他心里难受,又说不出来什么。"金秉荃狡黠而得意地笑了笑,回答道。

"哦,我明白了。"魏安培恍然大悟。

"那让谁接任环保局局长?"魏安培接着问。

"先让冯旷兼着,等时机成熟,再让佟镜接上。"金秉荃回答。

"明天常委会上走一下程序。"金秉荃接着吩咐道。

"明白,没问题。"魏安培机械地点了点头。

第二天,区工委常委会召开之后,曲卫清被请到组织部,魏安培亲自跟他谈话。

"组织上想调整一下你的职务。"魏安培例行公事地说。

"哦?"听了魏安培的话,曲卫清显然有些惊讶和意外,忍不住问道。

"这些年,你在环保局工作时间不短了,无论是从资历,还是从能力和贡献看,都是数得着的。经过反复权衡,决定提拔你到区工商联任主席,享受副区级待遇,环保局局长由冯旷同志接任。"魏安培进一步解释说。

"我服从组织决定,感谢组织上的栽培。"听了魏安培的话,曲卫清感到有些突然和意外。但从大局出发,他还是表态服从。他猜想这一定是金秉荃的主意,也明白他这样做的用意。他不得不佩服金秉荃,因为他真正是一个政治高手、谋略大家,凡事考虑得很周全严密,八面玲珑,滴水不漏,游刃有余。

"现在大家都想进步,但僧多粥少,能得到提拔的毕竟只是少数。所以,希望你珍惜这次机会。"魏安培安慰说。

"什么时候报到?"曲卫清平复了一下心情,问。

"今天与冯旷交接好工作,明天就去工商联报到。"魏安培回答。

"个人进退去留无所谓,我担心的是我区环保事业的发展,我希望区工委、管委能够真正重视和支持环保工作。"曲卫清建议说。

"环保方面的事你就不用操心了,我相信冯旷同志会做好工作的。"魏安培回复说。

回到环保局,曲卫清与等候在那里的冯旷交代完工作,当天就到区工商联报了到。冯旷上任后,唯金秉荃马首是瞻,改变了曲卫清的工作计划,对排污大户网开一面,有的执法人员与排污企业暗中勾结,提供保护,轰轰烈烈的治污行动最终偃旗息鼓,不了了之。

65　情非得已

排污企业继续昼夜不停地往盘龙湖排放污水,湖区生态进一步恶化。气愤之余,周围的百姓封堵了污染大户豪润电镀厂的大门。

"咱们这样做,违法不?"王山担心地问周围的同伴。

"违法?要说违法,也是他们违法在先。"丁时满不服气地回答。

"治污,治污,他们只停留在嘴上,就是不见实际行动。"魏正毅听了两人的对话,忍不住气愤地说。

"行动?他们压根就是猫鼠一家,互相勾结,明察暗保,欺世盗名。"樊康一针见血地揭露说。

"听说,那个姓曲的局长刚想整治一下,就被调走了。"王山叹了一口气,说。

"问题出在下面,根子却在上面。"年轻人愤愤不平地说。

"他们为什么害怕治污?还不是因为这样会断了财路,影响到政绩和升迁。"魏正毅分析说。

"为了个人的小九九不惜牺牲环境,把升官发财建立在老百姓的痛苦之上,这算什么人民公仆!"听了大家的议论,丁时接着斥责说。

"看样子他们是打定主意继续祸害咱们了。咱们不能再忍了,只有采取非常手段,促使问题的解决。"樊康强调说。

"对,跟他们对峙下去,直到他们采取措施,排污达标为止。"魏正毅赞同地表示。

白裕富得到豪润电镀厂厂长的报告后，非常生气，打算调集一批打手把围堵大门的群众强行驱离。为了稳妥起见，他随手拾起电话，把自己的想法向金秉荃作了汇报。

"裕富啊，你手下那帮人过于野蛮，万一掌握不住分寸，发生流血事件，对上面就不好交代了。"听了白裕富的汇报，金秉荃略作思忖后回答。

"管不了那么多了，大不了给他们负担医药费。"虽然金秉荃说的不无道理，但白裕富听不进去。

"做大事的人不图一时痛快，而是善于从长计议。"金秉荃不容置疑地坚持道。

"那你说怎么办，总不能让他们这样胡作非为吧？"白裕富反问道。

"你别焦急，我自有办法。"金秉荃镇定自若地回答。

"我能不焦急吗？老兄，每耽误一天生产，我就要承担一天的损失啊。"白裕富心急火燎地说。

"这样吧，我让斐彪过去解决，你让你的人在外围协助一下就行了，以免授人以柄。"见白裕富有些恼火，金秉荃给出了解决办法。

"公安能对付了那么多人？"白裕富担心地问。

"唉，兵来将挡，水来土掩，他们自有办法，你就不用操心了。"金秉荃胸有成竹地回答。

"好，听你的，但愿斐彪他们能马到成功。"白裕富缓和了一下语气，表示同意。

群众聚集了一大片，把豪润电镀厂的大门围了个水泄不通。他们有的随身带着马扎、小凳，有的干脆席地而坐，还有的就地打起了帐篷，准备长期坚持。

人群上方竖立着一匹横幅，上面写着一行大字："加大污染治理，还我绿水青山"。不时有人带头喊口号，大家群情激奋，斗志昂扬，喊声震天。人群的外面，小商小贩紧随而来，高声叫卖。有卖豆浆的，卖包子的，卖饮料、矿泉水的，卖香烟、纸巾的，各种各样，不一而足。

白裕富手下的保安、保镖沿着大门内侧站了一圈，虎视眈眈地盯着眼前的人群，以防大门受到冲击。双方一内一外，阵线分明，和平共处，互不侵犯。从早晨到晚上，这样近距离对峙了一天。白裕富沉不住气了，又打电话询问金秉荃为何不采取行动。

"老兄，你玩什么把戏？斐彪怎么还不行动？"白裕富不耐烦地问。

"别焦急，时机还不成熟。"金秉荃沉着地回答。

"这样耗下去，我受不了啊。"白裕富不满地说。

"我理解你的心情，但方法和时机选择不当，很有可能事与愿违，惹出大麻烦。所以，要沉着冷静，见机行事。"金秉荃劝诫说。

"你总得给我个承诺吧？"白裕富耐着性子问。

"处理这种事，就好像战场上两军对垒，善战者避敌锋芒，击其怠惰。"金秉荃打着比方解释说。

"怎么跟打仗扯到一块了，这两者有什么关系。"白裕富似懂非懂地嘟囔说。

"你不懂，关系大了，除了我上面说的，还有一点同样很重要，那就是要分化瓦解，各个击破，尽量缩小打击面。大多数的人要劝说动员，让他们自动撤离。"金秉荃进一步解释说。

"按你这一套干太浪费时间，我等不起！"白裕富近乎抗议地说。

"这事不能急，你怎么听不进去？出了问题我是要负责任的，老弟！"金秉荃生气地训斥道。

"好吧，我再听你一次，不过，要尽快，我的耐心是有限的。"白裕富很不情愿地答应说。

"我马上安排街道干部靠上去做工作，估计用不了几天就见分晓。"金秉荃最后安慰说。

经过一天一夜的坚守，围堵大门的群众情绪逐渐平复下来，起初的激烈抗议演变成为静坐示威。这时，街道干部出现在人群当中。他们同每一个现场的群众谈话，晓以利害，诱以利益，劝说他们放弃围堵，各自回家。领头的那位中年人还不时擎着一个扩音喇叭向人群喊话。

"老少爷们，姐妹们，大家的心情我们理解，反映的问题政府也很清楚，但盘龙湖的污染是长期积累的问题，不是一朝一夕能够解决的，需要统筹安排，逐步推进。大家要理解政府的难处，支持政府的行动，与政府一道步调一致，齐心协力。只有这样，才能最终把污染治理好。现在，大家把工厂大门堵上了，这是妨碍企业正常生产经营的违法行为，是要负法律责任的。这样做，不利于问题的解决，只能激化矛盾，把问题复杂化。所以，我要求大家停止这种行为，马上回到家里去，否则，引发不测事件，后果由自己负责。政府有言在先，一概不管。"

中年人冲着人群又喊了一遍，其他工作人员紧跟其后，不停地劝说："回去吧，大家回去吧。"经过一番动员说服，人群出现松动情况，终于有几个人带头离开。接着，又有几批走了出去。到了晚上，已经走了一半。第三天中午，只剩下三分之一了。

金秉荃得到下面的汇报，心中暗喜。他本来还想让现场的干部再做一下工作，但经不住白裕富的一再催促，只好命令斐彪开始进攻。

这天下午，从经济新区公安局驶来几辆大卡车，从上面下来上百位全副武装的公安和防暴警察。他们分别插到人群的内侧，排成一条长蛇阵，手执盾牌和警棍，头戴钢盔。随着带队的警官一声令下，警察开始清场。只见他们迈着整齐的步伐，把人群往外驱赶。人群顿时被冲散，吵闹声、尖叫声和盾牌、警棍撞击人体的声音混杂在一起，现场顿时乱作一团。有些群众趁乱离开了现场，不愿离开的重新聚集起来，继续坚守现场。清完一遍后，警察返回来，开始动手抓捕坚守现场的骨干分子。

魏正毅双脚蹬地，身体后倾，拼命抵抗。一位警察举起警棍，照着他的肩膀抽了两下，把他打倒在地。他的鼻子磕破了，满脸是血，警察并不理睬，像抓小鸡一样把他提起来，戴上手铐。透过眼边的血水，他看到他的伙伴樊康、丁时、王山相继被抓进警车。随着一声刺耳的鸣笛，几辆警车带着被抓捕的群众，呼啸着向前开去。豪润电镀厂的门口又恢复了往日的平静，只有地面上遗留的一摊摊血迹和随处可见、零乱不堪的杂物。

66　人各有志

这几天，翁卓感到心里憋闷，很想找人说说话。周末的傍晚，他提上两瓶茅台，来到方明的住处。方明住在一栋普通公寓楼的二楼，这栋楼看上去已经陈旧过时，与周围的新楼相比，甚至显得有些寒碜。

听见门铃响，方明打开房门，把翁卓迎进客厅。翁卓第一次到方明家，看着眼前的景象，心里不禁一震。房间不仅面积少，而且设计不太合理。他一边观察，一边暗想："这家伙果然名不虚传，都什么年代了还住在这样的地方，说好听的叫廉政，说不好听的叫犯傻。"

苗红听到声音，从厨房里走出来，向翁卓问了好。翁卓一边放下茅台酒，一边笑着问："嫂夫人，今晚有什么好吃的？"

苗红坦然一笑，回答："我家里可比不上大宾馆，没有山珍海味，只有家常小菜，粗茶淡饭。"说完，回到厨房做菜。

翁卓在方明对面的沙发上落了座。客厅摆设简单，却井然有序，一尘不染。翁卓情不自禁地把目光投向墙壁上的四个大字："清正廉洁"。这四个字用草书写成，字体挺拔，苍劲浑厚，力透纸背。

"方兄雅兴不浅啊。"翁卓把目光移回来，笑了笑说。

"随便写写，聊以自励而已。"方明轻描淡写地回答。

"要做到这四个字可不是一件容易的事啊。"翁卓端起茶杯，轻抿一口，意味深长地说。

"是啊，当今的社会环境，到处是诱惑和陷阱，要做到洁身自好，一尘不染，的确很难。正因为这样，才更需要时刻自警、自醒、自励。"方明赞同道。

"老兄，何必跟自己过不去。'世人皆醉我独醒，世人皆浊我独清'有用吗？能改变现实吗？楚国并没有因为屈原投江而得救。天塌下来有高个子顶着。我看，还是应该像渔父那样，'啜其糟而扬其波'，入乡随俗，与时俱进。"翁卓话锋一转，规劝说。

"如果当年楚人皆为屈原，屈原便不会孤独绝望而投江，楚国也就不会走向灭亡，统一六国的就可能不是秦，而是楚。"方明见解独到地纠正说。

"那是你的异想天开，历史是不能假设的。个人应该适应社会，而不是社会适应个人。"翁卓不以为然地说。

"事在人为。大家都以随波逐流，见风使舵，投机取巧为耻，风气就会好转，社会就会美好得多。"方明坚持己见地强调。

两人正说着，苗红端来几样清淡的小菜和两只碗筷，摆放在茶几上。二人打开茅台，斟满酒杯，边吃边谈。

"真没想到，你老兄还住在这样一个地方。"翁卓环顾了一下房间，把话题拉回到眼前。

方明淡然一笑，回答说："栖身而已，要那么大面积干啥？"

翁卓摇了摇头，数落道："你老兄真是死心眼呀。领导干部住得好一点，不能算搞特殊，是工作需要。"

方明听后，反驳说："搞特殊化的人都打着工作需要的旗号。同样是人，我们领导干部为什么要高人一等？这样的房子与祖宗的草屋相比，已是天壤之别了。老百姓几世同堂，住得窄窄巴巴，我们却广厦豪宅，搞得皇宫似的，于心何忍？大道之行，天下为公，违天道背坤德，必为天下所弃。上梁不正下梁歪，执国者无私，下面敢贪吗？无论是做人，还是为官，都不能忘本，违背天地良心，不能玷污祖宗，背负千古骂名。"

翁卓并不服输："不管怎么说，你应该换个面积大一点的新房。说得难听一点，你住这样的房子，简直是给我们经济新区丢脸。如果都像你这样保守，社会还能发展吗？"

方明回答："人各有志，我觉得这样很好，起码心里踏实。房子小不仅不会给新区丢脸，相反，还会维护和提升党和政府的形象。"

翁卓叹了一口气，无奈地说："我真服了你了，简直就是不开窍，不入流的榆木疙瘩，脱离时代的老古董。"

方明听了翁卓的评价并不介意，反而继续劝导说："在个人利益上，还是低调、保守一些的好。我们有些干部有了一点成绩，就自我膨胀，自我放纵，忘乎所以，连自己姓什么、从哪里来都不清楚了。这样下去，难免要栽跟头，犯错误。"

翁卓反问："大家都这样，你又何必自命清高，故作清廉？"

方明分辩说："清廉不是装出来的，时间可以证明一切。清高也不是什么坏事，起码要比同流合污、自甘堕落好。"

见方明不听劝告，翁卓笑了笑，改口说："我刚才说的那些话是跟你开个玩笑，想了解一下你内心真实的想法。其实，我很佩服你的为人为官之道，从本质上讲，咱们还是一类人嘛。"

方明回应说："但愿咱们都能坚守本色，不要堕落为庸俗不堪的官僚、政客。"

"你应该清楚，我有我的难言之隐啊。"翁卓见方明话中有话，忙为自己开脱说。

"我理解，无非是权利之争嘛。"方明一针见血地说。

"我本来不想争，可姓金的欺人太甚，我不得不争。"翁卓辩解说。

"争来争去又有什么意义？"方明不解地问。

"当然有意义，起码为了一口气。你我可以联起手来，把姓金的小子干下去，共同执掌经济新区的党政大权。"翁卓坚持说。

"我不一味反对斗争，关键要看为公还是为私。公者千古，私者一时。为公而争，是必要的，为个人私利而争，则毫无价值。你、我与金秉荃都有一争，本质上却是不同的。"方明态度明确地回答。

"公私兼顾，替天行道，为公为私，我都要出这口气。"翁卓自我辩解说。

"两虎相争，必有一伤，或者两败俱伤。"方明提醒道。

"有他无我，有我无他，大不了玉石俱焚，同归于尽。"翁卓态度坚决地表示。

"退一步海阔天空，还是适可而止吧。"方明进一步规劝道。

"群众围堵豪润电镀厂的事你听说了吧？"翁卓心头一动，问道。

"听说了，你怎么看？"方明问。

"群众固然有过激的一面，但污染问题长期得不到解决，把发展的成果建立在老百姓的痛苦之上不行啊。"翁卓回答说。

"如果不是有人暗中干预，这场治污行动肯定会开展得轰轰烈烈，卓有成效的。"对治污行动的结果，方明深表惋惜。

"拉帮结派，一手遮天，简直就是土皇帝，封建军阀。"翁卓义愤填膺地说。

"许多事让人如鲠在喉，无法理解。唉，不谈这些了，喝酒！"方明深有同感地表示，随后端起酒杯。

"好，干了！"翁卓叹着气，响应说。

67 身陷囹圄

在豪润电镀厂大门前被抓的一共二十几个人，他们被关进了拘留所。大多数人受不了囹圄之苦，写下保证书后，随后被释放出来。魏正毅和他的同伴樊康、王山、丁时却死活不认错，他们的态度让那些执行公务的人无法下台和交差，于是被继续关押。

拘留所四周是森严的高墙电网，里面分布着众多的房间。这些房间按照关押对象的不同，分成不同的区域，看上去像鸽笼似的。房间的墙壁是用钢筋混凝土浇筑而成，看上去有些特殊和畸形。房门低矮，门板厚而结实,上面留有观察孔,门外是两扇可以开合的铁栅栏,中间用一把大铁锁牢牢地锁住。除了放风和提审,房门和铁栅栏都是紧闭的。每个房间靠房檐的部位高悬着一个狗洞般的窟窿,外面罩着厚厚的铁丝网。那就是窗户,或者叫通风口。

房间约有二十几平方米,里面光线阴暗,空气潮湿。由于空间有限,而关押对象激增,所以房间拥挤不堪,人满为患。有的时候,里面的人只能站着或坐着,连躺一躺的地方都没有。三九寒天,像冰窖一样,人冻得要死;到了酷暑季节,燥热难耐,空气污浊不堪,里面混合着刺鼻的恶臭气味。魏正毅和他的同伴分别被关进不同的房间。他们在这里经历了一段噩梦般的日子。

刚进房间时,魏正毅眼前一片模糊,什么东西也看不清。等他慢慢适应过来,才朦胧地发现狭小的房间里早已挤满了高矮胖瘦、各色各样的人。他大略数了一下,约有四十几人的样子。这些人有站着的,有席地而坐的,有半躺着靠在墙上的。他们仿佛听到命令,一齐把目光射向他,目光中充满了仇恨、嘲笑、疑问和幸灾乐祸。魏正毅浑身发毛,皮肤上起了一层鸡皮疙瘩。那一刻,他感受到了误入虎穴般的恐惧。

这时,一位狱霸模样的人不屑地看了他一眼,然后朝旁边几个虎背熊腰、面目狰狞的壮汉使了个眼色。那几个家伙得到指令,一下子扑上来,一阵拳脚把魏正毅击倒在地。魏正毅感到自己右侧的肋骨被打断了好几根,钻心挖髓地痛。他挣扎着从地上爬起来,怒视着面前的几个恶棍。然而,一阵拳脚更加猛烈地落了下来,把他再一次打翻在地。他感到鼻子里有一股灼热的液体涌了出来,用手一摸,手上流着殷红的鲜血。

过了一会儿,房门被从外面打开,一束光线电一样透了进来,照得门后的地上明晃晃一片。放风的时间到了,屋子里的人蜂拥而出,贪婪地吸食着外面新鲜的空气和温暖的阳光。

牢头对他的同伙说:"拉过去,给他洗个澡。"随后,魏正毅被拉到屋外的水塘边。水塘里已经结了薄薄的一层冰,刺骨般的凉。按照牢头的指示,那几个家伙开始从水塘里提水,一桶一桶浇到他身上。他冻得瑟瑟发抖,龇牙咧嘴,鼻子里的血被水流冲到地面上,激起朵朵殷红的水花。

放风时间结束了,魏正毅被带回房间,扔到墙角。看着他狼狈的样子,牢头终于动了一点恻隐之心,吩咐手下暂时停止对他的攻击。他半躺在墙角，浑身湿透，疼痛难忍。恍惚之间，他仿佛回到了过去的时光。

那时，盘龙湖还没有受到污染，里面生长着鲤鱼、鲫鱼、鲢鱼、鳙鱼、鲳鱼、鳜鱼等种类繁多的鱼类。湖里的鱼不仅多，而且密，沿湖的百姓世代以打鱼为生。一网撒下去，从不落空，渔民从早到晚，总是满载而归。湖边是蜿蜒起伏的山丘，上面植被茂密，物种多样，各种动物出没其间，把这里当成了天堂般的栖息地。每到秋冬季节，天鹅、仙鹤、大雁、红嘴鸥等众多候鸟来此越冬，在湖天山水之间自由翔集，场面甚是壮观。

魏正毅是个苦命的孩子，从小父母双亡。一位族叔看他可怜，收留了他。为了减轻族叔的负担，从七八岁开始，他就经常到盘龙湖里摸鱼，到湖岸上的树林里捡蘑菇，挖野菜，打野果。湖水中，山林间，到处留下了他的身影和足迹。在他饥肠辘辘的时候，是她奉献果实让他果腹，在他焦渴难耐的时候，是她捧出甘甜的乳汁滋润他的心田，在他孤独寂寞的时候，是她陪伴左右，与他喁喁私语。

三年自然灾害的时候，全村人都没有饭吃，就是靠着到湖里捕鱼，到树林里打野食才勉强生活下来。他对这里的一山一水、一草一木都充满了眷恋和感激。在他眼里，盘龙湖就是他的再生母亲，他的亲密伙伴，他的快乐家园，他的感情圣地，他的心中偶像。就这样，他在盘龙湖的怀抱中快乐成长，成为一个壮实的小伙子。从此，他跟着长辈们一起到湖里打鱼。一直到了三十几岁，他才在乡亲们的帮助下娶妻生子，成家立业。

然而，自从盘龙湖上游建起了一座座工厂，实施了各种商业开发，湖水变得越来越浑浊，湖里的鱼和前来越冬的鸟类越来越少。许多厂家为了降低生产成本，放着排污设备不用，偷偷把污水排到湖里，有些企业干脆连排污设备都没安装。

看着盘龙湖正在遭受欺凌、玷污，魏正毅仿佛看见自己的母亲在遭受厄运，无法继续沉默下去。好好的一个盘龙湖被他们糟蹋得不成样子，真是伤天害理，无法无天，令人气愤啊。他自觉重任难却，自觉承担了一项意义重大的工作，调查举报沿湖排污企业。经过一段时间的奔波，他终于掌握了第一手材料，并向环保部门进行了举报。

他的举报引起了一些人的仇恨，在此之前，他们已经对他实施了一系列的打击报复。他们威胁他，辱骂他，殴打他，费尽心机，穷凶极恶。

一天晚上，他正在院子里乘凉，忽然从外面飞来一块石头，正好打在他的头上。他顿时血流不止,躺在地上不省人事。

"快来人哪!打死人了!"妻子见状,一边用草木灰给他止血,一边大声喊叫。邻居们听到喊声,赶紧跑了过来,随后把他送进医院。医生马上给他缝合伤口,紧急抢救,才保住了他的性命。

出院后,魏正毅并没有放弃自己的行动,新的打击报复随之接踵而来。这天深夜,他们一家人睡得正香,忽然轰隆一声巨响,他家的后墙一下子被炸塌了一大片,变成一个巨大的黑洞。落下来的土石差点把他们一家人埋在里面。妻子惊得目瞪口呆,一言不发,两个孩子吓得哇哇直哭。他报了警,警察随后前来勘查了现场,但却迟迟没有回音。此后一连几天,妻子神情恍惚,胆战心惊,两个孩子不敢出门上学。

接连的打击击碎了妻子的耐心和希望,整日满面愁云,哭泪悲悲。有一天,她终于下定决心,对魏正毅说:"孩子他爸,咱们分开吧。"

妻子的话让他感到既难堪,又无奈。他不能保护妻儿,就只好答应这一请求,这也是目前情况下唯一的选择。为了妻子和孩子们能过上安稳的日子,他决定答应妻子的要求。于是,他愧疚地对妻子说:"孩子他妈,我对不起你们,让你们受苦了。"

妻子听了他的话,泪流如雨,放声痛哭。自从魏正毅投身环保,她和孩子跟着他受了无数的惊吓和委屈。此时所有的惊吓和委屈一齐涌上心头,让她痛苦难忍,终于像决堤的洪水汹涌而出。哭了一阵子,她感到轻松了许多,情绪慢慢平静下来,对丈夫说:"我不怪你,但我不能不考虑孩子们的前途命运,不能让他们继续这样煎熬下去。那样,我们一家人只能一起死在这里。"

魏正毅理解妻子的决定,于是对她说:"我也不怪你,也不想让你们继续跟我受苦,那样代价太大,也不值得。"

妻子用衣袖擦干眼泪,接着说:"我带孩子走,你想走一起走,不想走,我们也不强求。"

魏正毅叹了一口气,对妻子说:"你带孩子们走吧,别管我,我要留下,继续与那些利益集团斗争。只要我还有一口气,就不能停止保护盘龙湖的行动。"

妻子随后告诫说:"你要注意保护好自己,要是没了命,还拿什么去斗?"

魏正毅安慰说:"我估计他们的招数用得差不多了,不敢把我怎样。为了咱们的母亲湖,即使牺牲了,也是光荣的。"

妻子数落说:"你总是一根筋,不撞南墙不回头。看来你是铁了心,一条道走到黑了。"

魏正毅回应说:"本性难移,这就是我的命。"

妻子狠了狠心,说:"咱们离婚吧。"

魏正毅想了想,说:"好吧,离了你和孩子就没有牵挂了。"

第二天,他与妻子到民政局办理了离婚手续。没想到,儿子却不愿跟妈妈、姐姐一起走,非要留下来,跟爸爸在一起。从此,一家人分了两下,妻子带着女儿外走他乡,魏正毅与儿子相依为命。由于受到周围环境的影响,儿子学习成绩越来越差,最后干脆退学回家。再后来,儿子的神经出现了问题,经常目光呆滞,大呼小叫。无奈之下,魏正毅在好心人的帮助下把他送进了精神病院。

现实的残酷并没有让魏正毅屈服,他继续一如既往,为保护盘龙湖而战斗。他觉得他所从事的是一项光荣而神圣的事业,他必须履行自己的使命,否则就对不起生他养他的盘龙湖。当他发现白裕富的豪润电镀厂继续向湖中排放污水时,再次挺身而出,署名举报。

在他和其他渔民的不断努力下,区环保局终于决定开展一次专项治污行动,关停一批污染大户。没想到,这次行动开始不久,还没见到成效,就被迫终止。区环保局局长曲卫清有感于群众的强烈呼声,下定决心整治污染,结果被中途调离。

得到这一消息,他联合其他的渔民封堵了豪润电镀厂的大门,目的是引起上面的重视,推动污染治理,尽快实现盘龙湖水质好转和生态环境的恢复。然而,他们的满腔热情再次遭到打击。

魏正毅这样想着心事,好不容易熬到半夜。他发起了高烧,浑身滚烫,但他仍觉冷得直打哆嗦,体温好像降到了冰点。他冻病交加,神智一片模糊。无边的黑暗向他袭来,压得他透不过气,他感到自己快要死了。幽冥之中,仿佛有一只恶狗突然蹿出,要把他叼入地狱之门。

68　天伦之乐

周末下午，离下班只剩下十几分钟时间，柯大卫的手机响了。他打开一看，是杜鹃打来的，让他晚上直接到岳父家吃饭。放下电话，他才意识到已经十多天没回家了。他感到十分愧疚，但转念一想，这能怪他吗？都是工作给闹的，他太需要好好休息一下了。下班后，他匆忙地挤上公交车，向岳父家奔去。因为有几个路段施工，公交车不得不绕行。等他赶到岳父家，已是六点多，岳父、岳母和杜鹃正守着一桌菜肴等着他。

"碰上修路，回来晚了，你们先吃着就是了。"看到这阵势，柯大卫心里涌起一阵温暖和感动，忙到洗手间洗了手，坐到饭桌旁。

女儿小梅放下手中的玩具，从房间里跑出来，扑到他怀里，搂着他的脖子，叽叽喳喳，一副小鸟依人的样子。家的温馨让他暂时忘记了官场的烦恼和不快，绷紧的脸庞终于舒展开来。

"爸爸，你老不回来看我。"小梅埋怨道。

"对不起，爸爸有事，你猜，爸爸给你带什么礼物？"

"巧克力蛋糕。"小梅肯定地说。

"小梅真聪明。"柯大卫说着，从包里拿出一袋巧克力蛋糕，递给小梅。小梅高兴地拿着吃了起来。

"光吃这些东西，又不用吃饭了。"杜鹃在一旁数落道。

"好乖乖，这些天想爸爸没有？"柯大卫抱着小梅，认真地问道。

"想，爸爸想我吗？"小梅歪着脑袋，认真地反问道。

"想，天天想，夜夜想，每时每刻都在想。"柯大卫在小梅的额头上亲了一下，一本正经地回答。

"爸爸为什么不回来看我呢？"小梅瞪着一双漂亮的大眼睛，满脸狐疑地追问道。

"爸爸忙。"柯大卫抱歉地回答。

"那么爸爸什么时候才能不忙了呢？"小梅又问。

"等爸爸退休了，就不忙了。"柯大卫回答。

"那么爸爸什么时候退休呢？"小梅一副打破砂锅问到底的劲头。

"等你长大了，爸爸就退休了。"柯大卫笑着回答。

"小梅长大了，就不用爸爸了。"小梅不满意地说。

"是啊，你需要的时候，爸爸却没有时间，等爸爸有时间了，你却不需要了。世上的事情就是这样，你慢慢就懂了。"柯大卫轻叹一声，感慨地说。

"你为什么要那样忙呢？"小梅不解地问。

"因为有些东西放不下。"柯大卫回答。

"什么东西？"小梅追问道。

"那些东西的名字叫名利、权力、地位。"柯大卫回答。

"这些东西重要吗？"小梅歪着脑袋，继续追问。

"既重要，又不重要。"柯大卫若有所思、自相矛盾地回答。

"爸爸要经常回来陪我玩。"小梅恳切地央求道。

"好吧，爸爸尽量争取。"柯大卫歉疚地看着女儿，苦涩地笑了笑。

"爸爸，明天你和妈妈带我到外面玩。"小梅边吃着巧克力，边要求道。

"好，爸爸、妈妈带你玩。"柯大卫痛快地答应。小梅高兴地在他脸上亲了一口，弄了他一脸的奶油。

"班上很忙吧，大卫？"岳父关心地问。

"忙，爸。"柯大卫一边擦着脸，一边随口回答。

"咱爷俩老长时间没一起喝酒了，今晚好好喝点吧。"岳父说着打开一瓶白酒，给柯大卫倒上，然后自己也倒满。

"好吧，爸，今晚陪您喝几杯。"柯大卫豪爽地答应道。

"别忘了，咱们还要回家。"杜鹃怕柯大卫喝过头，赶紧提醒道。

"咳，什么大不了的，喝多了就不走了，这里又不是没有地方住。"岳父干预说。

"就是嘛。"柯大卫附和道。

"你瞧，这一老一少，倒是脾气相投。"岳母笑着对杜鹃说。

"喝吧，不管你们了。"杜鹃赌气地说。

那天晚上，柯大卫和岳父浅斟慢饮，整整喝了两瓶白酒。第二天早晨，柯大卫感到昏昏沉沉。因为在岳丈家，不便睡懒觉，他强打精神，起了床。吃罢早饭，女儿嚷着要他兑现昨天的承诺。为了不让孩子失望，他只好照办。一家三口步行来到商贸大厦，买了一些儿童玩具，然后来到文化广场。

夜里下了一场小雨，笼罩在城市上空的污浊空气变得清爽了许多。广场上到处是休闲健身的人们，有跳舞的，有放风筝的，有唱歌的。小梅喜欢放风筝，柯大卫给她买了一只，陪着放了起来。

一边放着风筝，他忍不住伸开臂膊，做了几个深呼吸。平时，被裹挟在封闭的小圈子里，难得这样放松一下绷紧的神经。

这时迎面走来了向凌霄。柯大卫只好与她拉起了家常。原来，向凌霄与老富翁老夫少妻，相敬如宾，过了一段平静的生活。可惜老富翁造化不足，时间不长就一命呜呼。向凌霄痛苦之余，为老富翁办理了后事，顺理成章地继承了所有遗产。不少人想给她介绍一个年轻帅哥做老公，但都被她拒绝了。她担心再找一个，万一感情不和，闹上法庭，自己用青春换来的家产就会被对方分走一半。这些年，这种事她见得多了，她不想重复别人的错误。然而，正值芳龄的她独居深宅，难免感到孤单寂寞。为了享受生活，她加入了富豪俱乐部，整天出入女子会所、健身房、美容院，过起了逍遥自在的单身富婆生活。闲暇无事，她喜欢开着豪华轿车外出兜风，找一帮有钱的男女搓麻玩牌，或者上网聊天，做派对游戏。总之，向凌霄加入了这个特殊群体，享受着与众不同的奢华和优越。

有一天，他从一个朋友那里听到了谌芳的消息。袁嘉继续忙于生意，与谌芳聚少离多。谌芳生性多情，时常感到寂寞和孤单。这时候，以前的老板朋友找她喝酒吃饭。一来二往，她终于背着袁嘉与一位老板偷期约会，危险地游走在婚姻的边缘。有一次，袁嘉出差，老板找到了家里。没想到，袁嘉事情办得顺利，提前回家，当场撞上。老板惊吓之余夺门而逃。谌芳被袁嘉痛打一顿，并因此怀疑儿子不是自己亲生的，逼着谌芳去做亲子鉴定。谌芳不想让年幼的儿子受到惊吓，坚决不同意做亲子鉴定。袁嘉气愤难耐，在父母的唆使下，提出了离婚。谌芳有错在先，体面尽失，只好任人宰割，在离婚协议上签了字，被扫地出门，重新过起了单身生活，孩子也判给了对方。

由向凌霄和谌芳，柯大卫又联想到叶青。叶青作风干练，成绩突出，赢得了领导和同事们的好评，被提拔为总编室副主任。由于事业心强，忙于工作，所以婚姻大事一直没有着落。不少同事、领导为她牵线搭桥，但都没有成功。俗话说，有福不用忙，在共同的追求中，她终于赢得了一位男同事的爱慕。经过一段时间的交往，前几天刚办了婚礼。

柯大卫亲自帮她筹备婚事，送上深深的祝福。他为叶青的婚姻感到高兴，衷心祝她和丈夫幸福美满，白头偕老。婚后，叶青与丈夫携手并进，继续奔忙在新闻采编的第一线。"揭露黑暗，歌颂光明；鞭挞丑恶，塑造美好。"叶青始终坚守着自己的新闻理想。

晚上，肖艳打来电话，告诉柯大卫她找到了意中人，准备结婚，邀请他和杜鹃参加他们的婚礼。

肖艳不仅相貌姣好，气质优雅，而且工作努力，业绩骄人，因而赢得了公司男同事小斐的青睐。小斐相貌英俊，勤奋上进，与肖艳很是般配。两人工作上互相帮助，业余时间经常一起吃饭聊天，一来二去，感情擦出了火花，进而柔情蜜意，坠入情网。经过一段时间的热恋，瓜熟蒂落，开始谈婚论嫁。

结婚这天，柯大卫携杜鹃早早来到酒店。婚礼举办得既隆重大方，又喜庆热闹。柯大卫和杜鹃送上红包，向他们表示祝贺。看着肖艳身披婚纱，如花似玉，小斐潇洒自信，红光满面，柯大卫感到特别高兴和欣慰。

69　非常审查

这天一早，两个狱警打开监室门，把魏正毅带进一间狭小的审讯室，随后离开。里面摆着一张长桌，桌后面并排坐着三个警察，中间一个长着一副猫脸，担任主审。三人默不作声地过足了烟瘾，然后正襟危坐，开始审讯。

"魏正毅，你知道这是什么地方吗？"猫脸伸着脖子，目光阴沉地问。

"知道，不就是看守所嘛。"魏正毅看了猫脸一眼，镇静地回答。

"知道就好，希望你识相点，老实交代问题。"猫脸拉着长脸，口气生硬地说。

"你们想让我交代什么问题？"听了猫脸的话，魏正毅丈二和尚摸不着头脑。

"什么问题，难道你自己不知道？"猫脸不屑一顾地反问道。

"我没有什么需要交代的问题。"魏正毅理直气壮地回答。

"到了这里，就由不得你了。"猫脸恶狠狠地威胁。

"我不明白你的意思。"魏正毅不卑不亢地说。

"一会儿会让你明白。"猫脸说完，发出一声鬼叫似的冷笑，魏正毅禁不住打了个寒噤。

"我没违法犯罪，你们能把我怎样？"魏正毅毫不示弱地问。

"怎么样？我可以让你坐牢。"猫脸从座椅上跳起来，恼怒地咆哮。

"你简直是无法无天！"魏正毅气愤地说。

"废话少说，什么时候交代问题，什么时候放你回去，否则有你苦头吃！"猫脸不为所动，步步紧逼。

"我已经说了，没有什么好交代的。"魏正毅下定决心，与他们抗争到底。

"我问你，你为什么组织上访，围堵工厂，破坏社会政治稳定？"猫脸往前探着头，目光冷峻，一字一顿地质问道。

"欲加之罪，何患无辞。"魏正毅针锋相对地回答。

"坦白从宽，抗拒从严，我希望你识相一点，争取主动。"猫脸缓和了一下语气，诱导说。

"我没有问题。"魏正毅义正词严地回答。

"你们幕后的主使是谁，你只要交代出来，可以将功折罪。"猫脸进一步提醒说。

"没有幕后主使，我就是主使。"魏正毅终于明白了，他们是想借他的嘴，诬陷那些主持正义的领导。

"你见过方明没有？"猫脸撕破脸皮，迫不及待地逼问。

"见过。他接访的时候，我向他反映过盘龙湖污染的问题。"魏正毅据实回答。

"你们是什么关系？"猫脸接着问。

"同志关系。"魏正毅回答。

"最近，你们有没有联系？"

"没有。"

"这次围堵豪润电镀厂，他是不是幕后指挥？"

"不是。他事前根本不知道我们的行动。"

"魏正毅，请你放老实点，别敬酒不吃吃罚酒。"问到这里，猫脸气急败坏，猴屁股似的面颊青筋暴起，仿佛有无数只蚯蚓在上面游走。

"我说的都是事实。"魏正毅坦然相对。

"好，不怕你嘴硬，给我熬大鹰！"猫脸已经被彻底激怒，歇斯底里地狂叫。

"随你便，让我无中生有，造谣中伤不可能。"魏正毅没有表现出丝毫的胆怯与软弱，因为那样只会自取其辱，招致更大的祸患。

猫脸吩咐完，转身离开了审讯室。接下来，猫脸的两个手下轮番审问魏正毅。审讯室里本来光线幽暗，这时打开了电灯。那只灯泡特别大，特别亮，上面戴着一个铁壳的帽子，把光线集聚到魏正毅的脸上，头上，身上，照得他脸上发烫，脑袋发胀，肩膀灼热，两眼直冒金花。他脑袋一片空白，昏昏欲睡。但询问一声接一声在耳边回响，让他无法入睡。他意识到，他们是用这种办法逐步消耗他的精力，摧垮他的意志。他感到痛苦难熬，但仍强打精神，努力坚持，一遍又一遍提醒自己，不能倒下。他感到自己快要虚脱了，快要崩溃了。时间过得很慢，仿佛静止不动。最后倒是那两位警察熬不住了，于是把魏正毅带出审讯室，重新塞进监室。

他躺在监室的水泥地面上，昏睡了一天一夜。他感到浑身轻松了一些，头脑清醒了不少。他两眼直直地瞅着天花板，空前地伤心、无助，甚至有些绝望。突然，一个大胆的想法闪现在他的脑海：逃出去。他不愿意死在这里，那样太不值了，他要重新回到战斗岗位，回到环保斗争的第一线，即使必须死，也要死在那里。这个想法让他激动不已，又让他十分为难，因为要想逃出戒备森严的拘留所并不是一件容易的事情。然而，世上无难事，只怕有心人。经过一番周密的思考，他终于想出了办法。

这天放风时间，他借上厕所的机会，悄悄藏在了厕所后边。天气酷热难耐，看守们睡眼蒙眬，哈欠连连，放风结束时并没有认真清点人数，魏正毅因此成了漏网之鱼。

厕所后面的粪池臭气熏天，蚊蝇成群。魏正毅忍受着酷暑和臭气，像壁虎一样紧贴在墙角。一直挨到夜里，等来那辆运送粪便的大马力拖拉机。开拖拉机的是一位干瘦老头，两只眼红红的，正患着眼疾。只见他懒洋洋地从铁罐边上拽出一根橡皮管子，伸进粪便池中，然后开动机器，把粪便吸入铁罐。大约过了一刻钟，铁罐装满了。老头把橡皮管收起来，重新塞进车斗里，然后爬上驾驶室。正在拖拉机准备开动的一瞬间，魏正毅悄悄地爬上车斗，紧贴在铁罐后面。拖拉机出了拘留所，驶上通往野外的公路。魏正毅趁车速减慢时，纵身一跃，从车斗上跳了下来。

在微弱的星光之下，公路两边的稻田漫无边际，黑乎乎一片。水稻刚刚抽穗，空气中漂浮着稻花清新的香气。曾经是蛙声十里、稻花飘香的优美景色，如今只剩下稻子，不见了蛙鸣。四周静悄悄的，沉闷得令人窒息。青蛙哪里去了？统统被除虫剂杀死了。

魏正毅伸伸卷曲得难受的身板，深吸了几口气，然后使劲咳了几下，把郁积在胸腔内的秽物全部清理了出去。他感到舒服和自信了许多。他下意识地回望了一下城区的方向，那里的夜晚永远是灯火辉煌，人声鼎沸，充满喧嚣和浮躁。他迈动脚步，向远离公路的偏僻之地，向着盘龙湖的方向走去。他想走得快一点，但双脚不听使唤，浑身轻飘飘的，使不上劲。他意识到自己的身体依然处于极度虚弱的状态，他告诫自己必须坚持，坚持就是胜利。

70　居心叵测

这天下午，送走客商之后，金秉荃在宾馆与连才、冯旷进行了一次单独的谈话。一段时间以来，翁卓对上疏通了关系，对下极力笼络，建立了自己的保护层和小圈子。羽翼渐丰的翁卓态势逼人，有意与他分庭抗礼，争夺话语权。这样一来，金秉荃越来越难以忍受翁卓，二人的关系因而越来越僵。

"最近二号人物有什么动向？"金秉荃半躺在柔软的沙发上，眯着眼睛看着连才，有意无意地问道。

"这些天，正在找国企办、经贸委的人研究新一轮国企改革。"连才屁股搭在沙发边上，伸着头，面向金秉荃回答，脸上写满忠诚和媚态。

"哼，国企改革有那么好搞吗？这团乱麻让他收拾去吧，我也懒得费心。"金秉荃欠了欠身子，讥笑道。

"对，让他弄去。搞好了，是您的功劳，搞不好，让他吃不了兜着走。"冯旷插言，表示赞同。

"哼，本事大着呢。"金秉荃嘲讽说。

"嘿嘿，好戏还在后头哩。"连才坏坏地笑着说。

"这人太好出风头、表现自己。"想起翁卓的种种表现，金秉荃愤恨不已。

"狼子野心，早已暴露无遗，所以要严加提防。"连才及时提醒道。

"想与我抗衡，他还嫩了一点，我一句话，就可以让他滚蛋。"金秉荃昂头向天，轻蔑地说。

"是啊，与您相比，他算什么。您是高山，他最多是一个土丘；您是大树，他只能算一棵小草。"冯旷拍马屁说。

"看来，难免有一场你死我活的较量。"金秉荃转回话头，恶狠狠地说。

"要想办法杀杀他的锐气。"连才建议说。

"我自有章程，最后的胜利肯定是我们的。孙猴子本事再大，也跳不出如来佛的手心。"展望未来，金秉荃成竹在胸，胜券在握。

"是，老板英明。"冯旷躬了一下腰，媚态十足地说。

"好了，不用拍我的马屁。你们几个都给我精神着点，眼观六路，耳听八方，有情况及时汇报。"金秉荃临末叮嘱道。

"没问题，请老板放心。"连才、冯旷拍着胸脯，表态说。

从宾馆出来，连才回到家里，悄悄爬上阁楼，巡视了一遍"战利品"。然后，又打开夹墙，查看了一番。确定一切照旧后，他才蹑手蹑脚地走下楼梯。

这一段时间，连才玩牌上了瘾，而且每次都满载而归。倒不是因为他玩得技巧有多高，而是那些开发商、包工头借机向他行贿，以求办事方便。面对滚滚而来的钱财，他既兴奋，又担心。为了安全起见，他在寝室设计了一圈夹墙，又在外面安装了报警装置，以防被盗。

连才其貌不扬，身材肥胖，走起路来左右摇晃，像个螃蟹，却好色成癖。女科长章艳霞渴望进步，多次找连才提出要求。他嘴上答应，可就是拖着不办。章艳霞知道连才需要什么，为前途计，于是主动投怀送抱，以身相许。事后，连才摸着章艳霞的手笑呵呵地说："只要你听话，什么事都好办。"果然，过了不久，章艳霞如愿以偿。

日积月累，他的情人、小蜜已经有一个班了。为避免他们争风吃醋，他给她们编了号，派了值日，让她们轮流陪寝。他还利用手中的权力，给她们分别注册了一家皮包公司，把一部分工程分给她们做，让她们有利可图，以便长久地留在自己身边。

傍晚，连才把三菱越野吉普车从自家的车库里开出来，驶上街道。车是一位开发商新近送给他的，全身上下瓷光瓦亮，一尘不染。驾驶着车子，他感觉既舒适又新鲜，就像拥抱着一位新聘的小情人。但他今晚约会的不是新聘的小情人，而是老情人潘越越。

潘越越原来是一家美发厅的老板，连才经常到她那儿理发，一来二往，混到了一块儿。从此以后，潘越越把美发厅盘给了别人，自己则与连才合伙注册了一家开发公司。她在明处，连才在暗处，一个经商，一个为官，官商勾结，疯狂敛财。肥水不流外人田，他们相继建起了石子厂、预制件厂、钢筋加工厂、塑钢门窗厂、涂料厂等，加工生产各种建筑材料。开发商主动从她的公司走货，而且从不问价格高低。另外，她还组建了物流公司、房地产开发公司、洗浴中心，几年工夫，麾下大小公司已达到十几个。资金不足，便从银行拆借，或者干脆挪用公款。背靠连才这棵大树，潘越越的生意自然做得风生水起，异常兴旺。

潘越越正在盘龙湖边的滨湖鱼馆等着他，说是有要事商量。连才稳稳地驾驶着三菱吉普车，七拐八拐，来到湖边。他把车开进停车场，随后熄火下车，走向鱼馆。湖面吹来一阵热风，夹杂着浓厚的腥臭气，令人难以忍受。

"我的乖乖，你怎么约我到这个破地方来？"一进房间，连才忍不住埋怨说。

"这个地方不是近嘛，哪里不能吃饭啊，进来就好了。"潘越越笑眯眯地回答。

"找我什么事，想我了？"连才一边入座，一边问。

"谁想你了，美的你。"潘越越淡然回答。

"那为什么，就为吃饭？"连才接着问。

"一会儿我再告诉你，咱们先吃鱼，喝酒。"潘越越从容不迫地回答，说着，给连才夹了几筷子鱼肉。

"这湖里的鱼还能吃？"连才瞅了瞅桌上用鱼做成的各色菜肴，不放心地问。

"一看你就是官僚主义，信息不灵。湖里的鱼早就不能吃了，这是从外面运来的海鲜。"潘越越耻笑着回答。

"哈哈，我成天吃鱼，倒没看出是海鱼。"连才难为情地说。

"老公，我先敬你一个。"潘越越端起盛满红酒的杯子，提议说。连才顺从地端起酒杯，与潘越越轻轻一碰，随后仰头干了。

"有来无往非礼也，再走一个。"连才乘着酒兴，回敬了一个。

"我说，老公，别人都在盘龙山弄了块锰矿，日进斗金，咱们这样不声不响，是不是太亏了。"几杯下肚之后，潘越越终于言归正传。

"现在经营的行当还不够你忙的吗？"连才不以为然地反问。

"这些行当比起开矿来说，来钱太慢了。再说，我可以把它们委托给别人经营，腾出时间、集中精力搞矿。只兴他们发财，就不兴我涉足，我也想过把瘾哩。"潘越越振振有词地回答。

"真是人心不足蛇吞象，我真服了你了。"连才白了潘越越一眼，嗔怪道。

"人本性如此，有什么大惊小怪的。都知足常乐，社会就不用发展了。"潘越越反驳道。

"好吧，明天我找一下冯旷，这事归他负责。"连才经不住潘越越鼓动，终于答应说。

这天晚上，冯旷同样没有闲着。他好不容易从一个酒局脱身，又应开发商黎义忠之约来到富豪大酒店。黎义忠看好了一块地皮，想划在自己名下。这块地皮虽不在黄金地段，但升值空间较大，已被好几位开发商相中。黎义忠几次三番请他吃饭，冯旷明白黎义忠的心意，却故意推脱。然而，最终还是盛情难却，来到黎义忠定下的酒店。冯旷与黎义忠曾经有过一些交往，早已是利益攸关的朋友。一阵觥筹交错之后，黎义忠屏退左右，直截了当地提出了要求。

冯旷哈哈一笑："亏你老兄想得出，那可是一块工业用地，怎么能用来搞房地产开发？基本的原则和规定还是要讲的。"

黎义忠不以为然："老弟，你少给我装蒜。原则和规定是死的，人是活得。原则值多少钱一斤？"

冯旷沉吟半晌，故做为难状："老兄，不是小弟不帮忙，你有所不知，这片地不是我个人能说了算的，上面有言在先。"

黎义忠一听，从皮包里掏出一张银行卡，不容置疑地推到冯旷面前："大老板那里我自然会处理，你这边一定要帮忙。"

冯旷看着面前的银行卡，仍然不作表态。黎义忠抓起银行卡塞进冯旷的衣兜，板起脸说："你要是不给大哥面子，以后我可不认你这位老弟啦。"

冯旷见火候已到，于是不再争执，继续拼酒。酒酣耳热之后，二人勾肩搭背，互相搀扶着从房间走出来，亲密得如同一对同性恋人。来到楼下，二人又握手、拥抱。临别，黎义忠又叮嘱了一番："老弟，多费心，那件事就拜托你了。"

冯旷爽朗地答应："大哥放心，你的事就是我的事。"

第二天，连才登门拜访了冯旷，把潘越越的想法如实向他作了说明。冯旷一听，二话没说，痛快地答应下来。连才礼节性地道了谢，并承诺利润分成。冯旷回应说："自家兄弟，客气什么。"临末，特别叮嘱连才，找一个专业经理管理开矿事务，他和潘越越都不要亲自出面，对外更不要声张。

71　知难而进

黎明时分，魏正毅好不容易挨到家门口。他坐在门槛上歇息了一下，然后推开了虚掩的房门。屋内静悄悄、空落落的，布满灰尘和蜘蛛网，仿佛好长时间没有人居住了。他饥渴难耐，从水缸里舀出一瓢水，一口气喝了下去。然后，又生起火，煮了一锅米饭。他用手抓着，胡乱地吃了起来。他知道家里不敢久留，那些家伙发现他失踪了，肯定会四处寻找，搞不好很快会追到这里。刚刚吃了半饱，他就挎上装满水的军用水壶，提着一个盛满米饭的塑料袋和检测水质用的仪器，匆匆离开了家。

他又回到了盘龙湖边。他从小就在这里玩耍，与湖水为伴，与森林一同成长。饿了，挖野菜、摘野果吃；渴了，掬一把山泉水喝。这里曾经是他的天堂，他的乐园，他的娘亲。如今，这里的一切都改变了，湖水不再清澈，鱼虾不再肥美，鸟也不再云集，四周不再安静，森林不再茂密。到处是钢筋混凝土的世界，开发的洪流所向披靡，所到之处生态环境均遭到毁灭性的破坏。

那时候，他没有家，盘龙湖畔就是他的家，湖边的森林就是他的家。如今，他有家难回，又回到盘龙湖畔，回到这片已经变得满目疮痍、破败不堪的森林。他来到这里，一方面是为了躲避追捕，另一方面是为了继续监测水质，举报排污。白天，他躲进树林，晚上他就沿着湖边巡视。发现问题，及时做好检测、记录。带来的水喝完了，他就喝岩层里渗出的水，带来的米饭吃完了，他就挖野菜、摘野果吃，他重新过上了小时候的生活。

然而，就是这样的日子也没过多久。那些人终于发现了他的踪迹，顺藤摸瓜，把他抓了个正着。他被送回拘留所，再次坠入高墙电网构筑的大院。

柯大卫一直关注着豪润电镀厂事件。听说魏正毅遭受关押和虐待的情况，他十分焦急，向方明作了汇报，请求他设法解救魏正毅。

方明对这一情况十分重视。他亲自向斐彪查问，要求释放魏正毅。斐彪极力否认，谎称根本没有关押魏正毅，消息是外面的谣传，让他不要轻信。

担心方明抓住不放，斐彪指示猫脸立即秘密转移魏正毅和他的几个同伙。猫脸得到命令，不敢怠慢，马上行动。他想起郊外有一个废弃的工厂，地势偏僻，杳无人烟，不易被外人发现。于是，连夜把魏正毅他们提出监室，塞进一辆吉普车，押到那里，继续审讯。

方明当然不相信斐彪的一面之词，于是派颜继带领区纪委的工作人员专程到拘留所检查。找来找去，没有发现魏正毅等人的踪影。颜继把情况向方明如实作了汇报。方明听后，打电话与柯大卫进行了一番沟通交流。

放下方明的电话，柯大卫紧急约见了叶青，把事情经过向她作了全面通报，并请她以记者身份介入。叶青邀上一名男同事，随后秘密潜入那片废弃厂房。确认魏正毅他们被关押在里面后，随后在新闻媒体上披露了事实真相。叶青的报道引起了上级领导和社会的广泛关注。与此同时，在铁瑛的大力配合下，颜继等人经过反复排查，终于找到那片旧厂房，当面向猫脸要人。

铁瑛当面质问猫脸："茅副大队长，你们为什么关押魏正毅？"原来，猫脸是经济新区刑警大队副大队长，虽然是铁瑛的副手，但他凭借与斐彪的特殊关系，从不把铁瑛放在眼里。

猫脸自知理亏，但并不作正面回答，只说是执行上边命令。

铁瑛对他的回答很不满意，继续追问道："执行谁的命令？"

猫脸抬头瞅了瞅破烂的屋顶，用鼻孔哼了一声，算作回答。

铁瑛生气地教训说："不管是谁，都没有违犯法律、随意抓人的权力。不管是谁的命令，只要是错误的，就应该拒绝执行，不能将错就错，知错犯错。"

听到这里，猫脸不耐烦地回敬道："你管得着吗？再说了，你跟我喋喋不休地说这些有啥用？"

铁瑛更加生气，质问道："我为什么管不着？这是我的职责。"

猫脸更加心烦，挥了挥手，硬邦邦地说："老铁，别废话了，没有上面的命令我是绝对不会放人的。"

铁瑛由生气变为愤怒，厉声斥责道："老茅，你不用太神气，你们这样无法无天，胡作非为，总有一天会难堪的。"

猫脸并不生气，笑嘻嘻地说："谢谢你的好意提醒。"

在关押魏正毅的房间外边，双方形成了严重对峙。那一刻，铁瑛真想带人冲进去，强行把人救出。但转念一想，那样势必会发生冲突，搞不好会发生流血事件，造成严重的后果和恶劣的社会影响。这样一想，他冷静了下来，决定先稳住阵势，安排随行人员严密监视，防止猫脸他们再次把魏正毅转移。随后，他走到外面，掏出手提电话，把现场的情况向方明作了详细汇报。

方明听了汇报，立即赶到现场，并打电话质问斐彪，严正要求他立即下令放人。斐彪见事情已经败露，只好向金秉荃请示怎么办。鉴于方明等人的严正要求和强大的舆论力量，为了避免把事情闹大，金秉荃只好让斐彪下令释放魏正毅。魏正毅走出被关押的房间，见方明、颜继、铁瑛等人站在面前，笑脸相迎，顿时感动得热泪盈眶。默默地站了一阵，他突然跪倒在地，大声说："谢谢领导，谢谢你们救了我。"

方明见状，赶紧上前把他搀扶起来，安慰说："老魏，我们工作没做好，让你受委屈了，我们很惭愧，向你道歉了。"

魏正毅更加感动，嗫嚅着说："方书记，给您添麻烦了。"

方明接着说："你为保护盘龙湖作出了贡献，我们感谢你，全区人民感谢你。"

魏正毅谦虚地表示："我做得还很不够，没有保护好盘龙湖，我很惭愧。"

魏正毅话音刚落，一辆豪华进口轿车从门外急驰而来，一辆警车紧随其后，驶到众人面前，戛然而止。大家正在疑惑，车门先后打开了，只见金秉荃和斐彪分别从车里走了出来。

"啊呀，老方在啊。"金秉荃一眼看到方明站在那里，于是主动打起了招呼。

"金书记，哪阵风把你吹来了？"方明洞悉一切，故意揶揄道。

"我听说这边有事，所以赶过来看看。你来干什么？"金秉荃若无其事地回答。

"我也是听说这里发生了一件不应该发生的事，所以过来看看。"方明回答。

"究竟是怎么回事？"金秉荃明知故问道。

"光天化日之下，有人竟敢非法拘禁，刑讯逼供。"方明气愤地说。

"有这种事？拘禁了谁？"金秉荃装作很吃惊的样子，接着问道。

"不仅有，而且证据确凿。被拘禁的人叫魏正毅，是湖西村的渔民。"方明义正词严地回答。

"怎么会发生这样的事？一定要严肃调查，如果属实，要严肃处理。"金秉荃看了猫脸一眼，装模作样地表示。此刻的猫脸心里五味俱全，脸上青一阵，白一阵，尴尬地站在那里，不知如何是好。

"哪位是魏正毅？"金秉荃问，眼睛同时转向那个衣衫褴褛的中年渔民。

"我就是。"魏正毅回答。

"对不起了，老魏，让你受苦了。"金秉荃走过去，握着魏正毅的手，故作姿态地说。

"这是我应该做的。"魏正毅回答。

"回去以后，好好休息，不要到处跑了。保护盘龙湖是大家的事，不是你一个人能够解决的。"金秉荃随后叮嘱道。

魏正毅被解除了关押，樊康、王山、丁时分别关在不同的房间，随后也被释放。回家以后，魏正毅没有听从金秉荃的劝说，稍事休整，再次投入环保事业。经过前一段时间的磨炼，他变得更加坚强和成熟，他认识到自身存在的价值和意义，认识到黑恶势力的凶狠和虚弱。他知道前面的路凶多吉少，但他不能眼睁睁看着盘龙湖被他们白白糟蹋，决心继续战斗，直到最后的胜利。

为了便于掌握证据，增强举报效果，他买来了一部照相机。一连十几天，他徒步行走，把盘龙湖周边的排污企业重新跑了一遍，掌握了许多数据，并拍下了许多照片。他越过经济新区，直接把这些数据和照片寄给了上级领导和环保部门。

他的举报引起了上级领导的重视，滨江市市长高枫作出批示，严肃批评了经济新区片面追求生产总值、忽视环境保护的做法，要求坚决关停污染大户，尽快实现盘龙湖水质明显好转。市委书记薪跃进同样认识到问题的严重性，专门把金秉荃叫到办公室，严肃地谈了一次话。

"最近，反映盘龙湖遭受污染的信件不少啊。"薪跃进开门见山地说。

"薪书记，你不要听他们胡说八道，小题大做。"金秉荃不服气地辩解说。

"开发盘龙湖我是投了赞成票的，当初主要从加快发展这个方面考虑，没有过多考虑环境保护问题。但我们做任何事情都要统筹兼顾，不能抓住一点，不及其余。现在既然问题出来了，我们就要引起重视，并认真加以解决。加快发展是对的，但同时要兼顾好环境保护。如果经济发展起来了，环境却搞得很糟，就得不偿失了。你说，是不是这么个道理？"薪跃进耐心开导说。

"薪书记，经济新区近年来经济发展成绩是巨大的，是有目共睹的，这首先要归功于您的热情鼓励、特别关心和精心指导。至于环境问题，是发展过程中不可避免的，以后条件成熟了，我们会想办法解决的。"听了薪跃进的话，金秉荃不慌不忙地回答。

"我知道，劲只可鼓，不可泄。经济新区加快发展的大好形势来之不易，要倍加珍惜。我只是提醒你，要兼顾一下环保，最起码不要引起群众上访。稳定同样很重要，同样是政绩。"薪跃进善解人意地说。

"关键不在我们的发展存在不存在问题，而是有些人故意捣乱，横挑鼻子竖挑眼，目的是否定改革发展的大好形势和辉煌成就。现在是干的不如看的，看的不如捣乱的。我担心这种风气蔓延下去，会挫伤那些干事创业者的积极性。"金秉荃申辩说。

"对干事创业的干部还是要理直气壮地支持、鼓励，对偷懒耍滑、庸碌无为者要给予惩罚，对吹毛求疵、故意捣蛋的要予以打击。"听了金秉荃的一番申辩，薪跃进语气肯定地表态说。

"谢谢薪书记的理解和支持，我们一定加倍努力，加快发展，以实际行动报答您的知遇之恩。"金秉荃表态说。

"只要解放思想，开动脑筋，什么事情都会迎刃而解。把事情干得漂亮一点，我相信你有这个能力。"薪跃进随后站起身来，伸出红润的大手，亲切地拍了拍金秉荃的肩膀。

"薪书记放心，我一定不会让您失望。"金秉荃感激地表示。

"走好，我不送你了。"薪跃进挥了挥手，说。

"薪书记，再见。"金秉荃客气地告辞，然后走出薪跃进的办公室。

薪跃进的话不能不引起金秉荃的注意。如果不有所行动，让这位顶头上司产生了不好的看法，那就等于前功尽弃，自毁前程了。所以一回到经济新区后，就把冯旷招到办公室，进行了一番密谋。

"小冯啊，今天市委薪书记找我了，盘龙湖污染问题已经引起市里重视，市环保局还要下来检查。这一次，如果一点动作没有，恐怕不好交代了。"金秉荃加重语气说。

"要不，下决心把几个排污大户关了？"冯旷小心翼翼地问。

"不行。当初我对他们做了承诺，不追究排污责任，让他们放手大胆地干，否则，人家也不会到咱这里投资。那些企业老板个个鬼精得很，哪里条件优惠，利润空间大，就往哪里钻，谁也不会当冤大头，光做贡献，不赚钱。"金秉荃挥了挥手，否决道。

"那怎么办？"冯旷不解地问。

"凡事多动脑筋，总能找到解决的办法。"金秉荃循循善诱地说。

"咱们找几家小厂子做做样子，蒙混过关不就得了？"冯旷皱了皱眉头，献了一计。

"有道理，具体工作你们去办，我只要结果，不问过程。反正，不要让市里领导再为这事找我。"金秉荃意味深长地点了点头，答复说。

"好，我马上就安排。"冯旷痛快地答应道。

第二天，区环保局紧急行动，勒令几家小型排污企业关停整顿，并让新闻媒体进行了大张旗鼓的宣传报道。过了几天，冯旷陪同市环保局检查组虚张声势、装模作样地到这几个企业走了一趟。

魏正毅发现，除了这几家小型企业，其他排污大户并没有受到处理，继续肆无忌惮地排放污水。即使那几家小企业，同样也打起了游击，白天停工，晚上偷偷开工，继续排污。

他们用这种诡计，蒙骗上级检查组，蒙骗市里领导，蒙骗善良单纯的老百姓，却唯独蒙骗不了警惕性高、具备火眼金睛的魏正毅。

"他们这样做是敷衍塞责，自欺欺人，明知故犯，伤天害理啊，造孽啊。"魏正毅对他们的做法十分不满，继续向上级反映事实真相。他的行为再次激怒了一些利益集团，他们把他当成了眼中钉、肉中刺。新的灾难接踵而来，有人当面骂他，威胁他，有人偷偷往他家的门上涂大粪，有人暗地里往他家的水井里投毒。

"你这是何苦来的，盘龙湖又不是你一个人的，你管那么多做啥？难道就数你英雄？"这时候，亲戚朋友告诫他，劝他放手。

"这事我管定了，就是豁出这条命，我也要管。"他坚持己见，听不进去。

"那个叫魏正毅的家伙顽固不化，专门与咱们作对，灭了他算了！"白裕富的一位手下恼羞成怒，言辞激烈地建议。

"这种人虽然可恶，但还是蛮有骨气和影响的。我看这样，先打瘸他的腿，给他点教训。如果还敢上蹿下跳，再动狠的。"白裕富冷笑了一声，吩咐道。不愧是江湖老大，他考虑得就是比手下周全。

"白哥英明，小弟坚决照办。"手下深深鞠了一躬，答应说。

一天傍晚，魏正毅像往常一样沿湖堤巡查。当他走到豪润电镀厂背后时，发现该厂正在继续往湖里排放污水。他立即从拎包里拿出相机，"啪啪"拍了几张照片。接着，又拿出一个小瓶，从排污口提取了水样。他收拾好拎包，正想往前走，突然从旁边的树林里蹿出几个黑影，手擎棍棒，对他一阵猛击。他顿感天旋地转，浑身疼痛，一头栽到地上。

他躺在地上，动弹不得，直到第二天早晨，才被附近居民送进了医院。经检查，他的右腿三处骨折，身上大面积软组织挫伤。与此同时，照相机和拎包不见了踪影。

72　不屈不挠

魏正毅没有因此而退缩。伤愈出院后，他拖着一条残疾的腿，一瘸一拐，再次踏上漫长的举报之路。

这样做的结果不仅耽误了生计，没有了收入来源，还需要赔上纸笔费、胶卷费、交通费。开始一段时间，靠过去的积蓄，勉强还能维持生活。后来，积蓄花光了，他不得不到处借债。再后来，债也没有地方借了，生活陷入了困境。有时候，他一天只吃一顿饭，饿了，靠野菜、野果充饥。渴了，随便从山沟里找水喝。

白裕富听说魏正毅的窘境，心中颇为得意。一天，他派一个叫黑蛋的手下找到魏正毅，两人展开了一场谈判。

"魏瘸子，不是我说你，你为什么要这样死犟？"

"不为什么，我不能眼睁睁看着你们把盘龙湖给毁了。"

"天下竟有你这样的傻瓜，好好的日子不过，为了个什么狗屁环保弄得家破人亡，你这是何苦啊。"

"像你这样的人当然不会理解我的做法，我也不需要你这样的人理解。"

"别折腾了，再折腾下去，连命都没有了。"

"人争一口气，佛争一炷香，我就是咽不下这口气。"

"我今天是受白老板之托，找你谈谈，你说吧，你有什么要求？"

"我没有别的要求，唯一的要求就是希望你们停止向盘龙湖排污。"

"除此之外呢？"

"没有了。"

"只要你不再管闲事，我们公司可以让你去上班，工作轻松，待遇丰厚，以后还可以转让给你一定数量的股份。"

"好意我领了，可惜不能接受。"

"别敬酒不吃吃罚酒，好了伤疤忘了痛。"

"你别威胁我，这百八十斤，我决定豁出去了。"

"真是朽木不可雕，不可救药，好自为之吧，你。"

"多谢提醒。"

此后，又有一些老板派人给他送钱，送物，或以工作相请。他一概不为所动，依然我行我素。

柯大卫从心里佩服魏正毅，这位民间环保卫士身上所表现出来的精神令人感动。柯大卫希望尽己所能，给他提供一些帮助。双休日的第一天，他骑上自行车，沿着湖岸，一边打听，一边寻找魏正毅的下落。转了一圈，没见到他的踪影。最后，来到他居住的渔村，在村民的指引下找到他的家。

这是四间普通的砖瓦房，一圈院墙套着一个不大的院落。只见院门紧锁，房主杳无音信。这时已是过午，柯大卫正要往后返，不想一位中年男人步履蹒跚地走了过来。只见他蓬头散发，衣衫褴褛，面色黧黑，满身泥土，看上去活像一个乞丐。靠近一看，他虽然形象狼狈，眼睛却炯炯有神，透着一股坚毅、勇敢和生气。

见柯大卫站在他门前，不禁问道："同志，你找谁？"

柯大卫忙打招呼："你好，老魏。"

魏正毅仔细打量着柯大卫，显得有些木讷，看样子没认出他来。

看到环保英雄变成了这个样子，柯大卫心里感到十分心痛，眼泪在眼睛里打转。他稳定了一下情绪，对魏正毅说："老魏，你不认识我了？我是区工委办公室的柯大卫啊。你忘了，以前咱们还在湖边交谈过。"

魏正毅仔细打量着柯大卫，蹙起眉头想了想，然后平静地说："哦，想起来了，你是那位柯干事。"

柯大卫赶紧回应说："对，是我。"

魏正毅随口说了一声谢谢，随后掏出钥匙，打开院门，招呼说："进来坐吧。"

柯大卫跟着他走进院门。只见院子空空荡荡，几件渔具胡乱堆在墙角。透过破碎的玻璃窗，可以看到屋内几乎是家徒四壁。

魏正毅一边递给柯大卫一个竹凳，一边不好意思地说："里面太乱，在院子里坐吧。"

柯大卫接过竹凳，理解地说："好，外面亮堂。"

魏正毅走进正屋，提着一把破旧的暖水壶，倒了两杯凉开水，递给柯大卫一杯："喝口白水吧，我家里没有茶。"

柯大卫伸手接住杯子："谢谢，白水就行。"

魏正毅沉默了一阵，然后警觉地问："找我有事吗？"

柯大卫回答："没什么事，你做的事我都知道，今天特意过来看你。"

魏正毅瞥了柯大卫一眼，礼节性地表示："谢谢，实在惭愧，我做得还很不够。"

柯大卫关心地问："你觉得这样干，能解决问题吗？"

魏正毅叹了一口气，回答："尽力吧，我想，总有一天老天能开眼。"

柯大卫停顿片刻，以商量的口吻问："把你的事迹在报刊上作一下宣传报道，吸引更多的人参与、支持盘龙湖保护事业，这样效果会更好一些，你看行不行？"

魏正毅回答："我只想默默无闻地做点事，不想出名。"

柯大卫劝道："这不是你个人出名不出名的事，这是大家的事，理应发动全社会参与。只有大力宣传，广造舆论，才能争取更多人的理解、支持，形成一股强大的合力。"

魏正毅心存顾虑地问："你跟他们不是一伙的？我怎么相信你？"

柯大卫满脸真诚地说："你看我像是个坏人吗？我想真心帮助你。"

魏正毅把柯大卫上下打量了一番，终于答应说："那好吧，我听你安排。"

柯大卫见状，高兴地说："一言为定，我明天就让记者来采访，你明天不要出去了。为了节省时间，你提前把材料准备一下。"

魏正毅脸上掠过一丝感动，接着回应说："这两年，我记了十大本笔记，向上级环保部门和领导写了几百封信，笔记和信件底稿都在柜子里保存着，无论需要什么情况，我都可以提供。"

柯大卫听后，连声说："好，就这么定了，我先告辞。"

离开魏正毅家，柯大卫接着来到报社找叶青，把自己的想法向她作了交流。叶青想采访报道魏正毅，又担心给报社带来不必要的麻烦，所以有些犹豫。

"你傻啊！稿子写好后，可以用笔名发到省市报刊。"

"对呀，我怎么没想到呢？还是你厉害啊。"

"你别夸我了，这件事主要看你的。一个渔民能为公众事业作出这么大的牺牲，值得歌颂，也值得全社会学习啊。"

"是啊，咱们应该向他伸出援手，让他看到正义的力量。"

"明天，他在家等我们，我们一起去采访他。"

"你带我去认识一下，其他事情你就不用管了。"

"行，你多费心。"

几天后，一篇以《一位普通渔民的环保情怀》为题的长篇通讯在数家省市报刊相继推出。一夜之间，魏正毅成为家喻户晓的新闻人物。一些有识之士通过不同方式对他表示声援和支持。有一位女士给他寄来一封没署名的信，给予他热情的鼓励，并寄来一笔环保经费。社会人士的理解和支持，让魏正毅深受感动，进一步激发了他的信心、勇气和力量。

"不把那些互相勾结、狼狈为奸、危害一方的贪官、奸商拉下马，我誓不罢休，哪怕是玉石俱焚，同归于尽，也在所不惜。"他暗下决心，一定要一如既往，战斗到底，直到生命的最后一息。

73　激烈争夺

在盘龙山，黎义忠和白裕富各自占据一个山头，日夜不停地开采着锰矿。两家的矿区比肩而临，中间只隔着一条狭窄的山沟。两家都藏了个心眼，放着别处的矿不开，争相向界沟掘进。终于有一天，开对了头，发生了争执。黎义忠一方说白裕富一方过了界，侵占了他们的矿区。白裕富一方指责黎义忠一方过了界，开进了他们的地片。双方互不相让，最后只好诉诸武力。

双方各自组织起了队伍，在工地中间地带展开了一场激战。黎义忠的人手持杉木棒，白裕富的人拽着铁棍。两军对垒，摆好了阵势。两边各有一个领头的，站在阵前，展开了一通舌战。

"好大的胆，竟敢侵占我们的领地，不要命了！"白裕富一方高声兴师问罪。

"贼喊捉贼，霸占矿区的是你们，不要命的也是你们！"黎义忠一方反唇相讥。

"我们白哥可不是好惹的，小心，吃不了兜着走！"白裕富一方继续恐吓。

"我们黎哥也不是吃素的，东风吹，战鼓擂，如今的世界谁怕谁！"黎义忠一方毫无惧色。

"我没有耐心跟你们费口舌，命令你们立即把采矿点后撤五十米，否则，后果自负！"白裕富一方发出了最后通牒。

"颠倒黑白，后撤的应该是你们！"黎义忠一方毫不示弱。

"妈的，给脸不要脸的杂种！"白裕富一方破口大骂。

"奶奶的，仗势欺人算什么本事，有种的你就上来！"黎义忠一方义愤填膺。

"弟兄们，上，狠狠教训这帮狗娘养的！"白裕富一方终于忍无可忍，一哄而上。

"弟兄们，上，立功的时候来了！"黎义忠一方同仇敌忾，奋起应战。

双方短兵相接，棍飞棒舞，混战成一团。刚开始，白裕富一方冲头很大，占了上风，黎义忠一方处于守势。后来，黎义忠一方稳住阵脚，逐渐转为主动，白裕富一方一再后退。然而，后面是一处悬崖峭壁，已经无路可退，他们不得不拼命反击。黎义忠一方受到死命抵抗，进攻受阻。白裕富一方步步为营，逐渐赢得了主动。只听一声号令，白裕富一方如洪水猛兽般向前压去。黎义忠一方顿时阵脚大乱，往后溃退。白裕富一方乘胜追击，大获全胜。黎义忠一方兵败如山倒，拉起受伤的同伴落荒而逃。一场混战就这样宣告结束，白裕富的手下随即占领了双方搭界的那片矿区。

"战场"上的失败让黎义忠既恼火，又羞愧，没有办法，只好向伏美姣求救。为了防止白裕富再次捣乱，他决定忍痛割爱，吸收伏美姣入股。伏美姣听了黎义忠的哭诉，深表同情。朋友有难，理当帮助，更何况人家还赠与部分股份呢。不过，她清楚白裕富的为人，担心他不给自己面子，事情摆不平，还惹一屁股骚。经过一番深思熟虑，她决定让金秉荃亲自出面。就算他是难以驾驭的地头蛇，总不能连工委书记的面子不给吧。主意打定，她找到金秉荃，把情况一五一十地向他作了汇报。

"管这些闲事干啥？正事还不够你干的？"听了伏美姣的汇报，金秉荃不耐烦地说。因为他不想管这些破烂事。

"金哥，你必须帮这个忙，朋友有难，咱不能袖手旁观。"伏美姣坚持自己的意见，恳求说。

"那个黎义忠，前一段时间不是到处告你的状吗？这种人我看不是什么好东西，趁早少跟他来往。"金秉荃拒绝道。

"此一时，彼一时，我们毕竟曾经是合作伙伴，况且已经和好了。"伏美姣辩解说。

"你这个人哪，真拿你没办法。"金秉荃嗔怪地说。

"吃亏的事我不会揽的，他主动提出事成之后给我百分之三十的股份，这样的好事，何乐而不为呢？"

"既然这样，我试一试吧。不过丑话说在前面，成不成还难说。"经不住伏美姣的软磨硬泡，金秉荃终于答应帮忙调停一下。

"裕富哪，最近是不是跟黎义忠发生了一些不愉快?"金秉荃直言不讳地问白裕富。

"这小子太不仗义了，竟敢骑在老子头上拉屎。"白裕富余怒未尽，回答说。

"算了，得饶人处且饶人，双方都不要太计较了。"金秉荃劝道。

"不行，这次我非要杀杀他的威风，让他知道天有多高地有多厚。"白裕富继续不依不饶地发着狠。

"不要动不动发怒斗狠嘛，这一次，你们双方纠集人员大打出手，影响很不好。幸亏没出人命，如果打死了人，我看你们怎么交代?"金秉荃见白裕富不服气，于是批评说。

"亏他们跑得快，否则，非结果他几个不可。"白裕富得意洋洋地说。

"你看，越说你越来劲了，以后要改一改这一身匪气，要不，早晚要吃大亏。"金秉荃生气地训斥道。

"金哥，你别生气，我只是过过嘴瘾罢了。"见金秉荃不高兴了，白裕富的口气马上软了下来。

"古时候，有个地方，邻里两家为争宅基地闹得不可开交。其中一家有族亲在京里做官，于是派人进京，让族亲出面干预此事。没想到，这位做京官的族亲不仅不答应帮忙，还要求来人捎信给家人，让他们把房基往后让三尺。来人回去以后，把京官的话原原本本地传达给家人，家人只好遵命，把房基后撤了三尺。另一家见状，同样向后让出三尺。一场争斗烟消云散，两家各自把房子建好。两家房舍中间留下一条六尺的巷子，人称六尺巷，他们的故事也成为流传至今的一段佳话。"金秉荃见白裕富态度有变，于是循循善诱，给他讲了一个故事。

"金哥，我听你的，你说怎么办?"白裕富终于有所悔悟，主动请示道。

"井水不犯河水，你们两家都回到原来划定的矿区，各开各的，不要往一块凑，都发扬一点风格，问题不就解决了嘛。"金秉荃语重心长地回答。

"好，看在你的面子上，我放他一马。不过，他以后不要再主动找事，否则，我就不客气了。"见金秉荃极力劝解，白裕富只好答应不再侵占黎义忠的领地，撤回自己的人。

"这样就对了嘛，改天我让他请客。"金秉荃满意地点了点头，满意地说。

随着作业面扩大，白裕富的锰矿公司不断侵占临近村庄的耕地。村民们反复抗议交涉无果，只好自发组织护山队，开展保地行动。

有一天，护山队员集体出动，来到白氏锰矿工地，阻止他们继续作业，要求他们修复被毁坏的耕地。白裕富听到手下报告，恼羞成怒，立即纠集上百名训练有素的打手，分乘数辆卡车，凶神恶煞般向护山队员扑来。打手们挥舞棍棒，把护山队员打出了工地。他们还不过瘾，又追到村里，一阵狂打乱砸。

74 特别叮嘱

盘龙镇地处盘龙山中心地带，金秉荃曾在这里担任镇党委书记。当年，他年轻气盛，一心想干出一番大事业，于是发动了一场声势浩大、规模空前的工业化运动。他要求村村点火，户户冒烟，不仅面上发动，而且身先士卒，在蹲点的村庄建了一处投资两个亿人民币的大型纺织厂。由于设备老化，管理不善，产品质量不过关，投产以来一直不死不活，长期处于亏损状态，最后不得不关门了事。项目投资一部分来源于银行贷款，一部分来源于村民集资。老百姓见自己省吃俭用积攒下来的血汗钱打了水漂，纷纷上访。

金秉荃十分害怕，因为万一事情闹大，不用说以后升迁，就连头上的乌纱帽也会被摘掉。于是，他责成村支书围追堵截，威逼利诱，千方百计阻止村民上访。有几个领头的汤水不进，村支书只好安排人员死看硬守，但他们还是钻了空子，跑到了省里告状。幸好发现及时，没有造成严重后果。

因为这件事，金秉荃火冒三丈，把村支书猛批了一通。村支书觉得窝囊，就把治保主任和治安队员臭骂了一顿，并扣罚了他们的工资。治保主任和治安队员为泄心头之愤，把那几个上访的村民抓回来，关进黑屋子。其中一个愣头青始终不肯服软，被治安队员打得遍体鳞伤，最后气绝身亡。金秉荃得知消息，急忙让村支书登门安抚，给了死者家人一笔钱，同时威胁他们不得上访。

这件事虽然已过去多年,却一直是金秉荃心头的一块病。他之所以把佟镜派到该镇担任一把手,就是担心这枚"定时炸弹"突然引爆,毁了他的大好前程。这天,他带上柯大卫,忧心忡忡地来到盘龙镇。

"小佟啊,别人说盘龙镇是我金某人的后花园、根据地,你可要给我看好了,不能让我后院起火啊。"金秉荃语重心长地叮嘱道。

"您放心,有我在,什么事情也不会出。"佟镜信誓旦旦地说。

"我担心的是有人拿这些陈芝麻烂谷子做文章,给我来个措手不及。所以,不可掉以轻心啊。"金秉荃盯着佟镜,语气沉重地说。

"镇里和村里都有专人盯着,一有风吹草动,他们就会立即报告。"佟镜汇报说。

"要恩威并用,确保万无一失。不要怕花钱,只要能把事情摆平,什么办法都行。"金秉荃进一步交代说。

"您放心,我一定照办。"佟镜表态说。

"从现在起,你就要注意培养接班人。你总有一天要离开盘龙镇的,要保证你离开以后,这件事照样万无一失。"金秉荃端起酒杯,与佟镜碰了一下,随后一饮而尽。

"老板放心,我一定照办。"佟镜听了金秉荃的一番叮嘱,一边答应,一边站起身,回敬了一杯。

"好,喝,咱们今天喝个尽兴。"金秉荃兴致大增,端起酒杯,一饮而尽。

南方重工是一家建于五十年代的大型国营企业,曾经有过骄人的业绩。但由于设备老化,产品结构单一,加上决策失误,管理不善,导致亏损严重,经营困难。为了甩掉这个沉重的包袱,金秉荃打算对它实施破产出售。听到这一消息,钱密第一时间找到金秉荃,想利用二人之间的关系,捡个便宜。

"金兄,听说你们要把南方重工卖掉?"钱密迫不及待地问。

金秉荃坐在高背老板靠椅上,不声不响抽着烟。听了钱密的话,他感到有些意外,南方重工出售的消息,刚有个想法,班子会还没讨论,只有有限的几个人知道,钱密却不知已经从哪里得到了消息。

"你小子消息太灵通了,我怀疑你是不是在我身边安插了耳目,怎么什么事情都瞒不过你。"金秉荃从老板椅上站起来，走到钱密对面的沙发前，一边落座，一边揶揄道。

钱密摆了摆手，否定说："没有，没有，我哪里有那么大的胆量在太岁头上动土。"

金秉荃接着挖苦说："在我面前装什么好人，你们这些商人为了利益什么事干不出来？"

钱密听后，一脸苦涩地说："冤枉，冤枉，你不能这样刻薄地挖苦老同学。其实，你们只看到我们挣钱，没看到我们为社会做出的贡献。"

金秉荃微微一笑，安慰说："开个玩笑而已，看你认真的。"

钱密听后，赶紧央求道："这种玩笑可不能乱开，钱某孬好也是有身份的人，咱不会去干那些见不得人的事。"

金秉荃鄙视钱密的虚伪，却又不便继续为难他，于是换了一副口气说："钱兄，你是儒商，红顶商人，商人中的英雄，正人君子，这样行了吧。"

钱密干笑了两声，说："金兄过奖了，闲话少说，咱们还是言归正传吧。我今天来找你，是想帮你解决南方重工这个大包袱。"

金秉荃哈哈一笑，说："帮我解决困难？亏你说得出，咱是皇帝女儿不愁嫁，许多买主正等着哩。"

钱密把脸一板，说："你就吹吧，除了我谁稀罕那样一个破烂摊子，出力不讨好的买卖。"

金秉荃继续笑吟吟地说："怎么，你敢说缫丝厂那一笔你没挣大钱？别得了便宜卖乖。"

钱密振振有词地分辩："你别光看我挣了几个钱，没看见我给你们解决了多大麻烦。别的不说，光给那些下岗工人补交养老金就花了我一大笔。"

金秉荃反驳说："你还有脸说，要不是方明他们找到你们上，你能舍得花这笔钱？"

钱密不好意思地回答："不瞒你说，我当时以为能拖过去，省一笔钱，没想到，工人上访到你们工委，你哪个姓方的副书记亲自找到我家门，非让我把这笔钱交了，否则要起诉我。"

金秉荃得意地说："知道我手下的厉害了吧。那个方明，连我都怵他三分，你哪里是他的对手。再说了，工人的养老金合同上做了规定的，你们应该解决。别光顾自己发财，不顾社会责任嘛。说句实话，要不是我有意偏向，你能那样轻而易举收购到缫丝厂？"

钱密连连点头，心服口服地说："金兄言之有理，你放心，钱某是讲义气的人。有福同享，共同发财，咱们应该继续合作啊。"

金秉荃听后，把手一拍，说："好，就冲你这句话，南方重工卖给你了。"

钱密心里乐开了花，表面却不露声色地说："多谢金兄，不过我要考虑一下，如果价格太贵

条件太苛刻，我是不干的。"

金秉荃两手一挥，大包大揽地承诺说："你放心，我会搞好平衡，让你满意的。"

"动作要快，以免夜长梦多，我会督促有关部门抓紧操作。这次，一定要把工人分流安置问题搞好，不要再出问题。"考虑了一会儿，金秉荃特别叮嘱说。

"没问题。"钱密爽快地答应。

就这样，钱密轻而易举地把南方重工收到自己名下。随后，组建了一家新的公司，摇身一变，成了实际的控股者，并成功上市募股，实行转产。为了减员增效，他把大批工人推向社会。

丢掉饭碗的工人们想找厂领导讨个说法，却发现公司办公大楼铁将军把门。原来，钱密得知下岗工人要来上访，让保安把大门锁上，把所有工作人员撤到办公楼上打牌。工人们把大门擂得咚咚响，喊声震天，钱密不理不睬，继续和一帮手下玩牌。

这时，一个秘书模样的年轻人走到钱密面前，低头哈腰地汇报着什么。钱密听后，点点头，转身对身后的一个部下说："先替我打着，我有事处理一下。"部下答应着坐到他的位子上，代替他打牌。

钱密在秘书的陪同下，回到宽敞明亮的办公室。秘书沏上茶，然后轻轻掩门而出。

"您好，钱董事长。"一个商人模样的人随后进门，满脸堆笑、毕恭毕敬地鞠躬问候。

"羁老板，你来凑什么热闹，没看到我正忙吗？"钱密坐进宽大舒适的

高背靠椅,怏怏不乐地问。

"董事长别生气,在下听说您荣升了,特来祝贺。"翦老板赶紧解释道。

"荣升什么,无非换了个名字而已。"钱密不屑一顾地说。

"不一样,如今您作为上市公司的掌门人,更是大权在握,一言九鼎了。"翦老板讨好地奉承道。

"有什么事说吧,我正忙着呢。"钱密不耐烦地说。

"贵公司的原料,以后还由我来供,怎么样?"翦老板只好切入正题。

"你狮子大张口啊,别的客户怎么办?"钱密瞪着牛眼讥讽道。

"不一样嘛,我们是多年的老关系了,我的货比他们好,给您的提成肯定比他们多。"翦老板不容置疑地反驳道。

"当真?"钱密反问道。

"一言既出,驷马难追。"翦老板一边说着,一边将一张银行卡双手递到中年男人面前。

"好,就这样定了,我再给你们一次机会。"钱密痛快地答复。

"多谢董事长,那我就不打扰了,您忙着。"翦老板见目的达到,心满意足地告退。

工人们在门外闹腾了一气,见无人理睬,于是只好来到区工委上访。金秉荃得到消息,立即拿起电话,让钱密把人领回去。

"老钱啊,你怎么搞的,这么多工人到区工委上访,你这是把我放在火盆上烤啊。"

"他们太不知足了,已经发给他们安置费了。"

"咱们是有言在先,要把工人安置好的。"

"金兄,人太多了,我哪能安置得了啊。"

"我不管,你先把人领回去,然后再想办法妥善处理。反正,不能让他们上访。"

"那好吧,我马上派人过去。"

过了约半个小时,十几辆大客车正直开到上访人群旁边,从车上下来一帮小哥,手持凶器,把工人往车上赶。工人们眼见这种架势,怕吃了亏,只好顺从地上了车。有几个不听招呼或行动缓慢的,被连推带拉,塞进车里。随着大客车驶离现场,区工委门前恢复了往日的平静。

75 罪孽深重

白裕富麾下的锰矿开发昼夜不停，日进斗金。所以，虽然事情很多，他还是时常到锰矿工地查看进展情况。这天天气晴好，他带上保镖，一早来到盘龙山。

工地上人头攒动，机械穿梭，异常繁忙。毫无节制的疯狂采挖使盘龙山变得千疮百孔，面目全非。一个个山头被拦腰斩断，身首异处，到处是大大小小的露天矿坑和堆积如山的矿毛。裸露的岩石如堆堆白骨，散落在沙丘、废渣之间。污水被排入清水河源头，最终流入盘龙湖，加剧了湖水的污染。

近来，为了节省开采成本，加快开采进度，他让手下从贫困地区招募到一批光棍汉。这批人虽然居住条件和饭菜质量差，工钱又低，干的却是装运矿石等最苦最累的活。他们是最廉价的劳动力，而且没有家庭的拖累，可以无牵无挂、一心一意地为他卖力。

在巨大的矿坑里，他们一个个汗流浃背，气喘吁吁，手脚并用，不停地往运矿车上搬运矿石。四周站着几个监工模样的壮汉，手握警棍，警惕地巡视着人群，以防有人偷懒或逃跑。看着眼前忙碌的人群、车流，一切井然有序，正常运行，白裕富脸上露出满足的微笑。

前段时间，两位来自贵州山区的年轻矿工企图逃跑，被及时抓了回来。两人一个叫杨凡亢，一个叫王涛鸣，他们外出打工时间不长，从来没有经受如此高强度的劳动，累得骨头都散了架。经过商量，他俩决定逃出这个人间地狱。有一天，他们趁监工不注意，溜出了劳作的人群。他们爬出矿坑，正要往山下跑，不料惊动了矿上的猎狗。猎狗紧跟着他们狂吠不已。闻讯赶来的监工追上来，把他们带回去，打了个半死，然后关了两天禁闭，扣发了三个月的工钱。从那以后，矿工们没人再敢逃跑。

虎豹集团总部附近有一座豪华酒店，名字叫昊天大酒店。酒店内设一家赌场，每天都聚集着一帮腰缠万贯、财大气粗的矿老板。赌场就像一个强烈的吸盘，把赌徒们深深地吸进去，让他们欲罢不能。

自动麻将桌旋转几圈，然后重重地把麻将牌甩出来。赌徒们一番忙碌之后，或手舞足蹈，仰天大笑，或痛心疾首，高声叫骂，从中感受到了醍醍灌顶、上天入地的快感。用常人的眼光来看，他们就是一群疯狂的魔鬼。

把锰矿工地的事情安排妥当以后，白裕富来到昊天大酒店，坐进赌场。那天，他的手气很臭，一输再输。越输越想扳回，越想扳回就输得越惨。一气之下，他回到家，独自一人喝起了闷酒。

第二天早上，白裕富仍然酒意未消，心情郁闷。刚到办公桌后坐下，有个部下不知深浅地闯了进来。部下向他汇报完工作，正想离开，没想到挨了一顿臭骂。这位部下不知所以，又不敢回嘴，只好乖乖退了出来。

一会儿，又有人推门而入。白裕富正想发火，抬头一看，原来是女客户曲蔚。曲蔚身材姣好，妆饰时髦，虽已不算年轻，但仍然魅力四射。白裕富看着她，就像老虎端详着一块即将到嘴的肥肉，困意和怒气顿时消失得无影无踪。他马上转怒为喜，起身让座，亲切地与曲蔚拉呱聊天。一番交谈之后，曲蔚切入正题，请求续签一笔生意。白裕富默默听完她的陈述，不急不慢地提出了让人难以接受的条件。

曲蔚跑业务已经十几个年头，自然明白商场的潜规则。然而，当白裕富当面提出苛刻条件的时候，她还是感到了难言的羞辱。她本想怒目而视，摔门而去，但又舍不得这笔至关重要的订单。她的公司已经有一段时间没有订单了，目前最大的希望是白裕富能够继续签约。如果得罪了这位财神爷，公司就只能关门歇业。权衡利弊得失，她决定稳住阵脚，随机应变，争取把订单拿到手。

白裕富见曲蔚默不作声，误以为她已经答应，于是挨过身来。曲蔚本能地自我保护，伸手挡住了白裕富的进攻。

"我白某人有的是女人，我不会强求你。"白裕富扫兴地站起来，冷冷地对她说。

"白老板，把订单签了吧，我代表全公司员工感谢您。"曲蔚焦灼不安地请求道。

"签什么签，以后别再来找我。"白裕富不耐烦地说。

"我公司里那么多员工等着吃饭呢，我回去怎么交代？"曲蔚苦情追问。

"爱咋办咋办，我管不了那么多。"白裕富冷冷地回答。

"白老板，您大人有大量，可怜可怜我们，给点订单吧。"曲蔚仍然坐着不动,含泪恳求道。

"没有,一点没有。你走吧,我还有好多事情要办。"白裕富板着面孔,下了逐客令。

"您不答应,我就不走了。"曲蔚鼓起勇气说。

"后悔了吧?你以为你是谁,装得跟处女似的。市场经济,公平交易,谁也不吃亏。"白裕富见有机可乘,于是顺势开导说。

"我……"曲蔚一时找不到合适的言语表达内心的矛盾。

欲火攻心的白裕富不由分说,把她强拉到内间,回头一脚把门踹上。不一会儿,里面传出曲蔚的哀求声,还有白裕富狰狞得意的狂笑声。

几天之后,年轻貌美的女老板杨花被生意场上的一位客户起诉到法庭。对方实力强大,杨花眼看就要败诉,情急之中,她通过朋友找到白裕富帮忙。

白裕富听完案情,爽快地答应出手相救。杨花问他要多少钱,白裕富摆了摆手,说:"你哥不缺钱,缺的是温暖。"

杨花佯装懵懂,对他说:"我不懂白哥的意思。"

白裕富听后,不慌不忙地说:"那好,对不起,你另请高明吧。"

杨花一听,着了急,马上满脸赔笑,再次央求白裕富。任凭杨花怎样"白哥,白哥"地叫,白裕富坐在老板靠椅中,板着面孔,始终一言不发。没有办法,杨花只好答应了白裕富的要求。事后,杨花果然反败为胜,赢了官司。

这天晚上,白裕富正在与杨花闲聊,锰矿工地的工头打来电话:"老板,刚才矿石突然出现塌方!"

白裕富愣了一下,心想,这一段时间太倒霉了,刚输了钱,又出了这样的事故。但他还是定了定神,教训道:"慌什么,塌方有什么大不了的?!"

工头气喘吁吁地请示:"里面埋着七八个工人呢,怎么办?"

白裕富依然保持冷静,询问工头:"嗯?还有没有救?"

工头回答:"塌方严重,人埋得很深,估计早没气了。"

听到这里,白裕富思忖片刻,随后果断地下达命令:"封锁消息。任何人不准走漏风声,就当什么事没有发生!"

工头赶紧表态:"是,老板放心,我们坚决照办。"

"谁走漏了风声,我废了他!"稍作停顿,白裕富又嘱咐说:"一定给我把矿工看好了,不能跑掉一个。麻痹大意,出现疏漏,我拿你是问!"

工头发誓般地承诺:"您放心,保证不出问题。"接着,又担心地问:"不过,万一他们的亲属来找怎么办?"

"这些人都是光棍汉,估计不会有人找,即使有,拿钱打发。我就不信,他们能跟钱过不去。"

工头听后,马上佩服地说:"老板说的是,这样做,万无一失。"

连才新近看上了下属单位一个女职员。女职员名叫蓝菱,长得风姿绰约,气韵不凡。然而,事情进展并不顺利,蓝菱始终拒绝与他单独接触,让他一直无从下手。经过一番策划,这天晚上,他终于编了一个理由,把蓝菱骗到一家私人会所。

几杯酒遮脸以后,连才两眼贪婪地盯着蓝菱。蓝菱心里十分反感,于是迎着他的目光,说:"看什么,有什么好看的。"

连才嘻嘻一笑,说:"蓝菱啊,你长得太美了。"

蓝菱瞪了连才一眼,心平气和地回应说:"多谢夸奖。"

连才把脸一腆,接着说:"大哥看上你了。"

蓝菱撇了撇嘴,回应说:"别胡思乱想,我已经是有家的人了。"

连才满不在乎地说:"那怕什么,咱们可以做朋友嘛。"

蓝菱一听,生气地说:"你把我当成什么人啦,我是来工作的,不是来当花瓶的。"

连才嘻嘻一笑,露出两排雪白的门牙:"干什么都是为了挣钱嘛,当花瓶有什么不好?"

蓝菱更加生气,质问道:"你以为你有权有钱,所有的女人都会听你摆布?"

连才笑得更加起劲,照直回答:"装什么正经?不就是那么回事嘛。女人像衣服,穿在谁身上都一样。"

听了连才的一派胡言乱语,蓝菱一时无言以对。连才见蓝菱没有表示反对,于是趁热打铁,进一步劝说蓝菱:"我不会亏待你的,只要你跟了我,我马上提拔你,薪水比现在翻几番。"

见蓝菱仍然不为所动,他又从皮包里拿出一张银行卡,送到她手中,说:"这里面有二十万,你可以随便用,买车,买衣服都行。"

蓝菱触电似的把手缩了回来，态度明确地说："连主任，我不能要。"

连才见蓝菱推辞，心中不快，把脸一板，威胁道："不要不行，如果你不答应，我就马上辞退你，你无论走到哪里，我都会派人跟踪，没有哪个单位敢聘用你。"

蓝菱胸中仿佛燃起一股火苗，脸憋得通红，沉默一阵之后，从嗓子眼里挤出一句话："你，你简直就是个无赖，当代'西门庆'。"

连才听后，并不恼火，而是冷笑着说："你说得不错，我就是当代西门庆，你就是我的潘金莲，咱们珠联璧合，遗臭万年。"

蓝菱怒目而视，斥责道："你真无耻。"

连才听了蓝菱的一通骂，索性撕破脸皮，咬着牙质问说："对，我是无耻，你能把我怎么样？"

说完，向蓝菱扑了过来。尽管蓝菱努力挣扎，终究没能逃出他的魔爪。她本想告他，但思虑再三，还是忍了下来。

过了一段时间，连才找了个理由，把她的丈夫大旺派到外地。后来，她丈夫从同事那里听到了一些闲言碎语，找连才理论。连才不仅不认帐，反而指使手下把他教训了一顿，让他不要多管闲事。

大旺无论如何也咽不下这口气，他曾想怀抱炸药，与这个混蛋同归于尽，但经不住妻子的苦苦相劝。没有办法，他只好拿起笔，向有关部门告状。

大旺的告状信，有一封寄给了金秉荃。他看了信，打电话把连才叫到办公室。

"你与那位叫蓝菱的部下什么关系？"金秉荃板着脸，开门见山地质问。

"没有什么关系，普通工作关系。"连才故作镇定地回答。

"别装了，人家都把信寄到这里来了。"金秉荃大声说。

"你别听他们胡说八道，绝对没有那样的事……"连才强词夺理地辩解道。

"你真是色胆包天啊。没有金刚钻，就别揽那个瓷器活。"金秉荃生气地打断连才的辩解。

"您放心，我会摆平的。"连才满不在乎地回答。

"强扭的瓜不甜，天下的女人有的是，为什么非往一个人身上撞？为这种事引火烧身值得吗？"金秉荃进一步批评说。

"是，让你费心了，我以后一定注意。"连才尴尬地笑了笑，表态说。

76 明争暗斗

大庄虽然资历比柯大卫资历深，级别问题却一直没有解决。为这件事，翁卓几次三番找组织部门，却一直不见结果。翁卓一气之下，直接找金秉荃理论。

"老翁，什么事？"见翁卓板着脸从外面进来，金秉荃预感到来者不善，于是先发制人地问。

"老金，我的秘书大庄论资历、德才，哪一样都不比别人差，为什么级别问题至今解决不了？"翁卓毫不客气地反问道。

"你找组织部嘛，这种事情还用我亲自过问？"金秉荃同样反问道。

"组织部说没有你的话不能办。"翁卓回答。

"这是什么话？好像我多么专制似的。"金秉荃冷笑一声，反驳说。

"要不，把组织部魏部长叫过来，对质一下？"

"不用了，我马上给他打个电话。"

"喂，老魏吗？庄秘书的级别问题为啥还没解决？不是跟你们说过嘛。"金秉荃随手拿起电话。

"好了，老翁，你都听见了，以后别再为这些鸡毛蒜皮的小事找我了。我们领导干部要抓大事，抓方向性、关键性的事。"金秉荃面对着翁卓说，放下电话，如释重负地舒了一口气。

"谢谢，打扰了。"翁卓见金秉荃当着他的面给组织部长打了招呼，认为事情有了着落，于是起身告辞。

"哎，谢就免了吧，别对我存意见就好。"金秉荃皮笑肉不笑地说。

"没意见，我这人从来不记私仇。"翁卓一边往外走，一边回应道。

"好，走好。"金秉荃送到门口，随口答应说。

过了一段日子，还是不见动静。翁卓通过内线了解了一下，原来那天他走后，金秉荃接着又打电话嘱咐魏部长说大庄政治上不成熟，有待于进一步考验，级别问题再压一下。得知这一情况，翁卓气不打一处来，禁不住骂道："流氓，小人，两面派！"事已至此，只有忍耐，有机会再说。为了稳定大庄的思想情绪，翁卓专门找他谈了一次话。

"大庄啊，不要着急，我翁卓不会亏待任何一个出过力的人。"

"翁主任，您不用太把我的事放在心上。"

"谁也不会永远一手遮天，早晚会有个了断。"

"还是忍一忍，人家毕竟是一把手。"

"狗屁！老子敬他，他是个人，老子不敬他，他就是条狗。"

一只恶猫盯住了一只小兔，既不放跑它，又不马上把它咬死，而是变着法子玩耍，慢慢消耗它的体力，最后毫不费力地吃掉。金秉荃对待翁卓和大庄的态度近似于那只恶猫。

为了塑造自己在公众面前的正面形象，金秉荃指示市电视台开辟一栏恳谈节目，由他亲自参加，定期与市民代表对话，解疑释惑，问政于民。金秉荃让柯大卫广泛收集资料，精心准备每一次恳谈会，做到万无一失，滴水不漏。恳谈会上，金秉荃与代表围坐一圈，态度和蔼，举止可亲，对答如流，合情合理。经过电视台制作加工，对外播放后产生了良好的社会反响，金秉荃的民意支持度急剧上升。

哼，有资格跟我斗的人还没出生呢。他干笑了两声，信心满满地想。但是，也不能掉以轻心，战略上要藐视敌人，战术上要重视敌人。为了进一步打压翁卓，金秉荃决定在薪跃进面前再奏一本。

"薪书记，为了经济新区改革发展的大局，我建议市委对新区领导班子进行适当的调整。"有一天，他单独来到薪跃进办公室，简单的寒暄之后，话锋一转，直奔主题。

"怎么回事？"薪跃进反问道。

"翁卓这个人一贯目无领导，个人英雄主义严重，我实在无法迁就下去了。"金秉荃一不做，二不休，直截了当地要求说。

"看人要多看优点，不要盯住缺点不放。人都有缺点，包括你我在内。"薪跃进不仅没有同意他的要求，反而对他提出了忠告。

"翁卓暗中拉山头，闹独立，严重影响到经济新区的正常工作，我担心这样下去出问题。"金秉荃不听劝告，坚持自己的观点。

"一个班子不团结，责任不在下面，关键在一把手。"薪跃进不温不火地说。

"当然，我也有责任。"话已至此，金秉荃不得不有所表示。

"对了，假如每个人都能多从自身找一下原因，问题就迎刃而解了。领导干部任何时候都要以大局为重，多做有利于团结的事，有利于稳定的事，有利于发展的事，不要无事生非，自找麻烦。"薪跃进进一步叮嘱道。

偷鸡不成蚀把米，金秉荃没有想到，他的如意算盘撞了个粉碎。没有办法，只好从长计议，等待时机再次出手。

"翁主任，您好。"一天下午，白裕富到翁卓办公室专程拜访。

"裕富哪，今天怎么有空了？"翁卓给白裕富倒了杯茶，半开玩笑地问。

"这一段时间忙，没抽出时间来看您，还请原谅。"白裕富异乎寻常地客气。

"你我谁跟谁啊，不用客气。"翁卓温和大度地说。

"找我有事吗？"翁卓接着问。

"没有事，只是随便过来坐坐。"白裕富搪塞道。

"哦，喝茶吧，这是极品龙井。"翁卓指着面前的茶杯，客气地招呼。

"好茶，好茶。"白裕富端起茶杯，品了一口，不由得赞扬说。

"当然，你是贵客嘛。"翁卓目光如炬地盯着白裕富，套近乎说。

"多谢翁兄高抬。"白裕富回敬道。

"白老弟，这一段时间胖了不少吧？"翁卓把脑袋伸过来，神秘兮兮地问。

"马马虎虎。"白裕富哈哈一笑，敷衍说。

"要注意身体，不要太胖，人怕出名，猪怕壮嘛。"翁卓一语双关地说。

"小弟自有办法，再胖一点也不怕。"白裕富意味深长地回答。

"哈哈，开句玩笑罢了。"翁卓见白裕富明白了自己的意思，于是笑着说。

"翁兄的关照，小弟没齿难忘啊。"白裕富不失时机地道起了谢。

"哪里，哪里，绵薄之力，不足挂齿。"翁卓谦虚地表示。

"白某不是忘恩负义的小人，会有所表示的。"白裕富话中有话地承诺道。

"不用，不用，你我之间就免俗了吧。"翁卓摆了摆手，回绝说。

"翁兄，你要小心，他们可能想对您动手。"说到这里，白裕富突然话锋一转，故作关切地说。

"哦，是吗？"翁卓抬了一下眉毛，警惕地问道。

"千真万确。"白裕富把头伸过来，语气肯定地强调。

"不做亏心事，不怕鬼叫门，随他们的便。"翁卓笑了笑，回应道。

"退一步海阔天空，您何必与他们为敌。"白裕富规劝道。

"我无意与他们为敌，是他们故意与我为敌。"翁卓纠正道。

"我担心您吃亏，还是小心为好。"白裕富进一步提醒说。

"谢谢你的忠告，没有什么大不了的。"翁卓满不在乎地说。

"这是我的一点心意，请笑纳。"白裕富说着，把一张银行卡放到翁卓面前。

"多谢了，有事尽管说，只要能办的，老哥一定办到。"翁卓打着哈哈，把白裕富送到门口。

77　为民做主

早晨上班，方明老远看见区政府门口挤满人群。走近一看，原来是一帮下岗工人正在上访请愿。

"方书记，您来了。"区信访办主任樊新正在配合信访局工作人员做上访人员的思想工作，听到方明招呼，赶忙跑了过来。

"樊主任，这些人是哪个厂的？"方明急切地问。

"是国营第一缫丝厂和国营修造厂的下岗职工。"樊新回答。

"为什么事情？"方明问。

"为养老保险金和失业保险金。"樊新回答。

"说一下具体情况。"方明要求道。

"噢，具体情况是这样的：缫丝厂破产时协议规定，由收购方天利房地置业有限公司负责上交职工的养老、失业保险，但天利房地置业却一直拖着没交。"樊新两手一摊，苦笑着说。

"天利房地置业公司老板叫什么名字？哪里来的？"方明接着追问。

"是省城来的，叫钱密。"樊新说。

"你们找过他没有？"方明又问。

"前段时间找过，他答应房子卖完了就交，最近却联系不上了。他手下的人推说他不在公司，没法答复。"樊新苦笑着回答。

"这些无耻的奸商，骗子！"方明忍不住骂道。

"修造厂是怎么回事？"方明黑着脸，嗡声嗡气地问。

"这个厂子过去一直是区里的赢利大户，后来搞了承包，厂长另起炉灶，建了个私营厂子，把国营厂子的技术、人才、市场挖走了。厂长自己的企业越办越大，国营厂子却变成了空壳，只好实施破产。厂长白捡似地买到手，成立了新的股份公司，把原来的职工一下子推向了社会，职工养老失业保险却无人过问。我们协调过几次，但因牵扯到各方利益，推来推去，直到现在也没解决。"樊新一五一十地回答。

"又是暗箱操作，肥了自己，苦了工人！这些蛀虫，家鼠，蟊贼。工人的血汗被他们吸干了，最后却连工人的死活都不管了！"方明气愤地说。

"这笔钱协议规定应由谁出？"方明又问。

"按理说应由新成立的公司承担，但他们提出种种借口拒不执行。"樊新解释说。

"真是岂有此理，这些家伙良心让狗吃了！"方明心里直冒火星，好长时间没这样激动了。多年来，他一直坚守着隐忍宽容的从政理念，但今天面对这么多下跪的工人，听了事情的前因后果，他直想骂人。

"这样吧，樊主任，我们先把工人们劝回去，然后再开一个协调会，抓紧研究一下。"方明强压怒火，对樊新说。

"工友同志们，我是区委副书记方明，你们的情况我已经知道了。说句心里话，我很理解你们的心情，也很同情你们的遭遇。你们的问题，有些是历史遗留下来的，有些是刚刚形成的。在这里，我代表区工委、管委向大家表示歉意，对不起大家了！但我请大家相信，事情总会解决的。在这里，我向大家郑重承诺：一定给大家一个满意的答复，请大家回去吧。"工人们听了方明的一番讲话，逐渐安静下来，但还是将信将疑，因为他们被下面的一些干部骗怕了。

"工人兄弟们，姐妹们，刚才方书记已经表态了。大家请放心，问题会得到解决的。"樊新接着劝说道。听到这里，人群开始往外走，现场逐渐恢复了平静。

"我们的人民群众是通情达理的，不到万不得已，他们不会到这里来。"方明望着散去的人群，深有感触地说。

"是啊，只有不称职的干部，没有不讲理的群众，许多事情还是出在我们的干部身上。"樊新附和道。

"所以，关键是为谁服务，是为人民服务，还是为人民币服务，是站在群众一边，还是站在大款老板一边。"方明深刻阐发道。

"做官要讲官德，上对得起苍天，下对得起黎民。没有组织的培养和群众的支持，任何人都将一事无成。不顾百姓死活，只顾追逐私利，老百姓最痛恨这样的官员。"樊新接过话头说。

"其实金钱、权力、地位都是身外之物，生不带来，死不带去。有一句话说得好，家有黄金万两，一天只能吃三顿饭；家有广厦千间，一夜只能睡一张床。"方明边说边掏出一包香烟，递给樊新一支。樊新掏出火机，先给方明点上。

"权力是把双刃剑，用它来实现人生价值，人生之路会越走越宽；用它来谋取私利，则会祸患无穷。"樊新深吸几口，意味深长地说。

"幸福是什么？有人追求金钱，有人追求权力，有人追求感官刺激。他们得到幸福了吗？他们充实、快乐吗？其实，人除了基本的需求以外，还应该有高尚的精神追求。有些人信奉'人不为己，天诛地灭'，'人为财死，鸟为食亡'，聚敛钱财，到了不择手段的地步，追求权力，到了丧心病狂的程度。"方明深入剖析道。

"他们总有一天要为他们的行为买单，历史和人民不会允许他们这样胡作非为下去的！"樊新赞同地说。

几天后，方明、樊新主持召开了相关部门参加的会议，研究解决上访职工反映的问题。会议还研究布置了贫困职工救助、下岗职工再就业和农村贫困户、五保户救助工作。

有一天，方明例行接访。接待的第一拨人是魏正毅和湖西村几位村民代表。他们反映，村主任卞麦良在村委换届中，利用家族势力搞贿选，把原村主任拉下台，取而代之。当选后，他不仅不为村民办事，而且利用土地出租、房地产开发、招商引资等机会，收受好处，中饱私囊。村民对他的胡作非为气愤难忍，派他们前来上访，要求上级派人前去调查处理。

"大家不要着急，你们反映的情况，我会派人落实清楚的。如果情况属实，一定按照相关规定，严肃处理。"听了村民代表的反映，方明旗帜鲜明地答复说。

"你们不会说话不算数，官官相护吧？"一位村民代表顾虑重重地问道。

"不会的，大家放心，我们说话算数，也决不搞官官相护。"方明语气肯定地强调。

"啥时间派人下去调查？"另一位村民代表接着问。

"明天就去。"方明回答。

"看样子，这是个清官，算咱们今天交运。"一位年纪大一些的对同伴们说。

"这位领导是区委方副书记，他的话可信，咱们回去等结果吧。"听了方明的答复，魏正毅招呼几位村民代表，一起离开了接访室。

"走好，老乡们。"方明伸手向他们告别，然后继续接访。

接完访，方明专门召开有关部门参加的会议，研究解决群众反映的各种问题。他特别重视湖西村村民代表反映的问题，指示区纪委、民政局成立联合调查组，进行详细调查。几天后的调查结果证明，村民反映的情况属实。

"《村民委员会组织法》严禁选举过程中利用各种手段拉票，用花钱买票的手段选出来的村委会是无效的。至于违法乱纪，以权谋私，收受贿赂，损害集体和群众利益更是法理难容。"听了调查组的汇报，方明态度严肃地指出。

"应该依法依纪，严肃处理。"颜继赞同说。

"村委会要严格按照《村委会组织法》和选举办法，重新进行选举。要坚决杜绝贿选问题的发生，真正把群众信任、作风正派、能带领群众共同致富的人选进村委会领导班子。对调查出来的经济问题要一查到底，对涉及的当事人，该给予党纪处分的给予党纪处分，给移交司法部门的移交司法部门，决不姑息。"方明吩咐说。

"是，我记住了。"颜继回应说。

"这个信访案件关系到一个村庄的长期稳定和健康发展，同志们辛苦一下，一定要处理好，给群众一个交代。"方明进一步叮嘱道。

"您放心，我们一定抓紧时间，给群众一个满意的答复。"颜继情绪高昂地表态说。

此后几天，颜继带领工作组依法召开村民大会，罢免了卞麦良的村主任职务，重新选举产生了新的村民委员会。鉴于卞麦良涉嫌侵吞集体财务、行贿受贿等违法问题，检察机关随即介入，并依法向法院提起了诉讼。法院经过审理，判处卞麦良有期徒刑三年。

78 家族利益

随着钱财的不断增多，连铭买了几处别墅，养了几房小三，过着吃喝玩乐、一掷千金的富豪生活。

今天，这位花花公子要谈一桩大生意。傍晌，他带上女秘书，开着奔驰，来到富豪大酒店。进到豪华包间，客人没到，他只好抽烟坐等。女秘书伸手把烟从他嘴边拿掉，摁在烟灰缸里。他生气地看了女秘书一眼，伸手在她身上摸了一把。这时有人敲门，女秘书推开他，起身打开房门。

"大哥，你来了。"连铭赶忙站直身子，问候道。来者不是别人，正是连才的大儿子连宽。

"老二，你又搞什么名堂？"连宽看着连铭，不解地问。

"大哥，有个小事找你商量一下。"连铭赔着笑，回答。

"什么大不了的事，还用到这里来谈？"连宽一边在桌边坐下，一边冷淡地看了一眼那位花枝招展的女秘书。

"这里方便，可以边吃边谈。"连铭一边解释，一边招呼服务员上菜。不一会儿，一桌特色菜肴摆上桌面，中间是一个大大的王八，四周是大葱烧海参、黄焖鱼翅、清蒸鲍鱼、鹿肉、鹿鞭、鹿血等。连铭迷信这些东西能够壮阳，尤其知道连宽病在何处。

"你小子有几个臭钱，不知道怎样花了。"连宽数落道。

"大哥整天忙于工作，废寝忘食，我想给你补补。"连铭伸着脖子，讨好地说。

"说吧，找我什么事？"连宽一本正经地问。

"先填饱肚子再说不迟。"连铭指着面前的海参、鲍翅说，又给连宽挑了一块王八。女秘书坐在旁边，适时地添茶倒酒。

"好，同吃。"连宽应承道，然后细致地把碗碟里的宝贝送入口腔，细嚼慢咽。

"大哥，你别一天到晚光顾忙工作，应该多关心关心嫂子。"连铭冷言冷语地说。

"你什么意思？"连宽见连铭话中有话，于是反问道。

"我看见嫂子经常出入高级酒店会所，快活潇洒得很哩。"连铭酸溜溜地说。

"你对你嫂子放尊重些，小心我撕你的嘴。"连宽瞪了连铭一眼，不高兴地说。

"我这是为你好，担心你后院起火。"连铭解释道。

"谢谢你的好心，有什么事，说吧，要不我就走了。"连宽不耐烦地催促道。

"不忙，先喝酒，大哥，我敬你一杯。"连铭说着，端起酒杯，与连宽重重地碰杯，一仰脖，喝了个底朝天。然后，把杯子倒立过来，以示心诚。

"你究竟有什么事？"干杯之后，连宽止不住又问。

"不为别的，听说区里决定修外环路？"连铭贪婪地盯着连宽，问道。

"昨天刚定，你怎么知道的？"连宽回应道。

"这还用问吗，你忘了我是谁的儿子。"连铭嘻嘻一笑，回答道。

"这跟你有什么关系？你又没有修路架桥的资质。"连宽听后，迎头泼了连铭一盆凉水。

"你死心眼。我没有资质不要紧，拿到项目后，可以转手给有资质的公司干吗。现在有几个项目是总承包人自己干的？不都是层层转包，层层扒皮嘛。"连铭理直气壮地反驳道。

"已经有人捷足先登了，你的消息晚了一步。"连宽笑了笑，坦诚回答。

"别胳膊肘往外拐，你我可是亲兄弟。俗话说得好，肥水不流外人田，这工程给别人干，你顶多得几个回扣，给我干，就不一样了。赚了钱，大头在我这里，我承诺，咱俩五五分成。"连铭不容置疑地要求说。

"这事不是我一个人说了算，要集体研究，公开招标。"连宽推脱道。

"你这一套骗别人行，可蒙不了我。谁不知道你在路桥局的地位，你们局长也得让你三分。你可别犯傻，放着白花花的银子不要，这年月不捞白不捞。至于什么狗屁招标，那是做样子给人看，其实让谁干，还不是你一句话的事？"连铭拿出一副攻城略地的架势，直逼连宽。

"真是拿你没办法,为了你,我只好得罪朋友了。有关招标的具体事宜,找个时间再议一下。你先抓紧报名,找个有资质的公司顶一下。"连宽拗不过连铭,终于答应了他的要求。既然有利可图,又在自己的掌控范围内,何乐而不为呢?

"这还差不多。"连铭见目的达到,满意地舒了口气。

"不用了,我还有事。"连宽一边回答,一边站了起来。

"如果不嫌弃,让我的女秘书陪你玩玩?"连铭眼睛眯成一道缝,冲连宽淫笑道。

"你自个用吧。有时间多研究点正事,别一天到晚泡在女人堆里,小心伤了身子。"连宽厌恶地训斥道,然后向门口走去。

"假正经,自己不行,反而嫉妒别人。"望着连宽的背影,连铭小声嘟囔了一句,然后回头对女秘书嚷道:"走,换个地方玩去。"

连铭带着女秘书来到新贵族大酒店。一年前,他与金倩倩合伙开了这家星级酒店。各路官员们为了拍金秉荃和连才的马屁,纷纷前来"消费"。闲来无事,连铭时常与一帮狐朋狗友在这里消遣。这天,走进他的专用包间,他打电话招呼牌友。几个牌友应声而至,围坐一圈,一边玩麻将,一边侃起了段子。

79　正面交锋

官场争斗,既决定于谋略、力量、背景,更决定于气势。要取得胜利,必须首先在气势上压倒对方。金秉荃明白这个道理,于是利用各种机会反复强调集中统一领导,借机树立自己的绝对权威。

"最近,我区安全生产事故接连不断,国企改革进展缓慢、问题成堆。这种局面与有关部门不作为和乱作为有直接关系。所以,我们必须认真总结和改进工作,不能对问题视而不见,麻木不仁,放任自流!"在一次常委会上,金秉荃开宗明义,对翁卓分管的工作提出尖锐批评。

"我们评价任何事物都不应以偏概全,以点代面。我看,我区国企改革主流是好的,工业战线成绩是有目共睹的,问题是发展中出现的,是不可避免的。"翁卓当然不能接受金秉荃的公开批评,因为这等于公开向他挑战,等于否定他的政绩,等于让他甘拜下风。

"同志们，俗话说，成绩不讲跑不了，问题不讲不得了。如果眼睛老是盯着成绩，就容易沾沾自喜，看不清问题。只有正视问题，才能正确判断形势，保持清醒头脑。强调客观理由，推卸责任无助于问题的解决，只会使问题越积越多。这样下去，对党和人民的事业，对个人都是不利的。所以，对于我们来说，当务之急是老老实实地把问题讲够，讲透，讲全面。"金秉荃对翁卓的一番辩解很不满意，于是进一步作出反击。

"我区目前存在的许多问题带有全局性、系统性，是一定发展阶段的必然产物，是改革不到位的结果。有些深层次问题不是哪个部门、哪个人能够解决的，所以，把这些问题归咎于某个部门、某个人是故意推卸责任，是十分错误的。"翁卓见金秉荃抓住不放，于是不甘示弱，据理力争。

"老翁，我问你，安全生产中出现的问题，安监部门不负责任，谁来负责？国企改革中出现的问题，工业和企改部门不负责谁负责？"金秉荃见翁卓不服软，生气地质问道。

"安监部门有责任，管委有责任，请问工委有没有责任？盘龙湖的污染是如何造成的？盘龙山生态环境的破坏，始作俑者是谁？应该由谁负主要责任？不要把屎都抹到别人身上，把自己洗刷得一干二净，大家都看得一清二楚，谁也不是瞎子、聋子，更不是傻子！"翁卓针锋相对，反唇相讥。

"工委应负政治责任，管委要负具体责任、法律责任，搞不好是要坐牢的！"金秉荃见翁卓不服软，于是警告说。

"我进去了，有的人也别想逍遥法外。"翁卓说完，愤然离开会场。

"你……"金秉荃望着翁卓的背影，气得面颊发紫，浑身哆嗦，一时说不出话。

经济新区政府宾馆年久失修，已经不适应形势发展，急需新建。对这一问题，领导班子内部几乎没有什么异议。然而，在承建商的选择问题上，金秉荃与翁卓却意见不一，再次发生分歧。金秉荃力主由白裕富麾下的开发公司承建；翁卓则想把工程承包给他老婆金玉的公司。两人各持己见，互不相让，吵得不可开交，致使工程迟迟无法开工。

"妈的，跟我玩这个，看老子怎么收拾你。"白裕富气急败坏地说，随即拿起桌上的电话，吩咐手下威胁一下翁卓和金玉，让他们退出新宾馆工程竞争。

这天夜里一点多钟，翁卓睡得昏昏沉沉，忽然床头柜上的电话响了起来。他吃了一惊，很不情愿地伸手拿起听筒。

"翁主任吗？您老最近过得怎么样？"电话里传出一个低沉而陌生的声音。

"你是谁？"

"一个你不认识的人。"

"找我什么事？"翁卓屏住气，尽量平静地问。

"哦，没什么事，随便打个电话。"对方干笑了两声，阴沉地说。

"没事，三更半夜打什么电话？！"翁卓生气地质问对方。

"给您老请个安。"

"莫名其妙，有病啊。"

"话已说到这份上，就实话跟你说了吧。有人让我们传话给您，新宾馆的事您就不要插手了，以免后悔莫及。"对方见火候已到，终于说出本意。

"你究竟是什么人？！"翁卓强压怒火，对着话筒喊。

"我是什么人不重要，重要的是您和您家人的性命。为了一点蝇头小利，出门被车撞死，不划算，还是急流勇退吧。"对方绵里藏针，软中带硬，继续威胁道。

"麻烦你告诉你的主子，我姓翁的不吃这一套，有种的当面较量，来阴的不算本事。"翁卓壮着胆子，对着话筒回敬道。

"对不起，打扰您休息了，再见。"对方见目的已经达到，于是挂断了电话。

夫人金玉从睡梦中惊醒，听了对方的话，吓得脸色苍白，嘴唇哆嗦，忍不住对翁卓说："他爸，咱们还是报警吧，以免夜长梦多，遭遇不测。"

翁卓镇定了一下精神，安慰说："没有那么严重，我谅他们不敢怎么样。惊动警方，闹得沸沸扬扬、满城风雨反而不好。"

听了翁卓的一番话，金玉的情绪稍稍稳定了一些："老翁，不管怎样，你还是注意些好，不为自己，也为孩子和我想一想。"

翁卓接过话茬："放心，我会注意的，睡吧。"

第二天，金玉意外收到一个包裹，打开一看，是一个崭新的人头骷髅。里面的一张纸条上清楚地写着一句话："小心你的小命。"金玉吓得魂飞魄散。她马上意识到是白裕富所为,看来这家伙的确不是个好惹的主。

与此同时,翁卓以权谋私、与某女关系暧昧的匿名信和小字报也出现在街头巷尾和市委领导的办公桌上。好汉不吃眼前亏,翁卓权衡利弊,决定放弃新宾馆的承建权,让金玉马上把工程队从工地上撤了出来。

这天,方明正在办公室批阅文件,忽然桌上的电话响了起来。他习惯性地拿起听筒,里面立即传来苗红急促的声音:"老方,不好了,苗松被人打了!"

"谁干的?!"方明焦急地问。

"据说是白裕富手下的人。"苗红回答。

"苗松情况怎么样?伤得重不重?"方明接着问。

"正在医院做手术。"苗红悲声回答。

"你在哪?"方明问。

"在第一人民医院。"苗红回答。

"好,我马上就到。"方明回答。

方明放下电话,叫上司机,驱车来到医院。苗红正在手术室外等他,见了面,把了解到的情况详细地向他作了说明。事情是这样的:苗松公司的司机往农贸市场送菜,白裕富手下的几个小痞子拦车索要地皮费。司机不给,双方发生了争执。苗松听到司机汇报,立即赶到现场,跟他们理论。那几个家伙哪里有耐心听他理论,一阵棍棒把他打倒在地,然后一哄而散,不见了踪影。司机见状,赶紧把他扶上车,送到了医院。经检查,苗松肋骨被打断了三根,其中一根触及肝脏,引发内出血。医生诊断后,立即动手给他实施手术。

两人正在说话,手术室的门打开了,苗松被推到旁边的病房。因为是局部麻醉,所以他的神智还是清醒的。见到姐姐、姐夫,他顿时哽咽难言。过了一阵,才勉强控制住情绪,对方明说:"姐夫,你可要给我做主啊。"

方明握着他的手,安慰道:"公安部门一定会秉公处理的,你尽管安心养伤。"

这时候,区刑警大队大队长铁瑛带领两名干警赶到病房。见方明在场,铁瑛赶紧上前问好。然后,向苗松询问了相关情况,并作了笔录。

"方书记,您有什么指示?"临走之前,铁瑛彬彬有礼地问方明。

"你们辛苦了,我没有什么需要交代的,你们依法查处就是了。"

"是,方书记,我们一定秉公办事,维护公道。"

"铁大队长,一段时间以来,经济新区治安状况持续恶化,痞霸团伙和带有黑社会性质的犯罪越来越嚣张。看来,需要加大打击力度,迅速扭转被动局面。"方明叮嘱道。

"目前,有几个案件正在抓紧调查。是,我们一定加大工作力度,尽快查结一批大案要案,给老百姓一个满意的答复。"

"好,我相信你们。有什么困难,尽管向我提出,我一定尽力帮助解决。"方明善解人意地鼓励说。

"谢谢方书记。"铁瑛挺直高大的身躯,向方明敬了一个军礼,然后带着两名手下匆匆离去。

80　偷梁换柱

市长高枫要来经济新区考察,工委的大小秘书们紧张地做着各种准备。安排日程,选择路线,编印材料,事无巨细,都要逐项落实。

视察按照预定方案有条不紊地进行,最后一个点是南方重工。面包车停稳后,金秉荃、翁卓陪同高枫一行下了车,向工厂大门走去。突然,一群下岗工人嘴里高喊着"要吃饭,要工作"的口号向视察队伍冲过来,现场局面一片混乱。

众人被突如其来的情景弄蒙了。金秉荃的脸色阴沉得有些可怕,翁卓则像一头为发怒的雄狮命令警察筑成人墙,往外驱赶人群。高枫同样感到有些意外,但很快镇定地举起双手,望下按了按,示意大家保持安静。

"工友同志们,我是滨江市市长高枫,今天特地到经济新区调查了解情况,你们有什么意见可以直接对我说,我替大家做主。"高枫敏锐的目光朝人群扫视了一遍,然后和蔼可亲地承诺说。

"高市长,您好,我叫辛立功,从建厂到如今已经干了四十多年。如今,厂里减员增效,我们理解,支持,可我们下岗后基本生活怎么办,养老金谁出?不是我们无理取闹,这些都是关系生存的实际问题,政府和企业不能一推了之,不管不问啊。"一位看样子有五十多岁的老工人从人群中挤出来,面带忧愁地坦言。

"我是家里的顶梁柱,一家三代七八口人全靠我一个人的工资养活。如今我下岗了,又没有劳保,我们的日子怎么过?政府和企业考虑过我们的出路没有?"一个面黄肌瘦、身材矮小的中年人面容苦涩,胆怯地诉说。

"企业改革,减员增效,为什么只减我们这些一无靠山、二无关系的?为什么要搞裙带关系,暗箱操作?为什么不敢公开搞竞争上岗,公平竞争,凭本事和技术用人?"一个青年女工挺起腰身,对着各级官员大胆质问。

听了工人们七嘴八舌的一番倾诉,高枫深受触动。他动情地对着人群大声说:"同志们,工人兄弟们,听了大家的发言,我深受教育。我们的工作没有做好,作为市长,我在这里向大家道歉,请大家多多原谅。"高枫说完,向着人群深深地鞠了一躬。现场鸦雀无声,大家都在静耳聆听高枫的讲话。

"刚才,大家开诚布公地提出了我们工作中存在的一些意见、建议,这些意见、建议对于纠正缺点,完善工作大有帮助,很好,很中肯,很及时。我代表市委、市政府衷心地感谢大家。对于大家反映的问题,市、区两级将认真研究,采取切实措施,抓紧解决,请大家放心。多年来,工人同志们为企业发展做出了很大贡献,党和政府不会抛下你们不管的。现在由于种种原因,企业不得不进行改革、改组和改造,希望大家能够理解和支持。"高枫一番发自肺腑的话像一阵春风吹散了众人心头的乌云和寒意,先头紧张对峙的局面开始松动。人群出现短暂的骚动,有人唏嘘不已,有人偷偷抹起了眼泪,有人嘤嘤啜泣……

"感谢党,感谢政府,感谢高市长!"突然,人群中爆发出热烈的掌声和欢呼声。高枫热情地与工人们握手,然后走进工厂,继续进行调研。

回到工委接待室,金秉荃向高枫汇报了经济新区的工作。高枫听后,实事求是地指出了存在的问题,对今后的工作提出了希望和要求。他强调经济新区要加强领导班子团结,形成工作合力,要增强群众观念,实实在在为老百姓办实事,解难事,谋实惠。

"国企改革一定要综合考虑,慎重决策,不能把困难企业当成负担、包袱,一卖了之。要在改革、改组、改造上下工夫,在优化产业结构上做文章,尽最大努力增强企业内生活力,实现起死回生,良性循环。实在回天无力,必须出售的,一定要搞好资产核准评估,防止改制过程中国有资产严重流失。要高度重视人员分流与安置，决不能借口减员增效，把工人不负责任地推向社会，造成大面积被动下岗。改革的目的不是砸工人的饭碗，让他们没有饭吃，而是要给他们一个金饭碗，让他们吃得更好，生活得更幸福。"

"城市开发一定要正确处理开发与保护的关系，要注重环境保护和发展质量，决不能以牺牲环境追求一时的经济发展，搞外延粗放式开发、掠夺式开发，热衷于经营城市、土地财政，盲目铺摊子、上项目，做大GDP。要着眼长远，不能鼠目寸光，专做那些得不偿失、劳民伤财、愧对子孙后代的蠢事。"针对国企改革、城市开发，高枫作了特别强调。

对于高枫的讲话，金秉荃、翁卓当面表示坚决拥护，抓好落实。高枫走后，召开专门会议进行部署。柯大卫发现，金秉荃在讲话中对高枫的指示偷梁换柱，作了变通处理。合乎自己口味的，要求的严格一些，反之，则轻描淡写，一提而过。目的是担心原封不动地贯彻高枫的指示，会损害到自己的切身利益。

81 新闻热点

一觉醒来，已是八点。叶青简单梳洗，饭也顾不上吃，就赶到报社。刚到办公室，就接到任务，到经济新区调查了解出租车集体罢运事件。

叶青来到经济新区，注意观察和倾听街面上的情况。平时已习惯于"打的"的人们成群结队地站立在路边等公交，各种猜测、议论在人群间散布，闹得沸沸扬扬。惊讶，疑惑，恼怒，有人开始骂娘。

一辆公交车开过来，还没等停稳，众人一齐上前猛冲，最后只有靠前的少数人挤上去。被甩下的众人于是继续怨气冲天，叫骂不断。气愤之余，有人开始用手中的皮包狠砸公交车的窗玻璃。司机顾不得跟他们理论，脚下一踩，加大油门，疾驰而去。

"这可咋办，我今天班上有急事呢。"一位中年胖子气急败坏地叫嚷。

"有啥办法，等呗。"一个年轻的瘦高个子望着远方，摇了摇头。

"兄弟，你有所不知，我们公司有规定，迟到要扣钱的。"中年胖子哭丧着脸解释。

"特殊情况特殊对待，你们公司不能这样不近人情吧?"瘦高个子打抱不平道。

"这年月，谁还跟你讲那些呀。老板只认钱，不认人，你耽误了给他挣钱，他就要扣你的钱，道理就这么简单。"中年胖子无可奈何地苦诉。

"我看，你们老板就是一个十足的混蛋。"瘦高个子气愤地说。

"他混蛋，他无赖，但他是老板，他有钱，你能拿他怎样？这就是社会现实，兄弟，不要不服，总有一天你会明白的。"中年胖子耐心地劝说瘦高个子。他清楚，站在他面前的是一位涉世未深的愤青。

"那咋办？你赶紧去挤公交吧。"瘦高个子提醒道。

"已经晚了，权当给自己放假了。平常工作压得喘不过气，难得这样放松一下自己。"中年胖子摆了摆手，回答道。

"这次出租车罢运，八成又是那些个出租公司的黑心老板给逼出来的。"瘦高个子一语中的地分析道。

"何以见得？弄不好是有人为达到个人目的，故意挑动出租车闹事呢。"中年胖子不以为然地说。

"哪里有不平，哪里就有反抗，人的忍耐是有限的。这次罢运是因为出租车司机不堪重负，不得已而为之。"瘦高个子理由充足地解释。

"听说，出租车行业水很深，很浑，但具体情况不太清楚，也懒得去问。"中年胖子点上一支烟，一副事不关己的态度。

"权贵和黑道勾结，垄断了出租车市场。司机无法生存，用罢运的方式达到引起政府重视、解决问题的目的。"瘦高个子进一步解释道。

"哦，听说冯旷、斐彪、连才、白裕富这些人都有股份，出租公司就是他们办的。"中年胖子吸了一口烟，爆料道。

"一本万利，垄断经营，他们挣钱太容易了。"瘦高个子愤愤不平地说。

"出租车行业的制度安排本身严重不合理，是改革不彻底的产物，是半计划经济、半市场经济的怪胎。特权、利益集团和黑帮控制、垄断公司经营，禁止出租车个体经营，成为一本万利的食利寻租阶层。政府主管部门、出租车公司、出租车司机三方利益分配严重不合理。"瘦高个子概括地总结道。

"有道理。"中年胖子饶有兴致地听着瘦高个子的分析。

"主管部门卖批文给出租车公司，出租车公司垄断运营牌照和批文，毫不费力坐收高额利润。司机每月向出租公司缴纳高额租金，还要上交数目不少的管理费、保险费、修车费、押金、罚款等。另外，由于黑车过多，出租车司机的生意被抢占，加上加油难、停车难等因素，出租车司机生存空间越来越少，压力越来越大。出租车司机一年忙碌下来，血汗钱大部被掠走，所剩无几，几乎变成了新时代的骆驼祥子。"瘦高个子洞察细微地爆料。

"我们光顾骂娘，却没有设身处地地替出租车司机兄弟们想一想。他们拉家带口，需要生存啊。"中年胖子听到这里，显然受到触动，忍不住大发感慨。

"所以，必须改革这种不合理的制度安排，放开出租车市场，让市场机制真正发挥作用。否则，只能按下葫芦起来瓢，愈演愈烈，引发大规模罢运和冲突，给政府、司机和市民造成不必要的损失和麻烦。"瘦高个子见解独到地结论道。

"老弟，你说的有道理，应该写封信，寄给市长，帮他支支招。"中年胖子建议说。

"天下兴亡，匹夫有责。只有大家都关心尽力，城市才能健康发展，越来越美好。"瘦高个子点了点头，深有同感地表示。

叶青旁若无事地站在两人旁边，听着他们的议论，心里忍不住浪潮翻滚。改革已经进行多年，现实中仍然存在许多问题，改革的路依然很长。有些人极力误导、扭曲改革，以维护自己的特权和既得利益。当改革被少数人当作谋取私利的工具时，它离夭折和失败就不远了。

叶青正在沉思，忽然一声汽笛，一辆公交巴士停在站台，刚才那位中年胖子和瘦高个子已经上了车。她赶紧快跑几步，挤进车门。车子载着满车乘客，向前驶去。

站台上的人已经少了很多，几乎恢复了往日的平静。太阳明晃晃地挂在半空中，一如既往地挥洒着它的光芒。一切好像都没有发生，人们继续着不同方式的生活。

机关内部是一个等级森然的金字塔，不同级别的人待遇和话语权完全不同。人人都想追逐更高的职位和权力，纷争自然不可避免。

计荫一路升迁，已经当上了研究室副主任，排名在资深望重的李副主任之前。但他并不满足，又觊觎起文主任的位子。文主任再过两年就退二线了，李副主任同样过了提拔年龄，按道理说，计荫按部就班地硬靠就行了。他却迫不及待，想把文主任拿下，提前接班。从哪里打开缺口呢？他发现文主任与办公室主任一串红关系密切，于是眉头一皱，计上心来。经过一番精心策划，他终于付诸行动了。

一天晚上，文主任陪客人吃完饭，突然想起明天的工作需要提前跟一串红安排一下。于是，给一串红打了个电话，让她到宾馆那间他包住的房间。一串红接到文主任电话，很快来到。两人正在交谈，突然外面传来一阵咚咚的敲门声。文主任考虑他们虽然正在研究工作，但别人看见一男一女这个时间独处宾馆一室，肯定会产生误会，不如干脆来个闭门不见。这样一想，于是示意一串红不要出声。没想到，门外的人不甘罢休，继续起劲地敲门。后来几乎变成了砸门，并扬言要抓小偷。一串红本能地惊恐地四处张望，文主任也意识到问题的严重性，但他毕竟是一位久经沙场的老将，短暂的犹豫之后，迅速作出决断。只见他伸手推开窗户，纵身跳了下去。窗外是一片绿地，文主任笨重的身体扑哧一声砸在上面，砸出一个大坑。所幸腰身没出问题，他忍着痛，爬起身，跌跌撞撞地钻进树丛。

这时，房门突然从外面打开，门口站着一个女服务员，手里提着一串钥匙。看来，刚才是她用钥匙打开了房门。稍一迟疑，几个男女一下拥进房间。一串红被堵在屋里，面对一张张充满狐疑的面孔，她开始有些紧张，但很快镇定下来，反过来喝问那些人："你们硬闯进来，想干什么？"那帮人见屋里只有一串红一个人，找不到所谓的小偷，只好悻悻地离开。一串红长长地舒了一口气，暗自庆幸躲过一场风波，同时佩服文主任的机智勇敢。

然而，事情并没有就此结束，关于文主任和一串红的绯闻还是不翼而飞，各种小道消息纷至沓来，传得沸沸扬扬，有鼻子有眼。舆论造足之后，计荫又罗列罪状，用匿名信把文主任告到了区里、市里。

这样闹闹哄哄地过了一个多月，文主任终于气火攻心，身染数病，无法坚持正常工作。市里不得不对研究室领导班子进行调整，文主任因病提前退居二线，计荫诡计得逞，接任了主任。

随着领导班子的调整，研究室内部的政治风向急剧转变，各种力量分化组合，重新积聚。文主任前脚退下，后脚就受到集体冷落。大家的注意力集中到计荫身上，没有人再去搭理一个疾病缠身、过时失势的糟老头。

曾经紧跟不放、忠心耿耿的人有意疏远，一般人见了他不冷不热，记仇的还要指桑骂槐，刺他几句。文主任心情压抑，病情加重，住进医院，奄奄一息，眼看就要呜呼哀哉，命归黄泉。

82　分道扬镳

金秉荃计划再引进一批工业项目，这些项目设备老化，能耗高，污染重，而且占用大量耕地。许多人认为这些项目劳民伤财，得不偿失。金秉荃却坚持己见，一意孤行。

"盘龙山和盘龙湖的生态破坏已经触目惊心，十分严重了。如果继续引进污染企业，无异会雪上加霜，后果不堪设想。同志们，到了悬崖勒马、改弦更张的时候了，不能继续这样蛮干下去了！"常委会上，翁卓首先提出反对。最十恶不赦的坏蛋也有向善之心，也有良心发现的一刻。况且，翁卓还不是这样的坏蛋。所以他要出面制止增上污染企业，避免湖区生态环境进一步恶化，同时借机发泄对金秉荃的不满。

"我赞成翁卓同志的意见。由于历史的原因，特别是由于我们以前对经济发展与环境保护的关系处理不当，片面追求发展速度和GDP，忽视资源环境保护，所以造成了今天十分被动的局面。对此，群众的意见是很大的。翁卓同志说得好，我们不能继续这样蛮干下去了。今后我们不仅不能继续引进污染企业，而且要抓紧治理已经遭到破坏的生态环境，把欠下的旧账还上。否则，我们真的会成为千古罪人，无法向上级交代，无法向老百姓交代，更无法向子孙后代交代。"方明紧随其后，力陈自己的观点。

"同志们，发展是硬道理，是党执政兴国的第一要务。这是我们一切工作的生命线，我们任何时候都要紧紧抓住，丝毫也不能放松。不加快发展，就无法解决前进中的矛盾和问题，就无法在激烈的市场竞争中取得优势，就无法实现我区经济发展的飞跃式发展。形势喜人，形势逼人，形势不等人。千帆竞发，百舸争流。我们千万不能作茧自缚，丧失机遇，贻误发展，犯历史性的错误。"金秉荃对方明成见已深，对翁卓恨之入骨，见他们公开唱反调，于是立即予以反驳。

由于方明和翁卓相继反对，金秉荃的提议暂时没有获得通过。他十分恼火，随后调整部署，对方明展开了空前猛烈的排斥打压。方明承受着巨大压力，孤立无援，举步维艰。柯大卫看在眼里，急在心里，十分同情方明的处境。

"方书记，你要想得开，坚持住啊。"

"一个内心强大的人是不可战胜的，只要自己不倒，没有人能把你打倒。"

"真理被排斥，正义遭受打击，令人难以理解和接受。"

"要坚信，真理总会战胜谬误，正义总会战胜邪恶，这是人类历史发展的大势和规律。"

"他们这样对待您是不公正的。"

"个人进退荣辱不足挂齿，今生唯国家和人民利益为重，即使牺牲生命也在所不惜。困难和挫折只能是我们继续前进的动力。"

"您的精神令人钦佩。"

"不，我们做得还不够。"

经济新区进入了一个特殊的时期，表面的繁荣掩盖不了深刻的矛盾，一场深刻的危机在所难免。金秉荃感到自己正被一种强大的力量裹挟着，逐步走向危险的漩涡。在这场危机中，各方都已骑虎难下，而他未必是那个笑到最后的人。为更好地控制局势，掌握主动权，他在全区建立起由他的亲信组成的"地下"信息网，在各个部门和单位安插"耳目"，同时依靠斐彪控制的公安系统，及时掌握各方面的情况。

斐彪、计荫面见金秉荃，诬告柯大卫与方明交往频繁，暗中支持群众上访。

"真有这事？"金秉荃听了计荫的描述，将信将疑地问。

"千真万确，证据确凿。"计荫强调说。

"斐局长，你掌握的情况怎样？"金秉荃转头问斐彪。

"没错，这小子的确不地道。"斐彪回答。

"没想到啊，我身边的人，我寄予厚望的人会背叛我，站到我的对立面。"金秉荃有些伤感地叹息道。

虎落平阳被犬欺。一帮市井小人趁机落井下石，暗中施放冷箭。柯大卫腹背受敌，处境艰难。夜晚，他躺在床上，辗转反侧，彻夜难眠。恍惚之间，有几只笨拙无比、丑陋不堪的癞蛤蟆向他扑来。它们老少结伴，张牙舞爪，口吐白沫，丝丝有语，同时喷出一股股刺人口鼻的毒气。他又惊又怒，迈动双腿，拼命逃脱。然而，这些家伙仿佛事前有约，紧追不放。他满心厌恶，大声叫骂，却无济于事。

英雄阿喀琉斯与特洛伊人作战，被隐藏在云雾中助纣为虐的福波斯射中了脚踵。他强忍疼痛，愤怒地叫骂："谁敢在阴暗处向我施放冷箭？如果他胆敢面对面地和我作战，我将叫他鲜血尽流，直到他的灵魂逃到阴曹地府！懦夫总是在暗中杀害勇士！"柯大卫吃惊地发现，自己与阿喀琉斯的遭遇何其相似。

金秉荃心中怨恨柯大卫，但还是手下留情，没有将他一棍子打死，而是安排他到鸭梨乡担任副乡长。

"大卫啊，你跟我干的时间不短了，老飘在上面不是个事，想让你下去锻炼一下，这样对你将来的发展大有益处。"金秉荃把心中的真实想法隐藏起来，冠冕堂皇地对柯大卫解释说。

"我理解金书记的良苦用心，我一定加强锻炼，尽快让自己成熟起来。"柯大卫虽然对金秉荃的用意心知肚明，还是谦和地表示。

"基层是个大舞台，年轻人在那里大有可为，我希望你会把鸭梨乡作为一个新的起点，干出一番事业，以实际行动证明自己的能力。"金秉荃佯装关心地叮嘱道。

"感谢金书记鼓励，感谢您一直以来对我的关心、教诲，我会加倍努力的。"柯大卫坦然接受了调动，因为他明白在当时的情况下，这已经是比较理想的结果了。

83　上任之初

柯大卫命运多舛，叶青心下担心，于是特地赶来看望。

"大卫，你能接受得了吗？"叶青问道。

"没什么，无论在什么岗位，都能为人民服务。"柯大卫回答。

"要保重身体，留得青山在，不怕没柴烧。"叶青叮嘱道。

"不用担心，该来的迟早会来。"柯大卫满不在乎地说。

"黄钟毁弃，瓦釜雷鸣，我真替你鸣不平。"叶青充满关切地说。

"淡泊才能明志，宁静方能致远，个人得失本来就应该看淡一些。"柯大卫淡定地说。

"我原来担心你想不开,现在可以放心了。"叶青由衷地赞叹。

"我现在关心的是真理究竟掌握在谁的手里。"柯大卫有感而发地说。

"权力属于人民。少数人把持权力、强奸民意的时代还能继续下去吗?!"叶青诘问道。

"干部考核评价失真,一把手说了算,搞小圈子,请客拉票,买官卖官,用人上的腐败是最大的腐败。"柯大卫有感而发道。

"根本问题是公共权力到底应该为谁服务,为谁谋利。"叶青入木三分地指出。

"有人把公共权力私有化、家族化,专横霸道,为所欲为,法律和正义在他们眼里成了一纸空文。"柯大卫略作沉思,义愤填膺地斥责道。

"上帝欲使其灭亡,必先使其疯狂。弄权的人终究不会有好下场。"叶青气愤地诅咒道。

"今生最痛恨的是那些骑在人们头上作威作福的官僚政客。"柯大卫接着骂道。

"已经有那么多官员失身落马,却仍有人顶风而上,重蹈覆辙,腐败的诱惑力可谓不小啊。"叶青感叹说。

"有的人顶风作案,信奉砍头不要紧,只要金钱真,杀了我一个,幸福几代人;有的人是侥幸心理作怪,认为只要手段高明,又有关系网保护,不会出事;还有的人是中毒太深,对金钱已经形成了心理上的依赖。"柯大卫见解独到地指出。

"钱是好东西,但只有靠自己的聪明和汗水去获得,用起来才能心安理得。权力是一把双刃刀,用好了,可以利人利己,利国利民,用不好,会自戕性命。"叶青进一步分析道。

"反腐败要取得实效,关键要在体制机制上实现创新。"柯大卫接下来建议。

"体制机制固然重要,但执政理念、工作作风同样重要。有些人打着改革开放和加快发展的旗号中饱私囊,说穿了还是价值观出了问题。"叶青一针见血地说。

"腐败分子丧失原则,泯灭良知,不忠不孝,不仁不义,祸国殃民,罪大恶极。"柯大卫义愤填膺地说。

"腐败有多种状态:一种是轻微腐败,偶然犯错,问题较轻。第二种是亚腐败,有一些腐败行为,本质仍然没有变坏。第三种是腐败,从思想到行为,完全腐烂变质。现实当中,腐败透顶和绝对清廉的人都是少数,多数人则是危险地游走在二者之间。"叶青条分屡析地论述道。

"世界上没有完美无缺、先知先觉的超人,每个人都生活在现实之中,必然受到周边环境影响。环境好,坏人可以变好;环境不好,好人可能变坏。'举世皆浊我独清'毕竟很难,在一个物欲横流、喧嚣浮躁的社会里,要做到洁身自好难上加难。我们应该庆幸自己坚守底线,没有堕落为不可救药的腐败分子。"柯大卫进一步分析说。

"生命的本质是什么?人究竟应该追求什么?人类起源于动物,钩心斗角、巧取豪夺、残酷血腥却超过动物许多倍。"叶青溯根逐源地提出。

"缺乏精神追求,只追逐口腹之欲、感官刺激,这样的人与猪狗何异。"柯大卫感慨道。

"我打算写一篇论文,题目就叫《论人的动物性及其发展趋势》。"叶青接着话茬说。

"世界上不存在一成不变的教条,什么时候都不应墨守成规。比如说,华西村坚持集体经济,走共同富裕的道路,成为全国最富裕的村。而有些村迷信承包,故步自封,以致长期处于贫穷状态,不得不依靠上级扶持。"柯大卫实事求是地分析说。

"中国人常以中庸自居,其实最好走极端,什么时候能真正做到不偏不倚就好了。"叶青随之发出感慨。

"真理与谬误、经验与教条就差一步,可悲的是人们常常把谬误当成真理,把经验当成教条,在抛弃旧框框的同时陷入新的框框。"柯大卫敏锐地指出。

"国际垄断资本有计划地把高污染、高能耗产业转嫁到发展中国家。我们有些人不识其奸,反而沾沾自喜,以世界工厂为荣。"叶青接着批评说。

"是啊,缺乏战略头脑和风险意识,迟早要付出惨痛代价的!"柯大卫赞同地说。

"惩罚已经开始了,空气、水土污染,农化残留,生存空间越来越小,环境越来越差,癌症发病率直线上升。"叶青眉头紧皱,列举道。

"不讲科学,盲目蛮干,等于自掘坟墓,慢性自杀。"柯大卫深有同感地说。

"霍金预言，地球将在一千年内走向毁灭，建议人类移民地外空间。"叶青接着说。

"所以，所有地球人都应该珍惜地球，珍惜生命啊。"柯大卫不无忧虑地说。

与叶青告别，第二天，柯大卫打点行囊来到鸭梨乡。老石已经听到消息，提前安排了欢迎宴会。

席间，老石连敬数杯，然后真诚地对柯大卫说："大卫，欢迎你来鸭梨乡工作。看来咱们真是缘分不浅哪。以前你来调研、帮忙，从今往后你可是鸭梨乡的主人了。"

柯大卫听后，感慨地说："是啊，看来咱们真是前世有缘。没想到，咱们真的一个锅里摸勺子了。"

老石爽朗一笑，接着说："咱们之间合作肯定没问题，前面已经磨合过了。"

柯大卫谦虚地说："你是领导，基层工作我是门外汉，以后还请多多指导。"

老石听后，连连摆手，说："你是大机关下来的，观念新，能力强，以后我还要依仗你冲锋陷阵呢。"

柯大卫随即回应说："有你掌舵，什么事情都好办，我相信，鸭梨乡的前途肯定是美好的。"

老石兴奋地说："借你吉言，咱们共同努力，为改变鸭梨乡贫穷落后的面貌而奋斗吧。"

柯大卫站起身，表态说："一言为定，不改变面貌我坚决不离开。"

老石同样站起身，握住柯大卫的手，激动地说："柯副乡长，我替全乡老少爷们谢谢你。"

按照以前的计划，鸭梨乡的水电通讯基础设施正在加紧改造建设。柯大卫到任后，立即投入到这项工作当中，成了老石的得力助手。

伏美姣得知柯大卫下派到鸭梨乡，给他打了一个电话。

"大卫，你是怎么搞的，让我说你什么好。顶风而上，站错队，跟错人，这些都是官场大忌，你难道不懂？你怎么能得罪金秉荃，与方明弄到一起呢？"

"伏姐,我让你失望了。不过人各有志,我也是没有办法啊。"

"好了,这些事以后再说,你一定不要灰心丧气,要振作精神,先在那里干着,以后有机会再说,伏姐不会坐视不管的。"

"你不要为我费心,是金子在哪里都会发光,磨砺越久越有光泽。"

"鸭梨乡的情况怎么样?"

"地方很好,人很好,可就是穷啊。"

"抽空,我一定过去看看,考察一下。"

"欢迎,欢迎,鸭梨乡缺的就是资金、技术和项目啊。我代表全乡老少爷们热烈欢迎伏姐前来投资兴业。"

"你们需要哪方面的项目?"

"污染环境、浪费资源的项目坚决不要。除此之外,哪方面的都行啊。"

"你们那里不是有鸭梨吗?"

"有,漫山遍野,到处都是,产量很大啊。"

"那好,就以农家宴、鸭梨采摘、观光农业为依托,发展乡村旅游业。同时,搞好鸭梨的储藏、贩运、加工,逐步把鸭梨产业做大,做强。"

"太感谢你了,伏姐,咱们想到一块去了。"

"不为别的,为了你的政绩我也得去啊。"

"你是鸭梨乡的福星,令小弟感激涕零啊。"

"耍贫嘴,好了,不耽误时间了,见面再谈。"

"好,我恭候伏姐光临。"

84　真相大白

面对严峻的治安形势,铁瑛深感责任重大,昼夜奔忙在刑侦一线,相继破获了一批大案要案。但在调查一系列恶性案件过程中,他时时感受到有一股力量暗中掣肘,制造障碍。明知山有虎,偏向虎山行。铁瑛骨子里具有一种宁折不弯的劲头。他暗下决心,不把犯罪分子全部送上审判台誓不罢休。

女尸的身份已经查明,是白裕富的女秘书袁玫。大学毕业后,她应聘到虎豹集团。谁知还不到一年,就香消玉殒,命丧黄泉。根据她的身份,铁瑛带领刑警们进一步查清了她的社会关系和经常接触的人群。随着走访和排查工作的不断深入，目标指向了白裕富的两名保镖尚天和海利。出事那天，尚天、海利曾经给袁玫打过电话。袁玫接完电话，随后离开公司，从此杳无音信。铁瑛他们同时了解到，袁玫曾经对密友透露白裕富对他实施过强奸，她要寻机报复，揭发白裕富的一系列罪行。

白裕富得到这一消息后十分害怕，为防止罪行败露，派尚天、海利将袁玫诱骗到盘龙湖边一个偏僻的地方，伺机杀害。然后，将尸体沉到湖底。几天后，由于浸水膨胀，尸体又从湖底飘了上来。案情逐渐明朗，尚天和海利是直接的犯罪嫌疑人，而白裕富很有可能就是幕后主使。

为了防止意外，确保万无一失，铁瑛他们制定了周密的抓捕计划，提前设伏，成功诱捕。没想到，两个家伙虽然年龄不过三十，心理防线和反侦察能力却很强，拒不交代犯罪事实。

白裕富得知两个保镖被抓，恼羞成怒，指使手下到区公安局门口聚众示威，要求立即放人。这时，金秉荃又打电话询问案情，进行干预。铁瑛背负着沉重的压力，进退维谷。放人，意味着前功尽弃。继续审查，一时又难见成效。经过一番缜密思考，他决定以退为进，从长计议，下令释放了尚天和海利。同时，安排几名便衣暗中跟踪监视。

几天后，在湖边的一片树林里又发现一具男尸。接警后，铁瑛立即赶到现场，发现死者的身边有半瓶烈性农药，嘴边满是毒液。经过辨认，确定死者是湖西村村民、环保英雄魏正毅。从表象看，死者是喝药自杀。铁瑛高度警惕，不放过一点细微的痕迹。经过仔细勘察，尸检，确定这是一起凶杀案。凶手为了掩盖真相，逃避罪责，制造了假现场。

种种迹象表明，白裕富与这几起重大案件难脱干系。同时查明，白裕富纵容手下寻衅滋事，导致客商牛旺财在殴斗中被杀身亡。根据掌握的情况，铁瑛请示对白裕富立案调查，但遭到金秉荃和斐彪的激烈反对。他们借口白裕富是著名民营企业家、利税大户、人大代表，社会影响大，叮嘱铁瑛不要轻举妄动，否则后果自负。铁瑛只好暂缓计划执行，等待时机成熟再实施行动。

85　地狱之门

四大项目之一的大型化工厂排出的烟尘、污水严重污染了周围几公里范围的空气和耕地，上万亩良田成了污水坑，无法继续耕种，空气中也充满粉尘颗粒和有害气体，令人窒息。

群众到有关部门上访，有人给予的答复是："目前没法解决，你们愿意告就去告吧！"群众压在心中的怒火终于燃烧起来。他们蜂拥而至，围堵在工厂大门口，要求工厂补偿他们的损失。

金秉荃接到下面的报告，不顾方明等人的反对，命令斐彪安排警力平息事态。在执行过程中，警方与群众发生了冲突。愤怒的群众把警车砸了，警察则动用警棍打伤了群众，从人群中"杀"出一条血路，把几个领头闹事的人带走了。双方矛盾进一步激化，人群呼啦一下赶到区公安局要人。

呼喊声响天动地，好像要把区公安局办公大楼抬起来。斐彪从办公室往下一看，吓了一跳，只见院里院外挤满了黑压压的人群。他胆怯了，想放人。他拿起电话，向金秉荃请示，却遭到一顿斥责。金秉荃严令他不仅不能放人，而且要迅速把围堵的群众驱散。斐彪经过短暂的思考，终于下达了进攻命令。

一队队的警察开向群众，把他们往大门外驱赶，警察与群众再次发生激烈冲突，叫喊声、打骂声响成一片，场面失去控制。忽然"叭叭"几声枪响，有人开枪了，接着有人喊："打死人了，打死人了！"也许是枪声和喊声把人们镇住了，也许是死者的鲜血把人们惊醒了，人群一下子安静下来，接着众人抬起伤员向医院跑去。这次事件，群众有两人死亡，多人受伤；警察也有十几人负伤。

人命关天，事情发展到这个地步，斐彪自感罪责难逃。他把自己反锁在办公室里，瘫倒在地。像一个泄气的皮球，大脑一片空白。

多少年来，他一直忙，从一个积极上进的民警逐步堕落为作恶多端、助纣为虐的公安局长。他想起了过去的一桩桩、一件件，第一次这样认真回头看一下自己走过的路，这样真实地叩击自己的灵魂。

在从警的大部分时间里，斐彪的意志力和免疫力还是很强的，能够做到一身正气，忠于职守。但随着资历的增长，职务的升迁，他慢慢放松了警惕。尤其看到社会上有些人靠不正当手段一夜暴富、一掷千金的时候，他的心理发生了扭曲。

苍蝇不叮无缝的蛋，他的这些变化为各种利益集团提供了可乘之机。慢慢地，他被黑恶势力俘虏，与他们同流合污了。从那以后，表面上他还是那个大名鼎鼎、威风八面的公安局长，实际上与黑恶势力沆瀣一气，成了他们的保护伞和走狗。

人群已经散去，窗外已是万家灯火，马路上静静的，偶尔传来几声车鸣。斐彪下意识地拉开抽屉，目光停在了那把雪亮的手枪上。这把枪跟随他经历了无数次抓捕行动，曾立下赫赫战功。他很喜欢它，平时总是把它擦得锃亮，没事的时候，就拿出来端详。看着它，他感到很亲切，像是看着多年的老朋友。此时看着它，他却感到十分恐惧和陌生。

他正在胡思乱想，手机突然响了起来。由于屋内悄无声息，所以铃声格外刺耳。他起初并不想接，但手机一直响个不停，他只好慢慢伸出手，不情愿地按下接听键。

"师兄，你在哪里？"里面传来铁瑛焦急的声音。

"我在天上，有事吗？"斐彪有气无力地应答。

"别开玩笑了，事情十万火急，我想马上见到你。"铁瑛不容置疑地要求道。

"不用见面了，你电话里直接说吧。"斐彪冷冷地回答。

"你这几天小心点，有人想暗害你。"铁瑛小声回答。

"你怎么知道的？"斐彪虽然做好了自我了断的决心，但听到这一消息还是打了一个寒噤。

"你不要问了，保护好自己就是了，另外，尽快向组织上把问题交代清楚，争取主动。"铁瑛叮嘱道。

"谢谢你了，老弟，再见。"斐彪最后道了声谢，然后扣下了手机。

从座位上站起来，脸上露出一丝自嘲的苦笑。动作好快啊，虽然他做过这方面的猜测，但没想到他们会来的这样迅速。对方显然感到了他继续存在的威胁，因为他一旦被立案调查，就难以做到守口如瓶。有些人怕他坚持不住，把自己交代出来，拔出萝卜带出泥，所以想杀人灭口。看来，自杀是最理想的解脱办法，与其接受审判，不如自行了断，一了百了。这样的选择，对人对己对家人都是最好的交代。

他环顾了一下办公室，窗外依然是斑驳纷乱的世界。偌大的一个办公大楼已没有了白天的喧哗，死一般地沉静，连呼吸都能听得到。他举起手枪，鼓足勇气，抵住自己的头部。他觉得自己在不断地下沉，听到有个沉闷而威严的声音对他做着最后的裁决："此人在人间作恶多端，贪赃枉法，把他打入地狱接受审判，以赎前世的罪愆吧。"于是他被几个满身血污、青面獠牙的魔鬼捉住，扔进无底的黑洞。他没有痛苦，没有反抗，只发出一声无奈的长长的叹息。就在即将扣动扳机的时候，他突然意识到地点不够恰当，方式也存在缺陷，于是改变了主意。

他走出办公楼，来到车库，打开车门，把身体塞了进去。他驾驶着轿车，驶向盘龙山。他把车开到一处人迹罕至的悬崖边，走下车，最后环顾了一下四周秀美的风景，深吸了一口山间清新的空气。随后，他重新上车，一加油门，毅然决然地撞向幽深的山谷。

斐彪失踪几天后，被几名驴友在探险过程中偶然发现。接到报告，铁瑛立即带领刑侦队员赶赴事发地点。现场惨不忍睹，车子已烧得面目全非，斐彪变成了一具严重烧焦的骨架。看着眼前的景象，铁瑛心情十分沉重。斐彪的家人闻讯赶来。铁瑛勘察完现场，又帮他们妥善处理了斐彪的后事。

斐彪死了，金秉荃把所有责任推到了他身上，蒙混过关，逃过一劫。

这天早晨，铁瑛突然接到一个熟悉的电话，让他到盘龙湖一个僻静的角落有要事商量。他对眼前的危险全然不知，立即驾车来到约会地点。在车里坐等了一刻钟，仍不见来人的影子。他正在茫然地想着心事，突然从旁边的树丛中闪出两个彪形大汉。二人身穿黑衣，戴着头套和白色手套，杀气腾腾地向他扑来。刹那之间，他感到了死亡的威胁。一切都明白了，商量事情是假的，他们的真实目的是想置他于死地。因为他对一批案件的侦察取得了重要进展，有人显然害怕了，想终止他的行动。

他不想坐以待毙，赶紧发动轿车。但为时已晚，那两个大汉几个箭步蹿上来，把他从驾驶室里拉出来，摁倒在地，掏出事先准备的绳索，手脚麻利地套上他的脖颈。他拿出在警校学到的功夫，手脚并用，好不容易挣脱了绳索，并把对方掀倒在地。他意识到自己一个人势单力薄，纠缠下去十分不利，于是抬脚跨进驾驶室，迅速脱离了险地。

86　雪中送炭

白薇已经升任经济新区外事办副主任。听说柯大卫正在鸭梨乡发展现代农业，增加农民收入，于是主动表示帮他争取世界银行贷款。柯大卫喜出望外，让有关部门提报了设施栽培和立体种养两个项目。接到报告，白薇立即带领工作人员前来实地考察。柯大卫陪同他们查看了项目区规划。考察结束，柯大卫专门设宴答谢他们。

"看到老百姓生产出绿色环保的反季节蔬菜，让人感到高兴和振奋。"白薇想起在农户看到的情况，不禁赞叹道。

"科技能把原本不可能的事情变为可能，下一步用上滴灌设施，就更好了。"柯大卫接过话茬说。

"山上栽果树，山间种水稻，稻田里养河蟹，这种立体种养模式最大限度地利用了空间，提高了综合效益。庭院特色养殖模式除了增加收入以外，建起沼气池，畜禽粪便和废弃秸秆能产生沼气，沼气可以用来照明、取暖、做饭；沼气废渣、沼液又可以做肥料，形成了良性循环，所以很有推广价值。"白薇娓娓道来，仿佛一位资深的农业专家。

"真看不出，你这位外事专家对农业还蛮有研究哩。"柯大卫用赞赏的目光看着白薇说。

"我这是现学现卖。基层是所大学校，以后还要向你们这些专家请教呢。"白薇谦虚地说。

"中国的事情复杂得很，农业、农村工作更是面临许多困难和问题。旧的办法不顶用了，新的办法又没研究出来，所以事情有些难办。我也是个门外汉，不懂的东西很多，需要学习探讨。"柯大卫客气地说。

"粉饰太平，回避矛盾，只能贻误事业。"白薇有感而发道。

"你说的很对。"柯大卫深有同感地说。

"应该怎样看待家庭联产承包责任制？"白薇若有所思地询问道。

"毫无疑问，联产承包责任制曾一度调动了农民的自主性和积极性，促进了农业生产发展。但世界上没有一劳永逸的改革，当懒汉，吃老本，只能贻误发展。承包之后怎么办？小生产与大市场的矛盾怎样解决？农业基础设施如何改善？由于各种因素的制约，在世界范围内农业仍然属于弱势产业，离不开政府的扶持，离不开工业的反哺。"柯大卫开诚布公地说明自己的看法。

"这些观点大胆而有新意，我支持。"白薇赞赏地评价道。

"要推行土地依法有偿流转，通过产供销合作社把一家一户纳入产业化链条之中。要依靠龙头企业，吸引农民入股，带领农民走共同富裕的道路。要制定优惠政策，从各个方面加大对农业的扶持。要建立农技推广体系，让先进农业科技及时转化为生产力。要扶持科技创新企业、科技带头户，带动农户共同发展。在这个过程中，要配套防范措施，避免有人动坏心眼，借机坑农、害农。"柯大卫结合自己的体会和思考，有针对性地开了一系列药方。

"你开出的药方很切合当下'三农'的症状，按照这一思路做下去，大有希望。有一个问题我想请教一下，中国的城市化究竟应该怎样搞？"白薇充分肯定了方明的观点，然后提出了一个思考多时的问题。

"中国的城市化既要借鉴世界经验，又要立足自己的国情，综合考虑土地、人口、资源、环境、教育、卫生、住房、社保、治安等方面的因素，科学规划，合理布局，稳步推进。不顾实际，贪大求'洋'，盲目扩张，后果是不可想象的。城市规模要适度，不是越大越好，越'洋'越好。"说到这里，柯大卫略作停顿，用征询的目光看着白薇。

"言之有理。"白薇点点头。

"中国的城市发展要因地制宜，坚持大、中、小城市合理搭配，科学布局。既要有国际化的大都会，又要有一批规模适度的中等城市，更要发展数量众多的小微城市、卫星城市。要大力推进农业产业化，推行专业化、规模化、合作化经营，引导农村剩余劳动力集聚到小城镇，发展壮大二三产业。"柯大卫继续着刚才的话题。

"按照这样的思路，中国的城市化进程会大大加快。"听了柯大卫的一席话，白薇深受启发。

"工业化和城市化不可分割，城市化要以工业化为基础，与工业化同步进行。这是一个渐进的过程，千万不能不顾实际情况，违背群众意愿，简单化，强迫命令，盲目求快，搞新的大跃进、洋跃进。要适应工业化的进程，逐步推进，健康发展。"柯大卫接着说。

"是啊，急于求成的历史教训应该认真汲取。"白薇赞同说。

"人类前进的过程，就是不断解放思想、自我超越的过程，我们究竟应该追求什么样的改革开放，怎样进行改革开放？应该追求什么样的发展，怎样发展？"柯大卫忍不住发出一连串的质问。

"这些问题的确值得深入研究和思考。"白薇饶有兴致地表示。

"理论问题搞不清，实践难免出现这样那样的失误，甚至会走很多弯路。一些所谓的改革试验区没有创出一套成熟的体制机制，反而搞得贫富悬殊、民怨沸腾、治安混乱、精神空虚、腐败盛行。改革的关键是转变政府职能，政府不仅应该做市场经济的守夜人，而且应该是市场经济的清道夫、设计师、裁判员，维护社会最基本的公平正义。从这个意义上讲，我们的改革只能算刚刚起步，未来的任务还很繁重。"柯大卫进一步强调说。

"天下兴亡，匹夫有责，为政者应该具有非同一般的责任意识、忧患意识、大局意识和进取意识。"白薇由衷地赞许道。

"不说这些了，谈点轻松的吧。你现在过得怎么样？"也许觉得气氛和话题过于沉重，柯大卫转移了话题。

"我现在精力都用在工作和女儿身上，别的倒也麻木了。"白薇乐观豁达地说。

"应该在有生之年为社会多做点贡献，起码将来离开人世的时候不会感到空虚和后悔。但也不要太委屈自己，对于每个人而言，生命毕竟只有一次。"柯大卫关心地叮嘱道。

"你看我这样不是很好吗？"白薇爽朗一笑，故作轻松地反问道。

"大家真诚地希望你过得好一些。"柯大卫亲切地回应道。

"谢谢。"白薇感动地说。

"孩子学习好吧？"柯大卫问道。

"还好。"白薇答谢道。

"孩子是我们的未来和希望，一定要教育好。要给予充分的发展空间，让他们健康快乐地成长。现行的教育体制存在不少弊端，升学教育冲击了素质教育，课业负担太重扼杀了学生的创造精神和思维空间。"柯大卫分析说。

"是啊，培养好下一代是家庭、学校和社会义不容辞的责任。"白薇深有同感地说。

得知柯大卫任职鸭梨乡的消息，马老主动前来看望。柯大卫喜出望外，热情地接待了他。中午，二人避开喧闹，在一个偏僻的角落，找了一家农家饭馆，点了几个土菜，边吃边聊。

"马老，好长时间没去拜访您了，还请原谅。"柯大卫端起酒杯，致歉说。

"我理解，你的事情多，不自由。"马老同样端起酒杯，大度地笑了笑，回应说。

"您专程来这里找我，是不是有什么事情？"柯大卫与马老碰杯干酒，然后问道。

"没有别的事，就是想过来看看你。怎么样，适应吗？"马老先答后问。

"适应，这个地方我熟悉，以前来搞过调研。"柯大卫汇报说。

"这样就好，我还担心你想不开，闹情绪呢。今天见了你，我就放心了。"马老舒了一口气，笑呵呵地说。

"有劳您老惦记，晚辈不胜感谢。"柯大卫感动地致谢。

"你现在的精神状态很好，就应该这样。千锤百炼，历久弥坚，愈挫愈奋，不堕青云之志。经历就是财富，挫折就是收获。人生嘛，难免有起有伏，有进有退，起蕴涵着伏，伏预示着起，退是为了进，进是退的结果。"马老慈祥地看着柯大卫，肯定道。

"晚辈让您失望了。这一段时间，我虽然极力自我安慰，但还是感到很失败。"柯大卫难为情地汇报说。

"从终极意义上说，世间不存在成功者，大家都是失败者，只不过是走向失败的过程、方式和风格、气度不同罢了。家家都有难念的经，人人都有伤心的事。那些所谓的成功人士看起来风光无限，其实内心未必真正舒心幸福。"马老宽慰说。

"过去的一些人和事时常激起心头之痛，萦绕纠缠，挥之不去。"柯大卫继续推心置腹地说。

"无论遭遇到什么，遭遇到多少，永远都不要埋怨，不要气馁，不要憎恨。生活永远是美好的，即使身处逆境，也要从生活中寻找快乐和诗意。只有不断调整自己，适应生活，享受生活，才能改变生活，创造生活。要学会宽恕别人，设身处地、换个角度考虑问题。耶酥教导信徒说，'别人打你的左脸，你要把右脸一块给他'。一般人难以理解，觉得这是懦弱、愚蠢的行为，其实这恰恰是勇敢、坚强和韧性的表现。当然，这不是让人一味退让，放弃斗争，而是让人不要轻言斗争，只有退无可退的时候才出手反击。这个意思以前我们探讨过，今天就不再重复了。"马老语重心长地告诫道。

"您老的教导晚辈终生铭记，夙夜在心。"柯大卫感激地表示。

"成大事者既要有大胸怀、大谋略、大眼光，又要脚踏实地，埋头苦干。天生我才必有用。你天资颖慧，品质优良，我相信，肯定是个可造之才。即使离开现有的圈子，将来同样可以成就一番事业。"马老鼓励说。

"只怕辜负了您老的期望，成不了大事。"柯大卫谦虚地表示。

"孙中山说：要做大事，不要做大官。即使做不了大事，能把一件件小事做好，日积月累，照样功德无量，善莫大焉。"

"多谢马老夸奖，晚辈一定加倍努力，不负厚望。"柯大卫再次表示感谢。

送别马老，柯大卫又投入工作。那天晚上，他又做了一个奇怪的梦。梦见一只丑小鸭变成了白天鹅，在乌云中飞翔，突遇雷击，坠落到一片沼泽里。一个老渔夫把它救回家，精心为他疗伤。伤愈后，它告别老渔夫，重新回到辽阔的天空。

87　权力洗牌

尽管金秉荃千方百计弄虚作假，粉饰太平，稳定局势，但矛盾和问题还是不断暴露出来。

盘龙湖水质一度富营养化，发生水华现象，湖水严重缺氧，鱼虾大面积死亡。偌大的湖面积满了死鱼，白花花一片，远远看去，仿佛铺了一层厚厚的棉絮。没用几天，死鱼腐烂变质。风起浪涌，死鱼身上散发出的腐败气味飘遍全城，令人窒息。居民苦不堪言，叫骂不断，纷纷上访。

更为严重的是，由于持续不断的野蛮开发，水中含有大量有毒物质，导致居民患癌人数激增，而且越来越趋向年轻化。有的村庄干脆变成了癌症村，人口死亡率激增，山野间相继出现了一片片新坟。

财政资金被大量投入到城市开发，出现亏空，教师半年没领到工资了。广大教师多次反映无效，集体罢课。金秉荃清楚，在这个节骨眼上，一切应该以稳定为重。于是紧急调拨预算外资金,把教师工资发了下去。

一所小学二百多名学生铅中毒,而制造污染的就是学校周围的几处化工厂、冶炼厂。根据金秉荃的指示,方明亲临现场,安排中毒学生住院治疗,并指示有关部门勒令企业停产整顿,严格调查检测,拿出解决方案和处理意见。

往下还会出什么事?金秉荃不敢往下想了。他知道这些问题的出现,与他这几年的发展理念和工作思路有关。

他似乎看到翁卓正虎视眈眈觊觎着他的地位,一副志在必得的样子。他似乎觉得自己已经走到了悬崖边缘,稍不留心,就会跌入万丈深渊。但他不肯就此罢休,他想利用多年积累的人脉资源,挽救危局,渡过难关。

然而,针对他的群众来信还是源源不断地输送到各级领导的办公桌上。为此,滨江市纪委书记龚舜向薪跃进作了专题汇报。

"薪书记,最近反映金秉荃同志的群众来信比较集中。"

"是啊,我这里也收到一些。"

"您看,应该如何处理?"

"我看,金秉荃还是个好同志嘛,这几年在经济新区干得还是很有成绩的。干工作,就会有问题,就会有人说三道四。"

"好,那就先放一下吧。"

"组织上培养一个干部不容易,要以批评教育为主,能保护的还是要保护,不能一棍子打死。对下面的反映不要轻信,不要轻易下结论。"

"是,薪书记,我明白。"

话虽这样说,鉴于经济新区当时的形势,考虑再三,薪跃进还是决定让金秉荃到省委党校脱产学习一段时间。经济新区日常工作暂时由翁卓主持。

"秉荃啊,这几年你一直在一线忙碌,很辛苦。我打算让你到省委党校充一下电,借机超脱、休息一下。"

"感谢薪书记厚爱,我只是放不下经济新区的发展啊。"

"工作你就不用操心了,让翁卓、方明他们搞去吧。"

"我服从安排,不过,有一点我认为应该向您建议。"

"你说吧,只要合理,我会采纳的。"

"经济新区地位特殊,一旦出了问题,局面不可收拾,后果不堪设想啊。"

"稳定是大政方针，这一点我会认真把握的。"

"多谢薪书记理解。"

"现在看，这几年我们的发展理念和思路可能存在一些问题，产生了一些不好的后果。你借这个机会好好琢磨一下，今后应该怎样搞。"

"好，我一定认真学习，深入思考。"

金秉荃虽然在薪跃进面前态度良好，内心却很不情愿，很郁闷。他认为，这几年是经济新区发展速度最快的历史时期，成绩最显著的时期。最近发生的问题是发展中的问题，不是哪一个人的问题。要说发展理念和思路有偏差，那也是上面的问题，我们这些州县小吏最多充当了执行的角色。上面考核增长速度和GDP，我们不抓行吗？谁要是拒不执行，不但无法继续升迁，连原有的乌纱帽都难保。

牢骚归牢骚，他还是决定先服从安排，从长计议，稳住阵脚，等到时机成熟，再来个鲤鱼翻身。他不担心出什么问题，更不担心自己未来的发展。因为他自认为这些年构筑的关系网会持续发挥作用，为自己扫除前进道路上的一切障碍和纷扰，给予自己有力的支持和帮助。

翁卓大权在握后，立即解决了秘书大庄的级别问题。随后，决定从连才、佟镜开始，顺藤摸瓜，各个击破，将金秉荃的党羽一网打尽，进而彻底清算金秉荃。

正在这个时候，开发商黎义忠公开举报连才。黎义忠的举动正中翁卓的下怀，他当即指示区纪委对连才采取措施。

几年前，连才附庸风雅，四处拜师，学会了作画。他的画作，粗略一看，线条、色彩、光影、明暗、虚实等基本技法尚可，只是缺乏灵性和才气，境界、立意与大家相比差距甚远。

他坚持不懈地画，不遗余力地送，热情和毅力令人佩服。前不久，他斥资在北京办了一次画展，高价聘请了几位名家和一批媒体记者现场推介。然而，折腾了一通，画作照样无人问津。为此，他郁闷了好多天。

黎义忠投其所好，送了他一副古代名画。从那以后，两人结成了利益链。然而，随着时间的推移，连才"移情别恋"，结交了新的合作伙伴。黎义忠的投入没有得到相应的回报，于是骂连才不仗义。两人关系逐渐冷淡，矛盾逐渐加深，最后终于撕破了脸皮。一气之下，黎义忠把一盒事先偷录的连才受贿的录像带交到了区纪委。区纪委向翁卓作了汇报。翁卓喜出望外，下令对连才实行双规。连才到案后，打算主动交代问题，争取宽大处理。他的这一决定让有些人十分害怕，他们赶紧通过内线向连才施加影响，提出威胁。考虑到自己和家人的安全，连才只好明哲保身，只交代自己的问题，没有涉及他人。

"其实，像我这样的人多了去了，如果要交代，三天三夜也交代不完。不过，我如果交代了，还想活着出去吗？家里的人还能清闲吗？所以，为了保全自己和家人，就不涉及别人了。妈的，算老子倒霉。"连才一边接受调查，一边满心怨恨地想。

办案人员乘胜前进，赶赴盘龙镇。佟镜听见风声，立即金蝉脱壳，神秘出逃。专案组一路追到广州白云机场。佟镜乘坐的波音客机已经起飞，飞往新加坡。到达新加坡后，又转机前往加拿大，与妻女成功团聚。原来，佟镜未雨绸缪，几年前早已把老婆、女儿送到加拿大定居，自个也办理了好几个护照。

给他透漏消息的那个人很可能就在专案组内部，方明指示彻查此事。初战不利，身为专案组组长的区纪委副书记颜继心有不甘，倍感自责。

方明十分关注案件的进展。这天晚饭后，他来到颜继的办公室。颜继和区纪委调查室主任樊复向他作了工作汇报。

"佟镜的漏网，说明我们工作不扎实啊。"颜继面露愧色，自责道。

"百密难免一疏，世界上不存在常胜将军，老虎也有打盹的时候嘛。"方明善解人意地安慰道。

"没想到问题出在内部，这暴露了我们自身建设方面存在的问题啊。"颜继叹了一口气，感慨不已。

"有线索吗？"方明反问道。

"正在查，恐怕隐藏很深。"樊复回答道。

"法网恢恢，疏而不漏，总有一天，他们都会落网的。"方明坚定地说。

"要取得反腐倡廉的决定性胜利，必须有一支作风过硬、素质优良的专门队伍。现在，我们的队伍却成分复杂，良莠不齐。"颜继坦诚地指出。

"有的监守自盗，为犯罪分子充当耳目；有的灵活变通，办人情案；有的以权谋私，搞幕后交易；有的害怕受到打击报复，当老好人；有的无所作为，看破红尘；坚持原则，严格执纪的人少了。"樊复自我剖析道。

"所以，我们要增强责任感、危机感，自觉抓好自身建设。"颜继接着话头说。

"有的地方贪官搭台，奸商唱戏，把公共权力私有化、市场化、黑帮化，官员和富商互相勾结，互相利用，联合执政，配合默契，大发横财。"方明强调说。

"要防止既得利益集团从自身需要出发，绑架改革，误导改革，阻碍改革，葬送改革。"樊复说。

"大大小小的'衙内'、'诰命'充斥朝野，为害四方。四大家族垄断政治经济命脉，欺压盘剥人民，直接导致国民党政权垮台。前事不忘，后事之师，必须警惕家族式、集团化、网络化腐败，防止出现一个新的官僚食利者阶层。"方明不无忧虑地提醒道。

"用人的腐败是最大的腐败，在有的地方和单位，组织人事部门成了官帽批发站，一把手成了官帽批发商，明码标价，公开卖官。"颜继说。

"腐败分子培养、重用腐败分子，盘根错节，形成腐败网络。"樊复补充道。

"监督制约机制缺乏刚性，不能不说是一种体制之痒。要创新体制机制，让普通百姓有话语权，有机会参与游戏规则的制定，从源头预防和治理腐败，不能让少数人垄断公共事务话语权，谋取私利。"方明阐发道。

"历史上，贪官污吏的胡作非为曾经一次又一次地逼迫人民起来造反。腐败发展下去，势必会亡党亡国。所以，要建立一整套科学有效的制度，使权力得到有效的监督和制约，使任何人无法为所欲为，无法无天。换句话说，要还权于民，让人民制约权力，真正当家做主。"樊复附和说。

"要以持之以恒、锲而不舍的劲头抓好作风建设，以刮骨疗毒、自我革新的精神解决自身存在的问题。坚持常抓不懈，警钟长鸣，多管齐下，打防并举，对腐败实行零容忍，才能收到明显成效，取信于民。"方明掷地有声地论述道。

"要敢于担当，不能和稀泥，搞一团和气，或者以人划线，搞双重标准、选择性反腐。"颜继插话说。

"我们有些干部整天热衷于交结老板大款，与老百姓的距离却越来越远，有的甚至走到了群众的对立面。"樊复感触颇深地评论道。

"过去同事之间见面称'同志',现在却热衷于称某某长、某某总。其实,'同志'二字包含了深刻的含义,是个神圣而亲切的称呼。"樊复接下来说。

"有些人以自我为中心,热衷于自我兜售,把传统美德丢到了脑后。"颜继接过话茬。

"自吹自擂,故弄玄虚,装出一副吓人的样子,只能证明内心虚弱,底蕴不足。"樊复赞同说。

"领导干部应该心存敬畏,敬苍天,敬大地,敬祖宗,敬传统,敬马列,敬组织,敬百姓。飞扬跋扈,不可一世,迟早是要摔跟头的。"方明告诫道。

"有的干部心里却只有个人和家族的利益,为了个人和家族利益不惜以身试法。有的竟然叫嚣'杀头不要紧,只要金钱真;杀了我一个,幸福几代人。'你看,为了捞钱,连命都可以豁出去。从本质上说,他们已经由人民的公仆蜕变成了官老爷、吸血鬼。"颜继严肃地指出。

"国外有一个黑帮老大,被警方追捕,带上女儿逃到一个人迹罕至的深山老林。没想到大雪封山,他们带的食物已经用完,只剩下一皮箱纸币。他们又冷又饿,濒临崩溃。这时,黑帮老大打开皮箱,拿出几沓钞票,用打火机点上取暖。靠着那一箱子钞票,他们终于熬到冰雪消融,逃出深山。这个故事告诉人们,生命比金钱重要,与生命相比,金钱有时候无异于一堆白纸。"颜继讲述道。

"思想观念决定行为方式,只有在全社会营造起浓厚的廉政文化,才能从根本上解决问题。有些人之所以陷入犯罪的泥潭,深层次原因是放松了世界观改造和党性修养,价值观严重扭曲,沦落为金钱拜物教的奴隶。"方明分析说。

"有的干部不信马列信宗教,不拜苍生拜鬼神;有的干部热衷于搞阴谋,玩心计,拉关系。有的干部好摆谱,讲排场,比阔气,装腔作势,官气熏天,骄奢淫逸。制度固然重要,但人心坏了,再好的制度也形同虚设。"樊复赞同地说。

"要警惕假道学、双面人,这种人满嘴仁义道德,一肚子男盗女娼,台上是人,台下是鬼,既想当婊子,又要立牌坊,看上去道貌岸然,其实既不崇高,也不伟大。"方明一针见血地指出。

"古代贤大夫尚能修身齐家治国平天下，先天下之忧而忧，后天下之乐而乐。共产党的干部应该具有怎样的政治理想、政治品格、政治情怀？"颜继借题发挥道。

"要警惕贪官与奸商相互勾结，肆无忌惮地攫取社会财富。"樊复旗帜鲜明地提出。

"资本的原始积累充满了肮脏和血腥，难逃与生俱来的原罪。"颜继追本溯源地指出。

"从本质上讲，改革是社会主义的自我完善，而不是对社会主义的否定和异化。"颜继进而指出。

"市场经济对人性和人的价值观的冲击可谓空前而深刻。有些人变得狭隘自私，唯利是图，冷漠无情，为了利益什么投机取巧、伤天害理的事都干得出来。"方明评论说。

"道德沦丧，理想滑坡，实用主义泛滥，拜金主义猖獗。有些人已经堕落为金钱和权贵的奴才、工具。"樊复接着说道。

"每个人心中都有一个魔鬼，关键是要把它管住，否则就会害人又害己。"颜继深刻指出。

"那些落马贪官，有的出身草根，有的成长于革命家庭，有的是英烈之后，他们都有过一段不平凡的成长经历，有过骄傲的过去。他们当中许多人曾经德才兼备，表现优秀，备受推崇和重用。但随着环境的变化，地位的提高，逐渐放松了对自己的要求，沦落为金钱、美色的俘虏和利益集团的工具。他们的蜕变过程令人感叹，令人惊醒啊。"方明总结道。

88　重拳出击

黑社会团伙气焰嚣张，盗窃、抢劫、诈骗、走私、贩毒等严重刑事犯罪猖獗，人民群众失去了基本的安全感。假冒伪劣充斥市场，各种诈骗花样翻新，到处都是陷阱、黑洞，稍不留心就会吃亏上当。

根据形势需要和上级政法部门统一部署，经济新区决定开展一场打黑除恶专项斗争。方明亲自坐镇指挥，新任公安局局长铁瑛冲锋在前，各执法部门通力协作，重拳出击，黑恶团伙成员纷纷落网。

犯罪分子穷凶极恶，垂死挣扎。一名刑警在执行任务过程中，被持枪歹徒击中头部，当场牺牲。还有一名干警疲劳过度，引发心脏骤停，抢救无效死亡。新区公安局为他们召开了追悼会，方明、铁瑛亲自参加，向英雄致敬默哀，勉励大家化悲痛为力量，坚持不懈，再接再厉，夺取打黑除恶斗争的最后胜利。数以万计的普通市民自发肃立街道两旁，眼含热泪，为英雄送行。

一场暴雨袭击了盘龙山区，矿坑灌满了雨水，工头正命令旷工抓紧抽水。裸露的山石经过雨水冲刷，显得更加灰白难看。山体被快速吞噬，变得越来越瘦弱不堪，摇摇欲坠，危机四伏。白氏锰矿工地已经从山脚挖到了山腰，星罗棋布、堆积如山的矿毛、矿石、矿砂蓄满了水，难以负重，随时存在垮塌的危险。

虽然谁也不想，但灾难还是发生了。午夜时分，一堆堆矿毛、矿砂相继溃塌，与山上涌下来的泥石流混为一体，拥挤着，咆哮着，向山下居住的几家农舍扑去。几户山民从酣睡中惊醒，还没弄清怎么回事，恍惚之间已经被汹涌而至的洪流淹没。

灾难发生后，白裕富亲临现场，再次严令封锁消息。然而，这一次他失算了。杨凡亢和王涛鸣设法逃出白氏锰矿，来到报社，找到叶青。叶青热情接待了他们，耐心听取了事情发生的经过。听完以后，她义愤填膺，第一时间与柯大卫取得联系。柯大卫闻讯后，放下手中的事情，赶到报社。听完叶青的述说，他同样感到气愤不已。不能让死者白白蒙冤，要将真相告诉世人，要将责任者送上正义的审判台。为还原事件真相，揭露白裕富团伙滔天罪行，怀着一种历史的责任感，他们拿起笔，连夜撰写了一份举报材料，署上名字，送到上级有关部门。

白裕富天良丧尽，人神共怒，清算他的时机已经到来。根据掌握的大量事实，铁瑛制定了严密的抓捕方案。考虑到白裕富树大根深，社会关系复杂，方明指示要严格保密，不可掉以轻心。

黑恶势力与腐败官员互相利用，结党营私，形成了一张严密的关系网。随着打黑行动向纵深发展，干扰和阻力也越来越大。翁卓对抓捕白裕富明确表示了反对。他认为白裕富是人大代表，社会关系复杂，社会影响和贡献大，不能轻易动手。金秉荃虽然身在省委党校学习，但同样通过各种渠道干扰这一计划。

方明、铁瑛承受着空前的压力，感到有些力不从心。他们面临着一个重大抉择：要么就此罢手，让打黑战役功亏一篑。要么乘胜追击，向黑恶势力亮出正义之剑。然而，开弓没有回头箭，他们最终下定决心，宁肯丢官卸甲，粉身碎骨，也要把这场斗争进行到底。

"铁局长，前一阶段的打黑除恶斗争，群众评价如何？"方明注视着铁瑛，询问道。

"一句话，拍手称快，坚决拥护，但担心半途而废，打不彻底。"铁瑛干脆利落地回答。

"打黑除恶影响到经济发展和政府形象了吗？"方明接着问道。

"绝对没有。恰恰相反，打黑除恶净化了社会空气，为经济发展提供了良好条件和环境，同时树立了政府的公信度和影响力。"铁瑛肯定地说。

"有一种观点认为打黑除恶会影响经济发展和政府形象，是添乱，作秀，出风头，捞政绩。"方明不无忧虑地说。

"这是故意混淆视听，颠倒是非，干扰当前打黑除恶的良好势头。这从另一方面证明了我们的工作是有成效的，已经引起了有些人的警觉和恐惧。人民政府如果不能为人民撑腰，维护基本的公平正义，那还叫什么人民政府？"铁瑛认真分析道。

"我同意你的看法。我们要认真总结经验，排除各种干扰，把这场严肃的政治斗争进行到底，务求全胜，不留后患。不管牵扯到谁，只要触犯了法律，就要依法严惩。"方明严肃地指示。

"我们坚决执行区委的决定，不获全胜绝不收兵。"铁瑛态度坚决地表示。

"两位干警的后事处理好了吗？"方明想起几天前牺牲的两位干警，于是关心地问道。

"已经追认为烈士和共产党员，家属优抚工作也做好了。"铁瑛心情沉重地回答。

"连续作战，干警们很辛苦，很疲劳，要注意从生活上关心他们，尽可能让他们吃好，休息好。另外，在抓捕嫌犯的时候，一定要周密部署，确保万无一失，避免不必要的牺牲。既要制服嫌犯，又要保护好自己，这才是我们想要的。不能再出现意外了，我们无法面对牺牲者的家人啊。"方明动情地叮嘱道。

"感谢领导关心，我们一定把各方面工作兼顾好。"铁瑛感激地回应道。

"打黑除恶难免会得罪一批人。老铁，你怎么看？"方明表情严肃地注视着铁瑛。

"不是我们得罪他们，是他们先得罪了党和人民。"铁瑛口气强硬地回答。

"老铁，你怕丢官吗？"方明接着问道。

"不怕，杀头都不怕，丢官怕什么。"铁瑛郑重地回答。

"好，是条汉子。"方明由衷地夸赞道。

"参加工作二十多年了，从来没想到当什么官。能为老百姓出口气，干点事，就满足了。"铁瑛掏心窝子地陈述道。

"抓捕白裕富的工作准备好了吗？"方明认真地问。

"准备好了，已经严密监控，今晚十点行动。"铁瑛斩钉截铁地回答。

"好，你回去布置吧。"方明命令道。

"是，保证完成任务。"铁瑛立正敬礼，转身健步走出方明的办公室。

为了保证万无一失，方明和铁瑛分别向市委、市政府和市公安局汇报了实施方案。随后，铁瑛亲自指挥，行动小组迅速出击，成功地把白裕富抓捕归案。打黑除恶取得了决定性的胜利。与此同时，一批潜藏在公安队伍的内鬼相继现出原型。

白裕富落网后，金秉荃、翁卓十分害怕，先后派人探望。白裕富对他们的用意心知肚明，于是答复来人："我白某人是一个意气冲天、顶天立地的男子汉，决不会干那些出卖朋友的事。好汉做事好汉当，所有的事我一个人承担，尽管放心，不利于朋友的话，我是不会多说半个字的。"金、翁二人听了他的一番表白，才放下心来。有感于他的仗义，他们分别动用关系为他开脱，尽量减轻他的罪责，以报答他的保护之恩。

"三农"工作问题突出，不容回避。方明自告奋勇，主抓"三农"工作。怀着强烈的责任感和使命感，他带领有关部门深入农村进行调研，与基层干部群众座谈讨论。经过调研，他深刻认识到，"三农"工作问题复杂，头绪繁多，必须统筹规划，分步实施。当务之急是进行乡村管理机构改革，裁减财政供养人员，减轻农民负担，增加农民收入和财政收入。为此，在调查研究的基础上，他主持制定了乡村综合改革方案，并提交工委常委会研究通过。

随后,一场解决"三农"问题的攻坚战在全区同时打响。方明排兵布阵,指挥若定,接连砍出了三板斧。第一板斧,裁减冗员。按照机构改革方案,定编制,定岗位,定人员,定职责,大力清退冗员,严格限定财政供养人员。改革触动各方利益。不少人找他说情,有的甚至想收买他,让他手下留情,还有的公开提出威胁。他坚决排除干扰,顶住压力,迎难而上,精心策划,稳步实施。虽然得罪了少数权贵和既得利益者,却赢得了改革的成功和群众的拥护。

改革后的区乡机构大大瘦身,财政负担大大减轻。第二板斧,增加财政收入。制定落实了一系列政策措施,争取上级资金、政策扶持,筑巢引凤,招商引资,大力培植新财源。第三板斧,切实减轻农民负担。统筹精简后的区乡机构正常支出,缺口部分由区财政转移支付,定额补助。严格限定收费标准,对私自加重农民负担的行为,一律严肃处理。

三板斧砍下来,农民负担减轻了,干群矛盾得到一定缓和。接下来,方明又协调金融部门增加对农业的信贷支持,加大农业基础设施投入,开展劳务输出,引进大型龙头企业,促进土地有偿流转,加快农业规模化、产业化、现代化步伐。同时组织大批农业科技人员分片包干,深入农户、田间地头,普及农业实用技术,优化种植结构,扩大绿色环保、设施栽培。这一系列的举措,对疲软乏力的农民增收下了一剂猛药。

89 任重道远

冯旷与斐彪、连才、佟镜同为金秉荃的亲信,如今后面几位抓的抓,逃的逃,死的死。冯旷却安然无恙,毫发无损。根据掌握的情况,颜继建议对他实施调查。为此,方明向翁卓沟通请示。

"老方啊,咱们做任何事情都有一个度,反腐败也应该这样。不加区别,一路反下去,把干部都搞进去,靠谁给咱们干工作啊。"

"冯旷不是一般的干部,跟他们是一伙的。"

"这个人我了解,他跟他们那几位还是有区别的,不能一概而论。

"这个人是有问题的,不查不足以顺民心。"

"谁没有问题?有问题的多了,难道都要立案调查?你们纪委查得过来吗?"

"老翁，这可不是你以前的态度啊。"

"此一时，彼一时，达到目的就行了，适可而止吧。搞得太急，到头来恐怕无法收场了。"

"这件事可以暂缓，但我保留自己的意见。"

在是否对冯旷实施调查的问题上，两人意见不一，不欢而散。方明憋了一肚子气，他不明白翁卓为什么朝令夕改，前后不一；他不知道冯旷一直在金秉荃和翁卓之间玩平衡，与翁卓暗中交往，过从甚密，而且最近一边倒，完全站到了翁卓一边。

经济新区的发展和稳定一直让市委书记薪跃进极度关注，放心不下。鉴于当时的形势，他专门抽时间与市长高枫交流了一下看法。

"老高啊，盘龙湖和盘龙山的开发我是点了头的，当时的出发点是让经济新区尽快发展起来，没想到会带来这么多问题。"薪跃进开诚布公地说。

"是啊，当时我们都没有反对。我想，决策没有问题，问题出在执行过程中。假如他们能够认真科学规划，公开公正地操作，注重生态环境保护，就不会导致今天这样被动的局面。"高枫同样以诚相见，回应道。

"不是没有制度，而是走了形，变了味，不能很好地一以贯之。地方保护主义，上有政策，下有对策，阳奉阴违，胡乱变通。建筑开发工程公开招标的制度有吧，矿山开发管理的制度有吧，环境保护的制度有吧。关键是如何执行，执行不执行。"薪跃进接着批评说。

"许多制度形同虚设，成了只中看，不中用的摆设、花瓶，成了违法犯罪分子用来遮人耳目掩盖黑幕的招牌。"高枫赞同地说。

"现在看，以前的发展理念和思路是有偏差的。不能单纯追求政绩，以增长速度和GDP论英雄，而置发展质量、效益和生态环境于不顾啊。"回顾过去，薪跃进充满感慨。

"我们对改革、发展规律的探索还不够深入，还需要在实践中不断纠正和完善已有的理论和认识。"高枫深有同感。

"到了下决心解决问题的时候了，再这样搞下去，历史和人民不会答应，要背负千古骂名的啊。"薪跃进颇感愧疚地反省道。

"当务之急是启动盘龙湖污染的治理，恢复原来的生态平衡。"高枫补充说。

"污染容易治理难,但再困难,也得治理。"薪跃进坚定地表示。

"究竟是要金山银山,还是绿水青山?答案应该是既要金山银山,又要绿水青山。如果二者不能兼得,那就应该宁要绿水青山,不要金山银山。"高枫赞同地表示。

"我建议你到经济新区走一趟,亲自作出安排部署。"薪跃进想了想,然后提议说。

"好,我明天就去。"高枫爽快地答应道。

根据薪跃进的安排,高枫专程来到经济新区调研。方明全程陪同。晚饭后,高枫邀请方明到宾馆的后花园散步,借以消化刚吃下去的食物。宾馆刚启用不久,到处散发着新鲜的气息。二人一边欣赏着满园的风景,一边随意交谈。

"老方,眼下你们经济新区形势不容乐观啊。"

"我们工作中确实存在不少问题和失误。出现这些问题和失误,原因是多方面的,我作为工委领导班子成员责无旁贷,请高市长多多批评指正。"

"工作中的失误固然应该总结和纠正,相比之下我更担心你们领导班子出问题,担心有些人经不住执政的考验,翻身落马啊。"

"不错,如今不少干部带病提拔,带病工作,的确令人担忧。"

"在我党历史上,反腐败斗争的形势从来没有像今天这样严峻和复杂,党的建设面临的考验从来没有这样现实和紧迫。"

"是啊,贪腐之风日甚,不仅加重了企业和改革成本,而且败坏党风、社风、民风,影响社会公平正义。"

"所以,要借鉴历史经验,立足制度创新,建立卓有成效的防范机制、监督机制、惩办机制,让腐败分子不能腐,不敢腐。"

"中国历史上,宋朝官员待遇优厚,政失于宽,导致贪腐日盛,不可收拾。明朝官员待遇低下,无法养家糊口,虽严刑苛法,割肉寝皮,官员仍然铤而走险,以身试法。这两个朝代的吏治实践都是不成功的。当今世界,西方国家的监督制约机制值得学习。另外,新加坡、香港在反腐方面的做法也很值得借鉴。"

"要把查办案件与群众监督紧密结合起来,始终保持惩治腐败的高压态势。同时,要加强和改进廉政文化建设,形成崇廉恶贪的社会环境。"

"过去有句话,叫'乱世用重典'。对于情节严重的贪腐案件、食品卫生犯罪、豆腐渣工程背后隐藏的犯罪,绝不能心慈手软,姑息养奸,应该从严从重惩处,让犯罪分子承担高额犯罪成本,甚至倾家荡产。须知,对犯罪的宽容就是对人民的犯罪。"

"有些法律条文不够具体,存有漏洞,可操作性差,严重影响了法律的执行效力和权威。"

"有的执法者失职渎职,执法犯法,把法律当成橡皮筋,随意取舍,有的甚至干脆与犯罪分子互为表里,狼狈为奸,成了他们的保护伞、经济合伙人。所以,依法治国的任务还很重,路还很长,切不可高估成绩,沾沾自喜。"

"如果不重视队伍建设,及时发现和清除害群之马,法律条文再多,也不管用。"

"要健全机制,保证法律面前人人平等,绝不能搞双重标准,'窃国者侯,窃铢者诛'。"

"我们党长期处于执政环境,权力高度集中,又缺乏监督,加上各种利益诱惑,致使有些人忘记了'我是谁,为了谁'这样一些基本问题,逐渐蜕变为拜金主义、享乐主义、官僚主义的俘虏。"

"自以为是,自视甚高,自我崇拜,自我吹嘘,自我膨胀,必然走向自我迷失,自我毁灭。"

"历史上王朝更替、风云变幻的规律值得深思。民心向背关乎生死存亡,党面临的最大危险是脱离群众。搞不好,几千万烈士用鲜血换来的江山,就会被葬送。党与腐败分子的斗争是一场你死我活的政治较量,事关改革开放事业成败和社会主义前途命运。"

"为人民币服务,还是为人民服务,这是个基本问题。金杯银杯,不如老百姓的口碑。领导干部任何时候心里都要装着老百姓,心里有一杆秤,懂得哪头轻,哪头重。"

"现在像焦裕禄那样的干部太少了,有的干部把优良传统丢掉了,却沾染了不少坏的习气。"

"延安整风的历史作用是伟大的,没有延安整风就没有全党思想政治组织上的纯洁与统一,就不可能取得中国革命的最后胜利。"

"党和人民把我们安排在领导岗位上,是让我们带头服务、奉献,而不是让我们以权谋私，与民争利。想当官就别想发财，想发财就别想当官。既想当官，又想发财，特别是利用手中有权的权力为自己的亲友牟利，是党纪国法所不允许的。让一部分人先富起来，不是否定共同富裕，更不是让领导干部捷足先登，率先致富。先天下之忧而忧，后天下之乐而乐。实现了全体人民的共同富裕，领导干部的生活水平自然水涨船高，无须担心。"

"一个人，一个政党，应该具有坚持真理、修正错误的勇气，具有拨乱反正、正本清源、自我反思、自我完善、自我净化的能力。"

"无论是极'左'，还是极右，同样会葬送党和人民的事业。精神污染的危害不亚于生态环境的破坏，环境污染了，恢复起来很难。精神污染了，恢复起来更难。"

"领导干部要有危机意识、大局意识、责任意识，培养健康向上的生活追求，远离低级趣味和庸俗的市侩习气。要慎独，慎微，慎友，自省，自励，自强。"

"解决所有问题的希望和出路在于深化改革，解决腐败问题同样要通过深化改革，研究和实行釜底抽薪的治本之策。"

"不错，改革已经到了深水区。矛盾和问题是绕不开的，要敢于正视，不能回避。"

"要端正方向，调整部署，完善政策，创新机制，不能拘泥于摸着石头过河，要着眼长远，科学规划。"

"改革开放以来，正确改革观、发展观与错误改革观、发展观的分歧、对立和斗争一直没有停止，焦点是为了什么人的问题。"

"要警惕权贵资本主义。不改革是死路一条，改革方向错了，同样是死路一条。如果改革堕落为少数人的饕餮盛宴，那么必然难逃失败的命运。"

"市场具有两面性，既有配置资源的优势，又有盲目投机、唯利是图的劣根性。所以，正确态度是重视而不迷信，把市场这只无形的手与政府这只有形的手有机结合起来，实现效率与公平的双赢。政府的主要责任是加强监管，为市场竞争创造公开、公平的环境条件。"

"公益性事业不应简单地推向市场，应该政府承担的义务不应硬性地推向社会。拿了纳税人的钱，不为纳税人服务是不行的。"

"应该打破既得利益集团的垄断，让人民分享改革发展的成果，坚持走共同富裕的正确道路。"

"发展不能以牺牲生态环境为代价，不能干那些吃祖宗饭，断子孙路的事。人类在改造利用自然的同时，应该善待和保护自然。与自然为敌，野蛮地侵害，贪婪地掠夺，必然受到自然的惩罚。在处理人与自然关系问题上，我们的祖先倒是比较清醒和睿智，他们很早就提出天人合一、天人感应的概念，这是难能可贵的。"

"跑马圈地，野蛮开发，暴力拆迁，肆意排污，片面追求发展速度，种种乱象令人发指。要下决心更新发展理念，转变发展方式，遵守发展道德。带血的GDP，靠牺牲环境换来的发展速度要不得。发展慢一点，以后还有机会，资源挖空了，生态破坏了，生存都成了问题，还奢谈什么发展？！"

"道路是曲折的，前途是光明的。中华民族历尽艰难困苦，终于凤凰涅槃，重新站立在世界的东方。在今后的征程上，党一定能够带领人民不懈奋斗，再创辉煌。"

"沉舟侧畔千帆过，病树前头万木春。只要上下一心，敢于和善于攻坚克难，中国就大有希望。"

"中国有句老话：州县治，则天下立。我们这些人的所作所为事关社稷安危，国家兴亡，人民有乐，责任重大，不敢掉以轻心啊。"

"任重道远，我们加倍努力吧。"

因为工作关系，铁瑛以前与柯大卫多有接触。上任后，他专程到鸭梨乡拜访了柯大卫。

"正是应了一句谚语：不经历风雨，怎能见彩虹，你终于可以大显身手了。"柯大卫首先祝贺道。

"谢谢你的鼓励。"铁瑛感激地说。

"这次打黑很有成绩，很得民心。下一步有什么打算？"柯大卫关切地问道。

"当务之急是加强队伍建设和整顿，没有一支过硬的队伍什么事都谈不上。"铁瑛回答说。

"是啊，老人家不是早说过嘛，政治路线确定之后，干部是决定的因素。"柯大卫赞同道。

"以后的工作，还请多多指点。"铁瑛谦虚地表示。

"岂敢，指点谈不上，只能算是共勉吧。你我是同一类人，优、缺点基本相同。一身正气，刚直不阿固然值得肯定和赞扬，但作为一个官员，光有这些还不够，还要有心机，权谋，策略，技巧……最近，我作了一些思考，得到一点粗浅的体会。我发现，人无非有这样几种处世方式：第一种是内外通圆，毫无原则；第二种是内外都方，钢铁公司；第三种是内圆外方，内心玲珑，外表质朴；第四种是外圆内方，内心坚守，外表灵活。第一种过于庸俗，让人鄙视；第二种虽值得尊敬，但行不通；第三种虽然有失真诚，但不失智慧，'聪明者最愚笨，愚笨者最聪明'；第四种有君子之风，最为可取。"柯大卫回应道。

"你分析得很对，我深受启发。"铁瑛赞许地说。

"当年毛泽东称赞罗荣桓他是个老实人，'无私利，不专断，抓大事，敢用人，提得起，看得破，算得到，做得完，撇得开，放得下'。能达到这种境界，就足够了。"柯大卫补充道。

"是啊，罗帅值得好好学习。大丈夫虽历磨难，不坠青云之志。"铁瑛满含崇敬地说。

"从前，一个王子遭人暗算，跌落深谷。他定睛一看，眼前竟是一个气候适宜、风景如画的童话世界。那里没有剥削和压迫，没有争斗、算计和倾轧。于是沉醉其中，流连忘返。任凭岸上的人怎样召唤，他始终无动于衷。你认为，这位王子的选择对否？"柯大卫问。

"水往低处流，人往高处走。深谷虽好，但不如岸上热闹。"铁瑛回答道。

"看来，人生在世还是应该积极奋斗，有所作为，不能辜负大好时光，空手而来，空手而去啊。"柯大卫感慨地说。

"出水才看两腿泥，笑到最后的才是强者。"铁瑛用期待的眼神注视着柯大卫，鼓励说。

90　梦在远方

冰雪消融，大地回春。户外活动的人一下子多了起来。女儿小梅让爸爸陪着到户外放风筝，柯大卫痛快地答应了。世事纷扰，市井喧嚣。这些年，忙于公务，陪家人的时间很少，他为此深感惭愧，觉得自己不是一个称职的儿子、丈夫和父亲。

居民小区的一角，一群老年人正在扭秧歌；天空中飘满了大大小小、形形色色的风筝。大家自发展开了较量。小梅的风筝开始老在低空打转，后来经一位高人指点，稍加整理，于是青云直上，凌空翱翔。小梅乐得手舞足蹈，神采飞扬。

看着眼前的情景，想起最近听到的一连串的消息，柯大卫心中五味杂陈，感慨不已。连铭承包的外环路工程由于偷工减料，把关不严，使用不久，部分路面已经报废。另外，过路桥梁质量低劣，发生扭曲和垮塌。连铭见情况不妙，于是携带这些年积攒的钱款，仓皇出逃，不知去向。

老校工痛苦地走完最后一段路程，人们把他埋在了学校的后山长满枫林的山坡上。

杀害魏正毅的凶手终于得到了惩处。他的尸体被乡亲们埋在了盘龙湖边，生前为保护母亲湖而斗争，死后继续与母亲湖为伴，也算死得其所了。一个细雨濛濛的早晨，方明、铁瑛、柯大卫、叶青结伴来到他的墓前，敬献了花圈。

不久前，叶青生了一个可爱的儿子，一家三口过得幸福美满。经受了风雨的洗礼，她变得更加成熟和坚强。

肖艳和小斐原本日子过得有滋有味，对未来充满了美好的憧憬和信心，计划着努力工作，攒钱买房，过上更好的日子。天有不测风云，小斐出了车祸，下肢截瘫。突然降临的灾难给这个幸福的小家庭蒙上了厚重的阴影。肖艳一边工作养家，一边照顾着小斐，日子过得单调而辛苦。面对无数个未知的明天，她曾一度跌入痛苦的深渊，但她终于战胜自己，从低沉中勇敢地走了出来。小斐几次三番提出离婚，每次都遭到肖艳的拒绝。肖艳勇敢挑战世俗，决心不离不弃，与小斐同甘共苦，相守一生。

杏子和丈夫终究过不到一块，只好把上小学的女儿委托给她娘，和几个姐妹一起到城里当了保姆。

王木生的木器厂进一步发展壮大，成为一家规模较大、远近闻名的股份制公司。在成就一番事业的同时，他不忘反馈社会，资助了多名贫困大学生。王木生打来电话，邀请柯大卫方便时候回去看看，帮忙规划一下企业的未来。他愉快地答应了。

谌芳继续游走在多位高官和大款之间，用青春作赌注，换来了一笔笔的金钱。她用这些资金注册成立了自己的公司。随着财富的不断增加，她的性格也变得特立独行，桀骜不驯。在一次宴会上，一个男宾出言不逊，她举手给了那家伙一个耳光，顺口骂道："不要脸的臭男人，想沾姑奶奶便宜，没门！瞎了狗眼，比你有钱有权的我见得多了！"然后拿起手包，摔门而去。

向凌霄上网聊天时结识了一位自称快乐王子的年轻小伙。小伙子比她小五六岁，曾在娱乐场所混了几年。两人越聊越投机，终于相约见面，过起了同居生活。向凌霄在感情的漩涡里越陷越深、欲罢不能，年轻小伙提出与她合伙做一笔大生意。向凌霄起初曾经有所怀疑，但经不起小伙子的软磨硬泡，于是拿出一大笔钱。没想到，小伙子拿到钱后竟一去不回。祸不单行，她的股市投资损失惨重，血本无归。几乎一夜之间，她从富婆重新沦落为穷光蛋。过惯了富豪生活的她，无法忍受贫穷与寂寞，只好委身于一名做珠宝生意的外籍老板，成了这位珠宝商众多情妇中的一员。

春雨老师去世了。柯大卫得到这一消息的时候，已是他归寂数月之后。柯大卫难过而愧疚，猛然想起忙于公务，好长时间没去看望老师，以致与他相失于永恒。以前，每到节假日柯大卫都要登门拜访。师生相见，促膝而谈，温馨异常。师母身体不好，不能下厨，老师就把女儿叫回来做菜做饭。柯大卫看到自己每来一趟，老师和家人都要忙碌一番，心里很是过意不去。后来每次去，就不再吃饭，再后来，连去的次数也少了。听他的家人说，老师去世前时常念叨他，大概是怪他好长时间没来了。

老师一生充满坎坷。他毕业于一所名牌大学，在一次政治运动中受到冲击，举家下放农村劳动，经历了一段异常艰难的岁月。后来，落实政策，重回讲台，一家人的境况才有所好转。他学识渊博，教风严谨，待人和气，心地善良。他对学生充满爱心，总是不厌其烦地解惑释疑。柯大卫经常单独请教，一个循循善诱，一个勤奋好学，师生二人十分相投。天地君亲师，恩师已去，风范长存。柯大卫只有遥望苍天，愿他的灵魂早日安息。

尹雅萍从海外归来，举办了个人音乐会。柯大卫见到海报，特意前来助兴。演出结束后，他走到后台表示祝贺，并开车送她回家。

"真快啊，一晃几年过去了。这些年过得怎么样，收获不少吧？"柯大卫关切地问道。

"怎么说呢？有苦有乐，有得有失吧。"尹雅萍回答。

"一分耕耘一分收获，你现在可以说是学有所成，满载而归啊。"柯大卫欣赏地夸赞说。

"过奖了。艺无止境，我还需要继续下工夫。"尹雅萍谦虚地回应道。

"成才需要具备两个关键条件：勤奋加天赋。揠苗助长是不可取的，还是应该因人而异，因材施教。"柯大卫谈了自己对成才的看法。

"你说的有道理，另外还要有兴趣。兴趣是成功之母，没有兴趣，任何事情都干不好。天赋、勤奋加兴趣才等于成功。"尹雅萍深有体会地总结道。

"以后有什么打算，留在国内，还是继续出国？"柯大卫好奇地问道。

"我想先在国内发展一段时间，然后再出国。鸟儿是没有国度的，我想做一只随遇而安的鸟儿，来来回回自由地飞。"尹雅萍伸出纤细白皙的玉手，潇洒地理了理飘逸俊秀的长发，镇静而自信地回答。

"除了音乐，没想干点别的？"柯大卫接着问道。

"目前还没有，今生今世，我恐怕与音乐难解难分了。换句话说，音乐已经融进了我的身体、血液，已经幻化为我生命的一部分。"尹雅萍动情地说。

"找到意中人了吗？"柯大卫又问道。

"你看，我这些年以音乐为伴，不是过得很好吗？"尹雅萍自嘲地一笑，一双美丽的大眼睛已经潮湿一片。当年她意气用事，远走他乡。这些年，她一直梦想找到一个理想的男士做伴，可惜未能如愿。她想，与其找一个不适合自己的，倒不如一个人清静。

"但愿好运永远陪伴你。"柯大卫衷心地祝福尹雅萍。

"时光的车轮无情地碾过岁月的荒漠，悄无声息，却留下深深的印迹。人生的归宿是一样的，但轨迹却各有不同。"眼望着扑朔迷离的城市夜景，尹雅萍若有所思地说。

"回头审视走过的路，我时常觉得，只有跳出自我，奉献社会，人生才会充实快乐，有价值和意义。"柯大卫心有所感地说。

"比尔·盖茨说过，做你所爱，爱你所做。成就自己，奉献社会，让我们互相勉励，相约而行吧。"尹雅萍热情洋溢地提议。

"谢谢你，一言为定。"柯大卫握着尹雅萍的手，兴奋异常地表示。

顾小文在深圳发了财，衣锦还乡，与表哥余老板一起搞了一次慈善活动。二人各自拿出一部分资金，创建了一所残疾儿童寄宿学校。

随后，顾小文来到鸭梨乡看望柯大卫，柯大卫带他走了一圈，并动员他在这里投资兴业，为鸭梨乡发展献计出力。顾小文经过一番考察，决定在这里创办一处现代化牧场，专门从事奶牛繁育养殖，以此带动当地奶牛养殖业实现规模化、产业化、集约化。为此，他邀请柯大卫陪他到内蒙古乌拉特大草原联系购进一批优质奶牛。柯大卫欣然同意。

风光优美、水草丰厚的乌拉特草原位于阴山北麓，是一片历史悠久的天然牧场。一行数人开着"沙漠风暴"，一路疾驰，来到草原。

"天苍苍，野茫茫，风吹草低见牛羊"。看着眼前的景色，柯大卫不禁想起那首耳熟能详的古诗。正是盛夏季节，远远望去，草原上绿草如茵，乳白色的蒙古包零星散落，在蓝天下熠熠生辉，成群的牛羊时而低头吃草，时而追逐飞跑，仿佛流动的云朵。牧人们在马背上挥鞭歌唱，率性豪爽，悠闲自得。

这时，路边闪出一个蒙古包，他们急不可耐地赶过去。一声简单的问候，蒙古包里走出一位中年男人，把他们迎进去做客。他们一边道谢，一边跟随男主人走进蒙古包。刚一落座，女主人就端上了手扒肉、烤全羊和奶茶、奶酒。宾主一边吃喝，一边聊天，其乐融融。说到尽兴处，男主人操起马头琴，唱起蒙古长调，琴声悠扬动听，歌声浑厚绵长，如奶酒、奶茶，令人沉醉。这时，女主人也来了兴致，主动邀请他们跳起了蒙古舞。

第二天早晨，他们赶到当地政府，在有关人员带领下，实地参观了一处大型奶牛繁育基地，进行了奶牛收购洽谈，并签署了协议。

完成既定工作后，他们在主人陪同下，参加了一年一度的那达慕大会，亲眼目睹了蒙古族同胞摔跤、赛马、射箭、套马、下棋、舞蹈等精彩绝伦的表演。夜里，又参加了一场别具特色的篝火晚会。坐在篝火旁，欣赏着蒙古族同胞率性豪放的舞蹈、热情纯真的对唱，真正是一种精神的享受。那一夜，伴随着悠扬的牧歌，他们睡得比以往任何一晚都要香甜、踏实。

多少年来，蒙古民族与大自然和谐相处，逐草而居，放牧为业。那种毫无矫饰、乐天达观的民族性格，不正是我们所缺少的吗？以前读姜戎先生的《狼图腾》，柯大卫感到似懂非懂，这时，他真正地懂了。

一夜风雨把草原冲洗得格外清新、洁净、明亮。牧草叶片上闪烁的露珠，晶莹闪烁，有如一只只眼睛，一颗颗宝石。炊烟从蒙古包上袅袅升起，慢慢融入黎明的星空。晨曦在地平线上闪烁，宛如天堂降落的灯火，给人以无尽的信心和希望。新的一天已经到来，柯大卫心中充满了温暖和力量。看着眼前的景色，他忍不住对着广阔的草原吼了几声，顿时感到浑身通透，五脏六腑如洗过一样清爽。顾小文受到感染，也对着天地相接的地方大声喊叫起来。

告别充满生机的乌拉特草原，驾驶着"沙漠风暴"，迎着浩荡的草原风，意气风发地奔驰在回家的路上。忽然，一群大雁，排成"一"字阵势，鸣叫着，远远地飞来。柯大卫触景生情，不由地哼唱起来：

南归的大雁啊，

凌空飞翔，

深情注目，

告别草原；

南归的大雁啊，

振翅飞翔，

越过沼泽，

越过山川；

南归的大雁啊，

勇敢飞翔，

不怕路遥，

不怕艰险；

南归的大雁啊，

不停飞翔，

怀揣梦想，

充满信念；

南归的大雁啊，

自由飞翔，

为了希望，

为了明天……